明日の人

第2部

伊藤 耕耘

東京図書出版

目次

第一章　春の訪れ

1

　長野の冬は長く暗く寒い。四月というのに雪は深く、木々も凍えていた。だが確実に春の足音は響いている。五月になると大町も活気を帯び、『小松山荘』も冬の眠りから覚めて、開業の準備を迎える時期になっていた。黒沢良男と浅井美沙登の結婚式と披露宴も、それに従って進められていて、四月の半ばには『八代ウエディングパレス』もそのオープンに併せて内装のチェックに追われ、仮のセットから本物に入れ替えて、入念なテストが行われていた。深木俊夫は現場の総責任者として、度々そこを訪れ所員全員を激励し、時には飲み会も慰労のため行われた。もう初日までは一週間しかなく、徹夜もありえる態勢だった。浅井美沙登は花嫁のため釘づけ状態で、八代美奈がせっせと通い、彼女の世話をした。美奈は周りの人々にいい勉強になるとか、自分の時の参考になるとか、冷やかされたが、そんな戯言《ざれごと》は気にならなかった。

　美沙登は美奈の献身に頭の下がる思いがした。わたしが幸せにならなければ美奈のこの犠牲に応えられない、美沙登は身を引き締めていた。美沙登は人に言えない悩みを抱えていた。美奈と二人きりの時間を取りたかった。だが美奈は一寸の暇もなかった。美奈自身も美沙登と話したいことがあった。俊夫に相談し、鍵を預かった美奈は、美沙登のいる部屋に潜り込むのに成功した。俊夫が二人のために用意した食事の差し入れがあり、喜びあった。美沙登は果物に飢えていて貪り食べた。

「おかしいわね、わたしたち、お互いが大切な話があるからこうして会ってるのに、食い意地が張って無言で食べてるなんて」

「でもこれおいしい」

「美沙登、痩せた？」

「それなのよ、美奈、わたしダイエットで無理して痩せたでしょう。わたしの家系太った人多いのよ。それを知ってるからわたし太りたくなくて、強制的に食べないようにしたら、拒食症になったのよ。それがずっと尾を引いて、そのおかげで体重は維持されているわ。その代わり鶏ガラみたいで魅力ないけどね。それはいいんだけど、生理不順なのはしょっちゅうで、この三カ月生理がないの。ううん、美奈安心して、妊娠じゃない。ちゃんと避妊したもの。ゴム、良男に渡したもの。そうじゃないのよ。痩せ過ぎで生理が来ないほどになったのよ。もうわたし太ることも不可能だし、今はまだ勤めがあるから無理よ」美奈は自分の不安など吹っ飛んでしまった。

「それじゃ、赤ちゃん出来ないじゃない」

「それだけじゃないの、結婚生活も無理かもしれないのよ」美奈はどう言えばいいかわからなかった。

美奈も美沙登も後ひと月もないこの事態を、どうすべきか相談すべき人も浮かばず、だから美沙登は悩み美奈に打ち明けたのだろうが、良男には勿論、俊夫にも伏せるべきと美奈は判断した。この危機感は美奈にもひしと迫ってくる。美沙登の体力が回復すればよく、医師に依頼するのがいいが、口が堅く信頼もあり、腕もいいとなると中橋しか美奈は思いつかなかった。でもそうすべきか苦慮した。美沙登にもその意見は伝えた。でも中橋は産婦人科医ではない。内科、しかも専門は小児科だった。それだけではない、実行するにしても時間がそれを許さないし、通うとなると問題もある。俊夫さんかなあ、美奈は最も信頼のおける男に話す決心をした。美沙登の了解を得て。ただ俊夫は多忙だった。美奈が会おうといえば無理してでも会うだろう、それが成功裏に終わるかは、俊夫の決断と勇気を待つばかりとなった。でも俊夫に話して本当にいいものか、そして俊夫が処理出来るのか、美奈が伝える美沙登の依頼を受けるのか、俊夫の美奈に対する愛の深さを試すことにもなった。

美奈は俊夫にデートを申し込んだ。それも大事なことなので二人で会いたいと伝えた。

美奈は俊夫が怒るだろうかと少し心配だった。俊夫は近く専務取締役に昇格することが決定していた。まだ内々ではあるからほんの一握りの人間しか知り得ないことで、美奈も父から教えられていた。結婚後、美奈は専務取締役夫人となる。自分の周囲も人の目も変化しつつある時期だった。そう簡単に町中で堂々と、待ち合わせできない雰囲気があった。俊夫はその日、建築現場を離れる事は出来なかった。美奈は材木が散乱し、大工の威勢のいい掛け声や、釘打ちや材木を切る音のする場所へ出向かなくてはならなかった。美奈は着飾ることもなく自分としては平凡な格好で行った。しかしラフな格好をしたことのない美奈は、お嬢様スタイルになってしまっていた。その柄がいいのか着ている美奈がいいのか、安物のワンピースでも大工たちにとって眩しいものだった。俊夫は美奈が現れると全員に休憩を命じ、頭《かしら》にその後の作業は任せるからと伝え、美奈の前に歩いてきた。俊夫は作業着を着ていて、それも泥まみれになっていた。まだ現場に残るつもりの俊夫は、そのまま別の現場で人のいない場所へ案内した。美奈は座れそうな場所を探し、ハンカチを敷いて座った。まだ寒いのに俊夫は汗ばんでいた。

「美奈さん、そのバスケットお弁当？」俊夫は見慣れたバスケットを見て目を輝かせた。

「話しながら食べようと思って」

「奇麗だな、色とりどりで。これは青海苔、胡麻にと」

「そんなことより話を聞いてよ。俊夫さんだから相談するのよ。美沙登のことなのよ」

　美奈は俊夫に美沙登に相談されたことを話した。俊夫は顎に手をやりながら思案していた。ことはさして難問とは思えなかった。だが女にとって重大な事柄なのだろう。

「少し待ってな」俊夫は立ち上がりながら、「美沙登はどれだけ時間が空いてる？」と、美沙登の空き時間を尋ね、俊夫は電話に向かった。美奈はポカンと俊夫のなすことを見守るだけだった。だがそれが美沙登を助けるための処置だということは分かるので、美奈はそのなりゆきに注目した。暫くすると俊夫は戻って来た。

「中橋さんがこの近くに往診に来るからここに寄ると言っていたよ」美奈はぱっと喜悦の表情を浮かべた。

「ここに彼が来たら呼びにきてくれ」

　俊夫はそう言い残し現場に戻っていった。中橋は待つまでもなく、すぐやってきた。

「往診先に行く前に来てしまったよ。深木君はどこかな」

美奈は現場に駆け足で向かい大きな声で俊夫に中橋が来たことを知らせた。

「深木君、浅井さんの事だけど、美奈さんからの話かな」

「そうなの、結婚前なのに変な噂が立つといけないから、それだけが心配なの」

　中橋は美沙登の状態を質問形式で聞いていたが、立ち上がり美奈に言った。

「明日の昼過ぎに性病の検査という形でわたしのクリニックにいらっしゃい。その際、身体検査と健康診断も兼ねて行いたいと書いてね」

「あの中橋のおじさまの病院」

「そうだよ。女性のための健康診断を年数回行っているからね。その仲間に君たちの名前も加えておくからね。かえってよかったよ、今日で」

「あの美沙登は」

「まあ簡単に言えば栄養失調さ。君も経験したことがあったろう。その酷い状態だと診断するけどね。美奈さんも検査一緒に受けなさい」

「でも性病の検査なんて」

「何言ってるの、結婚相手は決まったんだろう。だったら美奈さんもやりなさい」

　俊夫は口を出しにくい事柄で口を挟む余地はなかったが、美沙登に協力するにはそれしかないと主張した。

　美奈と美沙登が指定された場所『中橋クリニック』は大勢の若い女性たちで混雑していた。玄関の看板の上に大きな衝立が置かれ、そこには結婚を間近に控えた人のための健康診断会場と三段抜きで大書してあった。美奈も美沙登も最後の方の順番だった。

　体重、身長、血圧、血液の採取、体脂肪率、脈拍、聴力

も含まれていた。婦人科の診察は高い衝立の中で一人ずつ呼ばれ、予診を受けた後、検査しながらの診察となった。体の不調や問題を抱える女性はかなり多く、二次検査の対象になる人も大勢いた。美沙登は中橋自ら診断し、血液検査を待たずに、ブドウ糖の投与を言い渡された。美奈はすぐ検査も終わり、美沙登のベッドにつき添った。院内は閑散とし、暗い部屋で薬がなくなるのを待っていると、中橋が看護師と共に現れた。

「浅井さんの最近の食事の状態と、睡眠時間をメモしてくれたまえ。こんなにガリガリに痩せてるから、凡その見当はつくが、それをここ何週間か、なるべく前から聞いてくれ。あと食べ物の好き嫌いも。浅井さんの血液検査はわたしが自分でやるから、聞き終わったら検査室まで来てくれ」中橋はいい終えるとそこを立ち去った。美沙登の容体はかなり衰弱していたが、美奈の頼みということもあり早めの処理をしているところなのだ。

中橋は看護師のメモを見つめていた。当分の入院治療が必要なほど美沙登の体力は低下していた。検査結果とこの食事、睡眠時間の状況は彼に入院の宣告をさせる結末となった。

「浅井さんは入院だね」

「先生それだけは嫌」

「だがこんなに好き嫌いが激しいと治らないよ。先ず食生活の改善が責務だよ。それが出来るというなら通院でもいいが」

「必ず実行しますから、お願いします」

「いままでのこの荒《すさ》んだ睡眠時間と食事がそんなに急に直るはずもない」

「でも入院だけは困ります」中橋は考え込んでいた。

「美奈さんが浅井さんの監視をするというなら、でも友だちだから甘やかしてしまうと問題だしな」

「美奈」美沙登は美奈を促した。

「わたし入院だけは困るわ、勤めはあるし」

「じゃあわたしの条件を呑むんだな。明日黒沢君と深木君を連れて来なさい」

「どうするんです？」

「あの二人に監視役を買ってもらうつもりだからさ」それでも納得しない美沙登に中橋が追い打ちをかけた。

「浅井さん、本当に子供が欲しいんだったら、わたしのいうこと聞くんだな」

美奈は美沙登を見て黙って頷いた。美沙登は美奈の手をとり涙ぐんだ。美沙登が涙を流す様子に美奈は、自分も涙を見せ、ただの一度も弱みを見せなかった美沙登に抱きついた。美沙登も美奈に縋りついて泣き止まなかった。悲しいから泣くのではなく、泣いているうちに涙が止まらなくなったのだった。

こうして毎日美奈は美沙登の点滴につき添い、食べ物も中橋のレシピ通りに進めた。気にしていた肥満の心配もなく順調に回復していった。

美沙登は心が開け、顔つきも柔らかさを取り戻し、頬に明るさが出て、体に潤いが溢れてきた。気持ちの問題だと中橋は言っていたが、そのとおりの結果になった。美奈は美沙登の看護から解放され、気づいてみるともう春爛漫の季節が到来していた。俊夫は美沙登が美奈の手を離れるのを待って、美奈と会う約束をしようと、連絡を取った。美奈が出向くと俊夫は汚れた作業着のまま現場から現れて、明後日「さくらみち自然遊歩道」と、その周辺を散策しないかと言った。

「十一時よ。入り口で待ってて」

「なんでそんなに遅いのさ」俊夫はもっと早くに会いたかった。

「駄目、十一時、だって美容院に行き着替えてお化粧して」美奈は指を一つ一つ折っていった。

「やはりその時間よ」

「そんな美容院も化粧もいらないから、早く会おうよ」

「駄目、俊夫さん、わたしと会いたいなら女のことよく知ってもらいたいわ。女は身支度して髪を結い化粧して素敵な衣装で会いたいものよ。特に大切な人と会うときはね。段取りが必要なの。それを知っておいてほしいの」

「女って面倒臭いな」

「そうよ、それが嫌だったらわたしと結婚するの取りやめる？」

「馬鹿な事言うなよ。分かったよ。それくらい我慢するよ」もう既に美奈の手玉に取られた俊夫は美奈の思うままだった。

桜の花は満開で散りかかっていた。その日は日差しが眩しいほどの快晴で、それほど厚着しなくとも大丈夫だった。美奈は七時にはもう美容院に駆け込んでいた。パンを食べながら髪を結ってもらい、家に取って返すと、下着まで全部脱ぎ捨て新品で洒落た下着を身につけた。別に見せるつもりはないけれど、絹の最高級品でピンクの揃えの物だった。問題はブラジャーだった。前ホックにしたがはちきれそうだった。「また大きくなったのかな」美奈は少し紐を緩めた。肩に触れると痛いほど肩が張っていた。化粧は日焼けしないようかなり厚めにした。それにそのくらい厚くした方が俊夫に効果があるからだった。紅を差し、唇を噛んで整えると、美奈の女の完成である。耳に真珠のピアスを付け、いざハンドバッグを持って決戦である。美奈の顔や表情が引き締まり、甘さなど微塵もなく隙を探そうにもあるわけもなかった。

白いレースのパラソルを出し、ピンクのハイヒールを履くと、躊躇なく目的地へタクシーで急いだ。もう既に十一時を回っていた。

俊夫は十時半にはもう着いていた。彼は十時頃迄ごろごろしていたが、それも退屈になって早めと思いつつ来てしまった。彼の性格も癖もせっかちで、約束を守るのも性分であった。その日の一日を空けてあったが、それが美奈のためともなればその思いが増幅されてしまい、別に他意はなかった。十一時を二十分も過ぎたろうか、高台からタクシーの砂煙が舞い上がり、美奈だと判断するのに時間はかからなかった。俊夫はその日辛子色のセーターを着ていた。木々の幹と同調するその色は、自然と溶け合っていい調和を見せていた。美奈が車から降り白いパラソルを広げた。春の日差しが煌めいて陽炎《かげろう》のように春めき、ゆらゆら揺れて蜃気楼を眺めているようだった。パラソルに日差しが当たって光り美奈の顔に陰影をつけ、つややかな髪の照りが映えて眩しかった。美奈はピンクのワンピースを着ていた。髪が風になびきシルエットを作り、スカート部分が風に舞いひらひら翻り、下着のピンク色を垣間見る事が出来た。それはまことにエロチックな風景で、美奈はスカート部分を軽く押さえながら、ゆっくり階段を上ってきた。

「遅れてご免ね」美奈は俊夫を見つめると恥ずかしそうに下を向いた。桜の花と同化して花の精のように匂い立っていた。美奈は大きな白いバッグを手にしていた。美奈はまだ少女の面影を僅かに残し、顔はふっくらと丸みを帯び、健康そうで弾けるような肌のつややかさが感じられた。

「けっこうこの高台、高いのね。周りの景色が一望できるわ」

「少し花見には遅いけどまだ桜は満開だよ」

「この先どのくらいあるの」

「小一時間はかかるかな」

美奈は俊夫に手を差し伸べ、彼の居る場所へ移ろうとした。二人は勢い余って抱き合う形になった。美奈は香水をつけていなかった。

「香水つけてこなかったんだ」

「桜のほんのりとした艶やかな香りには負けるでしょう」

俊夫がさくらの小道の入り口に行こうとすると美奈が言った。

「俊夫さん、本当にわたしと結婚するつもり？」

「なに急に変なことといって」

「わたしのこと大事に思っている？」

「何？」俊夫は美奈の近くに戻って来た。

「わたし、あなたのなんなの？」

「もうすぐ僕たち婚約するだろう」

「本当にそう思っているのね。だったら少しはわたしを大切にしてよ」俊夫には美奈の言う意味が理解できなかった。

「わたしは女よ。あなたより弱いわ。それにヒールも履いてるのよ。わたしをいたわる気持ちないの。わたしをそこまで携えていってほしいわ」

俊夫はなるほどと美奈を入り口迄導いた。「随分細い小路ね。くっついて歩かないと無理みたい」

「恋人のための散歩道かな」

美奈はただ俊夫がどうするか見守っていた。案の定、俊夫は指で行き先を示そうとするので美奈は怒った。美奈は俊夫の誘いを頑として聞かなかった。俊夫は美奈の処に寄り美奈の手を握って行く先に歩を進めた。美奈は俊夫の腕に手を添えて俊夫に従ったが、美奈は歩くのをやめた。

「わたしには少し速いのよ」美奈は俊夫に諭《さと》すように言った。

　俊夫も美奈も抱き合うような形で歩いていた。お互いの体の温もりが伝わって来て、心臓が時めき心地良かった。

「凄く鬱蒼《うっそう》としていてジャングルみたい」

「結構古木が多いね」

　小路は曲がっていて先は見通せなかった。そして桜の木も密集していた。小路は桜の花びらが絨毯《じゅうたん》のようになっており、誰もまだ踏み入れた事のない処女地になっていた。桜の花の香りはむせ返るほど強烈だった。二人はそっとその処女地に足を踏み入れた。さくっというような花の潰れる音がして、敷き詰められた花の深さはかなりのものだった。

「わたしたちの結婚式が今みたい」美奈は歓喜した。俊夫も美奈も更に花びらを踏みしめて歩いた。上を見上げても空が見えぬほど桜の樹は生い茂り、桜のトンネルは続いている。一歩一歩桜を踏みしめていると。樹が路を塞いでいた。俊夫はそれを乗り越え美奈の手を強く握ると「嫌」という美奈の声を無視して彼女を抱き上げた。美奈は顔を赤くして抵抗した。ふわっと美奈は平らな地面に置かれた。

「君って割に軽いんだね」

美奈ははにかんで答えようとしなかった。彼女には文句のつけようのない俊夫の行為に、期待以上の成果を認め、自分がより俊夫の掌中に嵌まったうれしさと恥じらいが同時にでたのだった。

「馬鹿ね、女の人に向かって体重のことというなんて失礼よ」美奈は恥ずかしさを消したいため、態度を硬化していた。

　その先も桜の絨毯は続いていた。時折丸太で作られた座り台のようなものが点在するようになった。時たま路に泥濘《ぬかる》みもあったがあのこともあり、美奈は素直に俊夫のすることに従った。美奈はあの抱き上げられた時から肩に違和感を覚えていた。肩凝りが酷くなると美奈はこのような痛みを首筋に感じるようになっていた。美奈は俊夫に座り台を探してもらい、その前に立った、俊夫が何もしないので美奈は、自分のハンカチを俊夫に手渡した。俊夫はどうすればいいのか困り、うろうろしていた。

「わたしの座る場所にハンカチ敷いて」

美奈は痛みで苦痛が激しく、文句をいう気力もなかった。

「どうしたの」

「肩が凝って痛いの」

「摩ろうか」

「揉んだら痛いから、摩ってね」美奈は俊夫に背中を向けた。首筋から女の色香が漂い、俊夫は面食らったが美奈の肩に触れた。石かと思うほど硬く張っていた。俊夫は首筋も含め両肩を万遍なく摩った。いくら摩っても凝りは直らなかったが、それで三十分も摩ると、揉めるように和んできた。美奈は首筋の痛みが和らぐと俊夫の手を止めさせた。

「女って面倒で厄介な生き物でしょ。もっと世話がかかるわよ」俊夫は美奈の言葉に返事しなかった。

「いつもこんなに肩凝り酷いの？」

「そう、胸が大きいから仕方ないわ。俊夫さんは大きい方がいいでしょうけど」胸が大きいだけでそんな症状があるなんて俊夫は、間違った造り方をしてしまった創造の神様に文句でもいってあげたかった。でもさりげない美奈の言葉に俊夫ははにかんだ。そのうち俊夫もその乳房を我が物にできるのだ。二人はなんとなく相手に自分の感情を隠したく押し黙った。

「もっと先に池があるんだ」

「池でボートを漕げるの？」

「いいらしいよ、桜の花も見上げられて」

「わたし漕ぐ」美奈はそのつもりになっていた。二人が進むうち、東屋《あずまや》に向かって延びている小路を発見し、明るい日差しに誘われて歩いて行くと、高い崖の頂上にでた。いつの間にかこんな高さまで登りつめたのか、石を積み上げた石垣には苔むした処も見られ、その更に下に池が見えた。深いエメラルド色に配せられた水はずっと広くこの高台を取り巻いているようだった。

「ボート乗り場はずっと先らしいね」

「でもここの景色素敵よ」美奈は解放感に浸って俊夫にパラソルを渡し、一番先まで歩んでいた。俊夫はそれを眺めていた。所在なげで美奈はバッグをぶらぶらさせてすぐ戻って来たが、そんな彼女が俊夫にはとても可愛らしい様子に見えた。

「何にもなかった」美奈は活発に俊夫に言うと、俊夫を引っ張るようにして歩き出した。

「早くボート乗りに行こう」美奈は思い立ったら抑えが利かなかった。視界が開け木漏日《こもれび》が差し込んで来て、若者の歓声が響きボートが浮かんでいるのを見ると、美奈は俊夫をせかして乗り場に急いだ。品のないキャンキャン声と奇声が木霊《こだま》しボートも池に多く点在していた。乗り場も混み合っていて順番待ちの状態だった。そのどれもが俊夫や美奈のような若いカップルだった。乗り場にいるおじさんが美奈に底の滑らないサンダルを貸してくれて、美奈が漕ぎ手になった。

「途中で漕げなくなったら、ボートを揺らさないでゆっくり代わるんだよ」おじさんは心配して叫んだ。女が漕ぎ手というのは俊夫と美奈だけだった。美奈はオール捌きが見事で俊夫も驚いた。俊夫も後で代わったが二人は対岸に『そば』の暖簾を見つけ、途端に空腹を覚えた。

美奈は天麩羅が大好物だった。天丼を二つ注文した。

「美沙登の結婚式も間近ね。わたしに何かやってというのよ、歌は下手、話すことも苦手、どうしたらいいのかしら」

「僕は挨拶を頼まれてるよ。美奈さん、美沙登との面白い話ないの？　でもよかったな、美沙登はすっかりいいんだろう？」

「あら顔も見に行ってないの？」

「暇が出来たら美奈さんと会ったりするからね」

「面白い話ねえ、皆の知らない秘密の話にしようかな」

テーブルに天丼が運ばれて来た。

「僕は丼に入った天丼が好きだな。御重みたいに上品ぶったのよりさ」

「ほらこの天丼、海老が三本も入ってる」美奈は飛び上がって喜んだ。

「凄い、普通二本よね」

美奈は天丼にぱくつき終始無言だった。

「凄いね、まさか丼も食べちゃうんじゃないよな」

「だって朝ご飯も食べられなかったのよ。そんなに卑しい？」

「ううん、ただね、とても可愛いなと思って」

「馬鹿ね、変なことといって」

美奈がその天丼を食べ尽くしたのには俊夫はびっくりしたが、美奈らしくなく行儀も悪く寝ころがってしまった。

美奈はお腹を摩り、「食べ過ぎちゃった」と俊夫に立ち上げてもらった。

「美沙登の結婚式の後は僕たちの婚約だよ」俊夫は無邪気な仕草に追いつけないでいた。

「それは俊夫さんにお任せするわ。美奈は俊夫さんについていくだけ」

俊夫は自分の肩に重圧がかかることは予知していたが、こんなに早くに背負う運命を感じることになろうとは思いもよらなかった。

「わたし、俊夫さんにまだいってなかったけれど、付け下げ母と相談して作っちゃった。楽しみにしててね」美奈は既に頭のスイッチがすっかり俊夫への信頼に切り替わり、自分を扱う術を除いては全く満足していた。それは初めから美奈が了解していた事柄なので、その教育は先程来行い、これからも続けるつもりでいた。

俊夫は今まで見たことのない美奈の一連の仕草に、美奈の奥行きのある未知の世界の神髄に触れつつあるのが嬉しかった。これは二人が結婚するという許容から出ているので、本音の部分がちらりと顔を出すから、美奈の良さを今頃気づいたのだった。

「ね、俊夫さん、美奈の婚約指輪決まってるでしょう？」

美奈はその点大いに不満のあるところだが、口を挟むことでもないので俊夫に任せたのだ。きっと美沙登からわたしの好みを内緒で聞いてる、と美奈は踏んだのだ。

「もう僕の手元に用意してある」

「どんなの？」

「それは美奈さんの薬指に嵌めるまでのお楽しみ」

「ダイヤモンドでしょ？」俊夫はそのくらいのことはばらしてもよさそうだと答えた。美奈はとても有意義で素敵な休日を満喫していた。

　美奈は俊夫からやや強引に彼の部屋の鍵を預かることにした。美奈の有無を言わせぬ言葉に結局は押し切られた。俊夫としては自分の下着まで洗濯しそうな勢いに困惑した表情を覗かせたが、美奈は頑として受け入れなかった。美奈が言うには、俊夫の部屋を訪れる機会も多くなるから、彼女が心地よくいられる場所にしたいという主張だった。俊夫はそれにはぐうの音もでず鍵を渡したのだが、今までの独身貴族の気儘な生活も待ったなしに失われて、柵に囲まれた囚人の身分に追いやられていた。

　美奈は美沙登の結婚式の最終チェックと、家の調度品の見立てや、置き場所の相談、調理器具や皿や鍋、食器、カーテンやドレッサー細かいものまで協力し、俊夫の部屋の空気の入れ換えや掃除洗濯もこなし、夕食も俊夫に手料理を食べさせたくて、料理学校にも通ったりして、一寸の暇のない日々だったが、充実して幸せの絶頂にいた。俊夫は美奈の料理をどんなものでも美味しいと言って食べた。時々美奈が失敗しても塩加減を間違えても文句は言わなかった。美奈がおかしい、今日の料理は駄目だと気がついても、俊夫は美奈とのいざこざを避けるためか、終始批評しなかった。その気持ちが美奈にも通じたのか、大分腕を上げ、それとなく俊夫の顔つきで見定め、寛いでいるときに感謝を込めて、刺繍入りのハンカチを作ることにした。俊夫の似顔絵とローマ字で美奈から俊夫へのイニシャル入りにした。ところが暇が取れない上、俊夫には秘密にしたいので、作業は主に深夜に限られた。当然美奈は睡眠不足になった。だが俊夫の喜ぶ顔を思い浮かべると、そんな苦労は飛んでしまった。美奈は疲れ果ててそれを俊夫の部屋に置くと、自宅に戻り食事もせずに寝てしまった。加奈はまたいつもの病気が始まったのかと心配しなかった。

　主みたいにいる美奈の姿もないし、部屋も懐かしく取り散らかった状態だったが、なぜか俊夫は不吉な予感がした。思いつめたらどんな犠牲をも惜しまない、恐ろしい美奈の性格を知り始めていたからだった。机の上には数枚のハンカチが置かれていた。それは美奈の手作りのハンカチなのは間違いなかった。俊夫はやたらと腹が立った。「全く」俊夫はこれから繰り返されるであろう出来事を、単なる美奈の体の異常に収まらない、日常茶飯事になる可能性に、美奈に一泡吹かせてやりたい気になった。「あのじゃじゃ馬め」俊夫は美奈の愛情を裏切るつもりはないけれど、度々の不祥事に悪いなという思いも微かにあったが、そんな美奈に扱い疲れ、押さえつけておかないと、どこまで羽ばたくか見当もつかなくなってしまったからだ。だが叱りつければ俊夫の美奈に対する感謝も、美奈の気持ちを逆撫でしない俊夫の思いも消え失せ、柔らかく収めようとした主旨も無駄になる。俊夫は突進して美奈に迫るしか方法は見いだせなかった。

俊夫が美奈を出し抜く知恵を借りる相手もいないまま夜も白々明けた。美奈が徹底して事を行うなら完璧でなければならないが、俊夫はそういうことは不得手だった。

俊夫の思いつくことといったら美奈を喜ばせるのが一番だということだけで、それは簡単なことに思えた。美奈は美しく装っていればご機嫌だ。さて美奈の好みは知りつくしている筈だが、いざどんな洋服が似合うのか。美沙登は店にいるのかな、と俊夫は思案して会社に出勤した。美沙登はその日は出張で留守にしていた。俊夫は昼も食べずにウインドウをそれとなく見回った。美奈は赤が似合うことはなんとなく分かっていた。俊夫は皮革製品の並べて置いてある店で、ラムの真っ赤なスリーピースに目が留まった。ジャケットは腰まであるような長い丈のもので、飾りになっている金と赤の混ざった釦が、その服に鮮やかで効果のあるアクセントをつけていた。袖も同じ釦なのは近くにきて分かった。店員が出て来た。スカートはかなりのミニでタイトだがかなり細目だった。スカートもジャケットと同じものが飾りになっていて、革の質もいいらしく艶も色も素敵だった。店員が女性の背丈とスリーサイズをきくので、うろ覚えの美奈の寸法を言った。バストの寸法に目を丸くし、更にウエストも言うと尚一層驚いた。店員は「オーバーコートになっているので心配ないし、スカートも五号サイズのウエストサイズにつめることもできます。三十分ほどかかりますが」と付け加えた。

俊夫が支払いを済ませ名前を言うと、店員は知っていて届けてくれるという。俊夫はお願いした。俊夫は白い薔薇と手紙を添えて美奈に贈り届けた。金色のラメのストッキングも添えた。美奈が俊夫の使いが来たのを知ったのは、お昼のベルの音が鳴っているので目が覚めた時だった。美奈はベッドの側のカウンターの上にある薔薇の花の匂いに気づいた。白い薔薇だった。美奈にこんなことをするのは俊夫しかいないので、彼女は飛び起きた。大きな箱と小さな包み、その上には手紙が載っていた。いつの間にこんなキザなことをするようになったのかしらと、その文章を読んだ。

「美奈さん、僕のために刺繍したハンカチを作ってくれてありがとう。それでその疲れの出た君にこの服を着て夜の七時に僕の家に来てくれないか」

美奈は箱の服を取り出した。革のミニスカートとジャケット、オーバーコートだった。

美奈はシャワーで体の汗を流し乾いてから、スカートをはいた。それはパンティが見えるんじゃないかと疑う程短かかったが、ウエストはぴったりだった。白いブラウスを箪笥から探し、ジャケットだけ羽織った。ストッキングは派手だなと思いつつはいてみた。赤が金に映えて美しかった。それをはかないと俊夫から文句が出そうだし、それに従うことにした。全部着終わるとそのストッキングはさほど気にはならなかった。全身が映る鏡に己れの姿を晒してみた。

「ふうーん、俊夫さんの好みってこういうの。ふうーん、そうなんだ」美奈は何度も何度も体を回して眺めて、何か納得したように頷いた。そこには俊夫の美奈に対してのメッセージが込められていた。俊夫はこんな女にしたいのか、と美奈は俊夫の女の好みに触れて、心に刻もうと鏡の前でその姿を眺めていた。それはいままで美奈が選んだ服とは異質で、新しい自分を発見したような気がした。「そうこんなのも悪くない、いい線いってるわ」

そんなに寒さは感じなかったが、美奈は上着をもって行く事にした。スカートの前後を守るためだった。

美奈が彼の家に近づくと俊夫は外出していたので中で待っていた。彼が帰って来るなり「わたしに奇麗な格好させたいのなら、俊夫さんだってもっと着る服に神経使えばいいのに」と、美奈は俊夫の前でぐるりと回って見せた。

「俊夫さん好みの服を着たわたし、どう？」美奈は大きく手を広げて彼にアピールした。美奈は俊夫のワイシャツの襟を正した。

「いつも俊夫さんのワイシャツの着方は、衣紋がかかって、襟抜いて着るんだもの、それにネクタイの締め方、真理子さんに教わったでしょ」最後の言葉は嫉妬が含まれていて、俊夫のネクタイを締め上げた。

「俊夫さんありがとう、似合ってるわよね。俊夫さん自分で選んだんですもの、いいわよね。こんな美奈もいいわよね」美奈はまた俊夫に回って見せた。眩しいほど美しい健康的な脚だった。美奈はその俊夫の視線を感じないほど鈍くなかった。美奈は脚を交差させて、彼によく見えるようにしてあげた。

「どう、こんなにミニだとうっかり歩けもしないわ。膝上何センチじゃなく、腰下何センチだわ。こんなスカート、美奈にはかせてわたしをどうしたいの？」美奈は俊夫に誇示するような、まるで美奈が俊夫を誘っているような、その実、美奈は計算づくで、こういうことのできる女ではなかった。

「俊夫さん、何見てんの、何処見てんの？　嫌ね、このスカート、気になる？　それともはいてるパンティ気になる？　見てみたい？　駄目よ。俊夫さん、わたしにこんな短いスカートはかせて美奈をどうしたいのよ」俊夫は眩しい美奈の肢体に目のやり場がなかった。彼女に集中して、彼の物がいきり立つのを処理しようもなく、混乱し美奈の撒いた餌に釣られて彼女に見入っていた。美奈はそうして俊夫を挑発して、さっと踵を返した。ある不安が頭をよぎったのだ。しかし俊夫はそれに頓着せず、美奈に外に出るように言った。

「何処に行くの？」

「うどん屋、稲庭うどんを食べさせる店さ」

美奈は俊夫の腕に彼女の腕を絡ませた。

「この格好でわたしが皆に見つめられてもいいのね？」美奈の装いは際立って冴えていて、目立っているので、美奈は俊夫に念を押したのだ。こういう時の美奈の歩き方は颯《さっ》爽《そう》として、美しい歩き方をしていた。俊夫はその美しいものに取りついている蛾みたいなものにすぎなかった。美奈は俊夫が彼女の美しさを自慢し、見せびらかせたがっているのだけは理解した。

「わたしってそんなに美味しいもの食べたいわけじゃないし、家も何かの趣味もない。寝られる空間があればそれでいいの。でもお洒落していいなら話は別よ。洋服だって着たいものが沢山あるし、着物もいっぱい欲しいものがあるの。わたしに着るものの自由にさせるなら、わたしは贅沢よ。幾らでもお金かけるわよ。わたしを養うの大変よ。わたしは一度着た洋服は二度と着ないわ。でも俊夫さんに初めてプレゼントされたこの洋服は記念に大事に取って置くわ。そして折をみてこの時の喜びを振り返ってみたいの」

「僕は美奈さんが美しく装って僕の隣にいてくれれば、そんないいことはない。そのためだったら僕は必死に働くよ」

「まあ嬉しい。わたし俊夫さんの期待裏切らないようにする。毎日どこを見られても恥ずかしくなく磨くわ、そんなの一つも苦にならないわ。だって自分が奇麗になることなら、どんな努力も惜しまないわ。これからは日焼けしないように室内で運動する。日に当たってそばかすなんか出来たら大変だもの。それに体が傷つくスポーツもしない。体に一つの傷も痣を作らないわ。わたし、これは俊夫さんにではなく、わたし自身に誓うわ。決して醜い姿形にならないって」美奈の瞳は目標が出来た輝きに満ちていた。俊夫はそんな美奈がいとおしくなった。今までにない激しい恋慕の火が点いた。そして必ず美奈を自分の思い通りの女にすることを決心した。

「俊夫さんはわたしのどんな衣装が好き？　イヴニング、中国服それとも」美奈は自分が似合いそうな服を羅列した。

「ううんそうじゃない、着物、着物姿よね」

「うん、僕は美奈さんの着物姿が一番美しいと思う」

「分かったわ、わたしなるべく着物着る。でもそんな姿じゃ仕事出来ないわよ」

「美奈さんに仕事なんか絶対させない。いつも美しく着飾って僕を喜ばせてくれればいい」

「そうしていいの、このところ腕に贅肉がついて気になってるの」

「どこ？」俊夫が言うと美奈は腕を露出して肩に近い筋肉の部分を俊夫に触らせた。俊夫には全く贅肉を感じさせない細く白い美しい腕だった。美奈の美への執念を感じ、俊夫はたじろいた。恐ろしい予感があった。美を追求する美奈は完璧であり、それのみが異様に発達した女だった。

「わたし、俊夫さんの好みの女になるから、美沙登の結婚式済んだらわたしにつきあって、俊夫さんの好きな洋服選んでね」

「うん、そうする」この会話が一生涯の間続くとは、まさか二人とも考えも及ばなかった。俊夫と美奈は良男と美沙登の結婚式まで会うことはなかった。そして終にその日はやってきたのだった。

2

美沙登は愛の巣になるべき新居を美奈と最終点検していた。もう明後日は結婚式並びに披露宴だった。良男は来ているがあまり当てにならない、美奈を必要としている点はそこであった。それに独身最後の日に美沙登は女のコチョコチョ話がしたかったのだ。不平不満というほどでもない愚痴ともつかぬ内輪話は美奈としかできないことだった。だからなのか、良男は遠慮して二人の中に入ろうとしない。こうして二人で景色を眺めていると、明後日の式典が夢ではないかと思ってしまうほど、全てにおいて清々しかった。窓枠に二人で凭《もた》れていた。これから黒沢夫妻に待ち受けているものは何か、だが美沙登は希望も落胆もない平穏な気持ちでいた。

「美奈、あなた近頃趣味変わった？」

「どうしてそう思うの？」

「洋服の選び方が垢抜けてきたわ」

「そう、よかった。俊夫さんと一緒に選んだの」

「ふうん、美奈たちって仲いいんだ」美沙登は良男との間には全くない違いに、コメントを出来ないでいた。

「これからあなたは専務夫人、わたしはしがない山荘の雇われ主人、この身分の差は大きいわ。わたしたち世間の目を気にして会えなくなるのが多くなるわ」

「そんなの関係ないのにね。変なふうに誤解されたりすることあるのかしら」

「そういうこともいいたくて美奈に会いたかったの。会えなくなってもわたしたち友だちよね」

「そうよ、互いに連絡はしあいましょうよ。困った時は力になれるように」

美奈は俊夫が協力すればこのことの解決は図れる。もう俊夫は美奈の掌中にある。無理難題でも必ず彼が解いてくれることを彼女は確信していた。美沙登は美奈に語ることの多さにかえって口が進まず、肝心のことも喋らないでいた。こうして美奈といるだけで、美沙登は幸福感に浸れた。

美奈は美沙登の式にも招待されていた。俊夫は無理があるので友人として列席した。美奈はこの婚礼の自分の衣装に迷ったが、振り袖で出席していた。それも美沙登に遠慮して目立たないものにしたが、本人がそう思っても生まれついての資質は輝きを隠せなかった。まして美奈は俊夫との婚約がもう間もなくで、精神的なゆとりが美奈を大人にみせていた。美奈は美沙登の三々九度の杯を真剣に見つめていた。半年後には自分も行う行事に已れの姿を重ねていた。挙式は俊夫も見ていた。黒沢の堅さに自分もそうなるだろうと思った。挙式が終了すると美奈が俊夫の傍にきた。

「見た？」

「うん」

「わたしたちもあんなふうに緊張する？」

「するね、予行練習は出来ないから、これが練習だね」

「美沙登、なんかロボットみたい」

「君だってそうかもしれない」

美沙登はこの式で黒沢の正式な妻となり、いまそれをどう受け取っているのか美奈は知りたかった。それは嬉しいには違いない、でも美沙登なら美奈に最高の決め言葉を聞かせてくれる筈だ。美沙登が金蘭緞子《どんす》と高島田で、しかも神式で式を挙げるとは美奈も驚いた。いつもの美沙登らしくない神妙な様子に、彼女も古臭い考えの持ち主だった。美奈もその衣装合わせに参加しているので承知していることだが、いざとなってみると美沙登らしくないのは明らかだった。良男はもっとコチンコチンになっていて、吹き出すのを堪えるのに苦労した。神殿から出ると、披露宴の客が出迎え、宴会場に入っていった。村越真砂子と添島多恵子（加納と離婚して旧姓に戻っている）も美沙登の晴れ姿を拍手で迎えていた。このところとみに美奈と真砂子の仲は最悪になっていたが、美奈本人がそうなのであって、真砂子はそんなこともなかった。八代夫妻は仲人だったので、黒沢良男、美沙登夫妻の両脇で挨拶していた。仲人兼両親の代わりだった。美沙登には両親がいたが、彼女は二人とも呼びたくなかったし、良男は早くに両親と死別していていなかった。良男は小松がいないのがなにより残念だった。そうだろう、ここに生きていれば主賓席に座るべき人物だった。

黒沢の席は八代開発事業㈱の関係者が殆どで、真砂子は美沙登の友人ということで美沙登側の席、美奈も俊夫もそうだった。美沙登側の席には城之内も見えた。

美奈は今更ながら美沙登が自分に言い損なった、いえ美沙登が言い得なかったその不吉な触れたくない嫌な胸騒ぎは、かつて叔母の呪縛から解かれてから初めて感じたおぞましい、テレパシーとしての強い受信だった。それは美奈の好きな人に対する想いが突然美奈の霊感を喚起させ、無理やり感情に移入してきたのだ。それは物凄く胸を刺し、けたくそ悪さに苦しみを味わった。しかもその映像は二つ同時に送られて来て、一つは美沙登のもう一つは美奈自身のものだった。美奈のものは意識的に記憶を閉鎖し、何とか押さえたが、二つ同時に閉じることは出来なくて、はっきりとした映像となって浮かびあがった。美沙登は良男を愛しているのは事実だし、その反対もそうだろうから、それは信じてよい。常日頃、良男が美沙登に接する様子を見るにつけ、美沙登の反応が気かかりでふと出てしまったのだが、まさか自分の不安まで同時に出てきたことに、いささかうんざりしてそれが薄れていくのを待つしかなかった。それが未来の一端としても、そうならないかもしれない、だが美奈の透視能力は強く大抵は本当になってしまうのだ。美奈の映像は二つあった。美奈が黄金の階段を上って行くと如来様が手を差し伸べ、美奈を掌に載せ「ご苦労様」という場面と、俊夫に見取られている自分の姿だった。美沙登の夢はもっと鮮烈だった。それは美沙登が叫ぶ声だった。美奈は耳を塞いだ。

披露宴は八代恭介の挨拶に始まり、賑やかになっていった。美奈は美沙登の前に立ち、彼女の姿を見つめた。美沙登は頭の高島田が重たいようだった。

「美沙登、慣れない格好するからいけないのよ」

「美沙登、あなたらしくないわよ、そんなに楚々としてさ」

「これ記念ね、わたし二人で写真撮っておこう」

「美沙登、すますな」俊夫も割り込み、仲間が集まり、各自美沙登と記念写真を撮りあった。女性は皆、振り袖で、多恵子だけ付け下げだった。留め袖の女性は加奈だけといってよかった。俊夫と美奈も写真の標的にされた。

やがて衣裳替えの時間が来て、二人は退席し、その間真砂子、俊夫、美奈、多恵子はこの後のスピーチを相談した。俊夫は美沙登や多恵子は大学一年から知っている。真砂子は三年からだ。だが代表は真砂子になっている。美奈も何処かで喋りたい、美奈と俊夫は黒沢のこともスピーチしなければならず、整理に苦労した。

ウエディングドレスの美沙登が現れた。このドレスは城之内のデザインだが、原宿時代のブティックのオーナーで、美沙登も顔見知りのデザイナーに、依頼して作らせたものも着ることになっていた。その純白のドレスは美沙登によく映えた。さすがに着慣れているから、着映えもするが初々しさも残っていて、華やかさが増して人形のようだったが、良男は背が高いが動きがぎこちなく、取ってつけた様な装いになった。俊夫や美奈ばかりでなく、他の者もうっとりと見入っていた。健康は美沙登に色香も添えたようだった。

美沙登と良男の出会いは俊夫の担当になった。俊夫は良男中心に話を進めることにした。最初は多恵子だった。

「わたしが美沙登と知り合ったのは『文学研究会』ですが、大学一年の秋でした。そのときもう美沙登も俊夫もそのクラブに在籍していました。わたしは陶芸クラブに所属していたので、その研究会に入会が遅れたのです。美沙登は本を読んだりするのが好きで、あまり文章を書くことはしませんでしたが、よく俊夫に同じ新人の気安さからか、文章を見てもらっていました。ところが後で聞いた所そうじゃなかったのです。

大学の入学手続きをするために来ていた美沙登はその混雑にびっくりしたそうです。新人のクラブ勧誘を行っていて、『ビューティ・フィットネス・クラブ』の先輩の誘いもあり、そのころモデルとして活躍していた彼女にとって、学費も減額される上、好きなことも出来るので入会しようとしていたのですが、その混雑振りに唖然としているところに、ある男と出会い事務室まで行くことになりました。気が合いそうだったので、二人で昼食をとりながら話していると、その男は深木俊夫といい、詩を書いていてそれを発行したいといいます。美沙登は本といえばファション雑誌しか読んだこともなく、小説といえば課題で無理やり読まされた、それもダイジェスト版くらいで、詩なんてどんなものか知りもしなかった。そんな変なものに取り憑かれているその男の優しい眼差しと惹きつけられる魅力に、美沙登はお喋りしながらついていった。美沙登はその未知の世界と俊夫の魅力につい入部してしまった。専ら俊夫との会話を楽しみにしているうちに美沙登も文学の楽しみを知るようになったらしいのです」

「美沙登と気が合ったのは事実ですが、わたしも彼女の美を追求することに共感し、彼女から色の取り合わせでどんな美が演出されるのか、随分教わりました。雪ケ岳登山も彼女向きでないのに、よく頑張って登りました。その当時美沙登はモデルとしてデビューしていましたが、ここにいらっしゃる『ブティック花苑』の栗栖様の店にもスタイリストとして、勉強の合間に訓練も受けることになっていて、ダイエット中にもかかわらず押しかけてきて、ここにいた良男君と会ったんです」

「黒沢さんと小松さんは髭ぼうぼうで、わたしは大熊爺と小松さんのこと言ってますが、黒沢さんもそれに負けないくらい熊にそっくりでした」

「美沙登と黒沢君を会わせたのはわたしですが、妙に美沙登が恥ずかしがっていたのに、へええと思いました」

「わたしがおやっと思ったのは、美沙登が見せた恥じらいです。乙女みたいにはにかんだので、びっくりしました。二人ともまるで反対なのにどうしてそんなに瞬間的に惹かれあうのか、いまでも七不思議のひとつですわ」

三人共十分に胸の内を汲み出し、吐き出すことも出来ずに無念の残る話になった。真砂子は敏感にそれを引き取り、次の締めを緊張感で迎えることになった。

「美沙登は都会のことしか知らず、黒沢さんは山で育った山男です。しかも美沙登は都会でも最前線の職業についている。それが二人の間により強い密着が生まれたと思います。どうか末長い幸せが二人に輝きますように」

美奈は美沙登がこの式の二日前に見せたあの淋しい表情をしていた顔を思い出していた。美沙登はあの時、確かに彼女に何か告げたいことがあったに違いないが、美沙登は珍しく口を閉じていた。まだ結婚もしていないのに、その淋しさは両親が列席しない悲しみでないのは確かだと美奈は信じていた。

　俊夫は美沙登のそのことには気づかなかった。ただ美沙登が静かなのは緊張のせいなのだと思っていた。実際美沙登は披露宴でも笑顔を浮かべなかったし、慎ましやかでいつもの彼女らしくないのは俊夫も知っていたが、傍へいって茶化すのもこの際変なので遠慮していた。美奈も俊夫にそれを相談するのも憚られ、披露宴はお開きになってしまった。新婚旅行は美沙登が店との契約が切れた後に長く取ることになっていて、今回は二泊の旅行に留めていた。

　その日、二人は長野オリエンタルホテルに泊まることになっており、そこで二次会が準備されていた。そこには七、八名が参集することになっていた。美沙登はピンクのウエディングドレスの着替えに手間がかかるので、美奈と美沙登は後から追いかけることになった。ぞろぞろ去って行く人の群れに俊夫もいたが、美奈に呼び止められて二人になった。

「美沙登がおかしいのよ。少し話をするから遅くなる、適当に胡麻化しておいて」

「どのくらい延ばせばいいんだ」

「分からないわ、二、三時間は見といて、なるべく早く合流するけど、美沙登次第だから」

　俊夫は美奈の言うことに頷き、外に出ると真砂子と多恵子が彼を待っていた。

「俊夫、あなたも美奈ともう婚約するんだから、とやかく言いたくないけどさ、少しべたべたしすぎじゃない」

「そうよ、遠慮しなさいよ。どんな秘密な話をしてたのよ」

「一寸した打ち合わせさ。美奈さん後から来るってさ」

「あら俊夫、まだ『さん』づけしてるの。そんなことしてると、美奈にたしなめられるわよ」

「そうよ、だったらわたしも『多恵子さん』って呼ばれたいわ」

「そうよ、一度呼んでよ、『真砂子さん』なんて優しく呼ばれたら今みたいに簡単に諦めなかったかもしれないわ。鼻にかかったような声で」

「馬鹿なことというなよ。行くぞ」

　真砂子がそんな嫉妬に近い言い方をして、俊夫は彼女との距離を感じていた。ただ真砂子はそんな言い方をする時淋しい顔になり、より大人びた風情になった。彼女はもう女として完成された女性で、人間的にも甘さが全くなかったが、それで俊夫と肌が合うという方程式は成り立たなかった。多恵子は元々波長の合わない人で、ただ知識の交換で俊夫と繋がっているだけだった。

　美奈は美沙登の衣装の整理の手伝いをしていた。美沙登と二人きりだった。

「ねえ美奈、美奈は俊夫と二人だけになった時、虚しくなったことない？」

「良男さんと何かあったの？」

「そういうのじゃないのね。いざ良男と夫婦となった実感が、この選択でよかったかなって」

「どうしたの急に」

「急じゃないわ。わたしが彼に惹かれるのは全く異なった世界にいる人だからよ。個性の強い人。純粋で初心で無口な人。それがよくて結婚決めたのに、都会や町中の雑踏が恋しくて堪らないの」

「だって美沙登は辺鄙な田舎育ちだって言ってたじゃない。これからだってまだ華やかな世界はいつだって美沙登の近くにあるわ」

「もう振り返ることはないわ。確かに今はまだわたしは新しい息吹の中にいるけれど、それはまだわたしがそこにいるからよ。半年後の秋から山暮らしなのよ」

「妙なものね。わたしって贅沢な暮らしも派手な衣装も都会暮らしもここにあるからいうわけじゃないけど、そんなの欲しくない。俊夫さんがいればいいのよ。美沙登はそうじゃないの」

「美奈はわたしのプライドが分からないのよ、他の女に負けたくない、華やかな社交界に憧れ、裕福な生活をしたいという欲求が。あなたはいいわよ、その全てが掌中にあるからそんなことといえるのよ。わたしの未来はもう見えてるわ。平凡で退屈な日々が」

「じゃあ美沙登、良男さんと二人だけでいて楽しくないの」

「もっとわたしが注目を浴びる位置にいたいわ。あなたみたいにね」

「わたし好きでなったんじゃないわ。でもわたしの道がそう敷かれているんだもの、そうなりたくてなったわけじゃない。俊夫さんと無意識に接した時も、こうなるとは思いがけないことだったわ」

「でもあなたは『八代開発事業』のお嬢様よ。生まれついての大金持ちよ」

「ううん違うわ、お金持ちは父よ、それにわたしは父と折り合いが悪く、沙耶加叔母様のところで教祖の修行をしてたのよ。それが俊夫さんと出会って転機が来て自然とそうなってしまったのよ。でもあの会社は恭一郎のものよ。わたしたちはいずれ出て行かなければならないわ」

　美沙登は美奈の境遇についてはあまり知らなかった。彼女は都会に憧れ原宿に職を求めて雑踏の中で暮らし、それなりの地位も得てグラビアや表紙を飾ったりして、満足した生活を過ごしていた。俊夫という知人により新たなる世界が開け、知的な刺激が起因となって、良男に巡り会ったし、美奈という類いまれなる女性とも知己になった。だが彼女の美奈が持っている美への追求は、抑えがたいものとなっていた。彼女は美奈が目標になっている現在、それを理想としてそれに迫りたい気持ちが強かったのだ。その美奈にほんのひと欠片でも汚点があることに美沙登は、少しは落ち着きを取り戻していた。だが美奈には美沙登とは別の不安があった。黒沢の一途な性格とは反対に、俊夫とは多彩で華やかな生活は出来るだろう。しかしなのだ。美奈の性の不安は日毎増大していた。とかく寡黙になりがちで、一人になりたくないのだ。こればかりは美奈も美沙登には打ち明けずにいた。美沙登は美奈の悩みを見抜けなかったが、より深く濡れるような艶やかさは、憂いを込めていや増していて、若い頃からのものであるかと尋ねたことがあった。

「わたし中学一年の時は背高のっぽで色は黒く、胸はペチャパイで、入学してすぐバスケット部を勧められたの。中学全体でも後ろから数えた方が早いほど背が高かったものだから、仕方がなかったわ。その上スポーツはなんでも好きで、ソフトボールの一塁手で一番バッターだったし、肝心のシンクロナイズドスイミングの練習も儘ならない程だったの。それが中学二年の夏の始めから胸が激しい痛みを覚えるようになり、それと同時に色も抜けるように白くなり、肌理もぬめるようになって、二学期が始まって学校へいっても周りはわたしが誰か分からなかったのよ。だって七十くらいのバストが九十になったんだもの、わたしも大変だったの。ブラジャーが学校にも在庫はないし、先生の私製のものでの通学を許可してもらいに母に言って戴いたりして」

美沙登の少女時代はどうだったのだろう。美沙登の両親は彼女が物心ついた時には父は家に寄りつかず、ほとんど母と二人暮らしだった。母は中年のおばさんという体型で、父も太っていたとのことだった。美沙登は醜いその姿を目の前にしてわたしは絶対太らない、そして美しくなって見返してやる、という決心で壮絶な痩身が始まった。だが確かに彼女は、太りはしなかったが、娘盛りに胸も痩せ、どこもが細く女としてのふくよかな丸みも、豊かな艶やかさもなかった。スタイルもよくモデルとして修業も積み、天性の資質もあったのか、家計も助けられるようになったが、そればかりは心残りだった時に美奈と会い、俊夫への愛が芽生えているのが誰の目にも明らかだったのと、その激しさと完璧なまでの肢体に釘づけになってしまった。美奈はバストが大きいのを除けば理想的な体型をしており、その美奈が体を張って俊夫と相対しているのを垣間見て、美沙登はとても敵わない己れの現況に、俊夫のことは後にしても美奈と近しくなりたいと願うようになったのだ。美奈はそれほどまでに鮮烈な印象を美沙登に与えたが、美沙登は単に美奈が裕福だったからと信じ込んでいたが、半分は違って美奈の本来の輝きなのだ。美沙登には生来の資質というものが存在しなかった。だからこそ、都会にしがみつき、それを身に受けていないと、実感出来ないのだ。美沙登にとってそれは山で暮らす辛さを示すことであり、それが悩みの種でもあるのだ。それは美奈が介入出来ることでもなく、慰めたりする言葉もなかった。美奈は美沙登の裸体を目の当たりにするのは初めてだった。牛蒡《ごぼう》という表現を使いたくなかったが、それに代わるべき言葉もなかった。美沙登は痩せていて見た目はすらっとしてスタイルもよかったし、それなりの姿形を保ってはいたが、女としてのふくよかさはなかった。例えばバストは貧弱で、太股や腰の肉置きもなく、肌の滑らかさ肌理の細かさもなく、潤いに欠けた体に張りがなかった。美沙登が自分のことをガリガリといっていたのは事実だと美奈は悟った。

二次会は二人共そんなに遅くにはならなかった。良男は二人の顔を見てほっとして真っ先に出迎えた。俊夫と美奈は目で合図して努めて明るく振る舞った。俊夫は美奈とはその席では言葉は交わさなかった。この席は美沙登だけでなく、美奈自身にも変転の兆しが現れていた。そして最後は真砂子、多恵子、美奈、俊夫と、結婚した二人が残った。俊夫も多恵子とは結城の結婚式以来だった。多恵子は陶器を趣味としている結城とは今でも交際があり行き来していた。結城は多恵子の審美眼をこよなく愛し、時々陶器の展示会へ誘ったり、鑑定の協力を頼んだりしていたのだ。

俊夫は良男と、美奈は美沙登と話していた。真砂子は俊夫と、多恵子は美奈と一緒だった。

「美沙登のピンクのウエディングは素敵な色だったわ。あれはサーモンピンクっていうの、華やかなデザインだったわ」

「あの純白のもよかったでしょ。あれ、わたしが表紙に掲載された時のものを改良したものなのよ」

「それが今一なのよね。でも文句も言えないわ。だってわたしはあれが一番いいと言ったんだもの」

「でも美沙登が文金高島田とは考えも及ばなかったわ」

「本当ね、しおらしくしてると、まるでお淑やかな女に見えちゃうわ」

「失礼ね、わたしを誰だと思うの」

「でも花嫁衣装って初々しくていいわ。わたしもう一度着てみたいな」

「でもわたしが先よ」

「わたしだって後半年経てばいいんだから、美奈いい勝負よ」

俊夫と真砂子は良男と山と文学のことを話しあっていた。良男が俳句を好きなのは俊夫も知っていたが、それが山に関することばかりで、都会に住んだことがなく、たとえ都会暮らしをしても、それに馴染まないというか、そんなものに関知しない独自な世界を持っていて、意外と頑固なのが分かった。だが自然を愛する気持ちは強く、草花を愛でるのが特に目立っていた。

「良男君は花の小さいのが好きなのかな」

「『夕焼けてコスモスの花打ち震え』って、コスモスが好きかな。俳句では花が多いな、可憐な花がいいな」

「美沙登みたいな可憐な花がいいの？」

「美沙登は大輪の牡丹の花です」

「まあ言うわね、じゃあ大切にしなくちゃ」

「僕は美沙登さんを大切に扱って枯れないようにしなくては」

「良男君はいいな、そんなふうに純粋に美沙登を見つめられていて。僕も美奈さんと婚約間近だけど、美奈のこと花なんかに例えたことないな」

「でもわたし知ってる。薔薇の詩。いくつも書いてるじゃない」

「いや失敗作ばかりさ。薔薇は詩にはしにくい素材だからさ」

「そりゃそうよ、薔薇より美しい美奈がいるものね」

「今は美沙登の話でいいのさ、良男君が美沙登を大事にしてくれてることは、よく分かったからいいじゃないか」

俊夫は良男と相対していて美沙登が彼に魅かれる意味は分かった。彼らと同様互いにないものを相手に求めているのは知れたが、自分と美奈との関係とは、それらは異質なものだった。

「良男さんは都会暮らしが苦手なの？」

「別に、でも人とのかかわり合いが下手で」

「それじゃ美沙登が可哀想」

「美沙登さんはしたいことすればいいんです。美沙登さんの割烹着姿なんか見たくない。いつも奇麗に着飾っていてほしい」

「美沙登は何て言ってるの？」

「彼女家事は得意じゃないって」

「そうだろうな、料理も出来ないわけじゃないが、美味しいかと聞かれるとね、掃除なんかしたの見たことないし、洗濯はどうだったかな」

「洗濯は全部今も彼女がしてくれてます。裁縫は得意な分野かと思ったら、釦つけが出来る程度だったので特訓してるって、美奈さんと」

「そうか、だからか」俊夫は一人で納得した。

美奈がまた何かしている予感はあった。美奈に俊夫は目配せし、五人は一つの輪になった。

「ともかく、結婚お目出度う」

「これで何回目？」

「どうなるの？　二人の生活」

「わたしが何日かに一度は家に戻る形になるでしょう」

「それで淋しくないの、美沙登」

「半年は仕方がないわ」

「山で暮らすの？　美沙登」

「そう、でも時々美奈の家には遊びに行くわ」

「それで美沙登が満足すればね」

「わたしはもともと田舎暮らしに慣れてるから大丈夫よ。それに別に何処かにいなくなるんじゃないし」

「でもどんな人だって都会都会と憧れて東京へとやってくるわ。金と華やかさを求めてね。美沙登もそうだったのでしょう？」

「そうね、自分の惨めな生活に耐え切れなくて、逃げ出してきたんだものね。それにわたしなんか体のコンプレックスもあったりして、惨めな少女時代だったわ。だからなのか、かえって先祖返りという言葉が正しくはないけど、そんなような山の上での生活も新鮮に映るのよ」

「僕なんかは人と話すのが面倒で、いちいち説明するのが嫌で、同じ話題を持ちそれも山のことを話していた方がいいから、ただそれだけで山に籠もってしまっただけですから、山がいいんじゃないんです」

「美沙登はそれでいいんだろう。どこにいたって同じ日本の中だというんだろう」

「そうよ、いつだって元に戻れるわ」

「そんなの甘い考えよ、きっと後悔する日がくるわ」

「ここと都会とどこが違うの？　結局同じよ」美沙登はそういいながら分かっていた。でもそれがどうだというのでもないし、でも美奈に遠慮しているのでもないのだ。だがそれを容認するには時が必要だとは美沙登は気づいていた。美奈は美沙登の気性ならこの受け答えは当然だが、それで美沙登が承知し、幸せになるとは限らない。俊夫には、美沙登がそんなことは分かり切っていて、良男と結婚したのに、何を今更こんなこと改めて言い出すのか見当もつかなかった。美奈は美沙登の胸中にある複雑な襞を紐解く勇気がなかった。美沙登の結婚相手は俊夫以外ならどうでもいいのであって、といって俊夫と結婚したいというのでもないし、でも美奈に遠慮しているのでもないのだが、美沙登のそこが妙な性分というか性癖といおうか、考え方の相違といおうか、人種の違いといった方がいいかもしれない。だが本来の美沙登の姿はそんなものではなかった。全ての信頼と容認の根本は、俊夫から出ているのだった。それがいつどうして美沙登に生まれたものかは俊夫も知らなかった、いや、美沙登にも答えられなかったろう。美奈に拘わりがあるのも事実だった。その美沙登を良男は異常なほど猫可愛がりした。美沙登のすることなすことも可愛くて仕方がない様子で、それにはさすがの美沙登も辟易していた。特に美沙登がドレスで正装すると、彼の細い目はよけいに細くなるのだ。だから今日みたいに美しく着飾っている美沙登にご機嫌だった。美奈の目映《まばゆ》い瞳と細やかな立ち振る舞いに負けず劣らず素晴らしかった。真砂子はこの一通りの様子を見て、美奈と俊夫の作り出す世界に立ち入れない絆を感じていた。そして俊夫が完全に美奈のものになってしまい、自分の敗北を認めていた。この理性の強い女は悋気も強く、執念深かった。多恵子はまた別の角度でこの場所にいた。今彼女の困窮していることは、生活苦ではなく、長年嫌いとはいえ男と共に過ごした後のけだるさや、男を欲しがる疼きが日増しに強まり、それを忘れようとここにきているのだった。彼女は男好きな上結婚してそれが表面に出て、しっとりした大人の女になり、仕草一つ取っても色っぽい感じがした。彼女は男なしではいられず、すぐにでも男を連れ込んで満足させてもらいたかったから、こんな子供のような会話には飽き飽きしていた。真砂子は既に過去のものと精算されている俊夫との関係に、これからの身の振り方を熟慮していた。そしてその過去の精算は俊夫との別れを意味し、後は会社の上司と部下としての立場しか残っていない。俊夫はこの結婚が契機になって、これだけに努めて築いた友情が崩壊し、各自がバラバラに違う道に進むようで淋しい思いがしてきている。美奈も岐路にあるこの出来事に、一つが三つにも四つにでもなり、統率の取れなくなる俊夫の立場に、危機感を抱いていた。それは俊夫と美奈と真砂子、それより美沙登がひしと感じていたので、縋りつきたい気分だったろう。良男はそれが感知出来るような手合いではないので、ただ時の進むようにしか出来ぬ、行き当たりばったりのことをするにすぎなかった。どうやら春の訪れは誰のもとにも来ないで、春の嵐の訪れであった。

第二章　婚約　そして

1

五月だった。婚約は今日行われる予定になっていた。黒沢良男は結婚して週一度は美沙登のいる家に戻ってくる毎日だった。美沙登はまだ店との契約で夜遅くまで働いていた。しかし、夫との連絡も欠かさなかったが、俊夫と美奈の二人との交際は続いていた。美沙登は美奈と会う約束をしていた。

「未来の専務夫人と、しがない従業員の妻とじゃ世間体からみたらおかしな組み合わせね。謹まなきゃあいけないのかしら」と。美奈はそれに対して常に同じ答えをする。「美沙登、あなた冗談でもわたしのこと『専務夫人』なんて呼んだら絶交よ。そりゃ世間の噂に戸は立てられないっていうけど、そんなのでわたしたちの仲を裂くようなことあったら詰まらないもの」

美奈は美沙登の家を訪れては料理を作り、俊夫を呼び寄せた。俊夫もごく気楽に美沙登の家を訪問した。美沙登も料理の勉強になるし、家も賑やかで良男のいない淋しさが紛れた。だが、二人の婚約は美沙登の家から遠ざかる結果となった。そのための支度で自然と足が遠退いたのだった。しかし美沙登は逆に新築現場を訪れたりする二人とよく接するようになった。当然ながら俊夫の家は素晴らしかった。設計図によると、総桧造りの家はかなり広く、玄関には黒竹の鬱蒼とした石畳の路が通じており、門はなかった。玄関は格子戸でダブルロックになっていた。中に入ると右側には履物入れがあり、左側は玄関先が居間兼応接間になっていた。右側の階段は総桧の段に金箔を貼られた飾り金具が滑り止めについていた。階段の手摺の柱には擬宝珠《ぎぼし》が三カ所取りつけられていた。その先は寝室になっていた。

あの美沙登と良男の結婚式の後、ゴタゴタが続き落ち着いたのはひと月ほど経ってからだった。美沙登はいざ新築の家に住んでみると色々の不都合が分かって来た。そんなこんなでもう建築の本職のような態度で、俊夫と美奈に相対して意見を述べている。黒沢が注文建築部分の仕様をいい加減にしていたせいなのだが、それを美沙登が走り回って無料で修繕する約束を取りつけたのだった。そのせいか美沙登はかなり強気になったらしく、その実績を盾に自分の主張を曲げなかった。特に調理場や寝室には細かな意見を述べた。

いつだったか俊夫がいない時に二人で会ったが、女同士の本音の部分が見え見えになった。美沙登は美奈を喫茶店に連れて行き、そこで酒を注文した。美沙登も美奈もつき合いで自然とアルコールがいける口になった。それに二人で溶け合う話はアルコールが入ったほうが滑らかになり、しらふより真実が出ることもあるからだった。

「美沙登、新妻の感想は？」

「その話は高いわよ。知りたいんでしょう、男ってどんなだか、違う？」

「馬鹿ね」美奈は照れていた。「何もそんなこと言ってないでしょ」

「わたしまだひと月も経っていないのに、こんなにいっぱい良男の知らないことあったんだって驚いているのよ。これから先どのくらい出てくるか楽しみだわ」

「わたしたちにもそれがいえるというわけ？」

「そうね、意外な面が俊夫にもあるかもね」

「でも、結婚っていいものなのね。美沙登、和やかな顔してる」

「そう、幸せにみえる？」

「うん、輝いている。充実してるのよ」

「でしょ。美奈だってそうなるわ。でもあの俊夫が美奈を抱く姿想像できないな」

「そんな露骨なこと言わないで」

「もしかして」美沙登は美奈から感じ取れる処女の不安をつかみ取っていた。

「美奈、怖いの？」

「馬鹿ね」美奈のこの答えに美沙登は確信した。以前からそうだとは感じていたが、それもかなりの重症だと知った。これは無理に真実を暴き立てると美奈が傷つくので追求は避けることにした。

「わたし、あの店続けられたらと思ってるの。子供が出来るまでは多分こんな生活が当分続くわ。だったらそうしたいわ」

「美沙登は家庭的な女じゃないものね。家庭に入ったらきっと老けるわ」

「美奈はどうするの？」

「俊夫さんとそんなこと話したことないけど、わたしは俊夫さんの好きなようにするわ。多分当分は家事をするわ。わたし料理好きだし、掃除洗濯大好きだから」

「そんなこと俊夫が美奈にさせるかしらね。何人か人を雇うんじゃないの？」

「そんなの嫌だな。二人のが気が楽よ」

「大丈夫、夜は二人切りよ」

「馬鹿ね、わたしそんなこと言ってないわ」美奈は恥ずかしがって美沙登にじゃれるような打ち方をした。美奈は美沙登たちがどうやって過ごしているのか知りたいくらいだった。

「わたし、新婚旅行から帰って次の日、良男を起こすのに何て呼んだらいいのか困っちゃった。『あなた』なんてとても言えないし、『良男』って揺り動かしたわ。それからなのよ困ったの、だってまだ一つになった記憶が生々しいから、まともに良男の顔見られないの。こんな感情初めて、でもいいわ」

「この話わたしがお金払うの？　払うの美沙登じゃない？」

「そうか、でも美奈のお勉強になったわよ」

「わたしこれから忙しくなるのよ。エステサロンで肌の手入れがしたいし、着物を揃えたいし、二人の共通の家具は相談して買わなきゃならないし、まだやることは沢山あるわ」

「ご免ね、わたし手伝えなくて悪いわ。でもきっと穴埋めするわ」

「馬鹿ね、そんなこと気にして。だったらわたしにしょっちゅう会いに来てくれればいいわ」

「いいわ、どんな中傷があってもそれだけは守るわ」

　こんな会話があってから、すぐに二人は会えなくなった。美奈が婚約の準備で忙しくなったからだった。俊夫も美奈も小松が死去した今、仲人はどうでもよかったが、恭介も驚いたことに、相本健一郎が後見人兼仲人の役を買って出たのだった。これで八代開発事業の絶対保証が決定し、強力な支援が生まれたのだった。美奈は過去が化け物のように復活したのには不満だったが、時の流れで仕方なかった。俊夫もこの成り行きを快く思わなかったが、これも呑み込むしかなかった。お膳立ては全てにおいて八代の手に委ねられたものであったが、その支配下には出来ないものもあり、それが少なくとも二人の救いだった。婚約指輪は俊夫から美奈の目に触れるようになった。

　それは素晴らしい五月晴れの日曜日だった。アルプスの山々も陰影がくっきりとして春霞は墨汁の筆跡のようにぼけていた。美奈は監禁状態の鬱憤を晴らしたくて、俊夫を買い物と称して誘ったのだ。美奈が買い物をするのは嘘ではなく、それがいい口実だった。もう、こうして抜け出すのもこれで何回目だろう、二人は宝石店で落ち合うことになっていた。なにしろ美奈は俊夫を連れ出すことに精を出し、積極的に彼を理解しようとした。女性上位という陰口をものともせず、その点はまめに俊夫を誘い、俊夫はそんな彼女の気の赴くまま遊ばせていた。それに見ていると、美奈はどんなことの処理も巧みにこなし、その方法も正しかったので、知らん振りして任せておいたのだった。それは家事全てを美奈が取り仕切ることになる前兆みたいなつき合いだった。美奈はその日は着物を着て行くことに決めていた。呉服屋に付け下げを注文するためであった。勿論宝石店とブティックへは寄るつもりだったが、予定は未定だった。

　俊夫は宝石店へ早めに行き、指輪の出来具合を確かめていた。

「サイズはもう直したのかな」

「9号ということで宜しかったのですね」

「節が太くてそれじゃないと嵌まらないと言ってました」

「ご本人様がお見えになりますよね」

「十一時の約束だから間もなく現れるよ」

「噂に聞く八代様、どんなにお美しい方か楽しみです」

　美奈は時間の余裕がある筈が、髪の手入れに手間取って遅れ気味だった。タクシーはすぐ捕まったので安心して俊夫との約束を忘れて呉服屋へ向かった。美奈はいつも指輪をしているのに、つい着物に合わないものをしてきたので、それを外しかけた時に俊夫との約束を思い出していた。気がついた時はもう呉服店の傍で、戻るとなるとかなりの遠回りになり、遅刻は決定的だった。なんて説明するのか、言い訳は美奈が大嫌いなことだった。それに未だかつて遅刻をしたことがない程の、律義で生真面目な性格だった。それだけでなく、俊夫との約束は絶対だった。自分の旦那様になる人である。その大事な人との約束は美奈にとって、不問の履行を貫かなければ承知できなかった。美奈はこの人と決めてからは、その一途な性格が俊夫一人に集中し、盲目になり彼に尽くした。もうそれは周りが見ておられぬ程の熱心振りで、いそいそと俊夫に従っていた。美奈には心に決めたこともあった。それまで簡単に唇を許していたが、男と女の関係を知るにつけ、そんなに愛しているからと、砦を自ら壊し隙を与えてはいけないし、もっと大事なものだと知ったからだ。美奈はともかく宝石店になんとか間に合いほっとして俊夫の瞳を見つめた。吸い込まれるように美奈は、俊夫の腕の中にいた。抵抗出来ない感情が走り、つい拒否しようと顔を背けた。でも俊夫さんきっとわたしを追ってくる。美奈は直感でそう感じ、激しく拒もうとすると、そこに俊夫の顔があった。彼の顔を見てはもう逆らうどころか心地よい対流が生まれて抱き合った。流石に俊夫も人前では遠慮したのだろう、でも美奈は物足りなかった。

「ご免ね、呉服屋に行っちゃった」

「意外とおっちょこちょいなんだな」

「違うわよ」美奈は抗議した。

「順序を間違えただけ」美奈はそう言いながら俊夫にキスを求める仕草を何回も行った。俊夫は止むなく美奈の唇に軽く触れるだけのキスをした。美奈は当然納得せず嫌々をした。明るい、人前でのキスで二人は燃え上がり、顔面が赤く染まっていた。美奈は厚化粧していたので、彼女は俊夫の唇をハンカチで拭いた。

「指輪どうなったの」美奈の問いに俊夫は知らばっくれた。ケースの上にある小箱を目敏《めざと》く見つけた美奈は走り寄り俊夫を振り返った。

「これわたしの、開けていい？」美奈は俊夫の了承の返事の前にもう箱を開けていた。美奈の期待は高まり小箱を開いた。美奈が俊夫に希望した通りのダイヤモンドをエメラルドが取り巻いているその輝きに、美奈は童女のように感極まり、俊夫を見つめた。店主の長田は美奈のその飾り気のない態度に好感を持った。

「いいわね、サイズは合ってるわよね」

「嵌めてみたら」

「ううん、楽しみがなくなるからいい」

「お嬢様、わたしは店主の長田と申します。八代様より披露宴の首飾りと耳飾りと王冠の依頼がありまして、それも調達済みで御座います。こちらでございます」長田は奥の扉式のガラスのショーケースに飾られている品物を指していった。「何でも、美奈様もこれからドレスでのお出かけも多くおなりになるとかで、お買い求めに従って作製したものでございまして」

　それらの装飾品はいずれも最高級の細工が施されたものばかりで、ダイヤの目映い輝きを放っていた。美奈は目を見張ってそれを眺めて、俊夫に見てもらっていた。俊夫は店主の長田に解説を受け、それらがいかに高価な品物であるのかは理解できたが、かえって気は重く自分たちの希望通りにいかない悩み、贅沢ともいえるものがそこかしこに散りばめられ、それが美奈の神経までも逆なでていた。俊夫はうんざりして結婚式がないほうが楽だと思った。美奈も同意見で、父であり社長である恭介の利権の絡んだ遠計の結果なのだが、その諸作業が大仰で二人を殊更困惑し迷走させた。これもその一環だろうが、それにしてもこの高額の買い物は俊夫もその意味する中身を吟味していた。美奈も父の思わぬ贈り物に戸惑い気味だった。

　長田はショーケースの鍵を開け、実物を取り出した。首飾りはどっしりとした重さを持っていた。美奈と俊夫は顔を見合わせた。

「こんなの家に置いておけないわ。保管場所が必要ね」

「それなら心配いりません。宣伝も兼ねて厳重に保管させて戴きます」

　美奈も俊夫もなるほどと思った。とても太刀打ち出来ない事柄に口を噤《つぐ》んだ。虚しい気持ちでその場に立ちすくんだ。だがひとりの店員が美奈の美しい着物姿を見られ得した気持ちになり、より多くのサービスを施して、今日の美奈の礼装に答えた。着物に詳しい美奈は度々この店を訪れているので、そんなことはあるまいと踏んでいた。店主の井波も美奈が連れて来た男が、深木俊夫であるとは気づいていたが、会うのは初めてで、噂の美女と結婚する相手の男を、見極めたいものだと思っていた。

　結婚衣装は店内の一番目立つ場所に飾られてあった。美奈は婚姻後の付け下げの見立てであった。俊夫は着物についてはかなりの知識があり、また見るのが好きでもあった。

「紋は丸に木瓜《もっこう》で宜しいですか？」井波は俊夫に確認した。

「深木家の家紋はそうですが」

「分かりました。それでは美奈様、着物は付け下げということは、お宿下がりの時にお召しになるものと解釈してかまいませんね。それで当方もそれに応じて品格のある柄をお選びいたしました。どうぞご覧になってください」

選りすぐりの反物が何点か置かれてあった。美奈は幾つもあってどれにすべきか迷っていた。俊夫は終始黙って済まそうとしたが、助言を求める美奈の要求に止む無く、並べられた品物に目を通していた。さすがに井波の目利きは鋭く、どれも確かに惑うほどの品物であるのは俊夫にも見て取れた。問題はそれから先のことだった。美奈がどんな柄が好きなのか、似合うのか助言を求めているのだった。俊夫は消去法で選ぶのがいいと美奈に言った。まず嫌いな柄や、似合いそうにないものを省いていくと、三点に絞ることが出来た。一つは薄赤紫の地に牡丹の花の艶やかで華やかなもの、もう一つは淡い黄色の地に若竹の柄のもの、そして最後は渋いいぶし銀の地に御所車の模様のものであった。この御所車の模様は上品ではあったが、いささか地味な感じを与えるものの、どれより豪奢で残ったのだ。華やかさでは牡丹のものが最高だったが、黄色の若竹模様の着物は美奈を引き立たせた。美奈は俊夫の意見も取り入れ、彼女の一番映える着物を選ぶことにした。それに帯だが礼装用のものとなるとそれほど選択に時間はかからなかった。美奈は着物の着方が粋で、とても二十を少し過ぎた人の装いとは思えぬ、しっとりしたそのいで立ちは、益々色香が漂い、着物が美奈に馴染んでいた。井波はそれは多分に俊夫の感化するところが大であると感じた。なによりもその色使いの見事さは目を見張るほどで、こればかりは美奈の生まれつきの特技なのかもしれなかった。

俊夫と美奈は美沙登の勤めているブティックへ急いだ。そこで美奈が依頼した、美沙登のかつてのオーナーに会う予定になっていたからだった。美沙登の披露宴に着たピンクのドレスを見て、城之内への好意もさることながら、そのデザインの斬新なラインに美奈は圧倒されたのだ。この時点となると俊夫は用無しの格好だが、それを美奈が許す筈もなかった。美奈は俊夫と長く過ごしたいがためここにいるのであって、場所等どうでもよかったのだ。俊夫とて美奈といてたとえどうあろうと楽しくないわけもなく、ただそれにより、場違いな処へも行かねばならず、閉口することもあった。この場所は美沙登がいるからそうでもないが、下着売り場につき合わされると、居心地も悪くて困ることもあった。その店には礼装用の下にはく下着も置いてあり、かなり華やかな雰囲気で、いつも美沙登とここで会う時は、中の様子をうかがってから中に入ったものだ。美沙登は二人を待っていて、俊夫に目配せした。披露宴で知己になった高島ヒロ子も美沙登の式以来、美沙登の家やらホテルに泊まったりしていた。良男が山荘から戻ってくる時は、まだ新婚の二人に気を利かせて一時避難場所をホテルに求めたのだ。最初美奈の住むマンションを勧めたのだが、部屋に入るなり、なにやらなまめかしい、結婚間近の雰囲気が漂い、居着かれないと断った経緯があった。それでも高島は美奈の部屋に幾度となく泊まりにいったりした。気さくな人となりで、美奈はますますファンになり、より作品への期待に胸膨らませていた。高島は今夜の最終で東京に戻るという。美奈は残念そうだったが、取り敢えずドレスの試作を拝見した。クロッキーに描かれていたデッサンからは想像もつかない見事な出来で、さぞかし宝石類も映えると思われた。美奈は着物なので試着できないのが残念だったが、もっと遺憾に感じたのはヒロ子で、こんな着物の着方をする女性が、洋装の時どう変化を遂げるのか見たかったのである。美奈は取って帰ってささやかな夕餉を共にしたかったので、洋服に着替えるといって、俊夫を引っ張って連れて行った。とんでもない嬶天下だと噂すると、美沙登はそれを否定した。美沙登は美奈ほど貞淑な妻に相応しい女はいないと信じていたからだった。ただ一度これだと思い定めたものは、それをやり抜かなければ承知しない強い意志を持つ女であった。その強い決意は難攻不落の一枚岩の砦を砕くより堅い壁のようだった。

美沙登はその夕食には行かれなかった。良男が一週間振りに山荘からわが家に帰って来るのだ。自然と美沙登の顔は緩んでデレデレだった。美奈たちが帰ってからすぐおかずを作るのに奔走した。この頃料理の腕は上達したとはいえ、細かな処に不安が残り、こんな時に美奈のいないのがそれに加速をかけた。だが良男の好みを知るようになり、それの調理法とその胡麻化しを心得てからは、大分手間をかけずにすませられた。

美奈がいないのは彼女にとって痛手だが、それに動じない主婦としての自負も出来てきていた。この頃美沙登は良男が社会への適応に欠けている部分を知り、ぶきっちょなところが多いのに新鮮さを味わっていた。家はベニヤや新建材の持つ独特の匂いで満ち、その匂い消しに香料を使用していた。良男は引き継ぎがあるので五時には帰って来る筈だった。美沙登は戸を全開して空気の入れ替えをし、枕や上かけ布団は干してあった。だがもうそろそろしまう時間であった。美沙登は良男のいない時だけエプロンをしていた。良男は美沙登の着飾った姿が好きで、家事をしているのが好きでなかった。しかし黒沢家の財政では人を雇う金があるわけもなく、女手は美沙登一人だった。今は美沙登の収入もあるが、それを当てにしては家計が成り立たないと美沙登が主張したからだ。金銭感覚もなく生活臭も持たない良男に美沙登は四苦八苦していた。どんな贅沢な生活を望もうと、それは個人の勝手だが、良男には経済力もなく、金を生み出す能力も意欲もなく、ただ頑固に自分の世界を死守するだけの生活では、充分な潤いのある家庭は築けない。完璧主義も自分に課したもので、何の利害の生じないところにあった。彼は金という観念が頭から抜けていた。美沙登の不満はそんな処から始まった。

「さてと、用意は出来たわ」美沙登は独り言をいった。二人きりの生活にまだ馴れていない孤独感は日増しに強くなり、それは良男との愛で埋まるものでもなかった。良男はまだ戻る時刻ではなかった。美沙登は元来待つのが嫌いな女であった。良男は優柔不断な男で、愛情表現も下手というより、そんなものもありはしなかった。外はまだ明るくて良男が家に向かっているのが見えた。美沙登は待ち切れず玄関の扉から飛び出し、彼の歩いている方向に走りだした。良男は美沙登の顔を見ると恥ずかしそうに微笑した。美沙登が良男に飛びつくと、彼は物凄く抵抗し嫌がった。あからさまな愛の表現は良男には無理難題な出来事だった。美沙登はその点明けっ広げで、愛情表現も濃厚だった。

玄関の扉を閉めてから良男は美沙登の要求に応じた。美沙登が良男に戯れても子犬がじゃれついているようで、様にならなかった。でも美沙登は良男とじゃれついている時が一番幸せだった。

良男は美沙登の料理については美味しいとも不味いとも言わなかった。それに彼はそんな味に文句をつける質ではなく、彼女の作るものは何でもよく食べた。二人の家庭は美沙登だけが喋りまくる展開だった。その日だけでなく一週間分の欲求不満を晴らすかのようだった。概ね良男は相槌を打つ程度で、それを楽しそうに聞いていた。美沙登は家庭というものを持って、世間並みの幸福が生まれ、興奮状態だったのは事実だった。これで子供でも生まれればいうことがなかった。

「わたし、出来れば子供が出来る迄、今の仕事に就いていいかしら。そうしないとこのガランとした家にいるのが耐えられないわ」

「僕も山小屋暮らしだ。子供が生まれたら、山荘を増築してそこに住まなくてはならなくなる。それまでは美沙登の自由にしていいよ」美沙登は良男の食欲が旺盛でお代わりを繰り返すうちに、自然と妻としての態度が出て、彼女は嬉しくなった。

思えば不思議なもので、美沙登は幼い時から肉親の愛というものを知らなかった。父は大酒飲みで家にいたことがなく、たまに帰って来ても暴力を振るうのが常だったし、陰険な男だった。母は物凄いデブで、節操がなくだらしない性格の上に、美沙登より兄を可愛がり、無視されたように育ってきた。そこへ本当の兄のように接してくれる俊夫と出会い、慕い甘え尊敬もした。美沙登は文学に全く興味がなく、本といってもファッション雑誌が主だったのを、俊夫に明るく楽しい小説をゆっくり解説つきで読んでもらったりして、自分の体の一部のように俊夫を丁寧に扱っていた。それが美奈の出現により、その平和が乱された時、彼女への敗北感と俊夫への感情が交差し、美奈への献身に移り変わってしまった。美沙登はそのところが今でも腑に落ちないことの一つだった。俊夫を愛してるから美奈も愛するという矛盾、そしてその代償みたいに良男を受け入れた、己れの捩れた心の歪みを、彼女は整理しようもなかった。それに美沙登は結婚相手がどんな男でもいいというような処もあった。良男はすっと美沙登を受け入れた初めての男で、平凡な家庭を作れそうな予感がしたのだ。
ところが、良男は美沙登を人形のように扱い、いつも奇麗でいろという。でも彼女は美奈とは環境も違い、そんなことは無理なことは分かっていた。良男の要求に応えるために、ブティックのもので少し難がある物や、売れ残りで着られそうな物を、ただ同然で貰ってきてそれをうまく着こなしているにすぎなかった。おかげで良男の機嫌はよく目を細めて嬉しい表情を示した。困ったのは下着とか寝間着で、それも仲間内に依頼して良男の好きそうな物を安く手に入れた。良男は奇麗な下着なら文句は言わなかった。寝間着は彼が執着してネグリジェを着たが、美沙登は胸が貧弱で常にパットをいれているので、裸体を良男の目の前に晒すのは気が引けた。そんな彼女の思惑等、意に介さない良男は、大きな手で彼女のネグリジェをカーテンでも開けるかのように、さっと剝ぐので女心の分からない唐変木だと彼女は怒るが、つい簡単に体を許してしまい、それが美沙登の心を苛んだ。美沙登の寂しさは日を追って強くなり、良男に抱かれて紛らわすことが多く、激しい営みがなされていた。美沙登は避妊については特に気を配った。まだ妊娠することはできなかったからだ。でも良男はゴムの使用を面倒がった。従ってその装着は彼女の仕事となった。

良男は風呂が嫌いだったが、よく洗ってからでないと、美沙登は肌を許さなかった。良男が風呂に入ると美沙登はバスタオル一枚になって彼の体の垢を削るように擦った。良男は擽ったがったが、彼女は承知しなかった。少しでも汚れた体で自分を抱いてほしくなかった。癇性の強さは美奈と同じように強く、濃い髭も丁寧に剃らせた。だが美沙登はまだ一緒に湯船に入ることは避けていた。自分のゴボウのようなか細く魅力のない裸体を見せたくなかった。しかし遠慮なく良男はバスタオルの中の彼女の乳房を鷲掴みにするので、彼女は彼を叩いた。でも久し振りの夫の愛撫に負けて抱かれてじゃれついた。美沙登にとって今や良男は誰よりも安らぎを与えてくれる相手だった。

良男は酒を飲まないので、美沙登は訓練してでも共に飲みたいと思い、今日も食卓にはビールが置かれていた。美沙登がかなりの酒豪なのは知っていたので、良男は彼女のコップにビールを注いであげた。良男にはまだ練習の効果は期待出来ないかと美沙登はグラスの中程まで注いだが、良男はそれを一気に飲み干し、またビールを注いだのには彼女も驚いた。考えてみれば日の照る中、喉が乾き、風呂に入ってそれが相乗効果となってそんな行為になったのだ。美沙登は良男が赤鬼みたいに真っ赤になったのを見て、思わず吹き出してしまった。良男も頭を掻いて食事を始めた。いつになく彼は多弁だった。

「美沙登のおっぱい冷たかったな」

「あの時はまだわたしが湯船に浸かっていなかったからよ」

「どれどれ」良男は無遠慮に美沙登の乳房を弄った。

「駄目よ、食事中でしょ」

「一週間も美沙登を抱いていないから、爆発しそうなんだ」

「だって、いつもと変わらないでしょ」

「違うね、いつもは満足して山に帰るけど、先週は美沙登生理だったものな」

「それは仕方ないわ。自然の摂理だもの」

「だから今回は一日多く休暇を取ってきた」

「いやね、そのためだけなの、その休みって」

「少しは美沙登の相手もしなくちゃ。それに山にも一度くらい来てもいいんじゃないかと思ってさ」

「なにするの?」

「深木君と美奈お嬢さんに会いに行くんだ。お礼の挨拶さ」

「よかった、それ言おうと思ってたの」

「明日予定があるか聞いてくれないか」

美沙登は二人に電話した。二人は明後日小松山荘まで行ってもいいから美沙登もつき合うべきだと俊夫は主張した。美沙登は了承した。こんなとき友だちはいい、自分の気持ちが分かっていると彼に感謝した。良男は美沙登の言葉に耳を傾け食後の休息をしていた。

「そうか、帰りは美沙登も一緒か、皆に美沙登を紹介出来るな。そりゃいい」

美沙登は食器を洗い終わって良男のいる居間に戻った。良男は彼女の来るのを待ち兼ねて、ソファに押し倒した。美沙登は体格でも力でも良男に敵うわけもなく彼の思うがままの、激しい愛撫に抵抗した。明るいままで、しかもドレスも皺になってしまう。

「駄目、ベッドへ行きましょう」美沙登が言っても良男は言うことを聞かないし、彼女も気分が高揚して、第一に気持ち良くなり、そのまま良男に身を任せた。でも美沙登はこだわるのではないけれど、気分が定まらずその気になれなかった。良男も美沙登が燃えないので、彼女を抱き抱えて、二階のベッドへ運んだ。美沙登は恥ずかしくて、その荒々しい行為に嬉しくもあった。二人の営みは朝まで続き良男は、美沙登に一時も暇を与えなかったので、彼女は眠たかったが、良男は泰然として、活力が湧いたようだった。美沙登はけだるい、しかし心地よい快感が体を巡り、体の力が抜けて腰がふらふらしていた。美沙登は性欲が淡泊な質で間隔はこのくらいで丁度よいが、良男はそうはいかないようで、彼女が困るほど彼は強かった。朝方はもうやめてと言いたくなるほどだった。従って朝飯は遅くなった。美沙登は起きた時全裸だったし、良男の唾液で体がべトベトだったので、シャワーを浴びていた。彼女は良男にもシャワーを浴びさせた。美沙登はバスタオルで身を包まないで、バスローブを着た。良男には浴衣を着せ替え人形みたいに不動の彼に着せた。

「朝はいつものように、ご飯におみおつけでいいの？」

「それでいいよ」

美沙登はご機嫌な時に見せるハミングをした。彼女の好きなジャズだった。良男は音楽に興味がなかった。でも美沙登のリズムに乗っていた。

良男と美沙登はドライブに出かけた。湖の湖畔にやって来た。美沙登は体重が四十キロに欠けるほどしかなく、とても軽く良男は車から美沙登を抱き抱えて降ろすので、彼女は周りに気を使いながら良男から離れた。

「良男、外ではわたしにこんなことしないで、恥ずかしいわ」

「ここから雪ケ岳が見えるよ」

「ここは小高いのね、稜線もよく見えるわ。とても良い風景ね。わたしもいつかあの山に住むことになるのね」

「そうだね、この奥に行ってみないか。見せたい物があるんだ」良男は美沙登の手を引いて、大沼のはずれの小道を、手を繋いだまま歩きだした。幅一メートルに満たない湖を巻いている小道は、熊笹に囲まれた場所を潜ったり、小砂利で荒れた黄土色の埃っぽい坂道を登ったり、湖水が風で小道を浸し、脆くなった部分を通ったり、蛇のように曲がりくねったりしていて、美沙登にはきついものだったが、彼女は懸命についていった。良男は彼女の様子を見て歩いてくれるので、どうにか音を上げずについていけた。良男が止まった場所は広い草原のように開けた処だった。木陰の日の当たらないそこは、美沙登にも見分けられる茸《きのこ》の宝庫だった。美沙登は良男に食べられる茸と、そうでないものを教えてもらいながら、夢中で集めた。良男は近くに群棲している水菜も彼女に取らせた。そして蕗《ふき》に似た植物を示し、これは毒があるから取っては駄目だと教えた。

「これは『はしりどころ』っていうんだ。これを食べると走り出すからつけられた名前だとか、大熊爺が言ってたよ」

「そうか、小松さんは良男の師匠だものね」

「明日は深木さんと美奈お嬢さんも一緒か、美沙登は嬉しいだろう」

「どうかしら、今は良男がいるから」

美沙登は孤独を癒やす相手が出来て、精神的に安定し、前のように友人に会う必要もなくなったからだ。だが言葉と裏腹に俊夫と美奈に会えるのは、嬉しいことに違いなかった。

「この先に洞窟があるが行ってみる？」

「中も入ること出来るの？」

「僕がいれば大丈夫だよ」その答えを聞いて、美沙登は歩き始めた。その洞窟は鬱蒼とした森に隠されたように、不気味な静寂に包まれていた。入り口は岩と木に守られて分かりづらかった。良男はリュックの中から美沙登のウオーキングシューズとソックス、バーナー式のサーチライトを取り出した。美沙登は流石と感服したが、良男にすれば当たり前で、美沙登に靴と靴下を渡すと、彼女の頭にランプを取りつけた。出発である。良男はロープをハーケンに結び、美沙登を抱き抱えてゆっくり下りて行った。最初から彼女にとっては厳しい降下だったが、良男に身を任せた。だがその暗くて狭い空間を過ぎると、信じられない世界が広がっていた。巨大な空間に下り立ち美沙登はその美しさに大声を上げた。鍾乳石の大きさと多さに見とれていた。良男は自分が下りると棒状のサーチライトを発光させた。この無音の世界の巨大な空間が、恐らく僅かな人にしか知られていないことを思うと、もったいないようなそれでいいような複雑な気持ちに襲われた。

「鍾乳石って形も色も大きさも色々で美しいわ」

「ここは大熊爺と僕しか知らない場所なんだ。美沙登は特別だから連れて来たんだ。この奥は危険だから今日は行かないよ」

「ここで充分よ。わたしたちの人工的な美しさなんかどんなものでも負けちゃうわ」

美沙登は自分の積み上げてきた世界を否定されたようで切なくなった。これは良男の世界だがそれに踏み込んだ彼女は、男と女の関係を持ち、夫婦になって相通じるものを発見するなんて、それを承知で結婚したのでないが、どこか片隅に欠片が残っていたのだろう。

「それにこの宇宙の広がりに似た大きな空間を見ると、人間の小ささや、愚かさが目立つわ。今までわたし何をやっていたのでしょう。全く馬鹿げてるわ」美沙登は未知の世界に感激していた。世の中は広い、こんな処もあるのだと。

洞窟を出て二人は帰路についた。なんとなく互いが理解し得る状態になり、より近しく体を貪りあうより深くなったように二人は思えたがそれは錯覚かもしれなかった。でもそれでも充分二人は幸せだった。

「明日は家に来るそうよ。俊夫も美奈も」

「そうか、明日は良い登山になるな」

良男はまたそれから無言になった。

美奈は高島ヒロ子のウエディングドレスを試着していた。俊夫もつき合わされていた。俊夫は退屈だった。さっきからたった三着の服を何時間かけて試し着をしていることか、全く女のやることは謎だらけだ。俊夫はそれらがどのくらいの違いがあるのか見当がつかなかった。美奈はヒロ子と検討を重ねた結果、その中の一つに決めた。ヒロ子は美奈のこの度の処置に感謝していた。それに美奈の装いの素晴らしさには、彼女は驚嘆していた。妖しいようなその色香は、俊夫との婚約が決定した時から女の自信が生まれて、磨きがかかってきたのだ。それにこれは美奈という女性の特質も関係していた、一度心を決めると彼女は夜叉にも鬼にもなれるのだ。その反対に他の女よりも喜びも倍増し、美も増強するのだ。彼女の凄さはその美が冷たさを秘めたものでなく、高貴さを含んだ愛嬌は、人なつっこさもあり、男から見れば、こんな可愛い女はいなかったということだ。もっと特記すべきは美奈の女としての特質だった。その淑やかな振る舞いや仕草と、その優雅さは持って生まれた美奈のものであり、そのどれもが可愛らしいものだった。そんな美奈の魅力に虜になったヒロ子は試着が成功裏に終わった後も、猶彼女は美奈につき合い、俊夫も美奈の添え物みたいに二人につき合った。もうヒロ子は東京へ戻るのを遅らせることに、何ら抵抗がなかった。美奈はそのヒロ子の好意に彼女の希望を含め、俊夫に和食の店を予約させた。俊夫は木幡夫妻を見合いさせた『信濃路』なら無理がきくので、彼は離れの特別室の空きを確認した。すると草薙が人数を二人で予約しているのを知り、そこを彼に譲る交渉をした。草薙は俊夫のその話に彼の相手は詩織だから、彼女も高島ヒロ子のファンだし、いっそのこと同席でどうだといってきた。それを美奈と協議して、俊夫は同意の返事を草薙に返した。

『信濃路』は別に満員ではなかった。俊夫がその部屋に拘《こだわ》ったのは、何処より静寂が保たれ、落ち着いた空間が築けるからだった。美奈はそんな俊夫の苦労を意に介さなかった。言ってみれば、美奈はそんなものの知識も知恵もないが、それを簡単そうにこなすのが俊夫の役目だと信じていた。だから彼女は安心して、自分の与えられた責務を全力で果たすことができた。美奈はそれを承知しているからこそ、言葉にも態度にも示さないし、当たり前と処理しているが、それは表向きであって、こんなことがあればあるほど美奈の俊夫への感情がいや増し、より彼女の俊夫への想いが強化された。それは彼女の血が騒ぎ、彼を求め蠢《うごめ》きそしてその期待に数値に表せないほどの莫大な性の不安が、俊夫への愛の深さと逆比例して増大するばかりで、美奈はかつてのように唇もそのため許さなくなっていた。美奈は相本により性の訓練を受けて、確かにそれは体験していたが、それは技巧であって愛の行為ではなく、美奈の俊夫への思慕が究極に高まり、心を揺すぶり身悶えし、はしたなく俊夫に見とれたりして、溶けてしまう麻痺の間隔の中で、自分の性への嫌悪と肌身を許す恐怖が重なり合って、虚ろな毎日だった。だから美奈は俊夫と顔を合わせたくなく、逢っても前のように彼にじゃれついたり、キスもしなくなり、体が熱病に冒されたように、体がだるく浮いたような不思議な感覚を実感していた。そのつのる思いは端から見るといじらしいほど切ない美奈の胸の内が伝わってきて、ヒロ子もその奥手の美奈に感動していた。幸か不幸か美沙登とは逢う回数も少なく、悟られることはなかった。ヒロ子は快く美奈の招待を受け入れ、新婚旅行の衣装を約束して朝一番の列車で帰っていった。

次の日、美奈は早めに家を出た。俊夫の部屋を少し片そうと思いついたからだ。ドアを叩くと俊夫の声がしたので彼女は開けると目の前に俊夫がいたので、美奈は後ずさりした。彼女は俊夫の抱擁を避けた。彼はそんなつもりもなかったが、つい美奈が避ける分、勢いがつき強く彼女を引き寄せた。美奈はそれを逃れるように外に出て、言い知れぬ後悔に苛まれて悲しくなった。美奈は彼の部屋に入れなかった。俊夫の支度が出来て出てくるのをひたすら待った。美奈は頬に涙が溢れ止まらなかった。言い訳を美奈はしたくなかった。俊夫は暫くたって出てきたが、美奈の不審な行動に気づかず、彼女を誘導した。彼が鈍感なのが彼女の救いだった。だが美奈の罪の意識は尾を引き、償いを別な形でもいいから行いたかった。

良男と美沙登は外で待っていた。車は俊夫のものだった。美沙登は俊夫に会うのは久し振りだった。美奈は美沙登の顔を見て安心した。ともかく俊夫の気勢を制することは出来た。彼女は美沙登にベッタリついて、離れず会話を続けた。その殆どが会わない間の経過だった。

美沙登は良男に登山のこつを教わった。指導が良かったのか、粘り強い気力を示した。美奈は精神が不安定な上、訓練不足でバテ気味で助けを求めたかったが、歯を食いしばってその場を凌ぎ、俊夫の力を借りなかった。

小松の墓はいつもと変わりなく、変化したのは人間だけであった。美沙登は美奈の変化の原因の元があまりにも乙女チックなので、対処する術を伝えたくなくなっていた。美沙登も良男も俊夫も変わらず。美奈だけは僅かずつだが脱皮し大きな変化を遂げ、艶やかな蝶になるがそれは後日で、その兆候は現れていた。

2

美奈は大安の日の前日から雑用に追われて忙しかった。結納の日、相本は午前十時に来ることになっているから、そのため母の加奈は美奈よりもっとせわしなかった。男の恭介や俊夫は呑気なものだったが、謹慎状態で何も出来ないで退屈していた。しかし文句も言えず神妙にしていなければならず窮屈だった。俊夫は内密に恭介と連絡を取り、そっと抜け出し、酒を飲むことにしていた。恭介はこの俊夫の提案に拍手喝采で、この話せる婿に喜んでつき合った。二人の共通する気持ちは飲んでいる処を咎められない、近くの飲み屋を探すことだった。だが実現は難しく、むしろ普段行かないヤキトリ屋に行った。それでも俊夫の事を覚えていた。どうも美奈のような目立つ女と来たのが悪かったらしい。恭介はこういった種類の店は珍しいらしく、どこもかしこも興味津々だった。俊夫は注文をしたいが、恭介の好みを知らなかった。

「何か嫌いなものはありませんか」

「特にないよ、飲み物は酎ハイってもの飲んでみたいな」

俊夫は初めての人に突飛なものも注文出来ず、レモンハイを二つ、雛鳥、皮、ねぎま、手羽、それにボンボチは塩で自分のものだけ頼んだ。目敏い恭介は酎ハイに満足して、俊夫の前にしか置かれなかったものを試食したがった。

「これも鶏のある部分かな」

「ええそうです。これは鶏の尻尾の処で、脂肪だけでボンボチといいます。食べてみますか」

「見たことないな、美味しいのか？」

「味は殆どありません。食感がいいんです」

恭介は食してみて、意外な美味に感心した。

「君は食べ物に詳しいのか？」

「美味しいものなら」

「美奈さんは困るんじゃないかな」

「美奈さんは料理が上手ですよ」

恭介も俊夫も乾杯した。女共の喧噪から逃れて、こうして飲めることに感謝した。

俊夫は恭介の性格やどんな理想を持っているかがよく分かった。

「この大町を大都市に負けない都市計画と、観光で多数の客を呼び、経済の一翼を担いたい。そのためには自然破壊もやむを得ない」俊夫はその恭介の話に感動した。

「大町を長野最大の観光地にしましょう」

「人が大勢来て経済は活性化する。多少の自然破壊も後処理さえすれば問題ない。ともかくこの地に金が落ちることが肝要だ」

「わたしの夢に、雪ケ岳にリフトかケーブルカーを建設することがあります。是非実現したいと思っています」俊夫はいかにもやり手らしい発言をして恭介を喜ばせた。

「それはいいな。夢は大きいほうがいい。まだそれは夢だな」

「そうですね、莫大な費用がかかりますからね」

「おいおいまさか試算したんじゃないだろうね」

「これは生涯にわたるプロジェクトですからね。簡単に引き下がれませんよ」

「本当にやる気か。果てしない夢かもしれんぞ」

「わたしたちの子供に残せればと考えているんです」

「それが俺たちに課せられた使命なのかもな」恭介は俊夫の人間のスケールの大きさに感嘆した。社会の戦士として恭介は強力な味方を得た思いで感動していた。人間生きていてよかったと感慨深げな面持ちだった。この男なら全財産を託しても惜しくない気がした。良い婿を美奈は持って来てくれたと彼は巡り合わせに感謝した。

「俊夫にわたしも全権を託し、協力しよう」

俊夫も恭介に胸の思いを打ち明けたのは初めてといって良く、心を許し合えた気がした。飲み進めるうちに、美奈の事になった。

「明日は婚約だな。美奈をよろしくな。自分の娘ながらよく分からない娘でな。わたしとも気が合わないんだ」恭介はこんなこと他人どころか、誰一人として語ったことはなかった。

「俊夫は美奈とうまくいっているのか？」俊夫はすぐ「はい」と返事すべきが口籠もった。

「会社に入社してくる若い女の子を見ても、美奈は全く別の人種のような気がする。小さい時から霊能力が強く、一人遊びをする子で自然を駆け回っていた。友だちが出来なくて心配したりもした。愛嬌はいいが何考えているか分からないし、全くわたしに馴染まなかった。ただ古い考えの女で、親には逆らえなかった。それが相本の事件を触発してしまった。でもあの子は君に尽くすような類いの女だよ。その点は心配ないけどそれが君の重荷にならければいいと思うけれどね」

「わたしだって、変わっているのは負けません。変わり者夫婦もいいかもしれません」

「加奈も君と話したいといっていた。君は八代家の希望の星だ。頼むぞ」

　男共が飲んだくれているうち、美奈と加奈は詰めに入っている。

「これは美奈の着る振り袖、これはわたしの付け下げ、美奈の髪を何時結いに来るの」

「八時よ」

「じゃあ六時半には着つけしないと間に合わないわね」

「そうね、じゃあ朝は五時」

「そうね、わたしもその時間に起きるわ」

「帯は誰が結んでくれるんでしょう」

「着つけの人が六時半にくるわ」

「化粧はわたしがするの？」

「とんでもない、それもやはり六時半よ」

「お母様はどうするの」

「わたしよりあなたを優先しなきゃ。あなたが主役でしょ」

「そういえば、お父様は？」

「いいのよ、いないほうがいいわよ。あなたは俊夫を見ていればいいのよ。そういえばどうなの彼とのこと、最近どうなっているの。うまくいっているの？」

　美奈は加奈の問いに直ぐ答えられなかった。蟠《わだかま》りのようなもやもやした気持ちが彼女を包んでいて、うつつになっていたのだからだ。

「わたし俊夫さんならいい、そう思って結婚を承諾したのよ。それがぐらついて、ううん心配しないで、俊夫さんの事嫌いになったんじゃないから安心して。むしろその逆だから。でもその選択肢が正しいか、本当によかったのかは迷ったりするけど。でもお母様、結婚ってしなければいけないの？」

「何言ってるの、自分で決めたんでしょ。何が問題なの」

「わたし、女として大丈夫よね」

「何を言いたいの？」

「あの」美奈は言い渋った。「わたしの体って女としてちゃんとしてるわよね。恥ずかしくないわよね」

「馬鹿ね、立派な体して。おまけに胸も恥ずかしいくらい大きくなって。立派な女よ」

「でも、でも男と女って、あんなことしなけりゃいけないんでしょ」

「おまえは、そんなこと考えてどうするの。そんなのは俊夫に任せればいいの」

「でもお母様、このごろ俊夫さんの顔見るのが怖いの。この人がわたしの裸を見てしまうのよ。今も婚約したらすぐにでも襲われそうな気がして」

「俊夫は紳士よ、心配するほどのね」

美奈は納得がいかない拘《こだわ》りがあったが、多分にそれは加奈や沙耶加の教育のせいかもしれなかった。二人の女性は女の処女性を絶対視して、夫に与えるものという思想だった。それで女は夫の色に染められ、男の好きな女性へと教育されるのがいいと言い続けてきたことにあった。美奈は女が男に体を許し初めて女になるのなら、最初の一歩こそが肝心だと信じたし、その日うまく一つになれなかったら、彼女は悔いが生涯にわたり残るだろう。またそうなりたくないし、俊夫が彼女を襲ってきたとき、恐怖でその場を駄目にしてしまう、その恐れであった。それとまた、美奈は自分の体を俊夫が気にいってくれるか心配だった。他の女性と比べ美奈は女として魅力があるのか、「わたしは我が儘」と我が身を責めても始まらない。そして俊夫は男としてどうだったのかも、彼女の気鬱の種だった。美奈は男女のことも、俊夫のことも、そして男の知識もなかったのだった。傀儡としての美奈は、相本健司との接触はあった。しかしそれはあくまで愛情のない儀式であり、それを行っただけであり、愛情が伴うとこうも感覚が異なるのか実感していた。だが感情はその気になればいかようにも変化が可能な代物であり、また厄介なものだった。美奈は時々俊夫に犯される夢を見ることがあった。無理やり美奈の中に入って体中を駆け巡り、美奈を凌駕するのだが、性的興奮と俊夫の思いが重なる夢に飛び起きるのだった。それも美奈の重い負担となっている。

「ともかく明日寝坊しないように変な考えをしないことよ」

「分かったわ、寝不足は美容の敵ですもの」

「そうよ、自分のことを中心にしてそれに打ち込めば、雑念は消えるわ」

「それしかないのね。そうするわ」

「お前は一つの事になると、他のものが見えなくなるから、別の心配が出来るけどね」

美奈は首を竦めた。その通りだからだ。

「お母様、寝るのにはまだ早いわ。コーヒーでも入れます」

「じゃあお願い」

「美奈の入れるコーヒーは美味しいからね」

「小松のおじさまの直伝よ」

「そうだね、お前は八代の長女の割に、小松さんとか沙耶加姉さんに世話になったりして、苦労したね」

「それは違うわ。だってそれで悲しかったり辛かったことなかったもの。それにわたしの我が儘が原因ですもの」

加奈は美奈の過去とこれからの未来との差に美奈がついていけるかわからなかった。その不安ともつかない不確かな感覚は、美奈が次元を超えた存在だからなのだった。美奈の特殊な才能が彼女をそうさせているのだ。それはそうとしか呼びようのないもので、内面に抱えている彼女に別の人格が住み着いているかのように、人格が入れ変わったように、自分の意志に反して、勝手にもう一人の自分が答えている、美奈としては嫌な感覚のする状態だった。

美奈はその夜寝つかれないでいた。明日は待ち兼ねた俊夫との婚約の日である。彼女ももう二十五である。そればかりが原因ではないが、時の流れの遅さを覚えた。早く事が、結婚が済めばいいものを、事の成り行きで半年も後になってしまった。それだけではない、結婚式は彼女の誕生日の次の日に決まったことも、美奈に苦悩を与えた。俊夫は誕生日前だから二十七のままだ。表面では簡単に承諾したが、何も誕生日後に結婚式をもってこなくても、なぜ前の日にしなかったのか、女の心理を知らない処理に父と俊夫に不信感が過り、彼女の神経を苛んだ。その上に、半年も待つ張りつめた神経が、彼女の体力と神経が擦り減らないかが問題だった。

美奈は常に目覚まし等必要としない女だった。それが母に起こされるはめになって、己れに恥じ飛び起きた。彼女は低血圧なのでそんな起き方をすると、一日中頭痛がするのだが、そんなことはいっていられない大切な日である。幸い助けてくれる人も大勢いて、着つけも手伝ってくれたので、形だけはついたが美奈には不満だった。だが時間は待ってくれない、気がつけばもう相本が来る時刻である。もっと忙しくなったのは加奈だった。彼女は夫が自分で支度すると高を括っていた。洋服さえ揃えておけば自分で着るだろうと思い込んでいたのだ。相反して恭介は寝坊し、しかも二日酔いだという。イライラが高じヒステリックになっているところへ、美奈の不祥事でその爆発は辺りかまわず起こった。気は焦るし時間はないし、遂には髪を振り乱し最後までその状態は戻らなかった。

美奈は心臓が飛び出すほどの緊張から伏せ目がちで、かえって好印象を与えた。結納の品が床の間の前に置かれた時、彼女の全身に新たな力が漲り、他の能力が授けられたように新鮮な気分になった。体は喜びで満ちている筈だが、そんな歓喜の感覚もなく、麻痺状態が続いた。ともかく婚約も整ったのだ。憑き物でも落ちたように、時空の違う世界が広がるかもしれない可能性に、美奈は寒気に襲われ、それは瘧《おこり》病のように体を震えさせた。新世界が美奈にとって何をもたらすかは、俊夫と彼女次第ということだが、そんなことを彼女は意に介さなかった。美奈の中に強い意志が生まれ、問題の対処に立ち向かう姿勢が出来た。

午後からは、俊夫と美奈の友人を招いて、少しばかりの祝い事をすることになっていた。黒沢夫妻と村越真砂子である。それに美奈と個人的に親しく、俊夫も顔見知りの社員も招かれた。木幡夫妻は勿論、総務部の制服に拘わった連中も招待された。結城が結婚式は来ると言ったがこの会には来なかったし、添島もこの度本を出版する運びとなり、何かと雑用があって無理とのこと、結局この顔ぶれとなったのだ。美沙登はすっかり人妻としての風格があり、どっしりとした重みが感じられた。彼女は美奈と会うのは小松の月命日以来だが、自分もそうなのだろうが、人が違ってみえる。女ってお化けだって言われても仕方ない、そう独白する美沙登だった。そういう美沙登だって、その変貌振りには格別なものがあった。美奈も俊夫も各人に祝福を受けていた。だが彼女は二人に祝いを述べるつもりはなかった。それどころか、美沙登は少し周りが見えるようになって、二人の今がよく見える。ガラスの器のように割れやすい関係のようにみえた。俊夫の屈託ない態度に好感を持ったが、問題は美奈だった。美奈の俊夫への募る思いは鋭く彼女の心を突き刺し、乱れて平常心を失い、有頂天になっていた。だがまだ始まってもない芝居を、勝手に劇中だと思い込んで早呑み込みしているようなものだった。でもどうだろう、今夜のこの美奈の艶やかさはどうだろう。磨きをかけた美しさが、表面に溢れでてオーラとなって彼女を包み、蕩けるような微醺が漂っていた。それに美奈の着物姿は手慣れた感じを与え様になっていた。錯覚というのは恐ろしい、誰もが手放しで美奈を称賛する。あの冷静で理知的な真砂子でさえ、美奈の立ち振る舞いや、艶やかさを褒めちぎるので、美沙登は白けて言うべき言葉を失した。後は推して知るべしである。

「美奈さん、婚約指輪見せて下さい」大滝は制服の件以来のファンで、近く谷村と結婚する予定があったからだ。それも美奈に報告したかったのだ。

「いいわよ」美奈はさっきから見せたくてうずうずしていたので、嬉しくて仕方なかった。このときばかりは、彼女もただの平凡な娘だった。その指輪はもう箪笥にしまった後だったので、つと立ち上がった。振り袖の全容を垣間みることが出来た。大滝ばかりでなく、殆ど全ての人が、美奈が立ち上がった姿を見据えた。その姿は誰もが真似しようのない、彼女のもので太刀打ち出来ない美があり、その世界に浸るようになった。そんなものは、美沙登にとって美奈という人間には当然のことであり、取るに足らないものだったし、興味もなかった。

「俊夫、このごろ忙しいみたいね」

「美沙登こそ、良男の世話で暇がないだろ」

「嫌、僕は留守がちですから」

「だからよけいに熱が入るんじゃないかな」俊夫は夫婦生活がうまくいっているのを冷やかした。良男には通じないが、美沙登はそれに焦れて良男を小突いて目配せしたが、それが通じる相手でもなく、結局彼女がでしゃばることになった。

「俊夫は美奈しか見えてないんじゃないの。わたしなんか相手にならないらしく、すっかりご無沙汰よね」美沙登は疎遠になりつつある関係を自戒すべく言った。俊夫も喧噪にかまけて友との往来を忘れ、美奈の長き髪に惹かれていた。その反省は彼を道化に走らせ、その空白を埋めていたにすぎない。

「美沙登、互いに余計な邪魔物が入り過ぎたな」俊夫は過去へは後戻り出来ない侘しさに、道の選択を誤ったような気分になった。だが現実は最早隔たりは覆えない溝になり、格差が出来てしまった。美沙登は気丈な女でそれを口にしないが、良男の考え方がそれにそぐわないものであり、もう破綻を見せ始めているので、彼女は精神に疲労が残り、窶《やつ》れているように見えた。だがそれによって彼女はより全般を見渡すことが出来るようになり、より理性が優先するようになっていた。美沙登の本来の資質と異なった物が備わったのだ。それが彼女の幸福とむしろ逆比例であるなら、なんのための知識か疑問があるが、現時点では正に彼女の置かれている実情だった。

「俊夫はあまり美奈と会話しないの？」

「何故そう思うんだ」

「美奈が独走してるの簡単に許しているようだから」

「いいんだ、彼女の好きなようにやらせておけばいいんだ。美奈なら大丈夫」

「あなたらしくない事言うわね。監視と信頼は別物よ。とんでもない事態に陥っても知らないわよ。もっとも被害をこうむるのはわたしじゃないけれど」

俊夫はそのとき既に彼自身の危機を察知していた。それはまだ無意識の中にあったが、それがそのまま挫折の指標になるとは限らない。単なる気のせいかもしれない。

美奈は二人が話しているのを見て、振り袖の袂を抱いて中に入って来た。

「美奈、その振り袖豪奢だわ。相変わらずね。あなたの夫になる人大変ね」

「わたし贅沢じゃないわ。自然にこうなっただけ」

「でもそれが『習い性となる』って言うわよ」

「美沙登はどうなの」

「わたし？　出来れば贅沢したいわ」

「わたしは俊夫さんがいればいい。生活出来ればいいわ」

「そんなのつまんない、男なんて結婚の手段よ。誰だっていいの。気が合えばね」

「それにしちゃ、いちゃいちゃしてるな」

「俊夫の鼻の下ほど長くはないわ」

そこへ美奈が口を挟んだ。美奈は会話に飢えていた。いえ、美沙登とのお喋りに耐えられず、しかもこの美沙登の言葉に引き下がれない気がしたのだ。

「美沙登、わたしがいないのにかまけて言いたいこと言ってるわね。俊夫さんはわたしを守ってくれてるから、そう思えるのよ。決してわたしを甘やかしているんじゃないわ」

「美奈、この前気がついたけど、あなた変わったわ」

「そうかしら、俊夫さんと婚約したから」

「それも多少はね。わたしより都会的になったわ。それだけじゃない、美奈はその都会の汚いものまで取り込んでしまったみたい」

「どういう意味？」

「もう美奈は専務夫人の役割を果たしてるわ。そのあなたが二人だけの生活なんて笑止だわ。もうあなたは元に戻れないわ」

「わたしが周りに薄汚れたと言いたいの、美沙登、だったらあなたの目も汚れているのよ」

「そうだといいけど、これがきっかけでわたしたちの仲が崩れないといいけどね」

「馬鹿ね、美沙登約束した筈よ、環境の変化で友情は壊れないって」

「それを信じていいのね」

「美沙登言い過ぎだよ。僕たちの友情は同じだよ」俊夫は美沙登の言いたいことも分かるが、それでならぬと思っていた。

「美沙登、わたしを信じて。わたしは絶対あなたを裏切らないわ」

「そうさ、美沙登を裏切ることがあってなるものか」

「そこまで言うならもう何も言わないけれど、今の俊夫を見てもあまりにも即物主義に走り、社会に迎合しているわ。あの詩を愛していた時代の面影はどうなったわけ？　それに寄り添うような美奈にも気かかりだわ。美奈の純粋さが失せ、俗物になったみたい」

「なるほどね、美沙登の言いたいことは分かったよ、肝に銘ずるよ」

「美沙登、あなたも約束して、以前のあなたに戻って、いい友だち関係を保ちましょう」

美奈は大滝が写真を撮りたいというので、その場を離れた。俊夫は良男にも言葉をかけた。

「良男、身分の差や収入の差はいかんともしがたいが、この二組の夫婦の絆は固くしたい。変わらない関係が続くようお互いに努力しよう」

「でもそんなの何の慰めにもならないわ。具体的な案はないの？」

俊夫は美沙登にその言葉の答えを言うべきか迷って、遂に言うことはなかった。それは後で分かることだが、それほど口を閉ざす理由のあることではなかった。

　美奈は大滝と雑談していた。谷村隼人と結婚するので、美奈にお祝いの品物は何がいいか打診していた。谷村も傍にいた。辻も恋人を連れて来ていた。真山真理子は片倉利正という男を連れて来ていた。彼は八代開発の従業員ではないが、優秀な営業マンと噂の高い男だった。彼はここに来たのは真山の影響がかなりあった。美奈という女性に興味があったからだ。真理子のいうことが本当なら、世の中にそんな女性の存在を認識しておきたかったのだ。その期待を上回る美奈の存在感に圧倒されていた。真理子は着物には興味がなく洋服に関しては誰にも負けない自信があったが、美沙登の着こなし方や、自分に合った洋服選びを見るにつけ、素晴らしいと感じていた。その美沙登より遥かに優れた美的センスを持ち、その美貌とスタイルの見事さ、身のこなしの気品に溢れた仕草との相乗効果もあって、見事な均衡を保っている、着物姿の美奈はその上を行く鮮やかさで迫ってくる。その装いの完璧な色の配合の見事なさまは、今切り取った断面のように斬新な鋭い切り口を見せていた。真理子は噂どころでない美奈の着物姿にうっとりしていた。彼女にも予測のつかない出来事だった。それに魂を抜かれたように放心している片倉に強い嫉妬心を覚えたが、その気持ちより美奈への称賛の気持ちの方が強かった。谷村は営業に今年から転属して、結婚を機に心機一転気持ちを入れ替えて、まずまずの好発進しているところだった。彼は真理子と親しくなかったが、大滝友利絵と真理子が急接近した事情があったからだ。というのも真理子も友利絵も美奈という女性を媒体として知り合ったからだ。不思議な縁《えにし》で近隣の仲間内に加わった人々が、こうして美奈の周りに集ったのは何も偶然ではなく、彼女の特質の一つなのである。また別の見方をすれば、美奈の色香に迷った誘蛾灯の役割を彼女がしていた。美奈がいることにより優秀な男性が群れをなし、競い合うのは星のようにきらびやかで、派手な凡そ美奈の考えとは逆の、血で血を洗いかねない超現実主義の作法で、耽美な世界を表現しているように、退廃の匂いがした。美奈はその即身仏の如来の再来か女神の誕生の来光か、その体内から射すたまゆらの輝きを持つ光が、後光のように彼女に降り注ぎ輝かせていた。それは何よりも美奈が贅沢な女であり、天性の美に加えて付加された豪華な衣装や、化粧髪形、更に優雅な身のこなしによって、また美奈の相本によって開発された女としての魅力の手管が、程よく醸し出されて、強烈な色香を放っていたからに他ならない。それに美人にありがちなツンと澄ましたところがなく、極気さくで愛嬌のある女だったのも輪をかけて、美奈を魅力あるものにしていた。

「この振り袖凄いですね」谷村は洋服の美奈を知っているが、この着物姿はこの世のものとは思えないほど素晴らしく、ただ褒めちぎるばかりだった。片倉は呆然として真理子の存在を忘れてしまった。そして美奈との会話もそれは楽しい一時だった。そして美奈が放った言葉が、片倉の人生の方向を変えるのである。

「片倉さんのような優秀な営業マンがうちにいるといいんですのにね」

　村越真砂子はその席で、美沙登とは話したが、美奈とは言葉を交わさなかった。俊夫は真砂子にあれこれ話しかけ、彼女もまだ結婚に拘っていることが分かりほっとした。

「妹の病が重く身を固めるのはまだ先だわ」

「そんなに悪いのか」これは俊夫と真砂子しか知らない事実なのだ。

「わたしのことも分からない錯乱状態の時間が長くなってるの」

「前に隔離するという話があったがそれはどうなったの」

「いよいよ本当に隔離病棟に入院なの」

「立ち直る可能性はあるのか」

「諦めなくてはならない時期に来ているのかも」真砂子の重荷が彼女の人生を狂わせ、俊夫への想いを断念させた理由の一つになっていたが、彼女はそんなことは口が裂けても言わなかった。そして妹の話は禁忌となり、語られる機会も逸していた。

「そんなにか、真砂子からその話を聞いてから、もう五年くらい経つのかな」

「そうね、そのくらい前ね」真砂子は俊夫に打ち明けたお陰で、肩の荷が少しは楽になった気がした。現実にこの妹の監禁入院は、真砂子に静謐を与え彼女の将来を考慮する時期に達した。真砂子が植草の求愛を拒否した経緯は、単に俊夫への恋慕が残っているとか、植草が嫌いというのでなく、ただその時点での真砂子の状態がそれを許さなかったのだ。俊夫はその中にあって彼女が心を許し、頼れる相手だった。それも美奈に横取りされるように俊夫の気持ちが美奈に移っても、真砂子は変わりようがなかった。だがこの妹の事が起因となって、新たな展開が生まれる可能性が出て来た。

「妹さんは隔離されて面会謝絶なのかな」

「凶暴性があるから駄目なの」

「そうか、何でまた俺に言う気になったんだ」

「もう自分の肩の荷が下りたと思うからよ」

「そうだな、もう自分のことを考えてもいいよ。真砂子は十分にやったよ」

「それにね、あなたの婚約を機に、わたしも気持ちをふっ切りたいの」

「君は聡明な女性だよ。これがきっかけで気持ちもすっきりするなら、思い切り事業に打ち込めるな」

「ねえ俊夫、わたしあなたの参謀のつもりなの。そう思っていいわね」

「当たり前さ、お互いに頑張ろう。僕たちはパートナーだ」

「命懸けであなたをサポートするわ」

「君にも春が来るといいな。僕の選んだ道はどうか不安があるけど、後へは引けない。そんな事のないよう見つめているよ」真砂子は早くも俊夫の中に持ち上がっている、己れへの不審が湧き出るのを感じて、彼女は人間の愚かさを思い知った。間違いは誰にも起こりうるが、修正する勇気がないその愚かさと、もしそうしてもその人となりが同じなら、結論は不変であると思ったからだ。自分を問いつめても同じような答えが返って来る。その淋しさを感じるのは多分後になってからだろうが、その時二人の間の距離はどのくらい離れているのか、今の状態では心もとなかった。真砂子の心のより所がこれで失せてしまったので、諸に真砂子の実体が表に出て彼女らしさが現れるに違いない。

「わたし俊夫が婚約して何もかも失った気分だわ。他に求めるといっても、結婚はあなたの印象が強くてそこから抜けられないし。取り敢えずは仕事専念だわ。さっきいったのは本当よ。あなたのためなら命を懸けていい。美奈さんには悪いけど」

「思いつめることもないぞ。真砂子も自分の道を進めばいい」

「それがないから当分はこの線で行くわ」

「そういえば、多恵子が本を出すって聞いたけど」

「彼女ったら、もう他の男と同棲してるらしいわ。その男が主になって出版するらしいわ。陶器に関する本だとか」

「多恵子は一人でいられない女だからな。まあよかった、しかし彼女がクラブで文字を本にした最初の人間か」

「何言ってるの、俊夫だって『詩』の本出したじゃない」

「そんな昔の話、忘れたよ」俊夫は『詩』の心を失い俗物になった自分を責めているようだった。真砂子はそんな俊夫を愛したのではなかった。だがまだ壊れやすい感性は生きていて、それが彼を苦しめ苛んだ。真砂子はそれが悲しかった。もうあの青春の輝けるような煌めく一瞬はないかもしれなかった。そう、青春の幕は下りたのだった。俊夫もそれを知っていて、明るく振る舞っているのだった。

3

美奈は俊夫にせがんで日帰り旅行を実現していた。ともかく理由はともあれ彼女は二人きりになりたかった。ある種の不安はあったがそれより俊夫を信頼する気持ちが強かった。小諸までのドライブは爽快なものだった。美奈はドライブならどんな長時間でも平気だった。島崎藤村の懐古園もそうだが、真田家の軌跡も追おうというのである。もっとも俊夫は幸村の行動に興味を持っているので、彼のことはよく調べたりしていた。沼田や岩櫃も行きたかったが、一度には無理だ。美奈にとって場所はどこでもよく、俊夫の言うことを真剣に聞き、彼女の尊敬の念は深まっていった。どうも俊夫は敗者信仰のようなものがあって、負け犬が好きだった。これもその一環なのである。美奈は藤村という名は知ってはいたが、詩人としての名でしかなく、『夜明け前』という小説は読んだこともなかった。美奈は今でも自然の中に自分が溶け込むのが好きだった。だからだろうか、こうした自然であっても人工的な公園を希望したのだった。それで小松の月命日に墓参りに行かなくなった言い訳が通じるのではないが、努めて野暮な格好は避けた。奇麗に着飾っている楽しみが、俊夫の熱い視線を思うときいや増して、彼の好む方向へ向かい、野生の部分が消失したのだ。今日も美しく装い俊夫に寄り添った。それが俊夫の好みなのだ。彼女はT・P・Oは外してはいないが、彼の理想の女になろうとしていた。だから着る洋服の趣味も変えた。より大人の大胆に体の線や、肌の部分が多く見えるものが彼は好きだった。以前自分の妻になる女を他人に見せていいのかと、尋ねたことがある。その時彼は自分の妻がどんなに素晴らしい女か自慢したいからいいのだと言った。彼女はそれ以来自らに課せられた己れの肉体に磨きをかけることを欠かさなくなった。彼女はそれを嬉々としてやりこなしていた。彼女の本来ある美的感覚が最高位に発揮されて、細部まで磨くことが出来、彼女はご機嫌だった。この処、美奈はボイストレーニングを行っていた。

俊夫は美奈のために新しく車を買った。彼はB・M・W、それも真っ赤な、を初乗りしたかったし、美奈に見せたかったのだ。美奈はその車に満足していた。二人には場所が何処だろうと全く無関係で、折角由緒ある処でも何の意味も持たなかった。だが場所と環境が変化するだけで、気分が高揚するのだった。

美奈は婚約の次の日、母に呼ばれていた。加奈は美奈の日頃の振る舞いを見て娘に打ち解けた話がしたかったのだ。加奈と恭介は寝室も部屋も別々で、既に性交渉もなく、夫婦でもかなり確率の高い仮面夫婦、同居離婚という練獄に陥っていた。美奈には同じ思いをさせたくなかったし、これからの心積もりと心得を押しつけがましくなく伝えたかったからだ。娘の家庭的な側面も見ているからそれは心配しないけれど、問題は別の処にあった。

「おまえは入れ込み過ぎだよ。そんなに気を張りつめていると、体が参ってしまうよ。もっとリラックスして、事に当たらないと大変だよ」

「でもつい力が入ってしまって」

「でどうなの、もう気持ちはすっかり俊夫のものになってしまってるけど」

「やだ、お母様そんなふうに見える」

「そんなふうも何も、おまえは俊夫しか見ていないよ」美奈は赤面した。

「だがね、女ははしたなくしちゃいけないよ」

「そんなにも」美奈は身の置き所がないくらいもじもじした。恥ずかしさが体全面を襲い、下を向いたきり黙った。

この処、両親との間が疎遠になっているのに気づいたからだ。いいやそればかりか俊夫以外の人との連絡が密でないことも悟っていた。でも彼女は俊夫に所有され、自らも俊夫を我が物にしたがっていたので、その点後悔はなかった。

「このごろのおまえはデレデレして一つもおまえらしくないよ。まるで蕩けるようになるのだから、それは仕方ないとは思うけど、もっと自分を見定めておかないと後で辛い思いをすることになるよ。それには先ず自分の事をキチンとしなさい」加奈は言葉を模索していた。

「いつもそんなチャラチャラした格好してないで、掃除の仕方や洗濯物の干し方を覚えたり、料理も学校で習った物でなく、おかず、それも俊夫の好きな料理と味を覚えなさい」

「それは大丈夫、やるようにするわ。それよりもっと俊夫さんの事知りたいし、それに」流石に美奈も性のことを口に出すのは憚られた。男の体を知らないと言ったら嘘になるが、男と女が実際にどうしているのか、その方面の知識は皆無だった。今更ながら相本との強引ながらも結婚を承知したものだと思う。加奈は突然の美奈の沈黙の意味するものが分かり、うろたえてはならぬと気を引き締めた。

「馬鹿ね、そんなことは俊夫に任せればいいのよ」加奈にこう諭されても、気が晴れるわけもなくかえって憂鬱になってくる。

俊夫はもっと悲惨だった。彼は美奈のような不安はあったが、それが主な彼の問題点ではなかった。この処会社の営業成績がいまいち伸びないのである。由々しき事態には至っていないが、売上日計表を眺めて対策に苦慮しても、解決策は見いだせなかった。その上彼にはその方面の知識や経験させる先輩はいなかったし、女の裸は旅の際のストリッパーや、クラブのヌードショーくらいしかなかった。寺彼にだって筆下しの機会がゼロだったのではなかった。寺島が住まいだったので、赤線と呼ばれている『玉の井』を通った。家から工場の通い道が、ここが近道だったし、事実そこで春を鬻《ひさ》ぐ女たちと知己になった。彼女らにとって性はほんの戯れに過ぎず、体が疼く時は若い男を囮にすることがたまたまあったりして、その中の比較的若い女が俊夫を襲ったことがあったが、俊夫は逃げ出してしまい、童貞のまま過ごしてしまっている。もっとも、よく登山でも縦走する時には雑魚寝で女子大生と隣り合わせになるが、彼を知った彼女らは、「俊夫さんの隣なら大丈夫よ」と好んで彼の隣が安全と寝ることが多く、紳士として評判は高かった。だがそれは裏を返せば彼が男として失格のレッテルを貼られたようなものだった。

そんなことがあった後のこのデートは意味深いものである筈だが、そんなつもりは二人とも当然考慮に入ってなかった。刹那といえる楽しみを過ごすだけだった。美奈には母との会話が耳に残っている。

「中橋さんの処へは検査しに行ったらしいけど、それはいいことよ、それに体を洗うときに、ちゃんとおまえの大事な処もキチンと中まで洗わないと、あそこは垢が溜まり易いからね。それが臭いの元になったら大変だからね」

「そんなこと分かってるわ。おりものが多くて困ってるから注意してるわ」

美奈は俊夫を愛していればいるほど、彼との距離が離れていく気がした。俊夫の考えに疑問を持ったのでなく、彼女の焦りのようなものだった。二人とも落ち着いているように見えても、葛藤はかえって強くなり妙なこだわりとか、垣根のようなものが出来て、互いに自意識過剰になっていた。他人行儀で打ち解けず、空々しく恋人のようには見えなかった。

「結構観光客が多いのね」

「ここも観光地だからね。僕もこんなものが作れたらいいなと思っているんだ」

「いいわね、そうしたら人が大勢来て栄えるわ」

「これは夢なんだけどね」俊夫は恭介に語ったリフトの話をした。美奈は感激してそれを聞いていた。最早彼は現実の社会の中で闘士として闘う人間になろうとしていた。小松の墓参りも月命日をパスしたりして、恩を忘れがちになった。それだけではない。美沙登とも連絡も途絶えがちで、約束も反故《ほご》になりつつあった。それにもっと重要なことは、二人とも会っていても前のような感激がなかった。物足りない気持ちは長く続き、違和感がよそよそしさを倍増させた。

俊夫は事業に夢中になり、それに従う美奈もそれに追随し、申し分ない筈なのに、この隔てはいかんともしがたく、虚ろな気分が左右して気分が乗らないデートだった。それでも恋人のなりが出来るのも、まだ初心な羞恥心が占めていたからに他ならなかった。

六月になった。美奈は俊夫にも会いたいとは思ったが、結婚の準備が忙しく、それにいつものように物足りない逢瀬に飽きたせいもあった。俊夫は会社編成に力を注いでいた。それに真砂子に相談を受けていることもあって、会う約束をしていた。

真砂子は経営のことで行きづまっていた。元々和紙の民芸店では売上も高がしれていた。真砂子の女一人のつつましやかな生活では、そんなに費用がかからないから、直ちに生活に困ることはなかった。しかし真砂子も経営者の端くれだった。別に会社を大きくさせようかという野心はなかったが、安定路線を目指す彼女にも、抱負というものがあった。幸い、彼女の取り巻きが、面白い話を持ち込んだので、それを俊夫に打診したかったのだ。俊夫はその日出先になるので、外で昼食でも取りながらの話になった。

「わたしの店にも関係あるし、美沙登に関連する事柄なのよ。ユニバーサル産業の桐原という男が、得意先の紹介で訪ねてきて、中国と貿易をしているというの。和紙も向こうで刷れば格安になる、それには一定の条件が必要だけれど出来る。シルクは日本の価格とは格段に違う、刺繍で汕《すわ》頭《とう》のブラウスは日本にはないもので、それも見事で、店頭に出せば売れるのではないかというし、その刺繍を活かした製品開発もいいのではないかと思うわ」

「見本なんかあるのかな」

「それでお願いがあるの。俊夫にもそれを見て確かめてほしいの。何時がいい？」

「そうだな、その男は近くの人か」

「大丈夫よ、俊夫の都合で合わせるから」

　俊夫は恐らく記憶に間違いなければ、真砂子の店を訪れるのは初めてではないかと思った。松本駅から程近いその店はやはり女性らしい気を使ったものだった。真砂子にまだこんなに可愛らしさがあるとは意外だと俊夫は店を眺めた。客も何人かいて店員が相手をしていた。俊夫がその女性たちに名を告げると、客の相手をしていた女も彼を見つめていた。彼の名は知っているらしい。案内されると応接間という程の場所ではなく、事務所みたいな雑多な場所に真砂子と男が座っていた。テーブルの上には見本らしい品物が散乱していた。真砂子は俊夫の顔を見ると嬉々として立ち上がり、彼を迎えて桐原を紹介した。桐原は俊夫に名刺を出し、俊夫も交換に自分の名刺を出した。

「深木様は『八代開発事業』の専務さんですか。村越さんがわたしの友人だなんていうものですから、気楽な気持ちだったのですが」

　桐原は俊夫より大分年上のようだった。

「そうすると輸入品は中国だけでなく、東南アジアをカバーしてるんですか」

「その通りです。初めは衣料品が中心でしたが、そんな事言っていられなくなりまして、最近は木材製品にも手を染めました」俊夫の商売の勘が鋭く動いた。

「すると材木そのものも輸入出来るのかな」

「クリアしなければならないこともありますが、可能な筈です」

「それでは輸入出来る木材のリスト作成して戴けますか」

「分かりました」俊夫は自分の用を先に済ませてしまって、真砂子に依頼を受けた件が後になった。

「絹の刺繍は製品がここにあるだけですか」

「カタログなんかはありませんが、それだけじゃないですよ。言って戴ければ、ご要望にお応え出来ると思います」

「和紙の元本は日本で？」

「勿論です。スクリーン印刷ですから枚数は限られますが」

「日本の柄の複製じゃないほうがいいんじゃないかな」俊夫は真砂子に問いかけていた。

「オリジナルな模様がいいわ。俊夫、デザインの出来る人知らない？」

「まさか城之内さんに聞くには畑が違うし」俊夫は言いながら模索していた。「多恵子なら知ってるかもしれないな」

この協議で一番驚いたのは桐原だった。まるで恋人のように仲の良い二人であった。桐原は先ほどまで俊夫が専務だとは知らなかったが、真砂子から八代開発の令嬢と専務が結婚する話は聞いていた。とすると結婚するのは目の前の深木なのだろうが、ではこの二人の関係は何なのだろう、その不審は会話が進むほど強く感じられた。

この話が俊夫に新しい事業の示唆を与え、その案をまとめるために奔走していたため、美奈に会うことも少なくなった。一方美奈は専ら着物と洋服に時間が割かれた。着物は縫うのも仕上げるのも時間がかかるせいでもあり、それに合う帯や腰巻き、襦袢、半襟、帯締めも選ぶのに時間を要した。美奈は母に大島紬をせがんで譲ってもらうことにしていた。美奈は母が勧める華やかな色が入った紬でなく、一番地味なものをねだった。それは古いが最も高価な着物で、美奈の審美眼は確かと証明された。美奈は洋服にも時間を割いた。特にブラジャーは特注のため早めの注文をした。それに伴って新婚旅行に携えるネグリジェやショーツのカタログも美沙登を介して届けられ、そのいくつかが城之内と高島から申し出があり、美奈に贈呈された。丁度そのころボディスーツも試着しないかと取り扱い説明書が同送されていた。パンティのいらない補助下着のガーターも登場してそれもその中に説明書と共に入っていた。それは正に重宝なもので、あとで便利に使用し、再注文したりした。

後は家具とベッドや調理用品のような品物も俊夫に相談しないで勝手に決めた。俊夫は暇を尋ねてもうわの空で、美奈は待つのは嫌いで即決を望んだので、この事態になったのだ。これには美奈は四苦八苦した。当然加奈も一緒だったが、奔走は続き方向音痴な二人の珍道中は極度の疲労でくたくたになった。

だが新婚旅行の行き先と日程はそうとばかりは言えず、俊夫に頼み休みを取り『スイートトラベル』に引っ張っていった。

係員の二人の男女は親切に希望の観光地を問うていた。この当時、海外に行くのは夢物語で、人気の場所は九州の宮崎だった。俊夫も美奈も九州へ行くのは賛成だった。

「このパック旅行はいかがですか」二人の意見を纏めてパンフレットを本人たちに見せた。それは殆どの九州の県を網羅していた。

「わたし船にも乗ってみたい」美奈はただの憧れを口にした。するとまた別のパンフレットを持って来た。そのプランは神戸から九州の別府まで行くフェリーでの旅であった。俊夫も美奈もその案に飛びついた。彼らの披露宴は名古屋で行われる予定になっており、午後二時に終わってても夕方には神戸に到着できる。もっとも名古屋で一泊してもいいのだ。いや、恐らく二次会も二人がいないと承知しない連中だ。だが神戸には早く到着して市内や六甲山を見学したかった。結局計画は次のように決まった。

一日目　神戸→フェリー→別府
　地獄谷温泉
二日目　別府→長崎（五島列島）
　昼食（五島列島　伊勢エビ　アワビ）
　グラバー亭
三日目　長崎→霧島温泉
　露天風呂
四日目　霧島温泉→宮崎
　こどものくに
五日目　宮崎→指宿
　巨大風呂　砂風呂　磯庭園
六日目　鹿児島（飛行機　プロペラ機）→神戸

簡単なメモ書きが美奈の手に渡され予約をした。この旅行会社は俊夫の友人の大下修二郎の長野支店で、融通を利かせてくれ、なんとか収まったので、無理して割り込ませてくれたのだ。

夏になり美奈は海水浴も侭ならず、だが泳ぎたかった。俊夫にもついてきてほしかった。海は日焼けするから厳禁なので、彼にプールの予約をさせた。美奈が一人だと美奈に迫る男性が後を絶たないからだった。誰か誘うにも二人を邪魔する野暮な人はいなかった。

美奈はプールサイドに来たときは、赤いスイムジャケットを着ていたが、それを脱ぎ捨てると、深紅のビキニが目に飛び込んで来た。それは誠に目の毒で、見事な、ほんの僅かしか体を覆っていないボディーが現れた。美奈の真っ白な肌にそのビキニはよく映えたが、あまりにもまぶし過ぎるものだった。思わず俊夫は下の物が硬直するのを抑え切れなかったが、まして他の者は美奈に視線が集中した。従って、美奈はその視線の中で長く泳ぐこともできず、すぐ出ることになり、美奈は不満だった。彼女ならどんなものを着ても結果は同じだったかもしれないが、彼女も少し不用心すぎた。自分の肉体を男性の前に曝す危険に無頓着なのは、そういったことに神経が行き届かないし、男にとって魅力ある物と考えもつかなかったからだ。それが母の知るところとなり、手厳しく嗜《たしな》められた。

「お前は一つも立場を分かってないね。それだけじゃない、世の摂理の理解が足りなすぎるよ。男でお前の体を見て欲情を覚えない者はいないよ。それは女として成熟した肉体は、男にとって食指の動くほど魅力のある体だということだよ。この世には男と女の二種類しかいないんだよ。

その中で女として最高に発達した肉体を持つお前が、男にそれを曝け出したらどうなるとお思い？　それで良くない考えを起こされたら、どうやって守るつもりだい。俊夫も全能じゃないんだよ。自分のことは自分で守らなきゃいけないよ。それにあられもない姿をして男を唆るような、はしたないことをしては駄目。もっともお前は自分の女としての魅力に無関心、無頓着だから仕方ないけど、以後慎みなさい」

俊夫が美奈の恋の攻撃に苦慮した経緯が、美奈のあまりにも素晴らしい肉体にあったことに彼女は気づいていない。だから平気で男の前で裸体を曝《さら》したりする。無邪気な気持ちがまだ残っている、いや彼女は男と女の営みもそれが意味するものも、知識は皆無で男が彼女の裸体を見て、何故あそこを硬くするのか理解していない。そうでなければ相本健司にあんなことが出来る筈もなかった。これは相本のあれほどの性の技巧の訓練があろうと、中身を知らない糠に釘だった。だがこの状態はすぐに解消した。美奈が熟慮するまでもなく、それが何を意味するのか理解した。愛し合っている男女のプールサイドでの周りにおかまいなく行われている、濃厚な愛撫と口づけと体をまさぐり女の秘所にも手を滑らせようとしているのを、女が必死に押さえていて、男の物は水泳パンツの中で大きく膨らみはちきれそうになっているのを思い出して、顔を赤らめその意味するものの存在を意識し始めたのだった。それで美奈は余計に俊夫にキスを求めることをことさら避けるようになった。安易にそれを許すべきでないという考えと、性の恐怖がそうさせたのだった。そのとき以来、美奈は悶々と時を過ごすことになった。益々美奈は俊夫と会う機会を用事のない限り避け、部屋に籠もりがちになって、孤独感は増した。俊夫は真砂子の商売が自社にも営利を見込まれることを立証するのに懸命になっていた。

木幡は秘書課長になっていて、資料集めや整理を精力的に行い、俊夫を補助した。社長の恭介はあの飲んだ楽しい記憶が残っていて、俊夫を何回も誘った。俊夫は自分の現況を彼に話して断り続けていたが、それも終わったので相談がてら飲むことにした。その際、真砂子に彼女自身と桐原も来るように伝言した。まさか真砂子のためヤキトリ屋というわけにもいかず、『信濃路』で会うことにした。真砂子は場所柄を弁《わきま》えて和服で現れた。しっとりした女の情感を漂わせ、桐原は落ち着かなかった。女としての彼女の魅力に圧倒されたのだ。

「村越君の着物姿は珍しいな。だが琴を教えているんだから、当然といえば当然だが」

「驚いた、琴を教えてるとは知りませんでした」桐原は真砂子を見直した。まぶしいほどの真砂子の艶やかさだった。

話はまるで会議の様相になり、ことによれば会社に新しい部署の可能性も見据えたものだった。

「輸入先は中国だけですか」

「東南アジアをカバーしています。台湾、シンガポール等です。品目も雑貨全般を扱っています」

「自分一人で商売をなさっているんですか」

「女子の事務員が一人います」

「失礼ですが、奥様は」桐原政和は問われて困った顔をした。

「実は妻とは三年前に離婚しまして、独身というのは恥ずかしい限りですが、今は一人です」

「それは失礼なことを聞いてしまいました」

「それで資本のほうは」

「そんな個人に毛が生えた程度の会社ですから。もっとも、もっとやりたいことが多いので。わたしと組んで仕事をする人を探しているのですが、何せ一匹狼で過ごしてしまいましたから、これはという人物を探せないのが実情でして」

「どうですか、わたしの会社のグループの傘下に入りませんか。ここにいる村越君も一人で商売を始め、ずっと植草という者と、協力しあってやっていますが、パートナーではない。深木とは学生時代からの友人で近しいからなのかと面倒をみているようだが、この度、うちの娘と結婚することになり、これまで通りと言うわけにいかなくなる。村越君、どうだね、君の気持ちは」

「深木さんとはこれからも協力態勢は続けるつもりでいます。確かに美奈さんと結婚して、多少の困難を伴いますが、これは今後も残したいと思っています。桐原さんはこれからつき合ってどうなるかは不明ですが、植草さんのようになおざりになりたくありませんから、年月をかけて検討しますわ」

「それでいいならそうしなさい。どうだね、深木」

「村越の慎重なのは分かってるさ。これは時間ばかりでなく、桐原さんの腕にかかっているな」俊夫は細部の心の襞まで真砂子を知り尽くしている。心を許したい気持ちと騙され続けた、女の細かい揺れを彼は知っている。彼女は強く引っ張ってくれる男を求めているのだ。だが彼女は他人を受けつけない壁を作るほど男女間の感情は阻んでしまう体質になっていた。唯一心を開いた俊夫は自分の元を去ってしまう。その身代わりに桐原と言われても、それを受けつける真砂子ではなかった。

「ま、この事は会社発展の糸口になるかもしれない。当分内密だ、美奈にもだ」

八代恭介がこれほどの慎重さを示したのは珍しく、それだけ大きくなる可能性を見たからであるに他ならなかった。恭介は後の話は俊夫に任せて退席した。桐原は緊張が解けて足の痺れと尿意で手洗いに行き、俊夫と真砂子の二人になった。

「俊夫、本当のところはどうなの」

「いまの処は半分半分さ。この先は桐原の手腕にかかっているな。でも彼は野心的だ。それが嫌みや暴走に繋がらなきゃね。有望株かもしれないし、ただのこけおどしか見守る必要があるな」

「まだ未知数ということ」

「君だって、不安があるはずさ。それじゃなかったら僕を会わせなかったろう」

真砂子は彼が紳士なのはいいが女の気持ちが分かってないなと落胆していた。あんなに女心を詠んだ詩を書いたのに女の自分を認めてくれていない悲しさもあった。俊夫は元来、人の気持ちを見抜く能力に欠けていた。それが彼の行く末の障害や、人生の岐路に影響を及ぼすことになる。


夏も終わり秋が訪れようとしていた。美奈の身辺に婚姻の品が増えて徐々に部屋を占め、美奈はその検品に追われた。後二カ月の期間は長いとも短いともいえなかった。美奈は俊夫と家屋の点検もしなければならず、その日は空けて美沙登の家にも訪問することになっていた。

二人は車で郊外にある自宅になる予定の家を目指した。遠くから少し高台になっている深木邸はすぐ見渡せる処にあった。その日は天気が良く銅葺の屋根が真新しい銅色で輝いているのが見えた。工事はほぼ完成を迎えていて、仕上げが残っているだけだった。後は一週間程で作業は終わり、掃除をして二週間で渡せると高橋は言っていた。今日は彼も来ることになっていた。車を家の前に止めると鍵を開けてみた。仮で鍵を受け取ったとき以来、期待で夢は広がった。美奈の鍵を持つ手は震えた。美奈は初めて鍵を手にして緊張していた。木戸もなくただ黒竹の繁る玄関前を潜るように抜けると、この玄関がある。土地の手前には葡萄棚があり、奥には柿の木が植えてあった。これは二人の趣味ではなく、恭介が植えたもので、勝手に庭の手入れをしていた。格子戸の玄関はそれだけでは、防犯上問題があるので日本式では雨戸だが防犯には適さないので、シャッターになっていた。俊夫は玄関を美奈に任せて戸を開けさせると、彼女を先に中に入らせた。彼は雨戸を開け放して部屋を明るくした。まだ家具が収まっていないので、ガランとした感じなのは免れなかった。二人の目的は点検なので、分かれて調べることにした。それに釣られたか美沙登が顔を出した。前以て知らせておいたので、美沙登はその日を空けていたのだ。

美沙登は室内の贅沢な装飾に今更ながら、財力と収入の差を痛感していた。それより美沙登の肝に銘じたことに、この感触の差は青春の碑にするには残酷な気がする。

「俊夫もこんな大邸宅を建てたら大変ね。子供が生まれたらどうするの。何処も彼処も指紋だらけになって真っ黒になるわ」

「これが契機になって、わたしの責務の占める割合が高くなり、会社を発展させなければ」

「そうよ、生まれてくる子供のために基礎を作らなきゃ」

俊夫は夢を馳せていた。

「その為には、時流に乗って流されないよう、はぐれないようにしなくては」相乗効果と言うのか、悪影響なのかその乗りが彼らの魂に乗り移り、悪戯しているように見えた。

「富は何物にも勝るというだろう。商売の楽しさも知ったし、それに負けぬよう頑張らないと」

　美沙登は俊夫の変貌が美奈に影響を与え、彼女の一番嫌っている恭介の経営方針に追随する在り方を選択しているのには、どこか空洞のもがきに彼女には映った。俊夫は美奈への思慕が彼の人生を狂わせ、美奈も俊夫と同様なのが美沙登には悲しかった。それに自分の意志と正反対の展開だろうが、美奈も俊夫でさえむしろそれを歓迎している節があるのは、何か納得出来ない感がした。

「俊夫、あなたの理想としていた理念が、遠い昔話になったわね。あなたの美しい心は何処へ行ってしまったの。わたしの好きだった俊夫はもういないの。そんな俗物に何がさせたの。美奈もよ、俊夫にぴたりと張りついてそれに添ってるけど、一つもあなたらしくない」美沙登はこの両名と自分との交際が皆無になることはないが、これまでとは異なった交際になるのがみえて淋しかったのだ。俊夫は美沙登の気持ちを察したが、美奈は俊夫の中に喰い込み、身も心も目つきまでも、全てが俊夫の為にあり周りに盲いになっていたので、美沙登の気持ちに鈍感になっていた。美沙登はかつての彼女との拘わりが不可能なのが残念だった。それが手伝ってか、美沙登は何時もより口数も少なくすぐ去っていった。俊夫は胸に痛みのような後悔を覚えたが、美奈は彼といられる幸福が全てに優先した。

　二人は小松の月命日にも詣でず、小松山荘行きも滞り、俊夫は商売に励んだ。ところが、美奈は取り立てて打ち込めるのは結婚の支度ばかりで、それもある程度の終了を見込まれ、一人でポツンと過ごす時が多くなり、手持ち無沙汰の日が続き、とうとう秋の訪れを迎える時期が到達してしまった。美奈は話し相手もなく、悶々としていた。それを見かねた加奈は、娘に成すべきことの必要性の語るのを狙っていた。

　美奈が美沙登と会いたいと願ったのは、彼女の醒めた美沙登への想いの修正をしたかったのだ。美沙登も美奈に少し間隔を置いて接するようになっていた。公休日には美沙登は家事に追われ、家を離れることが出来ないので、美奈が黒沢家を訪れることになった。美沙登は最近近所つき合いにも慣れ、主婦として存在を認められるようになっていた。凡そ妻という位置に相応しくない美沙登が、それ相応に収まっているのも不思議な光景に映った。ただ美沙登は窶《やつ》れているのも見受けられ、美奈は自分の犯した罪を自戒した。

「結婚式の招待状を持ってきたの。二人でね。郵送しても良かったけど味気無いし、わたしがぼんやりしてあなたを怒らせたかもって、俊夫さんが言うもんだから、誤解を解くために直接渡したほうがいいと思って」

「非礼だというの。あなたはただ夢の中の事じゃない」美奈は接ぎ穂が見つからず、ぐっとつまった。美酒に酔い痴れて見失った物が舞い戻ったとまではいかないが、気を取り直したのだ。

現実に立ち戻り美奈は内省的で臆病になっていて、気鬱な自分に嫌気がさした。加奈は自分の出番が来たのを知った。頃合いもよし、式が後一週間に迫ったある日、加奈は美奈を部屋に呼び寄せた。美奈も渡りに船、母にしか相談出来ない話が多数あるのだ。彼女は美沙登に打ち明けるのが最良だし、気楽だったが彼女との間に気まずい風が吹き、美奈に躊躇を与えていたからだ。加奈は娘のねんね振りに己れの教育の不備とその償いになすべき修正も視野に入れていた。

「美奈、女は受け身だから男より欲求が奥に隠れていて、特に男を知らない未通女《おぼこ》の時はね。でも男と女の結びつきはあるときまでは、身も心も一つに溶け合い、この世の結花として咲き誇れるからよ。でも女はどうしても初めての男に弱いのが傷でね、だから初夜は大切な行事なのだよ、女にとっては。お前にそのときの心構えや心得を伝えられたらと思ってね」加奈は教えるではなく、過去の自分への清算のようなそれとて確信があるわけではない、空白の穴埋めを娘で行いたいのだ。

「どんな女だって、その女にとって初めての経験だし、後もない重大事なのに、その体験は二度と起こり得ないけど、誰しもが慚愧に溢れ無念とか、そのマニュアルや作法を先祖累々に伝える術が、事が事だけに湿っぽさや、後ろめたさが残り、どうしても秘め事、それも女同士の隠微な意味合いもあって、伝わりにくいものになってるからね。でも経験が積もって一つの真理を作ったわ。それは初めての夜は男も女も無知と緊張で見失いがちな交わりを、ただ一つになるだけに集中すべきとね」

美奈は母が意味する物は手に取るように分かったが、彼女の言えない不安を解消してくれそうにない話だった。彼女は今更ながら結婚に焦りを抱いていた。男に対する嫌悪感は昔から受け継がれ、潔癖な彼女を蝕んでいた。それが俊夫に深くのめり込めばのめり込む程強くなり、不安は高まっていた。それと母のいう女になる事の意義も、性の知識の理解不足故の不安もあった。美奈が相本健司と男女の交わりを覗き見した知識など、ひと欠片も参考にならなかった。

「女というのはどうしても初めて肌を許した男性に弱いのは仕方ないとして、だからこそ、その相手も時期や方法も選ばなければね。俊夫もまだ女を知らないみたいだし、よけいに失敗は許せないようにしないと、後で悔いが残るからね。ともかく二人が一つになるのが肝心で、愛し合うとかいうことは念頭に入れないことだね。俊夫だって初めて女の肌身に触れ興奮し、ペニスが萎縮したり射精してしまったりすることもあるからね。この枕をお前の腰の下に敷き、股を広げるだけ開き入って来るのを助けなさい。その際恥ずかしくても、体を固くしたり恥ずかしがらずに待つのだよ。それにこのビニールシートもね」

　美奈は自分の選択肢が俊夫で良かったのか、それは多分彼女の処女性と関連して、単なる気の迷いみたいなものだった。一方俊夫は来るべく会社の組織組みに躍起になり、昼夜を隔てぬ労働に明け暮れ、多忙を極めていた。

第三章　結婚

1

結城はさっきから時計ばかりを眺めていた。約束の時間をもう三十分も過ぎているだろうか、新幹線ホームに人が大勢いて探すのに手間取ることも要因だった。自由席を選んで良かったと彼は思った。予定したこだまはもうとっくに出発してしまっている。支度に手間取っているのかな、結城の妻の秋子が走り回って相手の女性を探していた。彼女の店でもその女性は客として訪れているので、よく知っている顔だったからそんなに苦労しなかった。だが何処にもそれらしき姿は見当たらず、仕方なく彼のいる場所に戻った。とそこへ多恵子が階段口に姿を現した。彼女は男と同伴だった。

「ご免、ホーム間違えたわ」多恵子は結城の前に立った。

「いつぞやは有り難う」多恵子は本出版の際、結城に協力してもらった礼をいった。「あ、この人今一緒に暮らしている国府田《こうだ》裕太《ゆうた》」

結城は多恵子の姓が変わっていないところから、結婚していないのを知った。

「本は順調に売れているらしいね。僕たち陶器愛好家の投機の機運を操る記載があって、好評だし評判もいいね」

「あなたと俊夫のおかげよ。わたしもいい友だちをもって幸せよ」

多恵子は元々和服の似合う女性で、それが本の販売量を促進した。今日も彼女の着物姿は映えていた。

※

上田昌枝と沢井洋は、深木の結婚の通知を受け取り、お互いに列席の返事を出し、名古屋へ向かっていた。沢井は山下洋子の死去以来、深木とは交友を絶ちがちだったが、上田がそれを許さなかったのだ。だが沢井は登山にもう関連なく、彼らしく抜かりなく社会を渉り歩いていた。上田は今では日本のアルピニストでは中核を占める位置にいて、海外の遠征にも加わったりしていた。沢井がこの式に行く気になったのは、上田の強制的な勧めもあったが、深木の在籍する『八代グループ』への関心と、あわよくば自分もその一角に潜り込めたらいいという、彼特有の目論みがあったからだ。上田は小松山荘にもよく通い、黒沢も美沙登もよく知っていて、祝電を打ったのでまた会えるのも楽しみの一つだった。

※

真砂子は植草と桐原と出かける時間までギリギリ会議を行っていた。彼女は和服を着るのは久し振りだし、前の二人は彼女の正装した着物姿に浮き浮きしていた。最近彼女は気持ちが整理され、平常な状態に戻ったせいもあり、年齢による色気が加味されしっとりとした雰囲気に、男性共は喉をゴクリとするほどだった。彼女は黒沢夫妻が迎えに来るといっていたので、その暇にかこつけているところだった。このところ真砂子は凄惨なほどの魅力が備わり、人妻といってもおかしくないほどで、程よい色香を撒き散らし、男はその散り際を待っているふうだった。

真砂子はこの結婚式のお祭り騒ぎを冷静に判断出来る唯一の人間だった。この苦々しい茶番劇を多少なりとも神聖なものにしてあげたかった。彼女にとって精神的支えとなるのは俊夫をおいてなく、それが、影が薄くなった現在でもこれが未練というものだろうか、単なる恋とは異なり精神的に結ばれた絆はそう簡単には崩れなかった。だがそう思っているのは彼女の勝手なので、俊夫はそうではなかった。彼女とてそれを感ぜぬほど鈍感ではなかった。揺らぐ自信を奮い立たせて崩壊寸前の現状を維持しようと懸命だつた。

※

美沙登はこの処体調が悪く店を休むことが多かった。寝る程でなくうつうつとして表情が冴えず、所謂気の病であった。俊夫と美奈の婚姻に関して本人には適《かな》えたい事もあったが、自縛の柵《しがらみ》に健忘の日々のつみ重ねと、夫婦間の癒着で疲れ切った精神では、十分な心遣いが出来る筈もなく、その心労から健康を害し、今日に至っているのだ。彼女には別の理由もあって、音信不通になりがちだった。自分が結婚し良男に気持ちが傾いた時、そして俊夫も美奈も二人の世界に埋没して、微かな擦れと溝を自覚したとき、世間の荒波にほうり込まれ、かつて華やぎ世間の注目を浴びていた己れが、ただの民衆の一人に成り下がった我が身を、ただじれったく虚無感に陥り、夢の続きを待っていた。良男は神経の細やかな男だが、女の心情までは彼の神経質の方向性が違うので、理解しえないものだった。それだけではない、彼は妻を娶ることになって、現状の生活に焦燥感を感じ、収入の増大に苦慮していたが、その効果は見られず彼の行動は時間外労働で補うという手段にでていた。そのあおりが美沙登にも伝わって、忙しない毎日に追われていた。彼は純粋ゆえに社会に溶け込めず、だからこそ山小屋の主人になったのだが、美沙登を妻に迎えて彼らしくもなく、金にこだわり人づき合いにも神経を使い、柄にもなく体力を消耗してくたくたになっていた。それだからでもないが、夫婦はお祝いにも出かけないでいた。八代恭介はこの娘の婚姻をきっかけにして、人事も給与体制も改めようとした。その中に黒沢の査定も深木の助言もあり、追加になっていた。

　美沙登はそれでも美奈のお好みの身の回り品を注文していた。美奈は良いブラシが手に入らず、相談したのがそのきっかけになった。美沙登は自分が愛用しているものを見て美奈が言ったと熟知し、彼女のルートでそれを手にした。美沙登は俊夫には記念品を渡すつもりはなかった。良男は全てを彼女に託し、文句も助言もしなかった。ただ良男は手間のかかる夫だった。着る物に興味がないから仕方ないが、自分の隣に座らせてみっともない格好はさせたくなかった。良男は美沙登のいうことなら大抵のことをきいた。彼は美沙登を猫可愛がりしており、美沙登はそんな上っ面の愛などいらなかった。彼女は愛情があって彼と結婚したのでなく、妥協の産物だったから、と言って美沙登に好意の感情がなかったわけではなく、比較的冷静に良男を観察しているので、新婚の夫婦の雰囲気はなかった。

　良男は朝から車を掃除するのに時間を割いていた。内装の掃除が主だった。エンジン回りも点検は怠りなかった。だが良男は科学的知識に疎くお座なりになった。彼は美沙登の支度が長引くのを承知していたが、それにしても彼女は時間がかかり過ぎているると彼は思った。それだけ美沙登の装いに期待していいのだろうと、良男は美沙登の声がかかるのを待っていた。それから彼が支度しても十分なほど時間はかからない筈だった。彼が自分で着ても結局美沙登に直されるから、敢えて支度はしなかった。後で文句を言われるのがオチだったからだ。美沙登は化粧の乗りが悪いのに腹を立てていた。それに慣れない着物でなおさら気がたっていた。黒沢家の全ては美沙登の双肩にかかっていて、それも彼女が苛つく原因になっていた。良男は社会の規則にまるで無知で、その度その終始に美沙登がしゃしゃりでなければ解決せず、それだけで疲労が増した。それが化粧のりに影響を与えているのは確かだった。それに俊夫の近来の俗物性が彼女を落胆させた。それにそれらのことが彼女の身辺を微妙に変化させていた。雑誌に載せる写真撮影でも、満足のいく表情が得られず、体型にも影響が現れラインが奇麗にならず苦労した。彼女の過去の名声は埋もれ、切羽つまった状態が続いていた。良男は呑気に美沙登の深層心理を理解せず、彼女は苦悩するばかりだった。何時もなら気軽に行き来していた交友も途絶えがちの上に、過去の柵《しがらみ》に添えない垣根が出来ていた。真砂子とも気が合わず、まして地理的に不利なこともあって相談も出来なかった。今日も今日とて慌てふためく中、気が急いて苛立ち、脳天気な夫に手を焼き、時間を見ながらの支度だった。幸か不幸か、良男は家中の戸締まりは終えたらしく、残すは彼の支度のみだった。

「真砂子に出る時間連絡した？」

「今した。道路が混んでいなければいいが」

※

相本夫婦と八代夫婦はいち早く深木俊夫と、八代美奈と同道して式場に来ていた。俊夫のことを心配する者は誰もおらず、美奈の所へ集結していた。俊夫は係員に邪魔にされ追い出され、落ち着かない時を過ごしていた。

美奈は文金高島田を結う事になっており、先程から椿油で髪を馴染ませていた。地毛で結える人も稀だったが、結える美容師も希少で、この日を空けておいてもらっていた。

俊夫は化粧をするのにかなり抵抗した。結局彼は折れたのだが、一時間もかからないので、時間が余って仕方なかった。結局ホテルのロビーで暇を持て余すしかなかった。相本と八代に俊夫、それに恭一郎も加わってソファに座って飲み物を注文し、時の経つのを待っていた。堅苦しい話も無粋だし、といってあまり度が過ぎたエロ話も変だ。趣味の話になり、相本と八代はゴルフの自慢話に興じていた。俊夫はスポーツが得意でなく、恭介に勧められ練習を始めたが、一向に進歩しなかった。競馬、競輪等賭け事は駄目だし、つき合えるのは酒だけだったが、まさかここで飲むわけにもいかず、話す話題がなくて困った。次元の違いは何ともしがたく、俊夫の範内に友というか話し相手がいなかった。それがここで暴露され、間の悪い時が過ぎた。恭一郎が傍にいても、話の糸口がなかった。

加奈は美奈につきっきりで疲労は極致に達していた。美奈もこのところの睡眠不足が祟ったのか、化粧の乗りがよくない。こんな顔で後世まで写真に残るのを美奈は許せなかった。俊夫にとって大した差があるとは考えにくいし、どうでもよいことに思えたが、女はそうはならなかった。自己陶酔は延々と続き、加奈もあれこれ世話を焼いた。

※

草薙と前田は披露宴だけの出席で、二人は車で同乗することになっていた。前田は近年市長が現役引退の意向を示しており、次の市長選に出馬の打診を受けていた。だがこれは極秘で表明はこの結婚式の後に行うことになっていた。詩織もみずきも深木の結婚に関心を持ち、草薙と前田に心づけを渡していたが、表立って祝いを述べられないので、直接彼らに手渡せる時を狙っていた。だが妻たちは黙認して彼女らを泳がせていたので、支度は二人で行っていた。詩織は草薙との関係で変わるほど初心でなかったから、そんな変化はなかったが、みずきはすっかり前田のお好みの女性に変貌を遂げ、大人の雰囲気を漂わせていた。今回のこの披露宴は波瀾の前兆を匂わす出来事で、俊夫にとって方向づけが定められ、一大組織の仲間入りになり、詩織もみずきも彼の大きな力になるのだった。

前田は八代にも計画は話していた。相本も加えて問題は深木である。あの堅物を味方にするのは至難の業のように見えたが、最近美奈との婚姻を前に彼女に感化されたのか、柔軟な態度も見られ、組織固めが既に始まっていた。彼を動かすのは美奈なのだった。

※

深木俊夫と八代美奈の結婚式は午後一時に神式で執り行う予定になっていた。その前に両家の親族紹介があって、深木栄蔵と怜子夫妻、俊夫の弟の邦夫と妹の聖子、広瀬文平も顔を見せていた。八代沙耶加は体調不良でみちこが代わりに来ていた。

文平はその人柄かすぐ馴染み、人気者になった。文平は肺結核に罹り医師から見放され自由勝手に暮らしていたが、俊夫の結婚を知ると、節制してこの日に備えていた。彼は自分が菌に侵されたと知ったとき、不治の病と診断された。そのころ新薬が相次いで生まれ、駄目で元々と、それらを自分の体を実験台にして、試しているうちに菌はある程度は治まったが、薬を受けつける体力が失せ、体はボロボロになっていた。だからこの結婚式には思い入れがあって、禁酒禁煙をして臨んでいた。文平は俊夫の幼年時代からの思い出が、走馬灯のように駆け巡り感無量だった。特に鎌倉の切り通しの散策や、お化け大会等を思い起こしていた。俊夫は文平の顔を見ると暫く団欒し、昔話に花が咲いた。美奈にも彼を紹介して三人の会話になった。文平には妻も子供もいたが、彼が虚弱なので妻は『天翔堂』にパートで働き、文平は営業の歩合と、ラーメン屋をやって家計を支えていた。その彼が自分の持つ能力を、心血を注いで教えたのが俊夫であり、俊夫も彼を慕い敬っていた。文平は俊夫に美奈を紹介されたとき、自分が彼に勧めた縁談を断った理由が分かった気がした。俊夫の美への憧憬が妻を娶るときも発揮されて、美奈を選んだのだったが、その美貌だけでなく、社会の組織に染まる人工的な美が、完璧なまでに備わっている女を生涯の連れとしたことで、俊夫に課せられる重荷が重圧になり、安穏な日々の到来ということにはならなかった。裏返せば、美奈は自分の磨かれた美を保つのに際限ない血の滲むような苦闘でそれを維持しなければならず、激しい戦いの火ぶたが切られているのを、文平はその行く末を見てしまった。純粋で、常に美を追求した者の末路だが、それが自分の愛する甥にあると彼に悲しみが走った。こうして美奈と語り合ううちに、文平は彼女の人柄が見えて来た。その彩られた外見とは違い、男と添う性格や、天真爛漫で無垢で一途なものが文平を感動させた。この無垢な純粋で世間知らずの女と、文学に身をやつした青臭い生意気な男の組み合わせが、家庭を作る不安定さを感じていた。俊夫は久し振りに文平と会い、その痩せこけた肉体をしみじみ眺めて、時の流れと彼の余命を懸念した。ともかくも肉体的には発達しているものの、精神的にはまだ未熟な男女のおままごとの生活は間もなく始まる、それは三人とも感じ合っていた。

美奈はみちこを俊夫に紹介した。もう二人は顔見知りで、今更言うべき言葉も少なかった。そして親族の紹介も終わり写真室に移動のため部屋を出ると、木幡や辻、大滝などの社員が待っていた。大滝や真山、木幡夫人は今や美奈のファンだった。黒沢夫妻も早めに来ていた。美奈は美沙登を見かけると立ち止まった。

「美沙登、どこか体が悪くない？　顔色が良くないわ」

「美奈、久しぶりね。あなたも顔が青いわ」

言葉の外に万感の思いが二人に流れた。短いような長いような交際が忍ばれた。美沙登は思わず涙ぐんだ。俊夫も傍に近寄って来た。

「美沙登、最近店にいないみたいだけど」

「俊夫、そうなの、少し体を壊して」

つかの間の会話で夫々に分かれ、式は始まった。

※

高島ヒロ子と城之内定信は美奈の着用するウエディングドレスの調整をしていた。今回は美奈という女性を媒体として知り合った仲だったが、その縫製もカッティングも違うが、お互いに見習うべきものが多く、協定を結んで融合のコレクションを開くことになっていた。

美奈という女性の妖精のような、だから現実に存在感のない、影の薄い存在を噂していた。その美奈に寄生虫やヒルのようにぴったりと張りついている、俊夫という男の存在も話題の種になった。

「いや、しかし美奈様の美しさなら、どんな男もより取り見取りなのに、どうしてあんなひ弱な男を選んだのでしょうね」ヒロ子は率直な疑問を城之内にぶつけた。

「さあね、だが美奈さんは健康なだけじゃなく、スタミナ抜群なエネルギーが溢れているのは確かですよ」

「深木さんて所謂文学青年でしょ。人を動かすことなんて出来るの？」

「純朴な心に何の野望もない人間が、ひとたび力を得るととんでもないことをしでかすというから、油断は出来ないですよ」

「でもそれって恐ろしいことじゃありません？」

「美奈さんという伴侶を得て、益々その求心性は恐ろしいほど昂まるよ。予想だにしないすさまじい虚構のからくり人形みたいな骸《むくろ》か、伽藍が出来るだろうよ、おぞましいような」

「純情が故というわけね」

「八代社長はそれを承知で一緒にさせたのかな」

「腹に何もないから余計に伸びる可能性があると見たんじゃないかな」

「社長の目論みがあるというのね」

「彼は話術が巧みで、真摯な話し振りが経営者を動かし、会社の利益を蠢動するとみたんだね」

「世に恐ろしきは無知ながむしゃらというわけね」

※

ここは二次会が予定されてるホテル内の一室、八代開発事業の社員が主になって行われる祝賀会の会場である。先頭に立って仕切っているのは木幡だった。松原詩織や、真田みずきもその中にいた。飾りつけは大滝を主に女性中心に、労働力は辻たち男共の仕事になっていた。料理はグルメの旬子がここのシェフと膝詰めで決めたものだった。お祭り騒ぎが嫌いと言っていた俊夫や美奈の要望とは異なるが、ある程度は仕方ないことだと了承してもらえたらと事後承諾して行っていた。

まだ開催には時間があるので中弛みになっていた。集まっている者たちは暇を持て余し、早くもエンジンがかかった者もいた。

※

添島と結城と国府田は、黒沢夫妻と真砂子とが車で来るのを待っていた。ロビーで寛いでいると、式に向かう美奈と俊夫の姿を見受けられた。俊夫は多恵子と共にいる男性に目がいった。結城は晴れ姿の俊夫に声をかけたが、前には出て来なかった。多恵子は国府田を俊夫に紹介して、美奈はそれに目礼した。

「俊夫、今この人と同棲してるの。裕太、この人裕太っていうんだけど、何かいい職ないかしら。そうじゃないと生活が安定しないのよ」

「専門はなんですか」

「専門と言われても、ラグビーに専念してたもので、体力には自信がありますが、特技といっても何もないんです」

「営業をやってみる気はないかな」

「ラグビー仲間のコネが腐るほどありますから」

「威勢だけはいいみたいだな。わたしに出来るのは、八代の社員にするしかないんだが、入ったらそれからが大変だよ」

「本当！」多恵子は飛び上がった。「そうしなさいよ、その代わり大町に住まなきゃならないけど」

「初めは正社員じゃないよ。それはきちんとしてからでもいいんじゃないかな」

俊夫は結城と向き合った。結城は隣の美奈に声をかけた。彼は実際に彼女と接するのは初めてである。彼は美奈の俊夫に対する心の傾きと、さっぱりした言葉使いに純情さを嗅ぎ取り、印象は悪くなかった。肌が張り健康そのものの美奈は原石のように輝き、好ましい色気を醸し出していた。俊夫は結城が知る彼より精神がやせ細り、棒切れのようになって意思のない人であるのに、一抹の不安を感じた。

美奈と俊夫は両親が待つ控室に戻り、披露宴に備えた。

2

いよいよ披露宴の始まりだった。

この茶番劇のドタバタ騒ぎは、相本の厳粛な挨拶で一応定着したように見えたが、来賓の話ももうそれは祝辞というには破天荒な調子だった。俊夫も美奈も無表情になり、式の進行にも無関心だった。

相本の挨拶は立派なものだった。厳粛な空気が漂い、お祭り騒ぎの披露宴も神聖なものに昇華した。

相本はこの式の前に二人を家に招待している。相本は古い慣習を捨て、恥辱な部分を取り払って、健全な経営方針に切り替わったきっかけを作った、美奈に対する陳謝とその見返りという具体的な物は示さないものの、寛いだ状態で語りあいたいと、健一郎自ら呼びかけたのだ。健一郎の邸宅は洋館造りで、その調度品も西洋のアンティークが主で、玄関や廊下の絨毯もそれは素晴らしく、ここが日本の、しかも長野の大町にあるとは思えない場違いな、しかし異国趣味と憧憬が溢れ、完全に日本の文化は置き去りになっていた。だがその豪奢な雰囲気は到来者を圧倒し、成り金趣味の世界に浸ることが出来た。応接間に通されたが天井が高く、そこに配せられたシャンデリアの豪華さと、キリスト教信者ではないが、その飾りの見事さや、物珍しい異文化の興味が収集に触手を動かしたと思われる、モスクとステンドグラスがあるのに驚かされる。相本がクリスチャンだと聞いたことはないので、単なる飾りにすぎないのだろうが、敬虔な空気が漂っている。美奈も俊夫もそれらに興味と好奇心とで見とれていた。そこへ健一郎の妻の冨美子が現れた。冨美子の胸に十字架が光っており、彼女が信仰しているものと解釈した。

彼女が二人に挨拶していると、紅茶が運ばれて来た。ダージリンだった。

「奥さんはクリスチャンなんですか」

「あ、これ、それにあのモスク、でもこれは飾りですわ」

「前に日曜礼拝にもお出かけになるとか」

「ええ、取引先の外国の方と顔見知りになるために出かけますの」

冨美子は全てが洋風な館に似合う、だが中世の者に模倣した洋服を着ていた。一時代前に逆戻りしたようだった。

「日本の物など碌な物がないわ。ヨーロッパの文化は最高よ」そういえば彼女は髪を栗毛に染めていた。彼女は夫の命ずるままに彼らの相手をしていたが、健一郎が客間に登場すると、すぐ彼を迎えるのに立ち上がって、健一郎の座った場所に立ち、控えめにその姿勢を崩さなかった。

「深木君、かなりの活躍で、このまま八代の会社に留まるつもりかね、それとも将来は独立するつもりはあるんだろう」

「恭一郎君が成長したら、彼にわたしの座を渡してもいいと思ってます」

「そうだろうな、そのときはわたしが力になりたいから、ここに呼んだんだ。ここにそのときに備えて誓詞を作った。互いに印を押し、一部ずつ保管しておこうと思ってね」

「それは心強いことで、有り難うございます」冨美子は健一郎が決定する何事も口を挟むどころか、どんな言葉も発してはならなかった。相本家では女は性のおもちゃ以外の権威はなく、男尊女卑の思想が取り憑いている家系でもあった。そもそも深木の敵意ほどでもないが、相本グループの退去を狙った過去の行為にもかかわらず、相本が彼の才能の芽を見定めて、また美奈への謝罪も兼ねて可能性を察知して、相本は深木に加勢しようと決めたのだ。それに深木は所詮外様《とざま》で、長男の恭一郎に将来は委ねることに対する考慮も含め、味方に取りつけたのだった。深木の方向性が美奈を瞠目させ、彼女の夢もそれによって、大きく羽ばたき深木になお沿うようになったのだ。錯覚と純情な思い込みがなせる離れ業だった。

　美奈は文金高島田だったので、俊夫も紋付き羽織袴だった。美奈は食事が出来る態勢でなく、また気分もその気でなく、だが空腹は時折彼女を襲った。俊夫は時折彼女に食べ易くしてあげたりした。相本の仲人としての挨拶も、前田や草薙の来賓の言葉も無事終わり、社員や友人たちの余興にも二人の表情は固く、和むことは出来ないでいた。美沙登はらしくない二人に微笑し、結城は友の純情さに驚いていた。この式場内で俊夫の性格や心情をよく知っているのは結城だろうが、美沙登は女という別の意味での理解者ではあった。

　結城は自分も含め文学などをなまじ噛った彼や自分が、儚い精神力で世の中を渡る闘争心も、燃焼力もない腑抜けな行動しか取れない教育だけは充分にあるが、全く迫力のない危なげな人生を歩むだろうことを、朧気ながら感じていた。美沙登は俊夫が、段々精神が痩せ衰え、美奈との関係を保つための神経を擦り減らし、対人関係も彼の精神の疲労が高まっているのを感じた。飛び切り鋭い感性と、自信喪失の俊夫は、かえって無に属しどんなことにも対応が出来る皮肉な過程を経ていた。それが美沙登にとって彼の変貌に映り結城には益々彼が内的に進む前兆に感じられた。

　美奈の友だちというのはいなかった。美奈は体調が悪く閉口していた。だが彼女は二度もドレスの着替えをしたので、顔面蒼白になりながらも、その場を凌いでいた。それに誰もが気がつかず、加奈が薬（精神安定剤）を飲ませてからは、乗り切れるようだったが、残念ながら二次会は欠席するはめになった。化粧を落とし寝間着に着替えてベッドで休んでいると、大勢の見舞い客が彼女を訪問した。

　心労による過労は、時間が経つにつれ快方に向かい、冨美子と加奈をほっとさせた。

　美沙登は美奈の体調に合わせるように彼女も不調な状態で、とても美奈の病状を気遣う余裕はなかった。多恵子は国府田を美奈と俊夫に紹介したかったので、美奈のベッドに俊夫が訪れるのを待って、躊躇してまごまごしている彼を強引に連れて来た。真砂子もそれに釣られてついて来た。真砂子は多恵子と分野は異なるが、書籍を発行している。多恵子は陶器の本だったが、真砂子は俊夫の知恵を借りて、友禅和紙で加工する小物と、お洒落な身の回り品やアクセサリーの作成の説明等を真砂子好みに可愛く纏めてある。彼女は今も古代からの着物の柄を系列的に纏めているところだった。二人の久し振りに話す話題は、そんなところから始まった。多恵子は真砂子がまだ俊夫に未練が残っているのを感じ取り、外見とは違う女々しい真砂子を情けないと思っていた。多恵子は俊夫とは深い接触はなく、なんとなくメンバーに入っていた。俊夫に興味があったのではなく、気の合った仲間意識が今日まで続いているる。ただ彼女は俊夫の感性は買っていて、その巧みな話術に惹かれていた。彼女は他の女性より社会の波に揉まれ、誰より精神的に独立した大人であり、打算というほどではないが、その会を利用したい下心もあった。美奈は多恵子の成熟した女の演出を快く思い取り入れたりしていた。だがこんどの国府田との件は、多恵子の利己的な行為に賛成はしかねた。美沙登は美奈の顔を見るとそれだけで安心したのかすぐ帰ってしまった。

「俊夫、披露宴には出るわけに行かないから今、紹介するわ。結婚という形式に飽きたというか、疑問というのか、理屈はともかくとして、籍は元のまま、ただ一緒に住んでるだけ。ね、いいでしょ」

「全く、多恵子にはかなわないな。で、国府田さんは何をしていらっしゃるんですか」

「『日本の陶芸』という雑誌の編集をしていました」裕太は多恵子の前には立たなかった。「多恵子、あなた好みじゃない」真砂子は通常なら美沙登が言うような事を口にした。俊夫は多恵子の逞しい生活力に脱帽した。美奈は多恵子という人物をよく理解してなかったが、見かけと違う彼女の本性に触れた気がして思わず微笑んだ。そういえばこの会話の最中に顔に赤味が差してきたようだった。

「俊夫さん、お腹空いたわ」

「俊夫、わたしが行く」真砂子は小回りの利く身軽な態勢から部屋を出た。

「深木さん、結城さんとは古くからの友人ですか。あの村上陶器の娘さんと結婚なさった」俊夫は多恵子と結城の交際を知っているので、そこに改めて彼が介入する必要を覚えないからと思っていた。だが多恵子はより強い絆を俊夫に求めたくて、国府田を連れてきたのだ。

「村上耕一さんに取材をお願いしていたのですが、了承して戴けなくて」

「結城」俊夫は友に呼びかけた。「聞いていたか」
「頑固な上に、マスコミが嫌いで、特に取材となると神経を尖らせるからな」結城は国府田が父の嫌いなタイプなのにも気を留めながら、弱った表情を見せた。俊夫はそれで結城の意志を理解したが、それ以上追及出来なかった。国府田は多恵子好みの男だが、世間の毒をたっぷり吸った、脂の乗り切った、だが物凄く通俗的で、ちゃちな男で、この男が碌な記事を書けるかというより、資質そのものがただ騒がしく、興味本意の記事を適時に取り出し、勝手に筆を加え、事実無根になったものを、堂々と公開するような人間に見えた。彼は聞くところによると、大学ではかなり優秀な成績だったらしいが、教養というものが全くなく、今扱っている陶芸のことも、上っ面の知識と、流行の知識だけは人一倍吸収が早く、それで生きてこられたところがある。結城にも俊夫にもそこまで彼を見定める何の資料もないが、直感で彼を見切っていた。多恵子は俊夫の煮え切らない態度で、国府田の可能性と未来を知ったが、それ以上無理強いは出来なかった。国府田もこの空気を察知して、そのことはもう口にしなくなった。そのうち真砂子が食事を持って来た。美奈の好きな梅雑炊である。それを待っていたかのように、美奈は餓鬼道にのめり込んだ。解放感が彼女の食欲を戻し、底無しの貪婪《どんらん》さが溢れ、たちまちのうちにそれを平らげ、そのおかげで真砂子は又慌ただしく、多恵子も誘い食堂の料理を運んで来た。真砂子は美奈の食欲を知っているので、予め用意してあったのだ。俊夫も美奈を床から起こし、冷たい手足を保温していた。美奈は俊夫のなすがまま嬉々としてその甘えに蕩けていた、こんな至福な出来事はもう二度とないような彼女は、目一杯俊夫に体を預けた。俊夫も美奈の世話をする喜びを身に染みて味わっていた。周りにいた者はいい面の皮で、当てられっぱなしだった。美奈も俊夫も二人の世界に嵌まり、周りは見えなかった。相手を求める衝動が絶え間無く二人を襲い、それだけでも美奈の気力も体力も復元した。病状が安定から快方に向かい、癒えたようなので、誰もが二次会のやり直しをするべく、また飲み始めた。美奈は皆が立ち去った後、俊夫に美沙登の様子を見て来てほしいと頼み、彼もそれに了承した。美沙登はまだこのホテル内に留まっている筈である。俊夫が部屋を出ようとするすれ違い様、加奈と冨美子が美奈の様子を見に来た。美奈は既にベッドから起き普段着に着替えていた。何時間前の顔が蒼く貧血気味の彼女とは別人のような、頬がバラ色に戻っていた。明日は新婚旅行に旅立たなければならないが、その心配も徒労のようだった。

俊夫は黒沢夫妻の部屋を訪れていた。良男は美沙登が体調不良で痩せ細り、ホルモンのバランスが狂って気分が滅入って困り果てていた。そこへ救い主の俊夫が現れてほっとした。良男には美沙登を御し切れないところが多々あり、振り回されることが多くなり、その上での女特有の病に、途方に暮れてただうろうろして体格と裏腹のことをしていた。

「よく来てくれました。助かりましたよ。美沙登の機嫌が悪くて困っていたんです」

美沙登は焦燥感が激しく、窶《やつ》れているというより、まだ結婚半年というのに凋れてしまっているようだった。彼女をここまで追いつめたのは何か、俊夫にも理解の外にあった。美沙登の瞳は虚ろでかつての輝きはなかった。

心が病んでボロボロになり悲しい対面となった。美沙登は俊夫に自分の哀れな姿を見せたくなかった。見せれば築きあげた己れの建前が崩れ、全裸の自分を見せることになる。確かに俊夫は良男より、自分の影の部分もよく弁えるほどのつき合いではあるが、彼女はそれを晒さないで、強く俊夫に対してきている。美沙登には競い合う対手であり、兄のような存在であり、全権を委ねる中でも、美沙登が精神を張っているから成り立っていた。それに美沙登には俊夫に対する気持ちに特別な思いがあり、複雑という表現が適切かは別として、感情の縺れがただならぬ状態にあった。美沙登は良男の猫可愛がりの愛情に嫌気がさし、解き放されたい願望が顔に現れていた。元来彼女は愛情感情が浅く、性的興味が欠落していた。美沙登は俊夫の姿を見て、記憶が呼び戻されたように微かな喜びの反応があった。彼女には遠い過去の忘れ物が下り物のように湧き、錆びついた微笑で彼を迎えた。

「俊夫さん」彼女は気持ちだけは失っていないものの、体がついてゆけず情けない思いが溢れた。「こんなとこ見られるの嫌だわ」

目だけは大きく見開き、往年の輝きを失っていないので、彼は一安心だった。ただやけに年老いた感覚を覚えるのも事実だった。

「病気なんて気のもんだから、まして美沙登はその影響が強いだろう」そこにいる美沙登は、長いこと商売上も自身の望みもあった、若さが漲る時代に無理な痩身をした影響が気づかないうちに彼女を苛み、弱った体力をつついていた。俊夫はそれが悲しかった。彼はそれが自分の気のせいならいいと祈っていた。

「空気が悪いと、もう駄目なの。でも少し落ち着いたわ」

俊夫は美沙登の健康を考慮に入れたこともなかったが、他の者より無理をする彼女の性格もあって、なにげないように平然と行われていたが、いつしか積み重ねが疲労を呼び、枯れ木のようになったのだ。良男は完璧主義の人間だが、それは本人だけの領内であって、あくまで利己のものだった。美沙登は人一倍気を使う人種だが、誰にもその見返りを要求したことはなく、またそんな女ではなかった。俊夫は彼女の擦れが大きく亀裂を作り、崩壊寸前だった。俊夫は彼女と通じ合う仲で、敏感に彼女の今いる立場が理解でき、良男に憎悪を覚えるほど美沙登を哀れみ、救いたかった。

「美沙登、君は何処も悪くない。気のせいだよ。さあ、僕がいつも言ってるじゃないか、人生は所詮無駄花よ、咲けばいいというものではないって、与えられた時間と空間を過ごせればいいって、人生はうたかた、それで行こうって。気分を取り直せばなされざるものはなし。美沙登、君が選んだ人生じゃないか、さあ立ち上がって歩めば何かが見えるよ」俊夫は美沙登のか細い手を取ると、そのあまりにも肉のなさに悲しくなった。以前のような瑞々しい感触はなかった。美沙登は錆びついた笑顔で俊夫に応え、やがて気力も取り戻しつつあった。

「俊夫、遠い昔のことのように思えるわ。楽しいお喋りをしたのがほんの僅かな前なのに、何処かが狂ったのね」

「美沙登はもう一人じゃないし、僕だって美奈と結婚するからね」

「あなたもわたしも、結婚なんかしなければいいのにね」

美沙登は大抵のことは俊夫に打ち明け、それで悩みは解消して来た。良男は夫としては充分な位置にあるが、彼女を救える資質はなかった。彼女の孤独の隙間を埋める気遣いは持ち合わせていなかった。彼は常に自分の心の奥にしまい、内的な部分を出さなかった。俊夫も内向的な性格だったが、癒やしの心が彼にあり、それが美沙登を救ったといえた。

「美沙登、美奈も心配してるよ。顔を見せたら」

「そうね、俊夫と美奈の婚礼に気が塞いじゃ悪いわね。俊夫、美奈の具合はどうなの」

「美奈も美沙登と同じく気の持ちようさ。もうすっかり元気だよ」

美沙登は俊夫に支えられ美奈の元へ向かった。彼女は叱咤して肉体を酷使し、自分の役割を果たそうとしていた。

美奈は美沙登が目の前に現れた時、音信不通にした何カ月を恨んだ。美沙登は変わり果て、存在が遠くになってしまったことを悔いた。朗らかな毒舌気味の彼女の片鱗すらなく、精神が病んでいるのが見て取れた。

美奈は暫し美沙登を抱き締め、彼女のために涙を流した。美沙登はその美奈の涙に洗われたように浄化され、美奈の膝に頭を沈め、尊い蒸溜水のような涙が流れた。時の流れに添った二人の女が、戻れぬ過去の光を浴びた青春のひとコマに浸っていた。それには何人も介入が許されないものだった、出来ることなら、あのころのようにという願いも無駄で、尽きせぬ後悔の念が滲んでいた。二人の選択肢が間違っていたとは言えぬ、時の流れに従った迄のことが、結論がこの結果とは言うべく何物もなかった。これは俊夫が美奈を選んだとき、歯車が狂った始まりだが、美沙登は男性に対し淡泊無欲、性欲もそれに準じていて、俊夫を性の対象に含めず、そこに美奈という女性の出現で、良男を選んだのは、物珍しさもあった。彼女にとって結婚というのは一過性のもので、気まぐれに近い状態といえた。それは彼女が美奈に簡単に俊夫を譲ってしまったことに原因があった。美沙登は美奈に太刀打ち出来ない女としての魅力に、あっさりと俊夫を譲ってしまい、それだけだったら問題は発生しなかったかもしれない。良男に美沙登がある種の感情を持っていたのは事実で、だが美沙登の結婚は打算に近いもので、配慮というものがなかった。もっとも、美沙登は容易《たやす》く美奈に席を譲ったのも、物欲が欠け大切なものを失うのを理解しえないうちに、妥協につぐ風に逆らえず、いつのまにか場が出来てしまったから逃れられなくなったのだ。美沙登の置かれた場違いの対処に、彼女のものにこだわらない無頓着な性格と、さっぱりした態度が行く末を狂わせたのかもしれない。

美奈は美沙登が披露宴でもひっそりとしており、美奈の処へもやってこなかったので、ちょっと不満気だったが、俊夫と共に現れた美沙登の姿を見て、疑いを一時でも持ったことに慚愧《ざんき》の念を禁じえなかった。深い思いが二人を自失させ、時の経過の儚さに苦みを感じた。言葉はお互いになかった。俊夫もつけ加える何物もなかった。最早立場が違ったこの時点に、修正しようもない過去が現実に存在する残酷さに、三人は無言でしかなかった。美沙登は微塵にもそんな惨めさや、格差を意識させる行為をしなかった。気丈な性格というより、彼女生来の本質だった。豪華絢爛の披露宴会場に、過去の清算のような、でもそれで解決はしないが、釣り合わない事態に、乾いた空気が流れた。良男はかかる事態になっても問題意識はなく、ただ美沙登の精神的な疲労くらいにしか思わず、深刻さはなかった。外目には変化と呼べる兆候を見いだす具体的な実存はなくて、美奈や俊夫の誇大妄想にしか思えなかった。

美奈は休息所から美沙登と連れ立ってまだ騒いでいる八代の社員の元へ向かった。俊夫も良男もそれに追随した。木幡旬子は美奈の元気な様子に安心した。彼女はこのままで同窓会のような宴を総括している都合上、俊夫も美奈もいない集いが不自然で、困り果てていたのだ。しかも美沙登も元気な顔を見せ、重荷が取れた気がした。旬子は慣れない全員を束ねる仕事から解き放された気がした。美奈の元気な顔と、美沙登の笑顔で会は復活した。大滝は美沙登の所在に注目して、度々彼女の自宅を訪ね、彼女の才覚に魅了されていたので、喜びは一入だった。美沙登も大滝には目を止め詩織とみずきに導かれて、予め用意してあった彼女の席に招いた。美奈は傍にいて彼女の補助をしていた。美沙登はそんな事をしなくとも歩けるが、美奈の好意に従っていた。

木幡は主役の二人と、その親友の美沙登の明るい顔で、彼の本来の役目がこれで揃ったのでほっとした。旬子は夫が深木に心酔し、彼に生命を委ねているのを知っている。自分も深木にならば賭けてもいいと彼の行動に賛同して推し進めてきたことが、ここにその成果の一端ができあがった瞬間だった。

辻が木幡の下で小回りをして、取り急ぎ不足のものを補充しにいった。

「全員揃った処で、乾杯しよう」

「誰が音頭を取るんだ？」

「それは黒沢さんにお願いします」

辻が用を終えて帰ろうとしていた結城を伴って来た。俊夫はその快挙に喜んだ。

猥雑な空気の中、真砂子、多恵子、美沙登、美奈の女性グループは旬子、真理子、友利絵、詩織と塊になり、お喋りが始まった。美沙登は気分も晴れやかで、そのせいか浮わついた処もあった。彼女はつい口を滑らせて、かつて大滝友利絵が城之内定信と交際していたことを喋ってしまった。それに端を発して俄に会話は弾んだ。

「城之内さんて独身だったんだ」辻は少し大滝に気があったので、言葉に毒があった。「彼そんなに若くないだろ」

「友利絵、言ってやりなさいよ、城之内さんから申し込まれたって」

「でもどうしてそんなことになったのよ」

「美沙登さんの家に遊びに行くと、城之内さんが来ていて顔見知りだったから、彼の手伝いをしたりしたの」

「それでね、彼、八代のデザイン顧問になったの」

「でも彼、美沙登さんと一緒になりたかったらしいの。でも前の奥さんとのゴタゴタが収まっていなかったから、なんとなくお蔵入りになったらしいの」

「違うわよ、わたしたち恋愛感情なんかなかったのよ」美沙登はさらりと言ってのけた。「わたしって好きとか嫌いとかいうの苦手なの。面倒臭くて」言葉はもう以前の美沙登だった。「定の奴わたしのこと、そんな感情なんかなかったんじゃない」

「美沙登、あなたってなんでもお見通しな癖に、こと男と女の恋愛沙汰になるとまるで幼子ね」

「美奈、あなたみたいに恋一筋じゃないもの。そうじゃない？」美奈は誤解、口と行動と裏腹な、むしろ男を嫌悪している自らを説明するのが歯痒い気持ちだった。

「わたし男なんか大嫌い。毛むくじゃらで、気味が悪いわ」言葉にすればこんな簡単なものでも、中身は濃く複雑だった。それを伝えるには多くの言葉が必要だし、そんな能力もなかった。その多くは乙女の感性から出たもので、言葉にするには本能が作用して無理な面を持っていた。だが美奈の性的魅力は環境がそれを許さず、欲望の対象になり、余計に振り回される己れが嫌で、避けがちだった。また彼女は性の衝動を理解せず、そのためか何度も痴漢にあっているが、男と一連の行動に無防備で理由も疑問だった。美奈の肉体を目の前に晒されて、男がどんな欲望を催すのか分からなかった。

「そうね、美奈はお寝んねだからね。俊夫だってあのほうの経験ゼロじゃない。おままごとの感覚しかないからね、男と女ってもっとどろどろした醜い貪り合いなんだけどね」

「それって羨ましいわ。最高よ。そういうふうに誰だって何の邪推のないまま結婚生活を始めたいわ」

「まあ、深木らしいやり方だな」普段会話に加わらない結城が、珍しく仲間に加わった。

「お前独自の理論があるからな」結城は友の個性を彼なりで表現していた。「深木の考えもあるからそれに従ってやって行くよ」

「そう、そんなに簡単に美奈が俊夫に御せられるとは思えないわ」

「ううん、美奈さんは深木専務に従っているわ」

「そうよ、二人はベタベタ。専務は鼻の下が伸びて、美奈さんの言うことなら何でも聞くわ」

「深木さん、つき合いが悪くなって、わたしの店もご無沙汰よ」

「何言ってるのさ、あんな高い店、個人では行けないよ」

詩織は矛先を結城に向けた。

「深木さんのお友だちですって？　少し言って下さらない、美奈さんの顔ばかり見てないで、他へもいい顔しなさいって」

　不思議なことに真砂子や美沙登の言葉はなかった。多恵子は俊夫に国府田の身の振り方を頼んでいた。きちんとした職も収入もない国府田を俊夫になんとかしてもらいたかった。だが俊夫は即答出来るほど彼の位置を見極めることが出来なかった。全くサラリーマンに向いていなかった。結城にも食指を動かしたが、煮ても焼いても食えない才能に、彼も対策を講じなかった。それに彼は友人の問題に触れるのが嫌いだった。美奈は真砂子の要請や彼女の意志で、美沙登と彼女の現況を知りたく、三人で話していた。

「美沙登、体調が良くないの？」

「この間、わたしが病院へ連れてったの、強引にね。顔は真っ青だし、着のみ着のままベッドで倒れていたのを見つけたのよ。可哀想に痩せて、それでなくてもダイエットで痩せているのに、肉なんかありゃしないほどだし、駄々を捏《こ》ねているから、中橋さんに診てもらったの。他の医者じゃ嫌だというからやむをえずね。そうしたら、中橋さん何て言ったと思う、栄養失調っていうのよ。そんなの当たり前でしょ。その対策が欲しいの。兎も角食欲が無く気分も鬱で、精神科の治療が必須だったの。おまけにメンスもない始末で、手を焼いたわ」

「そうね、真砂子には迷惑かけたわ。それに桐原さんにも」

　美奈は事の重大さに自分が関与出来なかったことに、言いようのない感情を味わい悔いていた。だが事実、彼女は婚礼の支度で忙しかったし浮かれており、細かい気遣いを疎かにして、友を駄目にするところだった。確かに再三再四離縁の言葉が彼女から出ていたが、警告の示唆とも悟らず、安易に時を費やしてしまった。その罪を償う時も作法も今はない。その空白が、埋めるべき日々なのに、無為に過ごした微妙なずれが、こんな破綻を示すとは考えが及びもしない。美奈は自戒するほどの悟りを持ちえていなかった。ただ悲しいだけだった。俊夫は戻し切れぬ空白を埋める今更の方便を避けていた。良男に対する遠慮というより、立ち入ってはいけない聖域と判別したからにほかならない。だが彼の判断は甘く、美沙登は窮地に陥り、最早俊夫の窮鳥の懐になく、解き放たれていた。真砂子は具体的にではなくかつての自分に処された時期同様、美沙登の身辺にかかった経過を、彼女なりに感知していたからだ。俊夫は女性に優しいというより、優柔不断だったと真砂子は解釈していた。その時どきに決断を下さず、いいかげんにしておいたつけが放出したのだ。わたしの時だってそうだった、なまじ教育と文学を齧《かじ》った青臭い男の、中途半端な思考が判断を鈍らせ、真砂子に不快な思いをさせたのだった。今の美沙登の立場もこの時点での真砂子の過去の立場と同じ位置にあり、俊夫の高慢さが溢れていた。だが俊夫はそれに気づかず、ひらひら舞う蝶々を追って蟻地獄に嵌まったのだった。良男が過去の断面の修正役を担うことがなく、事態は悪化するばかりだったが、美沙登は選んだ人生に言い訳をしたくなかった。そういった彼女の性格も事を大きくした。だが今は俊夫と美奈の披露宴後の気さくな集まりであり、湿っぽい話は厳禁だった。

　木幡はこの宴会が成功裏に終わるのに満足していた。俊夫もその労を称えた。飲み疲れと披露宴の拘束とが互いの休息の時を求め、最後は散り散りに解散ということもなく、自然流会になった。明日は深木夫妻の新婚旅行の旅立ちであり、これ以上の騒ぎは許されなかった。夫々が自分の部屋へ向かい披露宴の後の宴の残り香も消えていた。宴が醒めた後は急激な冷気で部屋は冷たく、人の気持ちも萎えて穏やかな夜になった。俊夫は美沙登の身を案じ、美奈も同様だったが、つけ焼き刃で解決出来る問題でないので、慚愧を残しての終焉になった。だがそれはほんの一瞬の気の惑いだった。だがそうしてはいけない事件だが、結婚の事実は何にもより優先し、全てを忘却する力を持っていた。

第四章　新婚一日目

1

　十一月の空は正に紺碧だった。底冷えする朝は暗く沈んで曙はまだ縮こまっていた。朝まだき美奈の勘気に触れる嫌な気配が気になって目覚めた。この不快は元が割れないものだけに彼女は不安だった。それは彼女の今晩行われる儀式への負荷が蔭になって招いた夢みたいに現《うつつ》だった。俊夫の顔が幾重にも大きくのしかかり、その思いに拍車をかけた。空は完全に明けておらず、小鳥の囀りが昇る太陽を予言していた。煌めく日差しの中に力強い熱量を蓄え、紺碧の空を橙に染め、それがバーミリオンからカーマインレッドへと染め変えられ、強いクリームイエローも加わって、白濁した白がアイボリーになり、白熱した光に変身していた。もう出発の時は近くにあり、着替えなければならなかった。こんな物憂い一時を美奈は経験したことがなかった。もっともこれからは、未知の体験の連続になるだろう。こんな時に、美奈は「何故結婚なんて面倒臭いことしたんだろう」と、その癖俊夫以外の男と結ばれるなんて想像すら抱かぬほど、彼との繋がりは深いのに、もやもやした妄想に囚われて、顔が火照った。近頃彼女は自分の裸体を見るのに抵抗があったので、鏡の前に立たなかった。でも彼女は今日確かめずにいられなかった。自分がほんの少しでも自分の裸に不満があるなら、いざというときに俊夫を拒否してしまう可能性があるからだ。それでなくても、美奈は俊夫に、というより男性に肌を許す覚悟が定まらず、焦りと期待と空の世界が堂々巡りしていた。あれほど俊夫を誘う仕草はまるで嘘のようだった。

　美奈は俊夫の前にくると、理性が失せるのを覚えた。俊夫の他の男にない女々しさに心奪われ、それに反応して、美奈の女がうずく。からだつきもきゃしゃで、筋肉などない、白くすべすべした肌は、胸毛も臑毛もなく華奢だった。それに美奈は抑えられない本能をむきだしにする。雄々しさも猛々しさもなく、脂ぎったところもない。ただ性のスタミナは強いのは、嗅ぎつけていた。美奈の奥底にある男を呼ぶ吸引力が無意識に選別していた。

　美奈は鏡の前に全裸を晒してみた。成熟しきった肉体は、女として完全なほどの体型を維持していた。

　ムダ毛は全て処理され肌のがさつきもなく、無駄な肉もなく引き締まり、美奈は満足していた。

　胸の盛り上がりが少し無くなったわ。でも張りも艶も冴えてるわ。こんなものかしらね。お臍がねえー、出臍だなんて言われないわよね。お尻も弛みもないわ。脚がもう少し長ければ言うことないんだけど、格好は悪くないわ。ペディキュアはしなくていいわ。髪の毛が長いから洗うの大変だわ。俊夫さんに手伝ってもらうのかしら。困るな、やだわ、俊夫さん凄く物欲しげで、獣みたい。監視しているみたいに鋭くわたしの体を舐め廻すみたいに、視線が鋭く刺さって体が固まってしまうわ。それを意識すると根底から羞恥だけになり身の置き所がなくなるわ。着物を一揃え支度してあるけど、本当に着物を着る機会あるのかしら。あら、このブラジャーじゃ少しきついわ。ホック緩めにしなくちゃ。パンツ持って行きたいけど。俊夫さん女のパンツ姿嫌いだし、キュロットならばれないわ。ヒールは低めにしたのは正解だわ。髪もアップじゃ俊夫さん背がそんなに高くないから、わたし大女に見えちゃ困るし、そうよ、わたしが体格良く見えるから、こんなかなー。胸あんまり目立たないようにしたけど、これじゃおとなしすぎるかしら。ださいかなー。それに帽子、わたし嫌なのよね。いかにも新婚だという印象を与えるわ。今日は一日車だから緩めにしとかないと持たないわ。車はまだよね。さあ支度はこれでいいわ。神戸は寒くないわね。オリエンタルホテルか。

　ここね、俊夫さん。遂に来るのね。どんな顔すればいいのかな。何故今日じゃないといけないのかしら。俊夫さんお願いね、乱暴にしないでね。やだ、もう夜のこと考えて、まあやだ、明日は娘じゃなくなるの、こんなことしなくちゃいけないの。

おぞけが出る。

わたし大丈夫よね、きっと俊夫さん襲ってくるわ。憂鬱。

困ったわ、今から震えてるわ。さー、誰か来たわ。

「美奈、開けるわよ、いい？」母の声。

「ええいいわ、お母様」

※

俊夫は頭が割れるように痛かった。

二日酔いか。

息子ちゃん元気で良かったな。これから長くお世話になるから頼むぞ。

六甲山は天気いいのかな。寒いかもな、美奈は、えっへへ、もう俺の女のつもりになってら、観光化された山に抵抗ないかな。神戸は二時か三時には着くものな。スイートルームって静かな場所だな。次の朝はフェリーだし、早いんだな。失敗したらえらいことだから、おおーい、それまで事故がないようにな。女の裸その気になって見たことないからな。焦っちゃうかな。美奈が隣に座っているんだな、意識しない、いしきしない。さああてとネクタイは嫌いだな。ワイシャツは襟が首に当たって擦れるし、こんなの新婚旅行の格好じゃないよな。ま、今日は仕方ないか。男はこれでいいが、美奈はどうかな。どうも顔合わせるの苦手だな。まともに美奈を直視したら、俺ノ下デ額ニ皺ヲ立テテ受ケ止メテイル。ばくはつしそう、バツがわるいよ。そらみろ、また勃った。慌てない、慌てない。

天気はいいし、ドライブ日和だし、でも何処か寄り道ということもないか。気が紛れることがないと息がつまるな。二人きりだものな、いざとなるとどんなこと話したらいいのか、話題がなくて困った。第一美奈はこの俺にどんな態度で接するのかな。何の変わりがあろう筈がない。おれ、みなに、見とれちゃうかな。まさか派手派手な肌を露出した服着ないよな。あれには辟易したものな。やだ、彼女の裸体想像しただけなのに、おとなしくしてろ。まだ間があるからな、もういいかな。

※

まだ冬将軍の到来は遠く、秋というのには抵抗がある日差しが彼の目を射た。弱い陽も慣れない室内からの境を過ぎると、白熱したコロナが溶けて目が眩しく、瞬くのも遠慮がちになって、落ち合う場所の一階に下りようとした。物忘れしたような後ろ髪をひき部屋を後にした。

※

化粧のりが悪くて困ったわ。これじゃピエロよ。どうしてもファンデーションが浮いちゃうわ。なんとか取り繕えないかしらね。でも出かける時間だし、もうじれったい、ああーこんな化粧でやだな。さ、出るわ、行くわ。

※

ホテルの前にハイヤーが止まっていた。ホテルの従業員たちは俊夫と美奈が現れるのを待っていた。底冷えの寒さはまだ残り、大きなホールは冷えていた。それだけに身が引き締まり、緊張は維持されていた。昨日去った人たちを除いた身内は、固まって固唾を呑んでひっそりしていた。

加奈は恭介を会社に見送った後、美奈の様子を気にしてエレベーターに乗った。

※

何してるのかしら、もう時間じゃない。あんな手早い子なのに、重圧でもあるのかしらね。待ち望んでいた筈よ。

ここね、

「あ、お母様」美奈が泣き声だわ。

「こんな化粧じゃ気にいらないの」疲れてるのね、顔が浮腫んでいる。

「朝の食事は済ませたの？」

「食欲がないの」

「食べないと持たないわ」

「仕方ないわね、サンドイッチでも作ってもらいましょう」
「部屋を出ましょう」

※

『みちこさん』どういうこと。あの感性が鋭く自信に満ちた態度は何時消えたのかしら、この情けない呼びかけ、恋が美奈さんを狂わせたのかしら。教祖様がお知りになったら驚くわ。麒麟も恋に駆られて駄馬か。でもそのほうが幸せかもね。奥底には霊感能力がへばりついているわ。眉間の青筋がそれを物語っているわ。まーそれにしても、身も心も深木さんに捧げ蕩けるなんて、生娘は怖いわ。まして美奈さん一途だし。会った時に惹きあう磁力が働きあって、男と女としての通い合い触れ合うインスピレーションがつきまとい、結果がこうなったけど。恐ろしいのはこれからよ。彼女の地が出るのは。あれ以来男を誘う素振りがないだけに不気味だわ。潜在能力はまだある筈だし、深木さんは魔力に虜われて彼らしい本質が消えている。第一今の美奈さんを見たら教祖様は嘆かれるわ。人の生きざまは何も恋だけが、結婚が全てではないのに、あらゆる体内の放出が深木さん一色になって、他の全てを忘却した気配があるわ。心配なことが別にあるわ。あの相本の騒動で美奈さんの人生の歯車を狂わせたかどうかだわ。あの調教で、美奈さんの性感が開拓されたのに、むしろあの頃より性に臆病になっているのが不気味だわ。事件は過去になり記憶にないけど、彼女の、男女の秘め事の養分として、蓄積されているはずよ。それがいつ爆発するかね。

※

深木がこのところつき合いが悪くなったのは、美奈という女性と交際し結ばれることに要因があるが、学生時代とは微妙に精神構造が異なってきている。彼はほんの数年前、詩を書き鋭い社会批評や権力に阿《おもね》らない、反逆が溢れていた。燃えるような熱い想いが彼の鋭利な視線が、彼の唯一無二の才能を隠し、俗悪な生存競争の真っ只中に晒され、だがむしろ彼にとって幸せなのかもしれないが、繊細な変え難い真性を失った。彼には家庭も社会の繁雑も必要ないもので、隔離の意味でない一匹狼が彼のタイプなのだ。ここで狼と表現したが、それは適切でなく、もっと弱い存在の兎や、鳩や雀といったほうが適切かな、そんなものに譬《たと》えた方がいい。あいつがこの世に存在し、同じ空気を吸っているのさえ疑問なのに。彼に社会臭があるのでも脅威なのに、生臭い女、恐ろしいほど社会に洗練された、適応能力に優れた見た目可愛い、そう流行にも敏感な、物凄く純情で一途で真面目な、それだけに始末におえない彼女と一緒になるなんて。未曾有の怪演の開始となるのかな。彼の本来の資質って、世の中に不必要な感性や沈思の世界であって、社会の生き残り競争に似つかわしくない、孤高というと綺麗に聞こえるが、なんのことない体のいい世捨て人か、はぐれものだ。その彼が俗物の代表みたいに流行の先端を感じ、嗅ぎ取っている。自分が美人と信じている、そんな女性を生涯の相手に選ぶとは、らしくない。あいつも苦労が多い暮らしになるな。もっとも人のこと言えないか、平凡な、そんな選択をしたつもりが、陶器店の店主の娘を妻にして、そこを抜けられなくなってしまった。それなりの人生といおうか。

※

わたしだけが常に話題の枠から外れてしまってる。耐え忍ぶなんて柄じゃないのに、気づくとそこが定位置。俊夫はわたしのこと初めから眼中にないわ。そんなに女の魅力に欠けるの、美奈がわたしよりいいなんて、わたし信じない。妹の事件からね、こうなったの、彼だって忌まわしいのじゃなく、あれがきっかけだったのよ。なんとなく気持ちが離れてそれっきり、唯一の男というほど男らしさはなく、今振り返れば頭、知恵に魅了されてなった仲だもの、冷静だわ。それが後引くなんて、わたしが女々しい？　馬鹿な、わたしもう恋い焦がれる年齢じゃないわ。生き方が添えるから？　ううん、彼は純粋さを失ったわ。同時に彼の輝きが嘘に見えて安っぽく映ったのに。

実社会に出て文学だの必要ないものと悟り、読書も方向転換したし、実利に基盤を置き実像としての彼を見失ったわ。それと同時くらいに彼の思考が変化したわ。それなのに又彼を追随するなんて、未練？　彼と繋がっていたいから？　どう転がったのか、美奈の美しさに惑わされたか、俊夫らしいと言えばそれまで、悲しい性ね。それでも凍結が解凍されちょっとは動き出した。彼に囚われた魂が美奈との婚姻で解き放たれ、もう一度女として賭けてみようとする勇気が戻って来ることを期待しよう。美沙登はもはや精神が不安定で相談相手ではなく、気を遣ってやらなくてはならない存在になってしまいつつある。多恵子は派が違うのか、心底話が出来ない間柄だし。また愛人なんか拵えて愛欲の塊のようになってしまい、異人のようだ。多恵子はきっちりした性格なのに、男となるといいかげんというのか、だらしなくすぐくっつき、昼間から愛欲に溺れたこともあった。その癖文章の閃きは誰より鋭く迫り、才能は抜群だったが、瞬間能力であって、永続しないのだった。近頃は性欲が満たされて、穏やかな文章が書けるようになっていた。だがわたしは筆を折り事業に精を出すと、資料の整理を要求され、その運用の巧みさに彼女の真の才能を見た気がしたものだ。本当は美沙登が本来の状態に治癒し、快活さを取り戻せば、事の発信源になっていた当人の快癒とともに、グループの繁栄が戻るんだわ。それには俊夫との関連が修復されればの話だけど。俊夫がこれで幸せになればいいけど、美奈がどうこうより、八代開発の娘という認識のない二人、俊夫が美奈を選んだ理由は知れてるけど、美奈が何故俊夫なの、惹かれる意味合いが謎だわ。出会いが霧の中だから明確な解答が出ないけれど、魔力が美奈を惑わしたのか、そうね、美沙登ならもっとましな考えが浮かぶだろうが、危ない綱渡りのシンメトリーが描けるけど、美沙登が心配だわ。俊夫は美奈に心を奪われ、そのことに気が回らないのが気になるわ。何にしても問題続出の二人の門出だわ。

※

俊夫は文学志望じゃなかったの？　美奈なんて女と結婚して、俗物になって、それでわたしも利用させてもらえていいけど。国府田って体力とかあっちのスタミナは抜群だけど、使い道がないらしいわ。美奈ってわたしの勘だけどたいした玉だわ。俊夫も扱いかねるわ。美沙登はあれであっさりしてるけど（それがかえっていけなかったのかな。彼女自分の気持ちに気づかなかったのよ）、これはあくまで仮定だけど、美奈は俊夫を誘う仕草が度々あったのは、根底にある血が騒ぎ狂おしい奔流に反応した、異性の触覚に鋭敏に吸い取る魔性の蟷螂《かまきり》のような、雄を喰い殺す習性をもつ淫らな血が、男を呼び寄せる。おっと、想像のしすぎ？　もう俊夫に文章指導してもらえないけど、わたしももう独自の世界感や文体を得たわ。それになんかつき合いづらくなったわね。

国府田とも長くないな。あいつテクニック最高だからな。経済力ないからヒモの存在なのに、いい男だし、ま、いいか。ペットだもの。

※

どうにか体調は崩さずに済んだわ。疲労が溜まり翌日まで残るようになって、もうどのくらいの日にちが経ったのかしら。こんなに人前に出る恐怖心を味わう日が訪れるなんて。

歯車が狂ったのは良男と結婚してから？　彼に罪なんかないけど、やっぱり繁雑なことって苦手、わたし家庭に不向きなのよ、掃除嫌い、料理洗濯裁縫全て駄目、おまけに近所のつき合いも面倒、独身のほうがよっぽど気楽、所詮家庭とか結婚には相応しくない、ううん言葉が違う、そんな願望なんかない女がつい紛れて他愛のない夢を見てしまう。でも気まぐれじゃなかった、安らぎがあると思ったのに、良男、あんたが悪いんじゃない、あなたはあまりに純粋で傷つき易く、社会の自由競争に適応出来ない繊細な神経の持ち主だから、その代理を務めるのに抵抗がないわ。しかしわたしって迂闊ね。自分の気持ちって後から分かるものなのね。だからって良男でよかったの？　美奈と俊夫が結ばれるのは反対じゃないわ。美奈は俊夫に相応しいわ。わたしじゃねー、俊夫に失礼だわ。俊夫はわたしにとって、貴い存在だから、わたしみたいなツィッギーの片割れの商売用に創造された人間が、妊娠を可能という物理的価値を必要としない女に仕上げられた者に、動物の生殖を求められないのは当然の結果として、繁殖の対象に向いていないのは事実よ。全てはわたしが結婚なんていう選択をするもんだから、体調まで狂わせたんだわ。それに以前物事を論理的に分析する質じゃなかったのに、似つかわしくないことするからいけないのよ。

これでともかく二人は結ばれたけど、俊夫のこと心配だな。とても美奈の相手じゃ不足だわ。そりゃ真砂子が嫉妬するくらい仲睦まじいけど、彼って結婚に向いてないわ。わたし同様に。良男もそんなところあるわ。非生産者なのよ。美奈は不思議な女。天使と悪魔が同居してるみたい。あの容姿は可愛く可憐だわ。それに女としての資質は羨むほどよ。彼女が時折見せる男を誘う仕草がなにげなく出るのが不気味よ。俊夫は嫉妬深くないからいいけど、男好きする美奈に押し寄せる男の群れに対処できるのかしらん。俊夫って感情を隠すのが下手で、愛情を表現するなんてまるで駄目男なのに、美奈はそれを強要するわ。美奈って完璧主義だから、うふ、想像しただけでおかしいわ。その点良男は細かすぎるのと、大ざっぱな面があって御し易いといえば、でも気難しいとこもあるから、でも彼の問題はそんなことじゃない、なんか疲れるのよね。だって奉られちゃ生活しづらいわ。夢ばかり見てないでわたしを養うって気持ちあるといいんだけど。彼には生活力が不足してるのよ。これは俊夫も同じ？　全然違う、特に美奈にはね。俊夫は変わったわ。美奈を伴侶にする以前から、彼女がいるだけで人格が変化するみたいに、妙に浮わついてチャラチャラして自分の凶運の坂を下るようだわ。それとともにわたしの人生は車輪の轍の中に埋まり、暗雲が立ち込めているわ。美奈は俊夫の魂を蕩かし、吸い尽くすよう纏わりつくわ。美奈は生命を傾けて己れに奉仕する男を求めてるわ。それが俊夫。美を触感で捉え高める男。いえむしろ美意識だけでしか生きられない、この社会に生きられない男よ。感受性だけの男が、行き着く先って、それは全く無残なもの。ただ自身を磨きひっそり暮らすしか手がない。極少数の同胞と密かにね。世の流れに逆らい、拗ね者とも批判者とも疑問に生きる彼が、妥協を繰り返すことに耐えられるのかしらね。美奈は俊夫に何を期待するのかしら、何故俊夫なのか、女々しくはないが、どう贔屓目に見ても筋肉隆々な男性の様相とは全く相対する、瞑想を好むこのひ弱な男性に何を求め感じたのか、美奈の心を紐解かないといけないけど、どうなんでしょう。美奈は俊夫を見ると彼女の奥底にある女の血が騒いで、あの男が欲しいといても立ってもいられない状態になると言ってたわ。そうなると自制心とかいうものが失せ、狂乱状態になる。

そうなった美奈は記憶が喪失し、原始か太古かの動物のように本能の赴くまま行動を起こすのよ。恐ろしく卑猥で官能に充ちた誘いをかけるのよ。悍《おぞま》しいほどのその踊りは、今様の女が現世の磨かれた体毛もなく、微塵のムダ毛もなく、秘部も露に、塗り上げられた体の香料が女の体臭に変化させ、男もその甘い香りに誘われ衝動に駆られる。だが子孫繁栄の本能は強く残っていて、更なる誘惑を試み、男に襲わせるようにするわ。そりゃ女の裸体なんか見たこともなく、美奈は女として完熟した最高の放物線を描き、男なら彼女にそそられるのは当然だわ。蠢《うごめ》く旬のホルモンがオーラに充ちてフェロモンと弾けて、メスの分泌を発するからたまらない、それでなくても美奈は魅力がありすぎるのよ。エロチックっていうの、何処も彼処も女を主張して男の餌食を待つのよ。こんな柔らかい美奈を見てると、わたしなんてまるで女の形をした、か・か・し。

幼い頃からモデルになるため、歯を喰い縛り理想の体型作りを目指したわたし。それが優先メンスも犠牲、性的衝動なんて起きようがないほどのダイエットは、年頃の肌の輝きを消失させ、それで保つボディー。それでなくても結婚願望のないわたし。俊夫を男として認知しなかった欠陥人間。良男にもその感情はなかった。要は作られた女。でも美奈もそうだわ。何の能力もない。女としての資質を完璧に持っていて、男を蟻地獄に誘うだけ。美奈は自分の美を評価し尚更なる美を追求する女。それには俊夫が必要。わたしも美を目指したけど、明らかに二人は別個の物。美奈の男を求める吸引力は莫大で、その魅力が備わってる。わたしはむしろ中性、利も害もない。

美奈は妊娠し易い体質だから問題ないけど、わたしよ、まあ美奈のお陰でメンスは順調になったけど、苛酷なダイエットの果ての無理がどうなるか、うふふ、良男ったらあちらのほうが強いらしいわ。すごく荒々しいけど強引じゃないわ。でも困ったことに彼全く経済能力がゼロなのがね、生活設計が狂い家庭に収まるなんて夢のまた夢。わたしそれに、今の体型を保つのに自信がないわ。歳を経て下部に脂肪が下がるようになったもの。体重は変わらなくてもお腹がぽっこり出てしまい、冷や汗が出る時があるわ。それに肌の衰えは目を覆いたくなるわ。もともと肌理が細かくない（ほんとは鮫肌）、ヒミツ、度重なる脂肪吸引で、カサカサ。潤いがなくなったわ。

俊夫の組織の崩壊は、どちらにせよ始まったわ。

※

面白うてやがて哀しき宴かな。美沙登との婚礼にもないこの空洞。日毎の妻との交差する挫折。美沙登おまえは何故神経を逆立てるのか。美奈お嬢さんは深木君を選んだ。人は精神さえ確かなら生き抜ける。貧しくとも理想高ければ、か。美沙登は崇め奉る女神、疎かに扱えぬ。彼女は美奈お嬢様との関わりあいの入り口、幸せの発信地、でも彼女は受信装置を携えてない女、感度が鈍く鶏ガラ。山荘の仕事も行き詰まり、コドモハムリナタイシツ、アキラメタラ、カラダガモタナイ。美沙登は向日葵。大熊爺の影が薄れて、儚《はかな》くなった。あの方はやはり素晴らしい人だった。

夢と現実をうまく融合させて、夢をはぐくんだ。俺にはとてもそんなことはできない。

　美奈お嬢さん、蜉蝣《かげろう》のような存在。時折見せる鋭い刃先、お嬢さんは何もないからかえって怖い。俊夫さんを選んだ訳は、大熊爺もあの行動には驚かされたが、あの上品で高貴な顔立ちもさることながら、落ち着いた素振りから見て、あんなはしたなくあられない衝動に出るとは。

※

　それはそれは晩秋の日差しとは思えぬ、まだ張りのある強い陽が遠慮がちに瞬き、旅をする者にとって絶好の日和だった。蒼白な空は透き通った青が支配し、見晴るかす目的地までそれは続いた。名古屋から神戸までは車で行くことになっていた。美奈は新婚のシンボルみたいな帽子は被りたくなかったが、彼女は普段も帽子党だったから迷った。それに美奈は新婚らしく服を淡いピンクで纏めてある。美奈は着痩せするタイプでピンクは膨張色だが、彼女の初々しい可愛らしさが際立っていた。美奈はこんなタイトなスカートもスーツも珍しく、スカート丈もミディなのも慎ましい印象を受けた。しかも美奈は従妹に貰った花束を腕に抱いていたので、まさに新婚そのものの出で立ちだった。シルクサテンのキャミソールは美奈の胸を覆い切れず、深い谷間を作り、真珠の肌がムッチリ見えて男心を誘った。美奈の若々しい肉体は健康そのものではちきれまぶしかった。俊夫は美奈が選んだ服を着ていた。美奈は彼の着方がさまにならず、不満だがいじり回したりしないことにした。本人同士の本意でない旅立ちにこれから先も、ベルトコンベアーに送り込まれる、その一組になるのだった。

2

　わたしの隣は俊夫さん、ハイヤーの中、こうして二人きりになると緊張するわ。こっそり俊夫さん見るけど、お雛様じゃないし、手を握りに来たらどうしよう。さっきから座る位置直すけど居心地が悪いし、近くだと怖いし、離れると誤解されるし、心臓が口から出そうなほどドキドキ、何か話題ってない？　あらこっち向いた。顔火照《ほて》っちゃう。困ったな、ダメダメ、化粧崩レチャウ、俊夫さん迫ってくるんだもの、体が動かないわ、唇求めに来たのかしら、さっき、何故やめたのかしら、また来ないかしら、わたしがいけないの？　金縛りよ、こういうときどうすればいいの、唇が乾いて物欲しげでないわよね。

　何か知らないけれど可愛く固まって身を硬くされちゃ、手も出せないや。俺が動く度にあびくつかれちゃこちらだってまごつくよ。それにしても美奈は可愛いな、これにまいっちゃったんだな。体が震えてるよ。物欲しそうに唇を塞がれるのを待ってるのかな。形のいい唇、毎日俺の口で吸えるんだな。美奈はピンクの色好きなのかな、珍しくミニじゃないな、それも下に伸ばしたりして、形の良いバストだな、揺らり揺れてエロチックだな、触ってみたいけどいきなりじゃ、良い術がないかな。またこちらを見た。こりゃどうかしなくちゃな。あんなに息を荒げちゃ、意識してるのかな。

俊夫さんわたしの胸ばかり見てる。このキャミソール薄いけど、胸開けすぎ？　肩が凝るわ、こんな着方。見え過ぎね、誘ってるみたいでいけないのかしら。車が揺れると胸も揺れて、だから俊夫さん見るのね、良かった！　ミニでなくて。これでミニだったら物欲し気だもの。うふん、いざとなると体の線見せるの戸惑うもの。脚、太股太くて、それに。美奈に羞恥が走る。やだ、びくついてちゃ駄目、知らん振り、しらんぷり。あ、近寄ってくる。どうしよう。美奈の肉体は俊夫を求めて、抱き締め愛撫してほしかった。わたし求められたら拒めない。はしたない女と思われたくない。おそわれたい、そんな……胸の鼓動が聞こえちゃうわ。あ、目が合っちゃった。なにこのわたしの、まるで待ってたみたい。あの感触忘れてないわ。欲しい、いけないわ、俊夫さんの手、冷たい。ああドキドキした。キスしなかった。乱れないで良かった。俊夫は美奈を抱き寄せる。静寂、好き、俊夫さんの匂い、好き。

「東名高速の終点だ。少し休憩しよう」

美奈、現実に戻る。

美奈、俊夫に手を取られ外に出る。美奈、俊夫にピタッと寄り添い嬉しそう。

「風が寒いわ」美奈の髪は結ってあったが、解けそうになる。美奈の香りは俊夫の鼻を擽り『夜間飛行』を浴びた。俊夫は美奈の急速の変化が眩しく思えた。自分の居場所を確認して、所有者の俊夫は目で追っていた。

「俊夫さん」美奈は式の後この言葉を発し、甘く愛しい名を呼んでとうとう彼のものになった実感と、嬉しさが込み上げ何度も復唱したかった。美奈にとってこの現実に応えるべき感情の発露が見つからなかった。もうわたし俊夫さんのもの。

美奈のこの自信は、落ち着きぶりは何処からくるのだろう。もうすっかり俺の女になりきってる。そのくせ妙に避けるような振る舞いや間が、躊躇がある。でもこの可愛さって。

ほんと、それが女か、美沙登との違いは単なる性格のせいばかりかと、あいつは性格がさっぱりしてるぶん、つき合うのが楽。美沙登そのものがそうなんだろうが、美奈は何か疲れる。心の余裕がないよ。それにああ、可愛い娘じゃ何か必死だよ。夢と現実をごちゃまぜにしてないよな。こちらの気持ちも駆り立てられて忙しいし。

「俊夫さん、寒い」甘やいだ美奈の声はけだるく、冷たい空気も負けてしまうほどだ。俊夫は美奈のコートを取りに車内に。

「お腹空いた」美奈の声は選択の余地を与えないような、甘え添え切ったものだった。美奈はどんどん俊夫の中に入り込み、支える俊夫を待った。

「俊夫さん、お腹減り過ぎて歩けない。連れてって」

美奈は立ったまま動こうとしない。

「腕を組んで行こう」

「嫌」美奈は強く拒んだ。「何よ、自分だけ先に行くの。わたしがいるのよ。わたしはここを動かないわ」

俊夫はご機嫌取りに美奈に近づくが、美奈は承知しない。わたしをないがしろにして、わたしは俊夫さんの妻よ。いつも俊夫さんと一緒でなきゃ承知しないわ。

今度はなんなんだ、美奈の我が儘と気まぐれでせわしないな。

美奈のふとした立ち姿は真に絵になる美しさだった。俊夫はそんな幻に似た美奈の儚さに、誘蛾灯に迷い込んだ蛾になった自分を重ねた。美奈の優雅な曲線を描き出す美しさに見とれた。思えばこの美奈の肉体を露にして迫って来た日から、自分のものになるのを望んでいたその撓《たわわ》な体、乳房の有り余る豊かさに見惚れた。薄く小さなキャミソールに収まり切らない胸が前にも横にも溢れ、そこだけ異物のような巨大な塊が突き上げていた。幸いトップレスのブラで抑えているのではみだしてしまうことはなかった。だが自己主張するように大きく乳房は揺れてその存在を誇示した。俊夫は美奈と数歩しか離れておらず、近寄るのは容易だが、美奈はあからさまに俊夫の視線を意識して傍に来させなかった。

「俊夫さん、さっきから何見てんのよ。わたしのおっぱいばかり見て。気になる?」美奈は俊夫が巨乳を好きなのが最近になって分かって来た。俊夫は美奈の着ているキャミソールから乳房の輪郭が露なのに目のやり場に困った。美奈は腕を前にして俊夫の懐に抱かれた。

「温かい」俊夫は美奈の顔色が悪いのに気づき美奈の顎を上げた。新婚旅行というので美奈はかなり念入りに厚化粧していたが、それでもなお、気分の悪さが読み取れた。俊夫は風邪？　と疑いを持ったが美奈は否定した。暫く俊夫の懐に温められて、美奈の顔色は回復した。元来美奈は貧血気味だが、度重なる緊張と、神経過度な挙行とそれらによる寝不足などが、彼女の体調を狂わせたが、僅かな休息で元気を取り戻していた。ところが美奈は回復の素の食事が彼女の言うほど進まず、あらかたの料理を残した。特に嫌いな人参、葱、ピーマンは端に奇麗に分けられていた。俊夫はそれに苦笑したが、美奈もそんな彼の態度が不満だった。もっと優しくすればいいのに。

外の空気に触れて美奈の容体は急速に回復に向かった。自動車に酔ったのだ。だが俊夫は美奈の食欲に不安があった。ヨロヨロする美奈を抱くようにして運んだ。美奈は嬉しさと恥ずかしさでポーッとなった。

これがきっかけで気まずい空気は一掃された。美奈としてはぎくしゃくしていて気持ちが悪かったが、笑顔が戻った。ただ俊夫に言われるまでもなく、彼女には休息が必要だったから、俊夫の膝に横たわった。それが美奈にとって至福な時間になった。上には俊夫の顔が見える。見つめられると照れ臭いが、俊夫が自分を見ている視線が好きだった。それになんといっても俊夫に抱きかかえられている、そのことが充実感となって彼女に力を与え、まるで嘘のように体力は戻ったが、このままでいたかった。でもこの感触、俊夫さんに世話されている実感、そりゃ彼の体は硬いから少し痛いけど、そうよそうよ、心は宙に浮いてる。そうよこんな時をどれくらい待ったのかしら。これからはいつも二人、俊夫さんはわたしのもの、もうわたしのもの。ああこの感激、ずっとずっと、わたし俊夫さんにうんとうんと可愛がってもらうんだもん、いいわ。

美奈はまだ目を閉じたままだった。目覚めていたが瞼は重く、車の中の俊夫に抱かれた自分を感じ取って目を開けるのをためらわせた。胸が苦しい。寝相が悪く車の振動でブラが擦れたのだ。といって車内は狭い上に、俊夫のいるところでストラップを直すのは憚られた。居心地が悪くその上スカートが乱れて股が丸見えなのも不快の一因だった。しかし下半身の補整はガーターで行われていて、パンティが露出することは考えられなかった。美奈が目覚めたのにはもう一つ原因があった。先程の昼食の際、けだるさと体調の不良で食欲もなく、つい手洗いに行くのを面倒がった。胃が空腹を示す音と、尿意をもよおしたのだった。洗面所に向かった美奈はその二つを解消して、売店で果物を買い求め、スカッとした気分に戻った。美奈と俊夫は車に乗り込む時、偶然というか抱き合う形になったが、なにかぎこちなく戸惑いを示した。

もう神戸の町は間近だった。二人は今、重苦しい空気の中にいた。俊夫は自らの役目の重圧を悟り、美奈は来るべき不安に無口になっていた。美奈の心臓の鼓動は一段と高まり、車内に響くほどになり、俊夫との距離を意識して空けた。空気が足りない、二人の共通した思いがあった。

彼らの宿泊先の神戸オリエンタルホテルは少し高台にあった。運転手が二人の荷物をトランクからロビーまで運びだしていた。俊夫は先に降り美奈に手を貸した。美奈のぽっちゃりした小さな手は冷たかった。美奈はヒールの低い靴だったがよろめき加減だった。遂に来たのだ。外観が大きく圧倒され気後れすら覚え、二人はフロントに向かった。まだ二時を過ぎた頃だった。六甲山の見学は十分出来る。二人は部屋に荷物を運ぶのを手伝い、部屋の確認をした。そしてタクシーを予約した。二人が予約したのは最上階のスイートルームで、年に何組かしか予約しない豪華な部屋と呼ぶにはあまりにも広い代物で、その階はこの一室だけだった。美奈は俊夫を先に降ろすと、ブラを直し、なにしろパンティを替えたかったのではき替えた。彼女はエレベーターで身繕いし直し髪を整えた。俊夫はカメラを持って手持ち無沙汰で、ぶらぶらしていた。ホテル前で二人、運転手にシャッターを切ってもらい展望台に向かった。

身を刺す空気の寒さに美奈はすっかり健康を取り戻し、笑い声も口から零れた。美奈は俊夫が執拗に美奈を写体に選ぶので、彼女は閉口した。なによりカメラが嫌いだった。秋のつるべ落としの太陽は長い滞在を許さなかった。しかし日暮れ前の高台から見下ろす神戸の町の美しさは抜群で、二人は息を呑んだ。町の灯が灯される夕方は見事に違いなかった。美奈は俊夫に寄り添いひっそりと町の光景を見つめていた。美奈は自然と俊夫の懐に抱かれていた。俊夫の手は美奈の肩の位置にあり、強く美奈を引き寄せ、美奈もそのほうが暖かいのでそのままにしていた。周りはやはり自分たちと同様ペアが多く、人影は疎らだった。美奈は夢中で体を乗り出し、下を覗こうとして、俊夫の手を握り支えてもらった。戻ろうとした瞬間俊夫の力が加わり、美奈は激しく抱き寄せられた。来たわ、美奈は直感で俊夫の意志の意味を感じ、思わず意志にない顔を背ける仕草をした。でも俊夫の力は強く、美奈はその力強さを頼もしく思い、ふと力を抜くと俊夫の顔が間近にあった。久しくこんな行為もなく荒々しい俊夫の行動に美奈は、圧倒されれ俊夫が彼女の顎に手をやり、顔を寄せて来たとき、美奈は目を背けたが、もう唇は美奈の唇を塞いでいた。俊夫が舌を入れて来たので、恐る恐る彼女も俊夫の口に舌を入れると、俊夫に強く吸われ気が遠くなった。これは快感とか喜びを与えるものではなかった。性的興奮もなかった。ただ肉体の一部を触れ合い、求めることで互いの許容を認めていた。美奈はキスの後、下を向いていた。俊夫に顔を見せたくなかった。特にこのキスの後には、もう前奏曲は始まったのだ。俊夫もそれ以上求めて来なかった。普段静かでおとなしい印象を受ける俊夫も、時に激情が走る、そういう意味合いのものだったが、美奈はいつか俊夫が自分を求めてくるのを予知していた。だってほんと久し振りよ。美奈はキスが好きではなかった。体も感情も口を塞がれる行為で、全く自由が奪われ俊夫に捧げることになるし、その間彼の赴くままになる、そのことが許せない気がした。支配されるのを否定するつもりはないが、キスの間俊夫に身を任せ息苦しく、拘束されてそのときだけ自分じゃない気がした。これってそんなにいいこと？

帰りのタクシーで美奈は無言になった。俊夫はそれを心配した。自分のキスのせいだと思ったのだ。だが美奈はもうそのことは眼中になかった。彼女は記念すべきこの夜の衣装に考えを巡らしていた。計画通りなら決めたドレスはある。でも美奈は迷った。美奈は誰もが認めるように、赤色が似合った。というより美奈は派手なデザインであればあるほど似合った。着物では赤いものは着なかった。ところが美奈は赤、それも鮮やかな赤のドレスは好きだった。今、美奈の鞄の中のそれは、薔薇の花を裾からスカート部分の上まで設え、その花びらにスパンコールが取りつけられ、方向によってキラキラ光った。今日のためにと考えていた白いドレスはずっとおとなしめのデザインで純白に銀ラメが織り込まれたヴェールが色をつけていた。しかし美奈はもっと強い印象を与えるものをと思い巡らした。美奈はもう決めていたが、煩悩と気にかかることを悩んでいた。「黒って不吉じゃないわよね」美奈はもう一つ踏ん切れなかった。早く戻ってその服を見たかった。俊夫は話しかけても上の空で答えも曖昧な様子に内心慌てていた。俊夫は美奈の虜になった獣みたいにうろうろしてだらしなかった。美奈の機嫌を損ねたと思ったのだ。だが美奈はそれどころではなかった。こんなときの美奈は機敏だった。さっさと車から降り、エレベーターホールに向かった。俊夫はひたすら彼女の後ろから追随し、彼女の怒りを解こうと懸命だった。美奈は俊夫の行動に不審を抱いたが、取り合っている余裕が彼女になかった。夕餉の会食は六時半と決められていた。美奈は命令口調になり、俊夫をその会場に残し、部屋のシャワーを浴びた。トランクの下着の場所を探り、たまたま取り出すと、それは黒だった。美奈の心は決まった。ショーツをはきブラはストラップのない前ホックにした。全体がスパンコールに覆われたその黒のドレスは胸で深いスリットがV字に大胆に開き、肩にかかる部分も少なく、背中は肩甲骨が見え背中の尻近くまで開いていた。美奈は最近肌が淡いピンク色になり、つやつやと輝き、真珠を思い起こさせる煌めきを帯びていたので、その黒のドレスは蠱惑に満ちていた。それに腕の細さは見事で、肘の弛みもざらつきも硬さもなく滑らかだった。肩のムッチリした肉の盛り上がりは官能的で、それに続くバストの大砲のように突き出た高さに圧迫された。異常かと見えるバストは上から覗けば美奈の乳房が丸見えになるほど布が足りなかった。その下のウエストは折れそうにか細くその女体の作る曲線が、悩まし気であった。足は小さく脚も長くはなかった。体型的には美奈は着物が似合っていた。足首が細く脚の短さは気にならなかった。美奈はヒールの高さを何センチにするか迷っていた。俊夫の身長が低いので、あまり高いと俊夫より高くなってしまう。しかし美奈はこのドレスには九センチのヒールの靴にしたかった。美奈の二十二・五センチの脚はいかにも倒れそうなほど不安定に見えた。美奈は胸にダイヤのネックレスを着けた。重たい首飾りだった。父が買ったものだから値段の程は謎だが、安物の筈はなかった。恐らく何千万円もしたのだ。王冠も着けた。ルームサービスの女性に手伝ってもらっていたが、あまりの美奈の見事なプロポーションに歓喜した。装いを進めて行くうち美奈は、その雰囲気に増殖されてその衣装に合わせた気持ちの高まりが完璧になり、自信と高貴な優雅さに溢れ、見るものを圧倒した。この美奈の艶やかさは、内部から滲み出たもので、気品が満ち満ちていた。美奈は今が旬の女だった。とりわけ顔立ちが美しいというより、むしろ欠点が多かった。顔の大きさも全体から見れば大きく、目も斜視な上に大きさも左右異なっていた。眉は三日月ではなく太く濃かった。睫は長くつけまつ毛は必要なかった。頬高で唇はお喋りを証明するような突き出た形をしていた。魅力は目が蠱惑に満ちていることと、口が可愛い形をしていてよく動くことだろうか。その唇の中の歯はかなり八重歯で可愛かった。だがこの旅行後歯は矯正する予定になっていた。印象は大人っぽい感じを受けた。

美奈がすっと立ち上がり歩を進めると、彼女の周囲にオーラが立ち込め、周囲の空気がぴりぴりした。彼女が巨大なレストランに降り立つと、ざわついた空気が緊張して美奈を迎えた。その洗練された無駄のない姿はその場の雰囲気を一掃した。俊夫はその中に埋もれていたが、神々しい美しさに見とれ、つい自分のパートナーであることを忘れて、立ち竦んだ。美奈は『夜間飛行』を耳たぶと腋の下、胸とスカート部分の裾に付けていた。美奈は体臭がなかったが、仄かに甘い香りを放ち、その香りのほうがむしろ男の官能を擽るものだったが、まだ美奈はそれに気づいていない。美奈は俊夫の姿を目にするとすっと彼に手を差し伸べた。童顔ではない美奈の顔立ちは、大人の女の雰囲気を漂わせ、俊夫を見つめる熱い視線は妖しい魅力があり、差し伸べた細い腕は優雅に揺れていた。俊夫は美奈の装いで何度も衝撃を味わって来たが、それとは違う感覚があった。この女性が自分の妻になるという錯覚？　錯誤があった。確かに美奈は俊夫に向けて腕を差し伸べている。確かに彼の妻になる女である。彼は大きな間違いか失敗をしたような気がした。過ちと認めるには今の俊夫には苛酷な答えだった。俊夫と美奈は決められた席に歩んでいた。俊夫は貴婦人に連れ添う夫ではなく、道化師のような狂言回しの猿だった。席に近づくと俊夫が座ろうとするので、美奈は俊夫を遮り制止した。俊夫はあたふたして椅子の脚を引きずった。その引き裂く音に美奈は平然として腰かけた。俊夫は自らの失態に狼狽し、さらに己の椅子を引く時も大きな音を立てた。美奈は婉然とした微笑で俊夫を迎え、やがてざわめきが食事の知らせのウエイターやウエイトレスが各持ち場に散ったとき、さらにその騒音は激しさを増した。俊夫たちのテーブルにもウエイターがメニューを持ってきて二人に手渡した。

「今日の特別メニューはこれでございます」指し示す先には季節の旬の料理が加えられていた。ある程度のコースは決まっているが、多少の変更は可能だった。俊夫は生牡蛎の殻つきでレモン添えの料理を選んだ。飲み物は美奈の希望もあってビールにした。美奈は一日果物を口にした程度で腹ぺこだった。二人は乾杯したが、美奈は空気が乾燥していてしかも喉はカラカラ、一気に飲み干したので酔いが回り、体中が真っ赤に染まり、その色っぽさは美奈の全身を覆った。美奈は酔いが回るとお喋りになるのだ。可愛い舌を見せ喋り始める。

「わたし、お腹空いたから真っ赤になっちゃった。酔っぱらっちゃった。ね俊夫さん、お願い、ピーマンと人参食べて。葱も」

その声は低く、柔らかなもので聞き易かった。酔いが回った時だけ美奈は喋る度に唇から舌をちょろっと出す癖があって、それが生き物のように見え隠れした。俊夫はボーッと美奈を眺め、器用に動く舌に魅了された。美奈は酔うにつれ陽気になり、はしゃいだ。そこに繰り広げられるのは美奈の世界で、バリアーが張られ他の侵入を許さなかった。美奈の食欲は凄く、美奈が恥ずかし気もなく、お腹を叩き、「膨らんでる」などとあられなく呟き、俊夫はその言葉で自分を取り戻していた。室内には食事に合った音楽が流れ、快適だった。

美奈の美しさに興味を抱き、同じカメラマン同士被写体に選んだ城之内つきのカメラマンの噂は耳にしていたこともあったので、美奈を収めようとフラッシュが焚かれた。確かに美奈は城之内と知り合った頃より洗練されたセンスと磨かれた肉体を備えていた。美奈も無意識のうちに、人に見せる技術が身につき、それが付加され彼女の美貌は頂点に差しかかっていた。媚は帯びていなかったし、慣れもまだ見受けられない、ごく自然に自分の長所を引き出し、人前に晒すのに抵抗はなかった。美奈は胸からウエストのラインは自慢で、俊夫がよく盗み見していて、満足していた。美奈は童顔でなく貴婦人を思わせる気高さがあり、まだ初夜前の女性とは見えないほどの気品を持ち合わせていた。美奈はそうした人々の賛美を浴びるのが好きで、どんな追従でも褒められるのに喜びを感じていた。美奈は男性の称賛のシャワーを浴びるのに幼少の頃から慣れていた。俊夫はその美奈を奔放にさせ、美奈が肉体の誇る部分をすれすれに見え隠れするよう誇示し、誘い又見せた。無論二人は無意識であり、それに反発し普通の男女の交際を求めて、美奈は俊夫に言葉で自分を美しいと言ってほしかった。だが俊夫は美奈の魔法にかかりもはや奴隷であった。美奈は俊夫に愛情があるというより、自分の美を更に俊夫が完璧な形にしてくれるのを望んだ。俊夫なら自分のスタイルを高めてくれる、どうすればもっと美しくなれるか協力してくれる。わたしが美を保つ全てを許してくれる。最近美奈は婚姻を控えた頃から序々に変化している。俊夫と結婚が決まった時点で美奈の内部から変化が起きたのだ。確かに美奈は類い稀なる美貌を手に入れている。それにも秘密がある。美奈が生まれてその顔立ちで美形なのを知り、恭介は徹底した婦女教育を美奈に課した。女は美人が有利なのは周知のことで、また娘がそうなら父親としても自慢だし、嬉しいことでもあった。だが美奈は予想を上回る資質を持っていた。その美貌は相本との系列に連なる強い武器になった。美奈がその成長期、メンスの開始時に霊能力が備わったのも何かの屈折だったのだろう。美奈の生まれつきのX脚もその間の矯正で直り、女としての肉体を手に入れ、相本との恭介の企みが失敗した時、そして幼いころから周囲の男性にちやほやされ、自分への褒め言葉にも耳を貸さなくなった時、美奈の自立と確信が生まれ、俊夫に出会うに至って更にその確信は、誠になり今にあった。美奈が俊夫を愛していると言ったら嘘ではないが、彼女には違う世界の物だった。そして彼女のフェロモンが分泌され、肌に粉が吹いたように色香が滲み、官能な姿態がなされていた。それはまだほんの先駆けにすぎず、美奈にも預かり知らぬことだった。酔いは美奈を陽気にしたが抑えていた。俊夫も深酔い等厳禁だった。美奈のお喋りは一時火がついたが客が食事を終えて、一人去り二人去り、空席が目立つようになり、美奈はそれを意識して、沈黙しがちになった。奥のホールではダンスを楽しむ人たちもいた。美奈の気持ちがハイから鬱になり、突然ナイフを皿に落とした。カチャンと金属的な音が響き、そして静寂があった。美奈が見せた狼狽の一コマだった。俊夫は言うべき言葉に苦慮したが、言えなかった。美奈は俊夫から上に行こうという言葉がでるのを恐れた。美奈は沈思し、俯き俊夫のエスコートを待った。美奈は正常な体の状態ではなく、嘔吐に似た症状が起き、俊夫は走ってバケツを探した。美奈は吐かなかった。鬱積した思いがこんな状態を作ったのだ。俊夫が背中を摩ってあげると、美奈は落ち着いたが部屋へ戻るとは言わなかった。俊夫はジュースを美奈に飲ませた。単なる気の病なので、暫くすると安静を保った。美奈をホールの柔らかいソファに座らせた。そしてホテルの女性スタッフが暖かい毛布で美奈を包むと、おぞけは治まり血色もよくなった。俊夫はこんな状態で今夜のことはどうなのか不安だった。だが先ず美奈の健康が大事だった。

美奈は少し気持ちが萎れていたが、嘘のように回復し、美奈はダンスを目で追うようになった。美奈は俊夫に抱き支えられていた。そうこうしているとホテル在勤の医師がきて、美奈にブドウ糖を注射した。小一時間美奈は俊夫の抱擁に身を委ね、しっかりした足取りになった。最後の演奏というアナウンスでブルースが始まった。美奈は俊夫に嘆願して踊り始めた。いよいよね、いよいよだわ。美奈は早すぎるラストダンスが恨めしかった。何か美奈が意識してそうしたのでなく、あのことを引き延ばしたい情念がつい引き留めている、美奈はそれに涙した。だがもう踊っている人もなく、楽団も帰り支度の楽器の収納を行っていて、二人はエレベーターホールに向かった。

3

貴賓室になっている二人のスイートルームは、そのフロアーが全て部屋になっているほど広いものだった。二人は数多い寝室の内天蓋のある丸い大きなベッドに決めていた。美奈は緊張していたが、意識はもう段階が定まった起点から思い通りにしたかった。美奈は新婚の夫婦が行うお姫様抱っこにこだわっていた。

「俊夫さん、部屋の扉を開けて抱っこして入って」

美奈は体重が四十六キロくらいしかなく、大抵の男性なら抱き上げることができる筈だった。ところが俊夫は腕の力がなく、何回か挑戦してよろめきながら額に汗を流して美奈を運んだ。美奈は共倒れになりそうな状態から身軽に立ち、俊夫をほっとさせた。

「俊夫さん、先にお風呂入っていいわよ。わたし支度が沢山あるから」

俊夫はまさにカラスの行水だった。俊夫だって美奈との初夜を壊したくなかったが、洗う箇所も丁寧でなく、湯船に長く浸かることもしなかった。美奈は仕事でもするように手早く衣装を脱ぎ、奇麗に畳むと全裸にバスタオルで体を包み、湯船に浸かった。幸いバスルームは俊夫と別で安心して美奈は身を伸ばし、ゆったり芯まで冷えた体を温めていた。俊夫は何しろ退屈だった。寝る前に緊張を解くように俊夫はビールを用意させ、つまみも注文してあった。

美奈は体を念入りに洗っていた。鏡も恐る恐る全身を映して見た。婚約後、美奈は俊夫との交わりを想像するのが怖く、自分の裸体を見るのに躊躇していた。だが今はそうはいかない。美奈は俊夫に恥じることは避けたかった。美奈はバストの部分がきついのを調べてみた。何日か前、胸がよく成長期に発育するときに痛むのと同じ部分が痛む謎が解けた。美奈のバストは高さが増していて、ブラが合わなかったのだ。まったく、この年にまだ大きくなるなんて。美奈は乳房の端に擦れた後があるのを発見した。もう、いやになっちゃう。いくら検査といっても下半身は無視、みたくない。美奈は肌が赤くなるまで長くあったまっていた。美奈はよしと意を決して湯船をでた。体を拭き念入りにクリームを塗った。美奈の肉体は水を弾き、ピンクに染まり不足はなかった。

美奈はショーツをはいた。前に赤いリボンのついた可愛らしいものを選んだ。ネグリジェはやはり白で裾周りに赤いリボンがあるこれも可愛いものだった。美奈は全身が映る鏡で確認した。俊夫に不快な思いをさせまいとする美奈の配慮だった。ルームソックスをはき、寝室に入ると、俊夫は体操をしていた。ベッドの脇には俊夫が用意したと思われる酒宴一式がテーブルに載っていた。美奈はベッドに近づき上かけを捲り、自分の位置に不織布で触って冷たい感じのしない物を敷いていた。俊夫は美奈のなすことを黙って見ていた。美奈のネグリジェから美奈の下半身が見え隠れして悩まし気だった。俊夫はそれでなくとも今日に備え、スタミナを溜めてビンビンだったのが、爆発しそうになって下半身を慌てて抑えた。美奈はベッドをメイキングし直し、俊夫に近づいた。

美奈は俊夫の前に立つと座り三つ指をついた。俊夫は仰天して美奈の対面に座った。行きがかり上そうせざるをえなかったのだ。美奈の態度と姿勢は堂々としていた。美奈の声は厳かだった。

「俊夫さん、わたしの旦那様、わたしの身も心も全てあなたのものです。わたしと契りを交わしあなたの思いの儘になさって下さいまし。あなたをお慕い申し上げ背くことはありません。どうかわたしをお導き遊ばし、あなたの妻になさって下さい。それがわたしの望みでございます」

「美奈、君を大切にするよ」

「俊夫さん、わたしを寝所まで運んで下さい」美奈は母の言いつけ通り俊夫に誓い、彼に身を預けた。美奈は俊夫のものがいきり立ち、聳えているのが寝間着の上からでも分かった。美奈は硬直した。

「寝る前に少し酒を飲もう」美奈にとって酔っ払って彼に肌身を許すのは禁忌だった。だが俊夫の言う緊張をほぐすのに酒がいいのは確かだった。緊迫した空気が和らぎ締まりがなくなり、行き先が案じられた。

美奈は薄化粧していた。明かりはベッドのスタンドだけだった。美奈は俊夫が近づくと彼に懇願した。

「ね、お願い、あの明かりも消して」部屋は闇に包まれた。美奈は俊夫の息使いの荒さで彼の距離を感じた。美奈は呪縛にあったかのように、いえ、蛇に蛙、金縛りだった。心臓の鼓動は互いに高鳴りそれが時を刻んでいた。

俊夫は美奈の隣に接近していた。目が合った。美奈は人形のように無表情だった。俊夫の唇が美奈の唇を塞いだ。美奈はこのキスで覚悟が決まった。美奈のネグリジェの一番上のホックがパチンと音がして外れた。静寂は二人に邪魔物をしまってくれていた。まだ美奈の乳房は見えなかった。深い谷間が闇にクレパスの蔭が山に見えた。俊夫も手が震えていた。美奈はただ真っすぐ上を向いていた。羞恥が美奈に終始続いた。二番目のホックに俊夫の手がかかった。これを外すと美奈の豊満な乳房の上半部が露になる。むしろこのホックがよく嵌まっていたなというのが一般的意見だろう。俊夫の手が触れると外すまでもなく、プチンと弾けて勢いよく揺れ飛び出した乳房は暫く震え、聳えていた。美奈のバストはお椀型でなく、釣り鐘型でツンと上を向いていた。乳輪も乳首は小さく、乳首は見えなかった。盲乳首は俊夫が触るとゆっくり立ち、顔を覗かせた。美奈の自慢のバストは俊夫の目の前、彼の掌中にあった。そっと俊夫は触っていた。美奈は俊夫が自分の乳房を触っているのを見て、声が出た。

「俊夫さん」美奈の声は羞恥で擦れていた。「強く触らないで、痛いから」俊夫の手はそれを潮に美奈の乳房の形を探るように触り始めた。なんという滑らかな、美しい肌なことか。つやつやと輝き弛みも染みもなく、ピンク色に光っていた。乳首が赤く苺を思わせた。量感のある乳房は張っていたが、重量があるので激しく揺れ、俊夫が触り始めるとさらに揺れた。

「どう？」俊夫の問いに美奈は言いようがなかった。こそばゆい感触はあった。俊夫が顔を乳房に埋め、乳首を吸うと美奈は電流が体内を走ったのを感じた。ビクッと体は反応し、美奈は思わず声をだした。自然と体は反り返り、やがて安息し美奈は地獄責めにあっているようだった。

「擽ったい、けど気持ちいい」美奈は俊夫の愛撫を見ることができた。それはとても嬉しいことだった。美奈は俊夫が子供みたいに乳首を吸っている表情がいとおしくなった。俊夫が脇腹に唇を寄せると美奈は思わず体を動かした。敏感にジーンと性感帯が作用し、擽ったいような気持ちいいような複雑な触感に身を捩らせ、括れたウエストを境に弓なりになり、美奈は声を上げげた。遂に美奈のネグリジェはホックが全て外され、美奈の身につけているのは、小さなショーツだけになった。美奈は息が苦しかった。俊夫が美奈の下半身のその部分に触れると叫んだ。

「いや、見ないで、お願い」必死に美奈は哀願した。彼女はそこを隠そうとネグリジェの布を手で引っ張り覆った。俊夫は困惑した。

「触っちゃいや」美奈は泣き声になっていた。俊夫は途方に暮れた。これじゃ挿入できない。俊夫は覚悟を決めた。美奈は俊夫が口で触れた各所が唾液でベタベタしていて気味が悪かった。そして俊夫の僅かな剃り落とした髭が美奈の肌を刺激して、こそばいやら痛いやら身をくねらせた。それが俊夫を鼓舞させ勢いがついた。彼は美奈の腰に纏わりついている、小さな布切れに手をかけた。美奈はそれを俊夫が脱がさなければ二人の契りの始まりがないのは承知していた。だが美奈にとってその布切れが、俊夫との関係を認める最後の砦だった。美奈は息を呑んだ。

「俊夫さん、本当にいや、見ないで」美奈は悶絶しそうになり、声もか細くようやく言葉にした。美奈は俊夫に全身を晒し、息を殺した。美奈にとって羞恥以上の不思議な感情が湧いた。俊夫が美奈の上にあった。美奈はこの格好でのキスは気後れした。俊夫はもう裸だった。美奈は神経を緊張させるのに限界を感じた。もう余分なものを捨てて突き進むしかない。俊夫はもう爆発しそうな股間のペニスを抑え切れない状態になっていた。美奈の秘部も濡れておらず、挿入が困難なのはやむをえなかった。美奈もただ早い交わりを願った。暗黙の了承が二人に生まれ、俊夫は美奈を軽く抱き締め、耳元で囁いた。

「行くよ」

美奈はただ首を縦に動かし頷き待った。美奈にとって物凄く長い時に感じた。沈黙は気まずい空気を運んでくるので、猶予はなかった。俊夫はこのままでは成就の困難を覚え美奈の腰に枕を敷いた。美奈に聞いたわけではなく、彼なりに処女との初めての夜の作法を教わったし、耳聡く聞き及んでいた。美奈はその俊夫の所業を知って、幾分呪縛から遠退いた。美奈はもはや俊夫が入って来るのを待つ身だった。美奈は感覚が麻痺し、宙に浮いているようだった。美奈は必死になってその時を待った。

俊夫が美奈の脚を広げたので、美奈は抵抗した。美奈はカーっと熱くなり言葉は断片的で、俊夫の手を払おうとした。

「いや、だめ」美奈は口走っても俊夫は更に大きく股を広げた、美奈の秘部は露になり、口を覗かせた。美奈は己れの格好に激しく抵抗し、悶え暴れた。俊夫は興奮と美奈の乱れにもたないのが分かり、彼の亀頭の部分を持ち、美奈の秘部を探した。彼は美奈の秘所が探っても分からず焦った。だが恥毛の存在を触感でようやく探りあて、その入り口に彼のペニスを置いた。俊夫はチラと美奈の表情を見た。美奈は放心状態で、胸が波打ち荒い息が俊夫に伝わった。俊夫は腰を前へ進め、美奈に押し入った。美奈の内部の襞が彼の棒を熱く包み、俊夫は快感が体に流れた。美奈は俊夫が貫いた瞬間強烈な痛みで、ありったけの大きな声で叫び止まらなくなった。やむなく俊夫は美奈の口を吸ってあげると声は収まった。美奈は受け止めた瞬間身を反らし受け止め、やがて大きな溜め息が美奈の口から溢れ、静寂が返ってきた。俊夫の一物は根元まで美奈の中に嵌まり、美奈の締めつけが強く、辛うじて俊夫は射精を免れていた。俊夫は美奈の性器に挿入したが、美奈のものが俊夫のものを呑み込み、捕らえているみたいだった。ラッセルみたいな荒い息がひとしきり二人を覆い、俊夫は汗だくだった。それに美奈に体重を預けられないので、腕で彼の重さを支えていたが、筋肉が発達してない彼ではもう無理だった。美奈は俊夫のものが強く入った時、きつい感じと痛み、割れ目が裂けるほどの圧迫があり、叫び声を発したが、俊夫と美奈の肉体が重なり、ひとつになっているので、よけいにきつかった。美奈はその感触で営みが成功したことを悟りじっとしていた。やがて俊夫が美奈の体に接触してきて、上半身が重なった。なんともいいようのない感情が次々と生まれ、美奈は処理仕切れなかった。俊夫とひとつになった時も、現在もきついというだけで、外の感情も受けた肌の感触もなく、今塞がっている部分も何の感じもなかった。ただきつい感じがなにかひどく広い範囲なのが分かった。美奈はきついのでお尻の筋肉を窄めた。俊夫がその途端激しく反った。膣が俊夫のペニスを締めつけたからだ。美奈は何故俊夫が唸り、反り返るのか理解できなかった。美奈はきつく苦しく、俊夫の体が邪魔だった。俊夫はさっきの美奈の締めつけに快感が走り耐え切れず射精が始まった。迸る勢いは俊夫を忘我の世界に迷わせた。俊夫はここで終わりにさせる気はなく、態勢を整えた。だが俊夫はこの射精で精力を使い果たし、回復するのに時間がかかった。じっと彼はペニスが硬さを取り戻すのを待った。彼もこれが最後になる自覚があった。瞬間液体が流れ、美奈の膣内の襞が俊夫の萎えかかったものを締めていて、俊夫が抜けるのを捕らえ離さなかった。俊夫は美奈の締めつけが強烈で、増長していく自分のものが意外な速度で硬くなって、又元の大きさになっていた。俊夫もその回復の早さにびっくりした。

俊夫は美奈の腰に当てていた枕を取り払い、美奈と重なった。美奈の手はベッドに伸ばしたままだった。俊夫の顔が見えると美奈は見つめた。俊夫が奮闘し、汗まみれになって事がなされたのだ。美奈は秘部が痛いほど俊夫のものを迎え入れ、今も俊夫のものが挟まっているのがわかっていた。もう先程のような痛みはなかったが、太く長く硬いものが彼女の中にあるのは自覚できた。しかし彼女と俊夫の契りが結ばれ、晴れて男と女になったのだから、もうこの交わりを終わりにしてほしかった。この苦痛に耐えられなかった。それに緊張の連続で、疲労困憊していた。俊夫とてもう限界にきていた。何か休息に似たような空間が生まれた。互いに馴れ合いのような黙認があった。まだ二人は結ばれたままだ。

「美奈、もう少しだよ」

「終わりよね」

俊夫は腰を浮かした。美奈から腰を引くと彼女は不安があった。そして俊夫は腰を動かしピストン運動が始まった。美奈は息がつまった。美奈はもどかしいような、息苦しいような重圧に息が乱れ、俊夫の上下運動に共鳴した。美奈は俊夫の表情で興奮し、熾烈な共同作業を行っていた。美奈は俊夫のものが美奈の中を上下に行き来しても、シーツを握り締め必死に耐えた。俊夫は一人相撲のせいもあって、耐え切れず奥深くに突くと美奈の陰部に触れ、射精が始まる寸前ペニスは膨張し、心臓の鼓動と共鳴し、ドクドクという音と共に、亀頭から精液が発射しているのが分かった。俊夫はこんな素晴らしい快感は未経験で、充足して俊夫は果てた。彼のものは萎え、縮まって割れ目からはみ出した。美奈の締めつけも、ここでは美奈の脳も働かなかった。ドロドロと美奈の割れ目から精液が零れ、染みが広がった。美奈も終わったのに気づき、恥ずかしい股を揃えた。冷たい感触が太股に感じ、ティッシュで拭くとねばねばして気味が悪かった。美奈はまだその正体が分からず、なんの感情も湧かず、彼女の性器の入り口に溜まっている粘液を拭いた。俊夫は俯いたまま休養をとっていた。美奈はネグリジェの袖を通し、ホックを留めパンティの行方を見失ったので、探そうとした。俊夫に悟られないようそっと上かけに潜り、手で探って行った。ない、ないわ。どこにいったの。美奈はそれがなければ落ち着いて眠ることができなかった。美奈は夢中だった。俊夫が脱がせたから美奈には見当がつかなかった。美奈が動く度に布団の布地と美奈が触れ合うごとに微かに擦れる音がでて、真の闇の静寂を破った。俊夫は夢うつつの中でその音を聞いていた。虫が草叢を歩いている夢を見ていた。意識がはっきりすると、美奈の奇異な行動を目にした。俊夫はまだ寝ている真似をして美奈を見守った。美奈が布団に隠れ姿が見えなくなると、そっと様子をうかがった。美奈が探し物をしているらしいのだ。俊夫は自分で納得して彼の背中の中央近辺に、ずっと気になる凹凸があった。彼はそれを手繰り寄せると、なにやら手触りのよい小さな布らしきものだった。布団の透き間から微かな明かりを手がかりに見るまでもなく。それは美奈のパンティだった。俊夫がそれを手にして顔を上げると美奈の顔が見え、美奈は俊夫の持っている下着を引ったくった。美奈は言いようのない怒りと羞恥が伴って、黙ってそれをはいた。俊夫と情を交わした後のこの騒ぎに、美奈は終始無言だった。美奈は俊夫が自分の中に入って来たとき、あられない声を発したことを知っている。取り繕う策もなく、どう接する法もなくだんまりを決め込んだ。美奈は何事もなかったようにするのが得策と本能的に感じたのだ。だが内面では火が出るようなことで満ち満ちていた。

俊夫は美奈が乱暴なふるまいをし、にべもなく扱われたことでただ唖然としていた。美奈にしてみれば恥ずかしさを胡麻化すためだった。美奈は自分の本性を知られたくなく、さっさと布団に潜った。体は冷えて寝つかれなかった。それに俊夫との営みが目にちらついた。

俊夫はまだ熱り立つ一物の始末に困っていた。美奈との交わりで俊夫の眠っていた欲望が目覚めたのだ。それは美奈との交わりの時点より熱く硬くなっていたので、その生理の不思議になすすべもなく、痛みで歩行が正常でなかった。股間の硬直で歩けないなんて、俊夫は苦笑して豆電球をつけた。俊夫は冷えた体を布団に潜らせた。美奈は全身耳にして俊夫が隣に来るのを待っていた。美奈の記憶にある俊夫の愛撫と営みが残っている。それを境目に美奈に変化が起きたが、美奈は妙な気分だった。彼女としては思い巡らすのはやめたかった。美奈は俊夫に肌身を許し、その時の体の震えがまだ続いていて、痙攣のような発作もあった。それと美奈は下着を俊夫から強引に奪い取った行為にも恥じていた。だが俊夫の粘液がベタベタして気持ちが悪かった。美奈は布団から抜け出しシャワーでも浴びたい気分だった。それには俊夫の目を盗んで、風呂場に駆け込みたい。でもこの日の雰囲気も壊したくないから、じっとしてもいたい。美奈は思い決めたらやり遂げないと、気の済まない質で、脱兎の如く風呂場に入った。俊夫は呆然と美奈の行動を見ていた。なにか初夜らしからぬ事態だった。

美奈は数分で戻ると、俊夫が傍に近寄った。美奈は俊夫に抱かれ、硬直した彼のものが美奈の太股に当たり、美奈ははっとした。美奈は常に俊夫に抱擁されるたび、違和感があったがこれがそうだったと自覚した。するとそれまでのキスもこの類いの接触があったのも、俊夫が性的興奮でそれを硬くしていたのが分かり、彼女は過去から現在まで俊夫に強要した結果になったキスなどが、そのプロセスが明らかになり、すんなり彼の抱擁に従えなくなった。こそばゆい恥じらいが起き、俊夫はかえって本気に美奈を抱き寄せた。激しい愛撫が美奈に与えられた。彼女は悲鳴のような叫びを上げて俊夫のすることに抵抗した。美奈の乳房は揉まれ吸われ、彼女は唸り反り返った。臍の周りに俊夫の唇が這うと美奈は体を捩り、手で取り払う仕草をした。美奈は熱くなり我を忘れ頭が白くなった。美奈は息がつまり声も出ず、唇と手で愛撫されると、引きつるような声が出た。美奈の秘所は閉じていたが、俊夫の舌で舐められ再び挿入可能になった。ずんと力が入り美奈の秘部に俊夫のペニスが嵌められた。美奈は瞬間熱いものを全身に感じ、俊夫の一物を呑み込んだ。快感とはいかないまでも、俊夫と一つになった実感があった。美奈の目尻に涙が滲み溢れ、頬に伝った。俊夫と夫婦になったという心情が彼女を襲った。俊夫のものを銜え美奈の恥部は波打ち、俊夫のペニスを締めつけた。肛門を自然と閉じ美奈の性器は俊夫を深く強く呑み込み、俊夫のものもその美奈の刺激で更なる膨張をして彼は背筋にゾクッと電流が走り唸った。美奈は俊夫の手で両方の脚を高く持ち上げられ、股は狭められていた。美奈は熱かった。そして銜えたものを襞が異物を押し出すよう煽動し、俊夫はその柔らかで緩やかな刺激故、かえって強くかきたてられ、爆発するような太さになった。美奈の膣の中も呼吸しているように動き、俊夫の存在を肌に感じた。美奈は自分と俊夫がひとつになった、そう俊夫が美奈に侵入した、それを体で受け止め、興奮した。そして、再び俊夫が腰を動かすと、美奈は激しく喘ぎのような声が漏れ、それは幾度も続いた。俊夫は意味のない切迫した短い音を発し、美奈を見つめながらピストン運動を進めた。美奈は俊夫の根元と割れ目が、密着していたのが離されると心細さを覚えた。そして離れたりくっついたり、俊夫の長いものはうねって美奈の中を掻き回し、美奈の穴はすぼんだり、広くなったりして、その度美奈は堪え切れず悲鳴に近い声を上げ、口を尖らせた。美奈は俊夫の動きにつれ、感情の高ぶりは正常になり得なかった。俊夫はこんなに強く勃起した記憶がなかった。美奈の締めつけで勃起は痛い程で、彼は終わりにしたかったが、美奈のものはそうはさせなかった。俊夫は強烈な快感に体力が続かないので、早めの射精を望んだ。何度かの俊夫の根元の刺激は、美奈の興奮に添って強くなり、鮮烈なつぼまりが起き、生命を削るような爆発が絞り出るように集中し、射精が性器の膨張と共に、美奈の奥深い子宮の中になされ俊夫は息をついた。美奈は膣内の膨張が熱い感覚で脳に伝わり、彼の射精を受け止めていた。美奈は快感がなかったが、俊夫を三度も迎え、達成させた充足はあった。俊夫は疲れ果て体を動かすことはできない状態になっていた。精魂を使い果たした賜物だった。美奈は俊夫が彼女の上に乗っかり体重を預けられ、重苦しいのと彼の肌の温もりと密着で、彼女は高揚していた。それも俊夫が射精すると彼のカリは亀頭をピクピクし、美奈の内部を刺激し、それが美奈にも伝えられ、何回かも精液を吐き出し、受け止める美奈もその蠢動を感じていた。俊夫の困憊に美奈だけがしっかり目が開き上を向いていた。美奈は秘部が包んでいるものの存在を感触と、感情で感じ、新鮮な体験を認めていた。

中々目を覚まさずにいる俊夫の体重の重さに、美奈は彼を自分から離したかったが、俊夫との交わりが外れるのに抵抗があった。もっとも美奈は俊夫が果ててペニスが萎縮するのを抑える術を知っておらず、もうそれは時間の問題だった。また俊夫が縮み抜けると、美奈の性器から粘液が大量に漏れた。美奈はそれが肌に流れて気持ちが悪かった。しかしもう動く気力がなかった。美奈は力一杯俊夫の体を自分の上からずらした。俊夫はもう寝息を立てていた。美奈は眠れなかった。体のあちこちが痙攣みたいに、ピクンピクンとしていることもあったが、感激が美奈を覆い回想したかったのだ。何にしろ美奈は俊夫との初夜が成功裏に終了したのに満足していた。

美奈は身悶えた。自分の中にある感情をどう表現していいか見当もつかないほど狼狽しはにかんだ。女はとくに処女は初めて体を許した男に弱いというが、体中を眺められ、愛撫を受け今や俊夫と契りを交わし、俊夫と一つになり肌身を許したからには、俊夫に身も心も捧げ陶酔していた。美奈は俊夫との交わりがそんなにも素晴らしいとは思えないが、ウウン、タダハズカシクテイヤ。

美奈は俊夫との営みの、俊夫が美奈の中に入って来る瞬間のあの感じも嫌だった。美奈の割れ目が押し広げられ、入って来る瞬間の待つもどかしさ。

美奈は俊夫が美奈の秘部に己れのもので手を携えその秘部の表面に当てられ、挿入する為割り込もうとする一瞬が、たまらない時間だった。まして俊夫のものがズンと入ると、美奈は苦痛で声を漏らす。しかも姿勢が不自然なのも原因になっている。美奈は俊夫のものを銜えこみ、元の形に戻そうと窄むことで、彼の根元を締めつけているのが分かっていた。だが美奈は無意識に肛門の筋肉を閉めたとき、俊夫のものは急速に締められ、彼が思わず射精したのに気づいていなかった。本当にこれが毎日あるなら美奈は憂鬱だった。なんでこんな嫌なことするのか不満だったが、俊夫から要求されれば従わざるをえなかった。

美奈は秘部が腫れ上がり、痛みがあるのを知っていた。ズキンズキンと気になる痛さだった。それに最初の挿入で割れ目の両端が傷つき、少し出血していてそれもチリチリしていた。

美奈は微睡《まどろ》みだすと痛みや腫れが気になり眠れなくなり、俊夫との情交を思い出しては、また眠れず悶々として、かつて彼女が体験した予見する能力が付加され始めていた。それは彼女の性夢、だが具体的でないものが、未来の透視となって現れたが、美奈は熟睡のモードに傾き、それも消えていた。

それは誠に変な夢だった。美奈が俊夫をかしずかせ、裸体を餌にちらつかせ、操っているものだった。

モーニングコールは七時に依頼してあった。関西汽船のフェリーボートは十時に出発の予定だった。俊夫は朝迄目が覚めなかった。モーニングコールの電話の音にも反応がなかった。だが美奈がそれを取り、また部屋を出て行くと、彼女は気持ちを入れ替えしゃきっと引き締まり、洗面所で顔を洗い、歯を磨き、鏡に向かい髪をブラシで整えた。朝食は七時半だった。美奈は髪も乱れ寝不足で目も赤く、ストッキングをはくのが辛く往生した。化粧乗りも悪く美奈は苛ついた。それよりもなによりも美奈は、この部屋を立ち退くのに抵抗があった。こういったとき、初めて男に肌を許したその残り香もあり、どんな顔をして人と接したらいいのか、耳たぶが赤くなる羞恥がどのような展開にも、その隠したいものが現れ、美奈が立ち往生するのが怖かったのだ。俊夫は勿論そんな彼女の繊細な気持ちを察する配慮もないし、またそんな余裕もなかった。美奈はなんとか時間に間に合わせようと奮闘していた。洋服も選ぶのに割く時間がない。彼女ははいたショーツに服を合わせた。ブラはきつかった。靴はさすがにヒールの低いものにした。俊夫は美奈の支度の遅いのにいらいらし、うろうろしているばかりで、なしようがなかった。美奈は言い訳して外に出ない策を行使したかったが、それは無理なのを承知していた。俊夫はもう扉を開けて美奈の用意が終われば、下へ下りるだけにしていた。

美奈は支度を終え俊夫に触れ合うほどに近づき、囁くような小声で懸念していることを言わずにいられなかった。

「わたし恥ずかしい。外へ出て人と会うの嫌」俊夫は美奈の言わんとしていることは、なんとなく察せられたが、そうもいかないのも事実だった。

「知らん振りしているしか方法がないよ。時間も迫っているし、朝飯を食べないと船だから酔ったりするよ」

美奈は俊夫の言葉は要を得ていると信じた。俊夫は美奈がウエストを締めつけたドレスなので心配した。美奈はオレンジと言っていいほどのバーミリオンのドレスだった。美奈は仮面を被ったすました女性になりきっていた。

美奈はさかんに言った言葉を打ち消した。

アレトオナジコトノアサ。美奈は俊夫の顔を見ることや、腕を組むのも憚られた。彼女の意識の中に体を触れ合う仕草や、見つめ合うことが営みの前哨と理解し始めた時、彼女の認識も変わり、態度も変化したのだ。もっとも美奈は昨夜の俊夫との略奪のような交わりに、美奈の体質が交替し始めたのが認められた。その変化は今一角にすぎないが、まさに豹変する準備の開始だった。

俊夫も美奈もまたどんな事件が飛び出すやら、互いが互いの性格が引き起こすのであって、今日の平穏は約束出来なかった。俊夫が前で美奈が後ろに従う列で下に下りた。二人は腕を組むこともせず美奈が後ろに従うのも、美奈には別の理由もあった。静かに二日目が始まった。

第五章　神戸・別府

1

俊夫と美奈はホテルの従業員に見送られ、ハイヤーで神戸埠頭に向かった。関西汽船の別府行きのフェリーボートは十時の予定だった。美奈の青白い顔が気になったが、俊夫は寝不足のせいだと納得していた。美奈は俊夫の隣に座って終始無言で目を閉じていた。彼女にしてみれば昨日の俊夫との情交にこだわり、体はその残り香が美奈をそうさせていた。鮮明に俊夫が愛撫を加えた記憶が、美奈を戸惑わせ無口にさせていた。美奈にとってそのことは、責め立てられているような、なぶられているような、時には犯されているような戦慄を覚えた時間。拘束され感情までもが彼に支配され、彼のなすがまま過ごし、彼女の意志は疎外されていたので、美奈は不満を覚えたし、割り切れない感情があった。人の気持ちを捉えるのが不得手の俊夫は、美奈の気持ちが見抜けないし、船旅に思いを馳せていた。

二人がフェリー乗り場に着くと、既に車の搬入は始まっていた。この船のデラックスルームを予約しており、部屋係がついていた。

三杉と名札に名前があった。彼女はもう中年といっていい年齢に見えた。新婚の二人に気配りが出来るベテランを配したのだ。美奈はその女性に好感が持てた。荷物はポーターが運び、部屋に案内された。船内でも高い位置にあるデラックスルームはひとつしかなく、正にこの船の売りだった。

「小豆島を丁度お昼頃に通過しますので、是非ご覧になってください。松山に停泊し別府には夕方五時到着の予定です。船内もいろいろなイベントをご用意してございますので、それもご利用くださいませ。急用がございましたら、このボタンを押してください」

部屋は簡易な応接セットや、奥にはベッドもあり、かなりスペースは広かった。三杉が出て行くと二人きりになった。美奈は俊夫が抱き寄せるのを察知して、体がおののいた。以前の美奈だったら俊夫のキスを心待ちにした時期もあったのに、体を許し名実共に夫婦になってから、美奈に異変が起きたのだ。

腕を組むのもこだわり拒んだ経緯《いきさつ》も、美奈が体内に芽生えた種を除こうとしているみたいだった。よく処女が男に身を許すと女は、その男のものになりきるというが、それが美奈なのかもしれない。美奈は知っていて、俊夫が近づくのに身動きも出来ず、かえって待ち望んでいる自分に、当惑していた。俊夫に美奈が抱き寄せられると、何故か安堵の気持ちと、離そうとする体の本能が交差して、俊夫の力を加速させた。俊夫の下半身の硬い部分に触れると、彼女は反発し身を固くし喘いだ。俊夫は美奈の唇を強く吸った。美奈は俊夫に口を塞がれ身を彼に預け、硬いものを意識しながら舌も吸われると、美奈の体内の芽が弾け、全く違った感触が湧き上がり、こそばゆい痒みのような心地よさが体中を走り、立っていられなくなった。目を開けると俊夫の顔が前にあり、美奈は戸惑い目を伏せた。それが俊夫の欲情をそそる仕草になるとは、思いもよらぬことで、ベッドに押し倒された。俊夫にしては珍しく激しい行動だった。美奈はその圧力に圧倒された。美奈は力一杯抵抗した。だがそれが俊夫の気持ちに火をつけた。スカートの裾が乱れ、脚も股も丸見えになるのを、美奈は必死に正そうとした。

「だめ、駄目、こんな朝から、いけないわ。お願い」狼に襲われた子羊だった。盛んに俊夫の愛撫を避け美奈は悶えた。暫く空白の時が流れた。激情が収まり静かになった。気まずい空気が二人に生まれた。美奈は衣服を整え、半ベソになっていた。美奈は時も場所も弁えず、俊夫が自分を我が物にし凌駕するのが悲しかったのだ。

美奈はその俊夫の猛烈なアタックのせいもあったのか、気持ちが悪くなった。青ざめた顔は蒼白になり、俊夫が船内を散歩しようといっても取り合えなかった。美奈はショックもあり船酔いしたらしかった。俊夫は外の冷たい空気を吸えば治ると美奈を説得したが、美奈は拒み床に伏してしまった。俊夫は布団をかけ直してあげ下に下りた。俊夫はスケジュール案内を見て、行われている場所を訪れ、その演目を楽しんだりしたが、独身貴族だった彼は遊び放題やりたい放題に過ごした割には、美奈と結ばれてからは、彼女のいないことが淋しい気がしてつまらなかった。美奈の容体が気になるし、顔も見たかった。

帰ってみると美奈は起き上がり苦しげに胸を摩っている。俊夫は美奈が吐きそうなのを見て取り、洗面器を美奈にあてがい彼女の背中を摩った。美奈の戻すものは水ばかりで、苦しみは収まらない。美奈は胸の苦しいのは着ている洋服が原因のひとつだとは分かっており、洋服のファスナーを緩め、ブラジャーのホックも外したかった。だが美奈は俊夫にそれを言い出せなかった。美奈はズボンつきの寝間着もなく、体を温めるのに不向きだった。

女の嗜みとしてズボンをはいてはならない。女らしいスカートをはきなさい。

美奈は自分で着替えをする気力もなく、吐き気も強く、俊夫を拒否し続けた。肌身を許して夫婦になったからには、甘えて身を任せるのが自然だが、美奈はそれによって裸を見せることは恥ずかしいこともあるが、けじめがつかないのが嫌だった。俊夫はなにを今更の感があったが、美奈は三杉を呼ぶように言い張って聞かなかった。

暫くして美奈は落ち着き、小豆島が鮮やかな色彩を伴って姿を現し、昼時になったが、美奈は依然体調が思わしくなく、お粥を俊夫に食べさせてもらった。美奈の気持ちは複雑だった。俊夫に言いそびれていることが機を逸して、ここでも言えず、といって甘えられず、俊夫の勧める粥を無言で啜った。

「船酔いだから下船すれば治るよ」

美奈は頷き下半身を重ねた毛布で暖められ、上半身も布団に首まで埋もれ、温かい食事で頬に赤みが差した。美奈は自分のために小豆島を眺められない彼に遠慮していた。

「お願い、一人で見学に行って」

「美奈の顔見てた方が良い」

美奈ははにかんだ。三杉が扉をノックして中に入って来た。三杉は眩し気に目を細めた。彼女はたいがいこの二人のような新婚さんの係を仰せつかったが、この二人のような縺いものでない、初々しい好ましい夫婦は初めてだった。俊夫と美奈の間には他の夫婦のように、馴れ合いの感じはなく、何度も情を交わしたベタベタしたところもなかった。ただあるのは、信頼の証しが持ち結ばれていたことだ。俊夫の美奈を世話する様子から、三杉は夫が妻にぞっこんで結ばれたものと一目で分かる間柄が見えた。彼女はぎこちないが真摯な二人に好感が持てたし、濃厚ではないが、誠意に充ちた爽やかさに触れ眩しかった。美奈は俊夫に拗ね甘え我が儘仕放題かと思いきや、スプーンを口に運ばれるだけで嬉しく、口移しを求めた過去が嘘のようで、俊夫を目が追っていた。そこに三杉が介入するのに憚られたが、役目柄微笑で二人に対した。馴れ馴れしさや嫌みな繋がりがなく自然なのが羨ましいと三杉は思った。

「これじゃ何処へも行けないね」

「俊夫さん、何処か見て来ていいものあった？」

「美奈が一緒にいないと、何見てもつまらないよ」

「でも行ってみてよかったこと美奈に話して」

「三杉さん、お願いします。行ってくるよ」

美奈は瞼を閉じた。三杉は隙間がないよう上がけを直し部屋を離れた。美奈に果物を頼まれたからだ。

美奈が一眠りして目を開けると三杉が林檎を剝いていた。その香りは甘酸っぱく美奈の大好物だから、その香りに誘われて目が覚めたのかもしれない。

「林檎ね」美奈は突然元気が出て食欲が戻ったようだった。「美味しそう」

「お目覚めですか。もうすぐですよ」

美奈は貪るように林檎を食べた。起き上がって、

「俊夫さんの分あるのかしら」

「ご心配なく」三杉は気になることがつい口に出た。

「まだ旦那様をさんづけでお呼びになっていらっしゃるの」

「ええ、でもね、わたしの尊敬しお慕い申し上げている旦

那様だから、呼び方を変える気持ちがないわ。でも前と今では気持ちが全く違うわ」

三杉は簡単な会話に美奈の性格の可愛らしさに注目し、俊夫がメロメロになる原因が分かる気がした。男の心を虜にする魔性の芽が底にあるのが見えていた。

美奈はまだ休養の必要があり、布団に潜った。パジャマがなく三杉が腰に巻いた毛布を直し、髪も解いていたのでそれもブラシでとかした。有り余るほどの髪の豊富さに羨ましい、いや、見事といえばその胸の豊かさは嫉妬すら彼女に抱かせた。

「パジャマはお持ちにならなかったのですか」

「わたしズボンははかないの。そう決めてるの。女は女らしい服じゃないといけないの」

「じゃ髪の毛も」

「そうなの、長くないと着物も着られないし、女は髪が長いものだと」

「でも洗うのにお困りでしょう」

「そうね、少し伸び過ぎたわ。もう腰まであるもの」

「あとで結い直すときお手伝いいたしますわ」

「ありがとう、それと頼みたいことあるの」美奈は小声になった。「ブラジャーのストラップが短くきついの、何とかなるかしら」

三杉は美奈のブラを見て驚いた。95－Iの印に美奈を見直した。

「Iカップって既製のものがありませんよね。でも、ストラップは長さを調整すれば宜しいでしょ」

「これで肩凝りが少し解消されるわ」

三杉は言われて美奈の肩を触った。肩はパンパンに硬く凝り、石のようだった。三杉は時間の許す限り肩を揉んだ。

三杉が去って俊夫が戻って来た。彼は軽く美奈と唇を合わせた。美奈は顔が赤く染まった。

「どう楽しかった？　小豆島は美しかった？」

「少し風があって波が荒かったけど美しい島だったよ。美奈にも見せたかったな」

「仕方ないわ、具合悪いんだもの。俊夫さん肩揉んでくれる」

俊夫の手が前に触れると美奈はビクッと反応して、胸を押さえた。胸の前のボタンが止められなく、開いているのが気になったのだ。美奈の甘い体臭の香りが胸から漂い、俊夫を攻め立てた。この香り、匂い、俊夫は美奈のこの香しい香りを初夜に嗅げなかったが、こうしているとその香りは肩からも彼に伝わり感動していた。美奈は揉まれて気分がとても楽になった。

「俊夫さん、ご免ね」俊夫は美奈の言葉の先が見えなかった。「わたし出血しなかったでしょ」俊夫はそんなこと気にしてるのかと後の話を待った。「わたし本当にあの日が初めてだったのよ。俊夫さん信じて、本当よ、本当に俊夫さんが初めてよ」美奈は必死に俊夫に訴えていた。「なぜ出血しなかったの」美奈は秘部が腫れる程の交わりを交わし、処女の証しがないのを悔やんでいた。俊夫は美奈を慰めるあてもなく、だんまりを決め込んだ。美奈がさめざめと泣くので俊夫は困惑した。

フェリーは松山で停泊し、賑やかだったが、二人に慰める何の手立てにもならなかった。美奈は回復に向かい、俊夫を追い出し着替えた。だが外に出るには体調が思わしくなく、ひっそり室内で過ごし、折角の素晴らしい景色や航海を堪能出来ず、別府港は間近だった。

俊夫は美奈が横になっている隣に横たわり、美奈と雑談していた。二人は昨日の記憶がその会話にぎくしゃくしたものを感じていた。何が変わったといって、ただ一夜の営みがあっただけなのに、美奈は俊夫との間に空きを作ろうとしたし、俊夫は昨日知った美奈の肉体の魅力に取り憑かれ、触りたくてうずうずしていた。美奈は事前に俊夫の行動を察知して、執拗な彼の攻撃をかわしていた。美奈の憂鬱がまた始まった。美奈は今夜が怖く恐れおののいていた。

2

別府温泉は別府港からタクシーで遠くない処にあった。もう明かりが灯され薄暗い中、旅館に入った。俊夫と美奈は離れの部屋に案内され、早速風呂に入ることにした。俊夫は露天風呂にした。美奈は大浴場に夫々分かれて風呂のある場所に向かった。

俊夫は露天風呂に長くは浸かれずすぐ出てしまった。時間潰しに旅館内を歩き回った。美奈はゆったり体を温めていた。幸い船酔いは船を降りた途端きれいに治って、食欲が戻りお腹も空いてグーグー鳴っていた。美奈は逆上《のぼ》せるまで風呂に浸かり、さっぱりした気分になった。美奈の顔もバラ色になり、肌の艶も輝きを取り戻した。それに美奈の秘部の腫れも引き、元気が戻った。

美奈が部屋に帰ると俊夫はまだ留守だった。美奈はかまわず肌の手入れをするので鏡台に向かいクリームを塗っていた。腕や脚、踵や腕や足の膝は念入りにしていた。仲居が料理を運び始め、美奈の姿を認めて、注文の品を聞いたので、ビールを頼んだ。部屋は料理の熱で暖かくなり、美奈の顔は火照《ほて》った。

美奈は俊夫の帰りを待ったが、一向に戻る様子がない。そのうちビールは来るし、鍋の火も彼女の了承で灯された。俊夫も食事の時間は知っている。だが不安に思い、俊夫を探しに行かせたが、その仲居も戻って来ない。ビールは温まってしまい、鍋もグツグツいい始めた。気の利いた仲居が冷たいビールに変えて来るといって、冷えたのを持って来た。美奈はお腹も空いているし、俊夫がいつ戻るのか検討もつかない。美奈は腹を決めた。ビールの栓を抜き、コップに注ぎ、一気に飲み干した。腸《はらわた》にしみて美奈は美味しいと溜め息がでた。こんなにビールが美味しいのも久し振りだった。珍しく一杯で酔いが回った。美奈は刺し身が好きだった。今日の刺し身は赤貝、それもそのヒモがあってご機嫌だった。そうして美奈がビールを二本も空けて、すっかり出来上がった頃、俊夫はくたくたになって帰って来た。迷子になったと俊夫は言っていた。美奈は旅館の浴衣を着ていた。きりっとしたその着方は色気もあった。まして美奈は酔って目が潤み、しどけない格好をしているので、俊夫はそれに惹かれて美奈に近寄った。美奈は俊夫にビールを注ぐ仕草も艶やかだった。俊夫が美奈に触れようとすると、美奈は俊夫の手をピシャリと叩いて婉然と笑った。人が変わったような妖艶な美奈は、裾を乱し、脚を露にしていた。透き通るようなピンクパールの肌は、酒で桜色に染まり鮮やかだった。強烈なセックスアピールは美奈の気が緩んで本性が出たためで、彼女が発情したのではなかった。俊夫はそれを誤解して美奈をベッドに誘うが、彼女は取り合わず陽気にはしゃいでいた。だが俊夫はツインのベッドなのを思い出していた。美奈は船旅での不満を晴らしているように騒ぎ立て、俊夫に同調を求めてきたが、彼は白けて酒も酔えない状態になった。部屋は暖かくあちこちから歓声やらはしゃぐ声が聞こえ、美奈は余計に楽しかったが、俊夫はそれに乗れず滅入ってしまった。

「ね、ね、俊夫さん、卓球しない」

俊夫はスポーツが得意でなく、まして卓球なんか小学校以来したことなんかなかった。美奈はハイな気持ちが持続して、俊夫の腕を引っ張った。美奈は俊夫が留守の間にビールを五本も飲んでいて、足はふらついていた。彼女は俊夫にしだれかかって流し目で俊夫を見つめた。

美奈は俊夫に寄りかかったまま遊戯場まで歩いた。見た目は新婚夫婦の甘い愛の行為だと思うだろう。美奈にはそんな気持ちが一欠片《ひとかけら》もなかった。俊夫はそれでも狂喜して美奈の態度に満足していた。他の客は二人の毒気に当てられ、振り返るのも興味津々だからだし、今夜の営みの激しさを噂しあっていた。

卓球場は埃まみれになっていた。ラケットも球もなかった。傍にあった電話でフロントを呼び出し、ラケットと球を持って来て、ネットも取りつけてもらった。壁のスイッチを押すとホールは明るくなった。でも卓球をするには暗い部分もあって不便だが、遊びなら充分な燭光が得られた。やがて雑巾で台を拭き奇麗になった。俊夫はラケットで球を打って光を確かめていた。通りすがりの人たちが何組かの男女や、若い男女が集まってきた。

美奈は攻撃型のペンホルダーだった。俊夫は握り方をそれしか知らず、美奈と偶然同じ握りになった。ネットの調整は美奈が仕切った。俊夫の感性は鋭く神経は繊細だが、スポーツは全く不得手で、仲間内では無器用な男として通っていた。貧弱な体格も影響があったが、それ以前に運動神経がまるでなく、八代開発事業の専務になってから、接待に欠かせないゴルフを始めたが、先生に呆れられるくらい下手で、時折美奈が同伴して打ちっぱなしをしても、彼女の飛距離は俊夫を上回った。

　美奈は中学生時代がバスケット、高校に入ってからは、ソフトボール部の一塁で一番バッターだったから、運動は大好きだった。それに幼い頃から山遊びして健脚だったし、なにしろ体は柔らかくしなやかだった。俊夫は体も固く力もなく、運動センスがゼロだった。美奈は浴衣の袖が邪魔なので腕まくりして紐で結び、浴衣の裾も手繰り上げ脚を動けるようにしていた。それはなんとも色っぽい格好で、男共の賛嘆の声が上がった。まして美奈は酒気を帯び肌がピンクに染まり、その艶やかさは目を見張るばかりで、俊夫も美奈のいで立ちに思わず勃ってしまった。

　美奈の卓球の腕前はたいしたもので、俊夫はまるで歯が立たない。美奈もまるで相手にならない俊夫を軽くあしらっていたが、その内物足りなくなってきた。美奈はそれでも加減してカットはしなかった。俊夫は打ち合いにもならず、ラリーも出来ず息も上がり休憩を求めた。美奈は一汗掻き酔いも醒め体も解れ、本格的に卓球が出来るという矢先だった、見物の客の男が美奈に挑戦を望んできた。俊夫はこの助け船に感謝しラケットを譲った。

　シェイクハンドに握ったこの男の癖玉は、嫌な所をついてくる。美奈のスマッシュは破壊的で、その男の防御を潰した。美奈は別の人とも相手にしたが、独占しているのも飽きて、俊夫に部屋に戻りたいと言って、帰りかけると、二、三人のグループの男たちが美奈を、この旅館の『レジーナ』に誘った。それはオールラウンドの酒を飲ませる場所だった。美奈は着替えてから行くと約束して部屋に戻った。

　俊夫は折角新婚で二人きりになりたいのに、美奈は俊夫と過ごす時間が気まずく重苦しいので、この誘いは幸運だった。俊夫は二人きりになれば自分を襲って来る、それが見え見えで回避したかった。

　美奈はダンスも出来ると聞いたので、フレアーの真っ赤なワンピースにした。太い黒のエナメルのベルトは、ウエストを更に細く見せた。胸はブラで寄せ高く盛り上げたので、深い谷間が生まれそれは見事なものだった。俊夫はラフなセーター姿だった。美奈は俊夫と手を取り合い『レジーナ』へ向かった。こうした正装をすると、美奈は王妃のように気品に溢れ毅然としていた。美奈がラウンジのドアを開けると、俊夫を無視したように、男たちが群がった。見覚えのある顔だった。自然美奈が先で俊夫は後ろだったが、誰も俊夫のことをかまう者はいなかった。

　席はもう確保してあり、美奈は上席に丁重に案内された。美奈が座ろうとすると、男の一人が椅子を下げてくれ、美奈が座ると別の男がおしぼりを差し出す、いたれりつくせりだった。男たちは美奈の周りをずらっと囲み、美奈におべんちゃらを言っていた。特に卓球の上手さを称賛した。美奈はそれに愛嬌を振り撒き、男たちの親切に答えた。

「お名前を教えて戴けませんか」仲間内のリーダーらしき男が口を割った。

「深木美奈よ」美奈は親しげに答えた。「それに旦那様の俊夫さん」

「奥さん？」

「ううん、美奈って呼んで」美奈は初めて他人から「おくさん」と呼ばれて感激していた。何ていい響きかしら、おくさんって。

「お酒何にします」

「ビールにして」美奈は言いながら、男が美奈の後ろに立って自分のバストの谷間を覗いて悦にいっているのは、気づいていたが知らん振りしていた。美奈のトップバストはキラキラ光り輝き、まるで宝石のように煌めき、正に絶景だった。美奈は愛用の香水の『夜間飛行』をバストの谷間と耳たぶ、それといつものようにスカートの裾にも付けていた。甘いが強い香りのするその香水は、男の煩悩を擽った。こんな女を抱きたいのは自然の理《ことわり》だった。

「新婚旅行ですか」男に問われて美奈は否定しなかった。男たちは美奈の衣装の素晴らしさや、美奈の美しさをおちょうすいした。美奈は自分でも気づいていないが、人に褒められるのが好きだった。褒められれば褒められるほど、彼女のテンションは上がった。褒められる者は歯を剝き出しにして笑う癖があるというが、美奈も例外ではなかった。

美奈へのオベンチャラの最大の元は美奈の豊満なバストで、男たちはあけすけにそのバストの盛り上がった形を誉め称え、夫になった俊夫を羨ましがった。美奈は得意げに自分のバストを持って見せ、その度にバストは大きく揺れ、男たちを喜ばせた。そうするとご機嫌になった美奈は、わざとバストを揺らして見せた。美奈は羨望の眼差しに慣れていて、自分の肉体を誇示するのに抵抗はなかった。

ダンスタイムの時間が来ると。男たちはいっせいに美奈をダンスに誘った。誰しもが美奈の体を触りたい、抱きたい、嫌らしい欲望だった。美奈は戯れのダンスには興味なかった。だが誘われて美奈はホール中央に進んだ。男たちは男根を硬くして擦り寄って来るので、美奈は男を張り倒した。彼女は戻って来ると怒りで体は震えた。

俊夫は美奈を抱き寄せ並んで部屋に戻った。美奈は自分がはしゃぎ過ぎたことを後悔した。俊夫は酔いも醒め切って冷えた体で寝る気にならず、美奈も同意して酒が運ばれた、俊夫も美奈も順番に内風呂に入った。御燗のついた酒は腸に染み渡った。美奈は自分が引き起こした痴情事件で、俊夫に合わす顔がなく、頭《こうべ》をたれていた。

俊夫は美奈の失態を責めはしなかった。彼にも責任の一端があるのだ。

「こうしてお酒を飲んでいると、日本式のお布団が恋しいわ」

「それに畳の部屋も」

今夜は冷えそうだった。トラブル続きの旅行も暫くは中座したようだ。二人に笑顔が戻った。

「わたしって事件を作る名人ね。船酔いはするし馬鹿騒ぎはするし、ご免ね」

俊夫は美奈の謝罪には何の言葉もつけ加えなかった。美奈は俊夫が明かりを消すのに立ち上がると、美奈も立ち上がり彼の傍に寄った。部屋は暗闇になった。

「俊夫さん。抱いて、わたしを抱いて、しっかり抱き締めて。わたしを逃げないよう捕まえていて」美奈の願いは悲痛だった。美奈は俊夫に交わりを求めて言っているのではなく、愛情があるのでもなかった。ふっとした隙間が美奈を不安がらせ、俊夫に頼っただけなのだ。二人の行為はまだ愛情が巣喰うまでには至っていない。だが俊夫の美奈に与える愛撫は濃厚なものだった。美奈は初夜の傀儡《かいらい》のようなことはなかった。俊夫の加える愛撫に反応し、のけ反り声を発した。熱い血が体中を駆け巡り、自分を失い俊夫のすることに身を任せ、筋肉が痙攣し乳房が痛くなり乳首が硬くなった。雨あられのキスも手で揉まれるのも、美奈は実感して受け止めていた。美奈は口へのキスを求めた。俊夫の体が美奈に覆いかぶさり、体重がかかった。俊夫の熱い唇が美奈の口をこじ開け、舌を吸われ悶絶するような痺れを感じた。美奈がそのキスで声を立てると、休む間もなく俊夫の物が美奈の中に填め込まれ、美奈の膣は俊夫を銜《くわ》え込み締めつけた。この挿入は美奈に苦痛をあまり与えず、圧迫されるのは分かった。そして、彼女は俊夫が美奈の中にあるのが感じられ、「あつい、あついわ」と子宮で受け答えしていた。俊夫が腰を動かすと、俊夫も熱い棒が膣の襞を刺激していくのが分かった。美奈は更に興奮し頭の中は空白になった。

俊夫は最後の踏ん張りで美奈を攻め立て、もう限界が近づいていた。俊夫は美奈にその旨を告げると、一気にピストン運動を早め、射精に向かった。心臓の鼓動は俊夫も美奈も激しく、美奈は俊夫のその瞬間が彼の表情で分かった。俊夫に強烈な爆発が起こり、美奈は銜え込んだ男根の根元をギュッと締め、射精は始まった。美奈は俊夫の気持ち良さそうな顔に幸せを感じた。

やがてペニスも萎え、動悸も収まると安息の空気が流れた。美奈は夫婦が何故こんなことをするのか理解したように思った。気恥ずかしい思いが美奈に浮かんだ。俊夫は充実した気分で一杯だった。まだ二人は結ばれた儘だった。美奈は意識しないで穴が窄《すぼ》まり、その結果俊夫のものが締められるのだが、それが今だった。美奈は比較的落ち着いて静かにしていられた。

「射精したのね、なんとなく感じたわ」

「分かった？」俊夫はこんな大量の精液を放出したことはない。もう俊夫は美奈の性器から抜け出した。

「ああ、抜けちゃった」言葉には出さないが、俊夫は落胆し自分のペニスを叱咤した。美奈は自分のものがすーっと抜け出て、元の形に戻ったのが息を吐いて知った。美奈のバストは俊夫の目の前でまだ震えていた。美奈は無理に隠したくなかった。でも羞恥は美奈の顔を紅潮させ、どうしていいか見当がつかなかった。美奈は俊夫の視線がそれに目をやらないのに一安心だが、その思いを俊夫に悟られてはならない、もうこれは嫌、俊夫は胸の揺れるのを眺め遊んでいた。乳首を指でコロコロ転がし楽しんでいた。その度に乳首は硬く立って美奈は痛かった。だがその奥底の内部の芽が心地よい快感を伝え、美奈はその喜びに酔った。だが俊夫に悟られるようなはしたない様子を見せてはならないと美奈は考えた。幸か不幸か俊夫はこういった機微に疎く美奈から離れた。美奈は抱くだけでももう暫くしてほしかったが、口にして出して言えないのが癪だった。美奈は心地よい気持ちに浸りたかったのだ。体が俊夫を求めているのに美奈は気づき慌てた。そんなことがあることが信じられなかった。美奈は最早俊夫のものになりかかっているのに驚いた。美奈の気持ちは揺れていた。秘めやかに美奈は浴衣の襟を直し、俊夫が美奈のベッドから出て行くのを待った。俊夫は疲労からか鼾《いびき》をかいていた。美奈も深い眠りの山が訪れ急速に眠りに入った。

朝五時、美奈は何か異変とまではいかないが、気配が異様なのが気になって目が覚めた。俊夫は熟睡していた。真の闇が辺りを覆い、旅館中眠りの中にあり、美奈の目覚めたのは別の理由がある筈だった。美奈は頭がぼやけていたが、体の変化が認められ困った。美奈の乳房は痛かった。彼女のバストは硬直してそそり立ち乳首も顔を出し浴衣の生地に触れ痛かった。そういえば俊夫が美奈の乳房を揉み回し、口できつめに吸われキスを受けて硬くなったのだ。美奈がそっと触るとジーンとした感触が体内から起き慌ててやめた。それにありとあらゆる場所にピクンと神経が過敏に反応し、俊夫の愛撫の範囲の広さに驚かされた。手で愛撫を受けた処は記憶が失せたが、口で吸われた箇所は噴火したように熱く痙攣し、体中全体がけだるいじれったさに心地よい酔いの気分が残っていた。美奈の体質は確実に細胞毎変化していた。そのぶつぶつ言っていた俊夫からの愛撫が爆発しそれで目が覚めたのだ。美奈にとっては中身を超えた擽ったさで、俊夫の愛撫を待ち続けている体の記憶に蘇り俊夫が恋しかった。

何という変わりよう。俊夫さんが欲しい欲しいと肌が言ってる。

それは欲望とか性欲といった類いでなく、肌身を許した男へのほんのささやかな気持ちの移行にすぎなかった。でも昨晩の俊夫の美奈に加えた濃厚な営みは、彼女を狂わせ俊夫の気持ちを追い、周りは全て見えておらず見ていなかった。

　俊夫が触り愛撫をした各所が今になって、記憶が肌への痙攣に繋がり、心地いい電流が流れるのを美奈は感じたのだ。美奈の睡眠はその残り香で遮断され震えていた。寒さによる悪寒とも考えたが、震えは内部から噴き出し美奈は気持ちが悪く、洗い流したかった。どうせもう眠れないと意を決して、寒い薄明るい廊下をどてらを羽織って出かけた。朝、露天風呂は女性専用になっていた。

　美奈は昨夜の情熱が俊夫の嫉妬から生まれたと思っていた。だがその引き金を引いたのは自分自身であることも知っていた。

　美奈は一瞬浮いたような感触を味わったのを忘れない。俊夫が秘部に指を割り入れ、その周りを捏ね回し、美奈が手で払った時、息がつまるような熱さを覚え、身を反り返したことがあった。美奈は体が柔らかい分、弓なりになる弧が大きくて飛ぶように見えた。それがかえって俊夫の指の侵入を深くさせ、許してしまい美奈は強烈な感覚で麻痺した。なんというはしたない接し方なことか。謹んで感情を露にするなど及びもつかない、感情が剥き出しになり、次第に美奈の本性を剥ぎ取って、人目に晒されるようになっていた。

　裸になった魂は、隠れる場所とてなく俊夫の操るままになっており、身も心も最早美奈は占有されていた。

　美奈は風呂で肌を摩ってみると、滑らかな触感が増した気がした。逆上《のぼ》せるまで湯船に浸かり、美奈は芯まで温かくなり上がった。

　冷たい空気が爽やかだった。俊夫は起きているかしらと美奈は部屋に帰る最中、彼女は自分の気持ちに裏腹の感情が存在し、それもまた真実なのも分かっていた。

　俊夫はまだ起きていなかった。妻としては、その役割を果たす時だった。美奈は俊夫をまだ「あなた」と言えなかった。改めて俊夫を呼ぶのに、照れておずおずと俊夫のベッドに腰を折った。

「俊夫さん」美奈の呼びかけはもう優しいものだった。どんなものでも蕩けるような甘さだった。演技というのでなく、俊夫に体を許したからでもない、妻になりきった美奈の声だった。俊夫はその美奈の優しい問いかけにびっくりして飛び起きた。美奈の真に優しい面影が彼を凝視していた。蜜のような唇から発せられた言葉は甘やぎ、瞳はつぶらに開き、美奈が「もう起きて」と言いながら布団を捲り「お食事の時間よ」と慈愛に満ちた態度で、俊夫に接した。俊夫は寝ぼけた振りをして美奈を抱くと、彼女は優しく俊夫をすり抜けた。なお粘って美奈を押さえにかかると「仕方ないわね」と俊夫の抱擁を受け止めた。俊夫は美奈を反転させ、下にして腕を絡めた。美奈は成り行きに任せて、俊夫の言いなりになり、目を閉じキスを待った。

　本当にやんちゃ坊主なんだから。

　美奈は子供ができたと思えばいい、でもこの子供我が儘で甘ったれ、その上力が強いから始末に負えない、美奈は持て余し気味だった。俊夫のキスは長く美奈を離そうとしないので、いいかげんにしてほしかった。美奈は怒りかけたが諦めた。新婚旅行でのトラブルは避けたかった。

全く俊夫さんたら、甘い顔したらいい気になって。本当にしょうがない人。

朝食はバイキングになっていて、食堂ですることになっていた。俊夫と美奈が下へ下りて行くと、大勢の人が自分の好きな料理を選んでいた。俊夫は日本食のコーナーに行き、ご飯やみそ汁、海苔など選んだ。美奈はここの処パン党で、トーストやバター、それにコーヒーを注いだ。見慣れた男が美奈の前にいた。昨日の卓球の相手をした男の片割れで、男も美奈に気づいた。明るい処で観察すると筋肉マンタイプだった。その男は美奈にここのシェフの得意料理のシチューを勧めた。なんとはなしに会話が進んだ。

「奥さんだとは思わなかったよ。奥さんの旦那は幸せものだよ。美人な上にそんな巨乳じゃいいよな」

「ま、お上手ね。このバスト不便なことあるのよ。立って下を見るでしょ。そうするとバストで下が見えないの」

「でも羨ましがられるだろう？」

「すごく重いし肩は凝るしいいことないわ」

「奥さん、気さくでいいな。俺東京で建築事務所やってるんだ。はい名刺」

「あら、同業？　八代開発事業って知ってる」

「勿論、信濃大町のゼネコンでは大手だけど」

「わたしの旦那様、そこの専務なの」

「え、そんなまさか」男はびっくりした。「深木俊夫さん、……ですか」その男名前は岡崎信之介といったが、東京の新宿三丁目で『岡崎一級建築事務所』を父親と共に経営していて、つい最近八代開発と交渉を得、首都圏の範囲での営業権の代行候補になり、近いうちに、専務が来社する予定になっていた。その専務の名前が深木というのだった。岡崎は俊夫の前に行き挨拶した。俊夫は奇遇に喜び、十二月初旬には上京することを約束し、岡崎も奥様（美奈）にゴルフのレッスンをする約束をして別れた。岡崎のゴルフの腕はプロ級でハンデが6と言っていた。

俊夫は複雑な感情が交差して、尋常な精神状態でいられなかったが、美奈は何の感情もなくその男をすっかり忘れてしまった。だがゴルフのレッスンのことは記憶に残った。

今日は別府の名勝地獄巡り、それを経て五島列島で昼食の予定だった。俊夫は早々に食事を済ますよう美奈を促し、美奈もすっかり健康も回復し元気いっぱいだった。俊夫は美奈をエスコートし旅の準備に走った。

3

地獄巡りは二人が宿泊した杉ノ井ホテルから亀の井バス

の定期観光で行くのが便利だった。美奈は俊夫に対する各種のこだわりも解けて、自然に振る舞えるようになった。

海地獄とか血の池地獄といった九もの地獄を巡るものだった。俊夫は美奈の肩を抱いて保護し、美奈もそれを容認しなごやかで、俊夫を受け入れた様子は、端の目にも睦まじく、新婚らしい雰囲気になっていた。俊夫は美奈にキスしたかったが、美奈は外の大勢人のいる場所での愛の交換は、やはり抵抗があり拒んだ。俊夫は自分がいるとすぐに来て、抱いたり触ったりしたがり、一時も自分を離さないので、その執拗な要求について行けず、ささやかないさかいがあるが、彼には美奈を二晩も凌駕し、肉体を思うが侭にした自信というか、慣れが生まれていた。しかし美奈は人前での痴態だけは拒否した。それに彼女はこの俊夫の自分の体に対する、あくなき要求に疲れ果て、精神的にも参っていた。だから外での解放感を満喫したかった。昨日とて、そういった関連の俊夫の欲望が、美奈を逃避させるきっかけとして、卓球の件が起きたのだった。美奈はそれでも俊夫が保護者であり、旦那様として好ましいとは思っていたので、敢えて揉め事を起こさなかった。結婚前は観念的に俊夫を尊敬していたが、身も心も俊夫に捧げた現在、肌を許した弱みというのか、美奈の瞳の中は俊夫の映像で満ちており、他人は映らなかった。美奈は俊夫によって身も心も改造されようとしていた。だから出来うる限り、俊夫の期待に添いたいが、不可能なこともあるのは痛感していた。

美奈はしっかりと俊夫の腕にすがり、俊夫の説明する事を聞いていた。俊夫は物知りで、その点では彼女は認めていた。いや、それこそ美奈が俊夫を選んだ理由のひとつだった。血の池地獄は美奈を感動させた。オレンジや黄色、そして赤の熱泥で、池の奥底から低い重量感のある音が鳴り、轟音が響き渡ると、美奈は俊夫にすがりつき、嬉々として俊夫に指差し顔を見つめあった。美奈は生気に溢れ上気して顔は輝き、生き生きしていた。美奈の瞳はキラキラ光り、俊夫の話に聞き惚れはしゃいだ。やっぱり俊夫さんは凄い。

海地獄も美奈は興味を示した。血の池は鉄分が多いという俊夫の説明だったが、海地獄では銅やコバルトの溶液がその青を水に晒した。正にコバルトブルーの溶解が濃紺の色を流すと、紺碧のスカイブルーが混ざり、白濁した石灰がそれに混入して、色つきのマーブル模様になり広がり、池の全体はエメラルド色が占有し濃い部分と淡い部分が斑に点在していた。

美奈はハイヒールだったので足元が不如意になり、その度俊夫の肩を借りた。それに美奈の服装はこの観光にも向いていなかった。それに風が強くペチコートをはいたスカートと、重なったペチコートの色々の色彩が巻き上がり、それは美しく色っぽかった。美奈は俊夫に身を預けて押さえ、タクシー乗り場へ急いだ。

少し早めだし見ていない箇所もあるが、これ以上いると美奈の醜態を見せる可能性もあるので諦めた。美奈は俊夫に手を引かれタクシーに乗った。彼女はこうして知恵も力も支配する強い俊夫が好きだった。

美奈は俊夫が残した皮膚の記憶を取り出していた。俊夫は美奈を抱えたまま乗せ行き先を告げた。美奈は俊夫の胸に埋まっていた。美奈は俊夫の行為に満足し、酔うような気持ちになって抱かれたままになっていたかった。

「運転手さんが見てるよ」俊夫がそう言っても美奈は、離れず目も酔っていた。そして俊夫の顔を見上げ唇を尖らせた。美奈のキスの要請だった。俊夫がやむなく美奈の口を塞ぎ離そうとすると、美奈は嫌々をして俊夫の口に舌を入れた。美奈の舌を俊夫が強く長く吸ってあげると、美奈は恍惚した表情を浮かべ、キスの味を確かめるように舌舐めずりしていた。

「俊夫さん、何か今迄のキスと違うわ。とても良かった」美奈はティッシュをバッグから取り出し、俊夫の唇についた紅を拭いた。妻としてはかいがいしい初めての仕事だった。美奈が何故か運転手を無視して強行したキスは、周囲を意識する事なく、自分たちの世界に溶け込めたからで、それが持続されてそこは別世界だった。美奈は俊夫のものが硬直するのも受け入れ、それも美奈の気持ちを高めたのも事実だし、美奈が俊夫の胴を手で巻く時、己れの乳房の巨大さが邪魔になったことを残念がった。美奈はまだ皮膚に快感が残り痙攣してるので、じっとしていたかった。

「俊夫さんのキス好き。俊夫さん好き」美奈は俊夫のキスに酔っていた。五島列島は間もなくだった。

昼食を予約した料亭はまだ先で、その間の景色は抜群だった。美奈はドライブが大好きで、どんな長旅もドライブなら平気だった。俊夫との垣根が取れて、美奈ははしゃげた。俊夫も何か他人行儀な部分がなくなり嬉しかった。ひとまず休憩の間も俊夫の手を握って冷たい空気を吸い、美奈は俊夫にじゃれた。俊夫にかまってもらいたくて美奈はぶったり叩いたりして、猫のようにじゃれた。美奈のいつもの独特な笑い方がでた。それは高笑いや、上品ぶった笑いでもない彼女のものだった。

予約した料亭は趣のあるもので、二人は予め魚を指定していた。

車を降り、俊夫が体操を始めると、美奈もそれに従い不自然な格好をしていた体を伸ばした。

俊夫は美奈に確認せず、ビールを注文した。部屋に通されると二人は向かい合わせに座った。料理はお通しが出て、ビールもすぐ持って来た。

伊勢海老のフルコースとアワビのフルコースを取り、それを二人で分け合うことにしていた。結城の話だとトコブシの炊き込み御飯も美味しいそうだが、そうは食べられない。アワビのご飯が出た。アワビの刺し身は柔らかく、深い味わいがあった。伊勢エビの刺し身は甘く、二つとも歯ざわりが良かった。伊勢エビは焼いたり天麩羅にしたりみそ汁にしたりしてあった。アワビは和え物が多く、火を通したのはご飯だけだった。美奈は健啖家の能力を発揮してよく食が進んだ。

「呆れたな、美奈、お腹が破裂するんじゃないか」

「俊夫さんも沢山食べたわ」

二人は食後ゴロゴロしていた。俊夫は美奈の「触ってみる？」の言葉でお腹を触ると、ぽこんと可愛く膨らんでいた。俊夫が笑うと、ゲラ子になった美奈は俊夫を笑わせようと脇腹を擽った。それから二人の追いかけっこが始まった。それは食後の運動に適切だった。こうなると真剣になる美奈は、外へ飛び出し走りだした。俊夫は走るのも苦手だった。美奈はソフトボールで鍛えられていて素足になって駆けた。運転手が出かける時間を告げるまでそれは続けられた。


美奈はお昼寝中だった。車の中ですやすや寝息を立てて眠っていた。長崎までまだ距離は大分あった。

美奈が目覚めると、俊夫も座ったままこっくりしながら寝ていた。腕を組んで寝ているのは彼の癖だった。

目覚めた彼はグラバー亭にまつわるオペラの作曲者について説明した。この地は俊夫が希望して選んだ場所だった。

「『蝶々夫人』はグラバー亭をモデルにしているんだ」

「俊夫さん、オペラ見たんでしょ」

「プッチーニがイタリア人だからか、日本が舞台なのに、バタ臭い感じのする不思議なオペラだよ」

「蝶々さん十五歳ですってね。芸者なんでしょ」

「どうかな。貧しい村の夫婦が生活苦の時、娘がいて見栄えがいいとなれば、売り飛ばすだろうからね。どこにでもある話さ」

「どういうこと」

「ピンカートンの滞在時に慰み者として領事館を通じて買った女さ。劇はきれいごとだけど、処女を貢いだのさ。ピンカートンもだから妻がいない間の欲求不満の吐き出し口として、蝶々さんはくるのさ」

「彼女、その運命知ってるの」

「サー、ただ彼女が処女を捧げ、操を守ったのは貞女、日本の女の鏡だとさ。権力者は汚いよ。わたしだってその一部の男さ。だからこのオペラに惹かれるのさ」

「俊夫さん、外国のものに興味あるものね。でも着物、特にわたしの着物姿好きでしょ」

「外国の物珍しさに憧れる。異国趣味に自分たちの文化の違いを見て、良いと思うだけさ。わたしは日本人、日本の良さをもっと知りたいよ。美奈はわたしのもの、着物が似合う女でいてほしい」でも美奈は知っていた。俊夫は着物姿のわたしを脱がしていく楽しみがあり、そこで裸にした美しい女性の全裸の美を鑑賞しながら、女の本性を剝がしてしまい、セックスにのめりこみ、愉悦する女を見たいのだ。それには脱がす手間がかかる着物でないと、女も脱がされる恥ずかしさと、まどろっこしさに興奮し、喘ぎ乱れるのを見たいのだわ。全く男って。

「蝶々さん、体《てい》の良い身売りね。それでも子供をもうけて愛情なんかあったのかしら」

「愛情より誇りが許せなかった原因さ」

「女って男を知ると可哀想なのね。それに女はそうやってお金の対象になるのね。悲しいわ」美奈はふと美沙登のことを思い出していた。自力で生活出来る能力がありながら、仕方なく放棄して主婦の座を選んだ美沙登、それとて幸せでない現状、女としての夫々の道、自分はそのいずれでもない。お父様やお母様だったら蝶々さんの生き方に賛同し、貞淑で武士の面目を保ったと讃えるだろう。

「男と女の結びつきってそんなもの？　俊夫さんとわたしも気持ちがすれ違い男女の関係じゃなくなるのかしら。そんなの嫌よ」

美奈は俊夫と自分がまだセックスでは噛み合わず、むしろ彼女は性に興味もなく、この旅行での彼の毎夜襲ってくる秘め事が、美奈にとっては煩わしいことにしか思われない。美奈が俊夫の要求を拒否しないのはなにも愛情からではない。不確かなものに縋って二人でそれを育てているのでもない、一度結びついた男女がそう簡単に別れる理由も感情もない。美奈は俊夫に愛してもらいたい、でもそれが動物のような営みなのが美奈は不満だった。俊夫ももっと美奈を抱きたい裸を見たい、そして美奈の取り澄ました無表情な仮面を剝ぎ取り、奥底の本性を引きずり出したい、そして美奈と共有するセックスの快楽を持ちたいと願っていた。俊夫は美奈の本音は知らず、美奈も俊夫の企みを知らなかった。美奈の憂鬱は夜になると俊夫は肉体を求めてくる、それも俊夫は、そうよわたしのからだをしらべでもするよう。わたしのきているものをじゃまもののようにぬがせ、むしメガネでけんさするように、てやくちもつかいめをさらにしてわたしのからだをみてまわるんだわ。美奈が乱れ我を忘れて身悶えするのを待っている。二人がひとつになった時から、男と女のかけひきが始まっている。どちらかが主導権を交わりで握り奪うか、争いが、それはまたこれから貪り合うような壮絶なまぐわいが経た後に、床での性を仕切るのかが決められていく。無論まだそれは無であり、色つきに俊夫が男としての役割を果たしているだけだった。

雲仙のホテルは純洋館で夕食はフレンチだった。美奈と俊夫はぎこちなさが取れて、よく喋りよく食べた。美奈は最初の夜のような不安を覚える事もなく、俊夫と遊ぶ楽しさを久し振りに味わっていた、美奈の平常のペースが戻って来たのだ。それをなにより喜んだのは俊夫であった。俊夫は手慣れたボーリングでは美奈に勝てたので満足していた。美奈は負けん気の強い女で、俊夫に一ゲームだけでも勝つまでゲームをやめなかった。それに夕べのダンスも俊夫が美奈を圧倒した。二人は夜の更けるまで遊び惚けていた、俊夫ももう美奈の相手に余裕を持っていた。美奈は健康を取り戻し、元気溌剌俊夫の相手をしてあげられた。

その夜のまぐわいは陽気で明るい、開放的なものになる筈だった。ところが思わぬアクシデントが起こり、二人の営みはなくなった。それは二人が床に就こうとした時刻で、夫々の寝間着に着替えていた時にそれは起こった。先ずホテルの玄関前が騒がしくなり、何台かのパトカーが停まった。ホテルの従業員がパトカーに走り寄った。救急車も到着した。やがて救急車から担架が運び出されると、急変を知った泊まり客のやじ馬が車を囲んでガヤガヤいっていた。そのころになると二人は騒がしいのに気づき、ガラス戸を開けベランダに出た。

「なにかしら」美奈は俊夫との伽を逃れられるかもしれないのに、ほっと一安心しながら下を覗いた。とにかくやじ馬の数は増えるばかりで、美奈は俊夫に下へ下りてなにがあったのか、見たいから行こうと誘った。心の奥底では違う事を考えていたのは事実だった。

着替えを手早く済ませ二人が下へ下りて行くと、どよめきが起き群れになった人間がいて、担架に人を乗せているらしい影が遠くに見えた。何か上に覆っているものがあった。

やじ馬でも恐らくいち早く飛び出して来た連中が、担架と伴ってまるでそれを搬送しているように、つき添っていた。もう玄関前は人で埋まっていた。噂話が嘘八百で勝手に人為的に、しかも針小棒大に多々付加され作られていった。だが救急隊員は終始無言だった。廊下の薄暗い明かりからホールのシャンデリアのある目映い場所までくると、事態は丸見えで支配人が出て来て一言二言話していた。その僅かの隙を見つけてやじ馬は、担架に群れたが何か奇妙な物珍しいものを見物したように、黙ってその場を離れるものが多かった。美奈は俊夫の腕を引っ張り、その前列に割り込んだ。俊夫は興味がないし、他人の災難に無関心だった。俊夫は美奈に最前列に連れられ、その担架の中を覗けた。担架には若い女と中年の男が正反対に裸で一列になっており、二人とも痛いらしく、特に男性は顔が歪んでいたが、その中央にはバスタオルが幾重にも巻かれていた。顔はタオルで隠され体も布で覆われていた。一人の知ったかぶりの男が言うには、セックスの最中にタバコの火が灰皿から絨毯に零れ、きな臭い臭いがしてそれでパニックになり女の子宮が緊縮し抜けなくなってしまったらしい、とのことだった。その噂話はたちまちそこにいた連中に広まり、更なる尾鰭がついて喧伝されることだろう。美奈はその男の語る創作話に俊夫と頷きあって、その場の熱いが邪推に充ちた妄念を、打ち払いたいのが目的で離れた。

「ああ、全く嫌な空気ね」美奈は手で汚れた空気を払うように何回も手を振って、邪念を払っていた。二人とも胸糞悪い思いがのしかかり、美奈は俊夫を連れ出した事を後悔した。俊夫は単純にその出来事での、人間の醜さに失望していた。最早この夜の出来事はこれに集約してしまい、全ては終わった感があった。だが美奈は彼よりもっと複雑だった。二人は聞く処によればその男女の関係は、上司と部下だという。所謂不倫、浮気である。この事故は確かに二人の責任ではある。どういう理由があるにせよ、人前に二人の秘め事を晒さなければならなくなった、そんな恥知らずな行為になった現状に、二人ともどのような感情を持ったことだろう。なんにしても正に秘密の情事が全裸で性器が挟まったままの、みっともない姿で観衆の目に晒され、その姿のまま病院へ担がれたまま行かなければならないなんて、屈辱とその情事の罰が下されるのが明らかだ。男と女はそれほど罪深く、ドロドロしたものなのか、美奈には不可解なことだった。しかもその男女のその様を見てしまった。彼女は率先して俊夫と出かけたことを後悔していた。

事が事だけに帰ってから俊夫は話題にも出来なかった。だが二人とも不快な思いを抱いたままの就寝は難しかったが、といって二人が床を共にするのも憚かれた。心も寒く体も冷えた、寝づらい夜だった。夜は深々と更け星の輝く奇麗な夜だった。

第六章　霧島から指宿

1

霧島温泉は山間で寒い地域である。だが温泉は素晴らしく、新婚には落ち着ける場所なので人気の場所だった。しかも今迄と違って日本式な旅館というので、かなり期待出来た。そこへ行く道すがら二人は、何を話題にするか悩んでいた。景観を楽しむにしても限りがあり、別の話といってもこれといったこともない、霧島迄行く列車の中でも終始無言、これにはお喋り好きな美奈が参った。きっかけを作りたいが、矢も鉄砲も尽き果てているように彼女は思えた。発想の転換とか切り替えとかが出来ない美奈は、気分まで落ち込み、俊夫に迷惑をかけるのだけはしたくなかった。取り敢えず彼女は取り留めのない話でもするのかと思いきや、くだらない無駄話はしない性格だった。こんなときに限って俊夫は優しく受け入れてくれる。何にしても二人は絆だけは強くなり、その辺の処は口数が少なくとも心配なく仲が睦まじくなった。

「こんな忙しい旅行は嫌い。もっと余裕のある旅にすればよかったわ。観光旅行じゃないもの」

「あれも見たい、ここも行きたいがこうなったからしかたないよ」

「その結果がわたしの体調不良ですもの。俊夫さんに迷惑かけたわ」

「お互い様さ。それよりお腹空かないか」

「ええ、でもこの列車食堂ないんでしょ」

「残念でした」俊夫は「ジャジャジャーン」と茶目っ気で、半ば冗談交じりで、俊夫の脇に隠しておいた、ビニール袋を美奈の目の前へ持ち上げた。

「あ、ずるい」美奈は目つきが変わって、その袋の中身を宙に浮くような形で取りにいった。でもそれを許す俊夫ではなかった。

「いつ買ったのよ」美奈は焦れて俊夫に絡みついた。子犬がじゃれるようにじゃれあい、女と男の肉体を交えた人間が垣根を越えた、馴れ合いみたいな近しい関係が、その雰囲気を醸し出していた。

「あげないよ、あげないよ」

「意地悪、覚えてらっしゃい。仕返ししてあげるから」

二人は揉み合いもうその駅弁の争奪に夢中だった。息急き切った美奈の紅潮した顔は健康をすっかり取り戻した証しがあった。美奈は顔立ちにしても、衣服にしても雰囲気が大人びた風情をもっているのに、子供みたいな諍《いさか》いに目くじら立てて争い、本気で俊夫に相対した。俊夫も美奈に輪をかけたようにむきになった。だが自分たちの傍若無人なやり取りに、さすが反省してその火は止まった。

「喉渇いたね」

「ほんと」二人はくすりと笑った。

お弁当の中身は美奈の嫌いな人参の煮つけがあった。美奈は俊夫の弁当の減り具合に多すぎるご飯とそれをうまく滑りこませた。

俊夫は二つの弁当を別な物にしたので、見比べながらの食事になった。

「俊夫さんは好き嫌いないの？」

「小さいころ葱が嫌いで、祖父と同居していたから、母が大分叱られたみたいだけど、今でも葱類、長ネギ、ニラ、アサツキは苦手だな」

「わたしも葱、そんなに好きじゃない」

「美奈は好きな食べ物あるの？」

「わたし？　そうね、お肉はあまり食べないし、魚、それも刺し身、でも川魚は駄目、野菜のサラダが一番いいわ」

「それじゃ体が持たないな、そういえば夕食はいつもご飯食べないな」

「俊夫さん、じゃ好きな物あるの？」

「僕？　魚はうちの親父が釣り師で、釣れた魚を家に持ち帰るから、刺し身は食べ放題、後は焼いたり煮たりしたな」俊夫は回顧するような目になった。「ある日父は友人とウナギ釣りに出かけ大量のウナギを取ってきた。それからわが家の食卓はウナギばかりになった。またあるときは、千葉の大原港から船を出し、ショウサイフグの内臓を取り出し、冷凍してフグ刺しやらフグちりにして食べたな。もっともフグはまだ続いていると邦夫が言ってたな」

「じゃあ川魚も食べたの？」

「イワナ、ヤマメ、アユ、どれも美味しいよ」

「ふうーん、わたしのお父様はそんな趣味なかったわ。事業一筋、わたし浅草の象潟に住んでいたらしいんだけど、お富士さんの近く、富士小学校があるところ、そこで植木市が行われるの。そのとき露店が何百と並び、色んな食べ物、そこに売ってるのは食べ物だけじゃないの。ボンボンを買ってもらって食べた記憶があるの。そこがお富士さんの縁日なのを知ったのはずっとあとの事だけど、美味しかったのと、うれしかったのと、食べ物というといつもそれを思いだすわ」

「沙耶加おばさんの処にいたから菜食主義になったのかな」

俊夫の問いに美奈は答えなかった。体重計と睨めっこし、体重を調整してきた流れもあって、それが習慣になってしまったからだ。彼女は体重の変化に神経を使っていて、一キロの過重には徹底してダイエットした。

「僕なんか従兄弟が鉄砲をもっていて、狩りに行くと捕ってきた鳥をもって来たんだ。鴨や山鳩、雉やウズラなんかをね。その毛を毟《むし》るのが僕の役目だった。そしてその鳥を鍋なんかにしてよく食べたよ」

「ま、気持ち悪い。俊夫さん意外と悪食なのね」

「そのくせ胃腸は弱いんだ」

「そう、俊夫さん胃が悪いんだ」美奈はしっかり頭の中に叩き込んだ。

　食事の後の満腹による弛緩で眠気をもよおしていた。美奈は俊夫に信頼感が増し、体を彼に手向けていた。

「ごめんね、俊夫さん」ふと美奈の口を突いて出たのは、あの初めての夜のことだった。

「わたし出血しなかったから気にしてるの。わたし本当に俊夫さんが初めてよ」美奈は熱を帯びたように顔を赤くし、寝言のような譫言を俊夫の顔を見つめて言っていた。俊夫は頷きおでこにキスした。「それに俊夫さんの下着、全部捨てて新しくしたのに気づいた？」

　俊夫は下着、それもブリーフに関心がなくいつもなんの疑問もなく白い色のものしかはかなかった。最近いつのまにか、トランクスの柄物にすり替えられていたが、その犯人は美奈だったのだ。「あんな下着あるの知らなかったんだ」

　美奈は下着の着方にも俊夫に問題があるのを控え言わなかった。

「俊夫さんのことすっかり知っているつもりだったけど、知らないことが多いみたい」

「お互い様かな」

「そうかしらね」美奈は自分の肩をずらして俊夫にみせた。そこには縦に赤く蚯蚓脹《みみずば》れが出来ているのがみえた。

「俊夫さん力いっぱい触るから、わたしの肌こんなに傷ついたのよ」

　俊夫はその腫れに驚き謝罪した。

「分かればいいのよ。わたしの肌、柔らかいから強くするとすぐにこうなるの。これからだって、ずっと俊夫さんわたしの体触りたいんでしょ」美奈は少しはにかみ小声でいった。俊夫はさすがになにも言えなくなった。

　列車は急行ということだが、ローカル線ということもあり都会の普通列車並みだったので、まだ目的地には時間的余裕があったが、時折話の緒が切れることもある。そうした時、俊夫は普段着の自分に戻っていたが、美奈はこだわりみたいに胸につかえるものがあった。美奈は幼い頃の話や、肝心のことはまだ俊夫には秘密にしていた。

　美奈は昔の話は数限り無くあるが、俊夫にはまだ身内のことは、沙耶加しか教えていない。事実結婚式にも出なかった変わり者でもあり、また表立った処に出たくない、出られない諸事情もあるからだ。この旅行が終わったら、俊夫にも会わせなければいけないと、美奈は内々思っているが、なかなか難問でもあった。ところが美奈が切り出し方をどうするか迷っていると、俊夫が先に口を開いた。

「美奈の親戚って少ないの？」

「どうして」

「だって結婚式に出席したの、みちこさんだけだったから」

「そうね、いずれ従兄弟にも会わせるわ」

「従兄弟って？」

「それにもう一人の伯母さんにも。叔父さん夫婦にもね」

「何、そんなに大勢」

「俊夫さんの親戚と同じくらいいるけど、変わり者が多いから徐々にね」

「分かった、僕も文平叔父さんにはもう一度美奈を連れて挨拶に行きたいんだ」

「ああ、あの面白い叔父さん、わたしあの叔父さん好きだわ」

「あの叔父さんラーメン屋を始めたんだ」

「あら仕事しても大丈夫なの？」

「そうも言っていられないらしいよ、経済的にね」

美奈はふと美沙登のことを思い出した。多恵子も真砂子もそれなりに生活している。だが美沙登は……それは俊夫などの経営陣の罪ではないから、美奈はどうにもならない。それに彼女は会社の内部まで口を挟みたくない。美沙登に関して俊夫は何も言わない。美奈を眼中に入れた俊夫は、他の女が目に入らない。美奈はその彼の変化を知らない。

「わたしの従姉妹は陽の当たる職でない旦那だけど、財産は残してくれたわ。今度浅草へ行ってパチンコでもしましょう」

「美奈の従姉妹ってパチンコ屋やってるんだ」

「そうじゃないけど、それは楽しみにしていて」

「そうだね」俊夫は話を別の話題にした。

「美奈は友だちがいないの？　誰も招待してなかったね」

「わたし幼い頃は多分意識的だと思うけど、両親は皆と遊んだりさせないようにしてたわ。わたしもそれが当たり前のものとして受け止めるようになったわ」

「そんな一人遊び面白かった？　淋しくなかった？」

「ひとつも。だってわたし忙しかったもの。お父様が女は美しいのが得だというのが趣旨で、生まれつきX脚気味だったのを矯正したり、歯並びも矯正したわ。それに肌の手入れも教わったわ。専門の美容師にね。でも十歳になると沙耶加叔母様が家に見えて、お父様と長らくお話をされ、金町の教会にわたし行くことが決まって、禁欲な生活が始まったから、友だちと遊ぶ暇がなかったわ」

「でもスポーツやってたからその仲間はいたんだろ」

「そうだよね、小松さんの山荘にもいたし」

「そうね、それがなければ俊夫さんとも会わなかったわね」

美奈は未だに俊夫に対する行動を不審に感じている。ただ俊夫は男の匂いのない男だったことは確かである。俊夫は美について注文の多い男性だが、彼の趣味を美奈は超えていた。

「わたしね、叔母様に巫女としての修行をさせられたの。巫女はどんなことがあろうと、男性に興味を持ってはならないし、神に仕える身故、異性との接触は厳禁だし、関係を持つことは許されるべきことではなかったの。神に仕えるものが愛欲の誘惑に負けてしまえば、普通の人間に戻り神罹りが失われるから、そんな事態は有り得ることではないのよ。額田王が天武天皇の子を宿し、それでも王妃の座を求めなかった理由があるの。だからかしら男性を拒否し続けたのも、そんな記憶が残ってるのね」

「それがどうしてあんなことに？」

「そうね、きっと俊夫さんがとても哀しい目をしてたからかしらね」

「でも哀しい目をした男なんて大勢いるよ」

「ううん、全く違うわ。目の辺りの縁にある色彩がまるでね。わたし吸い込まれそうだったの」

「僕は……」俊夫は言いかけて回想する。美奈はあのとき二十二くらいだった。何故か装いを尽くした彼女がいた。女として求め得る最高の資質を持つ、俊夫が追い求める美の追求の理想とも思える、女性の肉体美の素晴らしさを見せつけた。媚びを含むことはなく、むしろ人工的な味つけは無知な、それだけに尚美奈の肢体の美しさに、自分だけでない男なら誰もが感じる、異性の魅力が男の欲望になる。美奈は女の体に魅力に溢れ、男なら触手を動かすだろう。美奈は無意識に自分の魅力を効果的に見せる技術を取得している。美奈の最大の武器は巨大ともいえるバストであり、その細いウエストにかける曲線だ。何しろ美奈は、顔も澄ました表情でなく生き生きしていて、特に目が蠱惑的だった。これだけは他の女性にない美奈特有のものだった。妖しいような流し目は眩むような魅力があった。俊夫はその美奈の仕かけた罠にかかった昆虫みたいだった。なんにしても美奈は女としての希有な体躯の持ち主だった。

「あの遭難して小松さんの部屋を占領して、ベッドに寝ていたとき真っ赤なドレスの美奈が、わたしを看病しているのにびっくりしたんだ。山小屋に豪華なドレスで患者、ま、わたしだけど、その面倒をみている美奈は場違いの女性で、何故わたしを看病しているのか疑問だった。最初神様の悪戯かと疑ったね。でもその尽くし方が献身的で、何の疑いもなくわたしを介護している姿は、まるで天使？ 悪魔？ でもそんなことは些細なことさ。わたしの傷も癒えて部屋を換気しにきたとき、美奈覚えてる？」

美奈は俊夫が何を言いたいのか分かって紅く頬を染めた。上はシフォンのシースルーのブラウス、下は白のプリーツのスカートは透けて見え、裸体より過激に美奈のシルエットを太陽の光線に晒し眩しいほどであり、性欲を呼び起こしたのだ。美奈ほど性の化身として具象化した例はまれであり、それも人工的に付加したものではない素材のままであった。俊夫はあのとき、感情が奥に引っ込み反応がなかった。氷のように冷えた心は美奈の心に触り奥底の血が騒いで、闇雲に意志も感情も無視して、勝手に体が動きを止められない状態になったのだ。美奈は男への求愛を司った交感神経に振り回され、俊夫の心を開き欲望を暴き立てずにいられなかった。美奈は自制できない感覚が全身に満ち溢れたのは、俊夫の無の心にあるのだが、彼女の美意識からすれば、美男子にのみ彼女の行動がなされるべきで、それは美奈に疑問をもたらした。衝動的な彼女の行為はそれ以来彼女の心の動揺に浸かることになった。

列車内は静かで二人の会話が中断すると静寂は際立ち、目的地は間近に迫っていた。外は冷えて寒そうだった。駅に降り立った二人は温泉地までの送迎バスに乗り換えた。彼らの宿泊先の蒼林閣は日本式の旅館で、その佇まいは荘厳なものだった。俊夫も美奈も好みの旅館に見え顔を見合わせた。この旅館なら落ち着けそうな気持ちになったのである。

採光は薄暗くロウソクを使用した燭光は柔らかく、穏やかに二人を包みそれだけで気分はその雰囲気に浸れるようだった。それに各所にある障子を張った行灯の明かりは一層周囲の気配を高めていた。玄関の上がり框は大理石で作られていて、その先の磨かれた廊下はピカピカに輝いていた。廊下は広く人気もなく寂しげだが、長い廊下が余計寂寥感を誘い、庭を通り過ぎる。簀《す》の子板が引かれた渡り廊下は、神殿造りの廊下のように手摺りと支える柱だけだったので、そこに密集している細竹がかさかさ音を立てるのや岩も見えた。渡り廊下の更に奥に、二人の泊まる部屋はあった。

格子戸の玄関口を開けると、青臭い畳の匂いがした。玄関は障子で仕切られ中は見えないようになっていて、それを開けると猶一層畳の香りが咽せるようだった。

「俊夫さん、お願いわたしの肩揉んでいただけない？」美奈は二人きりになると甘えられた。俊夫は美奈の肩から首筋を触ると、その硬さにびっくりした。疲労もあるだろうが、不自然の姿勢を取っていたつけと、彼女のバストの重みがこんな結果を引き起こした。だが美奈の凝りはきりがないほど強く、少しずつ解すより他はなかった。美奈は俊夫に揉まれてジーンと肩が痺れる感覚があったが、もとよりそれで快方に向かうのではなかった。

それでも三十分は揉んでいたろうか、疲労の回復は入浴に限るとは周知の事実で、今はその準備ではあった。

「お風呂、俊夫さん先に入って。わたしすぐ後から入るから、湯船に浸かったら声をかけて」美奈のこの言葉に俊夫はある種の疑いの目で、だが嬉々としてそれを受け入れた。美奈の裸を明るい場所で見ることが出来るのだ。俊夫はその思いからか落ち着きがなく、そわそわして衣服を脱ぐ手も粗雑だったが、美奈はそれに気づき苦笑した。部屋の暖房は適温でほの暗く、俊夫は手探りに近い状態だったので室内灯をつけ明るくした。美奈は明るすぎると文句は言わなかった。俊夫はまだ風呂場が湯気で暖められておらず、幸い桧の湯船で冷たさは免れた。俊夫は美奈にそのことを伝え、湯気を大量に立ち昇らせた。やがて俊夫は頃合いを見計らって、軽く湯浴びをすると湯船に潜りこんだ。美奈は待ち切れないように、俊夫が湯船に入るや否や、飛び込むように入ってきた。無論バスタオルは巻いていなかった。自然俊夫は美奈と顔が正面に相対した。美奈は俊夫に意識させまいとするのか、感情を隠して湯かけをして、彼に悟られないよう十分弁《わきま》えて、下半身を洗った、この際美奈は恥毛の見えるのは無視した。俊夫は美奈の全裸を見るのは初めてだった。美奈もそれは知っていて風呂に一緒に入ることにしたのだ。今日で三日目にもなって、俊夫と二度も肌を合わせ、目合《まぐわ》ったのに頑なに俊夫の目に晒すのを拒み続けて来た。まだ秘部を見せる気はなかったが、もう思い切って禁を解かないといけない、いい潮時と感じたからだ。美奈は何時も思うのだ。あそこだけ何故神様は醜くお作りになったのかしら。美奈は大陰唇の襞の醜さは俊夫には決して見せてはならぬ、でもそのうち俊夫さん、承知しないわ。だが美奈は男の生理に疎く、俊夫がどういう状態か理解していなかった。俊夫は美奈の裸を見た瞬間強い一物の勃起に困り果てていた。湯船から出られなくなって、美奈に言い訳をするようになった。美奈は俊夫のその異変が何か知る術もなくいらつくので、俊夫はタオルで下へ押さえつけながらでる羽目になったが、勃起は収まらず往生し、美奈に気づかれないように注意した。俊夫が男として自信があり、露出症とかのその逞しさを誇示したがったり、女もそれを歓喜で迎えるのだったらそうはならないが、美奈は未通女《おぼこ》であり、俊夫も自分のものをむしろ卑下しており、そんな行動になった。俊夫は幼少の頃から包茎気味だったし、本人も亀頭の下に垢が溜まり、刺激に弱くなっていて、いざ結婚という段になって自分の精力の弱さを思い知らされたのだ。父親は俊夫に男の性教育をするような男ではなく、友人とのそういう交流もなく頭デッカチだった。美奈は湯気で顔が火照り、頬は林檎のようで艶やかだった。俊夫は美奈のバストが異様に巨大なのがこうしてみるとよく分かる。俊夫だってそんなに詳しくないがそのくらいは分かる。

俊夫は美奈の裸に圧倒されたのか、その毒気なのか湯あたりしたのか、内心美奈の裸体に心引かれ出てしまった。頃よく仲居が来て料理を運ぶ準備に来た。俊夫は畳の上で、布団で眠りたかったし、料理も鍋というので炬燵で美奈と料理をつつきたかった。その旨を伝えると仲居は納得して、俊夫の注文した風呂後のよく冷えたビールを取りにいった。

俊夫が浴衣に着替えていると、美奈がバスタオルに身を包んで出て来た。惚れ惚れする艶やかさが彼女の香ばしい体臭と共に、伝わってくる。美奈は常にそうだが、パンティをはかないと落ち着かなかった。なにか忘れ物をした気持ちに襲われるのだ。どうせまた俊夫に脱がされてしまうだろうから、それを計算に入れて小さなショーツにしていた。彼女も俊夫同様浴衣に着替えた。料理は掘り炬燵の上に有り余る量が載せられていった。

　美奈は上気してのぼせているようだった。俊夫は美奈が座るのを待って、彼女のコップにビールを注いだ。美奈は俊夫から瓶を受け、俊夫に目で合図した。旅行して二人が初めて得たと言っていい安らぎがあった。

　俊夫は先程の美奈の裸体が目に焼きついて離れない。明るい処で見る美奈の肢体はまぶしすぎ、まだ彼の高まりは収まらない。風が強い日だが、ここは団欒の場としては最高の舞台が揃っていた。美奈は寝る前に着けないブラジャーを何故か身に着けていた。美奈の目論みが隠れていた。風呂上がりに飲むビールを飲み干す美味しさは溜め息が出た。

「わたしアルコール抜きの食事なんか想像できないわ。中毒になってしまいそう」

「ビールは一本だけで後は酒をお燗してもらったよ」

「ええ、いいわ、お酒も飲んでみたかったの」

「僕は豆腐が好きでね、特に湯豆腐が好きなんだ」

「わたしも鍋は好きよ。こうしてつついて食べるの好き」

　酔うと美奈は多弁になる。風呂に二人で入ったのも蟠りがひとつ解けていたのも原因だった。美奈は俊夫の着物のいいかげんな着方が気になっていた。遠慮して言いそびれていたが、酔うにつれて大胆さも加わり俊夫の傍に寄った。美奈はしどけなく浴衣の裾を乱し、蕩けるような目をして俊夫の帯に手を添えて、浴衣を脱がし下着を直し始めた。俊夫は狼狽して美奈と小競り合いのような、じゃれているように浴衣の端の取り合いになった。俊夫は恥ずかしさもあったが、美奈は俊夫に絡みついて、立ち上がった俊夫を追った。

「俊夫さん、どうしてこんな下着の着方するのよ、ブリーフの中にシャツを入れたりして、全くださいんだから。ももひきなんかはいてるの？　しかもこんな不格好なの。それに俊夫さん寝るとき下着着て寝るでしょ。そんなことするならわたしと別の布団で寝てよ、嫌だから」

　俊夫は責められたが、美奈の色香に迷い、彼女を押し倒した。美奈ははっと正気になり後ずさりした。だがそんな美奈を逃がすような俊夫ではない、たちまち捕らえられて俊夫に手篭めにされ、美奈は太股が露なのを直そうと試みたが、俊夫の力ずくの押さえ込みで、身動きが出来なかった。美奈は抵抗する術もなく、だが必死で拒み続けた。

「だめ、食事の後にして」

　俊夫はその美奈の言葉で冷静さを取り戻した。美奈も大胆すぎた行動を恥じた。酔いは醒めてしまって気まずくなった。美奈は油断をするとすぐ襲ってくる俊夫に手を焼いた。

まったくしかたのないとしおさんだこと。

俊夫はおやつを食べそこなった子供みたいに未練たらたらで、美奈はかえって開き直り、酒量は更に増して食事を終えるころは、体がお燗されたようになった。

美奈は俊夫の先程の行為からいっても、本能的に酒に浸ったのが良策と感じたのだ。美奈は酔って陽気になり、まして畳の上の布団で寝るので、気分は良好だった、ただ俊夫の執拗な体の弄りを除けば。だが美奈には勝算があった。彼女は俊夫にずっと主導権を握られ、まるで人形みたいに手を布団に置いたまま、俊夫の思うが侭になっているのが、納得し得ない彼女のささやかな企みだった。

「俊夫さん、布団までわたしを運んで」美奈は徹底的に俊夫に甘えてみせようと考えていた。美奈は敢えて部屋の明かりを消すよう彼に言わなかった。美奈の羞恥心が取れたのと、俊夫がどのように自分の体を弄るのか見てみたい冒険心が顔を覗かせていた。

俊夫が美奈を布団に下ろそうとすると、美奈は彼を離さず絡みついてきた。俊夫は猛虎の勢いだった。彼は豚のように鼻を鳴らし、美奈の浴衣を脱がしにかかった。美奈は俊夫の欲望をうまくかわしながら、二人は抱き合い正面に向かい合わせになった。俊夫は興奮で息がラッセルのように荒くハーハー息を弾ませていた。美奈も酔った勢いから俊夫を誘い、俊夫のすることに身を任せ、布団の上で抱き合っていた。美奈は俊夫を指示するように、胸をはだけさせた。美奈は俊夫に見せるために前ホックの二分の一カップの黒のブラを着衣していた。俊夫はそのなまめかしさに目が眩んだ。美奈は俊夫に微笑み彼の手を押さえ、上半身裸になった。俊夫は美奈の積極的な態度に更に拍車がかかった。

「俊夫さん、どう、このブラ」美奈は言いながら赤と黒が交互に編み込まれたストラップを、自分の手でぱちんと音をさせて引っ張った。「いいでしょ、今日は特別に俊夫さんに見せてあげたいの」美奈の目は蠱惑的で妖しい輝きがあった。「わたしの言う通りにして」

俊夫は美奈の言葉を無視して彼女の胸を触ろうとすると、美奈は俊夫の手をピシャリと打って襟を合わせた。

「駄目よ、わたしの言うこと聞かないと、触らせてあげないわよ」俊夫にはよく効いたカウンターパンチだった。美奈の目論《もくろ》みの最初の段階は成功したのだ。美奈は羞恥に自らの自縛を取り除かせ、この日ばかりは人格が変わったように、俊夫に自分の裸体を見せる楽しみを味わいたかった。それには美奈は完璧でなければならなかった。

「俊夫さん、下着を脱いだの?」美奈のこの言葉に、俊夫は慌ててシャツとズボン下を脱いだ。美奈は納得して俊夫を迎え入れた。俊夫の目はランランと輝き、美奈を乱暴に扱おうとするので、彼女は俊夫をたしなめた。美奈と対すると駄々っ子みたいな俊夫を、彼女は手だれの夜鷹みたいに扱った。布団の傍の明かりは灯って瞬いていた。上かけの半分をはだけて俊夫は美奈の上にいた。美奈は俊夫の顔の表情を見て、二人で楽しくなれる確信を抱いていた。浴衣を美奈は解け易いように帯を緩めて、俊夫の顔を見つめ頷いた。先程美奈が見せた俊夫のためわざわざ取り寄せたブラが震えている筈だった。美奈は俊夫がどんな反応を示すのか、興味津々で嬉々とした表情を見せた。俊夫は女の下着に隠された肢体が、いかに刺激が強いか思いしらされた。美奈のバストが俊夫の目の前にブラジャーに包まれていた。俊夫は美奈の胸を裸で何回か見ている。でもこの黒に赤い刺繍糸がステッチに演出され、縁取りにも深紅の布がフリルのようになった、ブラジャーのホックを外すのは別の意味での期待があった。

「俊夫さん、外して見て」美奈はためらう俊夫に檄を飛ばした。俊夫は言われるまでもなく、でもおずおずとブラジャーに手をかけた。美奈のバストの深みは大きく、ホックも取りにくいのと、俊夫の不器用さにかなりの間があった。美奈は焦らずその間を楽しんだ。

俊夫はもう目が釘付けになり美奈の着けているブラを外すのに夢中だった。そこにはゆっくり見たわけではないが、美奈の豊満な乳房があるのだ。俊夫はそれが魅惑的なブラに収められているほうが、より官能的な感じがして興奮の坩堝《るつぼ》に巻き込まれた。俊夫がホックを外すと、美奈の乳房は勢いよくプリンと立ち上がって、上にそそり立って揺れている。やおら乳首は遅れて立った。美奈はよく手入れをしていたとみえ、輝くような照りが目映かった。

俊夫は美奈のバストをこんなに間近に、しかもじっくり見たことがなかったので、その美しさに感動していた。彼がそれを触ろうとすると美奈は彼女の手で彼の手を押さえた。

「俊夫さんは、やたらに強く揉んだり触ったりするからもう痛くって、わたし、だから分かってほしいの」

俊夫はお預けをくった犬みたいに不満たらたら、でも美奈に従わないと彼女のしっぺ返しが怖くて言いなりになるしかなかった。

「どう、わたしのオッパイ、大きいでしょ、俊夫さん、こうやってわたしのオッパイ見たことなかったでしょ」

俊夫は美奈の体が傷や染みや痣もなく、柔らかくて美しいのは知っている。だがこうして明るい場所でまともに彼女の裸を見るのは初めてといっていい。だが今見る美奈の乳房には薄い擦れた痕がある。美奈の言いたいことが理解出来た気がした。

「俊夫さん分かるでしょ、その擦れ傷、俊夫さんが拵えたのよ。俊夫さんが強く握ったり揉んだりするからこうなったのよ。とても痛かったのよ。だからわたしの言うことを聞いて頂戴」

美奈は自分の胸の擦り傷を俊夫に見えるように自分の手で指し示した。俊夫は美奈に快感を味わってもらいたいというより、美奈の裸に夢中になり貪り続けていたのだ。自分が気持ちいいから、美奈もそうだろうなんて、馬鹿な思い違いをしていたのだ。

「俊夫さん、触って見て」美奈はあくまで優しく可愛かった。俊夫が壊れ物を触るように、用心深く触れた。

「そのくらいの強さなら痛くないわ」俊夫はその力で乳の膨らみを撫ぜた。「そうじゃないわ」美奈は俊夫の愛撫に文句をつけた。俊夫はそっと乳房を持ちなするように軽く揉んだ。

「うん、気持ちいいわ。もっと続けて」美奈の了承の合図に俊夫はつい力が入った。

「痛い、痛いわ、俊夫さん、もっと優しくして。さっきみたいに、気持ち良かったわ」俊夫は美奈の言葉に一喜一憂した。美奈が気持ちいいというと彼も嬉しかった。

「これは」俊夫は探検家のようだった。美奈が「気持ちいい」というと、彼女がとても可愛らしい表情を見せ、うっとりした顔をするのがたまらない魅力であった。

俊夫が美奈の乳房を柔らかく揉むと、美奈は目を閉じ、唇を半開きにして、酔うような表情を見せるのがたまらないほど色っぽかった。俊夫は美奈の乳房に口を押しつけると、美奈は思わず声を上げた。「そう、そう」美奈は言葉にならなかった。舌が皮膚に触れると美奈は身を捩らせ俊夫の顔を押さえた。「俊夫さん、それそれ、それいいわ」美奈は俊夫の髪の毛を掴み、身を反り返した。俊夫は美奈が感じた事を何回も繰り返し、乳首も舌で吸ってあげた。美奈は破裂音を残し「もっと」と叫んだ。俊夫は美奈をパンティだけにした。自分もトランクス一枚だった。俊夫は美奈に拒否し続けられていることが、実現される可能性があると感じていた。だから俊夫はその気配を早いうちに思いついて、それがばれないようにするのが難問だった。というのも、俊夫は思った事がすぐ態度に出てしまう質な上、美奈が敏感なので美奈への愛撫に没頭させ、気づかれないようにしていた。美奈は俊夫の舌での愛撫と、口で吸うことが感じることが分かった。美奈は譫言のように「明るいわ」と言うが、それも強く言うほど冷静であるどころか、燃えて火のように熱くなり、定かではいられなくなった。

「俊夫さん、いい、いい、いいわ、あ、そこそこよ、そこを口で吸って、舌で舐めて」美奈は自分から淫らな言葉を発し、俊夫の愛撫に答えた。頃合いもよく俊夫は美奈のパンティを悟られぬうちに脱がし、生まれたままの姿にした。さいわい美奈は相次ぐ俊夫のペッティングに感情が高ぶり、全裸の自分に気づかなかった。俊夫はもうワクワクだった。美奈の臍も口で吸ったりして手で探りながら草叢に到達した。指は美奈の秘所を捉え割れ目の唇に触れた。固く閉ざされた貝は小高い所謂ビーナスの丘のすぐ下にあった。美奈の動きでその中に薬指が滑りこんだ。美奈はその瞬間腰を浮かせたので、奥まで指は侵入した。温かな感触と締めつける襞が俊夫を猛進させた。美奈は俊夫の体が彼女の下半身に移動したのを、敏感に身逃さなかった。

　美奈は俊夫を振り解こうと逃げたが、俊夫の目はしっかり美奈の割れ目を捉え、指でそれを開いた。中は赤く唇に似た襞が見えた。

「いや、駄目、いや、やめて、お願い、駄目、だめよ」美奈は半分あきらめて、後は泣きべそになった。俊夫は間髪を容れず、美奈の秘部を今彼の知り得る手管で攻め立てた。俊夫は舌を丸めトンがらかして内部に差し入れた。

　美奈はその愛撫に抗しえなかった。美奈はジンという感触とともに、奈落の淵に落とされた感覚があって、我を忘れ自分を失った。俊夫も美奈の抵抗も手伝い、秘部を見たことで、彼のペニスは痛みを伴うような硬直で、爆発寸前に堪えられなくなっていた。彼は名残惜しいような、何か忘れ物でもしたような気持ちが湧いた。美奈は俊夫が顔を見せると安堵して、目は早く終わりにしてほしいと訴えていた。俊夫ももう堪えきれなかった。彼は暗中模索の手探りと違い、目標が見えているので、挿入しやすかった。美奈は俊夫のものが入る瞬間呻《うめ》いたが、それも僅かな時間だった。美奈は俊夫の体に細く白い腕を回し抱き締めた。美奈はいつ彼が挿入したか気づかないほど、痛みはなくしっかりくわえて嵌まっていた。美奈は深呼吸して俊夫を見つめた。美奈は俊夫をこんなに愛しいと思ったことがなかった。羞恥は極限に達し興奮が取って代わり、体は紅潮していて、美奈はなまめかしかった。俊夫の心臓の音と美奈のものが競争するように高鳴り、俊夫の胸はあまりにも激しい放出に、法悦で揺れていた。美奈もまた息が荒く呼吸を胸でするので、彼女のバストは大きく揺れて波打っていた。俊夫は充たされ満足した表情を浮かべていた。美奈は不思議な心境に戸惑いそこから消えたい気持ちだった。

　俊夫が侵入してきたとき、美奈は熱い！　とただそれだけ、痛みはなかった。俊夫がピストン運動をすると、美奈は奥に入ってくるときは、圧迫感があり俊夫の男根の根元が美奈の性器に触れ、美奈は気持ちいいとかという感覚でなく、自分の穴に挟み込まれた俊夫の硬い棒が、広がるのを閉じようとして締めつけるのが美奈にも感じられ、鈍いような芯からの突き上げがあったが、俊夫が離れるとスーッと美奈のものが閉じ、しかも俊夫を追い出そうと押し返すから、外れるような思いがあった。美奈は苦しくて肛門の筋肉を閉めた。そうしないと尻から汚物が出そうな気がしたのだ。俊夫は美奈のその行為で、ペニスが切られるような鋭い締めつけに、彼は唸り呻き叫び声をあげた。その瞬間精力を使い果たす爆発するような射精が始まった。俊夫のマラは信じられないほどの太さになった。

　受け止める美奈も俊夫のその精根を込めての放出は、美奈の内部には伝わらなかったが、熱い息吹は受け止めた、美奈にとっての本当の意味での俊夫との交わりといえた。美奈は俊夫の汗を褒めてあげたかった。俊夫は放出仕切ってもまだ美奈の中にいられるのが不思議だった。実際俊夫のペニスは萎縮しきっているのに、美奈の締まりある膣の復原力の強さは生まれつきであり、意識して出来得ることではなかった力が加わって、俊夫を離さないのだった。美奈はこの一時の空虚だが満たされた後の空白で、静謐な時の流れが場違いに巡っているのを知った。美奈は俊夫に自分のものを見せてしまっているので、何かそのはにかみを見せるような、みっともないことをしたくなかった。

俊夫は再び勃起し始めたペニスに感謝した。美奈もなんとなく雰囲気でもう一度彼が、求めてくるのを察知した。もう彼女を取り除く垣根は存在しなかった。

美奈は俊夫のものが彼女の膣内を広げていくのを感じていた。もうそれだけで痺れる感覚があった。彼女は溜め息をついた。

俊夫は緩やかな速度で美奈を貫き始めた。美奈はそれに受け答えしたいと懸命だった。一心同体というわけにはまだだが、俊夫と美奈がようやく共同作業を行い出したのだ。美奈は俊夫のピストン運動をしっかり受け止めたいと必死だった。俊夫は美奈の陶酔しきったエロチシズムに、またさらなる強い硬直が生まれ、営みは激しさを増していった。美奈は俊夫が射精する瞬間を彼の表情で知ることができた。俊夫に抱かれ美奈も抱き返し二人は果てた。充足しきった俊夫の顔があった。美奈は、からだがいいわいいわ。これならけっこんてわるくない。セックスってわるくない。俊夫に捧げた肉体を惜し気もなく与えたのを、嬉しく思い続けていた。だが美奈は俊夫のような快感を味わうのには時間が要った。

俊夫は安らぎを求めて美奈を横になって抱き締めた。美奈は行為の後の抱擁に突き抜けるような心地よさが波のように押し寄せ、全裸であることも、俊夫に見られてはならぬ下半身の、あの部分が露出しているのも、どうでもいいことになっていた。うとうとと睡魔が襲い心地よさとが交互したが、美奈は眠る気持ちはなかった。俊夫は全精力を使い果たし、美奈を抱き寄せたまではよかったが、そのまま眠りに入っていった。美奈はとても不満だった。俊夫にとてもよかったと、伝えたかったし、ずっと俊夫と見つめ合っていたかったからだ。美奈はひっそりと体が火照るのが冷めるころ、浅い眠りに入った。

美奈は窮屈な体勢と手の痺れで目が覚めた。まだ夜は明けてはいなかった。美奈の手は俊夫の腕の近くに挟まれていた。美奈は俊夫から手を抜き取り、痺れをとった。美奈は自分が真っ裸なのに気づき、真っ赤になった。夕べの痴態が目に浮かんだ。美奈は脚に引っかかっていたパンティをはいた。ネグリジェをはおり風呂のガスを点けた。美奈は下半身が精液で汚れているので気味が悪かった。潔癖性なのが美奈の欠点ともいえた。それは俊夫の残した愛の証しの結果だった。肌も俊夫の唾液でベタベタだった。

美奈は風呂場の室内が湯気で満たされ、あったまったころ風呂の明かりをつけた。眠っている俊夫に気を使ったのだ。とろりと湯船に浸かると睡魔が襲ってくる。けだるい、物足りないような、浮き立つ心地よさと併せて、美奈がうとうとしながらお湯に浸かっていると、パシャンと水の弾く音がして美奈は目を開けた。俊夫が湯船に入ってきたのだ。俊夫の抱擁に、以前の美奈だったら拒む場面だが、今日の美奈は違っていた。水中での抱擁とキスだった。美奈は俊夫がするキスが簡単だったので、承知せず追いキスをした。

「おはよう」俊夫はご機嫌だった。

「おはよう」美奈は少し恥ずかし気に受け答えした。

「昨日、とってもよかったのよ、ありがとう」

「美奈とっても可愛いんだもの」

「うふん、だめ、そこ擽ったい」美奈は俊夫から体を離し湯船を出た。薄暗い夜の帳も白み始めてうすぼんやりと明かりなしでも辺りが見渡せるようになった。

「俊夫さん、朝の散歩しない？」

風呂場から俊夫の了承の声がした。美奈は浴衣を着直し髪をとかし化粧台に座った。美奈の髪は長く腰まであったので纏めるのが大変だった。美奈は髪が一人で洗えない長さなので、いずれ美容院のあるホテルで洗髪しようと思っていた。美奈はいつもの朝より化粧乗りがいいのを実感していた。

俊夫が風呂から上がって浴衣に羽織をかけ、二人は玄関を出た。二人は手を握ったり組んだりしなかった。美奈が恥ずかしいと言ったからだ。美奈は男女の事を知るようになって、余計恥じらいが増したようだった。朝靄《あさもや》が深く幻想的な世界が広がった。これでは危険と察して二人は肩を抱いて小路を歩いた。二人にとってそこがどんな場所であろうと問題ではなかった。美奈は俊夫に抱かれて今こそ喜びが体中に溢れ、輝きに満ちよく笑った。美奈は笑うと歯を剝き出しにして笑う癖があった。二人の目が馴れたのと気温の上昇で靄《もや》も晴れ、向かい側の太陽の昇る様を見ることができた。何時見ても日の出は荘厳な自然の営みで最高のものに違いなかった。まして朝日に照らされた濃い山影は美奈に大町を思い起こさせた。俊夫とてそれは同じだった。小鳥が囀《さえず》り辺り一面日に照らされ、朝が来たことを伝えていた。

美奈は平気で人前で俊夫に甘え、抱きつきキスした自分が、俊夫との交わりで初めてその意味を把握し、恥じらい反省していた。俊夫は美奈の秘部を見たに違いない。その羞恥は美奈を根本から変化させ、頑なな気持ちが育っていた。美奈は俊夫の心の襞を読み取って、それに添うようになれればいいなと考えていた。それに言いたくても言えない、言ってはならない事ができたのも美奈の精神を悩ませた。美奈は何事もあからさまにしなければ、気の済まない性格だったが、それもそうしてはならぬものを自覚して、美奈ははがゆい感じに焦れていた。それに俊夫に体を許したからか、美奈の心は俊夫で溢れ、もう俊夫がいとしくてならなかった。俊夫の事を考えるだけで、美奈の体は俊夫との先日来の愛撫の記憶を呼び起こし、体が震えるのだった。人影はなく二人のために演出された光景みたいだった。俊夫は美奈を抱き寄せキスしたかったが、美奈はそれを避けている節があった。美奈だって俊夫にキスしてほしい気持ちはいっぱいあるが、外ということもあって気が引けた。

としおさんがほしいだなんて、はしたないこと。

俊夫は我慢できずに美奈の動きを止めた。美奈は俊夫が何を求めているか分かって顔が赤くなった。美奈にも抵抗しえない体の奥底からの欲求だった。まだ昨日、否正確に言えば今日の未明の性交の残り香がくすぶっていた。俊夫が抱き寄せると美奈はもう彼のキスを待っていた。俊夫は美奈の口を塞ぐと、美奈は俊夫の口に舌を滑り込ませた。俊夫が舌を吸ってあげると、美奈は恍惚とした表情を浮かべ、キスの味を確かめるように舌舐めずりしていた。美奈のうっとりした顔はフェロモンが湧きだし、色っぽかった。美奈はポーッとして動けず、快感の嵐が体内中の神経が作動し痙攣を誘い震えていた。それは長い間尾を引き背筋に快感が走った。

「強く、強く抱いて」美奈ははしたなく叫び、快感の波は怒濤のように押し寄せ、美奈の乳房は快感で硬くそそり立ち、恥ずかしいことに美奈の秘部は濡れてしまっていた。

こうなると美奈にその津波のように、次から次へと大きな波となって快感が押し寄せ、エクスタシーが訪れた彼女は、激しい陶酔と痙攣が訪れ、身悶えして震えを受け止めていた。俊夫は美奈の興奮が非常に激しいのでかえって驚いていた。美奈もキスでこんな体験があるとは露とも思わず、俊夫の腕の中で快感に浸りきっていた。美奈は立っていられなくなり、俊夫に支えられて部屋へ戻った。酔ったような状態で美奈は食事する気持ちが湧かなかった。美奈は布団に寝かされ、俊夫が傍にいることを望んだ、当然朝飯は食べられなくなったので、おにぎりにしてもらった。

宮崎へはバスでの移動なのでその点問題はなかった。

2

美奈はバス内でも酔ったような目をしていた。別にバスに酔ったのではない。快感が幾度も美奈に訪れ微熱のような感覚があった。震えが止まらないのも風邪の表情によく似ていた。美奈は俊夫に抱いていてほしかった。それは美奈の欲求からではなく、そうしてもらわないと震えが止まらないからだった。九州一と宮崎人が自慢する海岸線の岩場の景勝地堀切峠も見逃し、じっとしていた。俊夫も美奈につき添い外の景色を見ることは出来なかった。

やがてバスは市内に入ったとみえ、南洋植物が各所に植えられていた。

『こどものくに』は日南海岸にある。新婚さんがよく訪れる有名な場所だった。そこは童話の中に入った気持ちになる邪気のない夢の世界だった。駱駝《らくだ》に乗ることもできるので、お転婆の美奈は俊夫に断り早速乗った。時間が止まったような一時は貴重なものだった。二人とも童心にかえって遊んだ。心が通い合うとこんなにも楽しいものか、二人とも元々無邪気な性格だから遊び回り時間を忘れた。

こどものくにを出るとタクシーの運転手らしき男が美奈の前に立った。彼は女がうんといえば大抵のことは男も承知する、そのカテゴリーだった。

「これから先の観光はタクシーにしませんか、時間も自由になるしバスの行かない場所も案内できますよ。それに二人きりになれるし」

運転手の説得は要を得ていた。これから指宿観光ホテルにはまだ間がある。後は値段の交渉である。

都井岬は時間の都合で無理なので、高千穂やその他の地を巡ることにした。俊夫が堀切峠を見損なった件を話すと、運転手は二度とこんな機会はないから、心に刻むものを記憶していたほうがいいと、忠告され納得がいった。

そのそうめん流しの場所は雰囲気のいい、渓流沿いにあり新婚さんで満員だった。普通そうめん流しというと、竹を半分に割った長い先からそうめんを流すのだが、ここは丸い機械の中を冷たい水が巡回していて、そこにそうめんを流す仕組みになっていた。

何かそこだけが御伽《おとぎ》の国のようで、こどものくにを見物した二人には夢の続きのように見えた。

指宿観光ホテルは九州の南端にある行楽地にあったが、砂風呂で有名な場所でもあった。美奈は俊夫にこのホテルで髪のシャンプー、リンスと結い上げてもらうから、当分一人で過ごすよう言っていた。美容院に予約を入れていたので、美奈は着替えてすぐ内接の美容院に向かった。俊夫は取り敢えずホテルの施設案内で、時間潰しになりそうなものを物色した。砂風呂もいいなと考えながら俊夫はパンフレットやホテルの従業員の勧めもあり、風呂を巡ることにした。俊夫は部屋にとって返すと、水泳パンツを探した。

美奈は久し振りの洗髪に身を委ね、気持ちよく結い上げに注文をつけながら悦にいっていた。美奈は今日も俊夫が自分を襲って来るだろうことを予想して、憂鬱になっていた。出来れば髪のセットは壊したくない。美奈はいい加減にしてほしい気持ちと、チョビットは喜びを与えてくれた俊夫に、またそうしてくれるのを期待する気持ちとが交差して、複雑に気持ちは揺れていた。

俊夫さんたら、わたしが気を逸らしている隙に、あんなことするんだもの。割れ目から内部にかけて舌を尖らせて入れられたときは心臓が止まるような快感があったわ。

一方、俊夫は呑気なものだった。水着は着用禁止だったので、新しい浴槽の度に一々パンツを脱いでいた。その度に俊夫は下半身の異常が気になった。亀頭の先が痛むのだ。多分美奈とのたび重なる性行為で彼が無理を重ねたせいなのだ。彼は美奈を見るとつい自分のものになった美奈の肉体を、記憶にある見事さを連想し手が出てしまうのだ。今でもあんな凄い曲線美の美奈を思い浮かべると、涎《よだれ》が出そうになる。何故、美奈が俊夫に与えることを覚悟したのか未だに謎だが、とにかく美奈は俊夫のものなのだ。それだけじゃない。俊夫も美奈に接する毎に新しい発見や、技巧を学んでいたが、美奈もそれに確実に反応し始めている事実もあった。俊夫はそれを思うとついニヤニヤして締まらなくなる。昨日は美奈の下半身を探検した成果が、俊夫をその気にさせる。臍近辺の美奈の肌の肌理細かさ、その下の恥毛の森が剃刀で剃り整えられているのが見えてくる。この先はいわゆるビーナスの丘と呼ばれる湿った場所になる。美奈のそこは閉じたままで触れるととても温かだった。俊夫は美奈の秘部を眺める余裕はなかった。彼はそのことは心残りだった。

俺さ体力がないのかな。立ちくらみがするんだ。我慢も出来ないし、胃が丈夫じゃないから食欲も湧かないし、しかも俺の息子頑張り過ぎて亀頭に擦れが出来て痛いや。なんとかしなくちゃ。

俊夫は美奈の姿が目に入るとすぐ押し倒したくなる煩悩が、むくむく起こり、気がつけば美奈の中に押し入っているのが、ここ何日かの日々だった。それに女性の全裸、それも俊夫が春本で盗み見するヌード写真から推測しても、美奈の裸体は遜色ないほど見事だった。それに目の前に恥ずかしそうに身の置き所を無くしている彼女が、見られないようにか、隠すように悶えて、白い肌をピンクに染めている姿は、色っぽく可愛らしくて、無理してまでも挿入すると、美奈は体を一瞬ビクッとさせ、俊夫のマラを受け止め、深い溜め息と苦痛の表情と、安らぎに似た喜悦が顔に溢れるのが俊夫にはたまらない気持ちだった。それだけではなく、俊夫が美奈に愛撫を与えれば与えるほど彼女の反応は広がり、深くなっていくのが手に取るように分かり、俊夫も苦労の甲斐があったと痛感していた。これから美奈を揉みしごけば別の発見があるので、俊夫はもう美奈が愛しく欲しくてたまらなかった。俊夫は美奈の肉体に溺れ他の考えは消えてしまっていた。なんとしても今日こそは美奈の秘部をよく観察したい、もっと触ってみたいと張り切っていた。

そういえば、美奈の胸なんかはっきりどんな形してるのか質問されても答えられないや。

もっともっと美奈の体探検するぞ。でも参ったな、こんなにズキズキ痛むものな。

流石の俊夫もこの湯巡りは、湯当たりしてのぼせてしまった。部屋へ帰って俊夫は体を鎮めたいと戻って行ったが、美奈はまだ美容院にいる様子だった。俊夫は裸のままベッドに横になった。遂に砂風呂は入り損ねたが、もう彼にはその気がなかった。暫くすると廊下に足音、美奈だ。俊夫は慌てて洋服を着た。

美奈は美容院の人たちと雑談しながらシャンプーをしていた。なにしろ長い髪で量感もあるので、とかすのも一作業だった。美奈は毎日それを梳《くしけず》るのだが、油断すると枝毛が出来たりするので要心が肝要だった。美容院のスタッフは美奈の黒髪を誉め称えた。最近パーマネントをかけるせいか、髪の色を栗色や茶色に染める女性も多く、美奈のように長く伸ばしているものは少なかったが、女性の憧れはやはり緑の黒髪だった。

「こんなに長いと髪の根元が痒くありませんか」

「雲脂が酷いわ、塊がオデキみたいになってるの」

「奥様は美容院でケアなさってらっしゃらないんですか」

美奈は奥様と呼ばれて顔を赤らめた。「時折椿油で髪をとかしてるくらいかな」

「そうでしたわね、ご新婚さんでしたわね、深木様」美奈は深木様と呼ばれ益々顔は上気し、嬉しくてついにこにこ顔になった。「どちらにお住まいですか」

「長野の信濃大町よ」

「駅前の草薙ビルに『サロン・みずき』という店が五階にございます。私共の店と提携しておりますので、是非ご利用下さいませ」

美奈は仰天した。草薙慎一郎のビルに真田みずきが店、それも美容院を経営していたなんて、寝耳に水、青天の霹靂だった。

「みずきって、真田みずきさんでしょ」確信をもって言った。びっくりしたのはオーナーだった。

「ご存じですの？」美奈はどう答えていいか憂慮した。ただ彼女は黙って頷いた。「草薙様とはもう十年近いおつき合いをして戴いておりますの。真田さんは前田様の後ろ盾でお店を開店しましたの」美奈は不思議なこともあるものだ、と疑問の尾羽を広げた。父も俊夫にそんなこと言った様子がない。草薙には大分久しく会っていないが、案内状くらいは届ける筈である。もっとも草薙にも前田にも俊夫と美奈の結婚に、二人ともその連絡を抑えていた節はあった。

「草薙のおじ様と知り合いなの？　わたしおじ様から聞いたことないわ」

「草薙様をおじ様と？　ご親戚で」

「わたしの幼い頃からの通称よ。おじ様には娘のように可愛がってもらったわ」美奈はここまで勢力を伸ばしている草薙グループに感心させられたが、またそうでもないかもしれなかったが、そんなことはどうでもよかった。

美奈は話しているうちに、真田とオーナーが知人で、たまたま彼女が信濃大町に骨を埋めることになっただけのことだと知った。その町の実力者である草薙とは、真田につき添ったので本人にも会っている。それに美奈はしたり顔で自慢を述べる女ではない。話はそれで途切れた。美奈はこうして幸せな新婚旅行の最中にも世の中は動いている、そんな観念に囚われていた。美奈は髪を結う段になっても佐伯オーナーの話に乗らなくなった。

　美奈は髪の結い方にはかなりの注文をつけた。美奈は自分がどうしたら美しく見えるか信念をもっていて妥協しなかった。それは俊夫のためではなく美奈の美への探求心で、鏡を見て納得して気持ちを入れる。佐伯は比較的美奈の要求に従ってくれ、美奈は満足して立ち上がり全体のバランスを、鋭い視線で眺めて気持ちを強めた。美奈はハイヒールの靴音も軽やかに部屋に向かった。俊夫がダウンして寝転んでいたなんて知らずに。

　俊夫はいかにも机に座り何かしていたような態勢を繕った。美奈がドアを開けると俊夫は待ち兼ねた姿がお互いにあってほっとした。美奈は一際映える衣装に身を包み、髪を結い上げたばかりの仄かな香りと、九センチもあるハイヒールを履いているので、より一層引き立ち申し分のない艶姿だった。こんなに素晴らしい美奈を人の目に晒さない手はない。俊夫は歩き疲れ湯当たりして体調はめろめろだったが、ラウンジにいってコーヒーくらいはつきあえそうだ。美奈も俊夫だけでなくもっと多くの男性に見てもらいたい気持ちが強く、それと同様にドレスを見せびらかしたかった。

　美奈は俊夫と腕を組んだり、手を握りあったりしなかった。美奈は美しく着飾った女としての華やかさを認めてほしいからだった。それに美奈が高いヒールの靴を履き、髪をアップに結い上げると、俊夫の背丈より高くなってしまうのも理由の一つだった。美奈が歩くと洋服が軽やかにハーモニーを奏でるように動き、それが何ともいえない淫らな気持ちにさせる裾回しに、俊夫は着る人によってドレスも進化し、着た人そのものの人格や外見を変えてしまうのに驚嘆していた。それに結婚して美奈の意識は究極の変貌を遂げつつあった。美しくなりたい、美しくしていたいという欲求は無限に美奈の心を覆い、広がりは果てしない大きさになって続いていた。美奈は俊夫が自分の肉体を欲するなら、与えるなら彼女の完璧な女としての美、美しく柔らかで艶やかな肌、バストは高くそそり立ち豊かであり、ウエストからヒップまでのなだらかな曲線、脚の太股は太く膝に至って細くなり、足首は締まっている、その体型を維持するのでなく、より磨きあげ理想に近づけることが、美奈の課せらせた使命に思えた。それなら美奈は最大の武器である女を磨くことを強く決意したのだ。男が、俊夫が望むなら、それは不可欠のものになる。美奈は自分が美しいだけでは物足りない気がした。髪型や化粧でも印象はがらりと変わる。まして衣装は巧みに己の肉体を隠し、また見せるには打ってつけの武器である。それは幼い頃から男性にちやほやされ相手にしているうちに、美奈が身につけた本能のような、男性の好みへの嗅覚みたいなものだった。美奈は愛嬌もいいし、顔は大人びていて上品だが、性格は気さくでさっぱりしていたし、金持ち振らないのが何といっても魅力の基になっていた。この頃の美奈は正に魚が水を得たように、俊夫という対象物の影響で、美的感覚がより一層磨かれたのは確かだった。美奈の今日の出で立ちは純白のドレスだった。透ける素材のシフォンを使用し、幾重かに重ねられたその服装は、うまく美奈の曲線を現したり隠したりしていた。ペチコートを彩りに赤、青、ピンク、黄色とそれが風に揺れると花が揺れているようだった。彼女はゴテゴテした衣装はあまり好きでなかった。これ程の色彩を使用しても、ゴテゴテせずむしろすっきりしているのは、美奈のセンスの良さだった。

ダサい俊夫とどこかのお姫様のような美奈との取り合わせは、ラウンジで並んでコーヒーを飲んでいても不釣り合いだった。

「疲れてるのに、わたしの相手させて悪いわ」

美奈は俊夫が窶《やつ》れた格好なのを憂いた。いいわどうせわたしがコーディネートして、ちゃんと立派な紳士にしてみせるから。

「美奈は鮮やか過ぎるから、嬉しいというより、もったいないみたいで」

「そんなことといって俊夫さん、その割にわたしを触ってばかりしているわ」

俊夫は核心を捉えられむっとしたが、急に方向転換した思考が、その思いを吹き飛ばした。

「だってさ、美奈が魅力あり過ぎるのがいけないんだ」俊夫は美奈の言葉を制しながら別の話を始めた。

「今の美奈の話で『長短』って落語の話を思い出したよ。美奈は落語なんか知ってる？」

「木馬座に連れて行ってもらったことはあるけど、落語はあまり記憶がないわ」

「江戸時代の話だけど、ある大店の跡継ぎは娘だったので、そこの主は婿を迎えることにした。娘は父親に全任していたが、やがて働きものの番頭を娘の婿に決めた。その男は何しろ働き者で商売も上手く行き、夫婦仲は睦まじく、人も羨む程だったが半年も経たないうちに若旦那がぽっくり逝ってしまい、泣く泣く葬儀も済ませた。だが旦那は娘がまだ匂うように若く、このまま後家では可哀想と、今度は体格も逞しい男を選んだ。この二人の夫婦仲は睦まじく、仕事も順調だったが、この男も突然半年も持たず死んでしまった。まあ、そんな話をその屋敷に出入りしている大工とそこの大家が話をしている。なんで娘の旦那が若死にしたのか大工が大家に聞いている。

『そこの娘は美人なんだろ』

『ええ、そりゃ水も滴るようないい女で』

『なるほど、そりゃ短命だな』

『どうしてです』

『冬の夜長に二人が炬燵なんかに入っている。外は寒い北風だ。寒い寒いといって炬燵の中に手を入れると、お互いの手と手が触れ合う。そして互いの顔を見つめる、そりゃ短命さ』

『だからどうして旦那は短命なんで』

『互いに見つめ合うだろ、娘は震いつきたいような別嬪だ、つい手を取り、娘を押し倒すだろ。毎日毎日そうだから堪らない』

『するてーと娘が美人だからつい手を出しての短命というわけで』

『まそうだな』

『じゃ女房が不細工だとどうなるんで』

『そりゃ男も手を出さないから長命だな』

　男は家に帰り、設けてあった炬燵に入る。すると女房も炬燵に入る。男は自分の女房をつくづく眺めて言うんだ。『ああ、俺は長命だ』って」

「ま」美奈は吹き出した。美奈は男ってものの本質を理解した。美奈は俊夫を他の女に迷わせない自信はあった。しっかり俊夫を虜にして離さない。わたししか女は見えないようにするわ。でもねーああしょっちゅう私の体を弄るんだもの、セックスってそんなにいいものだとは思えないわ。でも子供はああしないと出来ないんだわ。俊夫さんの子供は欲しいわ。わたしたちの子供って、やっぱり俊夫さんみたいにやんちゃなのかしらね。

「じゃ俊夫さんはどうなの。美奈と一緒じゃ長生きかしら」滋養にいいものってなにかしら。それでまた元気づいてわたしを襲ったりしても困るけどでもいい子が欲しいもの。

　結婚当初から重荷を背負っている俊夫は、その運命に立ち向かい成し遂げようと決心していた。こんな美形の妻を娶ったからにはそれに相応しい対処が必要なのだ。しかし美奈の問いに答えは見つからない。俊夫は美奈の顔を見ているだけで幸せだった。

　珍しくクラシック音楽が流れていた。バイオリンの音に俊夫は耳を傾けた。演奏者は古い録音らしいので定かではないが、シゲティの様子だった。心を洗われるその演奏は深く俊夫の胸に刺さった。必要なものしか音に出さないから彼の音色は貧しいように聞こえる。時折弓を引く手が不協音を奏でて聴者を驚かす。俊夫の感性にも合い、今の彼の心境を示す音に複雑だった。

　俊夫という連れの男がいるにもかかわらず、声をかけきっかけを作ろうとする不届きな男もいたが、美奈は俊夫がいても男たちとお喋りをして、美奈の美しさを褒め称えるのを聞き、平気でその美辞麗句を反復して言わせはしゃいでいた。頃合いを見計らって俊夫が男共を追いやると、美奈は焼き餅？　というように俊夫を流し目で見て、平常に戻っていた。

「馬鹿な人たち」美奈の反応はそんなものだった。美奈は俊夫の手を取り頷きそれが謝罪の印《しるし》らしく、彼女は歯牙にもかけず俊夫のエスコートを要求した。美奈は派手なパフォーマンスを俊夫に課して、二人の仲を見せつけようとした。はた目には仲睦まじい所業は熱々の新婚そのものだった。だがどうみても俊夫は美奈の相手として刺し身のツマみたいで、惨めだが俊夫は嬉々として、蟷螂《かまきり》の牡みたいに彼女についていった。

美奈が行くところ話題が豊富で、男は彼女に声をかけるが、客の多さも手伝ってその割合の頻繁なのが目立った。美奈は自分に関係ない人間には努めて丁寧で親切だが他意はなかった。美奈は人前では疲れた顔は絶対に見せない。美奈の凄いのは作り笑いをしないということ。人の選り好みはしないこと。俊夫は人とのつき合いで自分を繕うことなど出来はしなかった。

俊夫と美奈は部屋に戻る道すがら、絆が二人に備わらない溝や、互いに未知の世界の広大さを知って無口になっていた。男と女というだけの違いが、更なる二人の理解し得ない無限を、肌を許しあった時から、無数に引きずる怨念が生まれいずれ二人に覆い被さる、見果てぬ夢が希望でなく、もっと赤裸々な現世の血で血を洗う血生臭い、人間同士の生き残りゲームの始まりなのであった。だが当の二人は気づいていない。

美奈は風呂に入っていた。俊夫はゆったりとして、パジャマに着替えていた。空気調整は快適で、寝室も程よい暖かさだった。神戸のホテルの天蓋付ベッドに比べれば見劣りするが、ダブルベッドとしては隣が気にならない振動が少ないもので、かなり良質のものだった。まだ時間も早いので、俊夫はゲームをフロントから借りてきた。美奈が何というか見当もつかないので、彼女に選ばせようというのだ。美奈はゆっくり風呂に入るのが好きで、カラスの行水の俊夫とは対照的だった。美奈は化粧室に行き、どのネグリジェにするか悩んだ。パジャマでもいいのだが、俊夫は承知すまい。だが俊夫を刺激するのも問題だ。美奈はそれはそれを念頭において寝間着を選んだのではないが、結局はそうなった自分の浅はかさに悔いが残った。流石ベビードールのような寝間着は買わなかったのは幸いだった。シースルーの悩まし気のものばかりで、迷うというより困り果てた。美奈は極彩色のドレスのような豪華なネグリジェに決めた。シースルーなのだが、生地を重ねてあるので光線の具合によっては、時たまはっと思わせるが素敵な衣装だった。美奈が俊夫のいる居間に現れると、待っていた俊夫は大歓迎だった。俊夫は美奈のいない時がありえないような状態になっており、淋しくて何もする気がなかったところだったからだ。美奈は俊夫に抱き寄せられながら、俊夫の用意したゲームの数々を俊夫の肩越しから覗いていた。美奈は俊夫が自分の体を貪るのを制止してうまく擦り抜けた。俊夫は息子が赤く爛れているのに、また疼くのには彼自身も呆れたが、美奈を見るとそうなる習性がもうなりたっていた。

「もう、俊夫さんたら、駄々っ子みたいなんだから。お預け」美奈はふざけて俊夫に胸を高く寄せて見せた。美奈の量感のある乳房はネグリジェの上から透け、見事な曲線を作っていた。もの欲し気な俊夫を尻目に美奈はベッドに花札を手にして座った。誠に行儀の悪い仕草だが、俊夫は欲求をそそられ未練がましく、目で美奈を追っていた。

「俊夫さん、花札で何が出来るの？　めくりなら知ってるわよね」

俊夫は何のことか理解出来ない。

「アカタン、アオタン、とかなら分かるけど」美奈は札を切り始め、二つに分けている。また別の場所に何枚か表にして、その中央に札を置いた。

「こうやってゲームを始めるの。知らないの？」俊夫はどんなことをするのか見当がつかなかった。美奈は呆れたという表情がちらと掠めたが、呑み込んで言葉にしなかった。俊夫は友だちや家族等の集いに遊びをしたことがないらしい。それが美奈には信じられないことだった。美奈も孤独な少女時代を過ごしている。一人遊びが多かったし友だちもいなかった。しかし彼女は色んな集まりの中で、遊びながら人とつき合う方法を身につけている。いやむしろ大抵の人がそうして人と接する法を学んでいくものだ。それが欠落している俊夫は変わり者というレッテルを貼られても仕方がない人間だった。美奈は俊夫にゲームのやり方を説明した。俊夫も説明を受けているうちに、粗方のことは記憶を取り戻していた。美奈は胸を始め無防備で丸見えだし、足から太股や奥深いパンティも丸見えで、俊夫はそれに気を取られて身が入らないので、美奈にたしなめられ体を叩かれたりした。あられのない美奈は隠そうとはしなかったし、平気を装った。美奈はゲームに溶け込むと夢中になり体そのものも露であった。俊夫は美奈のように花札に打ち込めず、美奈の裸体を盗み見してばかりいるので、美奈は嫌気がさし俊夫を突いた。俊夫は美奈のその態度に乗り、美奈を擽った。美奈は笑い転げて俊夫の脇腹を狙い擽った。そうなるともうゲームは中断し、花札は投げ捨てられベッドに散らかった。俊夫は美奈が擽られるのが苦手と知って美奈を攻め立てる。一方美奈も俊夫が意外に擽りに弱い場所を発見し、お互いにベッドの上で隙を見つけての小競り合いになった。こんな痴戯を繰り返す二人はじゃれあっている子犬みたいだったし、美奈も俊夫も時間を忘れて相手を擽る機会を狙っていた。時たま美奈は俊夫に襲われ腋の下を擽られると奇声をあげた。俊夫も美奈の強引な攻めに逃げる場所を失い、いいように擽られ七転八倒し悶え苦しくなった。俊夫が美奈を追いつめる場面もあった。美奈は俊夫に瀬戸際に立たされると、俊夫を抓《つね》ったり噛みついたりして、逃れようとした。それが切っかけになりまた擽り合いは盛り返し、遂には二人ともベッドから落ちてしまった。しかし美奈の笑う声は収まらず、引きつけの症状を起こしていた。美奈も俊夫も笑い転げて息をあげた。美奈の胸は息で大きく揺れて俊夫は彼女の乳房の谷間に顔を埋没させた。美奈は笑いながら俊夫を迎え入れ、子供をあやすように『いいこ、いいこ』して、頭を撫でてあげた。俊夫もその美奈の愛撫で安らいだ。

「俊夫さん、わたしのオッパイ、いいでしょ」美奈は俊夫をもう子供のように扱い、優しい声で囁いた。俊夫は谷間に埋もれ幸せいっぱいだった。美奈の乳房は先程来のいさかいの後なので冷ややかだったが、温もりが蘇り温かくなり快適だった。

「美奈のオッパイ大きいからとてもいい、気持ちいい」

「俊夫さん大事に扱ってね」美奈の乳房の香りはたとえようのない、仄かな甘酸っぱい匂いと共に伝わり、俊夫は大満足だった。美奈は俊夫をネグリジェの中に包み込み、寒くないようにした。美奈は床に絨毯が敷いてあるとはいえ、少しゴツゴツして痛かったがそのまま俊夫の好きにさせた。

「美奈」

俊夫は言葉が続かないが、美奈の乳房を見渡し、そそり立っている美奈の乳房の大きさに浸っていた。その世界は薄いピンクと微量なクリームと白、アイボリーが占める乳白色のなだらかな曲線がなすもので、その頂上には乳輪に載った可愛い乳首があった。俊夫のペニスは先程からいきり立っていて、制御のしようがないが、俊夫も勃起で痛いのと、亀頭の先を痛めたので、少し尻込みしている処もあった。美奈も笑い過ぎてそんな気分ではなかった。俊夫は何か損をした気持ちにもなったが、今日は止めるのが良策に思われた。美奈は起き上がってベッドに向かい、俊夫もそれに連れて美奈の隣に並んだ。顔を見合わせて二人は笑った。まだ美奈は擽ったさが残っている。俊夫も力が湧かない。思い出し笑いをして二人はそのままの状態が続いた。また互いの体を触ろうとすると、擽ったくてたまらなかった。雰囲気はぶち壊しになるし、眠気も覚めてしまいまた花札をやり始めた。最初は何をしても擽ったかったが、熱中するとそれも消えた。勝負は到底俊夫は美奈に敵しないのは明らかだった。美奈は俊夫に言ってなかったが、従姉妹の康子は賭博を商いとするやくざの人間と所帯をもっていたが、その従姉妹からかなり手ほどきを受けたことがあったのだ。八代の父が結婚式にも招待しなかったのは、それもあるが従姉妹の亭主が死んだ今は、従姉妹が遠慮したのが実態だった。それに従姉妹から俊夫に紹介するには交際も途絶えがちな現在、日を改めようということで今に至っている。

美奈は沙耶加叔母も花札がうまいのを思い出した。八代の家系は父母を除けば賭け事が強いのかもしれない。俊夫はまだ賭け事はやったことがなかった。学生時代よく仲間同士が群れてマージャンをやっているのを目にしたが、俊夫は競馬、競輪、競艇、それどころかパチンコもやったことがなかった。結城は趣味があってつき合っているが、賭け事の話をしたことがない。大下は金に困るとパチンコで稼ぐといっていたが、俊夫を誘ったりしなかった。彼は生活を賭けてパチンコをしているのであって、遊んでいるのではないからだ。いくらやっても勝てない勝負に俊夫は飽きてきた。美奈も俊夫が下手でつまらなかった。持て余し気味の時間潰しに頭は冴え、体も冷えてきた。二人は下のバーで酒を飲むことにした。俊夫も美奈も今日の営みは中止と暗黙の了解がその結果だった。

二人は着替えてバーカウンターに向かった。かなり混み合っていたが、譲り合って席を確保した。それも先程の美奈の愛嬌溢れる態度で望んだ交際が、何人かの顔見知りとなって美奈に好意を持ち、席を作ってくれたのだ。

俊夫はレモンハイを注文した。美奈もそれに従った。

「お勧めは何かな」

「鹿児島に来てさつま揚げを食べない手はないですよ。それに焼酎は薯をお湯割りでいかがです」

「そうしてもらおう」俊夫は店長の勧めに従った。

美奈はなぜかこういう席は初めてといってよかったが、その雰囲気がたまらなく素敵に思えた。美奈の飲む場所はこんながさつな場所でなく、レストランとかクラブで、居酒屋は俊夫にも連れて行ってもらった記憶がなかった。店長は美奈の目の前に大きなコップでクリームパフェを作って差し出した。

「この店が開店して十年、それ以来奥様のような美人がお出でになったのは初めてです。これはそれを祝うサービスです」

「ま、お上手なのね。でも嬉しいわ」

美奈は褒められて悪い気はしない。それだけではない。周りの男共が、その店長の言葉に同調し拍手や野次を美奈に浴びせたのだ。

「そうだ、そうだ、全く、奥さんみたいな美人は初めてだ。全く旦那が羨ましいぜ」

各人が美奈をちやほや褒めちぎり、美奈は俊夫も自分をこのように褒めちぎってくれればいいのにと、俊夫を睨みつけた。

美奈はそれで他の男との交流は無視した。美奈は俊夫を必要としているからだ。店内はざわついていて会話は無理だが、二人には必要なかった。寝酒になればいいのでと思いつつ、二人は深酒をしていた。帰るころ美奈はご機嫌で、俊夫にしがみついて部屋まで歩いていった。

美奈は自分で洋服を脱ぎ、寝間着に着替える気力がなかった。俊夫は美奈の服のボタンから外した。ボタンに押しつけられたバストが前に飛び出し、キャミソールからはみ出した。俊夫は悪戦苦闘の末ドレスを脱がし、下着もそうしようとするが、その操作が複雑で思うようにいかない。風邪を引かせてはならない、でも美奈の肉体をじっくり眺める絶好の機会なのだ。ブラはホックがすぐ外れ後はパンティだけになった。俊夫は思わず喉をゴクッと鳴らし、生唾を飲み込みいざという時に、美奈が目覚めた。それが引き金になって美奈のパンティはスルッと脱げ恥毛が姿を現した。美奈はまたそのままの格好で倒れてしまった。しまったという感情と、しめた！　という思惑が交差して俊夫はベッドの明かりを強めた。美奈は全裸で眠っていた。俊夫も泥酔に近く、気は焦るが体の自由が利かず、彼もその場に倒れ込んでしまった。

　それはそれとして結果はともかく、成り行きでそうなってしまった二人だが、その夜は破廉恥なものになり、問題はそれを悟った二人の朝の後始末が喜劇だった。美奈は何も身に着けていない生まれたままの姿に、あわてふためき、記憶が全くないのが癪の種だった。裸にしたのは俊夫しかいない。それはいい。問題はその先のこと、もう終わってしまったこと、でもでもでもでも、まさかまさか、やだ、どうしてばか。美奈はパンティを見つけはく。としおさんのいいようにさせちゃって。美奈はボディースーツを着る。美奈は落ち着き始め、安心する。よかった、油断も隙もあったもんじゃないわ。美奈は自分の失敗を棚上げしていた。今日、うちに帰れるのね。物凄く長い日々だったわ。憂鬱だな俊夫さんのこと、どうしたらいいのかしらね。拒めば怒るだろうし。このごろ俊夫さんわたしを見る目つきが変わったわ。俊夫さんはいいかもしれないけど、わたしの身にもなって。一層のことねだってくるんだから。俊夫さんの気に入ったようにわたしが操るしかない。あんなにわたしの体を欲しがるんだから、むしろ誘うような下着でも探そうかしら。きっと涎を流し喜ぶわ。問題はそれからよ。わたし俊夫さんのおもちゃじゃないもの。あんまり自尊心を傷つけないように、それにわたしが気にいったようにすればいつか嫌いじゃなくなるわ、きっと。

　美奈は知らん振りするに限ると鏡に向かった。俊夫は自分も裸のままだった。美奈が起きているのは気配で分かった。美奈の目は鏡に釘づけだった。忍び足でトランクスをはいた。後は急いで服装を整えた。甘いと言う新婚旅行も今日でおしまいである。二人にとって甘いとは少し違う旅行だった。

　美奈は化粧が終わると顔つきが変わる。俊夫の服装を点検し修正しいざ出発である。昨日の他のことは埋没させていた。

第七章　帰郷

1

開聞岳と池田湖、磯庭園と鹿児島の名所巡りはそんな処を西鹿児島から始まる。磯庭園には寒桜が咲いていた。カメラの被写体になるのが嫌いな美奈は、俊夫をてこずらせた。旅も二人きりでもう一週間になる。別に互いに飽きたのではないが、新鮮味に欠けていた。二人が他のカップルと違うのは馴れ馴れしいことがないことだった。人からみればよそよそしい感じもあるが、それが二人にとって普通なのだった。運転手にカメラを託しても、肩を抱いたり、イチャイチャすることもなかった。美奈は帰郷に向けてリラックスした服装にしていた。俊夫は昨日の美奈との交わりを回避したおかげで、すっかり体力も回復し、亀頭の先端の擦れも失せて、元気を取り戻した。無茶なことをした報いだと俊夫は反省しきりで、独走しないよう心がけるつもりになった。天気は安定した晴れで半日鹿児島市内を観光した。美奈はお土産屋に立ち寄る回数が多くなった。父母にはもう決めて配送を依頼していた。俊夫の買い物も美奈が一手に引き受け、大抵は帰りの荷物にならぬよう、宅配便を利用したが、自分たちの記憶を呼び戻す名所のポストカードも買い加えた。多恵子には手紙も添えてもう送ってあった。真砂子には散々悩んだ末珍しい民芸品の数々を送った。沙耶加には葉書で様子を書き流しで伝えてある。どうせ叔母には会いに行くが、土産なんか望んでいないから、彼女の好物のつぼ漬をもって行けばいい。それは吟味したものをホテルの支配人の推薦もあって揃えている。みちこは顔に似合わず可愛いものが好みで、真砂子の品を買うとき人形を買った。美奈がどうしようと悩んでいるのは美沙登のものだ。美奈も美沙登が土産を買って行って喜ぶ人間ではないのを知っている。だがこれは記念品だ。美沙登とは一番の親友になった美奈だが、さて買うものとなると見当がつかない。美沙登は体調を崩し、ブティックを退職する危機が訪れている。以前のように体型を保つことができない体質になってきたのだ。美奈はまだ美沙登から打ち明けられていない。美沙登が新婚の美奈に暗い話をしたくなかったこともあるが、美沙登の気持ちが美奈から距離ができるようになっていたのだった。美奈はそれも気づかないでいる。俊夫もまたあれほど美沙登と親しい関係にあり、二人が結ばれると感じた人も多かった筈だ。それなのに俊夫は美奈に全神経を注ぐようになって、彼の中で美沙登の地位は失われつつあった。だから俊夫は美沙登が危機的状況なのに気づいていない。それどころか最近の彼は、美沙登に冷たく無神経だった。美沙登の土産に悩む美奈に助太刀をしようとした。だが俊夫も美沙登の土産となると疑問符がついた。結局美奈は鹿児島の風景をあしらった暖簾を選んだ。壁かけのようなペストリーも捨て難かった。美奈は実用的なものにしたのだが、俊夫も判断がつきかねた。

「美沙登には会いに行こう、ご無沙汰だからな」二人は日頃の非礼を恥じた。二人には大事な友だというのに。旅行も終わる寸前になって、現実の扉が開き始めた。美奈はその一番先端にいる。俊夫が性器に擦り傷を作ったように、無恥故の清潔さを無視した性交渉は、美奈の秘部に影響を与え、腫れているのみでなく痒みを伴った出来物が出来痛かった。それは恥ずかしく俊夫に伝えられず、悪化して医者を必要としていた。美奈は医者にかかるくらいなら死んだ方がましだというほど、その部分の爛《ただ》れたのを誰にも見せたくなかった。時折性器の外器にパンティの布が触れるとヒリヒリするのが嫌でたまらなかった。俊夫は亀頭の擦り傷は治ったものの、扱いが乱暴であったのか炎症が残り万全でなく、炎症が疼いていてやはり医師の治療を必要としていた。二人は救急車で病院に運ばれた男女のペアを思い浮かべ、大した差がないのにがっかりした。まさか自分らも不測の事態になりうるとは、想像だにしなかった。だから観光していても、関心が湧かないし気もそぞろだった。こういうときは必ず大きな失敗をしでかすと用心しながら事を進めた。それは美奈が直感で感じたことで、俊夫の預かり知らぬことだった。俊夫が主流なのは最早セックスのみであって、美奈の支配下に彼が吸収されたのは明らかだった。それだけではない、俊夫は美奈の肉体なしでは過ごせない体になってしまっている。美奈の言うことならなんでも承知してしまう体制が出来上がりつつあった。美奈が無意識に意図したのはそこであり、自然の流れになっていた。美奈は美意識の強い俊夫に手助けしてもらい、洗練され垢抜けた女性にコーディネートしてくれるのを待つことにした。以前俊夫が選んだ真っ赤な革のマイクロミニを主体にしたセンスはなかなかのものだった。美奈はミニをはくなら今しかない、年齢による脚の膝裏の静動脈の筋が浮き上がった時がミニをはく期限と決めていた。美奈はそれを三十としていた。美奈は膝頭の皿の部分を磨いているからくすみはない。だが、後もう少しミニは保留であった。見せパンも幾つかは取り揃えてある。美奈は単純に買ったのだが、俊夫が自分を裸にするなら、下着は刺激があって、彼が脱がしたくなるものにしたほうがいいに決まっている。それを彼に見せつけ自分の裸体の美しさを強調したかった。涎を流す俊夫を自在に操るのには、少しずつ肉体を晒すのがいい。俊夫が襲いかかってきたら、それが勝負の分かれ道で、彼を従わせるのは美奈の手腕である。美奈は己の裸体が俊夫を釣る餌になりうるのを知った。それに俊夫だけ満足して、美奈はされるままの立場に不満があった。といって俊夫にそうされるのに、仕方ない夫婦になったんだものという感想しかなく、快感そのものもないが、それより美奈の感情を無視して執り行われる営みが、なにより不満になっていたのだ。美奈は俊夫が彼女のいいなりになるのが分かってから、寝室内は勿論社会的にも美奈主導にしようと思った。

観光を終えて鹿児島空港に向かい、二人は浮き浮きしていた。帰りモードになって、現実が俊夫の頭を掠めた。明後日は仕事に復帰する。俊夫は頭で会社の予定を暫時回想すると、予想外に忙しくなる。それに旅行もあるし、俊夫は反芻しながら『ええと。日にちは、えっ？』俊夫は記憶の間違いかと、もう一度記憶の糸を辿ると、彼の記憶に誤りがないことが分かった。

「美奈、家に帰ったらすぐ会社の慰安旅行だよ」

「まあー、あの旅行こんな時期だったの」

「そうなんだ、休む暇もないな」

「わたしも行くんでしょ？」

「その約束だからな。会費も本橋に払ってあるし」

「人数はどのくらいになるの」

「親しい連中ばかりだから三十人ほどかな」

「美沙登はどうなの」

「彼女は資格がないからな。良男、真砂子も駄目、本社の人間だけさ」

「いずれにせよ、慌ただしいわね。でもわたしたち冷やかされない？」

「真山なんかはっきりしてるから、何か言うかもね」

「丸山、いえ木幡さんも」

外の景色は空港に近づいている様子である。運転手もそう告げていた。慌ただしい新婚旅行も終わりである。二人にとって忘れられないものになるであろう。美奈は娘から女に変貌したことで、良くも悪くも彼女の精神を変え、美奈のような性格の持ち主が陥る、一途の思いが今後を大きく作用するのは間違いなかった。俊夫にとっても美奈の体を抱き、その素晴らしさに溺れ気持ちがそこに集中して、手につかない状態になって常に美奈の姿を追っている有り様だった。

空港内でも二人の思いはそれに拘《こだわ》り、気恥ずかしく手を握る仕草も自意識が強くためらわれて、顔を見つめ合うのさえ憚られた。ぎこちない気持ちの流れは二人に通じ合い、傍目にも白けて見えた。旅行前と後では態度が後の方がよそよそしくなっていた。

窓際に美奈が座り、隣に俊夫が座ったがつい余計な事を彼が言ってしまった。

「あのプロペラが回っているのが見えるだろ。あれが止まったら飛行機は落ちるんだぞ」

美奈はきょとんとした表情で俊夫を見つめた。不安を募るこの言葉は更に気持ちの開きに差を開けた。寒々しい空気が流れた。こうなると新婚旅行の名も泣く様で、美奈は涙が出そうになって堪えた。確かにつまらない結末に二人は言いようがなく、飛行機は鹿児島を飛び立った。このままではいけない、そう二人は切っ掛けを探していた。

機内はなんとなく平穏が保たれ、軽食も出され雰囲気は爽快になりつつあった。俊夫も美奈も喧嘩というのでないが、どうも波長が合わなく仲を戻したい気持ちはあった。暗黙の了承でからりと晴れて元々は仲の良い二人、気が変われば人も羨む、いちゃいちゃした関係になる、男と女はそんな不思議な動物。まして二人は一線を超えた仲、その上二人は初めての異性。それが総て、それが生命。二人とも恋しくて恋しくて息がつまりそう。それが肉体関係と無縁なのもまだ交わりが浅いから。美奈は友だち関係のような結びつきを望んでいない。俊夫は大事な旦那様、それと美奈の肉体を利用して彼を動かすのは別の事。

「美奈、今度落ち着いたら行って見せたいものがあるんだ。是非にね」

「俊夫さんの好きなものでしょ」

「福島県に熱塩という場所があるんだ。そこへ行く国道の途中にこけしの工房があるんだ。ぼくの好きな作者でもあるんだけれど、こけしには系統があって、その弥治郎系の最後の後継者と目されている井上ゆき子の工房なんだ」

「こけし、いいわね」

「ところが由来は哀しい。東北の貧しい生活から生まれた知恵、そういうには切ない話だけど」俊夫はいわれを説明し始めた。

「こけしって、漢字で書くと『子消し』と書くんだ。貧しい農村では楽しみといえば、男女の交わりしかなかったらしい。だが避妊も知らない、掻爬《そうは》する金もない。生まれた子供を間引きするしかない」

「何その間引きって」

「生まれたばかりの赤ん坊の顔に濡れた布を被せ窒息死させるんだ。その子供を忍ぶのと供養するのに身代わりとしてこけしは作られたのさ。だからなのかその地区の未亡人になった女性は、そのこけしを陰部に挿入し疼きを収めるという」

「なんでそんな馬鹿なことするの」

「こけしが自分の息子の身代わりだから、愛情をもっているからさ」

「女って罪深いのね」

「いや、人間は生まれたことがすでに罪深いんだ。ただ主婦は体制に強く粘り強いからな。執着心の強さがそう思わせるんだろうな」

「そうこけしってそういうものなのね。弥治郎って人の名前なの」

「そうらしい。こけしって土地の名前、肘折、遠刈田、鳴子、土湯、みんな土地の名前だけど、弥治郎は土地の名前じゃない。そこから熱塩温泉へは分岐を右折すれば僅かなんだ」

「ふうーん、良さそうな処ね。猪苗代湖ってその近くでしょ」

俊夫は学生時代の登山を思い浮かべた。

「猪苗代湖には苦い思い出があるんだ。男三人で隊を組んで磐梯山に登ったことがあったんだ。親湯から登り始めて先頭は僕だった。ところが急登を登り切り岩場で砂利混じりの広場のような場所で、どう間違えたのかワンデリングしてしまい、見慣れぬ道に迷い込んでしまったんだ。ほんの数センチの幅しかないのに疑問を感じて、動物、それも兎らしき足跡が残っているのを発見して、獣道に迷い込んだのに気づいた。慌てて引き返し元の場所に下りると、今度は慎重に岩場のペンキで描かれた丸印を追った。その頃から生憎と靄《もや》が立ち込めて、視界が遮られ霧用の明かりが必要になってきて、頂上に向かうのも困難になりつつあったが、その内の一人が虻《あぶ》に刺されて脚を腫らし跛を引き始め、歩くのが困難になったんだ。頂上の鳥居に辿り着いたとき、全く視界はなく、しかも痛みを堪えながらの下山に、麓の国道に下りたときには、既に陽はとっぷりと暮れ、会津若松の駅に着いた時は地方線の悲しさ、終電はもう出てしまっていた。学生で金を余分に持てる身ではなく、帰りの交通費を除いた金額で宿と交渉したんだ。宿の亭主も快く迎えてくれてね。その翌日、猪苗代湖に来たというわけさ」

「俊夫さんは山登りが好きだから、慣れていたんでしょうに」

「あのころは南会津が気に入ってスキーも南会津へ出かけたよ」

「雪ケ岳には何回も登ったんでしょ」

「高校時代に沢井が計画したのが初めかな。美奈には言ったことないけど、山下洋子という人とつき合っていたころの話さ」

「そうか、そうなのね、俊夫さんあのとき憔悴しきっていたのは、その人が原因だったのね」

「その人は亡くなってしまったんだけど、悔いが残っていてね。あのころの僕って内省的で感情も本心も表さずにいたから、彼女を受け止められなくて冷たい男と思われて終わったのがね」

「上田さんってその人の友だちでしょ。さっぱりした方で素敵な人よ」

「大川吾郎って人が小松さんの葬儀に来ていたろう」

「ええ、その人の義理の兄でしょ。冴子さんがその人のお姉さんよね」

「知ってたのか、冴子さんは洋子とは全くタイプが違うからな」

「ううーん、良い思い出があって良かったわ。わたし俊夫さんと結婚が決まったとき、お母様にも言われて燃やした手紙があるのよ」意外な美奈の言葉に俊夫は聞き耳を立てた。

「中学校時代の同級生でクラスメイトだった人よ。中学を卒業してもつい最近まで手紙をくれたまめな人。わたしは返事を書いたことないの。わたしその人を好きとか嫌いとかいうより、手紙を書くのが苦手なの」俊夫は美奈が手紙を書かない理由をもう一つ知っている。美奈は達筆ではなく、金釘に近いせいだと彼は考えた。「その人、今クラス会をやるって張り切ってるわ」

「ほんと男と女って分からないな。今でこそ美奈が隣にいるのが不思議じゃないけど、あの当時、美奈が凄く高い存在で、手に届く処にいるように見えなかった。君が輝いて眩しいくらいだった」

「でも、今はわたし俊夫さんのものよね」美奈は俊夫と共に婚姻届を出しにいった日のことが、はっきり目に焼きついていた。あんなに嬉しくて嬉しくて夢心地の酔った状態を経験した気分を、味わえた瞬間を忘れはしない。俊夫はそんな事はとうに忘れている。

「わたしね、そのとき決めたことがあるの。結婚して初めての新年は、絶対丸髷を結うことにしたの。俊夫さんわたしが着物着るの好きでしょ」

「美奈は着物姿が一番奇麗だよ」まさか俊夫はその美奈の着物を脱がすのが楽しみだという本音の部分は隠した。

「だからそのとき着る着物決めてきちゃった、帯も」

俊夫はおいおいと口に出かかったが止めた。

「簪《かんざし》や櫛は借りることにしたの。またいつ結えるかも分からないから。ただ襟足が長くないし、額も富士額じゃないのが残念なの」

「自分の髪で結うんだろ」

「勿論、俊夫さん髪が長いのが好みでしょ。着物も着たいし、髪は切らないわ」

「美奈の髪は長くなければ駄目だ」

この時ばかりは俊夫も明言した。美奈の軽くウエーブのかかった髪の仄かな甘い香りを俊夫は愛していた。

「それに、俊夫さんの着る服もわたしが決めるわ。買い物には俊夫さんもついていきて」

無論俊夫に異論がある筈もなかった。素質からいうと美奈は俊夫より美的センスが鋭いものを持っているのは明らかだった。ただ補助的な助言や、忠告を的確に指示できるのは俊夫しかいない、それだけは確かなことだった。俊夫は批評能力が抜群で、美の世界の最高峰のものを見聞きして、品定めの基準を見る目が備わってきている。実際面では見定めができても、それではどうすればその価値を高められるのかは、彼にしか出来ない相談だった。俊夫は美奈の隠れている美意識を引き出し、更なるセンスアップを美奈に賦与するために、生まれてきたような赤い糸で結ばれた感があった。

「今度の旅行もわたしの趣味で行くわ。下着もね」俊夫は頭を掻いた。

「それにそのときわたしのも一緒に買うわ」

美奈は俊夫と話しているうちに、自分の家庭での持ち場が開けた気がした。

「そういえば」俊夫は出かけるという話で思い出した事があった。「メイドを断ったというのは本当かい」

「留守を心配したから思い出したの。心配ないわ、だって暫くは二人でいたかっただけ。無理と知ったら掃除だけでも手伝ってもらうことになってるの。昼間にね」

俊夫はハウスメイドとしての美奈の腕前を知らない。美奈はそれに言及したことがない。俊夫の不安はそこにあった。美奈は小松山荘での美奈の働きを見ていない証拠だと、敢えて口には出さないし言う女でもなかった。

機長は司令塔の着陸許可を待っているようだった。機内はざわめき到着を待ち望んでいた乗客がシートベルトを締めながら談笑していた。俊夫と美奈も背筋を伸ばし旅の疲れを癒やしていた。美奈は肩の凝りが鉛のように硬く首筋まで張っているので、俊夫に摩られながらうとうとしていた。俊夫は美奈が体を彼に預け、温もりを感じそれを受け止めて嬉しかった。

空港は底冷えする寒さで、はっきり時間を伝えていなかったので、誰も迎えのものはいなかった。もう、黄昏ていて淋しい感じの帰宅になった。空港からの車の中二人は終始無言だった。取り交わす会話はなかった。急に疲れがどっとでて、あとは成り行きまかせになった。

2

俊夫邸はその日深夜まで明かりがついていた。興奮状態でいるのは確実だったが、旅の整理が気持ちの上でつかなくてぐずぐずしていた。俊夫は頭が仕事に切り替わって、間もないこともあり雑念が入って、集中できず苛立っていた。美奈はベッドに潜り込んだものの、頭は冴えて眠気が起きないが、さりとて起きたら折角風呂で温まった体が冷えてしまう。ダブルベッドなので一人だと寒く、早く俊夫に来てほしいが、また手を出してくるのが悩みの種だった。俊夫は次の日は休みを取ってあったが、出社するつもりでいた。美奈は父母に無事戻ったことを報告するため、顔を見せに行くらしいから一緒である。俊夫は業務を離れていたので、確認作業をそのつど行い、気がつけば朝方まで書類に目を通し、微睡《まどろ》んだのはほんの数時間だった。

美奈はそんなことは気がつかなかったが、俊夫が布団に入ってこなかったので、不審には思っていた。朝食の支度が出来るころ、俊夫は目を真っ赤に腫らし書斎から出て来た。

美奈がベッドの上に背広やネクタイを置いてあると言うと、ものの数分で食事を済ませ、着替えにいった。彼女はエプロンを取り衣服と化粧髪形を直して、鏡で確かめていた。美奈は父母に会った後会社にも立ち寄る予定にしていたので、スーツ姿だった。地味な服装をしても、その華やかさは隠しようがなく、まして新婚旅行の残り香が満ちている今、まさに匂い立つ様はフェーン現象を起こしていた。俊夫はネクタイが美奈の選んだものとすぐに分かった。美奈が俊夫の待っている玄関先に行くと、彼女は俊夫に抱き締められた。「駄目、口紅が取れちゃう」美奈はキスを拒んだ。

「やっぱりそのネクタイ良いわ」美奈は俊夫のネクタイを点検しながら言った。

深木の家から会社までは歩くのに少し距離があり、自動車出勤は自ら禁止令を発令させている。自転車ならほんの五、六分だが、美奈と一緒じゃそうもいかない。二人は歩いて行くことにした。噂の若い夫婦の二人連れは近所の凝視の的だったが、火の出るような周りの視線に羞恥で顔を下に向けて足早に、近隣の興味の目を逸らしたが、それで満足する者たちではなく、結局会社への道すがら周囲の目を気にしての出勤になった。

※

美奈は母に会うためにエレベーターの最上階ボタンを押した。父は仕事だが、早めに切り上げて美奈に会いに来てくれる予定になっていた。それに俊夫も加わることになっていて、夕食はこのメンバーで過ごすことになる。エレベーターは個人用の物を使用していたので、誰にも会う気遣いはなかった。無論空き時間が出来るので、社内にも顔を出すつもりだった。それより美奈は美沙登に会いたいと切望していたので、彼女に電話を入れて連絡を取りたいと思っていた。美沙登との会食が出来れば幸いだと。

母の部屋は右側の部分を占めていた。中央に応接室があって、それは夫婦共有だった。母はメイドを雇っていなかった。誰にも干渉されたくないというのが理由だった。母の部屋をノックすると中から返事が返ってきた。美奈が来るのを待っていた証拠だった。

加奈は化粧室にいた。こぢんまりした場所だが、二人には十分な空間だった。加奈は美奈を迎えるにあたって、美奈の様子を熟視して彼女の変化を見定めた。美奈は幾分か痩せたように見えた。美奈にはまだ女としての自信は備わっていないのは受け止めていた。

「お土産が先に着いたわ。つぼ漬美味しいわ」加奈は無難な会話から始めた。母親としての言葉はとにかく後回しにした。

「せわしない旅だったから疲れたわ」

「天気がよかったからよかったわ。疲れが残るかしらね」

「それが、明後日の朝からまた旅行なの、今度は会社の慰安旅行よ」

「それはまた大変ね。美奈は体調の変化はない？」

「ええ」美奈は俯いた。体調の良し悪しというよりなんともいいようのない、皮膚から体内にかけて、微熱でもあるように震えている。それが時にはざわめいて美奈をびくつかせる。加奈は美奈のその僅かなためらいを見逃しはしなかった。俊夫との相性はどうなのか、加奈にはそれだけでは判断がつかない。なにしろ性に関しては無垢な美奈が、初めて肌を許す相手の俊夫も、女を知らない童貞だったし、加奈はやきもきしていたのだ。

「お母様、わたしがコーヒーを入れましょうか」

「そうしてくれる、お前の入れるコーヒーは美味しいからね」

加奈はケーキを冷蔵庫から取り出し、コーヒーカップを戸棚から出して、テーブルに揃えた。なにしろこんな親子の交流は久し振りだったので、加奈はおろおろしながら用意をしていた。美奈はドリップ式でコーヒーを沸かしていた。小松に入れていた当時を思い出していた。母はモカを主体としたものを好む。俊夫はキリマンジャロだ。美奈は好みがないといっていい。だが人に添って美奈は従っている。

「ケーキには紅茶が合う気がするわ」美奈は少し薄めのアメリカンにした。

「家は黴び臭くなかっただろ」

「ええ、風通しをしてくれてたのね。掃除もしてあったし、有り難う」

「ま、これでお前は深木家の妻、しっかりとね」加奈は核心に入っていった。「それで、旅行のことは後で聞くとして、どうだったの？」

「なに」美奈は知っていて惚けた。

「あれのほうはうまくいったんでしょ？」

美奈は加奈の言わんとする事が分かっていても、恥じて知らん振りして答えなかった。

「どうなの」加奈は安心出来なかった。美奈が答えを言うまいとは感じているが、気持ちがそうさせなかった。

美奈はただ頷くことで意思表示した。加奈の役目は終わり肩の荷が下りたのでほっとした。美奈は扱いにくい娘だった。その彼女が女になり妻になることが、歴史の繰り返しながら始まりが起きたのを見た気がした。まさか美奈たちが自分たちのようになるとは信じたくない。初心な男と女のセックスが難しく、まして初夜は緊張する上、秘門は開きにくく、愛液の分泌もない状態で、たがいに場所も定かでなく、羞恥で暗闇の中での営みは困難を極めるものなのだ。気持ちが通じ合えば、後は形がついてくる。美奈の返事は加奈の期待以上の関係を匂わせ、このままいけばきっといい夫婦になれそうな気がした。美奈はまだ気づいていないが、感度は非常に優れていて、俊夫をそのうち虜にし、喜ばせるに違いないと踏んだ。こればかりは加奈にも予期せぬことで、二人が交わって初めて分かることで、体の相性もよかったようだった。

「お母様、結婚ってしなければいけないのよね、わたし結婚ってこんなものだとは知らなかったわ」

「男と女はセックスを通して親しくなるものだよ。お前いやなのかい？」

美奈はその問いには返事のしようがなかった。俊夫抜きの生活はありえないようになってしまっていたのだ。といってまだ美奈は喜びも知らないから、そうなのかもしれないが、夜が憂鬱なのも事実なのだ。あれさえなければ、なおさら淋しく心は揺れていて、今も美奈の体は震えている。何故、どうすればいいか美奈には答えはない。奥底から上がってくるその感触は美奈を苛んだ。

「わたしとても辛いの」美奈はその場の感覚を加奈に伝えた。女同士であり母にだから言える言葉だった。「なにか体が病気になったみたいで気持ち悪いの。微熱みたいのがずっと下がらないし、本当の自分じゃないみたい」美奈は胸の内の苦しみを打ち明けても、晴れない気持ちはなお続いた。加奈は驚いた。美奈はまだ新婚一週間というのに、もうエクスタシーの入り口に来ているからだ。これは俊夫もてこずるかもしれない。わが娘ながら隠された性欲の強さに嫉妬心が湧いた。

加奈は美奈に言いようのない事柄に言葉がつまってしまった。雑談が続く中、突然父が美奈の顔を見にきた。

「今日は夜までいるんだろう。後でゆっくり食事しながら話そう」

父はそれだけで帰っていったが、それが起点になって、美奈は美沙登に連絡を取っていた。美沙登は出勤日だったが午後からの休みを都合して、かなりの時間を美奈のために空けてくれた。

「わたし美沙登とお昼を食べることにしているから、また夕方戻ってくるわ。俊夫さんもそのときは一緒に」

美奈は木幡旬子に主だった者を総務部の応接室に集合することを依頼していた。真山は俊夫の秘書だったので、自由が利かず旬子にしたのだ。大滝は旬子に協力して張り切っていた。谷村は営業に在籍になっていて、大滝とは離れていたが、それが利点となって営業を束ねる役を担っていた。

俊夫は営業次長の片桐と当面の見通しについて語りあっていた。それに相本から譲り受けた販売範囲の事もある。相本との約束は彼の都合で旅行の後の日曜ということになっていて、その時点での決定もあるが、概ね基本は決まっているので、それを叩き台にして話は進めた。

「この計画ですと前年度試算とほぼ同じになりますね」

「伸び率はなしか。別の手も考えないと」

「轟元専務の営業部員の造反が響いていますね。このままだとマイナスの可能性もありますね」

「ううん、それを見越して谷村を抜擢したんだが、カンフル剤が欲しいな」

真山は俊夫に重要な話があるのだが、彼女のようなアプレでも言い辛く、渋っていたのが深木の苦慮に繋がり、もっと早くに言えば彼が悩むのも少しは軽くなるのにと悔いた。片桐が出て行った後、俊夫に二、三分暇を下さいと、朝から言い兼ねていた話をしだした。

「専務、わたし結婚するんで、仲人をお願いしたいんですが」

「え、それは初耳だな。誰?」

「いやだ、一度紹介しましたわ。片倉利正といって、『QUOホームプランニング』の営業をしています」

「あの結婚披露宴の時にいた彼か」俊夫は真山から優秀な営業マンと聞かされ、その噂の火元を問い正したことがあった。今、真山が言った会社には当時いなかった。あまりにも優秀で周りの反発が大きく長続きしないという、調査結果だったように記憶している。その優秀という文字には、裏に個性が強く一匹狼というほうが適切なものがあった。

「話はもう一つあります。利《とし》は味方を作らないから、会社が分裂状態になって彼の居場所がないんです。この会社に移籍させたいんですが」

「仲人というのも驚きだが、その話もびっくりだな。ともかく後で彼を連れてきてくれ」俊夫は真山の性格からすれば、言い出したら聞かない向こう見ずのところと、ちゃっかりなところとが混ざって、現代娘そのものの友だち夫婦になるに違いないと思っていた。

「分かりました。引き受けて下さるのですね。専務、総務部の応接室に行きましょう」

仲間内で披露宴に呼べなかった人たちに、ほんのささやかな紹介の席だった。勤務中のことで三十分くらいだが効果は大きかった。大滝友利絵は美奈のファンで、美奈が現れるとすぐ近寄り、谷村隼人との結婚話をしていた。頃合いよく俊夫が姿を見せると、美奈が俊夫に合図した。

「大滝さん、谷村さんと結婚するんですって」真山は必然的に俊夫と一緒だったので、美奈の言葉に驚いた。

「深木専務、わたしたちの仲人をお願いします」

「あら大滝さん、あなたも結婚するの」

「真山さん、あなたも」

二人の話を纏めると、真山は来年の春、大滝は秋だということが分かった。

美奈は美沙登との約束の時間も迫り、彼女の空き時間が少なくなるので、ここを早く抜け出したかった。俊夫と美奈はその話を交わし美奈はそこを後にした。

雑談は続き騒然としていたが、やがてそれも収まり仕事に戻っていった。俊夫は夕方までに溜まった仕事をこなし、美奈と合流しなければならない。経理の坂本との打ち合わせも残っていた。

専務室に戻ると坂本は応接セットのソファに座っていた。

「待たせて悪かった」

「いえ、この度はご結婚おめでとうございます」

「有り難う、では試算表を見せてもらおうか」

俊夫は試算表に目を通しながら、資金繰りについて彼に問うた。

「利益は出ているが、実際に金として存在していないだろ」

「やたらと会社を大きくしたつけが回ったせいでしょうね。これでは会社は金食い虫になってしまいます」

「建設借り勘定が多すぎるな」

「そのお陰で損益計算書も黒になっていますが、金が無いという現状で、給料も払うのに四苦八苦になっています。ですが借り入れは厳禁だと思います。返済する資金集めに苦労することになります。一番よろしいのは一時払いをして戴くことだと思われます。前渡金も悪くはないとは思いますが、後の支払いに減収になるのは賛成出来ません」

「差し当たっていくらほど必要なんです」

「最低五千万、出来れば二億ほど」

俊夫は金額を頭に記憶させながら、可能な限りの売掛金回収の業者を探っていた。市の借り勘定が最もてっとり早いので、前田に打診するのが一番だが、市の予算の関係もある。後二、三件は当てがある。

「ともかく努力してみよう。社長の得意先で回収可能な業者を探ってもらおう」

俊夫はそれくらいの金額なら彼の範疇にあった。ただ社長の掌にあってはある程度の制約があるだろうが、利益に拘わる件なら八代も納得する筈である。そう結論づけると俊夫は構想が纏まり、真山を呼び寄せ資料の検討に入った。真山は秘書としては非常に優秀で、俊夫の性格も把握しているせいもあって、ファイルは数時間であらかた纏まった。

ファイルⅠ

大町市民会館：建築依頼者　大町市　建設借り勘定

二億五千万円　第一回内入金　五千万円　第二回内金

予定額　五千万円　本年度予算内入れ予定

ファイルⅡ

大町山岳博物館：残高二千万円　市議会の採決による

支払いの凍結

ファイルⅢ

松本保険センター：長野県厚生保険局　借り勘定

一億七千万円　内金総額三千万円

こういった項目が幾つもあったが、何処にも回収の問題点はあるようで、すぐには解決しそうになかった。俊夫は前田の都合も聞きたいし、最近の情報や酒も酌み交わしたかった。前田はすぐ電話口に出た。俊夫からの連絡を待っていたようであった。俊夫の旅行後すぐに会う約束をした。あと県の厚生課の部長に連絡をとった。我妻は現在缶詰状態で、二週間後に俊夫が直接赴くことになった。

とりあえずポイントは押さえたので、俊夫はその対策の準備にかかった。真山は俊夫にコーヒーを入れてきた。キリマンジャロである。美奈が小松に入れていたグァテマラの香りを思い浮かべていた。

松本には村越真砂子がいる。松本に行く必要がある現在、真砂子にも会おうと俊夫は考えていた。真砂子とは交際は長いが、彼女のテリトリー内に入ったこともなく、彼女の生活態度を一度は垣間みたいと思ったからだ。彼女は店にいる筈である。俊夫はダイヤルした。

「はい、こちらは『こでまり民芸品店』でございます。あら俊夫、珍しいこと、どういう風の吹き回し？　松本に出張？　ま、お会いしたいわ、相談したいこともあるの。桐原さん？　あの人は商売の相手よ。俊夫、親身に相談できるのあなたしかいないの。美奈には悪いけど」

真砂子は美奈より二つ年上である。だが接していると、社会的に揉まれたせいもあって、かなり精神年齢の高さを感じる。彼女がまだ華やいだ気持ちを持ち続け、張りのある生活の日々を送っているからに他ならない。それが真砂子の魅力の根源なのだ。彼女には妹の暗い影がつきまとっている。それが表面的には感じられないほど明るい。しっとりした女らしさが言葉の端々に感じられる。

木幡が専務室に入って来た。彼は秘書課長で直接の関係はないが今でも絆は固く、俊夫に関する会社の行事は彼が携わっていた。

「専務、明日の旅行の資料をお持ちしました。奥様も元社員として参加をお願いします」

「何処へ行くのかな」

「はい、長島温泉です」

「確か一泊旅行だったな」

「はい、観光バスが会社前から朝六時の集合、六時半出発です」

「参ったよな。少しは楽なスケジュールなんだろうな」

「申し訳ありませんが、結構観光地を巡るのが多くなります。なにしろ希望する場所が多く仕方ありません」

「そうか、君の所は奥さんも行くようになるんだろ」

「企画の責任者がわたしですから、女房にも協力してもらわなければ」

「全体で何名になるのかな」

「四十名程」

俊夫はせめてここ数日はおとなしくしてくれたら、と言いたい気持ちを押さえていた。まだ砂糖にシロップをかけて餡を乗せたような新婚のほやほやである。美奈はどう思っているのか、俊夫はもう美奈の体抜きの夜なんか考えられない。仕事の最中なのに美奈の裸体が、チラチラ目にちらついていた。

木幡が出て行った後部屋は静けさを取り戻し、彼に孤独な虚しい時が流れ、長引く日の長さを痛感して瞑想していた。俊夫は美奈に求婚したとき、欲しい美奈が自分の物になればどんなに幸せになるかそれだけしか考えが浮かばなかった。男から見れば、女の裸体ほど美の極限にあるものはない。人は女の裸体を卑猥という。それは女として子に恵まれ一番輝いている母の姿を眺め育った男は、美を母の満ち足りた美しさに準《なずら》え、最上の美の曲線を浮かべた末でのもので、それを卑猥というのなら気持ちが歪んでいる証拠である。地球には男と女という二種類の人間しかいない。元来両方は全裸であった。恥が生まれて隠すことが美となり、それを見せることが卑猥になった。人間だけが発情期もなく、愛情などというあやふやな永遠でないものに頼り、子を産むだけでない交わりをする。

今夜は長い夜になりそうだ。仕事が早く片づいたら、美奈と合流する予定になっていたが、それもどうやら反故《ほご》になりそうである。真山も帰して一人仕事をしていると、変な妄想がついて回り、いい加減にして切り上げたらいいと、腰をあげて時計を見るともう十時を過ぎている。恐らく美奈は家で寝ている時刻だ。どこかで一杯引っかけて帰ろうと会社を出た。

※

美奈は美沙登と会うため彼女と約束した場所へ急いでいた。美沙登の色んな噂が美奈の耳に届いている。良男は小松山荘と自宅との行き来し、美沙登が山荘に来るよう説得しながら通い続けていた。彼は妻に強要出来る性格の男ではなかった。美沙登の店での地位も大分異なりつつあった。美奈は彼女に会いさえすれば本当のことが分かると思った。結婚して環境が彼女の何を変えたのか、そしてこままでの関係を保てるのか、美奈は自分の婚姻により空白の期間を作ってしまった、友情を無視したことを悔いていた。美奈には友人といえるのはもう美沙登しかいないのである。美奈が美沙登の指定した喫茶店に入ると、美沙登が窓を見つめて待っているのが見えた。彼女は美奈がドアを開け中に入って来ると、微かに喜びを顔に浮かべて迎え入れた。

「早かったわ、今日は休みにしたから時間は十分にあるわ」

「嬉しいわ。でも無理して休んだんじゃないわよね」

「美奈、あんた随分色っぽくなったわ。匂い立ってるわよ」

美奈は美沙登の顔を見られないほどどうろたえた。美沙登は意識してないかもしれないが、俊夫との情交で窶《やつ》れ気味なので、余計に彼女に奮い立つような情感が漂っているのかもしれない。

「まあ、いやね、美沙登ったら。何処も変わってないわよ」

美沙登は美奈にどっしりとした重みが備わったのを見逃さなかった。俊夫と結ばれた自信というか、妻になった誇りとでもいうのか、それでなくとも大人びた美奈の顔立ちが、引き締まり輝くのが認められた。それは大家の奥様というに相応しい気品に充ち、若やぎ溌剌とした動作は洗練された華やかさに溢れ、淑やかな仕草と共にオーラを発散していた。

「美奈こそ何、わたしの言葉に妙に反応して。よっぽどよかったのね、そうなんでしょ」

美沙登は自分とあまりに違う美奈の様子に、自分とは正反対な道を辿っている女がいると思っていた。美沙登は男に愛情を持ち得ない性格が災いして、肝心の彼女の気持ちに気づかぬまま過ぎ去ってしまった過去を、もう美奈に被せてみせるのは無理なことだ。

「やあね、美沙登、そうなら本当に嬉しいけど」美奈は男女の話に乗れるような状態になっていなかった。恥ずかしいと感じるだけの感触を味わっていないので、どうという感情を持ち合わせていないが、さりとて幼稚な経験を悟られるのも気が引けた。それより美奈は美沙登の様子もだが、態度も姿勢も彼女の全盛時の記憶に残っているのとは、前にいる彼女は別人に思えた。美奈が先ず始めに喫茶店のドアを開け、彼女と顔を会わせたとき、やり切れない衝撃が走り、悲しみが頭に上った。返事につまり、彼女の軽いジョークの深い底の苦悩が伝わり、自分の新婚の甘さと性格の甘さが加わり、言葉を探していた。そしてなにか言いたくない、無言の時間の経過を望んでいた。何より変わったのは、美沙登の人を蔑む性格が現れたことだ。容貌もすっかり変わった。彼女はまだ美奈より二つ上なだけだ。それなのにその肌の衰えはどうだ。彼女は元々が肌は小麦色で、肌理も粗いが艶もなく、肌が荒れて小皺も見られ、かつての面影はない。いやそれだけならいい。引き締まっていた顔つきも普通の人になっている。だがもっと驚くべきことは、彼女の体型であった。スタイリストとして名を馳せたボディーは何処へやら、すっかり崩れてしかも太り、ウエストは惨めな結果が現れていた。そうそれに立ち姿もきりりとした処がなかった。目も虚ろでこれが美沙登かと疑うほどだった。あれだけセンスのいい洋服の着方をしていたのに、下着をきちんとしていないので、なんかだらしなく気持ちの上で負けていた。美奈は彼女が置かれている立場が理解出来る気がした。美奈が他の人に伝えられたことに、美沙登はスタイリストとしての地位も剥奪され、正社員でもなく今はパートとして働いているという。店は前の実績のおかげで繋ぎとめているだけで、彼女を拘束する魅力がないのが本当のことだと美奈は気づいていた。

「美沙登、時間があるなら軽食じゃなく『信濃路』で食事しましょう」美奈は昼のお弁当のランチがあるか問い合わせをした。高い五千円の弁当なら席も用意できるというので、彼女はそれを予約した。美沙登にそれを伝えてコーヒーを飲んだ。懐かしい小松の香り、グァテマラである。

『信濃路』で用意が整うのに三十分はかかる。美奈は美沙登とのコーヒータイムを楽しむことにした。美沙登は若奥様が板についた美奈の様子に自分との距離を感じていた。さりげないそこかしこに俊夫の好みを反映している。もう彼女は俊夫の掌中にあった。それが手に取るように美沙登に感じられ、複雑な感情が去来した。良男は夢ばかり追って現実を見ていない。美沙登の収入も当てに出来ない、彼の上がりでは生活のやり繰りは難しい。その勤めを辞めて山荘に来ないかと彼は言う。そうすればもっと生活は苦しくなる。彼は未だに美沙登を女王のように思い崇め奉っているのに、彼女はホトホト疲れている。さらに彼女の体の変化は追い打ちをかけて、美沙登の心を蝕んでいる。その美沙登は美奈が俊夫好みの身なりでいる姿を見ると、いいようがない残酷さを味わってしまう。

ここではその話は出ない。当たり障りのない表面的なものばかりだ。だがそれで二人の関係が済む問題ではない。美奈は親身になって話せる相手が美沙登しかいないし、そうでなくてはならぬのに、この接し辛い状況はどうだろう。

「美奈、体つきが丸くなってない？」

「そう？　わたしには分からないわ。ただ疲れて帰って来たままよ。これからまた慰安旅行だから、それが終わったらまた俊夫さんとお宅にお伺いするわ」

「ふうーん、美奈、俊夫をまだ呼び捨てにしてないの」

「ええ、でも以前とは違う意味があるのよ。俊夫さんを尊敬しているからそれでいいの。わたしは俊夫さんの世界を手助けするだけ」

「美奈の事だから、もう俊夫を手玉に取ってると思ってたんだけど。美奈の裸を見せつけられてもよおさない男なんかいるわけないもの」

「ま、美沙登ったら、不謹慎なんだから」

美奈は男が女の体の魅力を知ると、ああしょっちゅう求めて来るようになるなんて、思いもよらなかった。俊夫が自分を見るたびに股間を硬くし攻め立て来るのには往生している。あんなことが俊夫にとってそんなにいいことだって信じられない気がした。美奈も常に俊夫に触られているうちに、微かに内から変化が現れているのは確かで、けだるさが残っている。それは美奈の秘密であって告白すべきことではない。それに曖昧な感覚であって、確かな手応えのあるものでもない。

『信濃路』は若い女性で満席だった。二人は小部屋を予約していたので、「如月」に案内された。気を利かした店の女将が静かな場所を選んでくれたので、奥の座敷だった。美奈は昼からどうかなと危ぶんだが、美沙登も承知したのでビールとお銚子を注文した。

ここの女将は美奈のことを知っていて、わざわざ挨拶にみえた。美奈は恐縮してその礼に応えた。

「美沙登、あなたが店を辞める噂、本当なの？」

「美奈の耳にも届いているの？　じゃ本当のこと話さなければね」美沙登はふと表情に陰りを見せて、半ば悔いた形になった。

「わたしが無理なダイエットをしてたのは知ってるでしょ。結婚を境に体型が狂い始めたのよ。肌に艶はなくなるし、ウエストが先ず細さを保てなくなるし、下半身が太り出し、体調もおかしくなってね。ふくよかというならそうだけど、ファッション界ではそうはいかないわ。それだけじゃないのよ。美奈も結婚して分かったと思うから言うけど、男って盛りがつくと場所、時間お構いなしでしょ。良男は体格にも恵まれてるけど、セックスも強くてね。明け方近くまでわたしを抱いていることもしばしばよ。それは仕方ないことだけど、わたしの体を調整する時間もなくなるし、そのことでリズムが狂って体の変化が起きたのね」

「つまりスタイリストはもう出来ないということ？」

「それだけなら店を辞めなくてもいいのよ。わたしの体が元通りにならないし、急激な変化のおかげで、体調が思わしくないのよ」

「それってまさか」美奈は絶句した。美沙登の雰囲気がそれらしい気配なのだ。

「違うわ、美奈、妊娠じゃないわ。そうだといいんだけど」美沙登は苦笑いした。「太ってお腹が出て来ちゃったの」もっとも美沙登はこのところ生理がない。でもそれは体調不良、つまるところ栄養失調なのだ。彼女は偏食で好きなものしか食べないのにも原因があった。

「それで美沙登は店を辞めて山荘に住むつもり？」

「それなのよね。問題は収入が減って暮らせなくなることよ」

「あら、給料は上がったんじゃないの。俊夫さんが処理したはずよ」

「ううん、そのままよ」なんということ！　美奈は何かの間違いだと思った。ここでそれを暴き立てないのが得策だと二人は考えた。

突き出しが運ばれ、ビールがきた。コップは十分冷えきっている。お弁当は刺し身もついている。これは別に刺し身皿で持って来る。それはもう運ばれて来る。二人は取り敢えず乾杯した。

「美沙登の健康回復を願っているわ」

「そうね、子供は欲しいものね」

「結婚すれば赤ちゃんが出来るんだわ」美奈は当たり前のことを今更ながら呟いた。

「わたし俊夫さんの赤ちゃん欲しい」それは理屈でも感情でもない、本能が迸った渇望だった。美奈は初めて俊夫と結婚した意味が理解出来た。俊夫の子供なら今嫌なセックスも我慢出来る。美沙登は突然の美奈の叫びに、我が身につまらせた。美沙登は美奈とは別の理由で子供は欲しかった。保育に専念すれば少しは浮世の辛さが晴れるような気がした。

「わたしたち、いつの間にか所帯じみてきたわね」

「うふふ、そうね、でも今は独り者に戻りましょ」

「賛成だわ、互いの旦那様の話はなし」

二人は久し振りに屈託のない笑いが起きた。腹から笑える気持ちいい笑いだった。

「美沙登、あなたの時間が空いたらわたしに連絡してくれない。美沙登に相応しい仕事があるの」

「何それ、どんな仕事？」

「まだ何もないのよ。これからあなたと作ろうと考えてるの」

「わたしに同情してそんなことを言ってるんじゃないわよね」

「わたしがそんな女じゃないの、知ってるでしょ」

「でも美奈、そんなことしないで。わたし美奈とは金銭で一緒になりたくないわ」

「そうね、そういえばそうね。でもわたし考えてることあるから」

美奈は考えなしで言っているのでなく、良い物件を見つけているのだ。俊夫も知らないし話していない。

「小松山荘も大分ご無沙汰してるわ。泊まり客は相変わらず多いの？」

「それが年々減っているのよ。実績が現れて来ないから困ってるわ。今改良を検討中だけどどうなのかしらね」

「おじ様の墓参りに行くつもりだけど、その時顔を出してみるわ」

「え、いつ？　わたしは行く予定があるのよ」

「俊夫さんの都合次第なのよ」

「そういえば、多恵子が俊夫に同棲している国府田の八代開発への入社を懇願したと聞いたわ。結果は聞いてないけど」

「詳しい話は知らないけど、俊夫さん、多恵子の申し出を断ったわ」

「やはり」美沙登は何か情報があるらしい素振りを見せた。「多恵子、国府田と大喧嘩したんだって、わたしに泣きついて来たの」

「結局多恵子は大町には来ないの？　彼女は生命力が強いから、どこにいても大丈夫だけど」

「そういえば真砂子の処も行くんでしょ」

「ええ、店も見てみたいから」

「僅か一年で立場がこう変化するとは思いもよらなかったわ」

「お互いに境遇が違ったんだもの仕方ないわよ。以前のように毎日会うなんてこと不可能だけど、ずっと友だちのつもりよ」

「それが正しければいいけれど。わたしは体の変化で気分まで変わってしまったわ。それを美奈が受け止めてくれればいいけど」

「心配いらないわ、そんなこと考えられない。二人が仲たがいするようになるなんて」

「わたしたちに子供でも出来れば話題が豊富になるけど」

「それにスープの冷めない距離というけど、そんな近くですもの、お互いに通いあいましょ」

「美奈、わたし料理下手なの、教えてよ」

美沙登は美奈が相手なら恥ずかしいことも言える気がした。

「それに裁縫も」美沙登は家庭的な教育を母から受けていない。美沙登は母とは折り合いが悪いし、何度も家出を繰り返したし、母と父とのいざこざなどで家庭が荒れていて、世間で言う団欒とは無縁だった。美奈は以前彼女から話を聞いたことがあった。それに美沙登は家庭的な女をけなしていて、自ら家事をすることはなかった。裁縫はブティックに勤めていたわりには基礎的なボタンつけやら裾上げが出来る程度だった。ミシンもろくに扱えないし、料理は全く駄目だった。洗濯も下着はクリーニングにだすのはシルクに限り、やはり自分で洗うしかないので仕方なくしていた。

美沙登は幼い頃から負けず嫌いで男と対等な関係でなければ承知しなかった。彼女の母はどう見ても背格好は美しさとは無縁の女だった。背は低くだらしなく太り、身なりも髪もばらばらで、だからといって汗水流して働くこともなく、やたらと夫を「甲斐性無し」と罵倒したりした。父親も父親で、飲む打つ買うという典型的な男だった。家に金を入れたこともなく、町で引っかけた後家の家に入り浸り、その女の稼ぎで暮らしていた、飲むと人を苛む性格の持ち主で、それが今美沙登にも乗り移った気配がある。普段は無口で借りて来た猫のようにおとなしいが、一旦酒を飲むと、気狂い水と言うとおり暴れた。賭け事はチンチロリンを好んだが、金が続かず花札もマージャンも今はやらない。競馬だけが彼の唯一の楽しみになったが、儲かった話を聞いたことがない。

そんな環境に育った美沙登は男には負けまいとあらゆる努力を惜しまなかった。男と対等に渡り合うには、それなりの苦労がいった。美沙登がファッション業界に足を踏み入れたのには、あるきっかけがあった。母の醜さへの反発もあった。男が奇麗な女だけに見せる追従もその中にあった。美沙登は痩せてガリガリでゴボウといっていいほど黒かった。女仲間の競い合いがその引き金になった。初めのころ彼女は髪を金髪に染め、体型を服に合わせる努力をした。二十の頃美沙登は華やかな存在として男にちやほやされるようになったが、そういう男たちに嫌悪して、相手にもしなかった。その時である、俊夫と知り合ったのは。クラブのポスターが貼られている掲示板に、美沙登は自分に欠けているもの、知性を磨けるクラブを探した。複数の女性から服装研究会に勧誘されたが、彼女は自分の努力によって作り保持している体型を、簡単に教えるほど甘くなかった。

『文学研究会』は彼女の好奇心をそそった。なにをするクラブか見当もつかなかった。それまでも、美沙登は何回となく色々な部に顔を出してみた。美沙登の姿形に興味を持った男たちは、やたらと彼女にベタベタしてきた。彼女はそんな男はまっぴらだった。

その日、美沙登はアルバイト先の店を出たのが五時を過ぎていた。大学に荷物を置いて来たので、忘れないよう取りに行くことにした。彼女の性格からいっても、同居人がいるのは拒否していたので、気楽な一人暮らし、門限もなかった。校内は暗く人影も少なかった。彼女が置いていた手提げ袋を手にし、帰ろうかなと、辺りを見回すと明かりの点いている部屋がある。彼女が興味を覚えた『文芸研究会』だった。彼女はそれに好奇心も増し、訪ねることにした。それまで彼女は興味があっても部室に入ったことがなかった。彼女は危険が伴うような用心深さでドアをノックした。

部屋は雑然とした雰囲気で、散らかっているゴミが目についた。その多くは原稿用紙で書きなぐった失敗の用紙を丸めて捨てたものだった。そこには一人の男性しかいなかった。普通の女性なら恐れをなして退散しただろうが、美沙登は余計にその男に興味を持った。

部室の中は暗く、裸電球が一つ、ついているだけだった。美沙登はそのとき仕事帰りだったので、スタイリストのままだった。すなわちドレス姿の上、かなり厚化粧でありマニキュアもペディキュアもしていた。だから靴もサンダルで派手であるのは止むを得なかった。そんな場違いな女が入って来て、男は戸惑いを隠せなかったが、冷静な彼は侵入者を迎えた。俊夫はその日、詩の推敲を重ね研究会が発行する雑誌に載せる作品を創っていたのだ。

「なにしてるの？」気さくな女の問いに俊夫は防御の壁を取り払った。

「君は？」

「あらそうね、勝手に入って来て悪かったわ。わたし浅井美沙登、一応経済学部だけど」俊夫が美沙登の身なりを一瞥したので、さらにつけ加えた。「この衣装わたしの商売道具、派手かな」

「さあね、女子大生には見えないのは確かだけど」

「町で立ってる類いの女と思ったのね」

「はっきり言うね。だがそうじゃないのは分かるよ。垢抜けしているよ。君にも合ってるよ、その格好」

「そう言ってくれる人、ひとりでもいてくれればいいわ。この洋服わたし好きだから」

「で、なにか用なのかい？」

「ううん、明かりがついていたからなにしてるのかなって」

「ま、そこに座らないか」

「嫌よ。洋服汚れちゃう。あなたは？」

「そうか名前まだだったな、わたしは深木俊夫」

「深木さん、このクラブの部長さん？」

「違うよ、まだ一年生だよ」

「あらわたしと同じ、教室で会ったことあるのかしら」

「多分、記憶にないな」

「わたし授業サボるの多いから」

「君このクラブに興味あるのかな」

「あなたと話がしてみたいな、この研究会のこと」

「浅井さん、喫茶店でも行くか？」

「わたしおもしろそうだからいいわ」

「君だけじゃないよ、わたしも興味があるよ」美沙登が駅近くに帰るのに便利だと、『ジロー』に入った。店は思いのほか混んでいて、奥まで席を探した。

「改めまして、わたし浅井美沙登です」

「わたしは深木俊夫、よろしく」

美沙登はダイエット中でコーヒーだけでいいと言った。

「浅井君は文学に興味があるのかい」

「わたしそういうのに弱いの。文学って何？」

「小説を読んだことないのかい」

「小説って？」

「本は読んだことはあるだろう」

「ファッション雑誌くらいなら」

「そうじゃなく教科書なんかに載っている、夏目漱石とか森鷗外とか」

「ああ、『坊っちゃん』みたいなの」

「そう、それさ」

「あんなのなにが面白いの、難しいことばかり書いてあって、頭痛くなるわ」

「自分に合った物語を読むとそうでもないさ」

「わたしに合いそうな話なんかあると思う？」

「『風と共に去りぬ』なんかいいと思うよ」

「その本持ってるの？」

「家に行けばあるよ。気性の激しい女性の物語さ。文学としては価値が薄いけど、物語は面白いよ」

「わたしのこと、気性が激しいと感じたの？」美沙登は普段こんなに男と親しげに話したことがなかった。大抵の男は美沙登を女として認めはしているが、単に評価は女としての価値であって、人間としてのものではなかった。ここにいる俊夫は初めから美沙登を対等に扱い、性を意識していなかった。だが女性に接する礼儀は忘れてはいなかった。美沙登は自然な応対の俊夫が気に入り、彼の言葉に従うことにした。

美沙登は俊夫から借りてM・ミッチェルの本を読み始めた。初めから南北戦争で頭が痛くなった彼女だが、俊夫の助言で無難に切り抜けその本に熱中した。美貌を手にし得られないものはない女が、自分の意志で行動する姿に美沙登は感激した。失敗なんか決定した自分の責任の上に立っているからしたっていい。その精神が良いのだ。美沙登はそれが契機になって、研究会に入ってきた。その研究会には女性が多かったが、美沙登の入部は華やかな女性に色めき立った。美沙登はカリスマ的なスーパーモデルで、俊夫のように関心のない男には未知の世界だが、ファッション雑誌の表紙をも飾り、女性たちの憧れの存在になっていたし、美人に目がないしがない男たちの垂涎の的になっていた。その彼女がモデルを主体のクラブではなく、地味な文芸研究会に入ったことに、衝撃が走っていた。

美沙登は俊夫に言われた通り研究会の新人紹介に出席するため、支度をしていた。朝の十時というのは美沙登にとって真夜中に近い時刻だった。彼女がどこを見渡しても質素でおとなしい洋服はなかったが、新部員紹介の後、彼女は写真撮りのリハーサルに行かなくてはならない。そのための準備はしておかないといけない。騒がれようとどうしようとすることはする、それが美沙登の主義だった。

研究会内は久し振りに賑やかだった。新人を受け入れるクラブとしての最大の行事ではあるが、先輩たちまで動員した一番の関心は、モデルの美沙登を見たいという好奇心だった。元々この研究会の評判は悪かった。碌な活動はしない、部屋は汚く汚す、壁に悪戯書きはするで、教授たちの苦痛の種だった。第一服装もひどかった。ルンペンまがいのよれよれの格好で、酒は持ち込み宴会をして騒ぎ立てる、門限が守られず夜遅くまで何の用もないのに居続ける。散々な有り様だったのだ。それに金に困った先輩は後輩に金を借り返さなかった。

添島多恵子は新人で早くから入部を決めていたので、掃除を命じられていた。女性の新人は総出だったし、俊夫のように生真面目な男も良い使い走りだった。先ずゴミ袋にゴミを片づけ、板張りの床は見えないほどの汚れが洗い流された。机もきちんと並び替えられ、整然と整った。美沙登はまさかそんな事態があることも予想だにしなかった。だが念のためエプロンは持った。

美沙登が部室に着いた時、そこは大掃除の真っ最中だった。美沙登が顔を出すと上級生が美沙登が手伝うのを阻止した。確かに多恵子も肌をさらけ出すような洋服を着てはいたが、美沙登のいで立ちに敵う筈もなかった。

美沙登は俊夫に近づき彼に相談した。誰もが美沙登が俊夫と知り合いなのには仰天した。皆の罵倒が俊夫に降りかかった。そうこうしている間、こざっぱりした空間が生まれ、歓迎会が始められるようになった。美沙登は促されドア近くの椅子に座ると、各自は思い思いの決められていると思われる席に座り始めた。多恵子は美沙登の隣に座り、俊夫はその次の席だった。一年生は後二人いたが、彼らも俊夫の隣に座っていた。

俊夫も美沙登、それだけでなく一年生が部長の隣にいる男に興味の視線は集まった。

「わたしは部長の井東と言います。新人が五名も入部したのは画期的なことでして、しかも美しいモデルの女性も加わるというおまけまでついて、わたしの隣の林さんもようやく就職も決まりそうで、卒業できるのでその祝いも兼ねて、久し振りに部員全員が集まるのも悪くないと、今日の集まりになったんだ。一年生は自己紹介をしてくれ」

　物知り顔の一人が林は八年もこの学校に在籍していて、今年学資の滞納分も含め、八年で在籍の有効期間も切れるという話をしていた。前の二人に続き俊夫の番になった。すると井東は立ち上がり俊夫を招き寄せた。

「この男は深木俊夫といって、会計係をやってもらうことにした。これで部費の管理もちゃんとできるだろ。なにしろ今までいい加減だったからな」

「深木俊夫です。詩を書いています。ペンネームは城匠一といいます。近いうちに本を出しますので買って下さい」

「添島多恵子といいます。声おかしくない？　口の中切ってしまって、全く戸塚の奴」多恵子は舌打ちをして言葉を足した。「エッセイを書こうかなと考えてます」

「戸塚とキスのし過ぎか」横槍の野次が多恵子のことを知っている男から飛んだ。事実多恵子は家賃が半分になるからと戸塚という男と暮らしているのだ。

　美沙登は困ってしまった。俊夫にたまたま誘われたものの、文学にさほど興味がなく、彼に惹かれて来ただけなのだ。そんな美沙登は俊夫から本当のことを言えばいいんだと言われて立ち上がった。周りからやんやの喝采を受けた。

「こんな格好で来るつもりなかったんだけど、これからこの洋服で写真撮影があるので失礼します。わたし浅井美沙登といってアルバイトでスタイリストをしています」男たちはそれがどんな職業なのか見当もつかず、きょとんとした表情で聞き入った。

「わたし本なんか読んだことなくて、たまたまこの部屋の明かりがついていたので、ドアを開けたら隣にいる深木さんに会って、色々な小説を勧められてもう少し小説を読んでみようかなと思ったから、この研究会に入ることにしたの」

　男性たちの熱い拍手が鳴り響いた。

「なにしろこんな部室にも華やかな花が咲いたんだから、これは深木のお手柄だな」美沙登が入部しなかったら開催されることもなかった歓迎会も無事終了した。美沙登は俊夫に自分の職業を理解させようと、撮影に同行することを求めた。会が散った後、二人は美沙登が勤めるブティックに行った。彼は何にかかわらず美しいものに関心があったからだ。

　こうして美沙登との交際が始まった俊夫だが、彼女にはやりたいときに、したいときに援助する方法が功を奏し、美沙登も彼の美的センスを認めて、最も親しい仲になった。しかし彼女は性格が男性的な上、職業上、厳しい男女間の交際を厳禁する空気があった。それに二人とも、異性という意識のない交際だったのは紛れないことだった。

それが今美奈との交際の方が深くなっているが、美沙登は彼女が俊夫との関係図の一線上にある。また俊夫とは関連のない、ウマが合うというのか、美沙登が折れた部分もあるが、太い絆は容易くは切れない。だが取り巻きも多くなり、身分も環境も異なり難しくなり、美沙登に美奈を嫉妬する気配が芽生え、それが人を苛む心になっているのだ。病魔は深く美沙登自身にも制御できない状態に発達しそうなのだった。

『信濃路』での食事は三時までと決められており、美奈と美沙登は満喫して店を出た。美奈は行きたい店があるので美沙登につき合ってもらった。自分の家に必要なものもあったが、美沙登に約束の品を見せたかったのだ。これは俊夫とも相談して決めたもので、肝心の美沙登が気にいるかだけだった。結婚の祝いにしては遅くなったのは、それなりの訳もあるが、祝い金は既に渡してある。そもそもこの話の発端は、俊夫と美奈がまだ新婚ほやほやな時期に家を訪れたことから始まる。良男も在宅していて二人の訪問を待っていた。二人は完成前に下見したことがある。その訪問の際、美奈と俊夫は分かれて出来上がった建物を見回った。即ち美奈は美沙登と、俊夫は良男と。美奈は寝室内にあるドレッサーの貧弱さに息を呑んだ。比較しては申し訳ないが、そこかしこに雑な作りが見える。だがそれは美奈には大した問題に思えなかった。そのドレッサーが頭から離れず、俊夫に美沙登の気に障らないように、渡したい旨を相談した。自尊心の強かった美沙登だが、美奈には平らで素直になれる、それも時にもよるが、概ね確かである。

美沙登はシックな出で立ちで、派手で華やかな装いを好んでいた以前とは異なり、いささか雰囲気も落ち着いて見えた。美奈はスーツ姿で平凡だったが、さすがに新婚ほやほやの浮き立つような輝きに満ちていた。

「少し飲み過ぎだわ、酔ったみたい」

互いに言い合い、外気に触れて頭もすっきりして、美奈が行く先に美沙登も従った。冬間近の町に日差しはあったが、気の合う二人の逢瀬は楽しいものになった。

美沙登は美奈に提示された豪奢なドレッサーを前にして言葉がなかった。化粧も商売の内の彼女の、長年の夢の白い大きなドレッサーが前にある。それは美奈が美沙登に贈るものだという。むっとする部分が頭を持ち上げた。余計なことをした美奈への反感である。

そのマホガニーのドレッサーは美沙登の感性を刺激して彼女を無心にさせた。その化粧台の上の面の鏡の前に、メノウ？　まさか翡翠やエメラルドではないと思われるが、青碧の色で『黒沢美沙登へ　深木俊夫　美奈より』と記されていた。美沙登は言うべき言葉がなかった。だが彼女は美奈に礼など言いたくなかった。

「わたしと同じ品物なの。一部を除いて」美奈は名前のことを敢えて言った。「そうしないと美沙登が受け取らないと思ったから」

静寂な時が流れこれ以上の必要のあるものが、この世に存在するだろうかと思わせる、静謐な一瞬は言葉がない無の世界だった。

美沙登はこんな気持ちで友だちと時を共にするのがいたたまれなかった。負け犬のような、金で友情を買ったような惨めさとは似通っているが、それとはまた別な対等でない続く関係を憂慮した。美奈は別に勝利者の気分を味わいたいのではなく、相手への思いやりのつもりだったが、それこそが思い上がりになってしまった。


美奈は下着を買い揃えたかったので店に寄った。彼女は俊夫に自分を見せるなら、一番効果的な刺激を与える道具を使わない手はない、美沙登にも助言が欲しい、ドレスも。その後美沙登のまだ在籍しているブティックに行く予定にしていた。美奈がそこに考えを固めたのには、それなりの決心がいった。下着は人に見せるものではない、それがステイタスだった。だが結婚して俊夫と過ごした僅かな時間に、美奈は悟ったのだ。むやみやたらに裸は見せない。見せるときは思い切り見せるに拘り、見え隠れする下着で彼が見たいものを包むことにした。男は女のどんな姿に興奮するのか、もっとも今の俊夫は何でもいいのだろうが、それはいずれ飽きる。美奈は下着を全て絹に決めていた。ストッキングもフランスから取り寄せたものだった。店の主人はフランスから多くの下着を買いつけている。ブラジャーも外国製品なら美奈にもあうサイズがある。美奈の希望でブラもトップレスのものも含まれていた。そしてイヴニングドレスにはパンティもブラもつけないのもある。そんなきわどいのも日本にはまだない。それは美沙登にも内緒で注文してあった。俊夫は美奈の着物姿が好きだし、着物そのものが好きなのも知っているが、美奈としてはイヴニングも着てみたい、だが結構細かなものが、しかも大量に必要だが、それは序々に揃えるつもりでいた。

美沙登は美奈の身に知れる一部におどろいた。美奈は香水もいくつか使い方に合わせて買った。美沙登は美奈に私が金を払うと言われ遠慮していたが、自分用に下着も極平凡なものを選んだ。香水は要らないと言ったが、結局『ミチコ』を買った。美沙登の勤めているブティックに行くと、待ち兼ねたオーナーと城之内が手を振っていた。

美奈のこのところの肢体の伸びやかなことは特筆に値する。立ち姿の美しさは醸し出す雰囲気が溢れ、女としての盛りを迎えようとしていた。どんな女性にもない気品の高さは圧倒するほどで、どんな服を着ようが光り輝き、雅さが充ちそのまま絵になった。

「ま、城之内さん、いらしてたの。この度のわたしたちの結婚式にはお世話になりました」そう言いながら差し出す美奈の手の美しさ、その優雅さに彼は嬉々としていた。ヨーロッパの上流階級の女性がする、膝を折る挨拶のカーテシーをすると、もうそれは美奈の世界だった。美沙登はそれを冷静な目で眺めていた。美沙登が全盛時になしたそれとは異質な美奈の美の主張は、華美で華やか派手だったが、彼女は派手であればあるほど似つかわしく身についていた。これが美沙登を打ちのめした美奈の本性なのだ。それだけならいい、我慢できる、美奈には男を惹きつける魅力があり、どの男にも差別なく愛嬌を振り撒く。俊夫とも違いがないのだ。それは幼い頃からちやほやされた彼女の別の人格なのだ。だが美奈のもっと驚くべき性質がまだ表面に出ただけで隠されたままということだ。それは美沙登も美奈自身も、俊夫にも分からないことだった。

二人の買い物は送り届けて戴くことにして、『しおり』に飲みに行くことに決めた。俊夫はどうせ遅くなるし、良男も山荘からは戻って来ないからだ。その道すがら美奈は美沙登に真田みずきについて知っていることを尋ねていた。前田の思い人で彼の世話になっているのは周知の事実だが、美沙登も美容院の話は、近日開店した噂は聞いていたが、それ以上は知らなかった。

「なんでそんなこと聞くの？」

「指宿でみずきのこと知っている人に会ったから」

「なるほど、きっとしおりのママなら知っていると思うわ」

「そうね、急ぐことはないものね」

『クラブしおり』は早い時間ということもあって空いていた。詩織は美奈の姿を見て飛んで来た。詩織は草薙の援助を受けるようになって、しっとりしたお色気が付加され貫録もついてきた。

「深木の若奥様、一段と奇麗におなりになって」

「冗談がうまいのね」美奈は追従が嫌いだった。「お腹はいっぱいだから軽いつまみでいいわ。ウーロンハイはある？　それを二つ」

「だったら旦那さまがリザーブしていらっしゃるのがありますわ」

美奈はそれを了承して二人は席に座った。話は当然のように二人の日常茶飯事のことになった。

「旅行は快適だったでしょ」

「ただ忙しなく疲れただけ。もっと楽な計画にすれば良かったわ」

「でも充実していたんでしょ」

「どうかしら、俊夫さんはそうだったかもね。わたしはただ神経疲れで落ち着かなかったわ」

「どうしてよ、美奈、ああいうこと好きじゃないの？」

「まあ美沙登ったら、明け透けにいうもんじゃないわ、そんなこと」

「だってもう俊夫と結ばれて夫婦になったんでしょ。別に恥ずかしがることないわよ」

「じゃ美沙登、言えるの？」

「言ってほしい？　良男はとても激しいのよ。何しろ一週間はご無沙汰でしょ、わたしを朝まで寝かさないの。だからリズムが狂ってこんなになっちゃったの」

美奈は聞いていられなかった。そんな夜の生活の秘め事は内緒にしておきたかった。

「美奈、聞いてる？　良男ったらあんなに図体が大きい割には、恥ずかしがり屋でね、全裸にならないのよ。それに自分のぶらさがってるの隠そうとするの。だからわざとパジャマを剝がしてやるの」

美奈は美沙登の痴話に仕方なくつき合っているが、自分たちと比較してこそばゆくそんなものかと納得した。

「それに胸毛も体毛も毛深いし、上からのしかかるから、痛いやら重いやら、そして大きな熊みたいな毛だらけの手で粘っこくわたしを揉むもんだから、激しくオッパイが立って翌日までそのままなのよ。わたしだってそうされちゃ燃えちゃうわ。つい過ぎちゃって」

美奈は美沙登が開けっ広げで大らかな夫婦間のセックスを喋っているのに白けていた。美沙登もこれには対処しようがなく、会話を一時止めた。美奈は俊夫との交わりがまだ苦痛だった。だから素直に美沙登の話は聞けない。美沙登はセックスを男女のプレイとしか考えていない。美沙登は妊娠が難しいと言われている。生理不順なのもその原因の一つだが、ダイエットによる栄養の片寄りが、拍車をかけ子宮と卵巣の未発達を起こしていた。それを察知している美沙登は殊更明るく振る舞っているのだ。


「もう美沙登ったら、その話はなし。生活の話をしましょうよ」

「美奈はお手伝いさんを雇わないの」

「そう、当分は二人で暮らすの」

「わたしたち離れ離れだから、そうロマンチックじゃないわ」

「美沙登は料理が苦手だっていうけど、実際はどうなの」

「それなの、美奈に頼みたいこと、全く料理したことないから失敗ばかり。見よう見まねでやってるんだけど、さっぱり。料理学校なんかご飯のお総菜なんか教えないし」

「ご飯は何で炊いてるの？」

「それなのよ、初め米の研ぎ方も知らなくて往生したわ。水加減もね。今はガスで炊いてるの」

「良男さんは何が好きなの？」

「彼、家庭のない生活をずっと過ごして来たから、煮物を好むのよ。芋の煮っころがしとか、肉ジャガとか、魚の煮つけ、これが難問なのよ」

「魚は何でもいいの？」

「何でもいいみたい。それと肉の焼き方も知りたいわ、ステーキのね」

「それはどうかしら、ステーキは専門家の分野よ、わたしの手に負えないわ」

「ね、これからわたしの家に来て教えてくれない？　材料は全部揃えてあるわ」

「いいわ、どうせ明日は旅行だけど、着のみ着のままでいいから」

「明日旅行？　大丈夫？」

「乗りかかった船よ」

二人は店を出てほろ酔いで腕を組んで歩いていた。ここで得た真田みずきの情報は美奈に残り、俊夫にも話しておきたいと考えていた。

第八章　真砂子の苦悩

1

美奈がわが家に帰ったのは十時を過ぎていた。明かりも点いていないところをみると、俊夫はまだ帰っていない様子。美奈は寝室に入り、寝間着を揃え、風呂のガスをつけた。彼女は風呂の水が温まるまで旅行の支度を慌ただしく行った。どうせ仲間同士の一泊旅行である。それでも以前と違うのは、荷物が二人分だということだけ。頃合いを見て湯気の立つ風呂を見てみる。むせ返るような桧の強い香りが美奈の鼻を擽った。こんなのんびりした風呂も久し振りである。寝室の暖房を確かめてから湯船に浸かった。美沙登と過ごした料理の時間は楽しいものだった。鮮明な画面として浮かび上がる。

美奈は包丁もまな板も新品同様なのにびっくりした。

「何を作りたいの？」

「先ず肉ジャガ」

美沙登は肉を炒めたり、塩胡椒することを知らなかった。野菜も炒めなかった。

「肉は牛がいいわ。始めに肉を塩胡椒して炒めたら、それを取り出して野菜を炒めるの。玉葱は炒めると辛みが飛んで甘みが増すの。全体に油がまわったら鍋に水とダシを入れしばらく煮るわ。いったん馬鈴薯を除いて味付けをしてから肉と馬鈴薯を戻してゆっくり煮つめるの。最後に入れた馬鈴薯が煮えたら出来上がり。こうすれば馬鈴薯が煮崩れしないし、ほくほくして美味しいわ」

「この料理わたしが作ったなんて信じられない。美味しいわ。何か少し分かった気がする。ちゃんと下地がしてあればいい味がだせるんだわ」

「良い本あるから後であげるわ。わたしもその本を参考にしたの」

美奈は美沙登と一緒になって料理して変な感情や誤解が解けたような気がした。

美奈はパジャマで寝ることにした。まさか今日は俊夫が襲って来ないと高を括ったからだ。俊夫がいないベッドは何か寒く、淋しいような不安な気持ちで寝つかれなかった。

十一時は回った頃だと思う。玄関の扉が開いた音で彼女は目が覚めた。俊夫が酔って洋服を脱ぎ捨て、そのまま寝間着に着替えようとするので、美奈は叫んだ。

「俊夫さん、お風呂入らない人は別な布団で寝てよ」

俊夫は美奈が眠り切っていないのにも、その言葉にも仰天した。

「まだ温かいから、沸かせばすぐに入れるわ。歯もちゃんと磨いてね」

俊夫はぶつぶつ文句を言いながら風呂場に消えた。美奈は早く熟睡しようと焦った。俊夫が隣の寝所に潜り込んできた。頭がタバコ臭かった。俊夫が美奈を抱き寄せようとするので、彼女は手で彼を叩いた。

「駄目よ、頭も洗ってない」美奈は明かりで俊夫を調べていた。「それに歯も磨いてないわ。ただ湯船に浸かっただけでしょ。そんな人に体を触ってほしくないわ」美奈は良い言い訳ができたと内心ほくそ笑んだ。俊夫は負け犬のように尾を垂れて引き下がった。

美奈はじりじりして眠れず、俊夫はふて寝をしていた。俊夫は腹が立っていた。美奈が体を触らせないことに不平不満が爆発したのだ。俊夫は強引に美奈を抱き寄せた。ほんとしょうがない人、明日は旅行で朝早いのよ、美奈は彼の力にも彼女自身の気持ちにも負けて、体を開いてしまっていた。わたしってどうしてこうとしおさんによわいのかしら。美奈は俊夫に肉体を初めて許した相手として、体が容認していて感情が抗し切れなかったのだ。

「だめ、だめ」それでも美奈は涙声だった。美奈の激しい抵抗に俊夫はびびり、営みは中途半端になった。二人とも慚愧に充ち、鬱々として寝過ごし、玄関の扉を叩く音で跳び起きた。美奈は珍しく髪を振り乱し、少し時間を、といって俊夫を起こした。俊夫は完全に眠気が覚めず、体を揺すり眠気をとっていた。それからの旅行は辛いものになった。美奈と俊夫は別々の班に分かれ終始行動は違っていた。仲間たちとの会話で少しずつ調子を取り戻し俊夫は快活さが戻って来た。美奈は女性仲間のお喋りが煩く、それでも調子を合わせて取り繕っていた。バスでの移動なので幹事になった人は大変だった。

長島温泉へはそう距離もないので観光地を巡ることになっていた。

俊夫は昼食に表へ出て日差しの眩しいのが目に染みた。美奈は寝不足の割には元気だった。今日は俊夫に襲われることのない穏やかな夜を迎えられるのだ。

「旦那様が隣にいないと淋しくありません？」

「友利絵、わたしを冷やかすつもり、彼いなくてすっきりしてんだからそんなこと言わないの」

「そんなもんなの、新婚の性生活って」

「馬鹿ね、そんなことあからさまに言うもんじゃないわ」

旬子は友利絵をたしなめた。

「友利絵は隼人さんとはまだなの」真理子は言う。「でもあなた今回の旅行、彼来てるじゃない」

「焼かない、焼かない、早く片倉さんこの会社に入社させればいいのよ。そうしたらいつも二人でしょ」

「それはもう決まってるからいいの。それに彼と結婚するし」

「そうね、わたしたち仲人頼まれてるものね」

「あら、真理子とわたしどちらが先」友利絵は美奈を独占したがっていて、頗る不満である。食堂は横一列になっていて、向かい合って食事することになった。たまたま俊夫は美奈の斜め前になった。美奈の隣は争って、真理子と友利絵が譲らなかった。俊夫の隣には本橋と片桐浩がいた。次長の片桐は課長の佐竹を引き連れていた。

「専務、大体のこれからの戦略はそんなところで」

「詳しくは旅行の後にしよう。折角の旅行だ。楽しもう」

美奈は俊夫が好きなエビフライがあるのでそれを彼の弁当に黙って加えた。それに分からないように美奈が嫌いなピーマンのフライもつけ足した。傍らの友利絵と真理子はそれを見逃す筈はなかった。俊夫と目線がちらりと合ったが、美奈は素知らぬ顔をしていた。

「美奈さん、見たわよ」

真理子は友利絵とは全く性格が異なり、はっきり物を言う質だった。

「いいな、夫婦ってああいうこと自然にできるんだもん」

「あ、真理子焼いてるんだ」

「何よ、そうじゃないわ。失礼ね」

肝心の美奈は聞いていて知らん振り。二人はシラケたが、もっとシラケたことが起きた。

「美奈、向こうに奇麗な滝があるんだ。食事が済んだら見に行こう」という俊夫の言葉だった。

「ああ、あー嫌になっちゃった。つまらない」

「そうかしら、素敵よ」

「俊夫さん何処で待ってるの」美奈のその声は媚びが込められているように二人には思われた。真理子も友利絵も主人のいなくなった空虚な心の空間を味わわされていた。友利絵はすぐその場を離れ、谷村を捜しに外へ出た。真理子はふて腐れて居残った。

美奈と俊夫が岩場の垣根越しに滝を見ているとそれを写真に写す人もあって、かなりの人数が集まった。俊夫と美奈は、敢えてそこを離れ二人でぶらぶらしていた。

長島温泉には四時前には到着していた。夫々が夕食までの時間を過ごすのに趣向を凝らしていた。美奈は風呂を後回しにして、女性の希望者と卓球をすることにした。活発な女性が多いのもこの会社の特徴といえる。俊夫は若干の時間の狭間に営業の者たちに集合をかけた。営業の話は無論だが、今日の余興の話もあった。

「総務の辻と営業の湯浅の裸踊りは圧巻だそうで」

「所謂座布団踊りだろう。あんまり下品になっては困るが」

「その点は辻が心得ているでしょう」

「後は、桧山の蛸踊りも候補に」

「その類いか、変わった趣向はないかな」

「例えば」

「手品とか、腹話術とか」

「滑稽な鳥の物まねをするのがいます」

「それは良いな。鶏かな」

「そうです」

それで余興の話は終わり、営業会議も旅行中につき顔合わせに終わった。

俊夫は連れ立って風呂に入りに出かけた。

美奈はズボンを持参していないので、はくものがなくホットパンツにした。美奈が遊戯場に行くと、もう、数人の女性が卓球台を磨いていた。美奈は見覚えがないが、どうやら誰かの部下らしい。旬子が顔を見せた。旬子は美奈のいで立ちに息を呑んだ。こんな悩ましい姿なら深木ならずとももよおすのも無理ない、色んな噂は本当だ、女が美奈に女を感じても仕方ないが、ゾクっとする色香が体を包み、とても卓球をするふうには見えなかった。友利絵も真理子も来て、その美奈の艶やかさに立ち竦んだ。Tシャツがまるで借り物のようで、美奈の胸を覆っているが、その盛り上がっている曲線がウエストで細くなるが、布が胸に奪われ臍が丸見えになっている。そして短パンは肉に食い込むが如くに張りつめ、美奈の肉体を想像できるほどで、女性でも生唾を呑み込んだ。誰もが言葉を失ったのに美奈は、彼女らを急き立て集合させた。

友利絵は美奈の姿に仰天した。真理子はその美しさにうっとりした。

「その格好で卓球なさるの」

「そうよ、いけない？」美奈は皆が驚いているのをいぶかしげに尋ねるような調子になった。「脚なんかに傷をつけたりしたら、専務にどやしつけられるわ、サポーター持っている人いない？」

「まあ美奈さん、そんな色っぽい格好じゃプレイできないわ」

旬子は美奈が飛び切りのスタイルの持ち主な上、美人ときているのを知らないわけではないが、想像以上の美奈の鮮やかな支度に、戸惑いを覚えていた。若い女性社員たちは美奈を取り巻き、歓声をあげて騒ぎたてた。

練習が始まった。何人かで二台に分かれて四人ずつ、二十分毎の交替をして試合に備えた。その中の目ぼしい者といえば、若い社員の北村と真山、そして美奈だった。

三人と他の者とを別にしてラリーが行われて全員が見とれた。模範演技として北村と真山が試合した。北村のスマッシュの威力は凄く、真山の変化球も通用しなかった。北村と美奈が対戦した。北村も美奈もペンホルダーで攻撃型の似たタイプの一戦になった。この頃になると観客が音につられて増えた。しかもうら若い女性の戦いである、それを見逃す手はない。

北村は高校時代卓球部に在籍していて、かなりの成績を挙げたらしい。美奈は専門がソフトボールで、卓球は遊びでしかやったことがない。勝負は決まっているようにみえた。だが美奈の粘りがそれを覆しつつあった。北村は美奈が打ち込むその瞬間、美奈の体全体から零れるような色気が迸りでるのに驚いた。戦いはほぼ互角だった。勝負を左右するのは僅かなミスと思われた。突然のどよめきに美奈が大きなスマッシュを打ち損ない勝負は終わった。

北村も美奈も汗びっしょりだった。美奈は燃え立つような色香が湯気のように萌え、男は美奈の噴き出すフェロモンに吸い寄せられるように集まった。

それからは男性も交えての試合になった。美奈は自分が事を起こす度に、大仰になるのに呆れていた。そして男が群れるのも最近とみに美奈が嫌いな展開、美奈をまるでセックスのシンボルのように崇める男どもの汚らわしい狡智な滴りが美奈には気に食わなかった。俊夫に体を許した今は、以前のように男と痴戯を繰り返す事はなくなった。

愛嬌の良い美奈の事だから、男を侮辱することは避けていた。だが美奈の悩ましいスタイルは男の垂涎の的で、気を利かした旬子の計らいで、薄いコートを羽織らされると、男の溜め息が漏れた。その償いが近しくなるきっかけで、バーに行くことになった。そこでも皆の羨望の対象になった美奈だったが、精神疲労が酷くそれでも対人関係の非礼はしたくないので、部屋に帰った彼女は倒れるように寝入ってしまった。

俊夫はのんびり露天風呂に入って疲れを取っていた。宴会は成功したが美奈だけが欠席したのは淋しかった。活気づいた勢いが会社の成績に結びつけばいいと考えていた。だが俊夫とともに時を過ごす者もいないし、語れる人も数少なかった。美奈の作った人脈が深木の傘下になっているのだ。唯一木幡は俊夫の直下の部下だが、今日は旬子と家族風呂にいる。部屋に帰っても俊夫を敬遠して誰もいない、一人で寒い布団に潜って寝つかれなかった。隣の部屋では賭け事を少し加えたゲームを楽しむ声が聞こえる。俊夫はそのくらいの楽しみはやむを得ないと叱りもしないし、仲間に加わることもなかった。

その後の旅行の計画は、概ね無事成功に終わり、俊夫と美奈は打ち合わせをしていなかったので、直接村越真砂子の店に行くのを中止するより他なかった。もっとも真砂子との連絡も取れていなかった。

美奈と俊夫はその旅行の後、平穏な日課をこなしていた。美奈は暫く家の片づけや、換気、それに旅行の洗濯とせわしない毎日だった。俊夫は会社の業務に追われてまた忙しくなった。美奈は隣に俊夫がいるという安心感からか、とにかく熟睡できた。俊夫は毎日の日課のように美奈を抱きにきたが、美奈は性生活も落ち着いて受け止めるようになっていた。彼女はこの時こそ、頭に描いた事を実行する機会とみて、その準備も滞りなく行っていた。だが旅行後の二人は後始末の整理に追われ、せわしなかった。美奈は真砂子に連絡を取り彼女と会う約束をした。その前に美沙登が小松の墓参りの時、山荘への登山に同行すると言っていたので、その調整も行っていた。それになによりも、俊夫の都合に合わせなければならなかった。

美奈は登山が決まった時、自分の登山用品を確認してみた。ウエストが殊更細くなり、ズボンがゆるゆるだった。今更新調するのは憚かれた。美奈は針を持ったことがなかったが、今度はそうはいかない。俊夫が家に帰ると、美奈が裁縫をしている珍しい姿をみた。

「明日美沙登と登山でしょ。ズボン直してるの」

「そうか、僕のは？」

「ええ、用意してあるわ」

俊夫の用品は問題なかった。

俊夫は車を点検して、美奈を乗せ美沙登を迎えにいった。

「小松さんはもう間もなく十三回忌かしら」

「良男があと二年後だと言っていたわ」

俊夫にも美奈にも、そして美沙登にも思いが深い登山道である。美奈は小松の生前中はこの急登を駆け登るように走って登ったものだ。俊夫は雪ケ岳をアタックするのにこの登山道を利用したことはない。美沙登は登山なんか趣味ではなかったし、友人たちとの登山以外は、全て必要に迫られての登山だった。美奈は自分が既に登山に不向きな環境と体型になり、これが小松の墓参りでなかったら、とっくに山登りを断念していたろう。俊夫はもっと深刻だった。彼は最早自分が山男ではないのを真剣に捉えていた。彼は事ある毎に自然に身を隠し、自然を友とし山男という自負を持っていたが、それは伝説の中の玉手箱に収められてしまっていた。それが年月の恐ろしさであって、過去の俊夫は存在していなかった。先ず小松山荘に行き良男に会い、礼の挨拶の後くつろぎ、それから用意しておいてくれた、花や線香を持って良男も加えて小松の墓参りに出かけた。その分岐点も草深くなり、剪定しなければならず、四人で分担して道を明確に区分けした。雑草も背が伸び掻き分け進んだ。良男は一々丁寧に雑草を切って束ねて整理していた。何時も彼が暇をみて行っているのだが、その合間の時間が中々取れなかったのだ。彼は美沙登にも言われ、自分自身も感じている収入不足を少しでも解消しようと頑張っていたのだ。

ここに来ると周りの空気が澄んでいるように感じる。荘厳な気持ちになるのも小松の墓だからというばかりでないことは確かだ。美沙登は良男と会うのも一週間振りで、夫の姿が眩しくみえた。墓への道すがら彼は美沙登の健康状態を聞いていた。美沙登は良男の顔を見た途端、仮病のように病が体内から消えていた。

墓は以前俊夫が見た時よりかなり整備されていて、奇麗に垣根も作られていた。俊夫が寄進した樹木もかなり背が伸びていた。俊夫は小松に感謝の礼を取った。考えてみれば、小松は不思議な男だった。その彼を慕って来ていた美奈の妖精のような摩訶不思議な姿が焼きついている。あの時二人は激しく愛し合っていたのに、認めようとしない頑固さと、気持ちの移ろいを気づかない、恋愛に初心者の二人だったからだ。

「大熊爺は天性で人を癒やす才能があったらしい。僕もその一人だけど、人は幸せにするが、自分だけが幸福とは縁のない人だったな」

「人に優しい人だったからな。それでいて自分に厳しい人だからいいんだ。極限の悲しみを味わった人間は人に優しくなるという。大抵優しい人間と言うと、責任のないいい加減な人が多いけど、大熊爺は違ってた」

「小松のおじ様は人の気持ちを丸くして呑み込む人だったわ。全てを許容してね」

「俺には豪快な人という印象が強いな」

「わたしね、風変わりなおじさんという感じだった」

「惜しまれる人は早死にするって本当なのかしらね」

小松のような希有な人物は社会の構成が定まっていない時期に生まれる奔放な生活を送った人にしかあり得ない。不真面目でいい加減で悪いことを繰り返した人間にしかできない、はぐれものだ。生真面目な日本人は平均的に優秀な人材は多いが、飛び抜けた人、小松みたいな人を輩出しないのもそんな生真面目さにあるのかもしれない。

「ここに眠っているなんて信じられない。今の俺たちを見て、さぞかしあざ笑っているだろうな」


思えば不思議な結束だった。小松という人物を通して知り合った男女が、今こうして夫婦となって墓前にいる。古《いにしえ》よりの結びつきのように小松がなした無意識の行為に、妙な雰囲気が溢れていた。良男と美沙登は静かでおとなしい関係で結ばれたが、俊夫と美奈はみっともなく破廉恥で、人前でも恥ずかしい痴戯を繰り返し、愛したくて、いとしくて、燃えるような思いをぶつけ合った。二人には、小松は結びの神だ。

俊夫はふと山下洋子と二人、仲間に隠れて小松山荘の裏にいて、スズランを見つけた時の洋子の喜びの表情を思いだしていた。今日は小松山荘に泊まる。洋子は最早俊夫にとって過去にしかすぎないが、幻影をみたことで、彼も洋子も救われた気がする。

小松山荘も建ててから大分年月が経ち、補修も行われて、以前と感じが違うように美奈には思われた。俊夫はあの嵐の夜を忘れることはない。

良男は俊夫と美奈を部屋に案内すると、美沙登を連れ出し小屋を巡り始めた。美沙登は結婚しても別居生活を余儀なくされて、ここに来ることも自由にならない身の上だ。美沙登は自分たちが住むための空間が出来ているのを見ると、良男に自分の我が儘を押しつけての生活に、少し反省の兆しをみせた。

「これわたしのために」美沙登はそこが彼女の趣味に合わせてあるのに涙ぐんだ。それにあの家を美沙登が離れ、ここに住めばありとあらゆる問題が解決する。美沙登の収入が減るのは経済的には酷い打撃だが、平穏な家庭が築かれる。美沙登がもう既にスタイリストとしての資格を失った今、彼女は決断すべき時がきていた。小松山荘は増築し、その中に管理人棟があって、そこに良男は美沙登と暮らそうとしていた。そこに深木夫妻を招待しようというのである。美奈はそこに台所があるので、美沙登と今晩の食事を作ることにした。美沙登は名誉挽回しようと張り切っていた。

　夕食時に美奈は良男の賃金について俊夫に問い正した。俊夫は歩合制になっている今の賃金制度の仕組みが、変えられない限り、無理な面もあるから、小松山荘そのものの売上を倍増する必要があると答えた。

「お土産で目新しい品を売る、それは多分に真砂子の領域になるが、近いうちに真砂子に会う約束があるよ」俊夫は二つ目の提案もした。

「美沙登はブティックで小物を扱っているから、それを応用して何か作ればいい。美沙登のセンスなら変わった面白いアイデアが飛び出すかもしれない」

「この山荘のブランド品を出したらどう？」美奈は具体的な案は二人に委ねて大まかな話にした。

「わたしも真砂子の店見に行ってみたいな」

「それはいいな。美沙登行きなよ」

「良男、きっと朗報を持って来るわ」

そしてその日の宴会は楽しいものになった。美沙登はこの日ばかりは陽気に騒いだ。

「美沙登は料理が下手とは思わなかったな」

「ま、美奈お喋りね。俊夫には何でも話すの」

「いーだ、俊夫さんとわたし夫婦になったんだもんね」

「夫婦になるとわたしを裏切るわけ」

　根がない悪口が次から次へと出て、二人はその快感に酔った。良男は俊夫と芸術論でも交わしたかったが、最早俊夫にはそれは過去のものであった。そして良男は内省的になり、人との交わりを嫌うようになったこと、俊夫は俗物になるよう心がけていて、話は通じ合えなかった。美奈は人と辻褄を合わせるのが上達してそつがなくなったが、彼女の本性は内部に閉ざされてしまった。だから美沙登とは話は弾んだが、内面に踏み込んだ話題はなかった。

※

　その日、俊夫は真砂子からこの訪問を歓迎するが、俊夫だけに話すことがあると彼女に打ち明けられて、その対策に苦慮していた。その秘密の話が彼女の妹に関する情報であるのは確かだった。それで俊夫は美奈と美沙登に植草の店を見物することを勧めた。俊夫は桐原と彼の会社を、八代傘下に組み入れる作業の一端の会議があるという嘘をいって、真砂子の指定した懐石料理の『椿の里』へと足を延ばした。俊夫が名前をいうと、女将自ら顔を出し真砂子の待つ『はなみずき』に案内した。

真砂子は美奈を裏切るこの行為に、後ろめたさを覚えたものの、ことは妹の秘事である。このことは俊夫にしか伝えていない。真砂子は俊夫の姿を認めると、幾分安堵した表情を浮かべ、彼を迎えた。彼女とは深い縁《えにし》に繋がれて、美奈より業《ごう》は深いかもしれなかった。

「俊夫、お腹空いたでしょ」

「時間は充分あるのか」

「ええ」

真砂子は着物姿であった。情緒纏綿とした彼女の憂いを秘めた顔の表情を眺めていると、危険な香りがするような気がする。

「俊夫、密会みたいなことさせて悪かったわ」

「それはいい、緊急の用事かい」

「相も変わらず妹のこと、俊夫座ってよ」

「真砂子、益々女を磨いたな、ぞっとするほど色気がでたな」

「よく言うわ、そんなこと言いながら美奈と夫婦になった癖に」

二人きりになるのは久し振りだった。真砂子が通っている店だろうか、ここならゆっくり大事な話も出来る。

「真砂子の好みかな、ここへよく来るのか？」

「桐原とね」

「へー、そういう仲なのか、あの男と」

「悪い？　俊夫がわたしを相手しないからそうなるの」

「そうか、真砂子にも春がきたか」

真砂子は彼女らしくなくはにかんで、姿勢を崩した。なまめかしさが部屋に漂った。俊夫はその真砂子の態度に男の匂いを嗅ぎ取っていた。

「妹の瑠璃子を入院させるのに、保証人が必要なの。俊夫に相談したいのは、その保証人のこともあるんだけど、問題はそんなことじゃないの」

「それを解決しなければ、そこに入れないわけかな」

「一寸言いにくいのよ」真砂子は襟を正した。

「あの子の男性関係なのよ」真砂子は小声になった。

「精神に異常を来して以来、瑠璃子は男関係がだらしなくなって、男性遍歴を重ねてきたわ。医者がこういう子って何かに精神が片寄るといっていたけど、瑠璃子は性欲が強くなったのか、やたらと情交を繰り返し、男を次から次へと変えて男同士の喧嘩に発展したの。それにそうしているうちに、彼女の腹が出てきて堕ろさなければならなくなったの。だが掻爬《そうは》するといったって、わたしの心は乱れて……お願い俊夫、あなたが来れば変な噂が広まるかもしれないけど、そんなことはどうでもいいのよ、体裁を繕っている暇はないわ。頼る人といえば俊夫しかいないの、いい迷惑でしょうけど、この問題を解決してほしいの」

「それでそれが解決したら施設に入れるつもりかい？」

「それもね、迷っているの。どうしたらいい？」

「それは瑠璃子さんに会って様子を見てからにしよう」

真砂子は俊夫の前だと気の強い女も、なよなよしたふうになるのが可愛かった。

俊夫が初めて真砂子に会ったのは真砂子が俊夫に接触を求めて来たからで、そのとき俊夫は城匠一というペンネームで詩を発行していて、それに感激した真砂子が会いに来たということになっている。それはどうも違うらしい。真砂子はその当時、東京音大の琴奏科で、琴を学んでいた。真砂子が俊夫に会ったのは俊夫が二年生の時で、彼女が部室を訪れたことから始まる。その日、休講で授業がなくなった俊夫は、行くところもなく部室にいた。部長は部室に来るのは年に二、三回程で、その下の三年の桑田が取り仕切っていた。その桑田と一緒に会計の決算の提出で籠もっていた。その他に部員、新人が多くいて、その仕事に立ち会っていた。そこに村越がドアを叩いたから騒動が起きた。真砂子の従兄弟の立花がいたが、彼が真砂子の行動を補助した。

夕暮れ頃、目処がついたので、俊夫は真砂子と食事をしながらの会話になった。真砂子は俊夫が城匠一というのは立花から聞いていた。その当時の俊夫はナイーブな性格の上に、臆病で内気で卑怯な責任逃れの男だったが、真砂子には神様のような存在の彼に会えて、その詩について説明を受けているうちに、その鋭い観察眼と、感性に感銘を受けた。それに俊夫は優しい男で、女にマメな男だった。優しいというのには、だらし無い、いい加減の意味合いが強く、なにもかもが中途半端だった。それでも真砂子が俊夫に傾いたのは、相性が良かっただけだろう。そして俊夫は女の気持ちを見抜き、それを女が喜ぶように実行に移す行動力にも長けていた。それが縁で真砂子は部室に出入りし、作品も幾つかものにした。その間僅か二年、後は個人的に交際が続いたのは、多恵子や美沙登に囲まれており、自分の感情をうまくコントロールしていたからだ。

「瑠璃子はね、チンピラの都合のいい欲求不満解消のおもちゃにされてるの。瑠璃子は病気で男が欲しいから、抱いてくれればどんな男でもいいのよ。あんな清らかな気持ちの妹だったのに、盛りのついた猫じゃないけど、時も場所も選ばず、男たちに回されてもかえって喜んだりして……ね、妹をわたしと一緒に助けて」真砂子は俊夫ににじり寄って、切なく訴えた。

「俊夫」彼女は俊夫を見つめた。真砂子の感情が爆発した。

「俊夫、抱いて、わたしをしっかり抱き締めて」真砂子の目は潤み、彼に体を預けてきた。真砂子は涙で頬を濡らし、情緒纏綿として訴えていた。

「俊夫はもう美奈という素敵な奥様がいるのは承知してるわ。それにわたしつい淋しさに負けて桐原に許してしまったわ。だから大きなことは言えないけど、わたしには俊夫、あなたしかいないの」真砂子の危険な感情は俊夫に感染していた。真砂子は俊夫に縋りついてきた。真砂子のいい香りが俊夫の鼻を擽った。

真砂子は俊夫の抱擁を受けて、ひとしきり泣いていたが、やがて居住まいを正した。話は本線の妹の話に戻った。

「それでどうすればいいんだ」

「中絶するのが最初ね。早いほうがいいわ」

「真砂子の都合はどうなんだ」

「俊夫、平日なのよ。あなたこそ大丈夫?」

「問題は、美奈にどう伝えるかだな」

「美奈にこのこと言うの?」

「秘密をもつと碌なことがないから、この際洗いざらいにしたほうが、行動を起こしやすいからな」

※

美沙登は美奈の案内で植草の店を訪れた。真砂子の店も知らないが、美奈に言わせれば民芸品売り場としては、それほどの相違がないらしい。

植草は美奈を歓迎して彼女の感情を刺激しないよう心がけた。なにしろ彼女は八代グループの幹部の娘、そして深木俊夫の妻である、おろそかにはできない。美沙登は小物の品々に目移りしていたが、美奈にたしなめられて小松ブランドの検討品をチェックしていた。Tシャツは美沙登の管轄内にあるが、いいヒントが見つからない。ここにもTシャツはあるが、満足する出来のものはなかった。

「美沙登、自分でデザインしたら?」

「わたしそういうの、良いアイデアが浮かばないわ。批判はできるけど」

「わたしもそういうの苦手だな。周りに美術出身の人いないの?」

「絵柄をどうするかだわ」

「スズランはどう、山荘にスズラン」

「それにスズランの香りのする香水とかハンカチとか、香り袋もいいな、これみたいなデザインで」

「ねえスズランの香りがする和紙を作ってそれを加工するとか」

「人形の良いアイデアなんかないかしら。伝説なんかないしね」

「小松山荘は若い男女の結びの館だというわ」

「キッス人形なんか面白いけど」美沙登はとっぴなことを言い出した。「昔見たことあるのよ、植草さん知ってるでしょ」

「参考にしたければ、見本を取り寄せますよ」話は発展して参考見本を取り揃え、植草も協力して希望する商品を控えた。美奈も美沙登も手応えを感じて植草の店を離れた。植草は店番がいないので、美奈の昼食の誘いは断らざるをえなかった。

2

真砂子は俊夫と分かれて自宅に急いだ。着物を洋服に着替えるためである。俊夫は美奈と美沙登が来るまでの間、真砂子の店へでかけた。店員は若い女性が一人いて、客の相手をしていた。客は多く彼女一人では持て余しているようだった。俊夫の顔を覚えていたその女性は、助けがきたとほっとした。事実俊夫はここで時間の許す限り、売り子として手伝ったことがあった。

「深木さん、とても客を捌き切れません。少しよろしいでしょうか」

俊夫はレジに向かい会計を援助した。その混雑したさなかに美奈と美沙登はやってきた。俊夫の言葉に二人はエプロンをかけ、売り子に変身した。

「美奈、この商品が足りない」美奈に俊夫は見本を見せた。

「これを倉庫からもって来てくれ」

店内は助けが来たのにてんてこ舞いだった。駆けつけた真砂子はその混雑に驚いた。どうしてそうなったのか見当もつかなかった。その日たまたま週刊誌にこの店が掲載されたことが要因になっていた。

真砂子は琴の生徒の授業だといって抜け出していたのだ。美沙登は真砂子の店は初めてだった。植草の店と品物も飾り方も全然違っていて、それがとても興味深かった。美奈は真砂子の趣味がそのまま展示品に表れているのを見て感心していた。女らしい細かい気の使いようは、華やかで、いかにも女性好みを対象にしていた。真砂子の趣味の良さは植草より相当上だった。

「皆さん、よくお出で下さって有り難うございます。今日は一泊なされるんでしょ」

「真砂子、喜んでそうさせていただくわ」

「桐原さんは？」美沙登は真砂子の噂の彼氏に会いたくて言った。

「彼、夕方食事に来るわ」

「真砂子、良い目の保養させてもらったわ。専門家として助言してほしいわ。山荘の土産のポイントは何？」

「小松山荘でしょ。小松さんが熊という仇名があるから、それをうまくアレンジすれば、面白い物が出来るわ」

「あのさ、キッス人形は売れると思う？」

「どうかしら、左右に男女がいてボタンを押すとキスするんでしょ。二人のキャラクターの個性が強く、いやらしくないのがいいわ」

「どう、大熊爺という仇名と同じような人形はいいかもね」

「それがキスするんじゃないわね」

「まさか」

「いいえ、考えの方向転換をすればそれもいいかも」

「わたし作ってみる。裁縫は苦手だけど頑張ってみる」

「見本になる良い人形を思い出したわ。うふ、思い出しても滑稽な人形よ」

「材料は充分にあるわ。既製品を使ってうまく纏めればいいわ」

真砂子は店員に口頭で品を言って揃えさせた。真砂子は後から合流するからといって、今日泊まる宿に三人をタクシーで運ばせた。

「夕食は宿のレストランを貸し切りにしてあるわ。六時、それとも七時？」

「七時にして」美奈が言った。

※

俊夫は桐原と会うため彼の指定したホテルのロビーに向かった。

桐原は真砂子を呼び出し、三人で契約の話をする予定にしていた。昨日の俊夫からの一報で、彼は明けの明星を見た気がした。俊夫は真砂子の心は既に桐原にあって、全幅の信頼とまではいかないが、体を許し合った馴れ合いというものが、漂っているのは分かった。では何故、真砂子は俊夫に妹の秘密を打ち明けたのだろう。俊夫は真砂子に女の不可思議を感じた。

「基本的には桐原さんの経営するユニバーサル産業を、八代グループ傘下に組み入れるのを認可します。必要な書類は揃えてありますか」

「司法書士に頼んでありますので、間もなく揃う予定です」

「その時点で村越真砂子による推薦という下りがあります。村越さんに推薦人の印を押して戴きます」

「それはいつのことですか」

「年明けの早い時期に」

これで肝心な話は終わった。桐原はいそいそとその場を去った。

「どういうことかな、真砂子、桐原とこんな仲になってるなんて。それにその彼を袖にして俺に妹のことを相談した訳が知りたいな」

「ただ淋しかっただけ。わたしも女よ。でも体を許したけど、まだ気持ちの上で信頼はしてないわ。勿論それで俊夫が納得するとは思えないけれど、ただの過ちよ」

「結婚するのか？」

「いいえ、わたしの心に俊夫が巣喰ってるもの」真砂子は少し泣いた。そして冷静さを取り戻し続けた。「女って初めての男に弱いのよ。あなたは感受性の鋭い崇高な精神の持ち主だったわ。俊夫の詩を読んだときの衝撃、そしてあなたとの待ち焦がれた逢瀬、一目でそれと分かる瞳に輝く光、そして巧みな楽しい会話、身なりは構わず、内面を磨き続けている信念、あなたの内面から噴き出る知性、それらは眩しいほどに映ったわ。恋に恋したのね」

「あなたはもう美奈のものよ。あなたの心は美奈で埋まってるわ。ただ結婚したというだけでなくね。だからわたしがもっと気持ちをすっきりさせればいいのよ。ただ俊夫、言っておくけど未練かもしれない部分がまるでないとは言えないけれど、大人としてのあなたを信頼してるわ」

「俊夫、わたしの我が儘なのよ。妹のことで精神がずたずたに引き裂かれ、ついあなたに頼ってしまう。もうあなたとはとうの昔に終わったというのに」

赤裸々な真砂子の告白には胸を打つものがあった。俊夫はコメントを差し控えた。真砂子の気持ちを理解しないからではなく、彼の立場が踏み込めない状態だった。

「真砂子、もういい、君を責めるつもりは毛頭ない。だが美奈の知らないところでの出来事は問題だよ。それを承知してくれればいいさ」

真砂子は美奈の美しさに惹かれた俊夫が、盲目の愛で周りを見失っているのには気づいている。彼の詩のセンスのあった心が、俗世界に入り、傷つき美奈の魅力で覆われてしまっている。心が破壊され俊夫は変わってしまい、事務処理が上手になったが、人の気持ちに添うことがなくなったと、真砂子は美奈の俊夫に対する支配の大きさを感じていた。

※

美沙登は無器用な上に針を持った事がなく、良男の釦つけとか裾上げしか経験がなく、見本製作は針を指に刺すのが多かった。熊の縫いぐるみが見本だったが、美奈の手を見ての挑戦は、不細工な失敗続きで、でもなんとか形にはなった。美奈は滑稽な人形を目指していた。思わず笑いが吹き出すような。熊といっても人間の毛むくじゃらの男にする予定だった。小松は何時も不精髭を生やし縫いぐるみみたいに可愛いと彼女は彼の生前中ずっと思っていたものだ。美沙登はふと針を止め、指の傷を絆創膏で巻き、美奈の品を見た。

「うふ、何これ、まるでピエロみたい」

「でもピエロじゃないわ」

「ね、美奈、これ目を動かせない？」

「え、どうしたいの」

「目玉をキョロキョロさせたら面白いと思わない」

「じゃ、初めからやり直しになるわ」

美沙登はもう自分の製作は諦めて、美奈の批判に回った。美沙登の注文は厳しかった。

「美沙登、あなたやりなさいよ」美奈がそう言い出すほどだった。それから数十分は経ったろうか、奇妙な人形が一体出来上がった。

「わー、可愛い、目もちゃんと動くわ。どうやったの。小松のおじさんみたい」

「美沙登、そう思う？　だったら成功よ。『大熊爺』の完成よ。まだ改良の余地あるかもね」その後も製作は続いたが、初めに発想した人形が一番よかった。

「人形の製作で上手な人いるかしら」

「それこそ真砂子の出番じゃない」

俊夫も真砂子も、そして桐原も宿に集結した。話題はもちろんその人形に集中した。真砂子はすぐさま多田久美子という人形作家を電話で呼び寄せた。桐原と真砂子は馴れ馴れしくしないよう真砂子の配慮もあって、美奈と美沙登に二人の関係を気づかせなかった。

多田は近くの人間らしくすぐやって来た。彼女は暫くの間人形をいじり回していたが、製作の言わんとする意図を汲み取ろうとしていた。

「これ、良いわね。髭をどうするかだわ」

「売り物になると思います?」

「それは売るのと買うのと見方が違うからどうかしら」

多田は試作品を持って来ていた。

「今考えてる人形なの。村越さんどう」

「この人形の主旨は」

「江戸の農民シリーズの一環ということで」

「平凡だわ」美沙登も美奈もその品を覗き込んだ。

二人は真砂子のクレームに疑問が湧いた。

「もう一つ売りが欲しいわ。この人形みたいな」

「この人形の手の動き、わたしが作った人形に使えるわ」

「どれどれ」美奈が真剣な眼差しで手を交換してみる。人形が滑稽な動きを見せて動く。

「これ良い」美沙登が腹を抱えて笑いながら美奈の肩を叩いた。

「足もこんなふうに動かしたら」

「そんなことしたらしつっこくなるわ」

真砂子は美奈からその人形を受け取り、遠目で動かして見る。

「『大熊爺』の完成ね。これなら売れるかもね」

「そのネーミング良男が承知するかしら」

「なに、美沙登、裏切り者」

女同士やかましく、華やかで黄色い奇声が満ち明るかった。

俊夫と桐原は最後の詰めで行動を共にしていた。夕食は女が主流の宴会になった。美奈は俊夫の顔を見ると彼に近寄った。彼女は他の人にはなんだかんだと言うが、俊夫がいないと何か欠けてる気がして心騒ぎ、いそいそ彼を迎えてしまう。シラケるのは他の面々で、美奈が俊夫の面倒を見始めると、そっぽを向いて知らん振りした。

「俊夫さん、ご苦労様」美奈は俊夫の真ん前に立って彼を見つめた。あれほど嫌っている俊夫の愛撫が美奈の記憶に蘇って彼女の体が震えた。そっと美奈は彼に抱擁され顔面を真っ赤にした。ほんの何十秒程の事で、気づかれる恐れはなかった。真砂子を除けば。桐原はそんな派手なことは出来ない。もっとも真砂子との関係は極秘だったのも影響があったが、彼の性格と真砂子の立場で、ちらと目を交わした程度に収まった。

美沙登は山荘に土産品売り場を作るのに積極的に賛成しなかったが、この民芸品売り場巡りで、その成功の可能性の灯が点灯したように思えた。美奈は何故か俊夫と二人きりになりたかった。もう何日もの夜を二人で過ごしていない不満があった。美奈は気持ちが逆な心情の整理はつかなかった。俊夫と二人になれば、俊夫が美奈を撫で回し、なんども襲いかかって来るのに、それがたまらなくうっとうしく嫌なのに、何故かなつかしいように感じる、この矛盾した感情が複雑に絡み合い、体が「恋しい、恋しい」といっているのを堪え切れなかった、この晩も二人は別々の部屋で寝ることになる。なまじ近いと体が燃えて悲しくなる。今夜は眠れないと美奈は堪え切れない情熱を消すのに苦労した。真砂子は俊夫に密会を申し出ていた。彼女の感情の中には俊夫に全てを告白して、浮気だろうが理由なんかどうでもいい、俊夫に抱かれたい、めちゃめちゃにしてほしいと、念じていたので彼を誘ったのだ。過ち？　いいじゃない。美奈？　関係ないわ。馬鹿な女、未練なのかしら。そうだったらやだわ。俊夫は危険の香りが漂う真砂子に乗りかかったが、美奈に声をかけられ現実に戻った。

「俊夫さん、美沙登と三人で飲みましょう」

その旅館には簡単なカウンターしかなく、騒ぐには不向きなので、近くにある居酒屋に入った。そこは超満員だった。

美奈は美沙登だと俊夫と彼女が腕を組んで歩いても嫉妬は感じない。それに俊夫を独占したり、べたべたすることもなかった。美奈が嫉妬深いのは、俊夫も誰も知らないことであった。美奈もそれには気づかなかった。

美沙登は俊夫の雰囲気が変わってきたのが分かって、接しづらいように感じていた。そして美奈も肌艶が奇麗になり、美しさが倍増したように見えた。もう二人は別の世界の異星人のようなものだと美沙登は思った。

「美沙登、ここへ来て売れそうないいアイデアのもの発見出来たかな」

「俊夫、美奈と相談しながら幾つか見つかったわ。まだもう少し揃えないと数が足りないわ」

「始めからあんまり欲張らないほうがいいよ。やっていくうちに、閃いていいものを思いつくかもしれない」

「良い参考になったわ。気持ちは前向きになったわ。良男が決心するかどうかよ」

「黒沢君に言ってくれないか、もし売り場を増設する気になったら、すぐ連絡してくれないかって、会社でその費用を捻出するようにするからって」

「有り難う、俊夫」

「まだ礼は早いよ。ちゃんと全部終わってからにしなよ」

「俊夫さん、美沙登のこと頼むわ」

「こんなことくらいしかできないけどね。美奈、明日は美沙登と一緒に帰りなよ。俺も明後日には帰るから」

「うん、そうする」

美沙登は俊夫に美奈が素直に従うのにびっくりしていた。それに俊夫に接するのに、美奈は春風のような薫風を感じさせる、なまめかしい仲を嗅ぎ取れた。

三人はよく喋り、食べ楽しんだ。美沙登は自然な状態でいられるのが、なにより生地がでて自らも笑い、二人を笑わせた。

「美沙登は今の店辞めるのか？」

「辞めさせられるのよ。体型が維持出来ない人間は失格ということよ」

「でも店に留まる気持ちさえあれば、勤められるんだろう」

「馬鹿ね、そんなこと美沙登がうんというわけないじゃない」

俊夫は美奈に心を奪われ周りを見ていない。美沙登の境遇が変化したのに気づいていない。俊夫は美沙登の顔がふっくらとして、洋服も以前と異なっているのを知った。

「無理してきたから体調が思わしくないし、精神的に疲れてるのよ。もうダイエットしなくてもいいとなったら、解放されてのびのびするわ」

「黒沢君には伝えてあるのか。美沙登の頼らなくてはならない人に」

「俊夫ったら、全く、わたしのことお見限りだからそんなことというのよ。ねえ美奈」

「これがわが夫とは、わたしは支えてくれるわよね」

俊夫は美奈の言葉に吹き出した。もうしっかり俊夫の妻の会話である。

心地よい酔いが三人を覆い、真砂子が様子をうかがいに来た時は泥酔に近い状態だった。桐原は遠慮したらしく顔を見せなかった。真砂子は明らかに、桐原を送ってから来ていた。美奈は真砂子に男の匂いを嗅ぎ取り、その鋭い臭覚で匂い立つように真砂子の体臭が漂うのを感じていた。この美奈の潜在能力は突然の閃きで始まるが、美奈も瞬間の投影を戸惑い立ちくらみをした。それが同時に俊夫に秘密があることを察知させ、彼女の脳の働きが活発になった。彼女の嫉妬の炎が体中を駆け回った。首根っこ捕まえても彼に泥を吐かせると固く心に誓った。美沙登は美奈が放心状態になり、何かに集中しているのが分からなかった。ぼやっとした美奈は返事も虚ろで、返事もいい加減だった。俊夫は美奈の様子が変だとは思ったが、人の気持ちや表情で探ることはまるで駄目な男で、居心地の悪さが先に立ち、また、美沙登も美奈の変化で退出したかったので散会になった。

美奈は俊夫を誘い人気のない応接セットに連れ出した。俊夫はてっきり美奈が待ち切れなくて、キスでもしてほしいのだろうと、高を括っていたが、美奈の目は鋭く問い質すようだった。

「俊夫さん」声は優しかったが、内容は俊夫を脅していた。

「真砂子と何があったの？　真砂子は尋常ではなかったわ」

「誤解だよ、真砂子の相手は桐原だよ」

「知ってるわ、でもあなたと何かあったでしょ」

「嫌、隠すこと何もないよ」俊夫は最初、美奈に真砂子との件を話す予定だったが、こう美奈に責め立てられると、それに反発して逆の反応をした。だが美奈の攻撃は鋭く、言い逃れ出来ないように追い込まれた。

「いいこと、全て吐かないと一緒に寝てあげないわよ」この美奈のカウンターは効いた。

俊夫は美奈に真砂子と話した全てを話した。

「真砂子、それだけじゃないでしょ。俊夫さんに肉体関係を迫ったんじゃない？」

嫉妬の炎はメラメラ燃えて核心に迫って、俊夫の逃げ場を塞いだ。俊夫は弁解のしようがなかった。俊夫は全てを話すより方法がなかった。

「俊夫さんも俊夫さんだけど、真砂子が同じ穴のムジナだなんて」美奈は暫し沈思し、条件つきで俊夫の行動を認めた。

「妹さんのことで錯乱したのだと理解して、この度の俊夫さんの真砂子への態度を認めるわ。でも俊夫さんがもし真砂子と過ちをしたら、わたしたちはお終い、それでいいわね」

「真砂子の妹さんは助けてあげて、それだけよ」

「わたし一切、真砂子に知らないことにする。でもあの人よっぽど苦しんだのね。それがせめてもの譲渡よ」

「俺は手だしはしてないよ、これは誓っていい。言い訳じゃないよ」

「何言ってるの、少しは真砂子に色気があったんでしょ」

俊夫は美奈に手玉に取られ、支配者は美奈になりつつある。美奈は折角俊夫にかまってもらいたかったのに、それが出来なくなり憤懣やる方なかった。としおさん、しけい。

美奈は不思議で仕方がない。俊夫が彼女を抱き締めようとすると、抗しきれず彼の胸に抱かれ、こんな言い争いをしたし、まだ俊夫を受け入れるのに拒否反応を示すというのに、俊夫と顔を合わせると俊夫が欲しくて欲しくてたまらない、そのことである。俊夫が美奈の唇を塞ごうとするので、彼女は胸ときめいて待った。キスってこんなに嬉しくて恥ずかしいことなのに、わたしったらはしたない。俊夫が美奈の唇に触れると、彼女は体の力が抜け、頭が空になって彼に託した。体が震えるような喜びが彼女を襲った。すき、すき、としおさんすき、としおさんはわたしのもの。

美奈は俊夫を罰しようとしたのが、なあなあになって悔しい気持ちもあったが、彼の強い抱擁と痺れるような口づけに身も心も溶けて制御できなかった。わたしとしおさんにあまいわ。美奈は舌を吸われて蕩けるような快感がエクスタシーとなり、立っていられなくなった。体中に痙攣が起こり、彼と接している肌がピクンピクンと動いた。これよ、これ。俊夫に美奈は見つめられ麻痺していた。

「ずるいわ、俊夫さん、こんなことされたら、今日眠れなくなるわ」でも美奈は俊夫に抱かれている腕を振りほどく気にはならなかった。俊夫の抱擁が強くなった。俊夫が美奈の顎を上げた。美奈と俊夫の瞳が合った。あたしとしおさんとむすばれてよかった。

「この続きは家に帰ってからにしよう。明日夕方には帰るから。美奈、僕を信用するね、真砂子は気が動転してるだけさ。つい桐原に気を許してしまって後悔してるのさ」

「でも真砂子、あなたに救いを求めるのに、わたしたちの仲を無視して、あなたに迫ったでしょ。おまけに俊夫さん鼻の下を長くして、彼女を抱くつもりだったんでしょ。そんな背信許せないわ」

「真砂子とは美奈と結婚を決意したときに終わっているのさ。今その名残が残っているだけさ。そりゃ女に誘惑されて迷わない男はいないさ、ましてかつて好きだった人さ。でも僕を信用して、天地天命に誓って何もなかったよ」俊夫は美奈の目を見て喋っていた。「美奈、秘密はなしにしたいから、このこと話すつもりだったけど、美奈が追及するもんだからつい臍を曲げてしまって」俊夫は美奈にキスしようとしたが、美奈がそれを避けた。「駄目、そんなことまたされたら益々眠れなくなるわ。わたし明日、俊夫さんの好きなもの作って待ってる」

「夕飯に間に合えばいいけど、どうなるか、案外早く済むかもしれないし」

美奈は俊夫が言い繕っているのは分かったが、それ以上追及しなかった。でも俊夫に思い知らせよう、でもその反面美奈は俊夫の愛撫に弱いのも実感した。

※

村越真砂子は深木俊夫と一緒に妹の許へ向かっていた。妊娠中絶の手術の承諾をするためである。瑠璃子の身柄は板橋の精神薄弱児の施設で保護されていた。瑠璃子はまだ二十前で、親代わりになっている真砂子が身元引受人だった。真砂子は気丈とはいえ、度重なる妹の不祥事に精神が滅入り、支えが必要なほど打撃を受けていた。彼女は本来冷静な女性で、取り乱すことはないが、この度の男におもちゃにされた瑠璃子の件は彼女を錯乱させた。前以て連絡が行き届いていたとみえ、すぐさま病院につき添って出かけられた。病院の医師は何度も瑠璃子を診断しているらしく、状況を説明した。それによると彼女の陰部は男たちの悪戯で、色々なものをつめ込まれ傷ついているので、かなりな手術の時間がかかるといっていた。

彼女の担当の精神科の先生は、彼女の隔離を勧めた。これ以上彼女を堕落させることはならないと言うのだ。だが彼女の保護はかつてあった凶暴な面も薄れ、生活に支障がないので、長い入所は難しいらしかった。

「問題はそこなんです。彼女を取り巻く男たちが群れてまた彼女を餌にするでしょう。お姉さんが面倒を見る事をお勧めします」

真砂子が店を経営していなければ、それも可能だが、何をしでかすか分からないから、とても扱いかねる相談だ。俊夫は治療をしなければ通常生活への復帰は無理な状態なのを訴えて、全寮制の学校に入学出来ないか問うてみたが、それももう年齢的に無理のようだ。差し当たって退院し、体力が戻ったら、施設に預けるのが妥当という結論だった。瑠璃子はその施設を嫌がり脱走を何回か繰り返している。俊夫にそのことを話し、どうすべきか答えを要求した。俊夫の判断では、瑠璃子を真砂子の自宅に住まわせ、人を雇って面倒を見させるしか方法はないといった。彼は瑠璃子につける人間は精薄の扱いになれた人がいいともつけ加えた。瑠璃子は真砂子を慕っていて、真砂子もその意見には同意した。それでうまく物事が運び万事スムーズに行く筈だった。真砂子は俊夫に感謝し、一応の結末を得たので、それで別れることにした。俊夫も美奈との約束もあるし、真砂子の手に負えないことがあれば、すぐにでも連絡を取るようにいって帰郷した。

真砂子は妹を見舞いながら、やり残した仕事、事務処理をこなしていた。彼女はその能力には長けていた。瑠璃子は熟睡しているようだ。真砂子は空虚な気持ちに襲われてそれからはぼんやり妹の回復を待った。

俊夫は用事が早く済んだので、一旦会社に戻り決済だけ済ませ自宅に戻った。

※

美奈は美沙登と別な行動になって、わが家に辿り着いた。家事の雑用をてきぱきとこなし、夕飯の支度も済ませ後は俊夫の帰りを待つばかりとなった。美奈は近くの住人と交際していないので、暇を持て余した。風呂も沸かし美奈は髪を洗い、こざっぱりとして浴衣に着替えた。そして寝室に向かい、俊夫が喜ぶような寝間着ってどんなのかしらと選択していると、玄関の扉が開いた。美奈はやりかけたことを放りっぱなしにして、俊夫を迎えた。昨日の濃厚で蜂蜜のような甘く、快感に満ちたキスの記憶が彼女に残っている。俊夫は美奈が浴衣姿なのを見た。美奈の着物姿は眩しいほど神々しく魅力に溢れていた。

「俊夫さ」までいって美奈は唇を塞がれた。俊夫の舌が彼女の舌を吸い、彼女は恍惚な気持ちになった。恥ずかしいほど恥部が濡れていた。俊夫は玄関前のフロアーに美奈を押し倒した。

「こんな所じゃ嫌」美奈は激しく抵抗した。

俊夫は美奈を抱き抱えると、ベッドまで美奈を運んだ。何時もにない激情した俊夫だった。美奈はその激しさが嬉しく、俊夫の愛撫を待った。美奈は真っ裸にされ、俊夫にも抵抗があって見せたことのない下腹部の毛に覆われた性器を露に露出させた。美奈は羞恥で興奮し手で覆う仕草を見せたが、俊夫はそれを許さなかった。

「そこは嫌、見ちゃ嫌」美奈は譫言のように叫び、「明るい処はいや」とさらに俊夫に抵抗したが、貫くような快感が彼女を襲い、声を荒げて懇願した。俊夫の唇が、美奈のその敏感な部分を吸い、舌を尖らせ深く挿入したのだ。もの凄い衝撃が美奈の体内で爆発し、錯乱状態になって美奈は俊夫に縋りついた。体をその愛撫から逃れようと捩《よじ》らせると、かえって快感は増し、美奈は忘我状態になり、幾度も嬌声をあげ胸が波打ち乳首が硬くそそり立ってきた、そこも俊夫に触れてほしかったが、美奈は口に出して言えなかった。そして今俊夫がしている行為もとてもいい場所とそうでもない箇所もあったが、浅ましいような気がしてとてもいえなかった。だが美奈は我慢の限界があって、俊夫に蚊の鳴くような声で、しかし的確に俊夫の手を握って導いていた。俊夫は美奈の手が彼女の乳房に置かれたので、それと知れて乳房を触った。美奈はそんないつものような柔な愛撫ではもの足りなかった。思わず美奈は大きな声で怒鳴った。

「もっと強く、強く揉んで」

俊夫は乳房を揉むと下が疎かになる、それを美奈に窘められる。美奈は恥部の割れ目の奥深く俊夫の舌で舐めるのに反応が激しいのが分かってきた。それに乳房の愛撫も揉みしだくよう揉んでやると、美奈の表情にうっとりしたものが現れるのに気づいた。それからの二人の目合いは果てしないほど延々と続き、美奈も苦痛を覚えることもなかった。それどころか美奈は恍惚を何度も味わい、エクスタシーを体験していた。美奈は体が法悦のあまり快感が長く尾を引き、引きつるような感触に囚われていた。そして俊夫がペニスを挿入した。美奈はその瞬間立ち上がるような姿勢をとったが、やがて弛緩し受け入れたものが熱く太く長いのを感じていた。そんな経験は初めてで、俊夫と一体になった実感が受け止められた。俊夫は美奈の上にいて、彼女と顔を合わせた。美奈は恥ずかしいのと気持ちいいのと、両方の感情が重なってはにかみ微笑した。

「俊夫さんが今わたしの中にあるの分かる。本当に一つになった気分。とても熱いわ」

「美奈の締めつけが厳しいから痛いよ」

「そう?」美奈には理解出来ない。「わたし何もしてないわよ」

「前にもこんなことがあったけど」

美奈は俊夫のものを肛門を締めて押さえているのだが、美奈はそんなことは知らない。

美奈は俊夫と向き合ったまま見つめ合っていた。俊夫が自分に体重がかからないよう腕で体を支えているので、美奈は彼に体重を乗せてもいいといったが、俊夫は頑張り続けた。

「美奈もういいかな」

「とてもいいの、頑張ってね、わたしついていけるわ」

二人は契りを始めた。美奈は俊夫のものが大きく動くたびに悶え、奥まで嵌められると美奈は圧迫され声を荒げ叫び続けた。そして俊夫が射精した瞬間美奈は膣が広がり熱くなり、痺れるような感触を覚えた。俊夫の射精を感じた初めだった。美奈は俊夫に捕まりその間それを受け止めていた。

「俊夫さん、射精したのね。分かったの」

美奈は喜びに満ちていた。そして津波のように快感が体中に駆け巡り、美奈は陶酔してそのオルガスムスを受け止めていた。

いいわ、いいわ。これ、いいわ。とても、いい。結婚っていいわ。

俊夫が美奈から離れようとするので、美奈は怒りの表情で俊夫に言った。「やめて、まだ外さないで」

美奈はそれどころか、このままずっとこうしていられたらいい、いえ、この感触が続くよう優しく愛撫してほしかった。

俊夫は美奈が締めつけているので、萎えていた一物も再び鎌を上げ、元気を取り戻していた。それに美奈は気づき、嬉々とした。再び二人の喜悦が始まった。今度は猛烈な営みで美奈も、恥じらいも投げ捨て俊夫のピストン運動に同調して喘いだ。心臓が爆破するような激しい動悸が部屋に響くかと思うほどだった。美奈は呼吸が困難なほど、めくるめく快感が襲い、宙に浮いた感触が我を忘れさせた。俊夫が美奈の秘部の割れ目を眺めいじっても、もう逆らう事はしなかった。そうされると興奮がいや増し、雄叫びのような声をあげた。もう俊夫の愛撫を待っていられなくなり、俊夫に具体的な箇所を舐めまわさせ、触らせ、キスさせ、俊夫が割れ目を広げて舌を深く挿入させると『イェス、イェス』と俊夫に伝えるような、それが感じている印のように呟き、果ててまた果てた。美奈は全裸にされてもおかまいなく俊夫に愛撫を求めていった。俊夫は美奈にシックスナインを試みた。美奈は激しく抵抗したが、俊夫に逆らえず、俊夫のシンボルを握り口に含んだ。俊夫が美奈を舐めまわしながら吸うと美奈は我慢できず、俊夫にフィニッシュを求めたかったが、それを口に出せなかった。だが俊夫も限界とみえ、美奈に押し入って来た。美奈はあまりの快感に全ての神経と肉体がハーモニーを奏で毛が総毛だって全身が震えた。もう美奈は何処を触られても気持ちがよくなり、俊夫についていった。俊夫は正常位だけでなく、他の体位も試したかったが、美奈が俊夫のペニスを抜くのを嫌がったのでそれは断念した。そして二回目の愉悦が始まった。そして全てが終わり満ち足りた一時を迎えた。美奈は幸せそのものだった。まだオルガスムスの波は怒濤のように押し寄せ、消えるとまた押し寄せ止まる様子はなかった。俊夫は役目を果たした自信が満ちていた。美奈は俊夫に抱擁を求め、乳房への愛撫を俊夫に甘えた。

「わたしが眠るまで抱き締めていて」美奈はそう囁いて、俊夫の苦労に褒美のキスを頬に与えた。

3

真砂子は妹の瑠璃子と松本に戻っていた。瑠璃子はぽっちゃりした肉づきのいいバストの大きな、とはいえ彼女が小太りなのが影響しているが、性経験が豊富なせいか真砂子より丸っこい感じで、また似てはいなかった。少しのろまに見えるのは病気のせいでそれは仕方ないことだった。真砂子の自宅はこぢんまりした洋館で、真砂子の趣味を忍ばせた。そして無事松本市民になった瑠璃子は収まる処に収まったということになった。

真砂子は瑠璃子に仕事を与えるのが良策と心得、手の器用さを見込んでミシンの使い方を教え、縫いぐるみの縫製をさせた。それも自宅だと引き籠もりがちになるといけないので、他の職員と共に作業させることに決め、自宅から通わせるようにした。その作業所は歩いても十分はかからなかった。

そして瑠璃子の日課はその作業所でミシンの練習をすることだった。瑠璃子は生真面目に仕事をこなし無難な毎日が過ぎていった。


その作業所の監督は瑠璃子の上達の早さを褒め、一カ月程で簡単な量産品をこなせるようになった。時には彼女の発作が起き、長い時間の拘束は無理と判断し、彼女独特の勤務日程が作成された。問題の施設の係員が言った、性欲が極度に高まる病状は見受けられなかった。

真砂子はその都度、経過報告を俊夫に連絡し、全ては順調だった。俊夫は安心したのか、そのことが頭から離れた。

瑠璃子は真砂子が母親代わりだった。真砂子の幼い時期に両親は他界し、伯母に預けられ姉妹二人で寄り添うように生活してきた。真砂子の父は長野出身の材木商だったが、事業に失敗して東京に職を求めてやって来た。だが中年を過ぎての何の才能もない男の就職は至難なことだった。その暮らしを解決しようとやっきになっている時、彼らの住まいにダンプが突っ込み、両親は即死、姉妹は出かけていて留守だった。伯母に預けられたが、その伯母は優しい人だったが、二人は馴染めずにいた。真砂子は生活費を稼ぐため、アルバイトをしていたが、チャンスが訪れ工場を任されて事業をすることになった。その間、真砂子は琴の師範の免許を授かり、現在に至っている。瑠璃子は真砂子の保護の元、不自由なく育ったが、真砂子の経営する会社が倒産したとき、精神に異常を来した。初め凶暴だったが男性に輪姦されてから男狂いになった。それは外から見た見解であって、当の本人は男の欲求不満の解消の対象にすぎない。現に瑠璃子は工場内でも評判がよく、一カ月が過ぎても異常が認められなかった。恐れていた男狂いも、そんな素振りも見せなかった。

真砂子は瑠璃子の問題はあらかた落ち着いたので仕事に専念できた。桐原の件は真砂子が気を取り直し、彼を受けつけなくなったので、桐原のほうがばつが悪かった。気を取り乱し錯乱状態の時、強引に彼女を奪ったのだ。彼女も縋りたい相手が欲しかったので、彼に力ずくに押し倒され許してしまったのだ。主客転倒というか、立場の弱くなった桐原は彼の商売上のネタ全てをさらけださざるをえなかった。それからの桐原は、一皮剝けたというか実業家としての貫録がついて、商取引も順調になった。桐原は一夜の過ちに真砂子を娶りたいと彼女に迫ったが、彼女は拒否し続け、といっても肉体関係は継続しているので、彼は当惑していたが、真砂子の肉体の餌は捨て難く、ズルズル関係を続けているというのが本当だった。真砂子の商いは桐原の肩入れで不調の域を脱し、客足が途絶えることはなくなった。そして瑠璃子の腕前は売上の倍増に貢献した。まして年の暮れの子供向けや、恋人同士の贈り物に、一年の半分の売上げがある月である。生産はフル活動しても足りなかった。瑠璃子の能力は人の三倍はあり、缶詰状態は正月まで続いた。真砂子は瑠璃子に感謝の気持ちが溢れ、休暇を余計に取り晴れ着を買ったりした。瑠璃子は振り袖に手を通す度に、目は輝き往年の表情が戻ったようだった、彼女は着物の小物類や襦袢や足袋のようなものまで、取り揃えたので、結構荷物になり届けてもらうことにした。真砂子は日本髪を結える美容院に瑠璃子を連れて行った。真砂子も多分今年で結い納めになるかもしれない、島田髷を結うつもりだった。その髷を結う女性は真砂子の琴の弟子の一人だった。

「予約はいつにします」

「いつ空いてるの？」

「二人一緒は無理です。クリスマス前、後どちらがいいでしょう」

「前にして、姉妹揃ってお出かけしたいから」

※

美奈は俊夫と離れるのが嫌で空腹を堪えていた。昨日俊夫に着物のまま押したおされ、夕食は食べなかったからだ。俊夫も空腹を我慢している筈である。朝日が眩しく美奈は今、全裸なのに引け目を覚えて、せめてショーツだけでもはきたかった。しかし美奈はオルガスムスが時々襲い恍惚としていた。体が痙攣してとてもいい気持ちで、ずっとそれを味わいそのまま、いえ彼女は俊夫にもうすこし、ううんもっともっと気持ちよくしてほしかったが、美奈は俊夫に恥ずかしく言えなかった。彼女は俊夫が目覚めているのは知ってた。

肌の温もりがぬくぬくして心地よく、俊夫も美奈の体から離れ難かった。美奈は秘部が濡れていて、時折ピクンピクンと痙攣し、欲しい欲しいといってるようで、美奈はどうしていいか焦れていた。遂に俊夫が空腹に耐え切れず、体を起こそうとしたので、美奈は俊夫にしがみついた。

「いや、いや、いや」美奈は必死だった。

「いや、俊夫さんいや」美奈は俊夫に縋り泣き声で声は潤んでいた。「離れちゃ嫌」美奈は何も着ていない生まれたままの姿で俊夫を追った。恥も外聞もなかった。美奈は性に開眼しもっともっと俊夫が欲しかった。

「お腹空いたよ、何か食べようよ」

「美奈もお腹空いているわ。ベッドで食べる。わたしから離れちゃいや。そばにいて」

「ここに持って来るから」

「いや、いや、いや。だったら美奈を抱いたままでして」

美奈は我が儘一杯に俊夫に甘えた。声もあまやいで男を誘う媚びに満ちて鼻にかかった切なそうなものだった。美奈は発情して自制が失せ、なりふり構わなくなっていた。美奈がこんなに可愛い女とは想像もつかないことで、俊夫は驚かされていた。第一俊夫は体力に自信がなく、美奈の要求の強さにいささかシラケ気味だった。だが体は正直もので、あれだけ酷使した息子も、ムクムクと回復しそそり立ってきた。もっとも美奈に絡みつかれて嫌な気持ちになることもなかった。

「わたしこのままで食べたい」美奈は全裸なのでシーツで隠して俊夫に密着した。手も握ってきた。そんな積極的な美奈に心弾ませ、手を握り返した。美奈が動く度に胸が揺れ、俊夫のものも勃起したままなのが美奈にも見えたが、彼女はなんとなく視線を避けて、見たいのと臆する気持ちが交差して頬を染めた。

あんな太くて長いものがわたしの中に入るのか、どうしても理解できない。といってそれを確かめたいが、とてもきまりが悪くて、みっともない気持ちが強い。美奈は待ちきれなく俊夫に情熱を込めて見据えた。そしてどうしてもという気持ちが、美奈に勇気を与え、恥を忍んで彼の手を取り自分の濡れた部分に導いた。もう日は高く明るい処での営みには気が引けるが、美奈の体が疼きそれは些細なことにしか思えなかった。恥じらいより体の欲求に勝てなかったのだ。

俊夫は喜々として美奈をベッドに押し倒した。彼は美奈の積極的な姿勢に幾度かの射精にもかかわらず、それより増していきりたちが強く、痛いほどそそり立っていた。もうそれからの二人は相手を吸い取り奪い合うまでの激しい交わりになった。美奈は俊夫の顔が下半身の彼女の愛撫に集中し、剝き出しにしているのを意識したが、その羞恥が美奈を興奮の極致に誘い込んだ。美奈は俊夫に感じる場所を手に取って示し、その場所の愛撫を要求した。美奈は声が発せられないくらい興奮の域にあり、俊夫の愛撫が加えられる都度、激しい歓喜の雄叫びをあげた。

「ああ、いいいい」乳房を揉みしだかれ美奈は大声をあげた。「もっと強くつよく」少し強く触られても痛いと、訴えていた美奈が、そそり立つ乳房を俊夫が潰れるくらい強く握り潰しても、体を反らし「もっと」と叫び「吸って、吸って思い切り吸って」と更に要求した。そして俊夫が美奈の大股を大きく広げる様子に、彼女は抵抗して閉じようとするので、乳を撫ぜ回し強く口で吸うと、美奈の力が抜け彼女の大事な場所は俊夫の目の前にもろになった。

「いや、いや」美奈は口だけしか抵抗の態度を示さなかった。「見ちゃいや」美奈の声は力がなかった。俊夫は毛深い草叢をかき分け、手で陰部を触った。俊夫は感激で手が震えた。割れ目に指を入れ広げ始めた。愛液が満ち光って赤い中が霞んで見えない。勿論美奈の抵抗もあったが。それに俊夫も興奮して尋常ではなかった。陰部の内部にヒラヒラが恥ずかしそうに隠れていて、俊夫はそれに触れてみた。美奈の体がピクンと動いた。そして何やら美奈が訳の分からぬ言葉を上げた。必死に恥じらいを堪えているらしい。美奈に体を突き抜ける快感が走った。物凄い唸り声が美奈の口から出た。俊夫はよく観察したかった。美奈は面はゆい気分が限界に達していた。美奈は俊夫に今の行為をやめてほしかったが、それも感情の高揚で頭が真っ白になり、体を動かしたが俊夫の唇が性器に押しつけられ、それが美奈を刺激した。俊夫が舐め回し吸い舌で愛液を吸いながら挿入すると、美奈は狂ったように叫び続け、息を荒げて胸が波打った。美奈の柔らかな肢体が弓のように曲がり、興奮で肌が真っ赤に染まった。もう美奈はなにをされても歓喜の渦に巻き込まれ、俊夫が挿入する前からオルガスムスを感じた。俊夫は自分のペニスを愛撫してほしかったが、美奈は勃起しているのを見るのさえ抵抗があり、無理やり口に含ませられたようにはいかなかった。それに彼女を起こし俊夫の上に乗せようとしたが、それもいやがっていた。俊夫が思い切り彼女の股を開いて深く突き刺すように挿入すると、狂ったように反応しエクスタシーに達し、忘我状態になって、俊夫の試みに応じて上半身を起こした。美奈は俊夫との目合いで初めて見せた体位だった。

「いやー、いやー」

俊夫が美奈からペニスを抜き取ると、彼女は絶叫した。抜くのは嫌らしい、俊夫はもうその可愛らしさに勢いづいた。美奈を上にして騎乗位の形を取った。美奈を抱き浮かせて再び挿入した。俊夫のものは更に深く収まった。美奈は深い溜め息をつくと俊夫と向かい合った。美奈の全身が俊夫の目の範囲にあって、裸の美奈を見ることが出来た。美奈は隠そうとはしなかった。より強い感激があり、奥底から突き上げるオルガスムスがきたのだ。美奈は盛んに堪えようという表情を見せ、舌で唇を舐め回した。美奈が感じるとよくする癖のようなものだった。やがて美奈に噴き上がるよう強烈な震えと痙攣が来て、陶酔して閉じていた目を見開き俊夫に移した。仇っぽく色っぽくて淫乱なその目は蕩けるように俊夫に迫り、情緒纏綿としてその風情はなまめかしく、なにより美しく半開きの口から感極まって、涎が流れて俊夫を流し目で誘うようにした。そして美奈は俊夫に体を倒し腕で彼を抱くので俊夫も抱き締め返した。俊夫は美奈を動かしピストン運動を始め、美奈の唇から「すき、好き、俊夫さんすき」という言葉が発せられると、俊夫は何度も美奈を貫き何回も果てた。俊夫ももう限界にきていた。睡眠も碌に取らず食事もいい加減に済ましている、今彼を支えているのは、美奈を愛しく思う情熱であり、彼自身の極まった快感でもあった。俊夫は美奈がまだ頂点にいて、何度もエクスタシーに達しているのは分かってる、恍惚とした美奈の顔は更に妖しい臘の表情になり、その快感の度に繰り言のように繰り返される、甘い声で「すき、好き、俊夫さん大好き」と囁かれ、俊夫はピストン運動に拍車がかかった。もうこれが最後だと彼は見定めた。

「行くよ」

「お願い」美奈は終わりにしてほしいという言葉は出なかった。美奈はベッドに倒れた、彼女は最後の時は正常位でないと満足しなかった。俊夫の下で彼の愛を感じたかった。それに俊夫の顔を見ながら最後を迎えたかった。より興奮が増すのも自然に身についたことだった。俊夫は爆発が間近だったが、なんとか美奈に合わせようと必死に射精を堪えた。疲労困憊してもう気力も失せた。俊夫に射精が訪れた。彼には静かな時だった。全ては終わった、役目は果たしたという思いが強く安堵した。一方美奈はその瞬間めくるめく快感が襲い、気が遠くなるようなオルガスムスの怒濤の波が彼女を襲い失神した。体中が弛緩し熱かった。心臓の鼓動は高く失神の時間は短かった。神経が全て起き快感を伝えてくるので、酔うように味わい俊夫と目を合わせたかった。俊夫はぐったりして美奈に体重を預けていたが、意識が朦朧として美奈の気配にも反応しなかった。彼は腰が重くだるく、うとうとしていた。二人はまだ交わったままだった。美奈が離さないのだった。それも美奈が俊夫の手を彼女の脇に寄せようとする行為に、俊夫は感じて目をさました。目の前に美奈の顔が見えた。俊夫が体を起こそうとすると、美奈は制止して婉然として微笑んだ。

「俊夫さん好き、だーいすき」美奈の声は蠱惑に満ちていた。俊夫はそんな美奈が可愛くて可愛くて、「美奈、美奈、僕も君が好きだよ」と柄にない睦言を口走った。美奈の乳房が揺れながら立っていた。美奈はそれを俊夫に手で握って見せた。

「わたしのオッパイ好き、俊夫さん」

「大きいもの、いい」

「わたしのオッパイ俊夫さんにあげる」美奈はバストを持ち上げて見せた。緊張が解けたのでノッペリした感じにはなっていたが、その巨大さは見事だった。

「俊夫さん、吸って、わたし俊夫さんがわたしのオッパイ吸うの好き」

「どうしてさ」

「だって俊夫さん、無邪気で子供みたいなんだもの。ほら、吸って、わたしまだジーンとするくらい気持ちいいの」俊夫は疲れた体に鞭打って美奈の乳首を頬張った。美奈は強い衝撃を受けて狂った。乳首が硬直し突き上がった。美奈は突然痛みと快感が同居する感触に上半身を立ち上げた。

「すごい」美奈は引きつった顔を俊夫に向けた。官能の渦がまた美奈を直撃したのだ。

「俊夫さん、お願い、お願い」美奈は俊夫にファックを求めた。美奈は濡れた瞳で彼に訴えていた。だが既に彼の腰は鉛のようで、その気になれなかった。

「無理だよ、美奈、もう立たない」彼は申し訳無さそうにしている萎えた男根を見詰めた。「そんなのいや、いや」美奈の我が儘は収まらない。駄々っ子のようだった。「欲しい。ほしい」

「だって見てご覧」俊夫は敢えて萎えたものを美奈に見せた。だらしなくぶら下がっているのが分かった。それなら怖くない、小さいとき恭一郎を風呂に入れた時と類似している。だがそのままだと美奈の中に入れないのは、彼女にも理解出来た。興味深くこれなら眺められる。まるでおもちゃを触るかのように、美奈は俊夫のものを触った。物珍しいものを観察するような美奈の視線に俊夫は戸惑い恥ずかしかった。

「どうするとああいうふうに膨らむの」

「どうしてそんなこと聞くのさ」

「だって、だって、だってサー」美奈は早く自分の気持ちを察してと焦れていた。俊夫は酷使した一物がもう直立してほしくなかった。それほど疲労困憊《こんぱい》していい加減にしてもらいたかった。美奈の要求は際限がなく、果てしないように思われた。肝心の美奈は欲深くもっと、もっとと完全に精神がプツンと切れ、淫乱そのもの、獣の雄叫びをあげて俊夫にめちゃめちゃになるまで貫いてほしかった。もっと深く、もっと奥まで、でもどうすればそうなるのかは分からなかった。その前に美奈は俊夫のペニスを元気づけなければならない。美奈は俊夫に昨夜教えてもらったことを実行するしかないことを悟った。恥もためらいもなかった。美奈は俊夫の萎えたものを口に含み、吸ったり舌で舐めたりして懸命になった。俊夫は美奈にそうされたと思うと、強い勃起が起こった。俊夫にも経験のないほどの強い勃起だった。美奈は嬉々として満面に笑みが零れた。俊夫は荒々しく美奈を引っ張った。美奈は狂喜して纏っていた衣類を投げ捨てて走った。獣のように吠え彼に絡みつき、俊夫に抱かれ歓喜の鬨《とき》を作り、顔には歓喜の輝きに溢れた。俊夫は美奈の片側の脚を取り持ち上げて、彼の腫れたように太いものに美奈の開いたものを突き上げる形で挿入した。ウッと美奈の口から声が漏れた。

「熱い」美奈は呟いた。こんなに深く俊夫を迎え入れたのは初めてで、美奈は感激した。それに窮屈なくらい俊夫の勃起は太く硬かったので、圧迫されそれが口から漏れたのだ。美奈は立ったまま俊夫を受け入れ、その新鮮な感触にうっとりした。

「うふふ、わたしも俊夫さんも真っ裸、何か下が邪魔だわ」

「僕と君が重なってるからさ」

「ブラブラしてるのも股に触るわ」

「よく言うよ、美奈の胸も大きすぎてそれこそ邪魔だよ」

「このままじっとしていたい、いいわよね」

「寒くないね」

「さっき暖房入れたから大丈夫」

「こんなに明るい場所で、君の裸が見られて嬉しいな」

「わたしも」美奈は俊夫が寄りかかる場所に移動するので、ダンスをするような足の運びになった。

「俊夫さんて筋肉がないのね。それに肌がわたしより白いみたい。胸毛も脛毛もないのね」

「美奈の裸奇麗だよ。女の裸ってこんなに美しいなんて」

「わたしだからよ」美奈は自信の裸体を誇らしげにこう言い切った。もう二人はじっとしたままで満足した。そして平穏が続くと昨晩からの激しい営みで過労な二人は、急激に睡魔に襲われ、辛うじてベッドにそのまま倒れ込んだ。

美奈は起きるのも物憂く、腰に熱があるように抜けて動けなかった。俊夫は全ての精液を射精し、世界が変色して見えた。二人とも泥のように熟睡し次の日の夕方近くまで目覚めなかった。美奈はまだエクスタシーが続いていて、もうどうにもならず弱り果てていた。次から次へ押し寄せる快感の波は、美奈を覚醒させ歓喜が体内を走り、その度エクスタシーを味わい、それがまだ継続していた。美奈は歓喜が訪れる度「もういい、もういい」と宥《なだ》めたい神経はまだ張りつめ、無謀な行為を反省した。夕飯の支度など出来る状態ではないが、二人とも激しい運動でお腹は空ききっていた。喉もガラガラで脱水状態だった。俊夫は疲れて倒れたまま熟睡したが、体力は回復せず風邪気味に似た咳きをした。

「無理がたたったのだ」美奈の嘔吐に似た喉の奥底からの吐き気は彼女を苦しめていた。悦楽は延々と終焉がないかと思われ、気分転換が必要だった。物憂い体でのろのろと美奈は動き出した。まだ電灯を点ける時間ではなかった。俊夫もはっとして目が覚め、また眠るという繰り返しが続いたが、美奈の気配で目が覚めた。

「あ、起きたのね」美奈はもうパンティをはきネグリジェも羽織っていた。美奈はまだ体が疼いていたが、それを無視したかった。俊夫はまだ意識が完全に戻ったとはいえなかったが、足取りは正常だったので服を着替えた。「美奈、何処かへ食べに行こう」

「ほんと、いいわ、だって夕飯の支度したくないもの」

「じゃあ、早く着替えなよ」

「待って、で何処に連れてってくれるの？」美奈は聞きながら俊夫の前でパンティまで脱ぎ捨てた。美奈がこんなはしたないことをする女ではないが、行きかかり上、陰に隠れての着替えになったのだ。

「気楽な処がいいわ。それに近い場所」美奈はワンピースを着ながら俊夫と会話していた。

「そう、『来集軒』にしよう」

「あそこなら歩いていけるわ。あの隣のヤキトリ屋さんの焼鳥美味しいのよね」美奈は俊夫を待たせないよう化粧も薄く髪も梳《くしけず》るだけにした。待ちくたびれて突っ立っている俊夫に飛んで行き、彼の腕に体を絡ませ流し目で俊夫を覗いた。まだ瞳は淫乱の目だった。俊夫はクラクラと目眩を覚える美奈の婉然とした色気に寒気を感じた。いつのまにか美奈は体感したのだろう、男を虜にする技を身につけていた。

『来集軒』は丁度混み合う時間帯だった。俊夫が暖簾を分けて入るとおやじさんが大声で迎え入れた。

「お、深木の旦那、暫くだな。おや、連れがいるのか」おやじさんはこの店にそぐわない香しい香りのする美女の入来に凝視した。美奈は普段着のワンピースだったが、鮮やかな黄色を主体にしたデザインで、柄が素晴らしいので安物に見えなかった。安物とはいってもそれは美奈のこと只者ではなかった。

「旦那、その方はもしかして旦那の評判の奥さんかい」亭主は美奈のあまりの艶やかさにびっくりした。匂い立つというのはまさにこんな美奈をいうためにある言葉で、金曜の夕方から日曜のつい今迄の、二人の命を吸い合う情交で性に目覚めた美奈は、凄絶な妖艶さを付加し漂わせて俊夫に張りつくように手を握ったまま中に入った。それは何という可憐、初々しい仕草が新鮮に映った。美奈は決して正装して華やかな衣装を纏い、派手ななりをしているのではない。むしろ平凡な形のワンピースを着ていたのだが、着方や着こなしがうまくすっきりと見えたのだ。

亭主は美奈を見て唸った。世間で噂するだけのことはある。まるで天女が舞い降りたみたいに店は華やかな薔薇の大輪を運ばれたようになった。

こりゃ大変な荷物を背負ってしまったな、深木さんよ。この先は棘の道だぞ、どうする。

お互いに席を譲り合い二人は座った。

「何にする？」

「わたしこの店初めてですもの、ご主人のお勧めは何？」通称おやじといわれ、熊みたいに顎髭が濃い彼も面はゆい気分でその言葉を聞いた。俊夫がビールを二本注文したので、冷蔵庫から取り出しながら美奈の好みを聞いていた。なまめかしい薫風が立ち上り、おやじは慌てふためいた。

思わず男根が反応するのが申し訳ない気がした。

「口当たりがよくて、お煎餅みたいに固くぱりっとしているものがいい」

目の前の美奈は嫋やかな感覚と体全体に溢れる妖艶たる色気に覆われて、見るのも躊躇した。

「サワガニの唐揚げはどうです」

「あ、サワガニあるんだ」

「ほら、そこで動いてるでしょ」美奈が迷っていると俊夫が指さした。「可哀想な気がするけど、カリッとして美味しいよ」まだ手は握ったままだった。ビールがきてコップを持つのに手を離した。乾杯を全員で行った。美奈は喉がカラカラ、空腹でのビールは急激に酔いが回った。顔から足の爪まで真っ赤に肌が染まり、艶っぽい感じが増した。「わー」という喊声が湧き上がった。湯気が立つような色っぽさに男は騒ぎ立て、やんやのコールを行った。

「奥様がこんな美人じゃ堪えられないでしょ」美奈はもうルンルンだった。俊夫と二人で、しかも自分を褒めてくれる、最高な場面である。

「わたし新年に丸髷結うんだもん」

「奥さん、正月は着物ですか、いいなー。うちの女房にもそうさせるか」

「馬鹿なこと言うなよ、ここにいる奇麗な人だったらいいけど、鬼瓦みたいなおまえの女房じゃな」

「この奥さんだろ、旦那、雑誌の表紙を飾った人って」おやじは俊夫に貰った雑誌を取り出していた。美奈の着物姿が表紙に載っていた。その写真はほぼ一年前大河内つきのカメラマンにたってと頼まれ撮ったものだ。勿論高島田を結っていた。その雑誌は皆の元に回された。

「わあー凄い、こんな格好するんですか、いいなー」

美奈は俊夫に髷を結ったら皆に見せて回りたいと懇願した。

※

真砂子は瑠璃子と着物の展示会に出かけることにした。美沙登の推薦もあり招待状を持参すれば三割引になるし、籤に当たると特典で全て無料になるのだ。会場は松本公会堂の大ホールで開催している。二人が到着するとホールは混雑していた。美沙登の招待状を受付で手渡すと、年配の女性が現れて二人を先導した。美沙登から何か言い含められているらしい。振り袖が八割方で模様も値段も様々で、目移りしそうなのを、ポイントを押さえるため真砂子に幾つかの質問をした。彼女は二、三点に絞り瑠璃子に相応しい柄を選んだ。真砂子も瑠璃子もその係の者に見立ててもらい見比べ、比較的大人しい物を選んだ。後は帯や一揃いを買い揃え、ついでに美容院に鬘《かつら》合わせに寄った。瑠璃子は髪が短く地毛では無理なのだ。姉妹はやがて迎える新年を二人で過ごせる幸せを噛み締めていた。

「面倒だから夕飯外で済ませようか」真砂子がそういうと

瑠璃子は同意した。真砂子は独身女性として慎ましい生活をしてきたし、小さいけれど一角の社長である。蓄えもそこそこある。行く行くは瑠璃子に所帯を持たせ、真砂子の家の隣の家を買い、住まわせるのが夢なのだ。そのくらいの金額ならすぐに妹に用立て出来る。それが真砂子の望みなのだ。その妹と仲良く食事をしている。真砂子が学生時代に貧しいながら細々と暮らしていた、あの当時以来のことだ。

「瑠璃子は何が好きだっけ」

「玉子焼き」瑠璃子の幼くささやかな要求に、真砂子は彼女の惨めな生活に涙した。

真砂子は会館内の食堂のウインドウに陳列してある見本の前に立って彼女に選ばせた。目を輝かせ興奮して選ぶのに時間がかかったが、オムライスと玉子焼きを無心で食べている瑠璃子が一層哀れで可愛く思った。

「お正月はあの晴れ着を着て、初参りに行きましょう」瑠璃子は何を言われても御満悦で、鼻歌を歌い終始陽気に過ごしていた。真砂子はおせちをどうするか迷っていたが、この様子で断念した。そんな高級な食べ物は必要ないと判断したからだ。

真砂子はやがてくる大晦日に備えて働き詰めの日々が続いた。瑠璃子も最後の追い込みで缶詰状態だった。

真砂子は桐原の問題では頭を痛めていた。仕事が忙しい上に、妹の面倒で暇がなかったが、いい加減には出来ないことなので、彼に連絡を取ったが、桐原も会社の全権を握っているので、おいそれと会う時間が持てず、双方歩み合って年明けの早々に名古屋で落ち合うことに決めた。

真砂子は師走前になるとアルバイトの人間を何人か雇い体制を作って来たが、この年はいつになく多くのアルバイトを採用し万全を期した。作業所の増員もするのだが、真砂子の御眼鏡に適う者がいなく、現状維持で過ごすのだが、今年に限っては妹を除くことが多いので、若干の人数を揃えた。例年に比べ質の落ちるのは我慢した。瑠璃子に空きを作り、鬘合わせに出かけ、取りつけが終わり正月の準備は済んだ。真砂子は後の一週間程は彼女に仕事を休ませることにしていた。振り袖の着つけも同時に行ったので真砂子は大分待たされた。

やがて瑠璃子が振り袖姿で真砂子の待つ部屋に現れた。彼女は恥ずかしそうに下を向いていた。真砂子は彼女の晴れ姿に満面の笑みを表した。真砂子は明日仕事で遠くまで出張なので写真を残して置きたかったので、彼女の知り合いのスタジオを訪れ、彼女も含め記念撮影をした。瑠璃子は生まれてからこのかた、こんな美しく素敵な着物に袖を通したことがなく、はしゃいで袖を振って喜びそれはもう大変だった。さしあたって明日一日瑠璃子が髪や着つけを乱さないよう、誰かについていてほしかったが、人選に迷った末、瑠璃子をミシンの指導をしている女性に頼むことにした。

真砂子は正月には着物を着たくなった。たまには女らしく美しく装いたかった。瑠璃子の姿を見てふとそう思ったのだ。新年の会社の顔合わせには、俊夫夫妻や良男夫妻も列席する筈だ。そのとき妹の晴れ姿を一目見せたかった。そしてその日は瞬く間にやって来た。

※

美沙登はスタイリストの仕事を退職して、良男と共に小松山荘を盛り立てる事に、全力を注ごうと決心した。そして夫婦揃って八代開発の新年会に列席することにしていた。彼女は最近洋服を新調していないし、正式な式典で着る服を持ち合わせていなかった。

それに彼女は体型が変わって以前の服が合わなくなっていたのだ。良男のスーツも一着しかなく、彼の服も必要だった。例によって良男は美沙登と歩くのを恥ずかしがって、一緒に買い物にも行かれない。何時もは美沙登が彼に合いそうな服を適当に選んで着せていたが、今回はそういうわけにはいかない。嫌がる良男の首根っこを捕まえて連れて行った。

「良男はそれでいいかもしれないけど、恥を掻くのはわたしなのよ。絶対に今回は一緒に行って戴くわ」

良男が渋々承知すると、美沙登は彼の不精髭を剃らせ、身なりも彼女が納得するまで整えた。髪も美沙登が梳って見た目良くした。美沙登は惚れ惚れとして目を細め満足した。彼女は珍しくスーツを着た。着こなしはスタイリストをしていたので完璧だった。少し太り気味だしウエストが太くなったのが、美沙登には不満だったがそれを上手く補った。

二人が町中を、腕を組んで歩いていると、誰もが驚き振り返った。美沙登が浮気をしているらしい、格好いい男と腕を組んで歩いている、そういう噂が飛ぶほどだった。一メートル八十センチの偉丈夫の決まった姿が目立っていて、それが良男と分かるまで大分時間がかかった。美沙登は嬉しくて堪らない。歩き方がもっそりしているのを除けば、彼の今は素晴らしかったからだ。

店内は空いていた。美沙登とは仕事柄懇意にしているので大歓迎された。そういえば俊夫にもこの店を紹介したのだ。

美沙登は自分の洋服を観点に入れて、良男の服を選んでいた。彼女は一番似合う上品な薄い茶色に決めていた。良男は茶色が似合うか試着してみた。濃い茶色はいいようだ。彼女はストライプの入った柄を良男に勧めた。係の者もそれに賛同した。ワイシャツも此の際新調した。仮縫いを合わせて年内に間に合うギリギリの線だった。美沙登の服はオーダーメイドというわけにはいかない。予め自分の好みと色見本は見せている。美沙登は自分の勤めていたブティックに良男を伴って行った。何しろ良男がこの店を訪ねるのは初めてである。店の人たちは美沙登の夫がどんな人物か興味津々で待っていた。

　美沙登は俊夫が美奈とスーツを新調しにきたと聞かされ、その色見本が美奈の好みで俊夫に合いそうな水色だったことを知った。二人の仲も良さそうだ。自分たちも負けてはいられなかった。美沙登と組んで仕事をしていた同僚の高倉が彼女を見て手を取って歓迎した。彼女は店の奥に引っ込み美沙登のために取り寄せたドレスを抱えてきた。良男に問うても無駄なので、試着室で着替えた。

　出て来た美沙登は何と素敵なこと！　やはり彼女は茶色が似合うのだ。彼女は初めから着物を着る気はなかった。美奈が丸髷を結い着物で来るとは言っていたが、羨ましいとは感じなかった。良男は自分の妻の艶やかな姿に呆然としていた。ここに勤めているときより膨よかになったけれど、彼女の結婚生活は彼女に潤いを与え、しとやかさが加わったのだ。

　小松山荘の改築工事が始まるのは春になってからになっていた。今は臨時に美沙登がそこを任され、売上も上々で見通しは明るかった。今回の新年の顔見せでそのことが発表されることになっている。良男は美沙登の様子にやに下がっていた。

　良男は今美沙登しか住んでいない今の住まいをどうするか決断を迫られていた。美沙登は売ってしまったらというう。良男もそうすべきだとは判断しているが、もっと良案はないものかと思案していた。結論はまだ先でいい。良男は思案の半ばで美沙登に床屋に行くよう強制され理髪店に直行した。

「正月はこちらで過ごすのよね」

「雪に埋もれてるからな」

「冬はこうした場所も必要なのね」

「そうだな、やはり売ったらまずいかな」

「金が入らないわよ」

　熟慮すれば問題はまだ山積みだ。二人は落胆し前に考えを戻した。

※

　美奈は着物を着て美容院に出かけた。髪はもう言われた通り、三時間前から鬢つけ油でつけてある。ボリュームたっぷりの黒髪である。

　美奈が『サロンみずき』の店でみずきの師匠に当たる女性に髷を結ってもらっていた。

　みずきは免許を、ホステスをやる前から取得していて、前田の囲い者になってから店を出したいとせがんでいたのが、つい最近開店にこぎつけたのだ。指宿の話をするとみずきは覚えていて、腕は優秀だが幹部の男に関係を迫られ、拒否したため辺地に追いやられたのだ。美奈は目の前で美しく変貌する自分に満足し、完了すると女性のスタッフから溜め息が出た。寝る時はこの網を被って下さいとネットを渡された。

「箱枕はございます？」

「いえ」

「これをお貸しいたしますので、お使い下さい」

美奈はいくら写真嫌いとはいえ、記念に写真を残したいので、大河内のカメラマンの田崎に連絡してあった。上げ初めの髷は初々しく美奈にも自然頬に微笑みが浮かんだ。絶対的な自信が態度にみなぎり、颯爽と歩いていた。相本の新年の挨拶は七日と聞いている。それまで結い直しなしでいられるかは、彼女の寝相と俊夫が大きく関わってくる。どうなるか、あちらこちらに見せて回りたかった。

※

真砂子は大晦日、姉妹二人きりで過ごそうとささやかな夕餉を支度した。瑠璃子は島田が自慢で何かといじくりたくて仕方がない。三日の日に八代開発の新年会に出席しなければならない。

「除夜の鐘が鳴る前に神社に参拝に行く。皆行列して待っているけど」

「待っててもいい」

「寒いわよ」

「早く行って待とう。わたし賑やかなのが好き」

「じゃ暖かくして出かけましょう」

今年から神社に篝火が灯され、紅白の餅が配られるので、大勢の参拝客が見込まれて、大分前から並んでいるらしい。だがまだ九時を過ぎたばかりだ。十一時を過ぎた頃行っても一時間は立っていなければならない。

暇つぶしに二人はテレビを見ながらゲームを始めた。瑠璃子の好きなゲームである。だがこの日の彼女は勝負運がなく、真砂子の一方勝ちで、瑠璃子は頭に血が昇り夢中になり、つい時の経つのも忘れ気がつくともうすぐ新年だった。姉妹は慌てて支度して神社に向かった。神社は人で溢れていて鳥居を過ぎ、歩道まで伸びていた。

「うわ、凄い」瑠璃子ははしゃいだ。やがて列は神社内に入った。もう参拝は始まっていた。帰る人たちと列を組んで並んでいる人たちが交差し姉妹は混雑の渦に巻き込まれた。真砂子は隣にいる筈の瑠璃子の姿がないのに気づいた。先程まで真砂子の袖を握っていた瑠璃子が見当たらない。混雑し暗闇で見つけるのは困難を極めた。神殿の賽銭箱の前まで進んでも髷を結っている人もいない。着物姿の女性は多かったが、島田の女性は少なかったのだ。流石に真砂子は焦った。そして人波も途絶えた社内にも瑠璃子の姿はなかった。真砂子は呆然として何をしていいのか見当もつかなかった。

※

美沙登と良男は夫婦揃って家で過ごすのは久し振りだった。そして新年を越せるのも感謝していた。良男は美沙登を抱いて離さなかった。美沙登は擽ったいような感覚を覚え、それでも幸せな気分で酔っていた。ゆったりとした時が流れ、床に早くつき思い切り愛し合いたかった。

「新年明けに俊夫と美奈が家に来るそうよ」

「でも三日には会社で会うだろうに」

「それじゃゆっくり話せないからって」

「お前はいい友だちを持ったな。二人に感謝しなきゃ」

「二日に来るそうよ」

「そうか、本当は俺たちがいかなきゃいけないのにな」

「そうね、でもいいのよ、美奈は見せびらかしにくるんだから」

※

美奈は髷結った日、俊夫がどんな表情を見せ、態度を示すか興味深かった。俊夫は美奈が丸髷を結っているのを知らされ、もう胸わくわくだった。彼が玄関の扉を開けると美奈が立っていた。まるで大輪の薔薇が咲くよりもっと艶やかな美奈の女神の化身のような存在に、俊夫はただ立ちすくむばかりで、言葉もなく美奈を見つめるばかりだった。

「やあねえ、そんなに見つめたら穴が開いちゃうじゃない」美奈はもぞもぞした。俊夫は気に入ってくれたのだ。

「そんなところで突っ立っていないで中に入れば」

恐る恐る俊夫は美奈の周りを巡って髪形を見て回った。鬢つけ油の香りと、白粉の匂いが仄かに良い匂いを発散させていて、手を出すのがもったいない気がした。俊夫が前に向き直り美奈を抱こうとすると、彼女は「髪に気をつけてね」と囁いて、俊夫の抱擁を許した。

「キスは駄目、口紅が落ちちゃうから。それに七日まで髪を持たせるから、寝る場所は別々よ」

「それはないよ」言いながら俊夫の手は活躍し、美奈の着物の透き間に忍ばせて乳房に触れようとした。

「駄目よ、駄目だったら。そんなことしたら気持ち良くなっちゃうわ」

俊夫はそれが美奈を落とす戦略と心得、更に愛撫を続行した。

「ほんとにもう、俊夫さんはしょうがないんだから」美奈は俊夫の手をぶった。

「でも美奈こんなに濡れてるよ。本当は欲しいんだろう」

俊夫の手はいつの間にか裾の奥に侵入していた。

「ばか」美奈は怒りを露にした。そしてその手は叩かなかった。感じてしまったのだ。

「駄目、本当に駄目」美奈の声には先程の力がなかった。美奈は床を別にしても、俊夫が攻めてくるのが分かり、その対処に苦慮した。あのエクスタシーを味わって以来、美奈は俊夫が隣にいない夜は考え難かった。

思う通り俊夫は忍んできた。本当にもう、という感情と嬉しいという感情が重なって、禁を解いてしまった。

「駄目よ、触るだけ」美奈がそういったところで我慢できる俊夫ではない。

「姫始めは七日以降よ」美奈は俊夫の愛撫に溺れないようにいった。

「姫始めって何？」

「ほら、新年の始めにするでしょ、男と女が……その」美奈は交わる事とはいえなかった。だが俊夫はそれだけで察した。俊夫は強引に求めなくなりその日は終わった。美奈は淋しくてどうにもならなく寝不足になった。俊夫は爆発寸前の一物をなだめるのに苦労した。

元旦、二人は出かける日である。美奈が着る着物は用意してある。俊夫にも紋つき袴を着せるよう準備した。美奈は着物の着つけをその日ばかりは頼んでいた。礼服はキチンと着つけたい美奈の希望だった。頼んだ人がくるそれまでの間、俊夫を見ることにした。長襦袢を着て俊夫のいる場所に行くと、想像通りの具合に美奈は彼を叱りつけた。

「どうしてそんな着方するの。ださいわ。脱いで、脱いで頂戴」美奈はいう傍から俊夫を裸にした。「この下着の着方はなに、だらしないわね、もう任せておくと碌なことしないのね。洋服の下着より始末悪いわ。いいこと、じっとしてるのよ」

「美奈、どうしても僕も着物じゃないと駄目かな」

「絶対に駄目。袴は」

「袴もはくのか」

「当然よ」美奈はきびきびと、そして俊夫の世話をしている気持ちからいそいそしていた。はためにも羨ましい光景だった。玄関の鈴がなって着つけの人が来たことを知らせた。美奈は下着なのでそのまま入るよう大声で叫んだ。真田の師匠の紹介のその女性はゴム毬のように丸く太り、人の良さそうな感じがした。美奈は何処かで会ったような気がした。

美奈は俊夫の着替え中なので、俊夫の許に戻って袴をはかせ始めた。気恥ずかしくなるような甘い甘い雰囲気に、戸惑いながら彼女は見ている外なかった。

「わたし後藤と言います。奥さんご存じないかしら、同じ町会の角の」

「ああ、あの工場、そういえば後藤鉄工所っていったわ」

道理で見たことがある筈だ。毎日道で顔を合わせている。

「その鉄工所のものよ」君枝と名乗った女性は人懐っこい人柄を滲ませていた。背が低く美奈の肩程しか身長がないが小柄という印象を受けなかった。

「仲がよろしいのね」君枝はぽつんといった。「どう、君枝さん、こんな塩梅で」

「美男ですもの素敵よ」

「あら、俊夫さん美男ですって」美奈は俊夫が優男で顔立ちが整っているのが気にいっているが、さして美男子とは思わなかった。美奈の憧れは背が高く格好いい、高倉健みたいな男性が好みだった。美奈が腕を組んで歩いても自慢して歩ける男性と結婚したかった。追っかけも経験したことがあった。

二人は俊夫を待たせて着物を着つけ始めた。「いい着物だわ。帯も素敵、この紋、深木様の紋ですか」

「そうよ、実家の紋だったのを差し替えたの。俊夫さんと結婚するのが決まらないうちに新調したから」

その着物は父が自信を持って勧めた呉服商に注文したもので、美奈も袖を通したことがなく、今回が初めてだった。黄色の地に竹が描かれた訪問着で、その淡い着物が美奈によく映った。キャピキャピしてお転婆の美奈も着物を着ると見違える程お淑やかに、大人びて見える。不思議と洋服にない色気が出てくるのだ。

君枝は思った以上に動きは素早く、お茶も飲める程の時間が空いた。君枝は美奈にさせずコーヒーを入れた。

「此処へ引っ越して来た時も紫の訪問着を着ていらしたでしょ。そのときお会いしてますわ」

美奈ははっきり思い出した。その時君枝は夫の手伝いをしていたのだ。

君枝はすぐ帰り二人は八代の住まいに向かった。恭介も加奈も待ち兼ねていて大歓迎された。恭一郎も顔を見せた。加奈は美奈の様子を眺めほっとしていた。美奈はすっかり奥様に成り切っている。俊夫との関係も上々のようだ。女同士の会話があった。

「お前、俊夫とうまくいってるようだね。夜も順調のようだし」

「まあ、お母様ったら、やだ」

「いいえ、それが肝心な事なのよ。雰囲気も変わってすっかり俊夫に馴染んで彼のものだね」

「お母様」美奈は恥ずかしそうに身を細めた。「いいのいいの、仲が良ければそれでいいの」

「おお、美奈、随分色っぽくなったなあ」

恭介は娘の変貌を目敏く気づき、娘がこうなるとは予想もしなく驚いていた。八代の夫婦は美奈が初心で男性に免疫がない環境にあって、俊夫が初めての男であったのが、美奈の彼に対する気持ちは一途になっている、それはある意味では危険なことだが、より俊夫の心に添って張りつき離れなくなっていた。俊夫が風邪をひけば美奈も風邪ひくといった具合だった。

そして新年の祝いを始めて間も無い頃、電話のベルが鳴った。傍にいた恭介が出た。それは村越真砂子からの電話だった。電話は長く、恭介はさかんに「落ち着きなさい」と繰り返し、彼自身も大分慌てている様子だった。そして彼は俊夫に電話に出るように言った。

「もしもし、真砂子、落ち着いてゆっくり喋ってくれ。何、妹さんが行方不明になった？　警察に捜索願をだした？　それじゃこちらに来て説明するわけにもいかないか」俊夫は処理する活路を見いだせなかった。

「ともかくなるべく早くそちらに行くようにする」

目出度い筈の祝いの席が騒然なものになった。その内容はすぐ黒沢夫妻にも伝えられた。

美沙登は秘密のベールに包まれた物事が白昼に晒され、しかも危険な状態で現れているのが分かった。きっと俊夫が真砂子に秘密保持を頼んだのだ。自由の利く美奈と自分が行って確かめるしかない、そう決心した。美奈もまた真砂子に事の詳細を確かめに行くしかないと思い定めた。美沙登から電話を受け取ったとき、美奈は強力な助っ人が加わったのを感じた。良男も俊夫も松本行きを即許可して激励した。

真砂子は二人が来るのを心待ちにした。だが瑠璃子の消息はようとして知れず、真砂子の心に暗雲が広がり、友人の来訪にも関心がなくなりただぼんやりするだけだった。これから長い真砂子の苦悩は延々と続くのである。

第九章　深木家の日々

美奈の戯れ言

俊夫さんが、暇だったら自動車の免許でも取ったらどうだと言うから、教習所通いを続けているけど、わたしが行くとそれは大変、教官が集まって来てわたしの教習を、自分が引き受けると言い争いになるわ。わたしズボンなんかはいたことないし、タイトのスカートでは運転しにくいから、フレアーのにしてるけど、そんなにドレスアップする理由がないから、なるべく長い丈のスカートというくらいな、気遣いしかしていないんだけど、わたしの服はしまうとき香水を入れておくから、自然とその香りが染みついているのね。お化粧もしていかないし、たしかにヒールの高い靴を履いていったのは失敗だったけれど、他の女性と大差がないわ。それなのにわたしだけが騒がれるみたい。煩わしいわ。女の人たちの陰口の対象になってるし。教官はわたしの運動神経がいいことに驚いているわ。わたしより年下の女性がハンドルにしがみついてこわがっていたり、教官に助けを求めて体を触られて嬉しがったりして、媚びたり甘えたりしてると馬鹿らしくて。あんなことまでして男に媚びを売りたいのかしら。そんなの沢山。教官たら物欲しそうにわたしの胸の谷間を舐めるように見つめるのよ。そりゃダブダブの洋服でも着れば、いいんでしょうけど。無格好な身なりはしたくないもの。

俊夫さんはそんなに退屈かっていうの。退屈っていうんじゃないわ。俊夫さんがいないと落ち着かないだけ、それに淋しくてつまらなくてただそれだけ。最近北村さんが卓球部を設立するのに熱心になっていて、その協力をわたしにしてくれといってきたわ。それも手伝えば気が晴れるかもね。それにあの真砂子の妹のこと、まだ見つからないらしいわ。目撃した数人の証言だと、何人かの若い男性に手を引かれていたというから、さらわれたかはっきりしないけど、どうもその線が強いらしいわ。真砂子は滅入ってしまい、仕事以外は籠もりがちで、誰にも会わないらしいわ。わたしが見るところでは、真砂子は俊夫さんの言うことなら聞くわ。俊夫さんたら真砂子には鼻の下が長いから、悔しいけど任せるより仕方ないわ。きっときついお灸を据えてあげるわ。これは焼き餅なんかじゃない、わたしの気持ちを裏切った俊夫さんへの報復よ。俊夫さんはわたしのもの、だってさ、美奈、俊夫さんに肌を許してしまったもの、処女をあげてしまったもの。でも何故初めてのとき出血しなかったのかしら。

俊夫さんはこのごろ疲れ気味だわ。スタミナがないのかしら。スタミナのつくものってなにかしら。あら、何考えてるの、ううん違うわ、そんなんじゃないわ。俊夫さんどうしたのかしら、熱くないの、物足りないの、いやーん、わたしってはしたない。俊夫さん飽きたんじゃないわよね、わたしが嫌いになったんじゃないわよね、美奈のこと可愛がってくれるの短くなったし、ぴったりして苦しかったのに、隙間があるみたいなの。えぐられたような感触がないの。どうしてかしら。三日間も愛し合ったあの日、わたし身も心も俊夫さんと一つになったわ。体が蕩けるように気持ちよくなったわ。それから何回も痺れるような快感が何度も押し寄せて、俊夫さんのものになったんだわ。幸せな気分でもう人生はバラ色って感じ。それからよ、もう随分と長い時間が経つのに、それに俊夫さん夜となるとわたしを襲ってくるのに(わたしってこの頃変よ、変わったのかしら、恥ずかしいことばかり考えたり、考えているのはあのことばかり)、あの日あんなに気持ち良かったんですもの、あんなふうにまたなりたいわ。でも俊夫さん違うのよ。俊夫さんのあのそのあれ大きくなる、ほら気持ち悪い形していて硬くなるの、そうあれ、言葉にするの恥ずかしいもの、それ、奥まで来ないし押し広げるような太さじゃないの、うわー恥ずかしい、それが細いし短いようなの。栄養をつけさせなくちゃいけないわ。ニンニクはいいらしいけど口が臭くなるからわたしも食べないといけないわね。焼き肉とか鰻とか、俊夫さんは刺し身が好きだけど、それも好きかしら。とろろ芋もいいと聞いたわ。ああいうねばねばしたのがいいのかしら。

それだけじゃ駄目よ。美奈をうんと可愛がってもらいたいもの。気が遠くなりもういいというまで目茶目茶にしてほしいもの。でもね、わたし朝気がつくとパンティもネグリジェも脱ぎ捨てて真っ裸ですもの、もうお母様のいうことなんか掟を破っているわ。俊夫さんわたしを全裸にしないと満足しないみたい。ほんと困っちゃうわ。隠したらもっとみっともないし、でも見せたいとか、見せびらかすとかはしたくないわ。そりゃ俊夫さんが是非といって手を合わせても、それに応じる気はないわ。隠してるから魅力があるのよ。これから下着は俊夫さんに見せて楽しませたり、わたしを抱いてくれるきっかけになるよう工夫したいわ。照明もあくどいキャバレーみたいじゃ嫌だけど、柔らかいピンクにしようかしら。

取り敢えずあと数時間で俊夫さん戻るわ。夕飯の支度もそうだし、作戦を練らなきゃ、でもわたしまだ間もないから俊夫さんの要望にも応えられないし、まだ抵抗が沢山あるわ。そのうちマンネリになるようなことはすべきじゃないわ。わたし俊夫さんに抱かれるの好き、すき、好き、だーいすきとっても好き、もっと気持ち良くしてくれたらもっとすき、さ早く片づけものをかたし、夕飯を作って待ちましょう。

　ふふふんふんこれでご飯はスイッチを入れたし、おかずも支度した。後どうしましょう、俊夫さん連絡ないからきっと帰りが早いわ。お客様が来るかしら？　着物を着る？　いいえ、俊夫さんの目の色が変わるようなふうにするにはと。ベビードールじゃ刺激が強くない？　俊夫さんにわたしが欲しいといってるのが見え見えだし、誘ってるみたいでなんか、いいえこのところ俊夫さんご無沙汰だもの、いいの、少し刺激を与えるのがいいわ。俊夫さんがお風呂に入らないといけないから、そのところが鍵ね。

　お風呂は気持ちいいわ。姿見で見たけどわたし体重計は毎日乗ってるからだけど、太ってないのに、何か結婚前と違うの。体型が崩れる事は絶対ないし、何か丸くなった気がしない？　そういえば肌の艶がいいし、化粧乗りがいいわ。髪を洗うのは何時がいいかしら。俊夫さんに手伝ってもらいたいけれど、わたしの裸を見たくて承諾するだけだから、ちゃんと言い聞かせなきゃいけないわ。やんちゃ坊主みたいだから、わたし、だから俊夫さんが、わたしのおっぱいを吸う顔大好き。だって可愛いんだもの。いけないわ、もうこんな時間、少し汗を鎮めなきゃ。バスタオルと、ほら、やはりここに肉がついたのかしら。待って、体重はと、ほら変わってないわ。でもデブになってない？　ウエストは、メジャーあるかしら。あ、ここ、ここ、ええと、ほら変化ないわ。どうしてかしら、弛みなんかある筈ないし、太股だって問題ない。腕なんかも贅肉はないわ。太ったという表現が適当じゃないけど、バストは大きくなったみたい。ほんとこのバスト困り者よ、洋服だって着物だって邪魔でおまけに肩凝りが酷い。ちっともいいことないわ。俊夫さんたら失礼よ、わたしのバストをおもちゃみたいにして遊ぶのよ。揺らしたり、持ち上げたり、くっつけあったり、子供なんだから。さ、俊夫さん間もなく帰って来るわ。俊夫さんを迎える時は正装するって誓ったから、バスローブは不味いわ。洋服にしましょう。

　玄関の明かりはいい。車だから車庫にも明かりを点けておいたわ。

「お帰りなさい。お風呂が沸いてるから先に入って」

「今日は洋服なの」

「着物のがいいの？」

「ううん、別に」俊夫さんやっぱりがっかりしてる。俊夫さんわたしを抱きにきたわ。さっぱり俊夫さんの気持ち分からないわ。

「口だけのキスにして。舌を入れるの嫌」

「だっていつもそうしてるだろ。苦しかったら鼻で息をすればいいのさ」

「面倒臭いの嫌い」

「美奈だって僕に風呂入れって面倒なことというじゃないか」

「いいえ、同じじゃない、清潔にするのはわたしたちが黴

菌などに伝染しないようにするためよ。性病になったらい
い面汚しよ。そんなにそれがいいならわたしと離婚してそ
ういうのが好きな人と結婚したら、嫌いよ」わたし自信あ
るもの、俊夫さんわたしと別れる気なんてないわ。むしろ
狼狽して謝ってくるわ。
「どうしたのさ、そんな突き放したいいかたして、美奈、
ね、もう無理強いしないから」
「わたしすぐそうして謝る人嫌い、主体性ない人嫌い」
「駄目、そんなとこ触ったって、許さない。だめよ、い
やー、馬鹿、ばか、駄目だったらうん」わたしったら気持
ち良くなったから鼻声の甘えたようになっちゃった。狡い
んだもの俊夫さん、わたしの感じる処を触るんだもの。
「撲ったいったら、いけないわ。うふふ、そこ駄目、も
う」俊夫さん一番敏感な脇腹を摩るんだもん。あ、ああー
あそこ、あう。俊夫さんの指、わたしの大事な処に突っ込
んでる。ああ、そんなに中で掻き回しちゃ、あー……。
「ほら、欲しいんだろう、こんなに濡れてるよ、それに腰
を動かしているじゃないか。指を奥まで食い込ませてる
じゃない」
「意地悪、俊夫さん嫌い」
「じゃ指抜くよ」
いや、いや、いやよ。いけないのよ、こんな格好でほ
んと俊夫さんいけない人、もうどうでもいいわ。ああー
ん、俊夫さん嫌い、大嫌い、わたしをこんな気持ちにさせ
ちゃってどうするのよ。
「ねえ、お食事しないといけないわ」
「そうするか。そういえば明日、二人で出かける用事があ
るんだ。イヴニングドレスにしてくれないか」
「わたしイヴニングは一着しか持っていないわ。それを着
るしかないわ」
「そうか、美奈と出かける予定がある時は前以て知らせる
ようにしよう」
「わたし俊夫さんと出かけること、多くなるの？」
「美奈は人を喜ばすのが上手だし、場持ちがいいから、そ
れに美奈を見たい人が沢山いるし、パーティーの華は美奈
が一番さ」
「レンタルしようかな。美沙登に聞いてみる」結婚して公
式の席に夫婦揃って出かけるの初めてだわ。わたし俊夫さ
んの力になれるチャンスだわ。俊夫さんイヴニングと言っ
たの、意味があるのかしら。
「俊夫さん、どんな集まりのパーティーなの？」
「長野中部の決起大会さ。互いに情報の提供する場を設け
るのさ」
「わたし、ホステスじゃないわよね。まさかパーティーの
添え物の華じゃないはね」
「当たりまえさ。でも美しい人の楽しいお喋りも大切さ。
それぱかりじゃなく、気持ちを八代開発に傾かせるのも必
要さ」

「争い事がないようにしようというのね」

とてもお酒が美味しいわ。俊夫さんもご機嫌、わたしも酔っぱらっちゃった。さっき言い争ったから、それを流す解毒剤だこうかしら。とても気持ちいい。もう少しお酒戴かなきゃ、損しちゃうわ。腹の立つのは収まっていないけど、いいわ、その分サービスさせるんだから、もう俊夫さん苛め懲らしめ、わたしの虜になるまで、わたしを餌にして、激しくあれを立てさせて何時間も攻めて我を忘れるようにしてほしいわ。また満ち足りたっていう感じ、恥ずかしいってことなくさせて頂戴。わたしね、お酒飲むととてもいいの。少しは分かってきたの。それに俊夫さんをわたしがどうしても欲しい、愛してるというようにさせるよう、わたしも羞恥を抜き取って接しないといけないもの。それにはお酒、お酒がいい。肝心なことが一つ残っているわ。明日のパーティーは二人でいちゃいちゃしたり、デレデレしたりしたら、締まりがなくなるわ。俊夫さんいつもわたしを目で追ってるから、そりゃわたしのこと愛してるのは嬉しいけど、決まりをつけないと皆に嫌われるわ。そんなことになったら大変だもの。折角の接待も台なしだわ。三日も四日もわたしをほったらかしにして、この前もお座なりで義務的な愛撫しかしないから、ちっとも燃えないし熱くないわ。わたし今日は思い切って恥を投げ捨て、俊夫さんを奮い立たせて、わたしが離させないよう根元を締めつけるわ。射精したって離さない。吸い取って吸い取るまで続けさせるわ。わたしってこんなこと考えたり男を鼓舞させたり、間を置いたりして、淫乱？　好き者？　体が呼ぶの、男、おとこって、するとあそこが濡れて、矢も楯も堪らなくなるの。結婚したてのころは、何されたって痛いだけで、なんで結婚するとこんな嫌なことしなくちゃいけないかと、悲しくて仕方なかったわ。それなのにどう、今は、俊夫さんに抱かれると想像するだけで濡れてしまうわ。しかし完全じゃないわ。わたしに拘りがあるからだわ。捨て切れない何かがあるの。その一つが恥ずかしいという気持ち、それとお互いに未熟なこと、それだけじゃないわ、俊夫さんに足りないものがあるのよ。多分。


「僕風呂に入るよ。これ以上酔うと入れなくなるから。まだ飲むからビール冷やして置いてくれ」

「わたしその間、寝間着に着替えるわ」

わたし迷わない、このベビードールにする。お尻丸出し、パンティはモロ、その上透け透け、真っ赤に黒の縁取りがあるから、あくどいくらい淫ら、パンティは真ん中で割れてるからこのままでも犯されちゃう。もっと隠したほうが、刺激が強かったかしらね。これで香水を体に浸して、ずぶ濡れにするの、可能な限り、わたしの知る限り悩ましいかしら。俊夫さんが突いて突いて突きまくって、わたしを恥ずかしがらせないようにして。奥にあの人が入ると子宮に届く程深く入ると圧迫されて、言葉が出ないくらい興奮するの。それが堪らなく気持ちよくて、何回も味わいたいわ。特に、深く俊夫さんのものが入ると、あの人の根元がわたしの割れ目に密着して擦られると、まるで天国へ行ったみたいに我を忘れて、気狂いみたいに暴れ回るわ。そうして俊夫さん、そうすれば俊夫さんが望むこと、わたしするかもしれないわ。そしたら極度に感情の高まりが高じて、頭が白くなる、そこまで美奈を導いて。それに近づきそうになってるの、あらぬ声を張り上げて、助平なことを口にして、夢中にさせて、俊夫さんが頑張れば、そこまで辿り着くようにして。

「美奈、なにその仇っぽい目は。それは」

俊夫さん襲って来た。強引に脱がしてる。俊夫さん、こんな寝間着ずたずたに引き裂いてわたしを全裸にして。もっと、もっともっとわたしを狂わして。俊夫さん凄い、凄く強く大きくそそり立ってる。いい、いいわ、だから俊夫さん、すき、もっと苛めて、もっと攻めて、怒濤のように間髪を容れず貫いて、貫いて貫き通して、わたしの理性を奪って、熱い熱い、燃えるように熱い、あつい、あ、そんなこと、わたしを後ろ向きにして、パイプに手を掴まらせてどうするの、あん、やん、俊夫さんが入って来る、う、苦しい、息出来ない、わたしのお尻に俊夫さん乗っかって、太いわ、とても太い硬い長い、深く嵌められてる。

「あー、いい、いいわ、俊夫さんいい、とてもいい、もっと、もっと、あ」わたしの穴を俊夫さんが掻き回して貫くばかりじゃなく、丸く円を描くように腰を動かしてる。あ、来たわ、来た、きた射精よ。俊夫さんの、更に太くなってる。ながい、長いわ。

「美奈凄い、凄く締まってる。千切れそうだ」どうしたの、わたし気絶してたの。俊夫さんわたしの上、道理で重いと思ったわ。俊夫さん使い果たしたのかしら、だってあんなに長い射精だったもの。そのせいかとても気分がいいわ。こんなの初めて。あの後ろからの彼の攻撃が利いたのよ。あんな奥まで貫かれたらおかしくなるわ。俊夫さんご苦労様、美奈を気持ちよくしてくれて有り難う。今日の俊夫さんとても素敵よ。いい男。美奈幸せ、俊夫さんにならどんなことも甘えられるし、我が儘言えるわ。ほらまだこんなに乳房硬いわ。いい気持ち、眠れないわ。いいの、眠れなくても。わたしたちまた全裸になったのね。お股が気持ち悪い。俊夫さんの縮んで抜けたから、愛液が膣から溢れて股を伝わってるんだわ。こんなに激しかったから、俊夫さんの赤ちゃん出来たらいいな。だからしっかり射精を受け止めるよう努めてるの。あら、俊夫さんまだ立ったまま。俊夫さんの見たい、ずっと見るの恥ずかしいし、怖いしでつくづく眺めたことないもの。不思議よ、不気味ね、これが普段だと子供みたいに小さいの？　松茸みたい、うふ触ってみよう、うん？　ピクリと動いた。大きくなっちゃった。どうしよう、気がつかないわ。これはわたしのもの、わたしの大事な処は俊夫さんのためにあるもの。俊夫さんのものもわたしのも、わたしたちの他こうしてはいけないわ。そうだ。ここに記しをしときましょう。マジックはと。この傘みたいな処にこうして、『わたしのもの』と一つじゃもっと書いちゃおう。わー楽しいな、下の方も、真っ黒になっちゃった、しーらない、俊夫さん知ったら怒るかな、トランクスはかせればばれないわ、暫くは。

「なにしてるのさ」

「え、起きたの、なんでもないわ、わたしのパンティ探してたの」

「ああ、これだろ、この小さい奴」

「いいの、返して」

「ふーん、奇麗なんだな。なんで前割れてるの」

「いいのそんなこと」

「刺激的だな。このパンティはいたままセックスが出来るよ。そうしたかったな」

「もう、俊夫さんたら」

「いーだ、まだ返さないよーだ」

「汚れてると恥ずかしいから、早く返して」

「じゃ余計返せない」

「俊夫さん、駄目、匂いなんか嗅いじゃ。わたし怒るわよ」

「悪い、わるい。じゃはかせてあげる」

「美奈の見たいの？」わたしは一寸弱みがあるから譲らないと。

「見たいからそう言うんでしょう。いいわ少し、ほんの少しよ」俊夫さんたら明るい方へわたしの体を変えたわ。いつもだと抵抗するけど、しょうがないわ、いつかは許さないと。小さいから俊夫さん、どこが足に入れるのか分からないんだわ。

「そうじゃない、恥ずかしいもの、早くして」

「こうするの」

「美奈って奇麗な脚してるんだ。へー結構毛深いんだ」

「馬鹿ね、そんなこと言って」

「こんな機会二度と来ないから、じっくりと」

「駄目、馬鹿ね、そんなことより寒いわ。意地悪なんだから」

「待ってくれ、美奈を探検してるんだから」

「いい加減にして」

「このパンティ高かっただろう」

「そうよ、いけない？」

「いや、僕に見せる為に買ったの？」

「そうよ、俊夫さん喜ぶと思って」

このパンティはベビードールと対で買ったんだわ。

「レースが沢山ついてる。なるほど、こうはかせるのか。これじゃこうすると、割れ目から中が覗ける」俊夫さん姿勢を変え、わたしの股ぐらに顔を埋めてる。火が出るわ、恥ずかしい、でも興奮する。あ、なんか感じちゃう。割れ目から愛液が零れてる。あ、手が俊夫さん開いてる。弄ってる。あ、あ。

「そこ駄目、だめ、いけないわ、よして」

「そんなこといって、感じてる癖に」

「馬鹿、俊夫さんの馬鹿、いやーん」

だってさ、俊夫さんの指、自由に撫ぜたり引っ張ったりして、思うままよ、狡い。俊夫さん楽しんでる。美奈もう駄目、体がジーンとしてる。来るわ、来る、うおー、きたきた、

「俊夫さん、お願い、ねお願い、舌を深く入れて、舌を尖らして、奥まで、そう、そう、うん、ただ入れるんじゃなく舌で掻きまわして、あん、そう、イエース、イエス、あ、俊夫さん来る、くる。抱いて、お願い」

「どうされたいのかな」

「知らない、馬鹿、あーん、感じちゃう、くるのね、ほら俊夫さんのここに」わたし頂点にきそうで息はラッセルみたい。

「言ってごらん、そうしたら、ほらここにご褒美あげる」

わたしって駄目、俊夫さんを焦らすつもりが焦らされてる。我慢出来ない。

「ねー、ねー、俊夫さん、入れて」

「なにを入れるのさ」

「苛めないで、お願い、俊夫さんのわたしに入れて」

「駄目だよ、まだよく見てないもの。風呂にも一緒に入りたい」

「いいわ、いいから、早く」

「もっとはっきり見せると約束する？」

「する、する、だからお願い、ねーおねがい」

わたしたち気づいたらもう朝、あと十分、ううん五分でもいい。あれ書いたまましたの、大丈夫？

俊夫さん、すき。すき、苛められて余計感じちゃった。会社よ、どうしよう、気持ちよくて、起きられない、うん？　俊夫さん自分で起きてる。

「美奈、僕は会社だから出かけるよ。朝飯は間に合わないから抜きだ。夕方五時だからね。ゆっくりお休み」

「待って、俊夫さん、わたし俊夫さんすき」

「分かってる」

「ううん、キス、キス」

「美奈、キス嫌いだろ」

「いいの、今は」

「嫌、そんなお座なりのキス嫌い」

「唇を合わせるだけでいいんだろ」

「駄目よ、そんないい加減なの嫌」

「どうするのさ」

「デープキスじゃないと駄目」

「美奈はほんと気まぐれだな」

「だってそれがいいんでしょう」

「馬鹿言うなよ、面倒見切れないよ」

「美奈のこと嫌い？　ねえー」

「会社遅れるよ」

「嫌、も一度抱いてくれないと行かせない」

「全くもう」

美奈、とても不満、会社なんかいかなきゃいいのに。こんなにいい気持ちにさせて、さっさと行っちゃうなんて、俊夫さんいけない人。まだ起きたくない。ほら俊夫さんが愛撫したとこ、喜びで震えてる。まだ美奈のもの熱いもの。いや、人に見られてるみたいだからいや。美沙登、今日いるかな。電話しなくちゃ。うふふ、この寝間着成功よ、効き目は抜群、ご苦労様、全然着ている間がなかったわ。こういうのって男って刺激があるのね。お風呂に入りましょう。もうスッポンポンだけど、バスローブでも羽織りましょう。そうか、雨戸開けなきゃいけないわ。うん、このままワンピース被れば分からないわ。櫛、いいえブラシよ。あら、隣の奥さん。

「お早う御座います」

「お早いのね」

「ええ、主人の会社早いもので」

「どこの主婦も大変ね。じゃ」

あの人澄ましてるから嫌い。上品ぶってさ、そういえば美沙登が家に遊びに来た時、そうね、確か平日の水曜？かしら。わたしたちお喋りが弾んで、コーヒータイムに上のテラスに上ったんだわ。先に美沙登が行ったんだけど、彼女口を手指で押さえて、「静かに」小声で囁いて、下を指さしたの。ま、なんてこと、まだ昼間の二時頃よ。奥さん旦那さんと全裸で組んずほぐれつ、ベッドで愛し合ってるのが透明な窓を通して見えるじゃない。三沢さんの旦那頭が禿げなの。あんな澄ました態度の奥さん、下半身に体埋めて、旦那の一物を咥えてるの。美沙登もわたしもびっくり。そっと下に下りて大笑い。笑い過ぎて苦しかったわ。

「美奈、見た今の」

「うん」

「美奈らしくないわ。美奈のとこ、あんなことしてあげるの俊夫に」

「いやね、美沙登ったら、あれなんていうの奥さんのしてたの、あんなこと知らないもの」

「嘘ばっかり、あれフェラッチオっていうの、知らない？男のペニスのカリの処を口でくわえて舌で舐めてあげるの。傘みたいな部分の下が敏感なの。そこを中心に愛撫すると、とてもいい気持ちなんですって」

「美沙登は露骨なんだから」

「それだから美奈、随分覚えたでしょ」

「うん、もう、美沙登ったら」

「ほんと知らないの、問題よ、美奈、俊夫に浮気されちゃうわよ」

それが原因？　真砂子とのこと。

「わたし、良男にいつもせがまれてやってるわ。美奈もやってみれば」

「美沙登ったら、そんなどぎついこと言って、照れちゃうわ」

　さてさて、美沙登の電話番号は。

「美沙登？　美奈よ、今日わたしとつき合ってくれない？　ドレスが急に必要になったの。イヴニングよ。一時、え？　駅前？」

　美沙登、彼女のいたブティックに行かないつもりだわ。なにかあったのかしら。

「美奈、わたしについてきて」美沙登は相本ビルの正面のドアを入ると、エレベーターのボタンを押した。

「オートクチュールの店があるの。城之内さんとは大塚デザインでの弟弟子でデザインを試作してて、この春発表会を開催するの。もうわたしが辞めた店、駄目だわ。城之内さんに美奈のスリーサイズを求められて渡したら、あなたを想定してドレスを試作したのをこの間見たわ。きっと美奈は気に入るわ」

　美沙登は六階の『さえきモード』にわたしを案内した。殺風景な事務所だこと。

「黒沢さんいらっしゃい、お客様も」

「佐伯さん、こちら深木美奈さん」

「お噂は城之内と美沙登から聞いています。この間からイヴニングをデザインしておりました。どうぞお座りになってお待ち下さい」

「美沙登、ここは？」

「そう、新進気鋭というの。城之内さんより出だしは遅かったけど、才能は上と言われてるの」

「美奈様、試着室へどうぞ」

「なに？　どうしたの」

「俊夫の奴、美奈に内緒にしてたんだ、いいとこあるな」

　俊夫さん計算づくだったの。美沙登に頼んでたのね。こういう秘密なら大歓迎、大感激、美奈、わくわくよ。

　わたし、ドレスには一家言持ってるの。『きわどいカットと、体型に密着するのがいい』この黒のイヴニング、佐伯さんが作ったの？　大胆ね、わたしが赤が似合うのを承知でこの色にしたんだわ。スパンコールが模様になって素敵、黒が主体だけど、水の流れのように流れ、ウエストから上にかけて臙脂《えんじ》とスカイブルーが映えて顔を明るくするわ。うん、胸きついわ。ウエストも一寸緩め、普通だったらこれで申し分ないけど、ここまでギリギリに体の線を見せるなら、ウエストもぴったりにしたいわ。うわー、バストの谷間ももろね、男は喜ぶわ。問題はこのスリット、前にスリットがあるのって珍しいのよ。でもこれわたしの脚が太股まで見えてしまうし、パンティも見せるのでないと。ストッキングは一層のことパンティホースにする。それならパンティいらないし、編みタイツはどう。

「まー、目が覚めるよう、美奈様は色が白いので、黒が目立ちますわ」

「美奈は意外とグラマーなんだ。脚格好いいわよ」

「胸とウエスト直しましょう、なに、すぐ出来ます」

「美奈、今バストどのくらいなの」

「ここのところまた大きくなったの。九十六センチかな」

「すごい、真下が見えないでしょう」

「そう、それに肩凝るし」

「この前のスリット開き過ぎよ。裸より恥ずかしいわ」

「このくらい深くしないと、歩くとき躓きますよ」

「靴は少し高めでも仕方がないけど、あるかしら」

「ヒールの九センチのサンダルです」

「あら、わたしにぴったり。このヒールだと俊夫さんより高くなるわ、でもこの高さに裾合わせてあるんでしょう」

「そうですね、後ろは引きずる形になります」

「どう、美奈、気に入った？」

「ええ、でもこんなセクシーなの装っても、わたし色っぽくないし」

「なに馬鹿なこと言ってるの、女でも戸惑うくらいお色気むんむんよ」

「お帰りには上に羽織る黒のシースルーで、揚羽蝶のスパンコールが模様のこの上かけをお持ち下さい」

「スパンコールが蝶々の模様を描いているのね、背中は腰まで大きくカットされてるから、少しは隠すのに役立つかもね」

※

わたしが家に帰り身嗜《みだしな》みを整えていると、俊夫さんが戻ってきた。わたしはわたしのいで立ちに衣装を着たまま迎え入れたが、俊夫
俊夫さんはわたしのいで立ちに驚いた様子だった。

「美奈、スケスケで体が丸見えだな」

「俊夫さんのお好みでしょ」

「胸なんか開き過ぎだよ」

「あら、イヴニングはこういうものよ」

「それにしてもバストの盛り上がりが殆ど見えるし、谷間も見通せるよ」

「仕方ないのよ、ブラは着けられないし、寄せてるから余計に膨らみが大きくなるわ。俊夫さん、気に食わない？」

「当たりまえさ」

「美奈の胸見せちゃ駄目？」

「そうは言ってないさ。露出し過ぎさ」

「俊夫さん、なにか怒ってる」

「そうさ、美奈、朝僕の大事な場所へマジックペンで、いたずら書きしただろう。おしっこするときびっくりしたよ。幸い人がいなかったからよかったものの、僕のが真っ黒なんでその後気づかれないようにするの大変だったんだぞ」

「美奈さ、終わった後、俊夫さんのもの、どうしても自分だけのものだという印をつけたかっただけなの」

「美奈、泣くなよ、もういいよ」

「ご免ね、悪気はないのよ」

「もしそうだったらこんなに簡単に許さないよ」

　わたし泣いてたら余計悲しくなって大声だして泣いちゃった。俊夫さん困った顔してた。

「だってさー、俊夫さんの大事なもの他の人に取られたら困るもの。あれはわたしのもの、だから……」

「わかったよ。美奈はなにをするか予測がつかないよ。まだ消えないよ」

　わたしそんなに悪いことしてないもの。俊夫さんに怒られて泣いちゃった。泣いたらさっぱりしちゃった。

　パーティー会場はもうかなりの人が集まっていた。わたしたちは、自然に離れ離れになった。持ち場を分けたのだ。父に挨拶にいった。草薙のおじ様と相本、前田と知り合いの顔が見えた。

「おー、美奈ちゃん、女の色気が出て大人の雰囲気が漂ってるな。もう幼い頃からの愛称は変えなきゃいけないな」

「おじさま、いつまでもおむつしてないわ」

「いやーまいった」

「健一郎様、わたしたち明日お邪魔しますので、宜しくお願いします」

「もうすっかり深木の妻になりきった様子で、一安心かな。だが結婚するとこうも変わるかな、なあ杉浦」

「しっとりした落ち着きがあって、重量感があります」

「あのじゃじゃ馬がおとなしく収まっているんだから、深木もたいしたものだ、しかしな、あの美奈がこう女として魅力たっぷりになるとは思いもよらないことだ」

「胸が腫れてるのか、美奈さん」

「前田さん、美奈を苛めるの。みずきのこと応援しないわよ」

「それにしても大胆な衣装にしたものだ。肌を露出し過ぎだぞ。それにそんな恰好じゃ下着が見えてしまうぞ」

「お父様、それは考えてあるの」

「恭介、見せパンて知らないな」

　わたしはそこで話に見切りをつけ、わたしが担当する若い男共の許へ急いだ。若いといってもわたしより年上で、殆どが二代目候補の悪餓鬼でそうそうたる遊び人で、酸いも甘いも味わい尽くした贅沢三昧な連中で、箸にも棒にも引っかからない、煮ても焼いても食えない奴ばかりで、鼻つまみものが多かった。もっともこれ俊夫さんの受け売りだけど、金もある、教育も高等教育を受けて、商学部とか経済学部を卒業しているらしいから始末に負えない。女なら多少加減するかもとわたしの出番なの。あ、いたいた。金のかかった洋服着てる。趣味がよくないわ。脂ぎってるわ。

「おうー、すげえでっけえ」

「あの女、股の中丸見えだぜ」

「しかしいい女だぜ、やったらいい声出しやがるだろうな」

　わたしが聞こえないとでも思ってるのかしら。わたしの肉体を誇示すれば餌に飛びついてくるわ。

「ここが若手グループの集まりね、わたし深木美奈、あなたたちのお守りにきたの」

「いいよ、その胸に顔を埋めさせてくれたら、何でもいうこと聞くぜ」

「俺はそのスラッと伸びた脚でいいぜ。震い付きたくなるような股をしてるぜ」

「何よまいごと言ってるの、皆で楽しく騒ぎましょう」

「いいね、俺たちと遊んでくれるって言うのかい、いいね」

「花札と、めくりにするか」

「賭けが大きくなるからな、ここでは無難なもので、奥さん一緒にやるかい」

「いいわね、まるで賭けないのもつまらないから、なんか賭けない？」

「いいね、話せるじゃないか。それじゃめくりじゃつまらない。コイコイにするか。でも奥さん知らないか」

「奥さんはやめない？　美奈でいいわよ」

「名前を呼び捨てに出来ないよ、凄い美人だから、別嬪さんとでも呼ぶか。なあ別嬪さんよ、胸は剝き出し、脚も太股までばっちしだぜ。俺たち眩しくて勝負出来ないよ」

「素敵なドレスでしょ」

「素敵すぎるぜ。こちとらマラが立っちゃいやがって、始末に負えないよ」

「なにマラって？」

「知らなきゃいいのさ。奥さんみたいな上品な人は」

「あにき、マブというのはどうだい。奥さんのこと」

「マブか、そんなこと呼んでいいかな」

　わたしマブなんて何か知らないわ。

「まいいか、一回勝負としよう」

　勝負は見えてるわ、プロの従姉妹に教わったんだもの。生半可じゃないわ。

「マブは強えや。どこで教えてもらったんだい」

「勝ったわね、約束はしてなかったわね。わたしのいうことを聞くのよ」わたしは勝ったネタは明かさないわ。

「先ずは知り合いになった印に乾杯しましょう」

「へー、酒飲めるんですか。話せるなー」

「いいこと、じゃいい仲間になりましょう。遊ぶのも仕事も」

「まいったね、姐御肌だね、奥さん、深木の旦那に肩入れさせてもらうよ」

「それが分かれば言うことないわ。さーコップ持った？」

「乾杯」

「眩しいマブちゃん。真ん中においでよ」

「そうね、じゃあ、う、男臭ーい」

「近くで見ると、震い付きたいぜ」

「いやー、惚れ惚れする脚、この白さ、俺ここにいてよかった」

「マブのバスト爆弾だな。本物かい。詰め物なんかしてないよな」

「ま、失礼ね、確かめてみる？」

「たまんないよ、いい香りがすらー」

「俺はいい風景だぞ」

「汚いぞ、マブちゃんの肩越しにいるなんて」

「絶景かな。谷間の奥まで覗けるぞ」

「男って、そんなに女のおっぱい好きなの」

「お宅の亭主だって、好きなんだろう。毎日揉んでもらってるんだろ」

「あら、夫はバスト触って、こんなふうになぞってくれるのよ。いいわよ」

「ちぇ、惚気言いやがって。そうやって手で持つと余計大きく見えるな」

「ぽろっと服から零れないかな」

「それはないわ、残念ね」

「ブラしてないのか」

「あら、分かる？　ブラしたらみっともないの。この洋服」

ほんと、男ってスケベ、こんなの見てどこがいいのかしら。その気がないから平気だけど。……俊夫さんに見られると恥ずかしいけど。

「気に入ったな。さっぱりしてて。奥さんを仲間にするよ。いいだろ」

「文句なし」

「ゴルフの時誘ってね。教えてよ」

「ハンデは幾つなの、奥さん」

「わたしは初心者だから二十よ」

「まじ？　おい手塚、お前より腕が上らしいぞ。俺たちで最高のスコアのより。今井、お前ハンデは」

「俺は十二さ。今驚いているところさ。あんな細い美しい、箸より重いものは、旦那の一物しか持ったことがない、その腕でそのスコアとは」

全く、疳の虫が騒ぐわ。男って最低。

「あなた、女性に失礼ないいかたして、わたし許せないわ」

「なに今更淑女ぶって、旦那に毎日抱かれて悶えているくせに」

「なにその言葉、訂正なさい。洒落や冗談はいいわよ。でもさっきからの発言、女性を侮辱してるわ。セクハラよ。わたしに謝りなさい」

「参ったなー、きっぷがいいね。ますます気にいったよ。悪かった」

「女を蔑視すること口にしたらつき合いませんからね」

「悪ふざけはしないよ。俺たちの女神様だからな」

「俺の妹がこの雑誌を持ってきて、昨日見せるんだ。ほら」

「これ奥さんですね」

「わたしの結婚前の写真よ。ほら高島田を結ってるでしょ」

「そんなの俺たちには分かりませんよ」

「こんなに着物似合うなら一度見てみたいな」

「いいわよ、旦那様が出張の時ね。但しタバコが蔓延する場所は駄目」

「奥さんタバコ苦手ですか」

「着物や下着までタバコ臭くてすぐ洗い張りに出さなくちゃいけなくなるから大変なのよ」

「その条件を呑みましょう。ついでにゴルフやスポーツもよろしく」

「どなたか卓球の上手なかたいらっしゃる？　先生になってほしいの」

「こいつ、名前は轡田といって無口な奴だけど、大学で卓球部のキャプテンしてたんだ。お前教えてあげろよ。こんな美人に教えるんだ。冥利に尽きるぞ」

「奥さんの会社のクラブですか」

「そうよ、お遊びではないわ。皆真剣よ」

「男性は」

「女子だけなの」

「水曜日の夜なら都合がつきます」

「わたしはいつもいるとは限らないから、部長の北村に会って下さらない？　北村は高校時代その学校のナンバーワンだったのよ」

「俺は八代開発にお世話になってるんです。少し恩返しができるな」

「俺たち他人をメンバーに加えるのはしたことないが、今回は特別だ、いいだろう」

「異議なし」

「わたしね、あなたたちのこと、世間で『はみ出し者』とか、『ヨタ者』とか『集団をいいことに、好き勝手してるとか』いい評判聞いたことなかったの。でもそれは誤りね」

「俺たち悪口しか言わないけれど、腹になにもないから中身は奇麗だよ」

　わたしより皆さん年上なのに、とても純粋でいい人たち、変わり者だけど。

俊夫の回想

　真砂子の事件が片づかないのが気かかりだが、警察の連絡を待つしかない。美沙登に美奈の服を相談したら、任せろというのでそうした。このところ美奈の目を盗んでことを起こすのが困難になり、閉口している。美奈はしょっちゅう俺を監視して、まるで鎖に繋がれた性の奴隷だよ。美奈のこのごろの急激な豹変振りは青天の霹靂だよ。初めての夜なんか体を開くどころか、身を固くして震えていたのに。もうすっかり覚えてしまって、毎夜毎夜せがむものな。それも口に出せないものだから、あんなスケスケなお尻丸出しな、格好をして俺を誘惑するんだから。しかも香水を匂わせるからつい勃っちゃうよ。その上美奈はそういうとき、可愛らしい表情するからな。無理して相手するようになるんだ。仕事も正念場で、業務成績はまあまあだし、資金繰りもきついが、なんとかまわしている。問題は営業だが、片倉の引き抜きで、それも序々に解消しつつある。相本ラインが効いてることもある。相本は将来的には俺の独立を視野に入れてるらしい。恭一郎がいるからだが、あと十年間は無事だろう。そのための肉体酷使に加えて美奈の相手、それだって伊達や酔狂じゃない。激しさが濃くなり、いささか疲労気味だ。勃起も強くないし、時間もかかる割には、射精するまでの時間が短すぎる。持たないんだ。美奈も不満らしいけど、幾ら物事をはっきり言う美奈でも、そればかりは言えないようだ。それでも俺が面目を保っているのは、美奈の愉悦している様が、なんて言うのか、蕩けるような顔からフェロモンがオーラとなって、色気が噴き出している。その時の美奈は感じているのが溢れ、可愛らしい表情を示すので、俺も頑張るからだ。美奈はヌードになると、思いの外肉づきがよく、痩せている印象はないし、スタミナ、それもセックスの、が抜群で、何回も求めるよう、俺のペニスを抜けないようにつぼめて、回復するまで待ってるものな。あんなことどうして覚えたものやら。まるで淫婦みたい。美奈は体が柔らかいからどんな体位も可能だが、本人は恥ずかしがって、本来の能力は発揮してないけど、俺なんか太刀打ちできなくなるな。しかしなー、あの甘えた声と可愛い顔を見るとなー、つい手を出しちゃうんだ。美奈は三日も手を出さないでいると、それは大変な騒ぎになる。

まだ数日前のこと、俺は毎晩会社につめて、決済の決定事項の再確認と、最後の三案の内どれを一つに絞るかを悩んでいた。案を担当した営業のものは、順番に面会しその都度採用するものについても、細部にかけて修正のあるなしを定めたりして、都合五日間家に帰らなかった。俺は美奈に今日は昼には家に戻るから、手料理を食べたいと伝えておいた。

何しろ睡眠時間が三時間強しかなく、おまけに食事は真山が手配した弁当しかなく、淋しい限りだった。美奈は彼女の目の前では言えないが、そんなに料理上手ではなかったが、なにしろ早さでは人を待たせることをしなかった。運転も睡魔に襲われ危険なので、タクシーに乗った。五日振りのわが家はひっそりしていた。美奈がいない筈がない。俺はドアを開けた。何処かにいるんだろうが、それにしてもいやに静かだ。普通なら俺が帰って来たら、すっ飛んで来るんだが。まして五日も家を留守にしてたんだ。大歓迎してもらっても不思議はない。そういえばどの部屋も閉め切ったままで、玄関も真っ暗だった。何処かに出かけてるんだろうか。そんなことはない。先程電話で連絡したんだ。料理をした形跡もないし、一体どうしたというんだ。

居間にはいなかったし、化粧部屋かな。着替えと化粧でもしてるのかな。あれ、いないぞ、とするとあとは寝室だな、寝室はカーテンが閉じたままになってる。部屋に明かりもないから、薄暗がりでよく見えないや。あ、いたいた、ベッドの端に腰かけてる。やーよかった、美奈は俯いている。着物を着てるぞ。しかもよそ行きのだ。暗いので明かりをと、スイッチに手を乗せようとしたら、「点けないで」と美奈の声がした。美奈は嗚咽して泣きじゃくっていた。俺が中に入っても美奈は俺を見ようともせず、泣きじゃくる声が大きくなるばかりだった。

「どうしたのさ」俺が美奈の肩に手を置くと、美奈は邪険に俺の手を払った。俺が手を元に戻そうとすると、美奈は肘鉄を俺に食らわした。俺は美奈を抱きにかかった。美奈はそれも振りほどき、更に泣き声は本格的になった。俺は更に美奈を攻め、抱き締めた。美奈は逃げ場がなくいやいやをして抵抗した。俺はがっしり美奈を押さえていたので、俺を振りほどけなかった。

「何故泣いてるのさ」

「知らない」

「ねえ、何があったのさ」

「俊夫さんの鈍感、嫌い、きらい、だいきらい、わたしに触らないでよ」

「だってさ」

「駄目、やめて、もう、しつっこい人」

「訳をいいなよ」

「なによ、駄目そんなとこ触っちゃ駄目、いけ好かない人」

「俺がなにか悪いことしたか」

「馬鹿、知らない。俊夫さんなんか大嫌い」

「機嫌を直しなよ、はっきりいいなよ、美奈らしくない」

「そんなことというとぶつから」美奈は平手で俺を引っぱたいた。

「わたしをさ、五日間もほったらかしにして、何の音沙汰もないじゃない」

「それを謝ろうとしてたんだ」

「いや、駄目、なにするのよ、着物の裾が乱れるじゃない、いい加減にしないと、わたし怒るわよ」

「だからさ、僕のしたことのどこがいけなかったのさ」

「いやーん、駄目、いけないってば、もう、いや、いけずね」

「ほら、胸こんなに冷たい」

「よして」美奈は俺を振り払った。

「俊夫さん、本当に気づかない？　だからいけないのよ」

美奈の泣きじゃくる声は収まらない。

「だってさー、俊夫さん、五日間もわたしを一人にしたのよ。こういうことがあると、夫婦の間に溝が出来ることになるのよ。五日間もわたしを抱いてくれないなんて、いけないのよ、そんなことしたら夫婦別れの原因になるのよ。俊夫さんずっとわたしを無視したのよ。何の連絡もなかったのよ。わたし心配で、眠れなかったのよ。淋しかったのよ」

「うんうん」

「なにがうんうんよ、これが離婚に発展することもあるのよ。俊夫さんたら、わたしを抱くことしか頭にないんだから、いやったらしい」

「ほら、涙をお拭き、着物が汚れるよ」

「わたしさ、俊夫さんが喜ぶと思って、俊夫さんが好きな着物着たのに。わーん」美奈は突然号泣した。俺はもうなす術もなく困り果てた。お手上げ状態をなんとか脱しないと、それこそ大変だ。美奈は可愛くて手に負えない小悪魔だ。

「僕がいないときは、車を運転でもして美沙登とどこかに遊びに行ったり、北村と卓球でもすればいいのに」

「そんな気にならないわ」

「どうしてさ」

「だって、だってさ、俊夫さんが帰って来ると決まっていたり、俊夫さんがいるからわたし遊びに行けるの。俊夫さんがいないと、遊びになんか行く気が起こらないわ。俊夫さんがいないとわたしの一部が欠けたみたいで、淋しくて、さびしくて、どうにもならないのよ。それなのに……」

美奈はさめざめと泣いている。俺はどうすればいいんだ。俺は呆然としているだけで、美奈に手だしなぞ出来なかった。重い荷物をしょった感じだな。

それが美奈との絆の一部になって、パーティーの前日の美奈のあの行動になった。俺は美奈を連日抱いていると、よく先人が言う、やり過ぎると太陽が黄色く見えると言ってるが、全くだらしがないことに、もう勃つものも勃たなくなり、その勃起が日毎に弱まり、射精するのも苦しくなるばかり。あの日だって、美奈が俺を誘う裸なんかより刺激が強い、スケスケの寝間着の上、香水でずぶ濡れの美奈の裸体を見れば、勇み立って収まらなくなって、頭が白く空っぽの果て萎えたまま意識がなくなって、寝入ってしまった。その性交の最中美奈がエクスタシーの頂点に見せる官能の顔の表情が、可愛らしく愛しく、頑張り過ぎ果てたからだ。美奈はたしかに美しい女だ。それが今俺の重荷になっている、美奈にもそのときが必ず来る、だがそんな美しさなんか論外さ。あの俺と交わりオルガスムスに達した美奈の妖しく恍惚として、うっとりとした表情が、パーッとフェロモンが放出して、顔面が言うに言われぬ色合いを見せる、それはピンクとも薄桃とも薔薇ともつかぬ、ふわっと浮いているというか、浮かびあがってくるというか、この世にこんな美しいものが他にあろうか、壮絶な、だが悪魔の化身が俺の身を滅ぼすため、遣わされた俺の養分を吸いつくし、その栄養で君臨する闇の女王みたいだ。俺はあれが見たいがため、美奈を抱くような気がする。天性というのか、美奈は可愛い女なのだ。美奈は女性として最高の資質を持っている。美人なら幾らでもいる。美奈は美人の一員かもしれない。美奈は以前こんなことを言っていた。

「女って不思議な生き物なのよ。自分が美人と自信を持てばそれが美人の資格があるということなの。わたしは美しい美しいと思い込み、美しい、わたしは美しいんだと自信を持てば、自ら美しさが出るの。どんなささいなことでも、わたしは美人、と行動すれば、美人になれるのよ」

美奈は恐らくそれを実行しているのだろう。美奈が美しいのは、無論着物姿である、これは美奈が日本人だからという発想にはならない。美奈が着物の着つけに絶対の自信があるのもその一つだが、美奈の魅力を着物という布で被って、体の曲線を隠し閉じ込めるので、かえって魅力や色気が前に出て来る気がする。美奈は着物を着ているときはシックでおしとやかで、奥方という態度と言葉遣いになり、洋服になると、華やかな雰囲気で男性を魅了するレディーになる。だが、寝室で俺に抱かれているときは、声も喋り方も、顔つきも妖艶な淫乱な男とのセックスが好きな表情になる。なにしろ美奈は性に目覚め、俗に言う『やりたいころ』になり、その強さは図りしれないものになるのは間違いない。まだ美奈は羞恥が表立っていて、自分をかなぐり捨ててない。それですら美奈は異常なほど激しい。それが彼女の一人よがりでなく、男を誘い込む手管が悩ましい。あの日だって美奈の真っ赤なベビードールとかいうのに、興奮し、あの前が縦に割れている小さなパンティを見せられれば、猛烈にムクムク立ち美奈を襲ってしまった。だが美奈は感じる表情がなかったところをみると、物足りないらしい。俺だっていくばくかの精力しか残ってやしない。勃起の角度が鋭く体に向かっていないからな。今日だってそうだ。あんなに可愛らしく俺を求められては、なにをかいわんやだよ。俺の好きな紺地に花をあしらった小紋を着てるなんて、憎い演出をして。しかもああ泣いてセックスしなかったことを、責めて泣くんだからな。困ったな。今日から四日休日なのを言うべきかな。何しろ眠い。明日美奈を連れ出して、気分転換でもしよう。美奈はドライブが好きだから、美奈の赤いスポーツカーで行こう。

寝室はまだ暗く、俺は美奈の傍から離れられない。美奈はシクシク泣いていて、宥めるのに苦労してる。

「美奈、折角着飾ってるから、外へドライブに行こう。何処かで昼飯を食べよう」

「外なんか行かない。家で食事する。二人きりがいい」

「僕四日間休みなんだ」

「え、そうなの」美奈の顔がパッと明るくなった。「いいな、いいな」美奈は子供みたいにはしゃぐ。

「だから二人で出かけよう」

「ううん、そしたら貴重な休みだもの、二人きりでここで過ごしましょう。俊夫さんはたっぷり相手してね」美奈は浮き浮きしてる。なにをしようというのだ。

「ねえ、俊夫さん、わたし何処にも行きたくない。俊夫さんと二人だけで過ごしたい。わたし食べ物を調達するわ。調理しなくても済むのがいい。俊夫さん、お風呂に入って。お酒は、ビールは届けてもらいましょう。雨戸は全部閉めて、部屋は明るくしましょう。忙しいわ。一時間以内に全ての用を片しましょう。わたし買い物に出かける」

「そんななりで行くとなんか言われるぞ」

「平気よ」美奈はいそいそと出かけた。俺は先ず雨戸を閉めるため二階に上ったり、部屋中を見て回った。居間とほぼ全部の一階の部分は明るくし、何本かビールを冷蔵庫に入れた。寝室はすぐ眠れるようにしておいた。風呂に入るのも五日振りである。風呂は簡単にしてトランクスをはき、パジャマに着替えた。美奈が帰るまでビールを飲み、一寝入りしようと思った。いやー風呂上がりのビールは最高だぜ。

　ベッドに潜り込んだのは覚えている。熟睡したのだろう、目が覚めると美奈の声がする。食事だ、俺は飛び起きた。美奈はまだ着物姿のままだった。ははー、俺が美奈の着物姿が好きだから、俺にサービスしてくれてるな、
　美奈に近づきキスしようとしたら、肘鉄を食らわされた。

「だーめ、俊夫さん、わたしが思いついたことこれからしたいの、いい？」

「いいよ、なにをするんだい」

「わたしね、俊夫さんが恥ずかしがらなきゃいいのにって言ってたでしょ、この四日間わたしたち裸で過ごさない？なにも身につけてはいけないの」

「ふうん」

「何も四日間抱き合おうというのじゃないわ。裸で過ごすの。ただいつわたしを襲ってもいいのよ。わたしが俊夫さんに抱きつくかも、そのとき決して拒まないの。明かりは消さない、寝るときもよ、俊夫さんのいうことはどんなことでも聞くわ。だから美奈の言うことも聞いて」

「何か大ざっぱだな、そのときの変更はありかな」

「なしよ」

「じゃ、美奈のその着物は」

「俊夫さんわたしの着物脱がしたいって言ってたでしょ。これはおまけ、俊夫さん着物脱がすの好きなんでしょ」

「美奈のなら」

「着物と帯は畳むから別にして。後は乱れ箱に置いて」

　実際美奈が着物を着ているところを見たこともなく、脱ぐのもそうだ。なんか脱がすのは惜しい気がする。

「もっとこの姿、見ていたい」

「こう？」

美奈は回ってみせた。袖を手にしていた。

「これ俊夫さんに初めて買って戴いた着物よ。とても素敵よ。わたし好きよ」

「そうか、どっかで見た着物だと思ったんだ」

「早く」美奈はその場で地団太を踏んだ。

「抱いていいか」

「そっとよ、着物皺になるといけないから」

「いい香りがする」

「もどかしいわ。紐の解き方知らないの？」

「煩いな、動くなよ。もう少しだ」

美奈を裸にするという意識が俺の手を震わせた。裸にすれば何時もの美奈の体なのだが、裸にするという期待感が俺を興奮させた。

「紐が多いんだな。この襦袢素敵だな。うん、ブラ？」

「わたしの胸大きいから和式でもブラが必要なの」

「やっぱりバスト巨大だな。揺れて」俺は美奈のバストを揺らしてみた。

「俊夫さん、わたしので遊ばないで」

「だって、こうするんだろう。これから」

「はい、そうよ、腰巻きも外して」

「やー、色っぽいなー」

俺は腰を屈めて陰毛を触った。そこだけが毛が立っていて、別世界のようだ。

「俊夫さんが裸になってから」美奈はパジャマとトランクスを脱がした。いきり勃っている、俺の一物が見えた。

「わ、俊夫さんの勃ってる。ふうんこんな形してるんだ。気持ち悪い」

「おいおい、そこ触るなよ」美奈はマラを弄くり回している。

「面白いもの。わー膨らんだ。これって硬いのね」

「よせよ、気持ちよくなっちゃうよ」

「こんな大きくて硬く長いものが、美奈の中に入るの」

「そうさ、あとで鏡を見てみるか」

「見たい、美奈にも見られる？」

「さ、今日はこれまでにして、食事して寝よう」

「賛成、わたしも寝不足なの、でもこのままの格好で寝るのが約束よ」

俺たち餓鬼のように皿でも食べ尽くすように食欲旺盛に食べた食べた、呆れるほど。

満腹に疲れた体に睡魔が訪れた。

多分朝だ。テレビはつけないし、時計はしまってる。美奈は寝ている。その寝顔の可愛いこと！　俺は美奈が歯軋りしているのに気づいた。美奈は癇性が強いとはびっくりした。美奈の可愛い顔の額の両脇にそれを示す青筋が立っていた。静かな部屋にキリキリ音が響いた。

「俊夫さん」美奈が俺の名を呼んだ。優しく甘い声だった。俺は美奈の期待を裏切ってはならないと思った。美奈は俺を探しているらしく、手で弄っている。その仕草は男の肉体を求めている姿だった。俺がトイレから帰り美奈の温もりを求めて寄ると、美奈は毛布に包まって寝ている。美奈は寝言を言ってる。俺は美奈の毛布を剝がしにかかり、その中に入り込み、抱き寄せ寝顔を見ながらうとうとしていた。香ばしい香水とは違う体臭と呼ぶには異なる匂いが俺の鼻を擽った。俺が美奈を抱くと彼女は強く抱き返してきた。男を欲しがってる欲望がその仕草を起こしたのだ。この美奈の香しさと柔らかい感触、これこれがあるから俺は彼女を抱きたくなる。可愛いなあ、美奈のお喋りがないと静かでとても美しい、眠り姫みたい。このまま喋らず眠ったままのがいいな。うん？　目が覚めた？

「俊夫さん。いつからここに？」

「ついさっき」

「あったかいわ。わたしたち裸ね」

「美奈のバスト大きいから強く抱き締められない。邪魔だな」

「俊夫さんだって邪魔よ、これ」美奈は俺の硬くなってるものを握った。

「よせよ、擽ったい」

「うふ、だっていつも俊夫さん、わたしのオッパイ触るでしょ。だからわたしが俊夫さんを触る番」

美奈は嬉々として布団に潜り、俺のペニスを手で左右に叩いた。

「何すんだよ、痛いよ」

「縮んじゃった。まるで魔法ね」

「美奈はろくなことしないんだから。そんなことするんだったら、元に戻りなよ」

「いや、面白いもん。もう悪戯書き消えてる」

「当たり前だよ。その日のうちに消したよ」

「なんだ、つまんない」

「おい、美奈やめなよ」美奈は俺のマラを弄りだした。

「わーい、大きくなった、大きくなった」

美奈は無邪気な声で歓声をあげた。「大きくなったら、うっ」美奈は俺の息子の尖端を口に含んだ。美奈の口の温もりが、嫌、美奈が俺のものを咥えたという衝撃が、快感となって俺を襲った。俺のものは更に膨らみ爆発寸前だった。美奈は「ごほっ」と音を立てて咥えているものを離した。そして舌でぺろぺろしたから堪らない、美奈に手をかけ法悦した。危うく射精しそうになるのを堪えた。

「う、苦い」美奈は俺を外した。

「俊夫さん、今少し射精して止めたでしょ」美奈が俺の股から動こうとしない。美奈は布団を剝がし俺に乗りかかり俺の股を広げ、自分の腰を置き俺の脚に合わせるように股を広げた。美奈も俺も周りの毛布等を取り去り、丸裸で向かい合った。俺のものと美奈の性器が丸見えになった。俺のは痛いほど直立不動に勃起し、美奈の愛撫で濡れていた。美奈の目はギンギンとして輝き、顔は喜びに溢れてにこやかだった。美奈が動くと乳房がゆさゆさ揺れてその揺れはなかなか止まらなかった。誠に見事な光景だった。常に見慣れているのに美しい形をしていた。そしてその大きな尖出物は蠱惑に満ち、俺を誘っているよう揺れている。美奈は紅潮して顔から手先、胸までも桜の花びらが咲いたように、華やいだピンク色に染まり息遣いも荒く喘いでいた。やるせないような目映い美しさに空気は揺れていた。美奈は上品で高貴な顔立ちなので幼いという印象はない。それゆえ、美奈が俺のペニスを咥え込み夢中で吸っているのが、妙な気持ちになる。半ば半開きの唇は性欲をそそるのに十分な色気を備えていた。唇、あのお喋りな少し下唇がぽっちゃりとした、そして口を前に突き出す仕草がとても可愛い感じになっている。肝心の下半身は陰で殆ど見えなかった。

「なに見てるの、俊夫さん」美奈の声は挿入を求めている甘い声のモードだった。女が、まして美奈がこんな大変身を遂げるとは、美奈の姿形から想像しにくいほど、美奈は清純さが全面に出ていて、セックスをするのが信じ難いふうに見える。美奈は可愛い表情をしていて、俺はそれが好きだ。まさに美奈は天使と悪魔を併せ持つ女性だった。目がギラギラして肌を染めた美奈は男をそそのかす肢体をしているが、うっかり美奈に手をだそうものなら、その歯牙にかかりとんでもない傷を負うことになる。美奈は全てにおいて気まぐれであり、その気になると男を吸い尽くすまで離さず、その魅惑の肉体で誘い、甘えて甘えて男をその気にさせ、なおも交わりを求め、昼夜を問わず目合うのを好む。美奈はそのスタミナだけは抜群というか。絶倫というか、俺が疲れ果てて倒れてもあらゆる手を使っても、俺を立たせて無理やり射精に導いていく。まるで男を知り尽くした娼婦の振る舞いをする。今も夫の俺の前で平然と全裸で自分の性器を見せている。新婚二、三カ月の、それも初心だった女性がすることじゃない。美奈はセックスを認識してなくて、遊びの続きの戯れくらいにしか考えてないのか。美奈は俺の常識内にいない女だ。

「どこ見てるのよ、俊夫さん、そんなに長いことわたしを見つめて。わたしの顔に何かついてる？」無邪気な美奈の顔が俺に尋ねてる。

「美奈ってこんな可愛い顔してて謎めいて、もっと美奈のこと知りたくなった」

「わたしほら」美奈は立ち上がり、俺の前に立った。美奈の秘部が目の前にあった。縮れた草叢の奥は見えなかった。美奈は大きく股を広げ俺に見えるよう自分の割れ目を両手で開けて見せ、ベッドに倒れ枕を腰に敷いた。

もう奥まで見通せるようになった。

「ほら、俊夫さんの見たいところ、よく見て」美奈の声は男を誘う調子になっている。いつのまにかこんな手管を覚えたのか、妖婦そのものだったが、美奈の印象とは別のものに映った。

「そこをどいて、鏡を見て」美奈のそこは鏡にも映っていた。「見た? みた? これ俊夫さんのもの、よく見て」

俺は我慢できなかった。美奈を襲うと、彼女は体を振りほどいて避けた。

「まだ駄目、この四日間は俊夫さんの赤ちゃんを作るの、わたし俊夫さんの赤ちゃん欲しいもの。そのためならなんでもする。まだ四日もあるの、俊夫さんにはずっとわたしを抱いて離さないでほしいの。いっぱい射精してもらって俊夫さんみたいな可愛い男の赤ちゃん産みたい」何か美奈に意図することがあるとは、勘づいていたがそれがこれだったのだ。「それは違うな、美奈みたいな可愛い女の子がいいな、そしたらうんと可愛がって、美奈を嫉妬させてやるんだ」

「わたしだって、男の子が生まれたら俊夫さんが独占しているオッパイを吸わせて、うらやましがらせるわ。そうしたら、ほら左のほうが大きいでしょ。どうしてだか分かる?」

「それは仕方ないんだろ」

「ううん、俊夫さんがこちらのオッパイばかり触ったり揉んだりするからよ。それがお乳を飲ませるとき、右側のを吸わせるから」

「じゃ、左は僕のじゃないか」

「馬鹿ね、俊夫さんわたしのオッパイそんなに好き?」

「美奈が一番感じるからさ」

「ま、言うわね」美奈は顔が真っ赤になった。「わたしたち破廉恥な格好してるの、お母様が知ったら肝を潰すわ。そんな躾を娘にした覚えがありませんて、もっとびっくり仰天するのは沙耶加叔母様とみちこさんよ。いくら夫といえわたしと俊夫さんは赤の他人、節度を保てと言ってたから、はしたないわたしの姿を見たら、嘆き悲しむわ」

「でも妊娠したいから、そうしてるんだろ」

「そう、俊夫さんの赤ちゃんのためだったらなんでも喜んでするわ。わたし俊夫さん好き、大好き、わたしもう俊夫さんのことで胸がいっぱい、胸がキューンと痛くなるの」

「なんで急にそんなこと思いついたんだ」

「ううん、ずっとこんな機会を待ってたの、俊夫さんは知らないでしょうけど、わたし物凄い疲労に見舞われて、鬱になりかかったことがあるのよ。ほらこの間のパーティーの時よ、わたしが体に密着したドレスを着て出かけたでしょ。わたしは小さいころから『わたしは世界で一番の美人と思い込み人に接しなさい』と言われて育てられたの。わたしはずうっとそうやって生きて来たわ。それに男たちが群がっても、わたしの胸の大きさを狂喜乱舞し、胸の谷間なんかを覗いたり、脚が太股まで剥き出しになってるのを、舐めるように嫌らしい目つきで眺めたりするわ。大切な商売の基になる人たちだから粗末に扱えないわ。気持ちを集中して努めるわ。男を喜ばせるような、体を密着したり、バストを持ち上げてみせたり、そんな乱痴気な事を繰り返すうちに、美人顔して男の慰み者みたいなやり方に疲れたの。普通にしていたいの。わたし俊夫さんと二人でこんないい家でなく、ぼろ家でもいい貧しくてもいいの。俊夫さんと二人なら。わたしを見せるのは俊夫さん一人でいいの。だって俊夫さん、好き、結婚しようっていわれた時、ぼうーっとして承知したわ。その時は俊夫さんのこと恋しいとは思ったけど、今は俊夫さんが隣にいないなんて考えられない。もうわたしの一部なの。だって、俊夫さんとわたしは肌を許しあった仲ですもの。初めて俊夫さんと契った夜は、恥ずかしいやら痛いやらで、こんなにいいものなんて思いもよらなかったわ。今じゃ毎日毎日が待ち遠しくて、楽しくて嬉しくて何も要らないわ」

「そうか、それで僕たちの子供が欲しいと言ったのか」

「そう、だって俊夫さんの赤ちゃんが生まれれば、どこに行かなくても退屈しないし、どこかへ行く必要もないわ。赤ちゃんにミルクを飲ませたり、おしめを取り替えたりしてるうちに夕方になるわ。夕方には俊夫さんが帰って来るもの、嫌な場所に行ってお追従を言ったり、セックスシンボルみたいに扱われて、男性たちのいいおもちゃにされなくて済むわ。わたしペットじゃないわ。わたしの胸や脚を触る馬鹿もいるのよ」

俺は美奈がこんなことを言うなんて意外だった。美奈は俺には我が儘で甘えん坊で、焼き餅としか見えない。特に俺が女とどういう気持ちで接しているのか直感で感じてしまう恐ろしさもある。その美奈が対男性に嫌悪感を持っているとは。

「ねえ、俊夫さん、わたしがそう思ったところで、わたしがパーティーにでる役割がなくならないのは分かるわ。人とのつき合いで会社が保たれるんですもの。でも妊娠すればわたしは、そんな場所に出入りしなくて済むようになるわ。俊夫さんは、わたしを自慢したくてパーティーに出席させる部分もあるんでしょ。そのわたしのお腹が大きくなったらわたしは出て行かないわ。少しでも醜い姿を人前に晒すのは嫌なの。だって俊夫さんわたしが美しいほうがいいんでしょ」

「そうさ、美奈は美しいもの。着物を着た時なんかドキドキするくらい素敵だよ」

「わたし俊夫さんが好きないい女になる。俊夫さん好みの女になる。わたし奇麗？」美奈は俺に媚びを売るように、体をくねらせた。

「ね、見て見て、わたしは女、俊夫さんの女、見て」美奈の声の調子が変わった。彼女は鏡に全身が映る位置に移動して、自ら腰に枕を敷き、両手で割れ目を左右に押し広げた。「これあなたのもの、見て」美奈の性器の奥まで見通せた。

「早く、ずっとは出来ないわ」嫌らしいという感覚はなかった。神聖な儀式のようだった。卑猥な気配もさらさらなかった。俺にはとても奇麗なものに思えた。

「もういい？　疲れたわ」

「うん、うん」俺は探検家の気分だった。「もう少し」いいながら俺は見とれて眺めた。

「もう終わり、疲れたもの」

上半身を起こして美奈が俺に微笑む。ゾクッとするような艶っぽさが全身に湧き、美奈を押し倒した。

「うふん、駄目、まだ四日もあるのよ。急がなくてもいいわ」

「なに言ってるんだ。僕を興奮するだけ興奮させておいて」

美奈は俺の攻撃を避けるように逃げた。

「欲しかったらここまでおいで」

俺たちは鬼ごっこを始めた。美奈は興奮してはしゃぎ、部屋の中を駆けている。乳房が揺れて見事だった。追いつめられて美奈は喘いでいた。美奈が止まっても乳房は激しく揺れて、俺はそれに突進した。『俺の好きな美奈のおっぱい』

「うふふ、擽ったい、いや、擽ったいったら」

美奈は俺にバストを両手で持ち上げて見せた。量感のある豊かな乳房はひんやりして冷たかった。俺たちは立ったままだった。

「寒くないか？」

「ううん、うんそんなに唇をずらさないで」

俺は美奈の下半身まで唇を下ろしていった。

「もう、俊夫さん」美奈は俺をなだめる口調になった。「いけない人、ごねないで頑張るんだから、それを承知ならいいわ」

俺はその気になりいきり勃っている、俺の息子を宥めるのは不可能だった。美奈は仕方なく妥協した姿勢を見せて、俺を迎え入れた。

「まだ最後までいっちゃ駄目よ」美奈は俺に更に注文をつけた。

「わたしたちが一つになってるとこ見てみたい」俺たちは当然鏡を前にした。美奈の秘部は十分に潤っていた。

「美奈、僕の前に立ちなよ」美奈は俺の正面に立った。

「いや、鏡に向いてくれ」俺はベッドに腰をかけた。そして座れることを確認してから立ち上がり、美奈の胴体に俺の腕を絡ませ、引き寄せて体をぴったりくっつけた。美奈は首筋にGスポットがあるのだ。それに美奈の肩越しから眺める美奈のバストの見事さは壮観だった。俺は両手でバストを中央に寄せた。双手に余る乳房は寄せると深い谷間を作る。俺は下から持ってみる。『重い』美奈の肩が凝るわけだ。その乳房の下に手を置いて、俺の足で美奈の脚を広げた。互いのものが上と下になった。

「どうするの」美奈は何も分からないから無邪気に尋ねる。俺は美奈のお尻が目の前にあり、俺のものは激しい勃起で勢いづき我慢の限界にきていた。もう俺のものは反り美奈のすぐ傍にあった。

「ほら」俺は一物を手で持って美奈に見せた。俺は美奈の割れ目に添えた。

「美奈、前の鏡」美奈は無意識に鏡を見た。

「ほら」俺は言う。「入るよ」美奈は羞恥で真っ赤っ赤になった。美奈に挿入される俺の息子が猛々しく誇らしげに、ゆっくり、そう意識してわざと美奈に見せるよう緩やかに行うようにした。美奈は一度目を伏せる仕草をしたが、俺の股に座る形になり、俺のものが美奈に奥深く突き刺さると、美奈は耐え切れず深い溜め息のような息を漏らし、一瞬ぐったりしたが俺が支えた。俺が乳房を揉んであげると、それを振りほどいて立ち直り、鏡を凝視して俺に流し目をして微笑した。あどけないような妖艶さがあり、俺はぞくっとした。俺のは硬直が更に加速した。美奈はそれを感じられるような敏感な女に成長しているとは！　愛しそうに俺に流し目を与える瞳は恍惚に満ちていた。何て可愛い女なんだ、美奈は。俺に力が加わる。

「俊夫さん」その声はか細く甘やいで優しさに溢れて、美奈は輝き喜びに満ち満ちていた。

「俊夫さん、わたしたち本当に一つになっているわね。不思議ね、俊夫さんのあの大きいのが、わたしのちいちゃな穴に収まってるなんて。そのせい？　わたしのもの前に膨らんでない？　こうしてると、俊夫さんとわたし男と女になれた気がする。むふ、ふうん、こうなってるの。あら気持ち良い」

「よせよ、いっちゃいそうだ」

「わたしたち夫婦になったのは何カ月も前だけど、本当にそうなったの今日みたいな気がする。わたしたちとても美しい、俊夫さんも素敵、ずっとこうしていられればいいのにね」

「無理言うなよ、美奈だって重たいし、疲れるよ」

「わたしは窮屈なだけ。そういえば男の人って、射精するから女より疲れるし、何度も出来ないんですって？」

「知ってて僕に強要したのか」

「ううん、それは違うわ、わたし体が燃え尽きないと満足しないだけ」美奈は恐ろしいことを言うな、内心びくつきこれからの展開を予想し憂鬱になった。

「もう少しこのままでいたいから、ね、お願い、とても楽しいもの」美奈は心から現在の状況を満喫している。

「でも、俊夫さん、わたしたちがフィニッシュの時だけ、俊夫さんが上でわたしが下、向かい合ってじゃないと絶対に嫌」

『俊夫さんがわたしを見てる、わたしも俊夫さんがわたしをいかせようと腰を動かす姿を見るの。あ、わたし俊夫さんと目合っている、お互いの喜びを分かちあってるって。わたし俊夫さんが放出したものを受け止めるにもそれが一番いいの』美奈は正常位だと妊娠し易いと言いたいのだろう。俺たちは萎縮もしてない俺の息子を抜くのに互いに抵抗があった。体が欲しがっていて、俺も勃起したまま、美奈も子宮が緊縮して蠕動《ぜんどう》運動をして、精虫が泳いで辿り着くのを準備しているというのに。俺も美奈も中途半端な欲望の制圧に戸惑い有り場所がなかった。

俺たちは空白の時間と気持ちを長い間過ごした。惨めな重い空気が沈殿した。お遊びはこれまでだった。美奈は気分転換からか料理を始めた。

俺たちは互いに裸を見てしまうと、理性が失せあのことばかりがちらついて、正常な精神が稼働しなくなっている。若く新婚まもない性の喜びを知った俺たちのはちゃめちゃな無軌道振りは、そんなに続く筈がない。美奈はいそいそして動きも溌剌としていた。お喋りは美奈の得意だが、俺とのあの最中に見せる、頬っぺたを膨らませ口を尖らす仕草はなくなっていた。きっとあれは俺だけにしか見せない表情なのだ。

食事が始まったが、美奈はおとなしかった。現実が美奈の体内に滑り込んだのだろう。俺だって生活するには理想ばかり追っていても、それで暮らすことは出来ないからな。その重みが美奈にも理解出来たのだろう。

「この間、相本氏に二人で挨拶に伺った時、彼はわたしに会社を設立するよう勧告したのを覚えているだろう？」

一月七日は七草粥の日で日曜日だった。俺と美奈は朝十一時に会う約束をして、その日の朝六時には後藤君枝が手助けに来てくれていた。このところ美奈は君枝との交友が上手くいっているようだ。君枝は人懐っこく世話好きで有名だった。ゴム毬のように丸く太っている割には、きびきび動きが素早くたちまちに着物は小一時間程で着つけが終わり、二人は美容院に出かけた。俺は帰って来るまで退屈だった。やがて目が覚めるように艶やかな美奈が戻ってきた。

「本当に奥様はお奇麗、それに着物が似合いますわ」満更のお追従には思えなかった。

俺の羽織袴は君枝も手伝ったせいかすぐに済み、君枝はお茶を飲んですぐ帰った。

相本家はこの辺りで『相本御殿』と呼称され、大抵の人が知っている豪壮な城といってもよいような建築物だった。これだけの建物は流石に駅から遠いが、小山全体を庭園に仕立てたので、その土木工事は大がかりだったそうだ。相本家のリムジンが迎えに来るというので、遅延は許されなかった。相本家は近づくにつれ、その全貌を見せるが間近に見る相本邸はその壮大な景観を訪れる客に見せつける。頑丈な門を過ぎると、舗装された道路が玄関まで続いている。荘厳な佇まいを見せる玄関に入ると、待ち兼ねたように応接間に案内された。格式を重んじる相本健一郎らしく、書院造りの部屋は威厳に満ちていた。床の間の書は総理大臣の自筆であった。健一郎は微動だにせず、俺たちを迎えた。中国製と思われる螺鈿の机は見事な出来だった。書棚に中国の七福神の片割れと思しき陶器が何体か飾られていた。健一郎の隣に冨美子が座っている。

「ま、二人ともお座り」

「新年明けましておめでとうございます」

「おめでとう、よく来てくれた」

相本家の新年のおせち料理は三の膳もある豪勢なものだった。

「しかし美奈さんは結婚して尚一層美しさが増したな。思った通りだ」

「しっとりしたお色気が加わって、本当に奇麗、惜しい人を逃がしましたね」

「何、こうして会いに来てくれるだけで、その幾らかは償われているさ」

「ほんと、美しいわ。惚れ惚れする」

「美人は得だな。それだけで価値がある」

美奈は如何に褒められ慣れしているとはいえ、本人もいうように褒め疲れで俯いているのが無難と思い、美奈は無言を決め込んでいる。俺は美奈の澄ました顔を見て吹き出しそうになるのを堪えた。でもそれも美奈の一面なのを俺は知っている。

「美奈さん、弟の恭一郎君は今何歳になるのかな」

「今年二十になりました」

「どこかに修業でもさせる気かな、恭介は。だがいずれ彼が会社に戻って来るだろう、その時どうする積もりだ、深木君、それまで居残っている積もりでもあるまい。美奈さんを娶った時からわたしは君を応援する積もりになった。どうだね、わたしを後ろ盾にして事業を興すというのは」

「近未来というなら賛成です。わたしは専務になってまだ責任の一端を担っていて、しかもまだ未完です。美奈に子供でも生まれたら考えが変わるかもしれませんが、今はこの道を行くしかありません」

「やる気はあると見ていいのだな」

「はい」

「美奈さんはどうかな」

「わたし俊夫さんに従いますわ」

「自分の意見はないのかな」

「わたし俊夫さんを信じますわ。わたしと俊夫さんは一つですわ」

「おいおい、ここで惚気られるとはな」

新年の祝いの祝宴は盛り上がっていった。

「恭介は広島に原爆が投下されたとき、呉の兵舎にいたのは知ってるな。兵舎も爆風にあい、彼の友もそのとき死亡したが、次の日から死体処理をしたとき、大量の放射能を浴びて、帰国したとき妻の妊娠に不安を感じたそうだ。生まれて来る子供に自分の浴びた放射能が影響することを恐れたんだ。だから恭一郎が生まれ正常に育ったので、その感激が尾を引き、彼に愛着が残っているんだ。美奈を後継者にしたいという願望もあったし、事実恭介はそうしたかったらしい。だが恭一郎が成長し美奈さんが深木と夫婦になってみると、二人に実権を渡す事が出来ないのを彼は悟ったのだ。恭一郎は女の美奈さんと共同経営する男ではない。美奈の後ろには深木という男もいる。それが切れ者だから余計に反発もあるだろうし、恭介も概ねそういった思考になっている。いずれは歪みが出て分離するに違いない、わたしはそのための保証といっていい。深木に恩義も陳謝もないが、美奈には済まぬことをした、その詫びのお返しと思ってくれていい」

俺も美奈も食事は静かであった。満腹が休息を要求し、睡魔が心地よい眠りに誘う。美奈と俺はベッドに抱き合って微睡んだ。美奈の柔らかく温かい香りが香ばしい体を抱いていると、深い睡眠に入っていった。それもほんの小一時間程に過ぎないが、目覚めて美奈と顔が合い見つめ合った。俺は美奈と離れるのが嫌だった。理屈なんてどうでもいい、美奈とこうしていられるのが一番いい。

「ねえ、俊夫さん、わたしたち夢ばっかり追ってるのかしら。俊夫さんだってわたしがパーティーに出かけて会社の印象をよくしたいでしょう。それにわたし俊夫さんが面倒を見てくれといっていた『若人の会』の連中と、これから関わり合いになるわ。ゴルフとか懇親会とか、出かける機会も多くなるわ。この体が財産なときもあるわ。わたしの体を見せたり触らせたりするかもしれない。そのときの雰囲気でね。お酒を飲むことも多くなるわ。俊夫さんだってそうでしょ。つき合いで酒を飲んだり、芸者と接する機会も増えるわ。でも深入りは二人ともなし、いいわよね」何かこの提案は美奈が俺を取り締まるための取り決めのような気がする。俺は美奈が美人とかいうのじゃなくて、誘惑が多いし全てにその気になる性格が怖いと思っている。その反撃の狼煙《のろし》をあげたいが……。

「取り敢えずは家庭が第一、美奈のお出かけは僕の帰りが遅いときだけ」

「そうね、俊夫さんのいうようにする。それに出かけるの昼間にする」

「そして伝言板に予定を書いておく」

「はい、出かけるのは、一カ月に一度か二度よ。車で行けばお酒も飲まないし」美奈は言いながら俺の体を撫でた。「俊夫さん」美奈はぞっとするような撫で声と流し目をした。彼女の場合、斜視なので人を見るときどうしてもそうなるのだが、それでもそれは男を誘うようにしか見えなかった。美奈は自分が欲しい時は別人のようになり、身を投げ出すのだ。とにかく美奈と俺との目合いはそれがきっかけで始まった。それは互いを求め合うというようなものでなく、奪いあうような激しいものになった。寝食を忘れ、寝る間もなく、むさぼりあう交わりは、精も根も尽きてもさらに求め合った。美奈は俺の股ぐらに首を突っ込み、俺のペニスを何回となく口に含んだり、舌で舐め回し勃たせようと必死に愛撫を加え、自ら美奈の割れ目に挿入したりした。美奈は俺が勃起しないことを決して許さなかった。どんな事も美奈は応じて、俺を叱咤した。美奈の狂喜はすさまじく、髪振りし俺に性器を擦りつけ鼓舞させたり、果てしがなくまだ美奈は俺を攻め立てた。俺も美奈がまいったというまでは負けたくなかった。それが三日目の午後、夕方になって遂に六十時間にも及ぶ交わりは終わった。

そうぼんやり意識が戻ると、自分のいる場所に見当がつかなかった。俺は全く動けなかった。俺の男根はヒリヒリして痛く、それが目覚めた要因だと分かった。周りは暗闇に見えた。時間も日にちも分からなかった。美奈は前向きで大の字で眠っていた。なにもかもが剥き出しでだらしなく、涎を流していた。美奈はまだオルガスムスの中にいて、痙攣が止まらないようだ。俺は最後の攻撃を美奈に仕かけるつもりだ。気力が勝負だった。美奈との距離は僅かに見えた。目を擦ってもぼんやりとしか美奈は見えない。腰が重く足と手で這って行った。目が回りくらくらして動いた途端、気を失った。美奈が足を動かしたので俺はまた目覚めた。真下に美奈の恥毛の草叢が見えた。赤く腫れていてピクピク動いていた。美奈の滴り落ちる液を啜るようになった。美奈の熱い場所は愛液が滴るので、俺はそれに誘われ、ミツバチが花粉を吸うよう、俺も美奈の愛液を吸うのに口を塞いで啜った。塩っぽい味がした。美奈は気づいたらしく、俺を払う仕草をしたが、遂に負けて俺に委ねた。

「もう、いい、もうやめて、ああーん、いけないわ、よして、俊夫さん、言うこと聞くから、ね、駄目」

「僕の言うことも聞くよな」

「俊夫さん、わたしのとしおさん旦那様よ、言うこと聞くわ」

「嘘、美奈は僕のこと聞いてない」

「ううん」

「ううんじゃない、はい、といいな」

「はい、おっかない旦那様」

「ほら、言葉の乾かないうちからもう裏切ってる」

「はい旦那様、わたしあなたの一部ですもの、浮気はしないわ」

「そうかな、その割にはいい男だと目の色が変わるな。体を見せるのもそんなに嫌いじゃなかったりして」

「違うわ、さっき美人顔するの草臥れるっていったでしょ」

「美奈は男に褒められると嬉しそうだからな。言ってる割には、すぐのこのこ男の後へついて行くもの」

「焼いてるの？」俺は美奈を平手で叩いた。

「俊夫さんがわたしを叩いた、たたいたー」美奈はわーわー泣き始めた。

「美奈はもっと僕と結婚したことを認識しなよ。もう子供じゃないんだから。節度をもって男と接しなさい」

　美奈はふて腐れていつもの癖がでた。美奈は俺が思っていたより、出好きで遊び好きとは知らなかった。そしてなにより驚いたのは、露出するのに何の抵抗もないことだった。それが俺とのセックスにも現れ、外出先で自分の裸を誇示し男が戸惑うのを楽しむふうがある。もっとも美奈はちゃんとモラルを守り、猥褻な感じを持たせなかった。それだから美奈は未知なるヴェールに包まれた神秘な女だった。謎、それは何にも増して美奈を魅力的にさせる。それだけではない。美奈には理解に苦しむことがありすぎる。美奈が何人もいるような錯覚を起こすような、多重人格らしき性格であることもそうだ。俺が美奈にのめり込む理由がここにある。もっともそれだけではないのだが……。

「俊夫さん、もっとわたしを叱って、わたしを捕まえていて、わたしを逃げないようしっかり抱き締めて。わたし自分がとても不安なの、自分でも何をするか見当がつかないの。体の奥底では俊夫さんに従っていい奥様になろうとする気持ちが強いのに。わたし悪い妻ね、失格？」

「美奈はほんといけない奥様だよ、困ったものだ。それを怒れない僕にも参るね」俺は美奈が可愛くて仕方がない。我が儘自分勝手な上に、騒動を起こす名人である。「美奈はおとなしく家で夫の帰りを待つ、貞淑な妻の典型かと思ったのに、あんなに家庭的ではないと誰しも思っていた美沙登が、家庭に収まって献身的に良男に仕えてる。いじらしいほどにね。美奈が着物を着て隣にいると、美奈が良妻賢母の鑑みたいに言う奴がいるが、こんどそうでないことをばらしてみるか」

「いや、いや、いやよ、いや。わたし俊夫さんのいい奥さんになるって誓ったんだもの。ねえ、ねえ、ねえ、ね、俊夫さん、素直で優しい奥様になる、ねえ、ねえ、ねえったら、ねえ」美奈の声は鼻にかかっていて身を投げ出して俺に甘えている。それ自体悪妻の印みたいなものだ。だがそんな美奈はなにより魅力的だった。その時点では真摯に俺に尽くそうと懸命なのだ。だがそれはその時だけの精神の荒ぶる高まりにしてなしえるもので、何人にも真似られぬことで、そうかといってそれはその時は真実であるのは間違いないことで、美奈の気持ちに嘘はないのである。だが美奈がそれと正反対の事を何分も経たないうちに、平気でできるのも彼女ならではである。美奈の豊満な乳房を押しつけての懇願は、俺の美奈に対して弱い点を知っているからこそなせることだった。増して美奈は涙声に泣き顔である。俺が負けるのを無意識に知っている、そら恐ろしい演出なのだ。勿論美奈は記憶にも残っていない。

「わたし俊夫さんがいないとどうにもならないくらい、恋しくて恋しくてやりきれないの。衝動的になにかをやって紛らわそうとするの。ただそれだけ、わたし男なんて大嫌い。ただ男とじゃれてるだけ。俊夫さん、わたしをしっかり捕まえていて、わたしに何千回も『美奈愛してるよ』といって、わたしを別なとこに向かないようにして、わたしそうされないと気持ちがふわふわして落ち着かないから、捕まえていて」

「美奈は自分のことを蝶々みたいだというのか」

「そう蝶々よ、男の蜜を求めて飛ぶ蝶々。わたし逞しい男性に囲まれて、体中に浴びるの。わたしへの賛美の言葉、スタイルがいいとか足が美しいとかバストが大きくて形いいとか褒めながらわたしを触るでしょ。俊夫さんがわたしの体を空けておくから、もうわたしの体は男を欲しがってるから、感じて感じて下半身が濡れてくるのよ。お酒が入ると尚一層熱くなって気持ちいいの。大急ぎでわたし裸になって俊夫さんに欲しいってわたしを見せ抱いてもらうの。そうすると体の芯まで蕩けて桃源郷を彷徨うの。世の中にこんないいこと他にはないわ。こんなにしたの俊夫さんよ、俊夫さんがわたしの体に火をつけたの。最初結婚てこんなことするって、全然知らないと言うと嘘になるけれど、分からなかったもの。そして嫌だったもの。今じゃ俊夫さんにすっかり教えられて、体そうなってるもの。わたしが悪いんじゃないわ」

　お手上げもいいとこだ。こんなに可愛い顔して振り回すだけ、振り回そうというのか、どんな得意先の無理難題より難しい問題だ。ま、俺たちに子供でも生まれれば子供に集中できるから変わるかも。

　とうとう俺たちの四日目の休日はベッドで安らかな睡眠の時間になった。

第十章　八代開発事業の実力

1

　八代恭介は社長室で、このところの営業実績を見て沈思していた。深木は専務ではあったが、全権はまだ恭介にあり、営業は深木と社長とに二分され個別の成績が明確化されていた。深木に営業を受け渡した際、得意先の割合は、社長が八割を占め売上も七割以上は彼のものだった。今彼の目の前にある報告書によると、自分の得意先は軽減ばかりでなく、枯れて崩壊寸前になっている。八代は営業畑の出身で、営業にはかなり自信があったが、接待でゴルフの腕はあがったが、肝心の営業は新規開拓もなく、枯れかけていた。彼の直下の部下であり懐刀である片桐が、古臭い伝統を守る営業を展開していて、その効果がまるでないのが実情だった。彼は実直で生真面目な男だが、愚直でひらめきなどとは無縁の取柄のない男だった。恭介も人脈を掘り起こさず、旧態依然の体制のままだった。かつては接待でゴルフをやってさえいれば、その繋がりで仕事が連鎖的に増加したものだが、それさえ魔術としては弱いものになっていた。結局深木の活動を当てにしていた彼の怠惰のせいなのだ。これでは幾ら営業成績が伸びたとはいえ、深木担当の急速な成長のお陰であり、自ら築き上げた永年社員の多くは、社長である彼の恩情で、年齢序列で役目を決めていった人間であった。まだ会社に勢いがあり、上り調子の時は問題なかったが、平穏期を過ぎ大躍進の礎を築こうとしたとき、人材養成に力を注がなかった、彼の経営方針の無計画さが現れていた。下手にいじれば大変なことになる事態に、彼は頭を抱えたのだ。叩き上げでこれだけ大会社に成長させたが、経営理念はなく、放漫な面があったが、それでも社会が成長期の時には隠れていたものが、急に噴き出したというのが本当のところだ。これでは御大自ら重い腰をあげて改革に取り組み、深木グループという組織を認めさせてはならない。移籍によるしか方法がないと彼は、思案しても良い知恵は浮かばない。確かに深木は優秀で娘の婿ではある。一時は美奈をこの会社の跡取りにと考えたこともあった。沙耶加が娘と自分とのぎくしゃくした関係を、ときほぐすのと、美奈に備わった霊能力を見込まれ、彼女に託したが美奈が成長するにつれ、その類い希な容貌と女としての魅力に、沙耶加が彼女を跡継ぎにするのを諦めた経緯がある。まだ恭介は美奈が可愛いのは今も変わっていない。いやむしろその結果、美奈を余計に大切に扱うようになっている。だからその夫の深木を疎かにするつもりはない。だが風潮が深木に片寄り過ぎるのも問題がある、いずれ恭一郎も成人して現在修業の身だ。彼は後継者としては正当であり、この会社を分轄し二人に分けてもいい。それとこれとはある意味では繋がっているが、あまり深木に勢力が片寄ると、二分するときに争いが起きると困るのだ。それに彼が深木を鑑定すると、仕事は人一倍するし、営業マンとしても優秀だが、人を統率する能力に欠けるのが気になる。会社全体を指揮するには親分肌のところがないと駄目だ。彼はすぐ友人になれる特質はあるが、あくまで友人としてであって、彼を慕い人生を任せてもいいというような、開けっ広げのところがない。彼は頭も鋭く柔軟な対応を見せる。ところが彼自身を切磋琢磨するが、包容力に欠け他人の面倒をみようという姿勢はない。

美奈と深木が新年の挨拶に来たとき恭介は愕然とした。美奈の変身振りがあまりにも見事だったからだ。脱皮という言葉が当て嵌まるとしたら美奈は正にそうだった。外見上では円やかになった。それと恥ずかしいということを覚えた美奈は、なよなよしい風情が醸し出され、嫋な感じと相俟《あいま》って、女になった感があった。深木にぴったり寄り添い、いそいそと深木に気を使い、彼にも保護され、なまめかしい雰囲気が漂っていた。美奈のあの瞳はなんという瞳なのだ、どうしたら人をああ悩まし気に見つめられるのだろう。よく処女の女は、それを許した男との交わりのことを、決して忘れないという。恋をしている瞳をしている。何年もの間二人は互いに奪い合うような、激しい恋に身を投じている時でさえ、メラメラ燃えるこんな目をしていなかった。現在の美奈は俊夫に恋した目をしている。文金高島田を結った時より、丸髷を結っている今が初々しく艶やかだ。髪に手をやる仕草も色っぽく、妻になったという自信からか、一回りも二回りも女としての魅力が増し、贅沢の極みを尽くした豪奢な訪問着も、美奈に相応しい身なりになっている。気品も高貴な顔立ちも既に令夫人としての威厳を備えている。そんな顔が出来るようになった美奈は、俊夫をいつの間にか虜にしたのだろう。親の恭介にはその反対に美奈が俊夫を見つめる目は、蠱惑に満ち蕩けるように映っている。それがまた親の前でもそれが出来るというのはどんな神経をしているというのだ。加奈がいうには物陰に潜んで二人は長いキスをしていて、自分まで恥ずかしいような気持ちにさせる熱いものだったそうだ。美奈はもう深木のもので、完全にわたしたち夫婦の娘ではなくなっている。それはいいとして、その深木に全権を譲り任せるには抵抗がある。会社の何分の一かの得意先を譲渡すればいいだろう。だがそのためにも大勢を盛り返し対等にしなければならない。残念な事に現況で抜擢する人材がいても、深木の息のかかったものばかりだ。草薙の会社に組織に馴染まない男がいて、預かってくれと言われている。

会ってみる価値のある男かな。今彼はいるかな、それに今日のスケジュールはと、木幡はいるかな。

　実際会社は岐路に立っている。急激な成長は破綻をきたし、ボロがあちこち出てきている。八代は経営に才能がなく、ただやみくもに大きくなり、立派に見える大会社にしたが、放漫経営は衰退の一歩を辿ろうとしていた。踏みとどまるには八代の英断が必要だが、そんな危機を彼は感じていなかった。更なる飛躍をと彼は、東京への進出も視野に入れていた。いずれ草薙と前田が八代に紹介する予定になっている、新宿にある『岡崎一級建築事務所』の信之介という男がやり手との評判なのだ。それは高橋も言っていた瞳の婿候補、互いに商売上のつき合いから知己になり、ぞっこん惚れ抜いているのらしい。八代はこの高橋に繋ぎをとってもらうつもりでいた。だが彼は瞳と深木と美奈の関係は知らないでいた。

　八代は恭一郎に帝王学を学ばせるためにアメリカへ留学させる予定にしていた。深木がいるからこの会社も安泰と踏んだのだ。この報告書でも、彼の躍進振りは見事であるのを証明している。最近美奈の内助の功が効きだしている。美奈が社交的なのも意外だった。彼女は社長秘書としてパーティーに列席したが、目立つ存在とは言えなかった。愛嬌はそれほど悪くなかったが、これほど人の気を逸らさない話し方の才能があるとも思えなかった。ところが美奈は美的センスが磨かれ、服装の趣味も結婚前とはまるで違っている。体に自信が生じたのか露出する面積が広くなり、過激に体の曲線を見せている。女としての美奈は、最高の資質を持っており、美人振らない気さくさが男をより惹きつけている。だが八代がもっと驚いたのが、着物を着たときの美奈の艶やかさだった。いつのまにか身につけたのだろう、彼女の魅力が凝縮しているように思えた。彼女の肉体美を露にした服装より、それを着物に包み隠したとき、彼女のほんのりしたお色気が滲み出て、婉然として微笑む美奈は正に男の憧れの的になっている。これは美奈が結婚したことにより、深木に肌を許し、恥ずかしさを身に知ったとき、彼女に変化が生まれた結果とは推測出来る。だがたいていの女性はそれを必ず通り過ぎるので、何も美奈だけのことではない。沙耶加が言うように、美奈は八代家に流れる妖婦の血を受け継いだとしか考えられない。これから美奈は女としてますます磨かれ、男を虜にするだろう。深木がうまくコントロールすれば、それは脅威の武器になりえる。何かその調和がすでに生まれつつある。あの深木を見る美奈の妖艶さは、見るものに寒気を覚えさせる。深木はそれをどんな感情で受け止めているのだろう。そら恐ろしい気がする。美奈はこの時点で、深木に味方し、父親を敵に回すことどころか、平気で殺すことさえ辞さないだろう。家庭内に強敵が作られてしまった現在、八代に残された道は、自ら作りださなければならなかった。これが八代の思い過ごしでなければいいと彼は念じた。

彼は一時凌ぎをするつもりではないので、安直に動こうとはしなかった。良い営業マンが一人くらい増えても大勢の変化はないのだ。しかし立て直しは急を要していた。懐刀の轟の死去への対応の遅れが、今になって浮き彫りにされていた。八代はこのまま引き下がれない状況下に置かれていた。ゼネコンとして県内では第二位に躍進して、成長株の筆頭に挙げられるようになったのだ、おいそれと引き下がれない。会社でのナンバー2が深木になってしまったのは、彼の失着だがそれを打開する策がある筈である。どうやら政策転換が遅きに失したが、やるべき最後の機会であった。彼はどう決断すべきか迷っていた。会社の命運がかかっている。悔しいが、折れるところは妥協しないと、会社の運営に亀裂を生じる。一度深木との会談の用意をする必要がある。そのためにも美奈の様子を打診する必要がある。無論加奈しかその役目を果たせるものはいない。所謂全権大使である。

故轟専務の息子が会社に入社したい意志があるとのこと、これも楽しみの一つである。加奈の親族の広瀬の長男も入社の名乗りをあげている。だが雛鳥ばかりで、まだ時間がかかる。だから草薙の話に乗ってみる気になったが、それで全てが解決するわけではない。

八代は営業次長の片桐と密談していた。真山は感が鋭い女性で、二人が何かを企んでいるのを察知したが、一人では内容を把握出来ず、木幡に相談に行った。それも彼女は用心深かった。深木専務兼営業部長の留守で、わざわざコールして彼に面会を求めた。深木は念を入れるタイプの人間ではなく、ある意味では大まかでいい加減な秘密保持で、管理体制はなっていなかった。だから真山も容易に不可思議な行動をすぐ見つけられたといっていい。社長も深木と大差がなく、秘密時といっても性格も作用して馬脚を露わし、密会と評するには不用心すぎた。

木幡は真山が面会を求めたことに、感じるものがあった。彼は来年度人事で秘書部長の椅子を約束される予定になっている。彼の努力もあるが、深木の信頼が高く社長もそれを認める方向に傾いたのだ。真山は木幡が深木を尊敬していて、彼の味方であるのは知っていた。旬子とは絶えず連絡を交わし、社内の出来事を話し合い変な風が深木に吹かないように監視していたので、それを彼も知っている筈だった。今回は急を要することで、真山も同じ秘書の有利さから出向いたのだった。真山は大滝とも知己の間柄で、そのことは彼女からの通報だったが、真実かどうかも確認したかった。会社は深木と社長を区分けする分離は明確ではないが、社長がむしろ意識して、無理に出来てしまった溝といえた。とはいえ、深木派とか社長派とかはまだ具体的な形はなかった。だが木幡にしろ、真山や大滝は深木を応援しているのには間違いなかった。深木の伴侶が美奈であり、社長の娘なのは周知の事実だが、そうでなくても彼らは深木を支持した。大滝は特に美奈を慕う気持ちが強く、『お姉様のような』存在と心に思っていた。真山も負けていなかった。仲人をお願いするのに、反目しあったりしたが、挙式がずれていたので問題はなくなった。美奈が俊夫の秘書の真山と過ごした数カ月間、美奈の深木に対する気持ちがひしと伝わり、嫉妬したほどだった。そのとき美奈が真山に激しい嫉妬心を起こし、彼女の気持ちも消し飛んだ。そのときの印象は美奈が防御線を張って、俊夫に近づく全ての女性をチェックしているので、深木に同情したくらいだった。木幡は旬子から美奈の性格を伝え聞いているが、そこまで把握してない。

真山は木幡が一人なのを確認した。木幡は彼の部下である三人の女性に用事をいいつけ二時間程は帰らないようにしていた。真山の用事が緊急と思ったからだ。その辺の嗅覚はなかなかのものだった。

「真山君、どうしたのかな」

「少し深木専務の計画の変更がありまして」

「ほう、それは」深木の周辺に変化があったのは、彼女が来たことで明らかで、問題はそれが何かということだ。それを真山はこんなふうに切り出した。

「木幡課長、営業次長の片桐さんが部長に昇格なされるとか」

「それは誠にご慶祝の至りで。それはいつのことで」

「社長からの直接の内示とか」

木幡は真山の真意を了解した。全ては嘘である。その謎と言う程でもない謎解きは単純なものだった。

「真山、君は禍中に巻き込まれないように、今の話はわたしの胸の中にある」

木幡は真山が自分にしか解けない謎をかけた感謝を込めていった。そして真山にメモを渡した。真山はすぐに退出した。木幡は何をすべきか考えた。彼の味方になりうるものは、辻と谷村だがいずれも心細い。何せ下手をすれば騒動を起こし兼ねない。これはなにもなかったことにしなければ意味がない。彼らだと真剣に物事に向かおうとする。何かが起きたわけではない。会社には重要な変化の現れだが、何の証拠もないし事実確認もされていない。先ず話はそれからだ。まだ何も始まっていないのだ。秘密のヴェールを開くのは誰がいいのか、彼は迷っていた。これが会社を分離させるきっかけになってはいけないと考えた。自ら調査に乗り出すしかない。真山にも秘密の共有者としては、協力をしてもらいたいが、彼女は既に片倉と熱愛状態で下手をすると漏れる恐れがある。真山は勝ち気でしっかりものだが、男女の仲は計り知れない。人事ではないが、深木と美奈が予想もしない夫婦になったのを見ても分かる。そういえば彼も恐妻家の仲間入りをするとは思わなかった。そうだ、社長も恐妻家だ、と詰まらぬ方向に思考が動いた。

八代と片桐は会社から離れて、駅前にある草薙のホテルのロビーのソファにいた。草薙は八代の顔を見ると自分も顔を見せにきた。傍に男がついていた。

「この男は今『三枝コーポレーション』にいるのだが、移籍を考えているんだ」

「木村翔太といいます。営業主任をしています」

「何か不満でもあるのかね」

「三枝社長と方針が合わないのです」

「具体的な例でもあるのかな」

彼の話によると、出張手当も規則により遠方の宿泊は許可が下りたとしても、その総額の三分の一しか出ない。旅費と宿泊代、食費を全て纏めて総額で払い出しするから、出費が痛手となるので意見書を提出したところ睨まれる存在になり居辛くなってしまったことなど、些細なことで上司との人間関係が悪化したことを話していた。そのような問題を起こす人間は繰り返す可能性があるわけで、八代はそれが気かかりで気が進まなかった。そう簡単に主旨を変えるとは考えにくいからだ。草薙は高橋の推薦もあるから保証出来ると主張した。だがよく聞くと、佐竹の親戚筋に当たるらしい。佐竹は現在出張中である。片桐はだんまりを決め込んでいたが、それは社長に考えを喋らせて、その中での判断をする彼の癖でもあった。彼は正面切って主張することはなく、常に彼は社長の影であった。だから裏に回ると彼には『米つきバッタ』という仇名がついていた。

「何もここで決める必要はないと思います。佐竹が帰ってからでも遅くはないと思います」

「そうするか」八代も結論を先送りした。

「恭介、お前の会社にもう一人入れてほしい男がいるんだ」草薙はこれが本題だというように、だが幾分言いにくそうに口を開いた。

「お前覚えているかな、俺の女房の妹の亭主のこと、あの斎藤が事業に失敗してな、その息子の光昭を知っているだろう」

「新聞沙汰になったからな」

「あの事件のお陰でうちの会社に入れることが出来なくなった。だからってお前に押しつけようとは思わないよ。それなりの土産を出そうと思ってるんだ。どうかな」

斎藤光昭は女にだらしないことで有名な男だった。彼の浮気がばれて痴情の縺れによる争いが、彼と彼女の男が加わって、大騒ぎになったが、裁判沙汰にしなかったので、一応お咎めはなかったが、新聞や週刊誌のいいネタになってしまった。そのとき草薙の会社の名前と共に事件に繋がってしまった。隠蓑に八代の会社を利用しようというのである。

「随分と自分本位の話だな」

「ま、そう言うな。いずれは俺たちの会社は合併する運命になるだろう」

「それはな、先行きどうなるかは神のみぞ知るだが、ま、互いに無理したつけが回っているからな。お前の腹がそうならこれを呑み込もう。だがこの借りは高いぞ」

「資本金が俺の会社がお前の会社より二十パーセント多いからな。五分の合併話には適当な借りさ」

「その言葉覚えておけよ。果たしてその時が来るかは分からないぞ」

「深木はお前から離れるぞ。そのときさ」

八代は思わず笑った。事実が目の前に示されたからだ。この会談もそのための手段なのだ。

「美奈はもう深木の妻という顔をしてるから、お前も大変だ」

美奈の最近の様子では、路線を変える必要が美奈から出ようとは、彼自身戸惑っている。強敵は美奈なのだ。それを草薙は知っている。深木についている親衛隊というべき精鋭が、彼のために献身的なのも美奈の魅力に浸っているからだ。深木の実力ではない。その一角に深木派と噂されているグループの脆さがあるが、何せ美奈は俊夫の分身のように襞に張りつき行動する。あの深木を見つめる美奈の瞳は、他の人間が見ても羞恥を感じる官能の瞳だ。可憐で初心で性のことは無知だった美奈の俊夫に対する思いは深い。その実感は日毎に強い。それが強敵といわれる所以だ。

草薙の気持ちは複雑であった。まさか小さいころから慈しんでいた美奈を、裏切ることになろうとは、これも時の流れかと瞑想に耽った。八代はもっと微妙な感情が渦巻いていた。美奈は八代の愛娘である。その夫が謀反の旗をあげるのなら、彼も納得したろうが、美奈が今や首謀に収まっている、彼女自身それを意識して行っているのではない、深木に善かれと行っているだけだ。その無心さが恐ろしい。全てがその調子で深木様一色の美奈のいじらしさが事態を大きくしている。げに女は恐ろしい、深木を慕っているのと、そうさせている部分が二次元で繋がっている。表裏一体というのか、既に美奈は深木を手玉に取っている、深木は体のいい傀儡かもしれない。

「しかし思わぬ強敵の出現には決断も鈍るのではないか」

草薙は敢えて争いを好みたい様子がなく、親子円満にさせたかった。

「相本が絡んでいるので、そうもいくまい」

「相本が仲人なのは知っているが、彼が深木に底入れすることを表明したのか」

「それはまだ耳に入っていないが、俺には確信を持つ出来事があるのだ」

「だが恭介、俺たちの会社二つ合わせても相本には適わないんだぞ」

「そうだな、だが大きければいいといえない隙を見つけるんだな。一つは俺が持っている秘密、これは今明かすわけにはいかない。慎一郎、お前も相本の弱点を探せ。深木の搦め手は何かも。それと二つの勢力が相乗効果を出さないようにする方法もな」

「その前にお前の身の回りを固めないとな」

「この二人がそれに値するというのか」

「才分はある。使い方次第でな」

片桐は会話を要約して速記していた。ようやく話も峠を越えた様子なので、その整理に勤しんでいると、八代はそれを取り上げ破り捨てた。

「ここで見聞きしたこと全てはこの通り破棄してしまったがいい。片桐、折角の労使を無駄にして悪いが」

「その方がいいだろう。下手な誤解の根になっては困るからな」

彼ら二人ともこれで問題は解決したかのような錯覚をしているが、彼らの才覚と知能ではそれが限界なのだ。こんな小細工で八代開発事業が持ち直すと考えるには、あまりにも安易過ぎるし重大な誤りがあるのに気づいていない。結局八代は経営方針の転換と、頭脳の柔軟さが必要なのを忘れている。彼の経営では最早膨大に膨れあがった会社を立て直すことは無理だった。それに派閥を意識するなどという行動は、気持ちが小さくとても上に立つ者のものとは思えない。彼は人がよく言うように野心家かもしれないが、やみくもに会社を大きくして収集がつかなくなっている。単なるケツの穴の小さい男なだけだ。事態を大袈裟にして混乱を招くのを悟っていない。深木に何の感情もない今、早まったこの行動が、凶と出るか吉と出るか答えは先送りだ。


深木は真山の恋人で結婚する予定になっている片倉利正と、美奈を加えて四人で『大町茶屋』という料亭で夕食を共にすることになっていた。俊夫は真山から要請がかなり前からあったが、彼に暇が出来ないので今日まで延ばされたのだ。美奈は俊夫から連絡を受けたのはその日の昼だった。突然の俊夫の電話に彼女の全ての仕事を捨てて、夫の申し出に従うのに必死だった。俊夫が会社からの直行というので、美奈も正装することはなかったが、日常着物で過ごすのが多い彼女は、普段着の着物を着て出かけた。約束は六時と少し早めの時間だった。『大町茶屋』は『信濃路』程大きくなく、値段もこなれているので若者に人気の店で、真山が予約したのも納得がゆく場所だった。離れは一カ所しかないが完全に隔離され、大切な打ち合わせには適当な場所だった。美奈がそこへ着いたのは五分前だった。既に三人は来ている様子だった。美奈が暖簾を払い除けて入ると店は若者で満員だった。誰しもが着物を着た美奈に注目するのも不思議でない雰囲気だった。第一美奈は着物と洋服では彼女の意気込みがまるで違っていた。「女は化粧、髪形」というけれど、淑やかでしっとりした女らしさが滲んでいる。美奈は着物の着つけには洋服にない、絶対の自信がある。完璧と言っていい。その装いは浮ついた処など見当たる筈もなかった。洋服は派手な赤を好み、またた美奈はそれがよく似合った。だが、美奈は着物で赤を着たことはただの一度もなかった。美奈は俊夫の好みが着物にあり何回も繰り返し着つけしている内、それでなくても鋭い色彩感覚が研ぎ澄まされて、洋服より洗練された調和が生まれていた。日本人が長い間自分たち女性が似合う着物を、研鑽をつんだ結果の着物姿を日本人の美奈が似合わない筈もなかった。それに美奈は天賦の美貌に加えて、結婚をして性の喜びを知るようになると、ほんのりした色気が体に溢れ、それが丸みを帯びたようになっていた。それに不思議なことに、着物を着た美奈は気品と高貴さに満ち、彼女の肉体の魅力を着物に封じ込めることにより、女の美しさを強調するようなオーラを放っていた。店内は美奈の垢抜けた立ち振る舞いと、鮮やかな彩りを見せる着物姿、それより何より美奈の輝けるような色香を湛えた美しい顔立ち、それらに圧倒されたように静まり返った。美奈はT・P・Oに反応し、それを守る女である。決して場違いでない装いである。美奈が艶やか過ぎるのだ。静寂の後の歓声と拍手は店を活性化させた。案内する女性も緊張気味であった。美奈の美しさに圧倒され言葉もなかった。美奈が座ったまま障子を開け上座の俊夫を見て目を合わせた。その一瞬の夫婦の交わした瞳は、あらゆる了承を示していた。

「遅くなったのかしら、時間通りと思ったのですが」

「美奈様、お久し振りでございます」

「真理子さん、この度はおめでとう」

「美奈、こちらに」美奈は俊夫の言葉にすぐ反応した。それを真理子は利正に伝えようとするが、彼は美奈の美しさにボーッとしていた。片倉には免疫がないから勘弁すると して、それでも真理子の癇癪の種になった。美奈の結い上げた襟足は美しかった。

「片倉は辞職届を出して、正式に辞職してきたの」

「わたしは一戸建ての販売を主として、建築関係の営業をしてまいりました。縁ありまして会社にお世話になります片倉利正といいます。働く場所が心地よいことを望んでいます」

「真山君も結婚しても暫くは、わたしの秘書を辞めないだろう。辞められるとわたしが困るからな。でもどうやって知り合ったのさ」

「専務たちのようにロマンティックではありませんわ」真理子は誰からか二人の経緯を聞いたらしい。

「小松山荘の話は聞いてましてよ、旬子から聞きました。運命の出会いというの、いいわ、わたしもそんな経験したかったわ」真理子は自分たちのことを回想しながら続けた。

「スキー場で知り合いました。わたし怪我をしたこと覚えてらっしゃいます？　あのときです」片倉はスキーが一級の腕前で、その時初心者に近かった真山は人を避けきれなく倒れてしまった。そのときに、駆けつけてくれたのが彼だった。幸い骨折もなく、打撲も僅かで傷も軽症だった。

「わたしたちに仲人といっても、結婚間もない若造でいいのかな」

「真理子が是非にと、でもお二人を拝見してわたしも納得がいきました。どうかお願いします」

「どう思う？　美奈、君に意見はないかな」

「俊夫さんの部下ですもの、お引き受けするしかないわ」

美奈の言葉は深木家の中では絶対的権利を持つ。結婚後僅か数カ月というのに、俊夫の気持ちを完全に掴み、しかも支配するようになっているのは、俊夫が美奈の肉体の魅力の虜になっているからだ。見た目では美奈がぞっこんで俊夫を離さないふうだが、事実そういった面もあるが、俊夫は目まぐるしく日変わりに変わる、気まぐれな美奈の気分に振り回され、それが日常茶飯事の些細なことまでが、阿吽《あうん》の呼吸というのか、乗り移るというのか、天啓のように美奈の口から、俊夫の言いたいことが、ついてでるといった具合なのだが、持ちつ持たれつどちらがどちらか、二人にもその頃合いは謎だったろう。だが美奈が主体になっているのは確かで、美奈に好きなことを言わせておけば無難という俊夫の意識もあった。

美奈は普段ものをはっきり言う性格だが、この席では決してでしゃばることはないのに存在感は抜群である。俊夫のものになったという自信は美奈にとって生半可なものではない。それを彼女は女特有の勘と、嗅覚というべき臭いを嗅ぎ分けていた。そしてなんと二人の睦まじい事か！正式な仲人を依頼する場所であり、仲睦まじさが現れる余地はないが、そこかしこの美奈の挙動に明らかな愛情を示す仕草が現れる。美奈の食事を見ていると、俊夫の料理を小皿に奇麗に取り分けて、彼に手渡していた。それは真理子の知る限り、専務の好物なのは確かだった。俊夫は美奈の料理から人参ピーマン葱を自分の皿につけ加えていた。

真山と片倉の件は、真理子の傷が癒えて退院する前日、彼が真理子の魅力に負けて襲って来たのだ。しっかり者でちゃっかり屋の計算高い彼女のことだ、表面ではそうかもしれないが、わざと隙を作った様子が見て取れた。真理子もここで手を打って妥協しようと、考えたに違いない。それと深木夫妻とは質が異なると言われればそれまでだが、それが真理子の生き方なのだろう。片倉はオチャッピィな真理子に初めから好感を持っていた。真理子は個性の強い、だが何処かに孤独感のある一匹狼の彼に、自分との共通点を見出したのかもしれない。片倉は深木の柔和な顔立ちに不安が浮かんだが、美奈の薫風を誘う華やかな、初々しさは失われつつあるが、その代わり濃厚な色香を放つ彼女に、それを打ち消すほどの魅力があった。

「片倉君、君の今までの役職は？」

「課長代理です」

「そうか、いきなりその席に置くことは無理だな。谷村君は昇進しての移籍で、係長だったから、それに追随するしかないか」

「専務預かりの試用課長というのはどう？」俊夫に意見を

求められて美奈が示唆を、口にした。

「課長か、佐竹がいるし、社長も立てなければならないし、課長代理、辞めたときと同じ職ではどうだろう」

「試用期間は当然です。独善でやってしまったことが多々ありまして、それを反省と躍進のバネにします」

「友利絵がなんて言うかしらね」

「谷村は営業が素人だし、前の部署でも係長だったから仕方ないな」深木は谷村がただ者ではなく、いずれ這い上がってくると見ていたので、その点では心配していなかった。

「式の日取りは決まったのかな」

「早い方がいいと思ったので、来月の初め、『松本ウェディングパレス』で行う事にしまして、招待状を発送致しました。専務にはご報告が遅れて申しわけありませんが、よろしくお願い致します」

「キリスト教の教会式で行いますの」真理子はウエディングドレスに憧れていたから当然の選択だった。

「分かった、真山が日程を知っているから抜かりがないな」

「片倉さんはゴルフをおやりになる？」

「はい、奥様、ハンデは十六で」

「あら、いい線いってるわ。わたしのパートナーにならない？　わたしハンデ十八なの」

「光栄です」真山は深木がハンデ二十四なのを知っている。

「でも専務は」

「いいの、真理子さん、いい相手になる人いない」

結局その日はそれで終わったが、俊夫は旬子から重要な話があるからと木幡から伝えられたのが次の日だった。彼は自宅でという木幡の言葉にただならぬ雰囲気を感じた。美奈も同行して木幡家に向かった。木幡は八代開発と大町市が、共同して製作した市営住宅に住んでいた。

木幡卓は真山真理子から草薙と組んだ八代社長の企てを、かつて草薙社長の秘書をしていた妻の旬子に問いただせばすむことだった。旬子は秘書当時のパイプが強く、それが事実かどうか確かめるのに、時間はかからなかった。旬子は夫に真理子に言われた事が事実であり、陰に前田をそそのかした人物が浮かび上がった。大町市長の神林六朗太である。神林もゼネコンの会社を経営する社長だが、問題にされるような実績はなかった。前田の後押しがなければ彼は市長に当選出来なかったろう。ところが彼は草薙の支持を受けず、相本側に支援を求めたので、彼が相本傘下の軍門に下り、草薙を裏切った形になっている。前田は深木と初めのうちはその利益の大きさに結びついたが、草薙と深木は体質的に気が合わず、打算的な行動する草薙を押さえつけるような懐の大きさを深木が持ち得なかったのだ。確かに華としての美奈は、それは宝物には相違ないが、それだけのことだ。三角関係のような相関図は謎解きのように未回答だ。政治と経済、二つの利権は恥も外聞もなく、人を融通して都合のいい方向に靡いて行く。下手をすると八代は体よく利用されただけに過ぎないかもしれない。旬子は内容をよく把握していると断言出来る資料を、携えているのではなく、事実の羅列を述べるに留まっているが、推測はかなり正確に成し得た。美奈は父の性格を熟知していた。父はずる賢いところも汚いところもある。それに娘である自分に、世間から冷たい男と言われたこともあるが、娘を裏切るようなことをする人ではない。それにまだ絵に描いた餅で、確証がまだない状態なので、美奈は何も言いようがなかった。木幡にしろ、旬子にしろ、美奈の立場が複雑であるので、彼女に言葉を向けることは出来なかった。事実はどうあれ父と娘は敵同士になるのだが、周りの人間たちが神経を使うほど、美奈は気にしていない様子だった。一番困ったのは俊夫であった。宣戦布告を受けた形になったが、彼自身そんな予測もしていなかった事態に、なにをすべきか迷っていた。

「専務、わたしが集めた情報はガセネタじゃないわ。全ては事実よ」

「分かっている。だから困っているんだ。順調にいっていた人事がこれで終わりだ。会社が二分されて平穏になる筈がない。そんな気持ちの欠片《かけら》でもあればその準備もしただろうが、内部分裂が親から起こされるとは思わなかったな」

「探りを入れたいとは考えたくないが、いい考えはないかな」

「暫くは静観するしかないでしょう」

「それが適切ね」

美奈は話の最中に母が訪ねてくると言った言葉を思い浮かべてはっとした。その母の訪問が不自然な色合いを示しているのに気づいたのだ。大抵母は娘ばかりでなく、子供に干渉しない質である。夫婦とも外面がいいのは相変わらずである。母が何らかの目的で会いに来るのは、恐らくこのことの一点を調べに来るのに違いない。美奈はそれを俊夫の顔を見ながら話した。彼の手をしっかり握り締めていた。そうしないとこの結論の危機に耐えられないからだった。木幡夫妻もこれには仰天した。まさかという気持ちが強かった。俊夫は全て周りが網の目のように、社長の監視が巡らされているのを知った。でもそこまでしての企みとは、その意図することが別の角度からの圧力だとしたら、最終目的は八代開発の崩壊を求めているものの仕業だろう。旬子の齎《もたら》した情報は、草薙が首謀者であると証明したようなものだ。俊夫は何時前田が草薙と結びついたのか見当がつかなかった。ところが美奈には思い当たることがあった。草薙が松原詩織と入魂《じっこん》になってから話は始まる。それは真田みずきと前田のことと同時に起きた。俊夫が女性に優しい性格が災いして、二人の女性の思いをもて遊んだようにしか見えない、煮え切らない態度が、それからの様相を悪化させた。美奈はそれを全て知っているのではなかったし、それが俊夫と草薙や前田の仲を引き裂くきっかけとは知るよしもない。だが何にも知らない美奈もそんなにも馬鹿ではない。詩織やみずきとも彼女は交際をしている。俊夫は浮気者ではないが、彼女らは彼の優しさに密かな思いを持ち続けた。俊夫に納得ずいたわけではなく、内密に草薙と前田という自分たちに興味を示した男たちに、なし崩しで囲われる身になったという経緯がある。本人たちはそれで身の上が安定したが、悔いが囲われた後も彼女などに取りつき、草薙や前田が男女のことに鈍い彼らも、それを認めざるを得なくなり、深木への憎悪が増したのだ。だが俊夫は別の観点で仲間割れする要素を予測していた。前田は元来相本派であった。前田は予てから次の市長に立候補する目算をしていた。だが現市長の神林とは折り合いが悪く、彼の推薦での立候補は難しい情勢だった。そこに草薙からのこの度の誘いは的を射たものだった。そこに何故八代開発が巻き込まれるのか、深木への恨みだけなのかは彼自身も分からなかった。八代潰しがあることが町中で囁かれているが、しかしそれとどう結びつくのかは謎だった。確かに俊夫は営業を伸ばし、草薙の領分を犯し始めたのは事実である。周知の事実の南部方面の開発も、草薙の絶対的勢力で占められていたが、他社も何社かが入り込んでいて、何も深木だけが侵略しているのではない。木幡も妻の言に聞き入って、その場で意見を述べられなかった。旬子も更に詳細を聞き出すことしかできなかった。美奈は母の目的を聞きたいと思った。俊夫は専務としての激務が身を自由に出来ない状態だった。だがここに会社の危機がある。恭介に直談判する決断を迫られていた。

2

美奈は母が訪ねて来る前日、俊夫とそのことをゆっくり話したかった。俊夫はその日は遅くなるという連絡があったので、夕食は一人になった。何時ものことながら一人での夕食は味気無いものだが、つい面倒で簡単に済ましてしまうことが多かった。この日も食欲がでないから、といって外食する気にもなれず、ただ椅子に腰かけた状態で数時間も過ごしてしまった。風呂に火を点けてすぐ入れるようにしたが、それもその気にならず、その姿勢でうとうと寝入ってしまった。ふわっと何か温かいものが顔を過ったような感触があった。俊夫だった。時計を見るともう十二時を回っている。美奈は恥ずかしい姿を俊夫に見られて、すぐ立ち上がろうとした。しかし腰が抜けたみたいに体の自由が利かなかった。

「俊夫さん、お食事は？」

「済ましてきた」

「わたし、俊夫さんがいないから、食欲が湧かなかったの。わたしにつき合って」

美奈は急に活気づき、かいがいしく食事を温めた。俊夫は小腹が空いていたので美奈につきあった。どうしても話題はこの度の騒動に発展していた。

「俊夫さん、とても疲れているみたい。無理してるのね」

「色々噂があるけど会社の実績を上げなきゃ始まらないからね。何言われてもいいさ。それが僕の仕事だから」

「わたしお父様が恭一郎のためにわたしたちを追いやるつもりかなって」

「それなら揉め事を起こさなくても問題ない。草薙と前田、ひょっとすると市長の神林も絡んでいると、ことは八代開発だけのことではなくなるのさ。相本にもう一度会う必要があるな」

「わたしには分からないわ」

「ゼネコンの再編成が目的なのだろうが、何故そこに八代が組み入れられたかだな」

「それと明日のお母様の訪問とどう結びつくの？」

「そこなんだよな、単純に美奈に会いたくなったとか」

「いいえ、そんなことない。それだったら家に遊びにおいでというわ」

「家を見学しに来るとか」

「それもない、お母様はそんな優しい人じゃない。お父様のいいなりよ。お父様に何か言い含められたのよ」

俊夫は風呂に入る準備をしていた。美奈はタオルやバスタオルを用意して、自分も風呂に入ろうとした。

「わたし先に入る。俊夫さん、わたしがいいと言ったら入って来て」美奈は風呂場も会話の場にしたかった。

「突然宣戦布告を受けて戦場の真っ只中だから、防ぎようがないよ」

「でも火種は何処かにあるんでしょう」

「多分、草薙、予測で言ってはいけないけど」

「詩織は何か知ってるでしょう」

「それがもう防御枠が設けられていて、彼女と二人になる機会がないのさ。それに僕に暇がないのも事実だし」

「お父様とは話し合ったの？」

「個人的に二人になりたいんだが、今会社も正念場でね、いちいち個々の問題を掘り起こす時じゃないし」

「だって、大事なことよ」

「話し辛い事でもあるし、切り出し難いんだ」

「そうね、人を寄せつけないところがあるから」

布団の中でも二人の話は続いた。

「ね、抱っこして」美奈は俊夫の傍に擦り寄った。

「体が冷たいの」美奈は俊夫に自分の冷たい足を押しつけた。

「わ、冷たい、よせよ」

「俊夫さんだって冷たい、温めてもらうつもりなのに」

美奈と俊夫は抱き合ったまま見つめ合った。俊夫は美奈が可愛くて堪らない、美奈も俊夫が好きで仕方がない。肌の温もりを感じないとお互いに不満だった。二人ともこうしていれば何もいらない、何故邪魔が入るのだろうと、ただ見つめ合うだけだった。

「僕たち仲が良すぎるのがいけないのかな」

「わたしたち仲がいいの？　それってどういう意味かしら」

「そうだろう？」

「ええ、でも俊夫さんの全てを知ったんじゃないわ」

「そうだね、でも段々僕たち近づいて来た気がしない？　中味が濃くなったとは思わない？」

「ええ、俊夫さんを知れば知るほど深く知りたくなるの」

「ほんと、君のような変わった女性はいないよ」

「いいえ、それはわたしが言う言葉よ。初めて会った時、全てを見通すような鋭い目つきを見て逃げ回っていたわ」

「もしかしたら、僕たちが仲のいいのを嫉妬しているのかな」

「お父様？　お母様？　そういわれると何となく、思い当たる節があるわ」

「僕に美奈を取られたという気持ちでいっぱいなんだろうな。草薙は詩織のことで仕返しを狙っていた。前田もな」

「そうでないことを願うばかりね」

美奈は俊夫を信じたかった。彼女を保護するのは俊夫しかいないのだ。自分の役割がささやかなのを悟った。何とかして俊夫の役に立ちたいと切望した。彼女の出来ることは何もなかった。でもそれが俊夫の望み、美しくするのが使命だった。美奈はそれが空しいような、でもペットみたいな自分に愛想も尽きて喋る言葉もなかった。美奈は悲しかった。

それでもなお、俊夫に甘えたい感情だけは抑えられなかった。

「わたし明日お母様とどう接したらいいの？」

「細工なんかしないのがいいよ」

「ね、俊夫さん、お願いがあるの、わたしの髪の毛、少し切っていい？」美奈は恐る恐る哀願するように言った。

「ほんの三十センチ程切りたいの、いいでしょう」美奈は心臓がドキドキしていた。案の定俊夫は不快な表情を見せた。それに対する反応もあるが、深刻な話題に美奈の我儘が舞い降りたので、その狭間で言い知れぬ感情が彼を支配した。もっと時を選んでほしい。それが俊夫の偽わらざる感想だった。それに髪の毛は切ってはならないと、美奈に言いつけていたのだから、許可を求めたのだろうが、タイミングが悪い。

「三十センチ？　随分長く切るんだな」

「枝毛が酷くて切らないと毛並みが汚くなるの、すぐ伸びるからいいでしょう」

俊夫はブスッとしていた。美奈はその表情から彼が不満なのは明らかだが、美奈はそれこそ甘えて甘えて許しを請うた。そして彼は機嫌が悪く、背を向けたので、美奈は思い切った行動に出た。彼の脇腹を擽ったのだ。彼の一番弱い処をよく知っているからだ。彼もそれに応じてふざけ合った。俊夫とて心底怒っているのではない。つい美奈の手に引っかかってしまった。

「ねえ、ねえ、俊夫さん、これだけ、これだけよ、ねえ、いいでしょう、髪を切らないと枝毛が酷くなって、もう伸びないって、ね、だから切るの、短くするんじゃないから」

「だって切るんだろう？」

「ほら、怒ってる、はいと言わないと自分で切るから、そうしたらもう俊夫さんのこと知らないから」

「それはないよ」

「だってこれわたしの我が儘じゃないわ。髪が枝毛で汚いからいってるの」

　美奈は俊夫が不賛成ではないと確信している。俊夫は美奈の円らで真剣に俊夫を見つめる瞳に吸い込まれて、強く彼女を抱いた。了承のサインである。誰が決めたというよりそれは美奈の決断でいい筈である。それを俊夫が長い髪が好きなのを知っていて、彼に甘えているだけなのである。美奈の特質が生かされているこの甘えは、彼女自身の勘働きがする無意識のものであるが、それが常に美奈を覆っていて、俊夫を取り込んで離さないのは、正にその彼女の気働きなのだ。といって美奈はそれを意識して行っていないのは、何時ものことであり別に目新しいことではないが、今日は何時もより美奈の甘えは濃厚になっていた。言っている内容は他愛のないことだが、事は美奈の父母との闘いに発展する恐れがある異様な事態である。高ぶる感情を伴い俊夫に甘えることで鎮めている美奈は、俊夫に全てを託し委ねた姿そのものである。

「ね、わたしを抱っこして、強く」

「今抱いてるじゃないか」

「ううん、もっと強く。このまま眠るまで抱いていて」

「しょうがないなー、僕が眠れないよ」

「いいの、眠るまででいいんだから。わたし歯軋りするでしょ。だから眠ったら離れていいわ。わたし寝言は言わない？　俊夫さん寝言を言うのよ、知ってる？　わたしの名前呼ぶの。だからわたし返事してあげるの」

「美奈だって言うぞ、大きな声ではっきりいうんだ」

「ウソ、なんて言ってる」

「美奈はもっと、もっとっていうんだ」

「ウソ、そんなのウソ、うんもういじわる、美奈そんなこと言わないわ」美奈はここぞとばかり俊夫に甘える。体一杯愛情を表現しようと美奈は、俊夫の裸体に自分の肉体を擦りつける。男と女が唯一無垢のまま心を許し合う時が流れる。貪りあうような激しい愛撫だった。互いが欲するまま楽しい絡みが何十分も続く。美奈は譫言のように、何回も嬉しい笑いが込み上げた。

「この前俊夫さん、お出かけして家を空けた時あったでしょ。あのとき淋しくて怖くて眠れなかったんだから。あんなこと嫌、何もしなくていいから、こうしてふざけてるだけでいいんだから、毎日美奈の相手してくれなきゃ嫌」

「仕事だから仕方ないよ」

「そんな仕事なんて、早く切り上げて美奈の相手してくれなきゃ駄目。だってわたし俊夫さんと一分でも長くこうしていたいの。俊夫さん、わたしのこと何時も愛してるっていってくれた事ないもの、美奈、こんなに俊夫さんのこと好きなのに、美奈俊夫さんとこうしていたい、美奈俊夫さんに愛してるって体で示してほしいわ。ねえ、俊夫さん、俊夫さん美奈のこと好きよね、ねえ、俊夫さん、昼間俊夫さんいないからつまらなくて、退屈で何もする気にならないの。わたしをしっかり捕まえていて、ねえ、お願い、わたし俊夫さんいなかったら生きていけない、少しでも留守は嫌い」

「その割には、僕が留守の時、鼻歌交じりで出かけたりするんだろ、例えば若い男が大勢いるところなんか、いそいそ出かけるじゃないか。それこそ目一杯のお洒落して」

「もう、俊夫さんたら、あのときね、そうじゃないわ、だって俊夫さんだって承知したじゃない、うん、もうそんなことという俊夫さん嫌い、わたし女だもの、若い人が大勢だから美しく見られたいから、負けないように踏ん張って装ったのよ、鼻歌なんか歌わないわ」

美奈は結婚前も確かにお洒落で、装いも抜群のセンスを持っていたことは確かだ。しかし美奈は、俊夫と結婚して初めて大輪の薔薇が咲くように、性に目覚めたと同時に一皮剝けて、さらに艶やかになっていた。美奈は俊夫がどのような格好をすれば喜ぶのか探っているうちに、男が美奈を見るときどこを見てるのかも分かってきた。そして俊夫に肌身を許した瞬間から洋服はギリギリの線まで露出し、体の曲線を見せるのに抵抗がなくなっていた。美奈の女として熟れた肢体を見せることに、喜びを感じ男の視線がよりきわどいところを見るように、また美奈も見せることにより、より男が興奮し男のものを硬くするのを楽しむようになっていた。美奈にあった魔性が本来の姿を現し、より過激に自分を見せる技術が身についていた。それは無意識に湧きだしたもので、美奈がそれを意識して自らの肉体を晒すことに目覚め、彼女そのものが男に見せる道具として強力な武器になるのも美奈は感じとり、武器として使われていた。美奈の意識の中に、俊夫に女としての彼の望みが、細かなところまで徹底的に修正され、更なる美しく見せるよう求められ、その鍛練がひいては男を魅了する要因になっているので、全てを男性に見せるようにしているところはあった。美奈の拘りは体に磨きをかけることから始まる。特に足の膝は神経を使ってくすみがないように注意した。そして肌の色艶も柔らかさも均等になるようになっているか調べた。秘部もおりものが多い女性の嗜《たしな》みとして、清潔を保つのには特に気を使った。下着には金を惜しまなかった。毎日見る妻の裸でも、下着を工夫すればかなり効果があるのを本能的に知っていた。そして、そういった肉体的な気配りばかりでなく、言葉使いや話し方、それに仕草や身のこなしにも神経は行き届いていた。美奈は自分の美意識を顔やスタイルだけでなく、女としての魅力を俊夫と過ごしている今に極めたかった。美奈はそれらに完璧さを求めた。美奈は自分でも信じられないくらい、肌が白く胡粉を塗ったようにキラキラ輝くようになっているのを美奈は知っていた。それは俊夫と情を重ねた結果なのに至極満足していた。それゆえ俊夫は美奈から離せぬものになっていた。何よりも美奈の基盤は俊夫にあり、全てであるので彼への思い入れは格別に強いものであった。そして美奈には俊夫が美奈の手中にある手応えがかなりあった。もう美奈がどんなことをしても許される態勢は完成していた。美奈は結婚して初めて男女の機微を知り、女としての恥ずかしさや喜びを知り、真の女性になりつつあった。美奈は着物姿ではどんな女性にも負けない自信はあった。

「俊夫さん、わたしをほったらかしにするからいけないのよ。わたしをしっかり捕まえてて、わたしを離さないで、わたしが欲しいなら男からわたしを奪って」

美奈の叫びに俊夫ははっとした。その意味することが何かは理解し得ないものの、美奈にある大きな変化が起きつつあるのを彼は知った。それは美奈の肉体の叫びだった。そしてその言葉が意味することを互いに理解し得るようになるのはずっと後のことだ。

俊夫が会社に出勤してからの美奈は、精力的に家の換気と、掃除洗濯をこなし、買い物にも出かけて、その晩の食事の用意をした。ベッドルームは最後に残した。美奈は不思議な気がした。何ゆえ俊夫をこのように愛しく、死ぬほど思いつめるようになったのだろう。男女の交わりがそうさせたのは事実に相違ないが、それ以上の作用があったのだろうか、だって男女の交わりといった所で、本当に一つになったわけじゃない。たった太さも長さもセンチで計れるほどのものが、穴を塞ぐだけのそんな行為でしかない、男と女の交わりが全てである筈がない。でも美奈には、甘酸っぱい昨日までの俊夫とのめくるめく恥ずかしくも嬉しく楽しい彼の日々が目に焼きついている。こうしてベッドメイキングをしようと、寝室に入ると美奈は俊夫がそこに横たわっている姿が、ふっと現れたりして美奈は真っ赤に顔を染めた。それと同時に美奈が俊夫にあられもなく愛撫のおねだりをするのが思い出される。美奈はどうしてもそれに伴って初夜の神戸での自分のことを比べてしまう。美奈は映画で見る男女の睦む映像がロマンティックなのを知っている。でも、いざ自分の男、いくら愛しているとはいえ、肌身を許す行為はなまじ身に何か纏っているより、思いきり全裸で相対したほうが覚悟できると母から教えられたように、身を固くして俊夫の来るのを待つ、いいえ待ってなんかいない、まな板の鯉、不安と恐れ、ちょっぴりと期待もあったりして、俊夫さんの顔が目の前に見えたとき、どういう顔をしたらいいのか困ってしまったあの日、美奈は彼が来ても秘部を隠そうとした。かえってそうすると恥ずかしさが増すからと考えたからだ。でもあんなに固くなっていては、わたしを貫くのは大変だったろうな、そう思うと美奈は耳まで真っ赤に染めて反芻する。

そう、とってもいたかった。

今は俊夫の来るのを待てない。もう俊夫が欲しくて悶える日さえある。

すきよ。

美奈はベッドに大の字に俯せになった。まるでそこに俊夫がいるような錯覚をした。まだ俊夫が出て行って数時間しか経っていないのに、それにお母様が何か探りに見えるというのに、俊夫さん、見守ってて、わたしちゃんとやるから、美奈は俊夫の温もりを懐かしみ、としおさんすき、だいすきと何遍も繰り返し俊夫との楽しい一時を回想していた。

美奈は空しい気持ちに誘われ、ぼんやりしていた。

どうなのかしら、お母様は寝室までお入りにならないわね。

美奈は夕方着る寝間着をいつも枕の傍に置くのが習慣になっていた。美奈は下着も俊夫を喜ばせるため厳選して、特に派手でフリルがついていたり、スケスケだったりするものを選んではいていたので、母に見られるのに抵抗があった。ネグリジェもそうだった。贅沢といわれればそうだが、美奈は俊夫との貴重な時を有効に過ごすのに何のためらいもなかった。最早美奈の全てが俊夫を喜ばせるために計算された装いをしていた。

美奈は緊張していて食欲もなかった。もう母が来てもいい時間になっていた。車の音がする度に美奈は居住まいを正したが、時計を見ればまだ約束の時間に間がある。時の接ぎ穂が出来ない美奈は、俊夫の釦の取れた衣類をつけて暇を紛らわしていた。暫し愛しい人の着ているものを修理して時の経つのを忘れていると、玄関のドアが開いた。母の加奈である。美奈はつい時間のことが心配で着替えもしない普段着だった。加奈はエプロンをしてジーンズのパンツをはいている美奈に仰天した。自分を迎えるのだから正装とまではいかなくとも、こざっぱりした身なりの美奈を思い浮かべていたからだ。しかも美奈らしくなく、居間は俊夫の服で散らかっていた。家にいるときは決してしなかったことである。だが美奈が自分を見た瞬間の身のこなしの早さは流石で、たちまちのうちに衣服は片づけられた。

最初から不意打ちを食らった加奈は、夫から念を押されたことの、気持ちが切れてしまうか心配になった。

昨日の夕方、二人は珍しく恭介の居間にいた。夫の恭介は妻の加奈にはあまり喋らない男だった。仕事の話は皆無だった。ところが今度ばかりは妻の力を必要としていた。二人は世に云う家庭内離婚と言われる状態で、夫婦で団欒することなどここ何十年もなかったので、恭介も話は難しいことではないが、加奈に口を聞くきっかけがつきにくかった。加奈も夫とこうした機会があるのは新婚以来の気がした。何かこそばゆい感じがした。とっくに男と女の関係はなく形だけの夫婦になって久しいが、子供も二人を儲けた仲、今でこそ家庭内の住人に成り下がっているが、情を交わし合った記憶が失せているが、それでも夫婦だったという思いが微かに支えている。

加奈は保守的な日本古来の封建主義時代の女性を思わせるような人で、夫には逆らわない柔順を装った女だった。それが美奈に強く影響しているのは確かで、美奈も因習に縛られている処もあった。加奈はそれ以上に形式を重んじ、しきたりに従って夫に添って生活してきている。でしゃばることはしないが、強情で気位が高く、自分を曲げない女だった。恭介は野心家で、自分の会社を大きくすることだけを考えている人間だった、会社が彼の能力を超え、放漫経営のつけがボロを出し始めている。深木が経理に詳しく経理課の改革を部長と共に行ったので、大分すっきりした形になったが、それでも資金繰りは苦しく、しかも恭介が経理に暗く、あなたまかせなのを深木に責任を押しつけざるを得ない状態だった。恭介は幼いころから美奈の美貌に目をかけていた。これは自分が業界で名を成す絶好の武器と、生来が物欲の強く、立身出世の野望に満ちた彼は、美奈を楯に事業の拡大に努める策略を用いることを方策した。その事件があの相本との結びつきを強化する、美奈と健司の婚姻だったが、相本のというより健司の自滅で、夢破れて相本が誤算で美奈の味方についた。この計画の失着と恭介の目論みに逆風が吹き、愛娘への憎悪を作り出す要因にしてしまった。深木が美味しいところを掻《か》っ攫《さら》ってしまった。娘に恨みはないが、結果的に美奈についた相本という巨大な勢力を背に、深木は飛躍的な成長を遂げた。彼の能力の高さもあるし、偶然の勃発的な出来事なのかもしれない。しかし恭介の野望を打ち砕いたその責めは彼だけにあるわけではないが、深木と美奈の結婚によってもたらされた損害は漠大のものがある。八代開発の健全な会社経営が狂い出したのは八代の経営者としての無能なこともあるが、恭介が担当する地区の生命線の殆どが、営業面で惨敗したのだ。それが相本による横槍で深木に参入させたと勘違いしていた。壮大な計画による八代潰しがあった痕跡があった。彼もまるきりの馬鹿ではない。情報網も誰にも負けないくらいの組織がある。密かな観察がなされ今日その報告が届けられた。美奈と会う前にこの連絡を知り得たのは、幸か不幸か妻にも告げるべきだろうが、迷いというより妻を巻き込むかつてない事に間を置いた。それによると相本も深木派といかない実像が浮かび上がっていた。

草薙がこの前恭介と語り合ったことも、彼の策略があったことが分かってきた。その派遣した斎藤も何かいわくありげだ。この報告書からは草薙が神林か相本かは不明だが、誰かが絡んで何かをしようとしているのは事実なのだ。恭介はどう順序だてて加奈に噛み砕いて話せば、普段仕事の手伝いも話もしたことのない彼女が、この度のような魔訶不思議で複雑怪奇な筋書きを、理解できるのか、といってこの際理解させるのが目的ではなく、美奈と俊夫の二人の間に入り込んで、こちらに向かせる手があるか、加奈に探りを入れてもらえるだけでいいのかもしれない。どうせなまじ難しい話を理解させようとするより、効果があるかもしれないと思った。だから恭介はゆったりした気分で座っていられた。こうして加奈にお茶を入れてもらうのも久し振りだった。やはり加奈の入れるお茶は美味しい、そういえば甘いものも茶請けとして置いてある。甘いものを口にするのも懐かしい。何十年も時間を逆行したような錯覚さえ感じる。そういえば俺たちだって新婚の時がなかったわけではない。加奈と恭介は見合いをしたのではない。八代の親と渡瀬家の親とが取り決めた結婚だった。だから加奈は恭介の顔を見に隣町まで訪ねていったほどだった。加奈は古風な女で親に逆らう気持ちはさらさらなかったが、いくら親が決めた夫とはいえ、不安が募る日々に母親が気を利かせて用事をいいつけたのだ。彼女は着物しか着たことがなく、その日も着物姿だった。娘の美奈が着物を自然に着こなせるのも加奈の影響である。無論父の好みもある。その日の加奈は、娘として必ずしも華やかさとか、粋で姿見がいいというものとは無縁であった。加奈は着物をぞろっと着る癖があり、感覚はよくなかった。しかも若々しさがなく、趣味が悪いので見栄えがせず、平凡な町娘という感触だった。その上加奈は場所柄も何も考えずお洒落をするので、物凄く目立つ存在だった。でも旅行の土産を持ってきた加奈は、恭介には新鮮に映った。恭介は山奥の田舎に育ち、若い女を目にすることは少なく、まして着飾った女などは此処に来てから初めて目にしたから、鑑定眼もなくこの風変わりな女性を気に入ったのだった。結婚してみると加奈は自尊心が強く、どんな愛撫を加えても乱れることもなく、恭介の言いなりになっていた。しかも表面は柔順そうに見えても、頑なで彼は物足りなかった。結婚して美奈が生まれるまではおとなしくしていたが、やがて外に女を作るようになった。加奈と正反対の底抜けに明るい女性だった。その関係は数年続いたが、すぐ第二次世界大戦が始まり金の切れ目が縁の切れ目で、その関係も終わりを告げたが、夫婦の仲は既に冷えきっており、床を別に生活する形が出来上がった。終戦間近赤紙が来て呉の軍港まで行き、そこで派遣先の決定を待っている間、原子爆弾が広島に投下されたのだ。彼の任務は当面広島市内の死体処理だった。それ故帰郷した彼は一時の安らぎの中で、加奈との仲も復活して睦みあって恭一郎を儲けた。だが元来肌の合わない二人は元の冷えた関係に戻った。その後、放射能を浴びたことを知った恭介は恭一郎に不安を覚えたのは仕方ないことだった。加奈も馬鹿な女ではない、外部には家庭内離婚を仄めかすような素振りは見せず、それがこの夫婦の唯一の暗黙の了承と、夫婦としての体裁は保たれていた。こうして夫婦が共に過ごすのが、稀であるにもかかわらず、見た目に仲睦まじく見える、そのくらいな技は身につけていた。だから八代夫妻は鴛鴦夫婦として世間では評判だった。だがこんなに冷えきった夫婦が仲睦まじいとは、世間の評判ほど当てにならないことはない、今度の事件も町の雀共の噂話も結構ガセネタだったりして、そう願っている恭介だった。

加奈はこういう時はだんまりを決め込んだ。でしゃばりは女の謹む処と慎ましい女を演出していた。加奈は恭介に愛情を持ったことは一度としてなかった。世間の目を憚っての生活も、さして世間体を重んじる二人には、気にならない事柄だった。仮面夫婦の典型的な二人には、愛情は全く必要なかった。加奈は夫といると煩わしく、今の生活にはせいせいしていた。恭介はそうもいかず、性欲を処理するのに困うということをせず、若い女に触手を伸ばし、彼専用の女漁りのプロに任せていた。噂によると現在は二十そこそこのピンクサロンの女とねんごろで、かなり金をつぎこんでいるようだった。彼のいい処はそれを表沙汰にも、加奈にも漏らす事なく外泊もしないことだった。そんな加奈も家庭的な仕事は達人技だった。料理も作れと言われれば、他人に負けないものを彼に提供した。そういうときは、彼が客を伴うことが多く、加奈の実力はそれによって、高く評価されていた。

「明日は美奈の許へ参ります」加奈は話のきっかけを作るために口を開いた。

「うん、それなんだよ」恭介は昨晩、その女の激しい愛撫とそれにハッスルした彼の営みも猛烈で、そのせいか疲労が溜まっているのを、体がだるいことで感じながら話し始めた。

「美奈は深木と相当仲がいいらしいな、先ずそれが心配だな。もうまるで見込みがないかどうか」

「どういうことですの」

「美奈がわたしたちの処へ来る確率だよ」

「俊夫を連れてですか」

「勿論だよ」

「あなたは美奈の性格を知ってるでしょ。だったらそれが無駄なことくらいご存じでしょ」

「美奈の気持ちをぐらつかせる、深木の弱点というか、嫉妬させる材料はないかな」

「先日あなたからそのようなことをうかがいまして、俊夫の女関係を洗いざらい調べさせたんですが、美奈一途みたいでそんな形跡は微塵も感じられませんの」

「ふうむ、だがあの二人がこのままの状態だったら、相本は崩れるかもしれんが、情勢の大きな変化は望めないからな」

「こんな話があります。村越真砂子は俊夫を深く愛していて、いまだに結婚しないのはそのせいだということです」

「村越のことは以前から知っているが、風の噂では桐原と同棲同様という話もある」

「そうですか、ですが瑠璃子さんのことでは俊夫は、村越と極秘で逢い引きしていたそうで」

「ふうん、深木も中々やるな」

「それを美奈は知らない様子ですわ」

「だが、美奈もそれくらいのこと承知してると思うが」

「あなたは御存じない。物凄く嫉妬深いってこと」

「薄々はな、その件を含めて、美奈の嫉妬を煽るのが一番」

「ですがそんな資料は何もないわ。それに何年あの娘の母をやってると思ってるの。わたしの直感を信じなさい」

「だがな」恭介はなお拘った。「あの美奈が深木を見る目を見ただろう。あんな妖艶な瞳をするとは、我が娘ながら仰天したよ。もう滴りきって蕩けた目をしていた。あれは恋するなんて生易しいものじゃない。麻薬でも吸って恍惚になったような瞳だ。性の喜びを骨髄まで吸いつくしたものだけが味わうことが出来る、官能の世界があるという。そんな危険な匂いがする、そら恐ろしい酔ったような瞳だ。お前がどんな手で、美奈を嫉妬させ混乱させようとするのか分からんが、そんなことで二人の仲が裂けるとはとても考えられない」

「それは正しいかもしれない。だからこそ成功する可能性も大きいかも」

「それは危険な賭けだな」

「そう、かえって結びつきが強くなるかも」

「ま、それもいいだろう。すんなり諦められる」

「まさか、あなた」

「心配するな。俺の引退は死ぬときだ。それに恭一郎に会社を手渡すまでは、会社を潰すわけにはいかないからな」

「そうですとも、美奈には俊夫がいるんですもの」

「そうだな、しかしそうなっても困る」

「そうですね、美奈も俊夫も我が家系ですもの」

「しかしなあ、美奈がああなると誰が想像した？」

「蛾が蝶に変身するといいますけど、美奈は極彩色な極楽鳥だわ」

「お前とは正反対の女だからな。あんなに男に持てる奴とは思いもよらないな」

「だから困るんでしょ。まだ娘だと思ってるから問題なのよ。いつも派手で肌を露出する洋服ばかり着て、少しは慎みを弁《わきま》えないと」

「いいじゃないか、いつも奇麗にしていて、深木は幸せだよ」

「いいえ、ほかの男の人に刺激を与えるような誤解を避けなければいけません。まして美奈は人妻です。この間なんかびっくりいたしました。太股も露でパンツ丸見えの短いスカートなんかはいて、はしたない。人妻のすることじゃありません。それもあんなはしたないパンツなんかはいて汚らわしい。不潔です。間違いでもあったらなんと弁明するのです」

恭介は苦笑いをしていた。見方によって人は変わるというが、美奈と加奈は水と油である。恭介も古風なものの考え方をする方だが、世間の風に当たっているだけ少しはましだった。

「あまり功名を上げようとして、気が障るような策略はするなよ。美奈はお前の娘なんだからな。だからっていい加減でいいとは言わないぞ。そのところは上手く処理してくれ。得てしてお前は冷たく徹底する質だからな、気をつけなさい」

「わたしってそういう女？　そんなふうにわたしを見てたのね。まあ、いいわ」

こんな会話の後の美奈のズボン姿、しかも粗末なものに加奈には思えた。それはジーンズのパンツだったが、加奈には未知の分野で皆目見当がつかなかった。それに洗い晒しのようなシャツも気に入らなかった。

「お母様、お食事は？」

「お前が一人だから一緒に食べようと思って、何か買い置きはあるかい」

「わたしもそう思って材料は揃えたわ」

「ほう、何にする予定だい」

「大根おろしと、シラス、それに厚揚げと魚の干物、それとみそ汁の具は適当に」

「なるほど、わたしの好物ばかり」

加奈は台所に向かうと予想通りにピカピカに磨き込まれていた。汚れ一つとしてなかった。食器棚も見事に整理され文句のつけようがなかった。

「みそ汁の具は大根と若芽にするかい」

加奈は美奈の手つきを眺めて仰天した。美奈の手先の器用なこと、素早いことに注目していた。幼い頃から美奈は手先が器用であった。それが更に磨かれ再現されるのを見て、改めて負けておれぬと感じていた。ここで凹まされては、全て水泡に帰するからだ。だがどうだ、加奈の知らぬ間に彼女を凌駕し、手際が素晴らしかった。そして美奈が着替えてきた洋服の素敵な事といったら、加奈は女としても手上になった彼女を敵に感じ、内心ドキリとしていた。それにエプロン姿の素晴らしいこと、女らしい淑やかさが溢れる一品だった。それにこの香しい香りはどうだ。香水はつけてないからこれは天性のものだ。加奈は美奈の記憶の中にこのような、甘酸っぱい眩むような体臭がない。でもなんと心地よい香りなことか、それにそれを発する肌の油を塗ったような艶やかさ、ピチピチ水が弾くような弾力を持ち、これが餅肌というのだろう、水蜜桃のように甘くなだらかで、吸いつくような細やかさを見せていた。女でさえうっとりするほど妖艶な感じがするのだから、これを知った俊夫は美奈に首ったけなことだろうと推察する。それに結婚してからの美奈は、体型が変わってきている。なまめかしさが増したからそうなのか、バストの張り方とトップが上向きがそそりたち、それでなくとも見事なバストのラインが美しい形をなしていたのに、そのウエストが細く淫らに見えるほど、妖しくなまめかしくなっているのが加奈に感じ取られた。そして顔つきが引き締まり、それでなくとも大人びた顔が、男を誘うかのようにお色気が加わり、口紅を刷かなくとも赤い唇が可愛らしく映った。写真映えする顔も体つきも腕の細さや、脚の美しさ、特に腰のもっこり盛り上がった形は卑猥なほどで、そこから太い太股が張って、膝を目指して急激に細くなり、ふくらはぎの丸みをくっきり見せて、細く締まった足首の美しさを強調している。髪は腰下近くあったのが少し切ってお尻の上くらいはある、有り余るような豊かな黒髪は、奇麗に両端を三つ編みにしてリボンをつけアクセントをつけていた。時々色香が立ち上り加奈はたじろいだ。いつの間にかすっかり美奈はセックスの喜びを覚えてしまい、それも生半可なものではなかった。それが手に取るように分かり、加奈は手怖い感触を受けた。薫風というかなまめかしくも、春風に似た桃色の風が美奈から発せられ、仕事がやりにくかった。

「お前色が白くなったね、おまけに香水もつけてないのにいい香りがする」

「そう、化粧水もつけるの忘れちゃった」

「それに髪も随分長くなって、それでは洗うの大変だろう」

「これでも俊夫さんにお願いして、髪を切らせて頂いたの。洗うときは俊夫さんに頼むの」

「それに胸もかなり発達したようだね」

「それが困るの、左の胸ばかり大きくなって、バランスが悪いの」

「どうしてだい」

「だって」美奈は赤く頬を染めた。目も伏せて母に見せまいとしていた。「俊夫さん、わたしの左のオッパイばかり触ったり揉んだりするんだもの。でも俊夫さんがわたしのオッパイ吸うの好き、無邪気に美味しそうにちゅちゅと音を立てて吸うの。それがとても可愛くて好き」

加奈は呆れた。親の前で惚気るとはどういう神経をしてるのかと疑ったが、美奈は全く気にしていない様子である。それがお惚気という自覚が美奈にはないのだ。

「お母様が俊夫さんのことというから思い出しちゃったじゃない。わたし俊夫さんがいないと恋しくて、恋しくて堪らないの。俊夫さんを体が呼んでるの、抱いて抱いて強くって」加奈はもうやってられない、その場にいる気力がなくなった、と包丁を取る手も疎かになった。美奈の首筋が目の前にあった。悩まし気な首根に大きな魅力ホクロがあるのを見つけた。そこに加奈の息が自然にかかる状態になった。美奈はそのあたりをそうされると弱いのだ。美奈は突然立ち眩みがし、近くの椅子に座り込んでしまった。性感帯の一番感じる場所を作業の度に、加奈に息を吹かれる事態になり、感じてしまい立っていられなくなったのだ。加奈は美奈の急激な異変にびっくりした。美奈は呆然と官能の波を受けたか、貧血かと思ったのだ。美奈は呆然と官能の波を受け止めていた。次から次に押し寄せる官能の渦に身を任せ、美奈はどう対処していいか悩んだ。美奈もコントロール出来ない感覚が、美奈を混乱させ戸惑い、母にそんな閨の臥し所でしか見せない、悶えよがる姿を他人に見せることは論外だった。まして身内でも母は唯一の女性で、美奈の感情が理解出来るので、彼女は不用意なことをしたくなかったが、どうしようもなかった。美奈は長いこと無言だった。いや、喋れなかったのだ。加奈は美奈が、女が交わりで最後に男に見せる、極まった表情をこの場で見せるとは予想だにしないことだった。これでは俊夫が美奈を一時も離さないわけだ。これなら納得がいくと加奈が得心すると、想像を絶する出来事が勃発するのだ。

「お母様ったら、わたしの一番感じる処に息を吹きかけるんですもの。わたし感じちゃって、ほらおっぱいがこんなに硬くそそり立ってしまったわ。下も濡れてパンティ汚れちゃったわ。取り替えて来る」

美奈は体がだるそうだった。加奈はその感じた美奈の表情があまりにも卑猥で、恍惚として愉悦に入った表情を浮かべていたのには何もいいようがなく、ただただ呆れるばかりで、料理する手は完全に止まった。そこに玄関の扉が開いたので、加奈はこんな昼時誰だろうと、目を翳すとそれが俊夫だったのでほっとした。俊夫がキョロキョロ美奈を捜している様子に、加奈は台所から出て俊夫に声をかけた。俊夫はそれが加奈とは分かっているものの光線の加減で見づらく、手を翳していた。

「あの、美奈は……」言いかけると間もなく美奈が玄関近くまで戻って来た。美奈は衣装を変えて薄化粧をしていた。きっと俊夫が来るのを知っていたのだと加奈は察した。

美奈は俊夫の顔を見た途端、まるで表情を変え、嬉しそうに彼にじゃれついた。

「俊夫さん」その声は母と話している時とは別人のような、甘やかで媚びに満ち優し気だった。すっかり俊夫の女に浸り切っていた。

「ねえ、俊夫さん抱いて、ねえ」

「うん、もう、もっと強く抱いてくれなきゃいや」

「おかあ……」美奈は最後まで俊夫に喋らせなかった。

「キス、うん、ねえおねだり、キス。何時もみたいにいい加減のはいや、舌も吸って、美奈覚えたでしょ、ちゃんと俊夫さんの舌吸ってあげる。とても美味しいもの。もう、俊夫さん、わたしの骨が折れるぐらいに抱いてくれないの。だってさ、美奈さ、さっき、お母様にわたしの一番感じる処に息を吹きかけられたのよ。わたし蕩けちゃって動けなくなったの。オッパイは硬くなるしあそこは濡れるし、今パンティをはき変えたの、ほらこういうの、素敵でしょ」美奈は娼婦のように思わせ振りに、ゆっくりとワンピースの裾を上げた。こんなコケティッシュな美奈は俊夫も初めてだった。もっと仰天したのは加奈で、ストリップでもするような、美奈の仕草が媚びに溢れ、エロティックに見えた。美奈は紐を俊夫に渡した。

「これ引っ張ってみて」美奈は蠱惑に満ちた目で俊夫を誘う仕草をした。俊夫が訳も分からずその紐を引くと、美奈の黒いパンティの紐で、俊夫が引いたので、美奈の恥毛が見えていた。加奈は思わず、「そんなはしたない真似はやめなさい」と窘める言葉を呑み込んだ。

「ね、面白いでしょ。このパンティ紐で結ぶようになってるの。俊夫さんが紐外したんだから、俊夫さん元に戻して」

「俺、分からないぞ」俊夫は一つも困った顔をしていない。むしろ美奈に言われた言葉が嬉しくて堪らないという表情をしている。美奈のパンティを図らずも触ることができ、その上美奈にはかせる機会を得たことを喜んでいるのだ。何という美奈の行為、破廉恥な、こんないかがわしいことを俊夫にさせる美奈が許せない、それに小躍りして狂喜している俊夫も罪作りの本人のような気がしてならない。俊夫は美奈の服の裾に潜り、美奈の指示を受けて腰に紐を結んでまた美奈を抱いた。加奈は女性の衣装の中に男が潜るという、彼女には及びもつかない、恥じ知らずの神をも恐れぬ厚顔無恥な所業が罰当たりになると血相を変えた。

「美奈はキスが嫌いだろう」

「だって、俊夫さん、ずっと美奈のことあまり可愛がってくれないんだもの。いつも一回しか抱いてくれないじゃない。美奈、とっても不満、美奈もっともっと欲しいのに、一回よ、最近疲れてるって言い訳して、美奈を抱いてくれないんだもの。さっきだって俊夫さんがいけないのよ。美奈をほっぽって置くから、簡単なことでも体が反応してしまうのよ。だからこれは俊夫さんがわたしを粗末にしたお仕置き」ここで美奈は声を落とした。「ね、俊夫さん、さっき見た？　わたしの……」俊夫は美奈の意味することを理解しえなかった。先程美奈のパンティをはかせたとき見た、あのこと……。

「分かった？」美奈は蠱惑な瞳を俊夫に向けたので、彼はドキンとした。心臓が凝縮されるような興奮があった。「あれ、ガーター、色っぽいでしょ、探すの苦労したんだから」そういえば俊夫は黒いガーターベルトが刺激的だったのを思い出した。

「後でゆっくりとね」

「美奈、お前ブラジャーしてないだろ」

「うふ、分かった？　俊夫さん、お昼に戻るから、そのとき俊夫さんに抱いてもらうとき少しでも肌と肌を触れ合いたいと思ったから」

「美奈は大胆なことをするな」

「俊夫さんのためですもの。それにほら」美奈はワンピースを俊夫に回って見せた。

「この洋服上から下までボタンだから、ほら」美奈は胸前のボタンを外した。美奈の眩しいような豊満で均整のとれたバストがツンと立っていた。加奈は「あら」と言いそうになって慌てて口を押さえた。加奈も成人してからの美奈の、たとえ上半身の一部とはいえ裸体を見るのは初めてだったが、その外見からは想像も出来ない肉づきのいい見事なものだった。彼女が目を見張ったのはバストで美奈が動く度に、大きく揺れるその豊かな撓なバストは加奈を圧倒し、嫉妬と憎悪を覚え体が震えた。恐ろしいまでに加奈は女として完全に負けている自分が惨めだった、加奈の乳房はそういえるような膨らみ等なく、恭介にも冷笑されるほどで、美奈の美しい曲線を描くバストは見事としかいいようがなかった。

　美奈は胸を晒したまま俊夫に近寄り、いきなり彼のシャツのボタンを外し、ネクタイも解いた。そして俊夫に美奈は胸を開けて突進して抱きついた。

「抱いて、こうすると体が密着して気持ちいいの」

　俊夫は美奈の腰を引き寄せた。美奈はもう浮き浮き、うっとり俊夫を見つめた。恋しい俊夫に抱かれる喜びは、たとえようのない嬉しさである。それに美奈はキスが苦手で下手だが、口を俊夫に吸われると天国に行った気分になり、舞い上がって人格まで変化してしまう。

「もっと強く、胸が触れてないもの」美奈は俊夫の首に手を回し、目はキラキラと輝き、陶酔して虚ろになっていた。美奈は俊夫の体に体を押しつけ、擦るように体を捩らせ、俊夫を煽るように身を左右にくねらせ駄々を捏ねた。

「もっと強く抱かなきゃ駄目」もう美奈は一心俊夫に抱かれること以外は頭にない。

「キス、キス、キス、キスして」美奈は譫言のように俊夫を見つめて目を離さない。情熱が炎になって燃え、美奈は必死に物乞いするように俊夫を射るようだった。美奈は目を閉じ、唇を俊夫に差し出すようにした

「吸って、美奈の口吸って、俊夫さんほらこんなに怒ってる」美奈は俊夫のものを握り締めた。美奈はスカートから脚をはみ出し、それを俊夫の脚に絡ませ自分のものを擦りつけた。こんなエロティックな場面は映画でもないと変な感想を加奈はした。でもこの濡れ場はただ事ではない。二人の母である自分がいるのである。美奈は夢中でそんなことは眼中にない。俊夫も美奈を扱いかねているが、その気になっていて後には引けない。でも何か俊夫に唇を半開きにして待っているのを見て、俊夫はつい美奈をからかって

みたくなった。

「美奈」美奈は俊夫の声で目を開けた。「美奈、また始まったな、ほっぺを膨らませ口を尖らせてのは、僕の仇名の通り『シロフグ』だな」

「うん、もう、意地悪、待てないわ。なるべく長くね。わたし俊夫さんの舌吸ってあげる。俊夫さんいつも口を濯いでいるから美味しいわ」

「いいかい、鼻で息を吸うんだよ」

「分かった。わたしを壁際にして」

美奈がこういうのも理由がある。キスも深まってくると、膝が緩んで立っていられなくなるから、壁が支えになるからである。

美奈は太股まで手を伸ばしパンティに忍ばせ、濡れてる部分を指で愛撫する仕草を見せた。それを俊夫は制止してキスは始まった。貪るような激しいキスに、お互いに体を愛撫しあい奪い合うようなものになっていた。

俊夫の手は美奈のパンティの奥に伸びていた。最初おとなしく俊夫に従っていた美奈も、俊夫の硬くなったものを握り締め対応した。美奈は本能と感情の赴くまま、俊夫の愛撫に身を委ねていたが、やがてカウンターパンチを浴びてドラッグ状態に陥り、酔ったような感触と共に、美奈が『来るわ、来るわ』と待ち望んでいるオルガスムスが訪れた。美奈は痺れるような快感と、到達したという解放感が更なる段階へと進ませた。嘔吐の酔うような強烈な刺激で美奈は口を俊夫から彼の体を倒すようにして外し、愉悦に身を投じた。愉悦を示す嗚咽が限りなく無限に近く広がり、その美奈の感極まって発する嬌声は、部屋中に木霊し、止めどなく続いた。美奈は体中が痙攣し震えて、それが増大して、更に美奈の声はあらぬ事を口走っていたが、それも途絶えて溜め息に変わり、叫び声になり美奈は悶え、よがり始めると爆発して一瞬鋭い音を奏で、体ががくんとなった。法悦し果てたのだ。でも美奈の意識はしっかりしていて、すぐに立ち直ったが、気持ちはもう夜のモードだった。美奈は俊夫に抱きつくと、胸が露なのも構わず、いやいやをするように、肩を左右に揺すった、美奈のバストが美しく大波のように揺れた。

「俊夫さん、お姫様抱っこしてベッドに運んで、我慢出来ないもの、ね、会社へも行かないで」

「あ、大変だ、食事する時間なんかないよ。美奈、それは無理、僕が帰ってからな」

「いやいや。いや」美奈は俊夫にしがみつく。「俊夫さん、嫌い、わたしをこんな気持ちにさせて会社に行くなんて、嫌い」

「そうもいかないだろ、それに美奈が仕かけたんだぞ」俊夫は赤子に喋るように優しく、よしよしと言う調子で美奈をあやした。美奈は膨れっ面をもっと膨らまして俊夫にキスを求めた。美奈はキスするうちに感情が収まり落ち着きを取り戻した。

「ご免ね、わたしの我が儘でお食事も出来ないで」

「ま、いいさ、駄々っ子を養っていると思えばいいさ」

「うん、またそんなこと、俊夫さんはぐらかすんだもの、嫌い、行ってらして、お仕事でしょ」それまでのことがまるで嘘のように美奈は、妻としての態度になっていた。顔つきから仕草も、声も別人だった。見送る姿は正に俊夫の妻そのものだった。


加奈は陰の存在だった。見るのも汚らわしい娘の醜態を知る内、恭介の目論みは灰と化したのを知ったが、彼女はその根拠となる証しが欲しいと思った。それも空しい作業になるのは明白だった。

美奈は何事もなかったように、平然とした態度で食卓に料理を並べている加奈と行動を共にした。美奈は食事中も静かで、食べ方も慎ましやかで、乱れた態度など微塵もなかった。この二人は喧嘩なんかすることあるのか、仲たがいして寝所を別にするなんてことあるのか、それだけではない、美奈のこの豹変振りはどう解釈したらいいのか、疑問が湧くばかりである。どこから攻めれば答えが出るのか、加奈はひいては恭介に協力する材料になるかもしれないと、気を引き締めて考えを纏め始めたが、先程の娘の青天の霹靂の破廉恥な行為が目にちらついて、一向に集中出来ないでいる。美奈はどっしりと腰を落ち着け、もくもくとご飯を口に運んでいる。あんなに俊夫の愛撫にあえいでいた口とは到底思えない。美奈の魔性を思った。加奈の知っている美奈は今の美奈ではない。男に体を許してからの美奈には、不可解な行動が目立つ。俊夫が全てに関わっているのだろうが、それとどういう関係があるのだろう。加奈は警察官でもなければ探偵でもない。それに加奈の頭は夫ほど鋭くない。いやむしろ鈍いほうだ。

加奈は、教育は高等教育を受けたが、旧体制の教育を叩き込まれ、自由な発想が生まれない。人と接するのが苦手な加奈は、誇りだけは高く、毅然としているがいい母という印象はない。問題なのはいい妻でもないことだが、それは据え置き、会話は何げなく始められた。


加奈は美奈が先程から唇を気にしているのが気にかかった。

「唇を痛めたのかい」

「さっき、俊夫さんとキスしたとき、俊夫さん思い切りわたしの舌を吸うんだもん、舌の裏の筋肉を痛めて、とても痛いの」


加奈はいけしゃあしゃあとこう惚気られては言葉もない。だが本人の美奈がそれを惚気と思っていないから始末に悪い。

「あなた、俊夫と喧嘩することあるの？」

「毎日、ううん、寄ると触ると喧嘩ばかり、わたしなんか、体力じゃ俊夫さんに負けるから、わたし殴ったりわめいたり、泣き叫んだり、それは大変、もうそうなったら見境なしに皿なんか投げたりして」

「激しいんだね」加奈はほっと息を入れ安堵した。美奈にもつけ入る隙がある。

「新婚間近の頃は、俊夫さんが若い女性を見る度、物凄い対抗意識と闘争心が湧いて、身を焼くような嫉妬に見舞われて、まさか俊夫さんに、そんなことまだ恥ずかしくて言えなかったの。俊夫さんが女性を見る度に、こころの奥から『俊夫さんはわたしのもの』と叫ぶの」

「お前は結婚前から俊夫にそうしていたろう」

「そうね、俊夫さんを誰かに取られたら、大変と思ったからよ。でもあれは恋なんてものじゃないわ。恋に浮かれていただけ。わたし俊夫さんに会った時、俊夫さんがわたしを見るとき、批判的で冷静な、わたしの本質を見抜くような鋭い視線を避けるようにしただけ。でもやがてそれが美を追求し追い求めている、感性が研ぎ澄まされたものと分かった時、俊夫さんに吸い込まれるように魅かれるようになったの。わたし俊夫さんと知り合ううちに、美奈の本性を呼び起こさせ、美意識こそがわたしの生きがいと知るようになったの」

「本当にお前はお喋りになったね、わたしはお前がこんなお喋りだったなんて想像も出来なかったよ」

「わたしね、俊夫さんと知り合ってからなの。だって美奈のこと沢山沢山知っててもらいたいから、それに別のもっと大事な理由があるの。それはね」美奈は居住まいを正した。

「新婚旅行の時は、結婚に憧れてたのでなく、むしろ結婚なんか嫌だったもの。俊夫さんだったら仕方ないかな、どうしても結婚しなければいけないんだったら、俊夫さんと心が通じ会う頃が潮時かなって、熱に浮かされてたのね、もう恋しくて嬉しくて、でも結婚ってあんな嫌なことするとは考えもしなかった。それは甘いロマンスの映画は何本もみたし、それなりの知識はあると思ってた。もう恥ずかしくて体が震えてまるで美奈が犠牲になったみたい。体はおぞけで寒く、身を固くしてお母様のいうように全裸になって、横たわり少しでも体を隠したいから、シーツを引っ張って体をくるんだの。体は緊張でコチンコチン、身震いして俊夫さんが風呂から上がるのを待ったわ。でも美奈は耐え切れなく、俊夫さんを迎えるにもどんな顔していいのか訳も分からず、うろうろシーツを持っているだけ。わたし俊夫さんを待たせてまた風呂に入ったわ。でも少しも体が温まらないの。でも出たくはないけどそうもいかず、俊夫さんの視線から逃げるようにベッドに潜り込んだの。心臓は飛び出すほど動悸が激しく、何時俊夫さんがわたしのところに来るのか、不安でいっぱいで期待なんかない、怖いのとわたしの肌身を許すことが絞首刑にでもあうように恐ろしく、こんなことしなければならない理不尽さに、でも涙は見せまいと頑張ったわ。俊夫さんの顔がやがてわたしの上に見えて、ほっとしたような、それでいてわたしの娘時代の終焉の鐘が打ち鳴らされる錯覚を覚え混乱していた。俊夫さんのものがわたしの中に入って来たときはともかく夢中で、頭を突き抜けるような、強烈な激痛がわたしを襲い、何か大声を出したと思う。その日は俊夫さん三度も美奈を抱いたけど、苦痛で失神しそうになるのを懸命に堪えたわ。そのとき出血はなかったわ。表現しようのないショックだった。でもわたしみたいにスポーツをしていた女性にはありがちだし、全員が全部出血するとは限らないんですってね。でもそのときの驚き、お解りになるでしょ。俊夫さんになんて弁解するの？　そもそもそんなものするもんなの？　初夜の床で新妻が切り出す話題じゃないわ。不遜よ、そんなこと。……ま、その時は俊夫さんが襲って来るような気持ちに駆られて逃げることばかり考えていたわ。だから新婚時代の最初はバラ色というけど、美奈はそんなこともないし、ちっとも淋しくなかったし、お喋りでもなかったわ。でもそれが美奈の体の芯に火が灯ったの。俊夫さんと過ごす夜に喜びを感じるようになったある日よ。マッチ棒のようにか細い火だったと思うわ。それが炎としては小さなものだったけれど、決して絶えることない強く逞しい、芯に根強い熱量があって、雨風にも消えないウラニウムみたいなものだったのね。わたしの知らないうちに育った炎は、その存在はわたしが気づかぬほど密かに、しかし灯り続けてたのね。わたしが俊夫さんの赤ちゃんを欲しいと切実に思いつめてから、わたしの何かが変わったわ。セックスってこんなにいいものなの、これなら結婚も悪くないわと思い始めるようになると、火山？　いいえ、もっと巨大なエネルギーが爆発して、もう俊夫さんとの夜が楽しみで堪らなくなったわ。好きでどうしようもなくなってからね、俊夫さんがいないと淋しくて、帰りが待ち遠しくて胸がキューンとなって、切なくて気を紛らわしたいけど、何も手につかなくて、でも俊夫さんは気を使ってくれて、月曜日は水泳、火曜はゴルフ、水曜はエアロビクス、木曜は卓球、というスケジュールを認めて下さったの。それに月一回か二回、『若衆会』からお呼びがかかるから出かけなければならないし、その点では淋しさを紛らわすことは出来るようになったけど、俊夫さんはお留守だし、お話ししたいことが山ほどあって、幾らお喋りしても物足りないくらいなの。それにわたしも俊夫さんも、思いは一つ、心も体も自分のものであって、二人のもの、生まれた時は別々、育った環境も全く異なっているけど、縁あって結ばれたからには、俊夫さんの体も心ももう俊夫さんのものではない、美奈のものもわたしのものではもうないわ。この世に存在しない魂が融けあった超常現象のヴィジュアルな映像として浮かび上がってくるわ。もう他の人格がそこに存在し、わたしたちが目指す目的に向かって邁進するだけ。そこに誰も入れないわ。わたしは仕事のことは何一つ知らないわ。でも俊夫さんがどうしたいのかは分かるつもりよ。それには俊夫さんの言うことを待ってるんじゃ、行動も遅くなるし俊夫さんの分身の価値がないでしょ。だから先回りしてるの」

「それにしてはよく出歩いて遊び回ってる様子だね」加奈は美奈の浮気なのを窘めるつもりで言った。

「それに昔のお前はそんな浮気者じゃない筈だがね」

「意地悪ね、お母様、わたしもこの感情を抑えられなくて困ってるのよ。何時こんなような気持ちが湧いたのか今もって記憶が定かではないのだけれど、これだけは確かよ、わたしが俊夫さんと結ばれてからこうなったのよ。血が騒いでどうにもならないの」

加奈は昔、沙耶加が言っていた言葉を思い出してびくっとした。八代の家には血塗られた悍しい記録がある。その時に生じた情交の怨念が淫乱の血を末代までも、その時起きた男と二人の女の、争いごとに、特に妻ではない情婦だった芸者の、妾としての待遇を巡っての、男の裏切りによる殺生事件の血まみれた、その女が残した恨みが八代の血に濁りを伝え、今日に至り色気の強い影響を受けた女が、その影響をまともに受けるという。沙耶加がいうには、美奈はその女の生まれ変わりのような存在で、男を迷わす要素を含んだ、妖艶で男を食いつぶす女になるという。無論このような伝え話のような、事実無根というには無謀ではあるが、それ以外何ら根拠のなく単なる霊感からくる、沙耶加のお告げでしかない。だが沙耶加は悉く予言が当たり、その霊感の強さでも随一で、それだけでも信憑性があるのは事実なのだ。

美奈は自分の肉体と精神の狂いが、彼女にも制御出来なくなり始めているのだった。加奈はそんなことが理解出来る女でもなく、そうする人間でもなかった。ただ加奈は体面が保たれればそれだけで良かった。だがこの際それも関係なく、八代の家と財産の安全を保つには、是非とも俊夫と美奈の協力が必要なのだ。だが誇り高い加奈は、実力とかは問題ではなく、娘と娘婿に頭を下げ頼むことは、恭介に依頼されてもしなかっただろうし、恭介もそれを望まないだろうということだ。だがこれまでの話はその中核をついておらず、専ら深木夫婦の仲の良さに集中していて、本筋に到達しなかった。美奈が加奈の胸中を察する状態になく、このままこの対面は終結を迎える可能性があるが、それを加奈が許す筈もなかった。夫にも遅れは取りたくなかった。だが果てしなく美奈の惚気話は続いた。美奈に八代夫婦の思惑が通じる術もなかった。こうなったら強行突破もやむを得ないと加奈は腹を括った。懸命にその機会をうかがおうとした。だがその反撃の折は中々訪れない。加奈は焦燥感に蝕まれた。美奈は当面の幸せに酔って、母の意見を聞き入れる態勢でもなく、元来が心を通じあった仲でもなく、平行線を辿った。一次元を最初と最後を裏返しにすれば元の場所に戻るというが、そう都合よくいくかは疑問だった。

「美奈、わたしがここにきた理由は知ってるね」

「この間から会社中の評判になっている、社内を分裂させる社長の行動が、俊夫の態度で一変するかもしれない、そうは思わないかい」美奈は母の顔を呆れて見つめた。何という手前勝手で恥知らずな発言なことか。自分たちの仕出かした罪を泥で塗りつぶし、それにまた上塗りしているようだ。仕かけたのは父であって、その戦争の最中にその戦いを中止の依頼をするようなものだ。その鉄面皮な提案をしたのは父だが、その謝罪もなしにましてこちらの意向も調査することなしに、いきなり和睦を求めるとはどういう神経をしているのだろう。幸いと言おうか、俊夫は争い事を好まず、ましてや派閥争いなどということは、彼の趣旨に合わないし、彼の性格ではそんな親分肌な人間ではない。それに他の人のように類をなして群れるのを殊更嫌っている。そんな派閥なんか作る方策をする考えもない。美奈は俊夫の性格を知り尽くしている。加奈がこう申し出なくても、俊夫は美奈と生活して、八代の会社にいる限りは誠心誠意、ここに骨を埋めることだろう。しかし、こんな父の逆手の俊夫と美奈の心情も読めない迂闊な行動に、かえって不審や画策の部分の疑惑を感じさせるようになってしまっていた。美奈は悩んで受け答えの言葉がなかった。加奈にも恭介にも思惑があって、娘の美奈なら八代家に俊夫を引きずり込む力があり、多少の抵抗があってもその事情を理解すれば、彼女が取りまとめると見込んだのだ。だがその方法も八代夫妻の高慢さから、娘に高圧的な態度を取り、情勢は不穏の空気に溢れていた。美奈はそれが分からないほど鈍感ではないが、でもこの何もかも飲み込んで承知しろという態度には、常変わらずの行為とはいえ辟易して、美奈は俊夫が情報を得たことで、真実を述べるよう言いつかったが、美奈は俊夫みたいに直線的な考えでなく、相手の様子をうかがいながら、それを戦略として応用しようとしていたので、こんな母に如何に内容を伝え、それを柱として行く末の身の振り方も含めて、切り出す言葉を咀嚼していた。

「草薙のおじ様が悪いのよ。あんな前田さんに手も無く牛耳られ、ね、お母様。草薙おじ様の会社経営に行きづまっているとか。前田さんも同じくみずきに美容院を投資して金に困っているらしいわ」

草薙は松原詩織に婦人雑貨とバッグの輸入販売を任せていた。『クラブしおり』の経営は草薙のテコ入れで、立ち直りが早く順調に客の増加を促し、詩織の商売の腕を認めたので、彼も念願の多角経営の一環として、詩織の提案でその店に資本を投じた。ところが、詩織が商取引していた商社が、偽ブランド商品を業者に依頼して製作して販売していることがばれて検挙されてしまい、その余波で売上はガタ落ち、資本割れもいいこと、赤信号が灯ってしまった。それだけなら問題はなく草薙の懐が淋しくなるだけで済んだが、草薙がグループ本部の金を流用したから、事態は深刻な問題に発展した。それが内部から外部に漏れなかったのは、経営陣のトップが優秀だったからだ。だがそれは同時に引責問題で、社長更迭の線もあったが、何しろ資本の五十五パーセントを所有する草薙を、辞任に追い込む手立てがなく、今日に至っているが、既に彼は来年度の人事で社長を辞任することがほぼ決定しているらしい。そうなると八代との会談の真意は何か。ただ八代開発を混乱に追い込むだけならそんな小細工をしなくてもいい。加奈が手にした情報だった。美奈は草薙が社長の席を辞任する意向がないのを俊夫から聞いている。更に草薙と前田は何かしらつるんでいる。だが前田は市長の神林との関わりあいで、相本派に属するしかなく、曖昧模糊とした友人関係を続けていた。八代は草薙とは会社創業以来、励まし合いながらつき合っている仲である。二人が手を組んでも、相本グループに敵対出来る筈もなく、深木が相本に肩入れされ、それが日の目を見れば、対応出来得る力になる。というのも、神林がここ数年支持者を増やし、単なる相本単独の支持を仰がなくても、その傘下に神林支持の多数のグループが結成され、相本派はなだれ式に、分散出来る可能性が出て来たのだ。相本叩きは今だ、草薙と前田はそう感じたに相違ない。それと神林六朗太の問題もある。神林は前田を次期市長に据えるには、諸問題のクリアーな解決と統一が必要となる。その手始めに派閥の色分けを、派閥解消ではなく鮮明にすることからはじめるとした。今、八代開発は無色であるので草薙に与する策略をし易いし、相本派の先鋒の深木潰しをすることが目的だった。そうすれば八代恭介は自ら、快く思っていない深木俊夫を、美奈というやっかいな存在を除けば、退職させるのも辞さない考えだ。だとすると、加奈の役割は美奈の身辺の身の置き所を作るにも、なまじ二人の仲がいいだけを知ってるので、上手く別れさせる手立てがないか、探りを入れようとしているのだが、それも徒労に終始していていた。それればかりか、美奈に自分たちの醜態を見せてしまい、更に真相を知り尽くしている様子なので、加奈は撤退せざるを得ない状態だった。

この際、厚かましく美奈の母という武器を利用するしかない。だが、美奈は妻としても社会人としても自分を凌駕している。加奈になすべきことはなく、むしろ女としての嫉妬心しか生まれず、性格がねちねちしていて、遺恨を残す形をとるので、その場の雰囲気は最悪だった。それなら謝れば済みそうだが、誇り高い彼女がそんなことをする様子もない。美奈は何の科を受けることをした覚えはないから、毅然として母に対している。でも加奈は娘にはある程度妥協せざるを得なかった。

「お前の身の上が心配だから、こうして会いに来ているんだよ。そりゃお前の父は正当な行いをしているとは言えないが、ここで一度会社を二分してはお前の生活は保証出来なくなるからね。ここは理屈抜きでわたしたちに従ってもらわないとね」

「お母様、わたしは俊夫さんの妻よ。たとえ血が繋がっていなくとも、契りを交わした以上、両親より大切な絆があるわ。お母様が何と言おうとも、わたしたちは一つよ」

　加奈は美奈の言葉で自分が過ちを犯したのに気づいた。美奈を説得しても駄目で、俊夫にすべきだと悟ったのだ。美奈は女なのだ、自分同様、それが早く分かっていれば、こんな無駄をしなくとも済んだのだ。女性の九割方は初めての男性に弱いという。それに、女性の命は恋する事という。その点男性は花から花へ、女に種を植えつければいい、射精が全てだが、女はそうではない。受け身という事もあるが、性欲は男に育まれ、しかも、男が終わった後も潮の満ち干のように快感が長引き、それだけ性に執着が強くなり、『女は灰になるまで女』という諺もどきな言葉も出来ている。男は女を一度ものにすればそれで満足してしまうのだ。それが、不思議なことが男女には起きる。この関係が逆転するのだ。未練が強いのは男になってしまう。それは兎も角、俊夫なら強い態度で望んだら、折れる可能性もある。美奈は恋愛経験が少なく、人を恋したことはない。確かに美奈は男にちやほやされたが、大抵の男は美奈がすでに男がいると思うのか、求愛するものもいなかった。それに沙耶加の寺での修行で、厳しく男女の交際を禁止していたこともあった。沙耶加に言わせれば、死人の詔を伝える女は処女でなければならず、普通の女性では無理で、社会から隔絶した中で育つのが良いと、常日頃から主張し実行していたこともある。美奈は予想以上に意志は強固で、純情なだけに一途で始末に悪い。加奈も陰湿な性格だが、策略家ではない。噛み合わない者同士の会話は成功するわけがない。

「お父様と俊夫さんで話をして戴きましょう。わたしたちでは結論が出ないわ。ここは男たちに任せましょう」

　美奈はそれに賛成するのに無視はしないが、これも気質が異なる二人に、すんなり事が運ぶとは考えにくいことだと知っていた。加奈も同じ感想を持っていた。かといってこれ以上の良策はなかった。二人は未来が急に忙しくなった気がした。加奈は部屋を見学しがてら美奈とその話はおわりにした。

　加奈は恭介と俊夫の好みで作られた家の内部を、ゆっくり見学するのは初めてだった。加奈は俊夫の趣味の良さを理解した。夫の調度品の好みでないのはすぐ分かる。加奈は二人の寝室に興味があったが、入るのに躊躇したのに、美奈は一切お構いなしだった。

　人が変わると家も変わるというが、美奈の趣味が至る所に見え隠れしていた。だが寝室はそれを一新させるような華やかな彩りがあった。部屋全体は薄いピンクに統一されていた。美奈は整理するのが上手だったが、この寝室は爽やかな香りがあり、とてもいい雰囲気が漂っていた。もう俊夫のパジャマと美奈のネグリジェとパンティまでも揃えてあった。その寝間着に加奈は美奈の俊夫に対する気持ちを表現しているのを感じた。加奈は見たこともない美奈の下着が、俊夫を誘っていると思った。二人はもう一つなのだ。加奈は美奈に新しい人格が育ち、彼女にとって自分は過去になったと気づき、力及ばない分野であるのを知った。

第十一章　深木俊夫の悲喜

美奈の交際術

恭介と俊夫は膠着状態が続いていたが、解決するより会社の立て直しを優先していたのでそれも仕方なく、膨張し続ける会社の引き締めを行っていた。美奈と俊夫の仲は濃度を増し、俊夫はもう美奈の掌の中にあった。真山真理子の結婚披露宴も、もうひと月もなかった。

美奈は真理子の衣装合わせに出かけることになっていた。真理子は教会式にしたので、ウエディングドレスを三回着替えるのでその選定もあるのだ。無論片倉も一緒で美奈を迎えにくることになっている。

美奈は洋服を着るにつけ、真理子より目立たぬように気を配っていた。まだ美奈は二十六歳で、真理子と三歳違いだったから、仲人としては若すぎるのが難点だった。片倉も見とれる美奈の美貌は日毎に増していた。

片倉と真理子は約束の時間にやって来た。真理子は花柄の素敵なワンピースを着ていた。美奈は紺のスーツを着ていたが、真理子より輝いていた。

『八代ウエディングパレス』の衣装室は二人の結婚式が大安吉日だったので混み合っていた。しかし美奈が現れると、式場の幹部が整列して出迎えた。真理子は待つ事なく衣装選びが出来た。美奈も加わって手助けした。

一段落ついた処で美奈は応接間に案内された。着付けが終われば呼びに来る手筈になっていた。

「深木様、このウエディングパレスは深木派でございますのでご承知願います。黒沢美沙登様を、この度この会館の衣装担当顧問として、迎え入れることといたしました。双方の要望が一致したのも、深木様のお陰でございます」

「いいえ、こちらこそ有り難う、美沙登もやり甲斐のある仕事に満足しているわ」

「それと会館の改築の予算も割いて戴いたそうで」

「それもあなたたちの努力で、わたしたちの力じゃないわ」

応接室に衣装係の女性が姿を現した。美奈はその女性に従った。真理子は式での衣装を着て立っていた。純白のドレスは真理子に釣り合っていた。そこへ美沙登が入って来た。彼女は真理子の装いを一瞥して、無言で奥に引っ込み、その衣装と同じようなデザインのものを腕に抱えてきた。

「美奈、これ着てみて、そうすれば何が悪いのか一目瞭然よ」美沙登は言葉でなく、実践で真理子に教えようとするつもりらしい。

「何、これをわたしが着るの？」美奈も満更でもなさそう。美奈が更衣室へ去ると、美沙登は真理子と面識がなかったが、美奈から話は聞いている。真理子もよく話題に上る美奈の親友の美沙登のことは知っていた。

「真理子さん、美奈の着こなしを勉強するのよ」

「美沙登さんですね、真山真理子です」

「真理子さんは、洋服が好きだし上手だけれど、美奈の着こなしにはまだよ。特に姿勢は真理子さんも背筋を張っていて奇麗だけれど、身のこなしを優雅にしないといけないの」

美沙登はスタイリストの頃より太っているが、それでも見栄えのするワンピースを着ると、スタイルは抜群でこれで胸が張っていれば、殊更見事だろうし、姿勢だけは適わないと思った。

奥の扉が開いて美奈が現れた。白いブーケをあしらったヴェールを被り、美奈の純白のウエディングドレスは、それこそその場の雰囲気をガラリと変える力を持っていた。周りの係の女性たちは歓声を上げげた。真理子の着ているドレスと大差ないものだが、どう違うのかは分からないが、真理子のとは別物という感があった。大きな鏡の前に二人して立った。

「ね、どう、ただ着ればいいというものではないのよ。恐らく下着のつけかたも違うのよ。それにドレスも、一寸いらっしゃい」

美沙登は何か生き生きしている。水を得た魚というが、それが今の美沙登に合っている。美沙登が去った後、美奈に女性たちが群がった。

「結婚してでもウエディングドレスはいいわ。もう一回くらい着てもいいわ」

「そんなことおっしゃられていいんですか、素敵な旦那様ですのに」美奈は最近自分を褒められるより、夫を愛でられるのが嬉しくなりだしてる。美奈の夫は外見も素晴らしくてはならない、ところがどう贔屓目に見ても、俊夫は外見も貧弱だし、洋服の着方ときたら、野暮だしだらしない格好をしている。幾ら美奈が補っても限りがある。これは天性で生まれつきとしかいいようがないが、それにしても目に余る、その鬱憤を晴らすこの言葉に美奈の顔は綻んだ。ざわついている処に美沙登が真理子を連れ立って出て来た。そして美奈の立っている鏡の前まで歩を進めた。明らかな違いを全員が認めた真理子の装いだった。真理子は美奈と遜色ない支度に満足したが、美奈と自分との差を改めて思い知らされた。真理子は益々美奈を慕う気持ちが強くなり、大滝が心底から敬っているのが分かる気がした。片倉は棒みたいに立ち尽くし、会話の中に入れなかった。ただ彼は真理子が眩しく映るのに目を細めた。そして彼は美奈みたいに妖精のような女性も存在することを実感した。

「どう、真理子さん、お分かりになって」美沙登は当日の着つけ係の女性と真理子に、美奈の着つけと比較しながら、ポイントを示し話していた。美沙登は当日休みだったからだ。そうしながら美沙登は、美奈に夕方話があることを伝えていた。美沙登は俊夫も良男もなしで、二人きりで話がしたいので、互いに夫に了承を得て、美沙登の家で会うことにした。良男は小松山荘に泊まりきりだからだ。俊夫はこの際どうするのか、美奈は彼が会議で遅くなり夕食も満足でないことを想定して、俊夫の秘書は真理子だが、彼女は美奈と同伴なので、会社に伝言を依頼した。

「美奈さんは輝いているんですもの、新婚さんだから仕方がないけど、それだけでもう負けているんですもの。利正は美奈さんばかり見てぼうっとしてるし、頭にくるわ」

真理子は美奈には及ばない憂さ晴らしを片倉にぶつけていた。美沙登はこの二人はきっと結婚は成功すると感じた。でもわたしたちと同じ嬶天下だわ、美沙登は美奈を見ながら思っていた。美奈は決して自分を主張しないし、俊夫をこき下ろすこともない。だが俊夫は完全に美奈の支配下にある。美沙登は推進力が彼女にあって、表立って騒ぎ立てる方だ。真理子は自分に似たことをしていると美沙登は微笑んだ。美奈は真理子の自分にない可愛らしさを、演出するのにやはり微笑んでいた。

「利正、美奈さんにお礼したの。谷村さんより地位が上になったのよ」

真理子も背は高く、百七十センチに近かったが、片倉は百八十センチもある偉丈夫だった。だがその片倉が頭を掻いて恥じる様は、美沙登の夫の良男を彷彿とさせた。美沙登は良男がもっそりしてるのに、この片倉は軽快な動きをしているのを見た。美沙登だって美奈より背は高く、真理子ほどではないが、その点美奈は背では二人より数センチ低いが、存在感は美奈が一番なのは確かだ。

「片倉さん、お礼なんかどうでもいいから、その分仕事を頑張ってね」美奈は正装した片倉がかなり見栄えがするのを見て、真理子が惚れた理由が理解出来るような気がした。

片倉は美奈の美貌もさることながら、人となりが始めから気にいっていた。真理子のポンポン言う性格と異なり、美奈は言葉使いも仕草も柔らかで、楚々としたお色気が体全体を覆い、男をちゃんと立ててくれる。といってなよなよしたところがなく、気性はさっぱりしていて、男にベタベタすることはなかった。真理子も男にベタベタして取り入ろうとする女ではないが、最初から男っぽい性格だからなので、美奈とは雲泥の差があった。美奈には濃密な情緒纏綿として、男をその気にさせる資質があった。それでいて気さくで美人面したところがなく、女性にも人気があった。

会社は真っ二つに社長派と専務派に分裂し、争いごとも度々で、それを承知で入社する覚悟をさせるのが、今に美奈のなすべき仕事であった。本来美奈はそれを好んでしているのではないのは当然で、早い仲介が必要と切望していた。だが一度深みに嵌まったぬかるみは、容易に平坦な道にはならなかった。美奈は最近神経が激務で疲れているようだった。しかし奥底の美奈の気持ちの中に、彼女の体調不良が、予兆として引っかかるものがあった。生理が遅れているのだ。ただこれは俊夫にも誰にも秘密のことだった。

衣装合わせも終了し、美奈は美沙登と久し振りに会って彼女が今の仕事に合っているので嬉しかった。ただ良男の金銭感覚のなさに美沙登は辟易し、そのことで争いごとが絶えないのだった。だがそれは美奈にも話していないことだった。美沙登がスタイリストをしていた時は、収入も多く裕福な暮らしが実現できたが、その収入も落ち込み日々の生活は苦しくなるばかりなのだ。家のローンも遅延していた。それを見かねた俊夫は、銀行と交渉し、かなり緩やかな返済方法にしたが、それでも家計は苦しかった。だからこの勤務は美沙登にとって天の救いに近かった。美沙登は美奈が車を運転していないのに不審を抱いた。美沙登は車がないので、タクシーで二人美沙登の家に向かった。

「美奈、何時も迷惑かけるわね」美沙登は美奈に礼など言いたくなく、そういう言葉になった。美奈も美沙登にそれを求めていないから気にはしない。美沙登は美奈が体に異変があるのだろうと思った。美奈は何も言わないが、彼女の立ち振る舞いのそこかしこに、何時ものような精彩がないのを感じたのだ。美沙登はその変調が、常に健康すぎる彼女を考えても、思うことは一つだった。それに美沙登は医師でもないが、民間療法というのか、彼女特有の勘というのか、妊娠ではないかと思った。

「ねえ、美奈、あなたひょっとしてお目出度じゃない?」

美奈は美沙登の問いにビクッとした。美沙登には嘘はつけないなと、彼女はふっと安堵と幸福に満ちた。やはり美沙登は信頼に足る親友だと痛感した。

「美沙登、まだ分からないの、俊夫さんには内緒よ」

「そうか、わたしみたいに生理不順だと気づかないけれど、美奈は健康優良児だものね」

「美沙登はどうなの」

「そうね、家計のやり繰りでそれどころじゃないのよ。良男はそんなこと全く相談出来る人じゃないしね」

「でも欲しいでしょ」

「ま、あっても邪魔にはならない、ってところ。いれば気持ちが落ち着くかしらね」

「わたし、俊夫さんの赤ちゃんなら本当に欲しいわ。無論男の子」

「ふうーん、俊夫は女の子が欲しいって言わなかった?」

「どうしてそれが分かるのよ」

「馬鹿ね俊夫を見ていればすぐに分かるわ。もう美奈しか見てないのよ、まあよくもああ変われるものだわ」俊夫も美沙登にかかれば散々だ。

「美奈は大変ね、わたし後で話すけど、みずきにいいこと聞いたの。ね、それより美奈、また料理教えてくれない」

家に着くと美沙登は料理の事は後回しにして、みずきからの情報を話し始めた。美奈に知らせたいことだったからだ。

「みずきは前田さんの世話になってから、拘束されるのが堪らなくなったらしいの。詩織とは前から仲が良くなくて、その辺の処は美奈も知ってるわね。そこへ前田さんの話、というより俊夫の説得に乗ったというのが正しいけれど。前田さんって人、凄く独占欲が強く助平で、性欲も抜群でねちねち攻めてくるから、嫌になったのだけれど、金で縛られた形になってしまい、みずきはひらき直り奔放になったら、かえって前田さんが気に入って、色々会社内の内部の秘密なんかを漏らすようになったんですって。美奈も大抵の話は知ってるかもね。前田さんは草薙さんとつるんでいるから、反相本派の先鋒だわ。草薙さんとうちの社長とは竹馬の友だから、自分の派に社長を巻き込もうという狙いがあった、とそこまでは問題ないでしょ。前田さんは次期市長を狙っている。市長の神林は前田さんと親しいけれど、選挙のために相本に支持を仰ぎ、心ならずも相本派に組した。その時、前田さんと神林と草薙さんで密談したんですって、その時の話なのよ」

美沙登は冷静だった。美奈はじっと耳を澄ました。

「みずきはクラブを任されていたのだけれど、ほら、あそこの『カトリーヌ』よ。そこの休みにみずきだけで店を開けさせ、そこで神林、草薙、前田という三人が集まった、酒は会談が終わってからということで、軽食とコーヒーが用意された。みずきは見張り番と湯茶の接待でそこにいたのね。神林は既に四期務めて引退を仄めかす発言をしていたが、それには前田を推薦する強力な支持団体が必要だけど、相本外しをこの際して置きたい意向を前田も呑んだのね。でもそれには今の情勢では、相本が別の人物の立候補を検討するだろうし、ゼネコン以外の人物をね、だとしたら政治には中立を保ってきた八代社長を取り込み、深木という相本派先陣を取り崩せば、これは大きな期待がもてるわけ。その日五時間もかかって、深木崩しに全力を注ぎ会社から追放するか、それともこちらに向かせるか、という結論に達し、あなたのお母さんの登場となったらしいわ」

「そうね、確かにお母様はいらしたわ。そして、お父様に協力してくれって」

「でも美奈は承服しない？　でしょ、でも美奈は知ってるでしょ、相本派も俊夫には必ずしも味方してないのを」

「いいえ、むしろ相本さんは俊夫さんに独立を勧め、全面的にバックアップするとおっしゃっていらしたわ」

「美奈は健司という人の存在を忘れているわ。あの男の美奈に対する恨みは相当なものよ」

美奈は健司が蛇のように執拗なのは知っていたが、それが自分に降りかかるとは夢にも思わなかった。第一、その婚約を破棄させた責任は、健司にあるのであって、咎めを言われる筋もない、美奈はそうしか考えが及ばなかった。

「あの男は美奈の事を随分前から狙いをつけていたらしいわ。なにしろみずきの耳にも幾人もの人から噂として、伝えられたんですって。そのくせ身持ちの悪い女に手を出して、その始末も出来ないだらし無い男に、健一郎さんも見切ったのね。ところがその女、強かだったから、妻の座を奪い取ったけれど、決して満足していなかったのは分かるでしょう。それよ」

美奈は俊夫が窮地に立たされているのは分かった。だが俊夫は本来相本派ではなく、無色である。しかし陰で相本が援助していたのは間違いなく、それだからこそ容易に得意先の視野を広められたといえる。だが俊夫がこうしたことを知らないでいて、他のものが知っているのもおかしな話だ。俊夫は周りの情勢に弱いのは前からのことで、取り立てて言うことでもないが、それにしてもおかしい。誰かが意識して流しているとも考えられる。美奈は美沙登にそれを口にした。

「みずきがその宣伝の先渡しなのかな。前田がみずきとわたしの仲を知ってるからそれを利用して、いっきに畳みかけるとか」

「真意を確かめる必要があるわけね。でもいきなり何の手かかりも資料もなく、しかもこの話に乗って相本さんに会うのはどうかしら」

最後の決断は俊夫にある。ここに俊夫がいないのは、ここで彼に一呼吸置く必要を美沙登が感じたに違いない。そこで大切な話は中断した。美奈は美沙登が今の仕事に向いているのに安心し、美沙登は美奈の体調を気にして互いに連絡を取り合うことを約束した。

美奈はそれをその夜俊夫に報告した。次の日は『若衆会』の初めての集まりがあった。

美奈は連絡を受けたとき、彼らに力になってもらうべきだと考えた、俊夫はその考えに慎重になって望むよう美奈に指示した。それに会長は噂の一人の三枝である。その三枝から直接連絡を受けた美奈だったが、その時の印象は大変良かったのである。その時得た美奈の感触は、その日の彼女の衣装を決めていた。美奈は攻めの衣装にしたかった。美奈は周囲の人間でも、俊夫にも、赤が似合う女は美奈以外にいないと言わせる程赤が似合った。美奈は赤もそうだが派手な服装であればあるほど、輝くような天賦の美貌を持っていた。ゴージャスなイヴニングはこの際そこに相応しくない。なら美奈は今しか着る機会のないマイクロミニの赤のスカート、といってその赤がどぎつい原色でも構わないが、下品ではあってはならないこと、俊夫にいつか買ってもらい、着てよそへ出かけないままタンスのお蔵入りになっていた、ラムのスリーピースを着ることにした。ストッキングはゴールドのラメにした。中に着るのは白のモヘアのセーターにした。見せパンはフリルが全面にある赤のものにした。後は髪形が美奈には不満があった。長い髪だとどうしても正装のようなドレスアップしたものには合うが、こういう装いにはショートがいい。でもそれは望むべくことではない。化粧も派手にした。どうみても人妻のいで立ちではない。しかも男を誘っているその姿は、美奈の行く末の悲しみが凝縮されているようだ。鮮やかな姿形であればあるほど凄みが美奈を包み、女の性の悲しみが滲み出ている。美奈は自分が女に生まれてそれを武器に男と戦う悲しみがそこにはあった。まだ美奈は若く、それが悲しみとは認めたくない部分が多かった。いやむしろ女として美しくめかし込み、自分と異なるもう一人の女を作る喜びには格別なものがあり、男の視線を美奈に向ける努力をしていた。結婚前は美奈が着飾るのは、自己満足のことが多かった。それが俊夫と結婚すると彼女は、俊夫の気に入るような女になるよう努めてきている。だが最近では、全ての男を振り向かせたいという欲求が湧いてきている。どんな格好をすれば男が喜ぶのか、それは美奈も抵抗があった肌を適当に晒す事だった。美奈がミニに拘るのも理由があった。多くの女性は三十を境に、脚の膝裏の静脈が肌に浮き出るようになる。膝裏に青筋が立つようになるのを美奈は嫌った。醜いところは見せない、それは美奈の哲学のようなものだ。でも何回となく美奈はその戒を破っている。美奈はそれを思い浮かべるだけで、羞恥で顔が赤くなる。美奈は女性を神様がお作りになったとき、何故女性の一番恥ずかしい処を醜く作られたのだろう。美しさが微塵もないそこは男性に見せてはならないと、封印なすったのだろうか。俊夫の営みに美奈はそれを鏡の前でも、そして二人が交わった形でも美奈は見せてしまっている。しかしその成果は絶大で美奈も興奮が激しく、俊夫も猛烈に美奈に迫ったので、素晴らしい夜を過ごせたのだ。俊夫といるとはしたないことも、それで二人が満たされればいいことなのだろう。美奈は俊夫に飽きられたらいけないし、そんな破廉恥な刺激の強い事ばかりを体験してると、少々のことではもの足りなくなってしまう。それが美奈には怖かった。それと同様なのが美奈の過激な肌の露出だった。最近美奈は胸の谷間や太股を見せるのを強調したドレスを着用している。それも程度問題だし、そうばかりの服装では、色きちがいだと言われかねない。美奈はその危険の枠の中で敢えてこの服を選んだのだ。それに美奈は男に見せるファッションが、俊夫に効果的な刺激を与えるのも分かってきた。それに美奈は酒を飲む楽しみも覚えてきた。特に自分より年下の男をからかいながら飲む酒は、まさに美酒そのもので『若衆会』にはそういった若くて活きのいいのが大勢いた。美奈が酒を殊更好むようになった原因はまだある。酔って帰宅すると、俊夫が全て脱がすのも、風呂に入れるのもやってくれて、おまけに俊夫のあの硬さも凄く、すこぶるセックスの塩梅もいい。酒で酔ったせいか、恥も薄れ大胆になり気持ちが大きくなり、どんな体位でもこなしてしまう。美奈は体が柔らかく、しなやかなので俊夫の仕放題、絶叫の深さも美奈にも定かでないほどだった。美奈はそれが味わいたくて、知ってて酔い痴れることもあった。今日はその絶好の機会なのだ。男を誘う最高の身なりで出かけ、俊夫に嫉妬させようというのが狙いだった。だが俊夫は美奈と違い嫉妬心は強くなかった。しかし美奈にも目論みはあった。派手で遊び女のような蠱惑に溢れた服装と身だしなみで、俊夫を我が物にする手立て、それに男たちにきわどく見せることによって、自らも興奮させる作用を演出しようとしていた。

いいわ、これならいける、美奈は何回も駄目を押して鏡と睨めっこして、「よし」と見定めた。美奈は今日車で行くつもりは全くなかったので、誰か迎えに来させるように伝えてあった。間もなくその時刻が来ようとしていた。美奈は耳元と腋の下、それに太股の部分に香水を垂らした。靴は赤いハイヒールだった。それを履いて暫くすると玄関のチャイムが鳴った。美奈が出てみると、会長の三枝と恭一郎だった。美奈は恭一郎が来るとは予想もしなかったので、内心うろたえたが気を取り直した。恭一郎は姉が目も覚めるような鮮やかな衣装を身に纏っているのに驚嘆した。彼の知っている姉は、こんなに見せびらかす性格の持ち主ではないからだった。美奈も会長自らの出迎えとあって、少し緊張していた。

「美しくて、若い人妻が一人でいるのを、俺一人で来るのも何なんで」三枝は外見に似合わず意外と紳士だった。それに何時もスポーツカーを乗り回している彼が、セダンに乗って来たのも驚きだった。むしろ驚いたのは三枝ではないだろうか、目の前の美奈はそれほど魅力に満ちていて、彼はその見事なプロポーションに圧倒された。脚の形の良さは吸いつきたくなるようで、クラッとしそうになった。

「姉さん、僕が見張り役なんだって」恭一郎はまだ正式には会員になる資格はなかった。まだ学生で卒業後は渡米する予定になっている彼は、一応登録はされていた。この日も特別に、姉の迎えを手伝わされたのだ。

美奈は一切のことを『若衆会』に一任していて、実際今日も会場が何処か知らなかった。

「姉さん、スカートの丈が短すぎるよ」恭一郎は美奈に苦言を呈した。

「まだ学生なのに、おませなこと言わないの」美奈は弟に自分の衣服の批判を受けるつもりはなかった。

「良かった良かった、この監視役がいなくて」三枝も彼を牽制する。美奈は澄まして前を向いている。三枝は隣に美奈を乗せてご機嫌だった。この人選には一揉めあって、結局会長の権限で仕留めた役目だった。

会合が行われたのは、レストラン『下柳』だった。下柳は紺野の知り合いで、食べ盛りが多いこの会がよく利用するレストランだった。美奈も何回かは入ったことがあった。三枝は美奈と恭一郎を降ろすと、裏の駐車場に回った。恭一郎はそこで美奈と分かれた。

美奈が中に入ると、シェフは顔を上げて彼女を案内させるよう店のものに合図した。美奈は階段を上って部屋に連れられていった。

三枝の指示も良かったし紺野の睨みも利いていたのか、タバコの煙は立ち込めていなかった。それに換気もここはいいらしかった。約束の時間の一分前だ。三枝は美奈を一番上座の席に案内した。美奈はこの扱いに疑問を感じたが、指定された席に座った。美奈がその席に座るまでの間、会の男たちは立ち上がって拍手で美奈を迎え、彼女が座るまで立っていた。

「じゃ、女王様がお着きになったから会議を始めるが、タバコは喫煙室で吸ってくれ。他に何もなければ始めます」

「わたし、こんな扱い嫌だわ」美奈はいきなり手を上げて発言した。「わたし、皆さんと同じ席がいい。皆さんとお話できるもの」多くの男性から賛成という声と拍手が起きた。俺の隣と競う男たちが手を上げた。

「では美奈さんは、八代恭一郎君の席に座って戴きます。それなら問題ないと思います」

紺野はこういった問題は慣れているとみえ、判断はてきぱきと早かった。

会議は美奈のため自己紹介から始まった。それが終わると宴会になり、轡田がすぐやって来た。八代開発の卓球部のコーチである彼とは知己であり、美奈も話し易かった。

「正式に試合が決まったんですよ。美奈さんは参加資格がないから、試合には出場出来ませんが、個人戦は出られます」

「あら、健作さん」相本の息子が顔を出した。「奥さん、この間は」

「あら」美奈は左右を向いて言った。「ここには奥さんなんかいないわね。ここに女は一人いるけど。そうよね、手塚さん」

「ええ、いい女はいますけど、奥さんじゃありません」

「こんな美人を奥さんなんて呼ぶなんて無粋だな」向こう隣の今井も口添えした。

そうこうしてるうちに、美奈を含め数人でゴルフへ行く話も纏まり、話は快調だったが、美奈は至極不満だった。確かに自分は独身気分でいるし、気持ちはその通りだが、俊夫に関する話がまるでないのが気にいらなかった。美奈が紺野に発言を求められたとき、その鬱憤は爆発した。それに深木潰しの件だってある。しかし美奈は演説を出来る女ではない。

「何よ、みんな、いい子ぶってさ。わたしが深木の妻だって事知ってて、そのことを話題にもしないなんて、それにさ、わたしがいるから避けてるの？　そうだったらおつき合いはご免よ、わたしは女よ、だからこういう席じゃ独身よ、でもそうではないわ。わたし、俊夫さんの妻よ。正直に何かも話してくれるのがこういう会じゃないの？　そうでなかったら絶交よ」美奈は怒りというのとは異質なものだった。我が儘なやんちゃ娘が親に向かって抗議している、そんな様子だった。これには並みいる男連中は困り果てた。駄々っ子を収めるなんて経験がなく途方に暮れた。会長の三枝は席が静寂さを取り戻すまで待った。彼は美奈が真実を知りたい部分を、彼なりに評価したかった。それにこれだけ大きな話題を無視して進めた自分の責任もある。

「書記の轡田、かい摘まんで経緯を述べてくれ」

「まだ箇条書きで、纏めていませんが、今までの明らかになった事を申し上げます。

一、草薙と八代に接触の事実あり。三枝の社員斎藤光昭を草薙が引き抜き、八代の社員となる。

一、前田と神林の間に密約あり。今期で神林は退任、その後釜として前田を推薦するに当たり、相本の傘下からの逸脱、八代を当方に参加させる。それに当たって深木は相本の恩恵を受け、相本派として扱い八代から離脱させる工作あり。

一、草薙は深木離脱後八代と会社を合併する可能性あり。その隠蓑として草薙引退説を流させる。

一、八代、深木と娘美奈を利用し、相本派からの離脱を目指すが白紙撤回している。

一、深木は中立を保ち、相本にも草薙、八代にも与しない。

以上が会の知り得た全部です。まだ詳細はありますが、整理が整っていません」

静かだった。それに付加するものは何もないように思えた。だが美奈にははなはだ不満な記録だった。これは女が嗅いだ怪しい匂いのようだった。

「じゃあ、この会はわたしの味方なの敵なの？　勿論味方よね。そうでなかったら、わたしがここにいる筈ないもの。そう思っててていいのね？」

周りはシーンとして誰の声もなかった。三枝は紺野を制して声を出した。

「この問題は簡単ではない。そうだろう、前田、神林、それに草薙、皆会の仲間だ。おまえたちの親の話だ。おまえたちの未来がかかっている。真実とか美奈さんの味方とかは別の話だ。まあ、美奈さん、ここはここで収めてほしい」

「いいえ、聞けないわ、そんなの男の美学よ、だったらわたし、後に引けない。わたしの俊夫さんのことは、わたしの事よ、俊夫さんを認めないんなら、わたしはここでお別れね」

美奈は理屈なんかどうでも良かった。全員に裏切られた感じがした。

「わたしね、お洒落することしか能がないし、着飾るのが楽しみのような女よ。だから難しいことなんか分からないわ。でも答えが簡単なことくらいは分かるわ。はい、か、いいえよ。わたしに遠慮してるなら、そんなこと気にしなくていいわ。答えがはっきりすればいいの。それを採択した人たちを恨むことはないわ。どんな天変地異が起ころうと、俊夫さんとわたしは一つよ。どこだって生き抜いていけるわ。わたし何もいらないもの。小さなアパートでもいい。二人でいれば幸せよ。いいの、深木潰しにこの会が賛成でもいいのよ。ただ明日から敵になるだけ。それも怖いなんて腰抜けよ。それとも自分の身の安全ばかり考えるだらし無い男なの？　嘘でも美奈のこと応援するぞって言ってくれると期待してたのに、お友だちというのは、単なる形だけでわたしのこと適当にあしらっただけだったのね」

美奈は怒り心頭していた。

「女がいない会のお飾りじゃないわ。今日だって女王様だって、馬鹿にしてるわ。そりゃ女ですもの、褒められれば嬉しいわ。でも、違うわ、心から誉め称えるのと、お世辞とでは格段の差よ、褒めればいいってものじゃないわ。はっきり決めなさいよ。男でしょ。それとも女々しく降参する？　わたしのつき合った男ってたかがそのくらいの男ってこと、ちゃんとついているもの持ってるんでしょ」

「だが、重要な問題だぞ」

「だからってどうだというの。卑怯よ、だらし無い。わたし帰る」美奈を止めようとするものはいないのか、美奈は悔しくて仕方がない。自分に味方しないというより、煮え切らない男たちに愛想が尽きたのだ。

三枝と紺野は慌てた。美奈に男じゃないみたいなことを言われて、どうしようなどとうろたえて慌てふためいている。相本は従兄弟の健司の事件で負い目があり、美奈の熱烈な支持者であるのを宣言した。彼女をよく知る轡田も美奈の崇拝者だ。前田と草薙は混乱させた責任者の息子である。そして神林の息子もいた。前田はその中でのリーダー格であり、一部には彼がこの事件の画策に噛んでいるのを承知しているものもいた。それもこの会の部外者であり、前田派の核弾頭と言われた井上である。裏工作は前田が全て指示しているらしい。これは会を割る大事である。決断は速やかであらねばならない。三枝は腹を括った。会は陰謀に流されてはならない、彼の信念はそうだった。この際、紺野はどうでもよかった。三枝に一任した。

「皆、静粛に、ともかく着席して下さい。これは採決を取るべきことかもしれませんが、敢えて会長の権限で言わせて戴きます。これに反発するものもいると思いますが、これは暴挙です。この会はこの会の親元の『長野ゼネコン協会』の不透明なところを正す処にある。だからこの会としては、工作をしたと思われる事実を確認し、次回までに尋問出来るよう手配してほしい。従って深木に対する不審は保留とし、その席で決定したいと思います」

すると前田が三枝の前に進んだ。

「俺だと知っての宣戦布告と受け取った。奇麗さっぱりと脱退してやろうじゃないか。でもこの仕返しは必ずするからな」草薙と神林、紺野までもが同調する姿勢を見せて動揺が走った。あちこちでひそひそ話がなされ混乱をみせたが、それ以上の乱れはなかった。三枝は予期せぬ騒動にも落ち着いて対処し、彼らが去るのを待った。

「諸君も周知のように、厄介者が去って、この会も正常に取り戻された。これも美奈さんのお陰かもしれない。それにここで深木を認めた形になったが、これには多少不満を持ったり、疑問があるとは思う。それはここでは長くなるので後回しにしたい」

美奈の傍にいた相本がやったと声を上げた。「相本が深木を裏切ったという噂は嘘です。健司の奴が前田に言い触らすように頼んだんだ」彼は美奈にそう囁いた。

俊夫の情報収集

俊夫はこの度の真相解明にやれることは、何一つなかったと言っていい。それより彼は会社立て直しに多忙で、人任せにしたいが、その適任者はいなかった。彼には才能はあったが、それは営業の面であって、探偵紛いのことが出来る部下も知り合いもいなかった。念のため、美沙登や、真砂子にもそういった人物に心当たりがないか聞いたりしている。そんなのは気休めで、探偵事務所に依頼したらという意見もあったが、俊夫は探偵という職業を信用していない。信用調査で何回となく接触したが、人の作った資料を利用して報告するいかさまな連中が多かった。幸い八代は多少反省したらしく、草薙と前田との接触は避けていた。だが斎藤と木村の入社を認めた。しかしそれも何の力にもならなかった。結局俊夫は営業に東奔西走しなければならず、激務は続き自宅への帰宅時間も遅くなるばかりであった。美奈の不満は頂点に達し、苛立つことも多く、決して穏やかでない生活状態にあった。

根が真面目で真摯な考え方をする彼は、経理上の処理も彼の肩にかかり、八代は知らん振りだった。こんな最悪の状態から脱しようと彼は必死だった。体力は粘っこさが彼を救い、連日連夜働き続け、美奈も見かねて協力したかったが、それでも俊夫が手をかけられない、二人が無実という証明を彼女が引き受ける羽目になった。その一端が『若衆会』の美奈の列席であった。だがこんな俊夫でもかなりの収穫があった。

いかがわしい仕事をさせるのなら最適者という存在がいた。それが多恵子のヒモの国府田だった。なにしろ国府田は女のヒモになっても平然として人前に立つ男だ。恥もなければ権力、金に縁がなく、社会の黒い地下組織に生きて来た男だ。並の探偵より暗闇の情報を手にするのが得手だ。どんなにあくどく汚いことも難無くこなし、その上確実で早い。このことは、多恵子に仕事を彼に与えるよう懇願され、放って置いたのを思い出したからだ。多恵子の催促もあった。そこに前田の陰謀が浮かび出た。前田は兼ねてから神林の市長後継者は自分だと自負していた。だがそこに問題があった。

元々、神林は草薙を後援者と仰ぎ、選挙を戦おうとしていた。だが票の取りまとめを仮想してみると、明らかに自分の不利が見えてくる。神林は建築家でも小型だが効率のいい商売をしていて金銭的には裕福だったので、裏で高利貸をしていた。相本健一郎は、巨大化した相本グループの総長として揺るぎない地位を誇っていた。その相本の足をすくう金を湯水のように使う健司が、美奈という金づるを失い権威も金も失せ、神林に近づいたのは想像に難くない。その神林の金と、相本の地盤が結ばれて、選挙は成功し神林は市長になった。だが、相本はその後、絶えず神林に高利貸の実態を市民に暴くと脅し続けた。揚げ句、票を取りまとめた人数分を金に換算し、借金の返済金額の一部とさせ、おまけに利子も県条例の違反に当たると脅して、無利子にさせた。同時に、その違反の違約金だといってさらにその金額を返済金額に上乗せさせた。おかげで相本は返済を殆どしなくてよくなり、神林は個人的な恨みを増大させた。そこへ前田がなんとか市長になりたくて、神林に取り入ろうとした。神林は当然のことながら、相本との確執をひた隠しにして、相本叩きを条件に前田に承知した。前田は神林より顕示欲は強く、意欲満々で、自分の息子に世襲のように市長を務めさせたいと思った。前田の息子の善郎は出世欲の塊のように、精力ギンギンな脂ぎった男で、悪餓鬼のボスだった。その善郎が父の話に乗らないわけもない。これで町中の女は俺のものになる、彼は持て余した体力にものを言わせて、かき回す戦法にでた。草薙や神林の息子も応援に加えた。彼らが取った戦術は、ありもしないことを言い触らす、口込み宣伝だった。それが功を奏して一時は混乱して成功したかに思えたが、三枝の強い反発で終末を迎えようとする様相になってきた。それと思わぬ強敵の出現だった。美奈だった。そして深木俊夫の実直さがこのところようやく評価され、事実無根の深木の八代離れが判明してきた。八代は軽率な自分の行動を修正し、草薙も幼い頃からの盟友である八代を、巻き添えにした罪を恥じ、八代と別な線で和解しようとしていた。

俊夫はゴルフがあまり好きではなかった。下手だったからだ。美奈はハンデも上だった。でも接待というとゴルフは不可欠であった。それに情報を得るには最適な場所であり、営業でもチャンスの場所でもあった。時折若衆会の面々とも会い、その中に美奈も見かける事も度々あった。だからその時の美奈は大変だった。ラウンドが終わり休憩室にくる俊夫を美奈は待っていた。何年も会っていないかのように、美奈は人目も気にせず、ベタベタ俊夫に纏わりつき、人目を避けて抱擁しキスをねだった。美奈は若衆会の帰りの営みの素晴らしさが体に染みついている。三枝は深木を最近認めるようになっていた。八代開発は会社が持ち直し軌道に乗り出したのだ。草薙にも大きな収穫があった。彼は八代と再度協定し、営業での共同提携をしていた。それは相本に打撃になるものと思われたが、暗に相違して相乗効果が生まれた。だがこれとてすんなりそうなったのでなく、俊夫のそれなりの努力もあった。

「全く、美奈さんにはかなわないや、旦那といちゃいちゃしちゃって、美奈さんらしくないぞ」

「いいの、俊夫さんとならいいの、三枝さんはもうシングルですってね」

「まあな、俺はゴルフしかないからな」

「でも羨ましいですよ、わたしは無器用で」

「おおい、今井、手塚、深木だ、こちらに来いよ」

「なるほど、道理で美奈さんがいないと思った」

「この人が美奈さんの旦那？」

「なんだ、知らなかったのか、手塚、今井は知ってるな」

今井は走って来たので息を切らしている「そう急くな。この間一緒にもプレイしたから」

「やあ、あの節は」俊夫は頭を掻いた。今井はハーフを四十五で回ったのに、俊夫は六十をオーバーし今井に迷惑をかけたのだ。

「深木さん、あの節の話参考にさせて戴きました。早速利用させて戴きます」

「今井、お前、話せば真面目なこと言えるじゃないか」

「三枝にはかなわないな」

「だから俺が会長になってるんだろ」

「そういえば、深木さん、前田は総崩れになったんですよ。紺野も馬鹿な奴で、砂上の楼閣を夢見るなんてことするから」

「それはいい、紺野はいずれ会に戻ってもらう。だが、ほかの三人はそうはいかない。前田は絶対に許せない」

「前田には捜査令状が出るそうで、証拠が固まり次第逮捕ということもあるそうだ」

草薙は父親の説得で軍門に下ったのは、深木は社長から聞いている。三枝も承知しているだろう。神林は父が市長ということもあり、前田の策略を知るにつれ、恐ろしくなり自ら身を引いた。策略には時間がかかったが崩れるのは一瞬だった。

美奈も一部始終を聞いていた。俊夫の疑惑が解けた瞬間だった。美奈は嬉しくて俊夫に抱きついた。人前なんかまるで関係ない美奈の猛烈なラブコールに、男性群からヤジが飛んだ。

「美奈さんよ、仲のいいのも家の中でやってくれよな」俊夫は扱い兼ねて照れている。

「ううん、いいの、いいの、ねえねえ俊夫さん」美奈がこんなに色っぽいのは久し振りだった。「美奈、やめなよ」俊夫の制止も聞くあらばこそ、愛の表現は尽きなかった。

若衆会の二次会

前田たちが去った後、散会になったが、誰もが美奈を離さなかった。美人というのは結構世の中に、好みを別にすればいるものである。だが美奈は天性の美貌に磨きをかけ、洗練された身のこなしに加え、感性の鋭さから美的センスも抜群で、おまけに愛嬌があって顔の表情が豊かで、性格が可愛いので人には好かれる要素を持っていた。それに今日日の美奈は自分を見せる喜びを覚えたので、男たちには堪らない存在だった。それに酒は沙耶加の処にいたとき覚えたのだが、そのときの楽しみとは格段のものがあった。男、それも気の合った若い男との美酒は酔うほどに美奈の性欲を刺激し、酔いしれると男とチークを踊るのが好きだった。男を刺激してあそこを硬くさせ、美奈に擦り寄ってくるのが美奈には何とも言えない快感だった。

「最後には焼き鳥と、締めはラーメンよ」

「さ、下手な手塚さんの歌でも聞きましょう」

「え、酷いことになったな」でも言われた手塚は嬉しそうだった。

『クラブしおり』を選んだのは意識してのことではなかった。カラオケの歌いたい曲が沢山あるからだった。歌の先生は轡田だった。彼は歌手になりたくてギターを持って流しをやっていた経験がある。卓球は高校時代に真剣になりキャプテンとなり、県大会に出場したが惨敗し、それも断念した。

詩織は美奈がこよなく好きだった。彼女の存在なしに詩織の今はない。詩織は淡い思いを俊夫に抱いていた。それが美奈の存在を知るとそれが好感触に変化し、それが美奈への敬意に繋がっている。彼女が草薙のものになったのも、自分の行く末への不安であり、愛情などは持ち合わせていなかった。だがその気持ちとは裏腹に肉体を草薙に裂かれる寂しさは募り、魔法のように明るい美奈に惹かれていった。こんなに汚れない女性が俊夫を慕っている。そして俊夫も作意ない美奈の美しさに惹かれて、眩しいような激しい恋をした二人、それだけでも尊敬に値する、そう詩織は思っている。

これがみずきの処だったらそうはいかなかったろう。みずきは現代っ子でドライな女だった。別に愛情は欲しくなく、金さえ自由になれば何でもした。だから前田はみずきの本心を知らず彼女に夢中だった。またみずきはそれが上手く出し惜しみするよう前田に体を与えた。

酒を飲むと陽気な美奈は底抜けに明るくなり、肉体を露出し始める。胸の谷間を見せて喜ばせたり、時には触らせたりした。太股もそうでその奥のヒラヒラのパンティを自分で、面白そうに振って見せ、太股に手を添えさせ、「誰？　この嫌らしい手は」と美奈はおちゃらけて触らせた男の手を上げ騒ぎ立てたりすると、詩織の美奈を叱咤する声がして、美奈は正気に戻る、その繰り返しの連続だった。詩織は以前美沙登が一緒の時も、美沙登に言い知れぬ親しみを感じた。今していることは美沙登がしていたことと同じだからである。しかし美沙登は今高級なこんな店に来られなくなってしまい、語る事も出来ないが、今更ながらそう思うのだった。

「美沙登さんを今度お連れして」

　美奈はふざけていても美沙登の名が出るとキッと姿勢を正した。

「結婚式の帰りによるわ。もうそう決めてるの」

「あら、どなたかおめでたですの」

「うちの片倉と真山が結婚するの。わたしこれでも仲人ですって。お笑いね」

「いいえ、ご立派ですわ」

「俊夫さんが専務なんかになるのがいけないの。俊夫さーん、罰」美奈はふざけてみせた。「あなたが社長の娘ですもの」

「なにが社長の娘よ、ねえー俊夫さんじゃ逆玉の輿？　そうじゃないもの。俊夫さんは俊夫さん、美奈とても俊夫さん好き、俊夫さんと一緒なら後はどうでもいいの」

「おいおい、俺たちはどうでもいいほうかい」

「そうよ、いけない？」これには全員爆笑した。場は益々盛り上がりカラオケが始まった。美奈と三枝、それに歌を指導するといって美奈の隣に座った轡田の席に詩織がやって来た。詩織は轡田を知らなかった。

「大切な話があるんですが」詩織は牽制を込めて三枝に言った。

「いや、大丈夫、こいつは何の取り柄もないが、口は堅いほうだ」

　詩織は小声であった。

「わたし、ここにいる美奈様がとても好きですので、申し上げるのですが、先日わたしの店に草薙が見えましてこう申すのでございます。『前田が市長に立候補することになり、俺がその後見人、兼選挙対策委員長に抜擢された。それでお前の客で深木という男の評判はどうだ』といいますので深木様の人となりを申し上げますと、『彼を失脚させたい。いい知恵があったら教えろ』と、それから間もなくまた参りまして、『前田の息子の善郎が撹乱作業をすることになったが、この辺に見かけない男をみた。何か知っていることはないか』と申すので嘘もつけませんので、『深木様のお友だちです。きっと職もないのでそれを依頼していたので、その結果を聞きに来たのでしょう』といいました。その内草薙は前田と神林を連れて来たんです」

　詩織はクラブの奥に引っ込み、テープレコーダーを持って来た。

「そのとき何げなく取った録音です。たまたま買って実際に録音出来るか試してみたくなったんです」

「どうだね、これまでのことは」

「前田、善郎はなにをやってる？」

「お前の処の慎太郎と神林の一助とで宣伝の画策をしている」

「そんな法に触れることばかりしてないで、もっといい方法はないのか」

「草薙、お前の八代を味方に引き入れる話はどうなった」

「煮え切らないが一応承諾した」

「深木の件はどうなった」

「深木に慾というものがない。美奈は八代の娘だが、完全に深木に靡《なび》き八代に寝返るとは到底思えないが、深木は必ずしも相本派ではないことかな」

「では八代がこちらに向けば、深木も向くということか」

「そうとはいえない、全ての鍵は美奈が握っている。美奈は幼い頃から知っているが、今回は皆目見当がつかない」

「だが善郎の工作は始まっているんだろう」

「その通りだ」

「どうするんだ、失敗だったのか？」

「相本はどんな意向なんだ」

「相本は深木の才能に惚れている。それに健司の事件もあり美奈に借りがある。だが相本は深木を相本派とは思っていない。だが一旦事があれば相本は、深木夫婦を擁護するのは確かだ。そこで八代なんだが、どう思う？」

「俺と恭介は盟友だが、俺も奴に策を弄し過ぎた。その点をあいつに謝ろうと思う」

「そうか、それで恭介来なかったんだ」

「いや、俺が呼ばなかったんだ。彼には納得づくで仲間になってもらう」

「そんなことできるのか、彼はそれで仲間になるのか」

「いや、実際のところ分からない」

「だが彼がこの中に入らないと、前田の市長当選はありえないぞ」

「それは困る。ここまでつみ上げて来た票が無駄になり、漆畑のものになってしまう。そうしたら、苦労した全てがパーだ」

「だが、前田、お前の息子はやり過ぎてるぞ」

「うん、それで困ってる。下手すると俺の政治生命どころか、助役の椅子もあぶない」

「そもそも深木の相本崩しそのものを、善郎にさせたのが全てだ」

「それを言われると返す言葉もない」

「しかし、強引でもやり遂げないと俺たちは失脚するぞ。いい案がないか」

「この際、俺たちも深木崩しに力を注ぐしかない、そうだろう」

「そうだな」

「分かった」


そこでテープは終わっていた。気が付かれるのを恐れて、詩織が停止ボタンを押したのだ。

三枝は暫し瞑想していた。自分たちのこの会話の示す役割は何かである。美奈は聞いているうちに酔いが急に回ってくるのを感じ、全てを忘れはしゃぎたかった。美奈は轡田をダンスに誘った。それからは、美奈のダンスの順番を待つ争奪戦になった。三枝はずっと酔えなかった。美奈は逆にへべれけになった。立っていられないほど酔った美奈は、もう男が欲しくて堪らないメスになっていた。美奈は自分の下半身が失禁したようにずぶ濡れで、気持ちが悪く、男たちのチークダンスで美奈のあられなく、淫らな表情になり発情した顔にそそられ、男根を硬くして美奈に押しつけた。あえぎを感じるように我もと美奈を抱きたがった。美奈はふらふらで、一人正気な三枝に自宅まで送られた。

※

美奈が自宅に辿りついたのは、もう十二時を過ぎていた。玄関の戸は開いていて、三枝にいて開けてもらう必要はなくなった。美奈は心臓が高鳴った。俊夫が美奈に何を求めているのか知ったからだ。美奈は体で俊夫に愛を返したかった。それよりやたらと甘え、何度も貫いてほしかった。美奈は立っていられない。それに俊夫が起きている気配があるのにいつもより静かだ。美奈は這って寝室まで進むしかなかった。もう美奈のモードは俊夫の逞しいあの太くて硬くて長いものに設定され、涎が口に溢れ乳房は硬く、秘門は愛液で溢れかえっていた。彼女には口を漱ぎ化粧を落とす気力も、風呂に入る体力も惜しかった。目はギンギンに開き狩りをする女彪だった。獲物はすでに態勢が整っているのを鋭いアンテナが知らせてくれる。彼女は酒に酔ってはいたが、酔うことで奥底の性欲を触発し、体は男を漁る狩人になっていた。美奈が寝室のドアを開けた。もう知ってるのに敵は襲って来ない。強敵だな、美奈は舌舐め擦りした。美味しいものが食べられそうだ。ベッドの間際にきても気配がない。美奈は緊張した。でも美奈の緊張もそこまでだった。バタンと仰向けになって、だらしなく足を広げ、手も大の字だった。美奈は突然異様な気配にゾッとした。物の怪か妖怪変化、はたまた幽霊かお化けか、美奈はそういうものに特別弱かった。突然物陰が動くと、美奈に襲いかかった。ラムの赤のジャケットは放り投げられ、モヘアの白いセーターも脱がされ、キャミソールは引き千切られ、スカートは遠くに投げ捨てられた。パンティストッキングも破れ裂かれ、パンティは丸めて投げられた。すっくと逞しく天を向いて男のものがそそり立っていた。俊夫だった。美奈は乱暴にされ期待に胸膨らみ楽しくて堪らない。少年が冒険に旅立つ時のように、どんなことが起きるのかわくわくしていた。俊夫がキャミソールを破り捨てた瞬間新しい冒険の始まりになったと思った。思い切り俊夫に甘えて、いたぶり乱暴に扱ってもらえるのに狂喜した。夢のような出来事である。何時も美奈は俊夫との交わりに物足りないものを感じて非常に不満を覚えていた。それが何なのか美奈には謎だったが、今日それが解けそうな気がした。美奈は既に全裸にされ大の字になっていたが、美奈は隠すつもりも、動く気配もみせなかった。こうしたのは俊夫だ、俊夫のしたいままにしたかった。俊夫の顔が近づいてきた。美奈はどうするつもりなのか、期待で瞳は輝き好奇心旺盛な美奈の心を擽った。俊夫は美奈を抱き上げ、というと格好いいが、新婚からこれ以来彼は、一応言葉では俊夫は美奈を抱いたと書くが、曲がりなりにも俊夫は美奈を持ち上げてはいる。足をくの字に曲げ、足を踏ん張って重量挙げのように、必死に歯を食いしばっているというのが本当である。美奈は俊夫が風呂へ行こうとするのを嫌がった。美奈はその時間を待てなかった。化粧を落とすのももどかしくてそれも拒否した。美奈の目的は俊夫と身も心も一つになり果てることで、それには美奈の満足度が問題だった。

美奈は全く異なった展開を必要とした。俊夫が猛り狂っているだけでは、何ら打開策にはならなかった。身を、命を削り奪い合い貪り、吸い尽くすまででないとそれは望めないと二人は思った。美奈はより深い挿入を求めた。俊夫は美奈を宙づりにした。美奈の性器は上になり丸見えになった。股は閉じないよう両脇の枠に縛り、身動きさせなかった。こうすると、俊夫は美奈の中に深く嵌める事が出来た。美奈は俊夫が自分の中に入ってくるのを待った。

俊夫は美奈の二つに割れたお尻を強く左右に押し広げ思い切り深く挿入した。美奈のけたたましく絶叫ともいえるよがり声が部屋に響き渡った。その強烈な絶頂を示す唸り声に似て甘やぎ啜り泣くような美奈の声だった。俊夫はやおら美奈の体を起こし、彼女の胸に腕を巻いて美奈の背中と俊夫の胸が張りつくように、肌がくっついた。美奈の水蜜桃のように甘い滑らかな肌は蕩けるように俊夫の肌と溶け合った。美奈はその凄い官能の渦に身を捩り喘ぎ、美奈の美しいものを零した。滴りは更なるよがりを起こし、内から滲みでるフェロモンが体を包み、美奈は蠟人形のように白く、エクスタシーに最早入った美奈は、女の一番美しい表情を見せ、美奈の態度ががらりと変わった。美奈は男を我が物とし、己れの肉体を餌にした男が餌食になっているのに、誇らしげに頷いた。『よち、よち』美奈は子供をあやすように俊夫をあやし、頭を撫ぜて上げた。

「いい子よ、もっといい子になりなさい」美奈の要求はもっと過激に深い交わりを強要し、俊夫を叱咤しピストン運動を急き立て、激しくそれを連続させた。しかし美奈は俊夫が射精するのを決して許さなかった。今からそんな様では先が思いやられる。美奈は朝まで続けるつもりだった。嫌そんな意識は美奈にないかもしれない。ピストン運動の最中にも美奈は胸の愛撫を俊夫にせがんだ。もう美奈の口から発せられるのは、声といえる種類のものではなく、猛禽類、例えばライオン、の雄叫びに似ていた。美奈は涎が止まらなく、口癖の「イエース」という言葉もなかった。ひたすら快楽を味わい己の血や肉になるよう、俊夫の精を吸い尽くすまで彼を締めつけ離しはしなかった。俊夫は苦痛で時折のけ反るが、美奈は眼中になく、初めの悦楽に入ろうとしていた。美奈は俊夫のペニスが射精寸前に膨張し、子宮に発射するのを見極められるようになっていて、それが美奈の頂点になるのだった。既に美奈はエクスタシーを何回も感じている。それが持続すればすさまじく強力な痙攣が起こり、おこり病に似た震えが来てそれが止まらなくなり、空白で真っ白な解放された世界が広がる。美奈はそれを待っている。そうすると、足の爪先、手の爪、体のすみずみの神経が目を覚まし、肉体に与えられた快楽と俊夫が押し入った美奈の穴の奥底から、込み上げる波のように繰り返されるエクスタシーが、程よいハーモニーを奏で、叫んでも叫んでも大きな津波の渦巻きに身を委ね、果てることない快感が絶え間なく襲って来て、眠ることさえ出来なくなる。もう美奈はその入り口の傍にいる。美奈の経験したことのない、その感触は俊夫と襞まで一つになった証しとなって現れるだろう。そしてそれは俊夫と迎えた六度目の交わりに起きた。そしてそれが終わった後は、貪るような睡眠が二人を支配し、逆らうのは無理なほど疲れ果てていた。泥沼の睡眠とオルガスムスで美奈は浮き上がったような夢の世界にいた。心地よい快感が後へ後へと隙間なく美奈を襲い、みっともない状態で眠るともつかず、起きているともいえない現なままだった。時間は測ることの出来ない長さになった。そして二人が目覚めたのは、その日から三日の後であった。

美奈の妊娠と流産

美奈の体は明らかに変調を来していた。まさかあのときの快感が、体が記憶していて、それで体が重いのだとは考えにくかった。美奈も俊夫に迷惑をかける事が多くなり、彼にそれを相談した。確かに生理もなくその点を考えれば妊娠と決めることもあるが、それだけではないような異常だった。

美奈は中橋の紹介の産婦人科の医師を訪ねた。予め電話したのが良かったのか、すぐ診察は始まった。秦は暫く美奈を診察台に乗せて診察していたが、彼の表情は暗くなり看護師に超音波装置を準備させ、容易ならない事態に看護師に緊急手術の用意をさせ、今日の診察はお昼過ぎになるので、患者の対処を命令した。看護師は来診した患者に説明するのに時間を要した。一方師長は八代開発に電話していた。

「もしもし、わたし秦産婦人科医院のものですが、深木専務さんをお願いします」師長は緊張していた。

「専務さんですね。奥様が手術をなさることになりました。電話ではいけないことですが、緊急時なのでご主人様に連絡と了承をと思いまして」

「手術？　……分かりました。すぐお伺い致します」

院内はてんやわんやだった。中には不平を言うものもあった。そこで待つというものもいた。別の病院を紹介してほしいという依頼もあった。俊夫は総毛立った顔をして病院にかけつけた。師長は手術の介添えをしているので、責任者は一人もいなかった。ただ事務のものが彼を待合室のソファに案内した。俊夫は事情を説明してほしかったが、詳しい説明は無理だった。

俊夫は手術室のランプが消えるのを穴があくほど見つめた。不安が心臓の鼓動を高めて鎮まらなかった。美奈の身に何が起こったというのだ。心の扉を閉めて閉じ籠もり出ようとしなかった。体を縮め死刑判決を受けた受刑者のように恐ろしさで震えていた。そしてランプが消え、やがて医師が出て来た。

「深木さんですか、秦です。奥さんは無事手術を終えられ、麻酔で昏睡状態にあります。後一時間もすれば目が覚めると思います。夕方に詳しい説明やその他の事を話したいと思いますので、そうですね、六時過ぎにお出で下さい。それから、一週間程入院なされた方がよいので、どなたか昼間話相手になる人を、おつけになったほうが宜しいでしょう。普通そういうことは許可しないのですが、体より心の傷が多いですからね。まだご新婚でしょ？　わたしはまだ診察がありますのでこれで失礼します」

「ああ、いい忘れましたが、面会謝絶にしたほうが宜しいでしょう」

俊夫は会社を出る前に社長に簡単な事情を説明して来た。恐らく加奈は来るに違いない。彼は美奈の目が覚めるまで待とうと思った。どうせ会社に戻ったところで落ち着いて仕事が出来る筈もなかった。美奈は手術室から出され、病室に運ばれていった。一人部屋の特別室だった。これは俊夫が希望したのだ。俊夫は中橋にも連絡を取った。その報告は中橋を落胆させる内容のものだった。俊夫は入院するといっても何が必要なのか、しかもたとえ分かってもそれがどこにあるかも見当がつかなかった。彼はそんな余計な神経ばかりが働いて、どうする術もなかった。

美奈はふっと意識が戻った。俊夫の顔が見えたときは、彼女は悲しく切なく目を俊夫と合わせたくなかった。妊娠が確認されたと同時の流産は、美奈に深い悲しみを与えたが、同時に彼に済まないという気持ちが強く、その上会いたい人の顔を見て安堵した気持ち、それに何故か涙が溢れて恥ずかしく、泣き顔になって、涙はポロポロ零れ、泣きじゃくる声は更に増し、顔はしわくちゃになり、もうめちゃめちゃだった。俊夫は美奈が起きたらこのベルを押して下さいと看護師にボタンを示されたが、恥ずかしくて押す気持ちになれなかった。

「俊夫さん、ご免ね、ご免ね、赤ちゃんが、あかちゃんが」

　美奈は言葉にならなかった。

「あんまり根をつめると体に触るよ」

「わーん、わーん、だってだって、俊夫さんに悪いことしたー」

　美奈は俊夫に申し訳ない気持ちが強く、ただ泣き叫ぶばかりである。落ち着かなければ何も出来ない、美奈を抱いてやると、少し機嫌を取り戻し、顔色も赤みを帯びるようになった。泣いたカラスいや、シロフグ？がもう笑った。

「美奈はここで養生するんだよ」

「いやだ、いやだ、俊夫さんと別じゃいや、俊夫さんここにいないなら、美奈帰る」

「しょうがないな、だから美奈の話し相手を誰かにしてあげるから。やはりお母さんかな」

「美沙登がいい。お母様なんかとんでもない、頼まれたっていやよ」

　俊夫は美沙登にまた借りが出来た、どうすべきか悩んだ。取り敢えず美沙登に都合を聞いてみることにした。美沙登との深い絆が更に固く結ばれた気がした、俊夫は感慨深く美沙登との関わりあいを鑑みた。因縁とかいいようのない縁《えにし》に、俊夫は電話するのも和んでいた。ただ美沙登を便利に使う自分にも抵抗はあった。それをなんとかしたいと思案していた。美沙登は俊夫の依頼を快く承知した。仕事の受け渡しをしなければならないから、夕方俊夫が行くとき迎えに来てほしいと言っていた。俊夫もそれを了承した。

　俊夫が部屋に戻ってみると加奈が来ていた。彼は加奈に後を任せて、残りの仕事の整理をしようと美奈に近づいたが、彼女は待ち兼ねていて、起き上がろうとしたが、看護師に阻止された。

「さて、美奈、僕は仕事だから帰るよ」

　穏やかな笑顔を浮かべて母と話していたが、俊夫がそういって出て行こうとしたら、美奈は声で追い縋った。

「俊夫さん行っちゃいや。俊夫さんが帰るならわたしも帰る」幼いやんちゃな小娘が顔を覗かせた。俊夫だけにみせる甘えである。それも精一杯な訴えに、俊夫は困り切った。

「仕事だよ、また夕方来るから」

「いや、いや、いや」何時もだったら足をバタバタさせるのだが、今日はそうはいかない。俊夫は面倒見切れないなと思いつつも、可愛くて悪い気持ちではない。

「どうしたら帰してくれる？」俊夫は美奈を覗き込む。

「抱っこ、キス」幼児言葉である。

「皆が見てるだろう。駄目」

「いや、いや、いや」声は大きくなる。若い看護師は熱烈なラブコールに真っ赤になっている。俊夫が美奈にキスするとその看護師は顔を覆った。

※

俊夫は美沙登に頼んで早めに迎えに行き、着替えを彼女に揃えてもらった。俊夫は幾ら妻になったとはいえ美奈の下着を触るのに抵抗があった。だが俊夫は実は女性の下着売り場が大好きであった。美奈は俊夫の心を見透かしたように、彼を伴って下着専門店に出かけた。下着でも特にブラやショーツは色とりどりで、お花畑にいるようで楽しかった。それが女性専用の下着売り場であり、美奈の同伴なしには立ち入れないヴェールに包まれた、秘密の花園なのは残念だった。美沙登は寝間着が俊夫を刺激するばかりのもので、病院で着るには不適当なものばかりなので眉をひそめた。美奈の思いが伝わってくるようだった。

「俊夫、寝間着はいっぱいあるけどこれではね、後で買いに行きましょう。バスタオルにタオル、歯磨き粉に歯ブラシと、ショーツも深穿きのでないと。美奈も美奈だけど、俊夫も俊夫ね、こんなの趣味なの。新婚だから仕方ないか。後は寝間着に羽織るものないかな。うんうんあった」

「俺はさ、美沙登がこんなになるとは予想もしなかったな」

「こんなのってなによ」

「美沙登ってすっかりいい奥様になって、俺には考えられないよ」

「それってどういう意味？」

「俺ってさ、美奈と美沙登と逆だと思ってた。美奈は結婚したら落ち着くかと思ったのに、美沙登のほうが人妻らしく、雰囲気もまるで変わってしまった」

「何言ってるの、そんな美奈が好きなくせに」俊夫はぐうの音も出なかった。

「さ、そんな話は後、後、わたしは俊夫に話があるんだけど、話が中途半端になるから後でね」

「俺も美沙登に話がある。じゃ行くか」

「先ず美奈が行くような専門店じゃ駄目よ、婦人用一般のそうね、小牧さん家にして」

「あの小母さん連中が行く店かい、駐車場がないぞ。美沙登」

「まかしといて」

小牧洋品店は小汚い小さな店だった。商品も上から下まで、通路にはみ出して置いてあり、それでも飾りきれないものは、大きなプラスチック箱につめられていた。実際それでも商品は置き切れず、逆にお客のほうが知っていて、名前をいうと取り出しに行ってくれたりした。平屋建ての一軒家で年寄りの姉妹が小遣い稼ぎにやっている、ごく庶民的な店だった。美沙登の顔を見ると小牧の姉妹は手を振って挨拶した。

「お鶴さん」美沙登は鶴子も節子も好きでよく無駄話をしたりする。似たような仕事だが畑が違うので、何の関連もないのだが、それでも美沙登はこの姉妹の生きざまが気に入ったのだ。結婚前の威勢のいい頃の美沙登は、気位も高く次元も違い小汚い店に興味すら抱かなかったろう。だが人の弱みが理解出来、人となりの苦労を経験した今の美沙登は、心が解きほぐされ好印象を覚えるようになったのだ。

「ねえ、ガーゼの寝間着ある？」

「着物でいいんだろ、あるよ、あんたが使うのかい」

「いいえ、わたしの友だちよ、今入院してるの」

「そうかい、そりゃいけないね、あんたとサイズは同じかな」

「背が五、六センチ低いかな」

「じゃ二枚、三枚？」

「三枚、ううん、二枚でいいわ、それと白い深穿きのショーツ、これは五枚、それでいくら？」

そこへ俊夫が割り込んできた。

「美沙登、俺が払うから」

その顔を見て知り合いなので驚いた。いつぞや、この家の賃貸で揉めた時、それを丸く収めたのが俊夫だったので覚えていたのだ。

「これは、深木様、こんなお偉い方がこのような粗末な店にお出でになるとは思いませんでした。いつぞやは大変お世話になりまして、お陰様で商売をやらせて戴いております。深木様と美沙登さんがお友だちとは意外で」

「節子さん、いいのよ、俊夫、美奈が待ってるわ、行きましょう」美沙登は余計なことは言わない。「鶴子さんまた来るわ」

「俊夫はあんな店の慈善事業なんかするんだ」

「美沙登だって面倒見てんだろう」

「わたしはほんのお手伝いよ」

俊夫は美沙登とこんなに心が通じ合う話はしたことがなかった。これも年月を経た恵みなのだろうか、俊夫は奇妙な気持ちに襲われた。

俊夫と美沙登は秦産婦人科医院に急いだ。最早時刻は六時を回っている、美沙登は美奈の病室に駆け足で上った。美奈とは俊夫より不思議な因縁がある。もし美奈がいなかったら、俊夫と美沙登の関係も、美沙登の人生そのものも変わっていたことだろう。

美沙登が美奈のいる病室のドアを開けると、美奈の姿が見えた。美奈は美沙登の顔を見ると、嬉々として歓喜の声を上げた。

「美沙登、よかった、待ってたの、お母様じゃ話す話題もなくて退屈だったの」

「美奈、皆を部屋から出して、この寝間着に着替えるのよ」

「何、それ、やだ」

「病人は言うこと聞くの」

「わたし病人じゃないもの」

「駄目、それともわたしのいうこと聞けない？」

「聞く、聞く、美沙登のことなら何でも聞く、わたしの我が儘につき合ってくれてありがとう」

「馬鹿なこと言ってるんじゃないの、さあ早く」

「何、美沙登、そんなださいの着るの？」

「美奈、寝間着はデザインじゃないわ。ましてこういうときはね」

「そうよ、美沙登さんの云うとおりよ。汗を吸い取るからこれが一番いいのよ。美沙登さんよく知っているわね」

　美奈は美沙登のいうことは信用している。ただ俊夫と同じに我が儘を言えるだけだ。

　美奈は美沙登に着替えを手伝ってもらった。看護師の一人がそれを助けた。美奈の眩しいような上半身が晒された。看護師も女性でもなんという違いだろうと感嘆していた。これならどんな男性も美奈の肉体の前にひれ伏すだろうと思った。だがそれはほんの一瞬だった。

「美奈、あんたまたバスト大きくなったでしょう。肩も酷く凝ってる」

「もういいって感じなんだけど、発達しちゃうんだから仕方ないわ」

「何言ってるの、激しすぎるんじゃない、俊夫と過ぎるのよ」

「もう美沙登ったら」

「ほら、ほんとの事言われたもんだから、恥じてんのね、少しおとなしくしてるのよ、病気と同じなのよ」

　加奈は二人の会話を聞いて安心したのか、帰りますと一言いって帰っていった。

　看護師も美沙登の出現を大歓迎だった。あんなに母親の言うことを聞かなかった美奈が、美沙登が来て収まったのだ。だが看護師が注意することは逆らうことがないのも不思議だった。

　美奈は朗らかに振る舞っているが、内心悲嘆にくれているのは知っていたが、美沙登はそれを口にもしなかった。そのうち俊夫もやってくるだろう。彼女は美奈を悲しませないようするだけだ。

　俊夫は車を駐車場に止めると、秦が指定した診察室に入った。彼はそこに長くいたらしく、少し微睡んでいる様子だった。俊夫が入って来ると、彼は立ち上がって俊夫をソファに座るよういった。彼はまだ喋ろうとしないで、沈思したままだった。恐らく彼は俊夫に説明する言葉を探しているように俊夫には思えた。

「奥さんは切迫流産でした。だがどうしてそうなったかが問題だ。わたしは君たち二人に悲しみにくれる前に、忠告することがある。だが、わたしが迷ったのは、事実をどうやって伝えるのかではなく、君を傷つけないように話すことでもない。どうしたら君にわたしの話を信じてもらい、言うことを聞いてくれるかだ。先ず深木さん、わたしの質問に正直に答えてくれないか、君を傷つけないとはいえないが、事実は冷淡だ。君たちは夫婦生活を続けている中、週にどのくらいのセックスをしているのかな、いきなりぶしつけな質問だと思うだろうが、この流産が君たち夫婦のセックスのし過ぎが原因ではないかと疑っている。とくにここ一カ月の間に激しい関係がなかったかね、ま、答えなくてもいい。というのもね、この時期の妊娠時はそれが原因で流産することもあるのだ。信じられないだろうが、酷い圧迫を子宮に与えると、時折そういうことがある。原因はそれじゃないかとね。恥ずかしかったら返事はしなくていい。事実かどうかの査問委員会じゃないからね、これには医学的な証明がない。検査する暇もなかったし、手術中も不審な点もあったが、決定できるものも見当たらなかった。これは推測でもなく、十分裏づけるのも幾つかある。ただ断定出来ないだけだ」

俊夫は何日か前の、美奈の若衆会の帰りの後のことを指すのだと感じた。彼は美奈にそれを話し説得させるのに、時期が早いような気がした。彼はそれを秦に聞いてみた。だが秦は伏せるのもいいが、要は二人の気の持ちようだし、美奈の精神的なダメージにもよるだろう。だがこのような悲惨なことは二度とあってはならず、そのためにもなるべく早いうちに、二人で納得し合うようにしなければならない、それにこれからの二人の性生活も慎重にしなければならない、下手をするとこのことが重要だったりする、そんな説明だった。俊夫は話す時期を考えた。結論は出ないし、誰に相談する問題でもない。俊夫は階段を上る速度も遅かった。ここはひとまず美奈には隠しておこう、そう決めた。美奈の性格では真実を知らないでは納得しないだろう。だが今の美奈の精神状態では取り乱すのは間違いない。それでなくとも美奈は感情の起伏が激しい。

美奈は食事を食べ終わって寛いでいた。美奈は彼の顔を見て安堵の表情を浮かべた。俊夫は美沙登にサインを送った。美沙登は承知して部屋を出て行った。

「先生、なんとおっしゃっていらした？」

「一週間か十日入院が必要だそうだ。体はそれで癒えるが神経が参っているので、むしろそれが心配だと言っていた」

「だから美沙登をつけていいと言ってくれたのね」

「暫くおとなしく。それこそおとなしくしてるんだぞ。僕は毎日会いにくるから」

俊夫は美沙登にＯＫと指で示して、美沙登は部屋に戻った。

「俊夫もう七時半よ、ここは八時までですって」

「俊夫さん、夕飯まだでしょう。美沙登と帰って食事してあげて」

「美奈、また明日」

美奈は静かだった。虚勢を張っているのではなく、虚脱が美奈を襲い、生まれて来なかった赤子の供養を一人でしたかったのだ。美奈は俊夫が言葉少ないのは、彼女の直感で彼が何か隠しているのを感じ取っていて、すーっと気持ちが静寂になったのだった。

俊夫と美沙登との会話

「俊夫、時間はたっぷりあるわ。わたしお腹空いたな。良男はどうしよう、一寸連絡してみる」美沙登は近くの電話ボックスに入りしばし話し込んでいた。

「良男は、今日夕食はいいって」

「美沙登、酒でも飲むか」

「残念賞だものね、いいわ、慰めてあげる」

俊夫は食事も食べられ、酒も飲める店はないかと思案して、会社の駐車場までやってきた。

「俊夫、あのヤキトリ屋がいいわよ。美奈とよく行くんですってね」

「へえ、美奈からそんなことも聞いてるんだ。では俺たち二人で行ったら、あの親父なんていうかな」

暖簾を潜ると親父が顔をあげ、「いらっしゃい」といいながら、「深木の旦那、今日は奥様とじゃないので」といい、下を向いた。店が結構混んでいて、カウンターはいっぱいだった。娘の頼子は深木に好印象をもっていて、すぐ席を作ってくれた。そして頼子は美沙登の顔を見て、「あら」と声を出した。

「浅井美沙登さん、いいえ、黒沢さんでしたわね、洋服を買いにいったときは色々教えて戴きありがとうございました。深木様とお知り合いでしたの」

「頼子さん、どうだった、お見合いは」

「いやだ、美沙登さん、覚えていらしたの。わたし今年の秋結婚するの。深木さん、八代ウエディングパレスの空きがないかしら。日にちは十一月の大安」

「分かった、聞いてみよう」

「待って」美沙登は何やらビニールファイルをバッグから出していた。

「そうか、聞くまでもないか、俺も駄目だな」

「そうよ、俊夫は商売熱心じゃないわ。十一月の三日はもう満席だわ。七日の昼二時ならまだ大丈夫、どうする？」

「わ、彼に連絡してみる」

頼子は電話にすっ飛んでいった。

頼子は飛んで帰ってきて美沙登の隣に座った。

「でも美沙登さん、どうしてウエディングパレスの予約状況なんか持ってるの」

「わたしそこのドレスの担当なの」

「まあ、ウエディングだと美沙登さんが相談に乗ってくれるの？　ねえねえお父さん、聞いた」

親父は義理立てに美沙登に頭を下げた。

「親父さん、ビール、美沙登ビールでいいよね」

「俊夫、わたしレバと皮は駄目」

「分かってる、美沙登の嫌いなものぐらい、タンは塩で、ボンボチはある？　じゃ二本、雛は四本でいいか」

「二本ずつ？　ねぎまは、俊夫嫌いだっけ、それが二本であいこ」

「な、美沙登、俺がねぎま嫌いなの秘密だぞ」

「あら、美奈知らないの？　これはいいこと聞いた。よしよし」

「しまったな、美沙登に俺の弱点握られた」

美沙登は久し振りに大笑いした。美沙登はこうして俊夫といると、良男といるより心が和むのを感じた。

「俊夫、わたしたちって不思議な関係ね。学生時代には真砂子は学校が違うから別にして、多恵子だけじゃなく、男も女もあのクラブに大勢いたのに、未だにこうして隣同士に座って酒を飲んでる。しかもわたしは良男という旦那がいる。俊夫だって美奈がいるんだものね」

「そうだな、それでいて全く違和感がないからな」

「多恵子も俊夫とよく一緒だったわね。多恵子はあんな性格だから気まぐれで来たり来なかったり、男漁りばかりして不潔な感じがするもんだけど、そのような嫌な面もなく、むしろさ、憎めないからいいわ。それに引き換え真砂子は嫌い、女々しくてさ、おまけに乙に澄まして、お琴の師匠かなんか知らないけど、じめじめして昔の関係を引きずってるなんて最低。美奈はわたしより彼女が嫌いじゃない」

俊夫は自分に非があるから何も言えない。

「未だに俊夫になんとか取り入ろうと、相談なんかをしたりして、美奈の神経を尖らしているんですって？」

「美沙登は探偵か」

「美奈が嫉妬深いのは知ってるでしょ」

「なるほど、だが真砂子は妹の瑠璃子を拉致されたんだ。未だに行方が分からないらしい」

「だからどうだというの、家庭が大事でしょ」美沙登は幾分冗談交じりのところもあった。

「それにしても俊夫は大変な女性を妻にしたわね、美奈はとても素敵な女性よ。でも美奈は俊夫の重荷になったのよ。わたしってさっきも言った通り、俊夫と常に行動を共にしていたわ。それが当たり前のようにね」

「そういえばそうだな、さ、何処かへでかけよう、とかなにしようとか言って集まったりして、ふと気がつくと美沙登がいる。それが当たり前だった」

「そう、だからいつも一緒で当たり前、いるもんだと思い込んでいる。男とか女とか意識がないのね、でもいないと困る。そういう存在だったんじゃない、わたしたち」

「そうだな」

「わたしたち年とった夫婦みたいに空気みたいで、必要なものなのに、その存在を意識しない、だから男とか女とか異性として感じたこともなく、欠かせない人間としてつきあってきた。そこに美奈が現れてその関係が崩れたのね。美奈は俊夫を救った時、悲しい目をしているのに惹かれたの？」

「さあ、山下洋子の七回忌で俺の心は荒れてたからな。その上、足を滑らして打撲して足を引きずりながら歩いていた。精神的にも不安定になっていた。古い傷が出て死の崖渕に立たされ、死にたいなんて思い込んだからな」

「わたしクラブであった最初の印象って、凄く優しそうな人なのに、世界の悲しみを俺一人で持っているんだなんて、悲壮感に溢れてた。思い込みもいいその孤独なのに共通するものを感じたわ。わたしと同一線上にいる人だって、だから信頼関係を保って来たのね。美奈は美しいし魅力もある。でも何故美奈だったの？」

「そこさ、分からないのは。悲しみの憶測を見抜かれているると思ったんだろうな。でももっと分からないことがある。美沙登、あのとき何故さっと俺から身を引いたんだ」

「理由なんかなかった。そのときはね。ただ、美奈と俊夫が出会った瞬間、ふっとわたしの心の中に俊夫の心がなくなって、美奈の処へ行った衝撃、これは強烈なものだったわ。今から考えればね。俊夫は本来純粋な心を持っていて、傷つき易く追求心が強かった。だから詩が書けたのよ。俊夫が通俗的になる、それだけでも驚きだった。俊夫は社会に受け入れられない男よ。そういえば良男もそうだわ。そうよ、そうだったんだわ。良男に魅かれた理由が今分かったわ。俊夫がわたしから去った、それよ」

「で、よく似た良男に惹かれた。そうでいいのか」

「俊夫と良男は似ているようで、全く異なった世界の人、俊夫はまだ柔軟性があり、社会に順応する能力があるわ。でも良男は社会に馴染まないのは俊夫と同じだけど、都会に住めないナイーブな心の持ち主だったの。社会、金、権力、おまけに家庭の欲もないのよ。そうしたら家族になったわたしはどうなる。先が見えるじゃない。経済的な基盤のない生活がどんなに惨めなものか想像してごらんなさいよ、そんなふうには最初思わなかったけれどね」

「そうか、俺は美奈に会ってからというものは、すっかり美奈の虜になり、それまでも前見たらそこしか見ない俺の性格から、何時しか美沙登の心から俺がいなくなり、俺は美奈に惑わされて華やかな夢を見てしまっていた。その間俺を信頼していた美沙登は行き場所がなくなってしまった、そうなんだ」

「もう過去のことよ。ただ肝心なことが残ってる。俊夫は後悔してない？」

「反省はしてもいいが、後悔をするなってよくいうよな、だが後悔もするのさ」

「俊夫、わたしがいいたいのは、俊夫は狂ってしまっている。俊夫ではない姿だっていいたいの」

美沙登は一呼吸置いた。核心に迫って来た話を、俊夫に伝えるべく深呼吸した。

「俊夫はこのままだと不幸になる。別に美奈が悪女だとか、悪いとか言いたくないわ。だって美奈はとても俊夫に尽くす人よ。でも美奈は、したいことしかしない女、自分の都合でしか生きない女。俊夫は美奈に翻弄され、益々美奈は心が奔放になっていく。俊夫は良男と同じく社会に適応しない放浪者、はぐれもの、美奈は都会型で、世渡りが上手く社交的だわ。美奈の良さは彼女が生まれつき美貌に恵まれ、それを武器に出来ること。美しく、女として魅力あることが全てだわ。美しい上に愛嬌もあり、人を逸らさない会話の巧みさ、おまけに美奈はお色気が溢れんばかりで、浮気者で節操が薄い。美奈は俊夫さんに尽くすといったけれど、それは本当よ、ただ男を男と思わない磊落《らいらく》なところがある。どんな男も俊夫以外は男だなんて思ってもいない。楽しめばいいという危険の中に美奈はいる。あの衣装に美奈の全てがある。男を誘い楽しみ、近づくと男を嬲《なぶ》りほくそ笑む、そうでしょう」

　俊夫は美沙登の分析力にびっくりして頷いた。

「おまけに美奈は男に独占欲が強く、俊夫だろうと誰だろうと、美奈の方を向かなければ承知しない。だから美奈の夫になった男は大変、使い切るまでセックスを要求するわ。それだけのスタミナを美奈が持っているということかしら。うふふ、俊夫に変なこと言ったわね。それをどうして知ってるかでしょう、だってこの処の美奈は弾けるような肉体になり、俊夫は萎れたナスビのようだもの。すっかり美奈に精力を奪われ、きっと吸いつくされるまで、こき使われるわ。こんなことしていると、心が破壊されて廃人のようになり、俊夫という人格も壊されてしまうわ。わたしもっと恐れていることがあるの。俊夫は去勢され道具として利用され、ポイ捨てにされる、そしてその時、俊夫の精神は死ぬのよ。そうすると美沙登も生きていられなくなる。わたしも死ぬのね」

　絵空事ではない現実感が俊夫を襲った。頼子が注文を取りに来た。俊夫はラーメンが出来るか確認してそれを二つ注文した。頼子はふと疑問が口に出た。

「深木様は、美沙登さんとの方が、美奈さんより仲もいいしお似合いみたいだわ。それに、奥様はさんづけで深木様をお呼びになるのに、美沙登さんが呼び捨てなのおかしいわ」

「わたしたち、学生時代からそう言ってるから、今更変更出来ないのよ」

「美奈がさんづけにするのは、俺を尊敬したいからだって」

「ううーだ、惚気て、深木様にはサービスしてあげない」

頼子は俊夫の好きな塩豆を持ち帰ろうとするのを取り上げた。

「美沙登の話には驚かされたよ。先程、先生に、美奈の流産の原因が俺たちの夫婦生活にある、つまりセックスのやり過ぎだって言われたからなんだ」

「そうなんだ、俊夫は子供が駄目になってがっかりしてるのに、失礼なこと言ったわ。でもこれは何より俊夫に言いたかったの」

「美沙登は俺の友だちだよ、こんなこと言ってくれるの美沙登だけだ。その美沙登に失礼なことを言わなきゃならない」俊夫は言い淀んでいたことを口にした。

「美沙登を便利に使ったせいで、ウエディングパレスの職を解かれる可能性があったので、それは俺が止めて置いた。だが減給は免れないのは確かだ。それもあるが、お互いに家庭持ちになって、素直に口に出せるんだが、所詮世の中は金なしで生きられない処だ。美沙登だって、美奈の世話の見返りに金を対価として評価するのは、我慢ならないことだが、そこは家庭を持った美沙登、俺の話を聞いてくれるだろう。美沙登、快く金を受け取ってくれ。俺のほんの気持ちだ」

「いいのよ、気なんか使ってくれなくても、喜んで受け取らして戴くわ」

ラーメンが運ばれて来た。いつもより具が多かった。

「こうしてラーメンを啜っていると、学生時代が懐かしいな」

「わたしお腹が空いているから、ほんと美味しい」

「どうです、ヤキトリ屋でだすラーメンは」

「親父、腕を上げたな」

「親父さん、いけるわよ」

二人は無心にラーメンを食べた。

「俺、美沙登のこと女だと思ったことなかった」

「わたしもそうよ」

「それに気づかなかったのも運命なのかな」

「わたし運命論者じゃない。そうなりたくもない、なったことに従う現実主義者よ」

「生きるしか外ないか、人生は楽しくな」

「それも浮世ね」

「ここに俺と美沙登がいる。そして心が一線上にある、気の合う者同士が酒を酌み交わしている。美沙登、小松達夫って人覚えてるかい」

「ああ、あのおじさん、勿論、哲学者みたいな人」

「俺もあの人に似てきたのかな。俺と美奈の橋渡しをしたのは彼だったんだ。その彼が前に言ったことが印象にある。俺が意志薄弱で煮えきらないのを見抜いていたらしく、力いっぱい生きなさいというような意味の言葉をいったことがある。人っていうのはその人間の個性に合わせた生き方をするしかない、俺はそう解釈した。な、美沙登、それしかないだろう」

「俊夫は大変だわ。だって美奈のことなんかほんの些細なことだもの。前田が起こした例の事件もまだ燻ったままだし、わたしたちなんの手助けもできないわ」

「毒も食らわば皿までもってね、なにがでるやらお楽しみというところかな」

外は静かに雨が降り始めたようだった。

第十二章　前田の更迭

前田の陰謀

前田善郎は証拠不十分で不起訴になり、不穏の空気は消え去らず、少しのことで触発されるような雰囲気を残していた。前田伸郎と神林とは腐れ縁で、今年の秋の選挙に向けて、地盤の拡張をまた開始していた。既に草薙は協力を放棄し、相本派への復帰を狙っていた。そしてなによりも深木に対する恨みを晴らすべく、工作を考慮していた。それに組織拡張は急務で、相本の態度は不透明だったし、神林は現職の強みで、前田を後継者と推薦したことにより、相本と肩を並べる経済界のドンと呼ばれる鮫島仁を取り込んでいた。その会見で後援者拡大の一環として、前田を胴元とする無尽の会、アミダ籤をすることに決め、その会長の選択に当たることにした。鮫島は彼の支持者に前田の支援を要請し、その数を差しあたって五十に決めた。神林も同様彼の支援者を前田に支持を向けさせていたが、その会をそのまま無尽の会に編成替えされた。その数は三十とされ、前田自身の会を合計すると、百を超えた。前田は草薙も策略を要する事は反対だが、これなら協力するだろうと踏んだ。それと同時に八代も参加させ、相本も快く傘下の団体を割いて譲ってくれた。問題は深木だった。敵愾心を持ちいずれは奈落の底に蹴落としたい彼だが、利用する者は敵でも使う主義に徹した。自己本位で勝手に敵として見なしている深木は、今の地位を失脚させるには無理がありすぎる、これは時期を待つ間は静観すべきと悟ったのだ。だが、深木の前田の籤の会への入会は簡単だった。というのも、『若衆会』のメンバーが前田の会に加わることが決まったからだ。会長は三枝だがメンバーに深木美奈がいるので、必然的に深木は会員として加えられる。これは前田も彼が従うと信じた。そしてアミダ籤の会は二百を超え、スタートすることとなり、開始時期と諸問題を決定するため、幹部一同と会の会長の代表が、『クラブしおり』に参集した。草薙の顔もあったが、詩織の人気は絶大で、誰もがこのクラブに行くのを反対しなかったので、彼はご機嫌だった。詩織の控えめで謙虚な人の前面に出ない態度に、男は郷愁のような匂いを感じ、気持ちを擽られるのだ。

店は貸し切りにして、金銭の不足は草薙の払いにした。

実はこの以前に前田、神林と鮫島が緊急会議を開いた。三人の密議なので聞かれたくない。三人はどう試算しても資金不足のこの会の運営に、危機感を覚えその調達の案を捻出するための密議だった。みずきが経営している『カトリーヌ』は、経営困難になっていて、前田の出銭が多くなっていた。

「二百とはな、困ったな、籤は五千円と決めたんだな。一カ月で百万の金が必要なのか、この金をどこから捻出するかだが、前田、実際の処この店も赤字なのか。六十万は帰ってくるが、主催者は祝い金だとか何かと出費があるからそれが収入とは保証出来ない。さてその穴埋めだが、お前に出来るくらいなら、こんなことをしない。それで危ない橋を渡るしかない。市の職員が他の職についてはならない。この規則は絶対的なものだ。収入を得る場所はどこにもなく、俺にもそんな金がある筈もない。そうして出した答えはこうだ。どっちにせよ、お前は市を退職して市長選に立候補しなければならない。だったら今退職金は三十年間も勤めたお陰で一億は超えるし、俺が用意した天下り先につけば、万事めでたしと思うと大間違い。選挙資金がいるからな、このメモは焼き捨てるから記憶しとけ。この民間主流の会社は、市の資本金が九割、残りが民間の投資家によって出来ている。こちらは民間の優良企業で、市に繋がりが強く影響力のある人を求めている。これでお前も大体のことは察せられるだろう。俺は以前からこの外郭団体の会社が気に食わない。市の影響を受けない態勢も気に食わないが、俺の意向も無視、それならまだ我慢が出来るが、最近、俺を役員から追放しようとする動きがある。それでだな……」

「ええ、ここにお出でになった皆さんに祝い酒ですので、野暮なことは言いたくありません。会員数の増大をお願いして、会が縮小しないよう祈願して、この発会式の挨拶としたいと思います」

酒が運ばれ、テーブルに料理が並べ始められると、店内はざわつきだし、乾杯が行われた。

「会員の皆様におかれましては、この会が表向きには無尽の会とはなってはおりますが、それはあくまで表向きでありまして、本来は前田伸郎の後援会なのでありまして、この度の秋の市長選挙に立候補の予定の、彼の当選を目的としたものでありますことを、肝に銘じて戴き、選挙違反にならぬよう、細心の注意をお願いするものであります。とりあえず運営は会長一任ですが、大筋は決めておきたいと存じ、こうして参列して戴いたのであります。会費は一口五千円とします。各会員に戻るのは後で諸払いなど各会の性格の違いもありますので、それは帰ってからご相談下さい。今日は会発足記念ですので、十分お楽しみ下さい」

会場には予め用意された規則の明細が配られた。実は言われた内容より数多くの約束事が記載されていた。前田一人では回り切れないので、神林と彼の秘書、それに前田の秘書が分散して会を巡るとも書かれてあった。

前田は三枝を呼び寄せ、仕切りした場所へ誘導し、神林と三人になって、相談したいことがある、と言って話し始めた。

「鮫島は知ってるだろう。彼はゼネコンではないが、地元の実力者だから胴元の元締めにした。彼の希望により君たちの会が大きくなるのを期待している。わたしたちの懸案は、深木が君たちの仲間にいて、前田が彼の怒りを買っているので、彼が仲介役を買って出ようということになった。前田は自分の罪を認めるのは吝《やぶさ》かではないが、深木の神経を尖らしてはいけないと判断したんだ。深木もこの会の重要な人物であり、欠かせないのでこうして会長である君に、先ずその辺を理解して戴いて置こうと思うのだ。もっとも彼は君たちの会には大きすぎる存在で、彼も会長を務める力が十分にある人物だ。そのまま君の会に留まらせるつもりもないし、彼もそうは思わないだろう。だが、彼の妻の名を利用して彼を君の会に、取り敢えず妻の美奈ではなく、彼を入会させてほしいのだ。その橋渡しは鮫島が行う、どうだろう」

三枝は美奈と夫婦ではいけないのかと問うた。そういう規則はないが、当分は一家一人にしようと答えが返ってきた。

みずきは三枝が深木と知り合いなのを知って、酒宴が始まると彼の処へやってきた。

「三枝さん、美奈さんと会で一緒なんですってね、よく美容院にも来られるのよ。深木さん好みな人ね。わたしあんまり美奈さんは好きじゃないけど、深木さんはとても女性に紳士的なの、あんな人珍しいわ」

「深木さんはよく見えるんですか」

「よくお見えになります。奥さんは勿論、黒沢さんともお出でになります」

三枝は聞き馴れない名前を聞いて狼狽した。

「ねえ、パパ、わたし三枝さんの会に入っていい？」

「みずきは別の会と思っていたが、お前の好きにしなさい。三枝君、若衆会の人間でなくてもいいだろう。君たちの会に入るわけじゃないから、突然だが了承してくれないか」

「まあ、わたしだけでは何とも言えませんが、その方向で検討いたしましょう」

みずきは深木が入会するなら自分もと考えていた。

前田は可愛いみずきが、積極的に彼の会に自主的に入会したので、内心にやにやしていた。こうして発生したアミダ籤の会は、無事発足したが各業界に波紋を広げた。神林と前田の両名の連携が効いたのか、会に入る人は続出して会員数は増加した。その中で、松原詩織は草薙の要請で入会を受けた。既にあちらこちらで、その会の噂が流れてくるが、深木の情報は耳に届かなかった。ましてや、みずきが深木と同じ会だと知ったら、詩織は嫉妬で狂ったことだろう。でもこういう事はすぐに露見する。村越真砂子がこの会に入るため大町にやってきたのだ。彼女は妹の消息も定かでなく、憔悴気味であったが、商売は続けねばならず、俊夫に会って相談したかったこともあった。それに多恵子から大町近辺に居を移す覚悟ができたと、俊夫に連絡があったと彼女と美沙登に伝えられたからだ。そして俊夫が指定した『クラブしおり』に向かった。

俊夫と美奈はあの流産で生活が変わろうとしていた。流石の美奈もしゅんとして俊夫に従い、元来の姿になりつつあった。彼女は主婦としては優秀で、洗濯は毎日掃除も部屋の片づけも逸品だった。料理も手早く準備が上手だった。唯一苦手なのは縫い物だが、それでも努力し、俊夫にセーターやマフラーを編んであげたり出来るようになっている。美奈は銅葺きの屋根も梯子を利用して磨いたし、窓ガラスはピカピカだった。庭も塵一つないほど掃き清められ、打ち水をし、植えてある草花にも目を配った。これは昨日今日していることではなく、新婚時代から行っていることで、そういったことが全てに万全で、早く出来るため暇が生じるのだ。家具の移動も俊夫の協力なしで箪笥等も移動した、俊夫は様変わりした部屋に戸惑うこともしばしばだった。だがあの日から美奈の浮気が消えた。深い悲しみがそうさせたということもあるし、美奈自身の体調も良くなかった。それより俊夫の優しさが何よりのお灸となった。慎ましく着物姿で俊夫に尽くす日々だった。三枝が会報を届けに来たときはそういった時期だった。彼は俊夫の籤の会の入会の打診をしにきたのだ。彼は美奈のしっとりした妻になりきった姿に仰天した。なんという美しさだろうと、見とれる程だった。三枝は独身主義ではなかったが、四十すぎても結婚はしていなかった。周りの者からは変人で通っていた。だが彼とて朴念仁ではなく、仕事に打ち込んだ末の独身だった。彼は女を見る目が肥えていて、女として感じる女性はいなかった。会にくる美奈は、派手なはしゃぐ女というイメージが強く、周りの者が騒ぐ割には冷静だった。だがこの美奈には参った。化粧も薄く抑え気味で、髪をアップにした姿はなまめかしくさえあった。心臓がドキンとしてキューンとした。美奈は婉然とした笑顔でなく、客を出迎える妻の姿だった。

「まあ、三枝さん、よくいらして戴きました」彼は美奈の喋り方も違うのを感じた。

「奥さん、会報を持って参りました」

「どうぞ中にお入りになって下さい、主人もおりますから」

「そうですか、それはよかった、深木さんにもお話がありますので」

美奈は口に手を当てて微笑んだ。会に来ている時の、何時もの表情が浮かんだ。

「三枝さん、そんなに固くならなくてもよろしいのに」

美奈のキラッと光る瞳が美しかった。

三枝は一人暮らしの割に、身だしなみはきちっとしていた。応接間に通さず居間に彼を案内した。そこには俊夫がくつろいだ格好をして座っていた。

「三枝さん、よくいらっしゃいました。深木俊夫です」

「三枝清孝です。突然お伺いしまして失礼します」

「ここは掘り炬燵になっていますから、中にお入り下さい」

美奈はビールを二本とコップ二つ、それに青柳のヌタを持って来た。

「あなた、すぐ料理を作るから、これで暫く飲んで戴いていて」

「何が好みだったかしら」

「僕ですか」

「肉類がいいかしら、貝は好きかしら」

美奈に何時もに見えない優しく甘い声に彼は頭を掻いた。

「美奈、ミルガイがあるのか」

「そう、少し炙ってたべると美味しいの」

「いいから作ってきなよ、大丈夫、後は美奈に任すよ」

美奈は台所に戻って行った。

「まあ、先ず一杯」

「恐れ入ります。何時も奥様をお借りしています。この度のアミダ籤に参加にあたって、是非深木様の参加を了承して戴きたく、お願いに上がったのです」

「ま、そう固くならず、美奈もすぐ来ますので、彼女の意見も聞いてみましょう」

美奈はあっと言う間にまた料理を作って持って来た。ハムサラダと野菜炒め、それにミルガイの炙ったものである。

「美奈、座らないか」

「奥さんどうぞ」

「いやね、三枝さん、もっといつものように、美奈、と呼んで戴いて構わないのよ」

「美奈」

「もう一品作るから待ってて」

美奈は三枝がレバを好みなのを思い出し、レバニラ炒めを作ることにした。美奈がビールと自分のコップを持って居間に戻った。

三枝はその早さにびっくりした。彼もだてに年を重ねているわけではない。若いころは愛人だっていたことがある。つき合った女も星の数ほどある。だが美奈のように料理の早い女はいなかった。その上美奈が作った料理は、大変美味しかった。

「いかが、わたしの料理、お気に召して」

「いやー、びっくりしました」

「止して、普通の話し方して」

全員が大笑いし座はなごやかになった。

俊夫は美奈に三枝の話を伝えた。美奈は黙ってそれを聞いていた。

「夫婦での入会は別々なら認めるということです」

「わたしが別の会を作ればいいのでしょうか。俊夫さん、どうしましょう」

「あ、その辺は、少しお願いもあるのです。それをお聞きになって決めて戴きたいと思います。会の会場ですが、予算がありません。わたくしの家にすればいいのですが、独身な上汚く狭く、最適な場所とはいえません。ここにお伺いするまでは、安い市民ホールの何処かをと思っていたのですが、もし宜しければ一カ月に一回こちらをお借りして。奥さんにも手伝って戴けば宜しいのじゃないかと考えたのですが」

「美奈、家におとなしくしてるだろう。そういう約束だもの」

美奈は「はい」といって頷いた。三枝は会に居る美奈とはまるで様子が異なるので、目を見開いて彼女を見つめてしまった。なんという婀やかな、慎ましやかでなよなよして、淑やかな振る舞いをするのだろう。肌を露出し、胸も太股も剝き出しにした、男をそそる身なりをしているより、遥かに大人の色気と女らしい情感が滲み出ていた。

「それでは、わたしが会に入会ということを了承しましょう。また美奈が『若衆会』も暫くお休みということにします。そしてどうぞここを使って下さい」

美奈は俊夫に君枝と毛糸の機械編みを習うといっていた。それも君枝が教えにくるので何処へも出かけなくて済む。水泳とゴルフ、エアロビクスや卓球も一先ずお休みとした。

「料理なんかはどうするの」

「一人五千円で年六万円、籤で当たった者が手にするのが四万円、残りの二万円が運営費と食事代という内訳で、一人千八百円ですが、花籤も加えたいので千五百円程度でしょう」

「その花籤というのはなんですか」

「まあ。会によって違いますが、会員が三十名くらいなので三千円と千円が二本開催される度に当たりとして貰えるようにしたいと思います」

「その籤って何か作るの」

「それなんですよ、なるべく大きさも同じで、数字も書け、消えにくく、何回も使用できるもの、何かないですかね」

「じゃあ、パチンコ玉とか、ラムネの玉、それとも毎回紙で作るとか」

「小さくて携帯に良くて、へーというようなのありませんか？」

「銀杏の実を殼のまま使ったらどうかしら」

「それはいい、お宅に銀杏ありますか」

「あるわ」美奈は台所に行きすぐ戻って来た。「はい、マジック」美奈は俊夫と三枝にマジックインクを渡す。

「これはいける、いいや、美奈袋を作ってくれないか」

「そんなの簡単よ、それとさっきの料理もお酒を入れてでしょう。これもわたし一人では大変だから、当番制にしてお手伝いして、俊夫さんはここを貸しているから当番はなし」

真山真理子の結婚披露宴の前日、添島多恵子は国府田裕太を伴って深木に挨拶に見えた。添島も国府田の職が決まったので、安心して自分の仕事にも打ち込め、籍も入れるのも決まっていた。大町に永住するのか、松本にするのかまだ迷っていたが、結局のところ真砂子より俊夫を取ったのだ。国府田の特殊な才能は、深木に営業マン失格の烙印を押されたが、前田の事件でその才能が見事発揮され、八代開発の捜査部にしかも部長として抜擢されたのだ。その礼もあった。美奈は多恵子とは親しくなかったが、俊夫の客として粗末には扱わず、籤の会も君枝の所属する『清風会』に入会することを勧めた。

前田は深木を憎んでいた。深木は前田に悪意を持って接した記憶はない。前田はいまだもって真田みずきが、自分に心を寄せないのは、彼のせいだと思っていた。草薙も深木擁護派だったし、表沙汰に攻撃するのには無理があった。だが調査によると深木の参謀は秘書部長の木幡卓であるのは明白だった。その他何名も彼の崇拝者はいるらしいが、木幡さえ追放すれば容易く懸念の問題も解決しそうだと踏んだ。解れた糸を辿っていっても、それが正解ではない。だが前田は信じた。そして深木への復讐の爪は磨かれ、彼の頭脳の結集をかけて、その実行に向けての計画は進められていった。そして、前田は選挙のために市を退職し、市の外郭団体である『ＦＭ・おおまち』の設立に伴い、その専務理事に就任した。彼の退職金は数億と囁かれ、彼の野望の一角が築きあげられていった。

※

真山真理子の結婚披露宴は盛大に行われた。八代夫妻は以前から海外視察という名目で、その日出かけて行っていて留守だった。この式で深木の態勢を強固にし、会社も引き締まり確実に持ち直しつつあった。国府田多恵子は大町に住み、執筆活動を開始するようだった。真砂子は妹の瑠璃子の消息が不明で、警察署に早期発見を依頼していた。美奈は俊夫と真砂子の密会が、妹の失踪の件だと知ってから、真砂子に対する態度は和らいでいた。

美沙登はまたそれらとは関係なく落ち着いた生活が行われていた。美奈の流産の事件で危うく退職を免れた彼女は、俊夫が好意で渡したものを開けてびっくりした。そう美沙登が美奈につき添っていたときに、二人で夕食を食べ、話しているときに渡されたものである。それは、家のローンの支払い完遂の知らせだった。幾ら礼といっても高価すぎる。良男と美沙登は深木の家を訪ね、その大きすぎる金額の礼に、何をすべきか戸惑いがちに、それでも非礼のないよう挨拶に行ったのだ。俊夫も美奈も、礼など欲しくないのは分かっていたので、それについては初めの挨拶で良男が言っただけで、その後は専ら登山の話に終始した。

だがこのことが起因になって、良男は自虐的になっていった。妻一人養えない自分の不甲斐なさに腹は立ったが、彼は自尊心の強い男でもあった。自分は絶対だという彼の主義は、小松山荘の経営不振で落ち込みつつあったが、妻の足元をさらうような繰り返しの失着が、彼の心を蝕んで性格の崩壊が進み始めていた。仕事を怠ける男ではなく、むしろそういった彼の性格が足枷《あしかせ》になっている。美沙登は良男の変化に気づき、美奈に漏らしたこともあった。

後藤君枝は美奈に自分が所属する『清風会』への入会を勧めたが、多恵子と真砂子を入会させるに止まり、美奈は体の回復を待って、俊夫の会の協力をした。なにしろ美奈は『若衆会』の連中に、着物姿を見せたことがなく、ただ見とれ垂涎の的となった。そして上田昌枝が長野県連の登山クラブの顧問の地位を獲得したことにより、長野に永住することを決め、俊夫に挨拶に来た。彼女は沢井洋ととうに別れ独身を通していた。彼女も『清風会』に所属した。

※

前田は『ＦＭ・おおまち』に所属すると、そのエネルギーはすさまじく、よい働き者という評判を得た。それもその筈で、彼はどうつついたら金が手前に転がり込むか、判断の材料を限無く探し回っていたのだから。いかに証拠がなく資金を懐に収めるには、彼なりの考えがあった。金に執着心の強い男に振られた女とか、賭け事で借金が膨れ上がり、金の使い込みをしていている男とかいないのか、そいつらに金の捻出と二重帳簿の作成、架空名義の預金通帳、それにそれらの人間を、収賄で捕まえさせ、金は彼の許にくるような、できれば女ならば地味で真面目で男にもてなくて、独身を守り通した女で、仕事は優秀で何でもこなせるもの。でも数は多いとばれる恐れがある。口は堅く無口な勤勉家なものを探す必要がある。

前田は加入者の窓口にこそ吸い取れる可能性を見つけた。ここは金のなる木だと思った。細工はどうにでもつく。そして市への金の流れにも目をつけた。ここにも何人か前田の息のかかった人間を置かなければならない。前田にとってこの会社は、金の唸る絶好の場所に思えた。彼は長年市の助役を務めたお陰で、仕事を抜かりなくやるのは、慣れていたので失敗はありえないと信じていた。正に誠に巧妙な手口だった。

前田は先ず江口裕子という女性に目をつけた。早速調査を依頼した、彼女は四十に近い年だったが未だに独身で、周りの女性からは嫌われ、男性にも鼻つまみものだった。仕事は人一倍こなすので、便利に使われていたが、何しろ性格もきついが、顔も不細工な上むっつりしていて、陰険な顔つきをしているし、体つきもだらしなく、男が近づく要素は持っていなかった。幸いにして新規に課を開設する役目についているので彼女に面会と称して会うことにした。報告書によると彼女はそういった事情からか、金に執着心が強く結婚願望も強いことが分かった。こんな女といっしょになるような奇特な奴もいるまいと思われたが、善郎がいい男を見つけて来た。名は田村高作というこの会社にいるやはり四十はとうに過ぎ、窓際族寸前の冴えない男だった。この二人を結びつければかなりの戦力になる。そんなのは紺野の得意とするところで、偶然を装って一つの部屋に二人にしさえすれば、それで田村が襲いかかれば万々歳だ。田村も江口のことをよく知っており、江口も田村が十五年前に妻と離婚した男だと聞いたことがある筈だ。

江口は重役と会談したことがなく緊張して応接室に入って来た。

「実は、採用するのは三人なんだが、応募が十人を超えて五人まで人数を絞って、君もその中に含まれた。これから最終選考は明日夜七時に『蓬莱屋』に集まることになったので、そこに時間までに来てほしい。なおそこに一晩泊まることになるので、その準備をして来てほしい」

「分かりました。服装はどのようにしたら宜しいのでしょうか」

「選考するのはわたしだけではないから、キチンと身だしなみを整えて来てほしい。出来れば化粧もして印象を良くした方がいい」

だがこれは前哨戦であって、田村を口説き落とさなければならない。彼には一人では説き伏せられない面もあるので、前田ファミリーが集結した。そして彼を飲みに誘った。無論『カトリーヌ』である。

田村は飲むのはせいぜい、焼酎とサラダと焼き鳥三本、それにお好みの品が一品ついて千円という激安な飲み屋しかなく、こんな高級店は夢みたいなものだった。ましてみずきのような近代的な美人が、傍に密着して相手をしてくれるなんて心浮き浮きだった。みずきはミニしかはいたことがなく、健康そのもののピチピチした肢体を誇示する、体にぴったりした服を着るのが常で、この日もそうだった。みずきはどちらかというと計算高いほうで、金ずくで動く女だった。前田は田村を色仕かけで誘い、一気に畳みかける作戦だった。みずきは物凄く贅沢な女で、昔の日陰の女、妾という意識は全くない。前田に自分の囲い者にならないかと言われたとき、みずきはその代償として、私生活、但し性を除く、を自由にしたい、金は月幾らという金額でなく、服装品に関するものは超一流品でないと承知しないと、条件を言って呑んでもらっている。だから彼女は美沙登のいるブティックに通った。そこでは美奈もよく見かけた、彼女は美奈が俊夫を独り占めにし、奪ったと勝手に思い込んでいて、その憎しみと女として負けられない気持ちが強く、気に入らなかったが、美沙登には面倒を見てくれたこともあって信頼を持っていた。みずきは美奈を気に食わない理由がまだあった。体全体を覆っているカオスのような存在感だった。田村の前にいるみずきはブランドものに身を包み、痩身で背も高く、脚も長い女として隣にいた。

みずきはまだ若くそれが取り柄の色気のない女だったが、それでも顔立ちも良くすっきりしていたので男性には好かれていた。前田に言い含められているのか、盛んに田村に酒を勧めわざとしだれかかったりした。前田の話には上の空で、生返事したりして念を押す場面もあった。

「お前、結婚願望はあるんだろう。どうだ、江口という女を知ってるか」

「知ってます」

「あの女をどう思う」

「分かりません」

「あの女がお前のものになるといったらどうする」

「そんなこと信じられません」

「本当に自分のものになると言ったら、わたしの言うことを聞くか」

「本当ですか、女なら誰でもいいんです。結婚しなくても」

「おい、馬鹿な事言うなよ、江口は金を持ってるかもしれないが、結婚願望が強いから、ただ肉体関係だけじゃ満足しないからな」

「僕がバツイチなのを知ってるでしょうか」

「そんなの問題ない。だが浮気したら大変だぞ。それから、『蓬莱屋』に宿を予約してあるから、何がなんでもものにしないと、後でとんでもない報復を受けるからね。その代わり肌を許してしまえば後は簡単、だが締り屋だから、あの江口から金なんか巻き上げようなんて思わないことだ。それにそうなった処で二人に話がある。成功した暁には、忘れずにわたしに会いにきてほしい。体を空けて待ってるからな。

それからこれだけは言っておくが、この話はお前たちが金を手にするかどうかの、瀬戸際のことになるのだから極秘扱いになる。但しわたしの話に乗ればのことで、そうなったら一戸建住宅を取得するのも夢ではない。それだけは胸に秘めて行動してくれたまえ」

それから別室に連れられ、善郎と紺野が女を落とす方法を田村に叩き込んだ。

田村は小心者であった。だから前田が選んだとも言える。『蓬莱屋』は市の郊外にあり前田から貰った金でタクシーを急いだ。夕食の時間まではまだ間があるが、風呂には入るよう命令されていたので、旅館に着くと食事の時間まで一時間はある。彼が風呂から帰ってくると、恐らく前田が取り揃えたと思われる架空の採用希望者が集まっていた。ところがここに本当の採用予定者もいたのである。

女性は江口を含め六名、男性は四名だった。当然前田も列席していて、宴会らしい夕餉は始まった。田村は江口の隣に座り挨拶した。

彼は、第一印象は服装で決まると言われ、きちっとスーツで決めて来た。江口は田村が冴えない男なのに安心して話のやり取りができた。田村は江口という名前は知っていたが、顔を眺めるのは初めてで、我慢出来る範囲内かなと内心諦めた。

「わたし田村といいます」

「知ってます」心なしか江口の声は小さくなっていくようだった。「仕事が熱心ですから」田村は江口の太く不細工な手があるのを見ていた。ささくれ立った働き者の手だった。これが上手く行けば自分の物になる。田村は久し振りのセックスの具体的な対象に、血が騒ぎ若かりし日の力が蘇るようだった。それは江口のはにかむような態度にあった。田村は酔いが進むうちに実行するのに戸惑いもあったし、その気力が衰えない今が、そのときと見定めて、江口の手を握ってみた、彼としては大きな賭けだった。頃合いもいい時期と感じたのだ。田村が彼女の手を握ると、まるで処女のようにはにかみ握り返してきた。ＯＫのサインである。

「ここは熱気で暑くなっていますから、少し外気か冷たい風に打たれた方がいい」

田村は自分ながら上手いこと言った、しめたと江口を誘いだすと、もうしっかり彼女を抱いて離さなかった。江口は恥ずかしがっていたが、二人きりになり暗い廊下になると、大胆に身を預けてきた。こうなるとどちらが思う壺にはまったのか見当はつかないが、江口も男と寝ることが現実になって興奮していた。田村もマスターベーションから解放される日がくるのを狂喜して、江口に襲いかかった。だがそこに隠しカメラが備えられているのに気がつかなかった。

前田は後一人を大林という男に決めていた。彼は市から前田に希望して一緒についてきた男で信頼のおけると踏んだ男だった。

※

田村と江口は『ＦＭ・おおまち』の応接間にいた。最近のこのＦＭ放送は企画が悪く、聴視率が低迷していた。そのテコ入れに人事異動は前田に幸いした。田村も江口も棒給の昇給には御満悦で、前田の言うことを聞く犬になっていた。だが前田は安心しなかった。ことは自分の市長当選という大目標がある。轍を踏むというか石橋を叩いて渡る用心深さが前田にでた。

「いいか、これからの話は極秘に属するものだから、君たちの胸にしまっておいてくれ」

前田は細かい事務的な処理の説明をするつもりはなかった。それに具体的な話をすると、怖がって他のものに悟られ、その上何もしなくなってしまうのが怖かった。だから最初に金額で脅し、その勢いで事を進めようという腹積もりだった。

「いいかい、一人一億円、一億円が上手くすれば手に入るんだ。二人で二億円、この話に乗らない手はあるまい。どうかね、わたしの話に乗らないか。何も難しい話じゃない。だが一億円もただで渡さないよ。それなりの仕事をして戴くよ。時間がかかる仕事だからその点だけだな、大変なのは」

前振りはそれだけにして、前田は田村も江口も満更でない表情だったので、その続きを始めた。細々した話はそこから何時間かかけて仕事の内容を話しだした。

新入会員の入金処理を江口にしてほしい事が第一だった。この処の会員増加はすさまじく、その処理に要する時間は過激なもので、ベテランの人間でないと務まらないので、江口は適切な人材といえた。江口のその場の現場責任者のすぐ下で働くのに適したものと認められた。上の係長は大林安武と決まっていた。その江口の大事な役割は、新入会員から振り込まれてくる金銭を、『ＦＭ・おおまち』の各口座に振り返す仕事だった。ただ、この際、江口は按分された指定の口座に、前田が指定した架空名義の口座にもその証拠なしに行うことだった。それを了承の印を押すのが大林なので悟られないが、その口座を隠す事なく暴かれないようにする技術が必要だった。

田村はそれとは別の使命があった。ＦＭ局が契約したコマーシャル料の入金と出金の処理である。これは帳簿確認による各会社の入金状況を把握し、それをまた分解して指定の銀行に、振り分ける時に江口の行うことと同様な処理をするようにしていた。この事は二人が了承したことにより、プロジェクトは発進した。それによって前田に転がり込む金は、数カ月で数十億と目算され、その一部が三人の協力者に与えられた。一億円はそのまま各口座に振り込むと暴露される恐れがあるのでその細工に苦労した。

選挙界隈

何しろ二百以上にも余る籤の会をその会員というより、皮膚の一部にならなければ、当選の可能性はでてこない、その会の全てに出席することが出来ないので、交替制の布陣を取った。鮫島、神林、紺野、前田善郎は前田自身が出席できない会の、その穴埋めに行ける態勢を作った。前田はみずきをそのメンバーに加えたかったが、『若衆会』の中に加わってしまい、深木と相対することが多くなりそうだった。みずきは前田の性格が執拗で粘っこく、彼が彼女の体を求めてくるのは、彼の年齢からいえば回数は多い方だった。前田はそんなに性交渉が頻繁なのは性欲が強いのでなく、みずきの体をねちねちと弄《もてあそ》んでいるのが楽しみなだけだった。みずきはいつも取り澄ました態度で、気位も高く人を寄せつけない冷酷な女に見えたが、前田が抱くと拒否の姿勢を取りながら、金で繋がり鎖に縛られ自由の利かない身、抵抗を見せても前田の愛撫を受けて、若い身空で性の良さを体が覚えてしまい、彼女の乱れた本性をさらけ出す、それはみずきには耐えられないものだった。否が応でも感応の渦は体を覆いつくし、彼女の自尊心を傷つける。こんな耄碌《もうろく》爺に己の若くて美しい肉体を、自由にさせる苦しみ悲しみ、情けなさ、だがそれを拒否すれば自分の贅沢な生活はなくなる、それにみずきが嫌がれば嫌がるほど、前田の変質な陰険な性格が表に出て、自分に挿入するだけの硬さも既に失われている、その悔しさも含まれる性に対する男の執念が、みずきという実態のある女にその思いをぶちまけるのだ。しつっこい愛撫は何時間も続く、ただみずきの体を舐め回し愛撫し、彼女の反応を楽しむことしかなく、エクスタシーに至らなく、交わりもないいいようのない不満、そしてそれを待っている自分の肉体の切なさ、情けなさ、それは欲求不満になってみずきに跳ね返る。けだるいような、どこか満ち足りない、そして乱れて感じている様を覗き込まれているときの、そのいやらしいが体が反応してしまう快感があって、彼女も変態になったかと、この生活にピリオドを打ちたかった。籠の鳥は自由を求めるというが、みずきの今はそんなふうであった。

『若衆会』の会には当然前田が出席することになっていた。みずきは詩織とも気が合わず、俊夫だけが慰め安らぐ唯一の人間だった。第一回目の会は、深木の家に三十名を超す盛況な発進だった。三枝はその会が始まる前にも、何回となく深木邸を訪れた。会の連中からは羨望ともやっかみともつかぬバッシングを受けたが、それに臆することはなかった。始めは美奈の美しさに興味津々だった彼は、本当の美奈の魅力に圧倒され彼女の信者になっていた。彼が行くと誰かしらの客がいることが多かったが、美奈は着物姿が大半で、すっかり落ち着いた人妻らしい雰囲気を備えていた。俊夫は仕事を家庭に持ち込まない主義らしく、八代開発の社員が訪れるのは稀だった。後藤君枝と大滝友利絵はよく訪れた。大滝は谷村と結婚が決まり、仲人を深木夫妻にお願いして、その期限も近づいた事から谷村を伴って相談やら打ち合わせを行うのにやって来た。友利絵は前から美奈の大ファンで、話が終わると美奈と歓談することも多かった。

友利絵はあのダンスパーティー以来すっかりダンスの虜になっていた。美奈もダンスは上手なのでフィガーを練習したりした。三枝はダンスなどまるで駄目で、むしろ馬鹿にしていたし、やる気もなかった。ところが最近何故か高橋一級建築事務所の瞳が、東京から夢破れて帰って来たとき、彼に接近してきたのだ。三枝は以前の瞳の鼻持ちならない高慢ちきの自信漲《みなぎ》る態度に、いい感触がなかったが、帰郷したそのしおらしい様に、心を動かされたのだ。でも瞳は若く、彼はもう中年といって差し支えない年齢だったので、大人と子供みたいで彼は本気でつき合う気持ち等なかったが、瞳は折れた翼の骨休めか、妙に彼に懐《なつ》き慕ってくるので、彼も悪い気はしなかった。結局瞳も会に入会してこの会の記念の発会式に手伝いをすることになった。

その日、会は七時だったが、お祝いということもあって、特別に手伝いを頼んだ。君枝もこの会の会員でもないのにやって来ていた。みずきや詩織、それから瞳、それに美沙登は入会しないが、美奈の相手をしにやってきていた。喜んだのは美奈で、なんといっても美沙登は心を許せる友でも特別な存在だった。美奈は彼女が料理を苦手なのを知っているので、彼女を配膳係にした。真理子も友利絵も負けられなかった。各会員が特別会費を払い、会長の三枝と副会長の今井が御祝儀を出し、前田や鮫島や幹部連中も、同様に金一封を出していた。それに部屋を貸す深木も寸志を出し、今日は盛大になる予定だった。調理で役に立つ女性は詩織だけのようだった。君枝は家に老人を抱えているせいか、味つけはそのものに合わせていて、若者向きではなかった。最終的には美奈が取り仕切ることになってしまった。

前田の挨拶が済むと全体の会長に就任した鮫島仁が、あくまで前田を市長に当選させるための、集まりだと主張して挨拶は終わった。各テーブルには盛り合わせの料理が載っていた。蟹、ローストビーフ、美奈自慢の春巻き、野菜の煮物は味つけを加奈に教えてもらい、苦労して作って少し自信がなかった。本来の飲み物は缶の予算しかないが、今日は特別である。

本籤は後回しにして、花籤を先にする事にした。誰もが本籤を先に当てたくないからである。三千円は手塚が当たって万歳した。何しろ『若衆会』は女性のメンバーが長いこと欠員で、美奈が入ったのは前代未聞だった。だから会員は多数の若い女性が大勢いて、より取りみどりでお花畑にいるように楽しかった。それに仰天したのは美奈の着物姿だった。男は母親に甘やかされ育てられるので、女性願望と幼児性が重なり合って、美しい、乳房の豊かな女性に憧れる。美奈は洋服でも、素晴らしい色彩感覚を示すが、美奈の魅力は着物姿にある。美奈は日本人であり、古くからの思案した、日本女性に似合う服装を彼女が似合うのは当然なのかもしれない。だが美奈は着物を着ると自分の本性を隠すことができるのにも原因があった。

美奈は会員ではなく会が始まると、美沙登と別に席を作った。残ったのは君枝、真理子、友利絵だった。ところが男性群は美奈たちの席にやってくる。これには美奈もそうだったが、俊夫も美沙登も苦笑した。

「多恵子、とうとう結婚するんですってね。それにこの地に永住するって」

「また俊夫の知恵借りる気なのよ。それにしても真砂子は電話もかけてこないわ」

「真砂子はまだ立ち直れないのよ」

「美奈は優しいのね、自分の座を脅かしているのに」

そうしていると友利絵と真理子が戻ってきた。

「美沙登さん、結婚式の時にはよろしく」

「友利絵さんは真理子さんとはタイプが違うから可愛らしいものを選んでおいたわ」

「有り難う御座います」

「あ、君枝さん、皆さんこの方は地元の有力者の奥さん、後藤君枝さん」

会の全員が君枝を知っていた。前田も鮫島も一目見たとき驚いたのだ。これは木幡より強敵である俊夫の味方である。神林の票の取りまとめは、町会長である君枝の義理の父である後藤彰三郎である。後藤はこの町の古くからの家系で、頑固だが実直な性格が買われていた。それと息子が退いた後のメンバーも気になった。三枝が深木に急接近している事実である。

銀杏で作った籤は番号が振ってあり、各自袋からその銀杏を取り出す。そして全員がそれを持つと、指定した進行係がもう一回袋から銀杏を取り出す。取り出した銀杏に例えば六と書かれてあったら、その次の数字の七から当たるという仕組になっている。花籤も本籤もそうして行われ、本籤は三枝が当たってしまった。

こうして籤は始まったが、前田の選挙当選の熱意は盛り上がり、邪魔な深木を抹消する計画は、順調に進められているように思えた。これには前田は直接タッチできない立場にいて、時折報告を受けて、それを信じるしかなかった。だが木幡の牙城は簡単に破れることはなく、何らかの失態がなければ彼の失墜はなさそうだった。木幡の前線には片倉夫妻が見張っているし、彼らの周りにも深木の砦は厚く堅く、そうは崩れることはなかった。それに俊夫は上り調子なので、勢いのある人間のオーラがあって、隙を見いだすことが難しかった。俊夫と美奈の愛の絆が濃やかに堅くなりつつあり、他人を寄せつけない処があった。その指揮する彼の頭脳に誤りはなかった。それに木幡の妻の旬子は草薙の秘書をしていた経歴もあり、草薙の顔もあり粗末に出来ない。それは息子に言ってあるし、以前のような轍を二度と踏んではならない。もしそんなことをしたら、それこそ息子はブタ箱入りだ。

だが前田の資金集めは順調だったし、選挙の公示日まで三月を残すばかりだ。深木に気を取られていると、落選の憂き目にあう。そんなことに構っていると大変なことになる。この件はお預けということにした。それに前田は市長の選挙に出馬することになって、苛々や欲求不満が重なり、また更に仕事だけでなく、各町内の集会への出席や挨拶、それに大物の経済界の重鎮への挨拶と、激務に次ぐ激務で、精神も肉体も疲労してくる。すると不思議なことに女に救いを求め、みずきの瑞々しい若いエネルギッシュな肉体に溺れるようになっていった。堪らないのはみずきである。金で縛られているとはいえ、昼間だろうが、時間に関係なく求めてくる。それもみずきの体を舐め回したり、揉んだりして彼女のよがったり感じている表情を見るだけの愛撫は、彼女の気持ちを苛み苦しめ、男が欲しくて堪らない体質になった。この頃からみずきの男漁りが始まる。金も湯水のように使い、スポーツカーを乗り回し、昼間することもなくぶらぶらしている、チンピラみたいな、だがスタミナ十分な男をホテルに連れ込み、思い切りセックスする派手な行動になった。それはやがて町中の噂となり、その金の出所が井戸端会議の話題に上るようになった。

国府田裕太はその素行があまりに不審な故、深木に自ら調査を願い出た。国府田は前田が深木に遺恨があるのを知っていた。その根を絶つには、それに関連した目立つ存在を、虱潰しに調べて行けば、辿り着くのは前田の裸の姿が見えてくる筈である。国府田に必要なのは彼の耳になってくれる幾人かの信頼のおける人間で、密偵に見えない人物がいい。深木に了承を得て、みずきの身辺をよく知る美沙登もその中に入れることにした。そしてそのとき深木はメンバーとして驚くべき人物を加えた。松原詩織である。後藤君枝、紺野が『若衆会』を脱会して前田に恨みを生じた三枝も志願した。だが瞳は三枝を捕らえ、その中に加わった。こうして前田の周辺を洗い、叩けば埃の出る体に、どんなものが飛び出すのか、楽しみな会が発足した。

だがそれに関係なく前田は、『FM・おおまち』の金の引き抜きを目一杯行っていた。これにより前田の資金繰りは極端に改善が見られ、みずきの浪費も問題にもならなかった。江口も田村も前田に金を貰って忠実な働き振りで、前田の懐も豊かになったが、その反面会社は原因不明の資金不足で、自転車操業が続くようになっていた。

そして大滝友利絵と谷村隼人の結婚式と、市長選がほぼ同時期、もうふた月もないときに迫ってきた。前田が考えたのは市長選前に『FM・おおまち』が倒産してはならないと考えて、少し搾取の手を緩めるように指示した。一方、深木美奈は友利絵との外出が多くなった。谷村は営業では新人で、その才能は高く評価され、開花し頑張っているので、彼が伴うことは少なかった、結果として二人で出かけた。

あれから国府田率いる調査団の中に木幡旬子も加わり、団は充実したが一向に成果は上がらなかった。だが俊夫の生活になんら変化はなく、そういったことを無視しているような態度にもみえた。

市長選には前田以外に後三人が立候補の予定になっていた。一人は相本が神林に対するものとして推薦している阿部、そして巨大な市民支援を母体とする大隈、それに佐藤といって革新派の人間である。この中で前田を脅かす人間といえば、やはり阿部だろうか、大隈も油断は出来ないが、前田と阿部の戦いになるだろうというのが大方の予想だった。その阿部がこのところ票の取り込みが激しく、前田を急追していた。前田は個人的な評判が良くなく、当選ラインにはまだ至ってはいなかった。その上、みずきの乱行は兎角口の煩い中年のおばさんを止められない。贅沢三昧なみずきの金の出所が前田だと誰でも知っているので、彼の身辺を警察がうろつくようになった。前田は必死にみずきを説得しようとしたが、そんなものはなんの効力も発しなかった。

「みずき、頼むからおとなしくしてくれ、選挙が終わればどうやったっていいけど、前じゃ俺の評判もガタ落ちだよ」

「何言ってるの、わたしを満足させられない癖に」

「そういうな、あとで埋め合わせするから」

「やーよ、わたしの体に火をつけたの誰よ。じゃ明日からわたしを一日中毎晩相手してくれる？　舐め回すだけならお断り。できっこないでしょ」

みずきは前田が月一しか勃たないのを知っている。それでさえすぐ萎えて五分も持たない。みずきがフェラチオをしてもしーんと鎮まり返っているだけだ。そういうときはみずきもボーナスが出るのでかなり本気をだすが、前田はみずきが全裸をコケティッシュに見せて、ようやくムクムクと鎌を持ち上げて、彼女はほっとする。みずきと楽しめれば彼女に莫大なボーナスがでる。何しろ前田は妻なんかとセックスしたこともない、彼の言を借りるなら、顔を見ただけで吐き気を及ぼす妻となんか勃ってるものも萎れてしまう。ところがみずきだと反応は全く違う。みずきの可愛い顔が、彼の一物を咥えて懸命にしゃぶったりしてるのを見ると、力が蘇ってくる。みずきと関係を持つようになって、前田はひと月に一回もない性交渉も週に一度は可能になった。みずきは助平爺のしつっこい愛撫が、金の成る木になるので興奮させて喜んでいた。どうせほんの一時彼の思うままにさせれば、彼女の生活は潤い、更に彼を興奮させセックスさせれば、その代償としての褒美が愛撫だったのを品物や別なものにして貰っていた。それが町の噂になったのだが、前田がみずきを止める力はなく、その男漁りは市の雀共の噂のネタになったのだ。

こうして選挙戦の中盤は終わり、終盤へと突入し、公示日まで後ひと月を切った。

前田の失脚

黒沢美沙登は真田みずきが会いたいというので、彼女が指定した喫茶店に向かった。美沙登は最近自分の体質の変化を認めたようで、平穏な日々を送っていてこの日も気楽な気持ちで引き受けた。彼女も何人かの協力者を得て、店は開店してそれも好調の滑りだしを見せていたので、精神的な落ち着きも出て来たのは事実だった。しかも嬉しいことに、事ある毎に美奈が遊びと手伝いをかねて訪ねてくれることだった。美奈は体がまだ癒え切らず、といって暇を持て余し、することを探していたからだ。何しろ自分からも俊夫からも彼女の行動を自粛するような、禁欲の毎日に飽きて、といってどうすることも出来ないでいた不満の日々だったから、美沙登が店を開店したと聞くと、体がうずうずしていても立ってもいられない。もうその日から美沙登の店に張りついた。美奈は日の目を見て、洋服を着られる喜びに浸った。美沙登は美奈を乱入者みたいにお手上げの気持ちと微笑ましい気持ちと、感謝が入り交じって、それは楽しい初日だった。何しろ美奈だけでなく俊夫も、そして国府田夫妻も宣伝をしてくれたお陰で、超満員の盛況で店には入り切れず、てんてこ舞いで、見かねて昼間は暇なみずきや詩織が手伝いに来た。それぞれが別な感情と目的を持ち、各々より好みの処へ入った。美奈は俊夫の傍へはいかなかった。美沙登と常に一緒だった。俊夫の周りは競争で席の取り合いだった。真砂子がいないとはいえ多恵子は俊夫と話がしたかった。だがみずきと詩織は対立が激しく俊夫に迫ったが、俊夫は仕事があるのですぐに去った。みずきは美奈と張り合うのは変わりないが、詩織とはもっと仲が悪かった。美沙登はそんなことは関係なしに、みずきにも詩織にも命令を課した。美奈は接客に忙しく対応に追われていた。『若衆会』の面々の宣伝が行き届き、美奈目がけ押し寄せるので、それを美沙登と振り替えたりして懸命だった。みずきは美奈の洋服の着こなしが素晴らしく、自分もブランドものを着ていて、遜色ないのだがまるで違って見える。それが美奈を気に食わない理由の一つだが、何しろ美奈は女性にも男性にも大持てで、みずきは女になんか好かれたいとは考えもしなかったが、男もみずきの傍には来ない、みずきが美奈を嫌いなもう一つの理由だった。みずきは美奈より背は高く、スタイルは洋服だったらみずきの方がスマートに見える。第一みずきは顔が小さく洋服向きだった。だが女はみずきが不潔な感じを受けるのを見逃さなかった。理由はそれだけではないのだが、みずきは知る筈もなかった。

美沙登はそこでみずきと話していた。詩織は美奈と。だが美沙登も詩織とも話したし、美奈だってみずきと話した。そこでみずきの得たことは、美奈はそれほど嫌な女ではないということであった。みずきは自虐的な性格ではないが、前田が殆ど毎夜彼女を抱きに来る、物憂い生活の異常に少しは人を譲ったり認めたりする、そういった気持ちになり、日陰の女という事実がのしかかる。そして毎夜前田が抱きながら鬱憤を晴らすような秘密な部分を漏らしたりする。その焦燥感が堪らずみずきは情けなく、見捨てられたような身の上で、誰とて身内も話し相手や相談するものもいなかったが、美沙登だけは何かと話し易かった。みずきは詩織の店に採用されるまで、貧しい生活の連続だった。金はない手に職もなく、女としての美貌としての武器を使うしかなかった。だがみずきと接する男は全て彼女の若い肉体を求めてくる。「わたしはそんな安っぽい女じゃない」と反発しても、この世は金が全ての世の中、彼女の体を金に変えるしか生活手段はなかった。高く男に売りつけるのがみずきの日課だった。詩織はそんな彼女に、店の品が落ちるからと注意したが、割り切ったみずきは耳を貸さない。彼女は衣装と化粧に金をかけたが、残念なことに金がなかった。月賦といっても返せる当てがない。美沙登はみずきと同じ貧しい生活を強いられた事が今でも続いている身、彼女の態度に感じるものがあった。出世払いの上、売れ残りだが決して古いのでもなく、デザインも悪くないものを割安で提供してくれた。店長の特権をうまく利用して、預かり品扱いで在庫処分の中に入れたりして対応した。それが二、三年続いてみずきは美沙登の世話になり、ようやく金の全額を返せるようになったとき、彼女は美沙登にお礼のつもりで余分な金を渡そうとした処、美沙登はいったものだ。

「みずきさん、この金は何？　わたしに対して失礼よ、確かにあなたに融通を利かせたわ。でもそれはあなたが店にとって上得意様だったからよ。こんな金受け取れないわ」

それ以来みずきは美沙登を本当の友人としてつき合い始めたのだった。美沙登が美奈と親友だというのもそのころ知ったが、みずきが美奈のことを嫌っているのを、美沙登は分かっていても、美奈の弁解をしなかった。だが美沙登とつき合うということは、美奈とも頻繁に会うということであり、否が応でも美奈の素直さを認めざるを得なかった。だからといって美奈を認める気にはなれず、勝ち気な性格が顔を出した。そうこうしているうちに、みずきは自分の身分から脱却したい思いに駆られることが度々で、前田から離れ独立したくなった。みずきは頭が鋭く計算ずくの知恵が働き、美沙登に前田の秘め事に語る全てを打ち明け、彼を失脚させ彼女も自由の道が拓ける手立てを相談したかった。みずきは美沙登と俊夫との関係のことをあまり知らず、彼女を頼ったのだった。昼間ならみずきは自由である。美沙登は普段でも仏滅なら休みである。これは前田も美奈も、俊夫も、否大町の人が知らないことだった。

美沙登はみずきが指定した場所では内密な話は出来ないと判断し、みずきも同じ思いを抱いていて、会うことよりその選択に苦慮した。だからその日はみずきが重要な話があるのを確認し、彼女と共に俊夫の家に足を運んだ。先ずみずきの話を何処で聞くのがいいのか、聞くのは自分だけでいいのかである。その時国府田裕太が深木の家を訪れて、彼の報告をしているところだった。

国府田は八代開発の社員で、会社の不利益になることを中心に調査を行うことになっているのは当然だった。だが特別処置で前田の周辺の調査が行われたのには訳がある。八代恭介は盟友草薙に一度裏切られ、前田の支援をするのは二度目だ。彼は一応神林や鮫島に説得されて、止む無く返事をしたが彼は信用出来なかった。何か隠しているのを感じ取ったのだ。相本は独自の捜査隊を設けて前田の周辺を洗っているらしい。それは国府田が確認し、その結果も入手した。だが肝心の彼の報告書も完璧ではなかった。

美奈は美沙登が突然客としてみずきを伴って来たのには仰天した。美沙登は非礼なことをする女性ではない。美奈は緊急の用事らしき美沙登の訪問に緊張した。俊夫はもっとびっくりした。美沙登の隣にはみずきがいたからだ。みずきも意外な展開に心落ち着かなかった。国府田は自分がいてはまずい気もしたが、俊夫に制止され見守ることになった。

みずきは物怖じしない性質だった。それにみずきは自分が見聞きしたことが参考程度であることに気づいていた。なにしろ睦み事の最中の戯言である。真実か定かでない。でもそういうとき、案外本当のことを口走るのも心得ていた。

美奈はその人間が自分をどう思っていようが、隔たった扱いはしない女性だった。それに今日の美奈は着物姿だったが、そこから醸し出す女の色香は眩しいくらいだった。みずきは対抗意識も失せ、尋問を受ける受刑者のようだった。

みずきが話し始めようとすると部屋はシーンとなった。

「わたし間違ってこんなところに来たみたい。だってわたし前田を罪人なんかにするのは関心ないもの。ただ気がむしゃくしゃして、気晴らしに美沙登さんに話したかっただけ。でもそうなのね、そうなのよ、誰か信用する人に話すべきなのかもしれない。前田が話したことが本当だとしたら……わたしは正義の味方でも前田の裏切り者でもないわ。面倒なことに巻き込まれるのは嫌い」

「馬鹿ね、みずき、誰があなたを告発なんかする。わたしがここに連れて来たのは、真実を知りどうするか決めたいだけ」

美沙登の言葉でみずきは決意を決めた。彼女は前田が『ＦＭ・おおまち』の金を横領した事実を、彼の途切れ途切れの話を始めた。前田が選挙資金のため金を必要としていたこと、それに大林、田村、江口の三人を使ったこと、その口封じに金を渡したこと、その前田が隠した金をみずきの口座に移したこと、その一部をみずきにあげるからと、また架空名義の口座を作り、自分に渡そうとしたが、怖くて受け取らなかったこと、割合にはっきりと話をしていた。国府田は唸った、話の全てが、彼の調査と符合し辻褄が合う。ただ、どれもこれも決定的な証拠がない。みずきの証言だけでは実証は難しい。つい夢の一部を口走ったと言われれば終わりである。ましてことはみずきを抱いているときだから余計である。だが国府田も俊夫も警察が動いているのは知っていた。もうこれは警察に任せるべきだと判断した。しかし、みずきはそれに反対した。神林は警察内部に協力者がいてそれをうやむやにするように手を打っているというのだ。これこそ国府田の最も得意とする仕事である。彼は明日仲間を選りすぐったものにするため、東京に戻る事にした。俊夫は危ない橋を渡る人物の選択肢がなかった。会社の社員を動員するのは危険だし、恭介に相談しても無駄なことは知れている。

つきが回って来たときは、何事もうまく行くというが、『若衆会』の集まりが明日という日、三枝と今井が資料を持って訪ねてきたのだ。三枝も今井も前田善郎と今野信雄の裏切りで、会が一時的に崩れかかったのを忘れてはいなかった。彼らは前田潰しのお先棒を担いでいた。彼らも資料がなく、俊夫にも報告出来ず、それとて公示日はすぐなので焦っていたのだ。だが、あらゆる努力も空しく公示日は来てしまい、友利絵の結婚式もその後に控える事になってしまった。

前田は多忙を極めていた。籖の会の出席もその中に含まれるが、懸案となっている金の流れのごまかしと、横領した金の処置、それと票田の取りまとめだった。前田はまだ市民の十五パーセントしか票を集めておらず、このままでは敗退する恐れがある。それ以上に困ったのがみずきとのことだった。表沙汰に騒がれ妻にも知られ、弁解のしようがなく、遂には妻の実家からの金と地盤の撤去を申し渡され、彼女を手放すしか方法はなかった。みずきにはこれまで彼女名義でマンションや、車を購入してきた。それに宝石や衣服を合わせると大変な額になる。これに手切れ金となれば、生半可な金額ではみずきは承知しないということだった。汚点は選挙前に取り除く、否本来から言えば、もっと早く処理すべきことだが、前田はみずきの肉体に未練があった。彼女がつけ込むのもそれがあるからで、遂に彼の決断する時が訪れた。鮫島と神林にどやしつけられたのだ。そればかりでなく、町中の噂になっているみずきとの関係の解消は必須だった。鮫島がみずきを説得することになった。ドライなみずきとしてはそのほうが良かったかもしれない。金銭は当事者の前田よりはっきり出来るからだ。前田は資金をプールしなければならないから、手切れ金は多くは出せないということなので、みずきはそれで前田の洗いざらいをさらけ出してもよいというお墨つきを戴いたので、ここで簡単に引き下がった。もう吸い取れるものはないと判断したのだ。後の金は汚い金だ。後から絞り取ることも可能だ。

前田は鮫島の話を聞いて、しまったと思った。細かな事は鮫島には喋れないのが災いした。彼の決定的な敗北を伝えるサインだった。これは鮫島にも神林にも隠す事柄だった。そして遂に公示日がやってきた。前田は雲隠れする算段を始めていた。

国府田は警察の友永と会っていた。彼はこの警部と同級だった。彼は友永が流されて長野まで来ているのに複雑な思いがあった。国府田は悪で勉強もしない男だったが、友永は成績も優秀で、国府田も警察官になるとは思わなかった。だが学歴社会の公務員の中で、三流大学卒業の友永は、昇級試験に受かってもそれは所詮あだ花、こんな地方まで流されてしまったのだ。不正のある捜査がなされている中、出世も名誉もない片田舎にいても、彼の信念と情熱は失われなかった。友永も捜査しているうちに、国府田の名を知ったが、まさかあの国府田とは思わずにいた。ところが仲間と行動をしているうちに、国府田の姿を見たのである。

「お前の言う通り、この警察内にそういった前田を擁護する動きがあるのは事実だ。神林という大物の口利きもあるからな。警察の体質上、お偉いさんには弱いからなのだがそういう奴ばかりじゃない、むしろ反発からそうするのもいる。俺を少しは信用して結託しないか」

「何言ってるんだ、それじゃまるで自分たちの調べが不備だから助けろと言ってるのと同じじゃないか」

「そう言うな、結果が良ければよしだろ。それにお前の資料も十分ではないんだろう」

「ま、仕方ないな、警察の方はどうなってる」

みずきは前田から早く離れて一人になりたかった。換金するといってもマンションはすぐ売れず、店も閉め大町を離れることにした。もう金で結ばれた関係は沢山だった。美沙登と深木の家を訪れたとき、美奈のあの顔が忘れられない。愛する人に愛されるということが、美奈の存在を高め煌めいているその美しい姿が、頭に張りついて離れない、「負けた」という悔しさと、女としての格の違いにその無念は倍増した。だからこの地を去るときは、誰にも告げず去りたかった。憧れの町東京へ、人が隠れるのは人の中、それに自分が幸せを掴むかもしれない。全ては夢であった。彼女の市内脱出はまるで逃避行のようだった。彼女には拠るべき身内も兄弟も遠く、頼りになるものもいなかった。前田に気配を悟られぬように、細心の注意を払った。今は市長当選を目指し、みずきのマンションにも来ない。実行するには最高の時期である。チンピラな男を利用してそれは決行された。あまりにも簡単で他愛のない空しい脱出劇だった。

前田は公示日に市役所の選挙候補受付を終わり、選挙活動を開始した。街頭演説を開始する合間を縫って、みずきのマンションを訪れ彼は驚いた。部屋は蛻《もぬけ》の殻だったのだ。唖然としたが、もう選挙は終盤、それに拘っている暇はない。本命と目されているのは、前田と阿部。それにダークホースは大隈というのが専らの風評だった。選挙戦は一週間だった。

鮫島選挙対策委員長は神林とここまできて、半ば敗戦を覚悟していた。前田の人格が大向こうを狙ったように大袈裟で反発を買い、それにみずきとは気がつかないが、女との浪費も問題だった。それにその費用や、選挙でばら蒔いたと思われる数億円の資金の出所も民衆の関心事の一つだった。そして投票が終わり開票というとき、前田に事情聴取の召喚状を持って、警察が乗り込んで来た。『収賄』の疑いである。

神林は鮫島とその前田の召喚を事前に知り、逃げる画策をしていた。参考人として取り調べを受けるのは必至だったから、それぞれ身の回りを奇麗にしておく必要があった。

そして開票の始まるその日、遂に前田の起訴事実が固まったとして警察が逮捕に踏み切ったのだ。その途端に前田後援会は壊滅し、誰も前田を支援したことがないような顔をした。そして市長の当選者は阿部で前田は三位だった。

そのころ田村夫妻はやはり警察の取り調べを受けていた。資金操作は二人と大林が行ったと、前田が供述したからだ。大林は抜け目なく姿を眩ませ全国手配がなされていた。前田の愛人真田みずきも参考人として行方を捜されていた。

阿部が市長に当選したことで、相本派は復権し痛手を被ったのは草薙だった。鮫島も神林の甘言に乗って失敗した者の一人だった。幸いなことに八代開発は無事で、深木の元には嵐の後の爽やかさが戻ってきた。だが美沙登の気持ちは複雑だった。

こうしたとき、人々は自分の都合のいい方へ傾く非情で残酷で、分に良い方にしか動かない勝手なものである。あれほどの金をばら蒔いていたときは、人々は「あの男は素晴らしい。頼りになる。支持しよう」といっていたのが、それが汚い金だと知るとさもそんな金は受け取っていない顔をし、「世の中にあんな悪い奴はいない、罰せられて当然だ」と声を大にして叫び、追放運動は起き、『極悪人』のレッテルを張られて、大騒動になったが、前田は不幸なことに実績もなく、支持母体も彼を裏切り崩壊してしまったことだ。それがなければ政治家は悪でなければ務まらない、地元に有利な利益をもたらす事業を、中央から引き抜いて来てこそ、真の政治家というレッテルを貼られる、そう誰しもが考えるものが多かったのだ。前田はもう一息でそれを逃し、そうなればこのくらいなことは、警察も現職の市長なら目をつぶる、そういうお膳立てが出来る前に、彼の野望は終焉を迎えたのだ。もっとはっきりしているのは、彼を支援した神林や鮫島、それにその上の党の上層部による切り捨てだろう。このくらいのことで駄目になる政治家は切り捨て知らん振りというのが、通常の政府幹部の方針だった。前田の取り調べは思った以上に短く、執行猶予のついた有罪と、横領の金額の返済だった。これも前田に有利に働いて、彼は返済の額を少なく請求されて全滅は免れた。だが彼が釈放されても彼の職も椅子も用意されなかった。神林は約束した職を反故にしたのだ。最早彼を相手にするものは大町中誰もいなかった。

草薙はこの選挙で大打撃を被った。あまりにも全面に前田支持を打ち出し、それが商売に影響し落ち込みが激しく、経営が困難になるまでになってしまった。こうなると芝居で八代との合併を約束したのはまさに逆夢で、会社自体が立ち行かなくなっていた。もう一人、否、二人、前田善郎と紺野信雄は更なる惨めな末路が待ち受けていた。紺野は善郎の甘言に騙されたのでさらに哀れだった。紺野が三枝を裏切ったのには訳があった。それは誠につまらない事だった。紺野は何をしても三枝にはかなわなかった。男の嫉妬というのだろう、ただそれだけだった。三枝は紺野に恨みは持っていなかった。紺野は幼なじみで、ガキ大将に泣かされるいじめられっ子だった。それを腕力もない三枝が庇ったのだ。

三枝は紺野の『若衆会』の復帰を考慮に入れてもよいというまで譲渡した考えになっていた。前田善郎はいいとして神林一助は彼の父からの勧告で、表沙汰にならずに済んだことに対する不公平さに、報復をしたいと真剣に考えるようになっていた。神林は市長時代にいくつかの企業を食い物にし、悟られぬよう自分の貯蓄を蓄えたが、誰の目に触れる事なく成功裏に終わっている。だからその裏金で密かに高利貸をしていたのだが、前田はやり方が露骨な上、みずきという宣伝を作ってしまった。一助は父よりもっと悪だった。親が市長という権限を利用し、悪の限りを尽くして来た。選挙の期間国府田と一助は似たような性格と相対する立場から互いに争った。互いに脂ぎったように精悍な面構えだった。国府田の部下はチンピラだが優秀で、結局彼が勝利したのだが、それで国府田は独立する決心が出来た。

波紋は当然詩織にも現れた。詩織は草薙に囲われたとき、身も心も彼に捧げてきた。縋る相手が欲しかった彼女は、草薙が手切れ金の金額を提示したとき、別れるのが嫌だと激しく縋って拒否したが、囲う力のなくなった草薙はそうするしか方法がなかった。詩織は草薙に未練があり愛してもいたので、それからの生活は地獄だった。『クラブしおり』は続けても良かったが、詩織は店を閉め隠居生活のように表舞台に再び現れなかった。

八代開発の周りにも変化がもたらされた。前田に標的にされた木幡だったが変化はなく、他の者も無事だった。恭介は自分の力の限界を悟って、社長の椅子を深木に譲る決意を固めた。だが、深木は恭一郎という後継者がいるのを考慮して、条件期限付きで承知した。それに深木は自分の後継者の子供が生まれるまでは、その席に座る気持ちになれなかった。それに彼はまだ若い、美奈との結婚生活も楽しみたかった。美沙登も変わろうとしていた。郷土品や民芸品、それに登山記念の店は順調で、結婚式場は退職し顧問として残り、家業に専念することになった。

夫々の人生に影響を及ぼした前田の暴走は、一件の落着をみせて終わりを迎えたが、前田も全財産を失い失意の内に行き方知れずとなり、やがて無様《ぶざま》な変死体となって発見されるのである。みずきは前田の公判で証人として立った後、忽然と霞のように消え、大町に住む人たちの前に姿は見せなかった。ただ彼女はある面で有名人となる。

第十三章　美奈の失敗

深木俊夫と美奈が結婚して一年が経とうとしていた。美奈は俊夫を知るにつれ意外なことや気づいたことが多く、何時も新鮮な気持ちでいられた。美奈は俊夫をもっともっと知りたくて、彼に好かれたい、愛されたいという思いは募るばかりだった。俊夫への愛情は弱まるどころか、強まるばかりで彼女は不思議だった。今や美奈は全てが俊夫でなくてはならなかった。俊夫も美奈以外の女性に関心がなかった。俊夫は美奈が女として可愛い女性なのがなんといっても魅力だった。それは時も場所も際限なく現れる。それに人前ではいじらしい程の献身を捧げ尽くし抜いた。それだけではない。二人切りになると甘え我が儘をいい、セックスは精緻《せいち》を極めた。それがたゆたう波の引き潮満ち潮の如く、激しさが増し彼女にも制御できないでいた。ようやく流産のショックから立ち直り、諸々の生活のリズムが戻り、それにあの選挙事件も終結を迎えて、ようやく周辺に静けさが漂っていた。俊夫は三枝に依頼を受けたことに力を注いでいた。紺野信雄は前田の遠い親戚で、善郎とは幼馴染だった。それが災いしてあの事件に巻き込まれたのだが、今は家業に精出しているという。ただ単に『若衆会』復帰を勧めるだけでは、彼の罪の意識と後悔の念は消えない。何か俊夫はすっかり会の一員になったようだった。美奈は会へは出席は会全体の要望で、着物姿で来るように言われてそれで出かける事も多くなった。だがそれは美奈の望みでもあった。その姿で出かければ破天荒なことをしないのもその理由だったが、美奈の考えは別なところにあった。美奈は秦から子作りに励んでもいいと、体力、子宮とも癒えたと宣言されたのだ。無論前と同じ轍を踏まぬよう厳重注意されてはいたが。何しろ俊夫も美奈も愛が深まるにつれ、以前にまして子供の誕生を希望した。俊夫は美奈の着物姿をこよなく愛した。また美奈も着物を着るのは大好きで、また美奈の一番似合うのも着物であった。美奈は日本人の体型をそのまま踏襲している、ごく普通の日本人の一人にすぎない。背も高いわけではない、股下が短く洋服に向いているとは言えない。顔は大きく面長で着物向きである。だがその美奈を美人だと誰もが思い、憧れの的であり魅力的だと感じているのは確かである。美奈の体内から溢れるカオスが彼女を包み、魅力を高めているのだが、彼女の魅力はその可愛らしさではないだろうか。言葉遣いは丁寧だし、取り立ててブリッこしているのではない。仕草とて体を見せびらかすことはしない。むしろキチンとした身だしなみはしている。ただ胸の大きさやウエストの細さは、美奈本来のもって生まれた資質であって、洋服はそれを強調することはある。美奈がその本来の魅力を見せるのは俊夫の前だけだった。だが男に褒められるようなコケティッシュな仕草がみられるのは最近のことだった。俊夫はその点二人の性生活が前に増して、命の奪い合いのような激しさに終始しているのが不思議だった。それは美奈にも同じ事が言えた。世間一般に『女は初めての男性に弱い』というのが本当なら、正に美奈は俊夫に身も心も捧げているのは事実だった。美奈が敢えてそういうふうに自分を変化させているのにも原因があるが、俊夫なしには生きていけない体質になっていた。俊夫は初めから美奈の裸体の素晴らしさに目を奪われ、今日に至っているが、彼の場合は深刻な問題があった。男は女の魅力に誘われ、女を襲ったりするが、男は精液を排出すればもうその気はなくなってしまう。だが美奈は執拗に俊夫に絡みついて離そうとしない。美奈の性格が完璧を求めており、二人の仲に食い込む隙もない激しい奪い合いと、吸い尽くすまでの関係を求めている。だから二人の交わりはすさまじい愛の確認と命をも引き裂くもので、終わった後の空虚は更に巨大になり、また更なる体を貪りあうものになっていくが、それでも美奈は満足せず、命と引き換えのボロクズになった物体として転がるまで続けられる。だがそれが原因になって流産してしまった二人だが、それの反省点は改善しないまま今日にいたっている。秦は何回となく二人を呼び寄せ、注意を促したが、最初は聞き入れていたことも、回数が増える度に慣れて忘れられてしまった。俊夫は専務の地位は盤石のものとなり、風格も忍ばれるようになり、それにつれ美奈の奥様振りもそれは見事で十分な働きをみせていた。そんなある日、美奈は三枝を伴って買い物に出かけた。このところ美奈は着物で過ごす時間が多く、遠出の買い物は自分では出来ずこうした『美奈崇拝者』がたむろしていたのを、美奈がその日の機嫌でまるでペットを選ぶかのように、その中の一人を摘まみだしている。三枝はもう美奈の言いなりだった。確かに瞳といい関係はもち続けてはいる。だが瞳は傲慢で鼻持ちならない。美奈はそういう面もあるのだが、それをソフトに包んで見せない。三枝は美奈が我が儘でじゃじゃ馬とは知らなかった。こんなに美しく淑やかな女性はいまいと信じていた。美奈はまたそんなふうに自分を変えることも出来る女だった。俊夫には女の全てをさらけ出し迫っていく、それは普段隠している自分への反発と俊夫に対する信頼と甘えであった。その多面性が美奈を余計に魅力ある女性に仕立てていた。それに彼女は着物を着るうちに自然と粋な着方をするようになり、それが男の欲望をそそった。三枝はそのムンムンするような美奈のお色気にぞっこん参ってしまっていた。三枝は純朴な犬のように忠実な下僕だった。美奈は相手が三枝のように社長だろうとルンペンだろうと容赦なかった。

『ついて来るの、来ないの』が美奈のやり方だった。あくまで美奈の気分次第であった。

三枝は時間を守るのは守衛の如くだった。黒のセダンは美奈のために用意したものだった。美奈は予てから善光寺と北向神社にお参りしたいと切望していた。俊夫は無心論者なので内緒である。美奈は自分がかつて信仰の対象になり裏側も知り抜いているにもかかわらず信仰深く、子宝に恵まれないのは信心が足りないと、今日の善光寺参りとなったのである。美奈は美沙登も誘ったが鼻でせせら笑いされ、三枝が二人きりになるのを回避するために、あれこれ気を使っていたが、美奈はそんなことをまるで無視、後藤君枝と木幡旬子を誘っていた。美奈は別に算段することがあった。三枝は思わぬ大勢の人数に驚かされたが、美奈が行き先と違う方向を指示したものだから、よく聞く方向オンチなのかと思ったが、どうもそうでもないらしい。美奈は家の前で車を停めるとその中に入っていった。

「美沙登、今日はわたしと一緒に出かけるべきだわ。案外馬鹿に出来ないことよ。ね、美沙登、あなただって結婚した限り子供は欲しくない？　そしたら事態は変わるかも」

「美奈、わたしも言いたいことあるけれど、素直に従うわ」

美沙登は美奈と自分の間に次元の違いを感じていた。最早二人の間には相寄せ合う共通性が薄れているのに気づいていた。『俊夫はどうなのだろう』美沙登はふと不穏な空気に寒気を催した。美沙登は良男と結婚したのは愛情があったのではない。安息の場が欲しかったのだ。でも、美沙登は子供も悪くない、きっと良男との仲を変化させるものが生まれるかもしれないと思っていた。それでも美沙登が美奈のお参りをせせら笑ったのは、それが気休めの何物でもないと感じたからだった。それに美奈が今でも自分を心配して来てくれる、それだけでも感謝して共に行く気になったのだった。

旬子はあんなに頑固で強情な美沙登が、いとも簡単に美奈に従うのに驚いた。だが美沙登は素直に従ったというより、下地にそんな気持ちがあったといったほうが正しい。まるで浮世離れな良男に相対していると、滅入った気持ちが鬱になり堪らなくなる。美沙登は本来気持ちがしっかりしているのだが、その彼女さえ不安定にさせる魔力に脅えて、居たたまれない気持ちにさせていた、その最中だからなのかもしれない。美奈は黒沢家の内情は心得ていた。そしてなにより美沙登の気持ちは知り抜いていた。美沙登は僻《ひがみ》という言葉は無縁だが、美奈はそうならないよう努めてきて、今もそうだが自然をモットーとした。美沙登はまた美奈のそんな気遣いを知っていて乗っていた。

美奈は加奈がつき添いを求めたとき、いとも簡単に断ったのは、単に車が満席という理由だったのも、あながち嘘とは言えなかった。それに美奈は美沙登に幸せになってほしかった。子宝に恵まれたいという欲求は、美沙登も同じである。ただ美奈とは境遇が違うし、考え方も違う。彼女は結婚を望んでいなかったが、束の間の幸せでもいいと思っているのだろうか、良男の純朴さに惹かれてつい従う気になったのだろうが、美奈には気まぐれというには哀れな感情に誘われ、焦って勇み足をすることもあるが、それに感謝すればこそ、恨みなど更々なかった。

護摩焚きの時間に合わせ、お堂に入ったのは女性ばかりと思いきや、三枝も結婚祈願をしていた。美奈はお守り札を戴きご機嫌だった。きっときっと今度こそという気概があって、今日の参拝になったが、大袈裟で他人から見たら滑稽でさえありえた。俊夫との愛の証し＝子供の公式は崩れなかった。それと彼女はそんな祭り事でも、他の者の力を必要とした。結束が強い仲間が事を浄化させ成功に導くと信じていた。

堂内は平日にもかかわらず足の踏み場もないほど超満員で、美奈はどんどん前に進んで最先端の位置を占めた。やがて堂内は静かになり、奥から何人もの僧侶が列をなして中央に位置する場についた。お経が読まれ火が焚かれ護摩は最高潮に達し、終始を迎えた。美奈はかつて自分が癒やしてきた信者たちと同じ、藁をも縋る願い事をしている立場と同じになり、何ら変わりなく子供を願う思いを念じていると、妙に不思議な雰囲気になってくる。俊夫を無理に休ませて来させなくてよかったとつくづく思う。俊夫はそういうことを信用しない性格だったし、美沙登もそうだった。ただ現実主義な美沙登でも、俊夫と違う点は、子孫を残す役目の女というところかもしれない。美奈はそれでもこうしてかかり合うのが好きで、重要な自分のことにまで他人を巻き込んでしまい、慚愧と後悔に悔やまれ、美沙登に腹の中を読まれていた。三枝は美奈の着物姿にうっとりして金魚の糞のようについて回っていた。美沙登はそれを見て吹き出しそうになった。もう人の妻になった女をこう追いかけている男を、冷ややかな目で見ている美沙登にとっては、三枝は猿芝居の猿にしか見えなかった。美奈の興味は常に俊夫にあり、彼女が男に興味を持つのには、彼女の女としての性なのであり、多分に危険が伴ったりする。美奈は男性とつき合うことで、俊夫の男性としての魅力を再発見するのだが、それが度々その中の男性を美奈が篩《ふるい》にでもかけるように選び、家来でもするようにこき使い、ポイ捨てをするような小癪な真似をすることも多く、俊夫が再三美奈を窘《たしな》める事も間々で、人妻の火遊びに見えたし、実際そのような危ない橋を渡っていたのだ。美沙登はそれを見越していたし、美奈にそれも含めて言い争いのようなこともした。

「美奈、あんた自分の地位に驕ってるんじゃない？　いい加減にしなさいよ。あんたは好き放題のことをしてるからいいけど、じゃあ俊夫はどうなるのよ。節操も貞操も恥じもないの？　美奈ってそんな女じゃないわよね」

美奈は言い訳しようがなかった。確かに彼女の性衝動の山積が彼女をそうさせるのだろうが、そんなのは真意の程は知れない。ただこの頃の美奈は以前に増して性欲が強くなり、彼女の変化か俊夫の教育のせいか、彼女の全面に性欲が出るようになり露骨になってきているのは間違いない。美沙登だってある程度は仕方ない、それが美奈という女だと、それが美沙登の憂鬱になった。

「美沙登、あなたには悪いことしたわ。わたしはあなたの大切な宝物を奪った人間ですものね。そのわたしが俊夫さんと暮らしている。もしもわたしがいなかったら、俊夫さんと結婚したかもしれないのに」

「馬鹿ね、何言ってるの、今更そんなこと言ってどうするの。わたしへの気遣いだったら、それこそ大馬鹿よ。現にあなたは俊夫と結婚してそれこそ蟻の這い入る隙間もないほど自分のものにしてる癖に。でも分かってるんでしょ、いまの自分、惨めな姿、人目に晒して、みっともないわよ」

美奈は全てを知り尽くしている美沙登には何も言えない。

「わたしの宝物を攫ったんだから、大切にしてくれなきゃいけないわね。もっとも美奈は大切にしすぎて物の見極めがつかなくなったのかな」

「ううん、美沙登、つい華やかな自分の周りに惑わされているだけよ。わたしがいけないの、男をその気にさせたりして」

「あなたの性格も災いしてるのね。姐御肌で気っ風がいいし、それでなくても男がつくのに、男の扱い方が俊夫と一緒になってから上手になったしね。さぞかし俊夫も、美奈の魅力に囚われてしまって、それで疎遠になってるのよ」

「そんな」

「何言ってるの、俊夫を独り占めにして、尚足らず他の男にもちょっかいだして」

「やめて」美奈は身の置き所がなかった。女として盛りのついた美奈は、俊夫だけでは身が持たなくなった肉体の欲求に恥じるところもあった。だがそれは制御出来るものでもなかった。美奈は俊夫に開花され女になり、大輪の花を咲かせていた。既に美奈は男なしではいられない体になっていた。それが妙に美奈の感情を揺すぶっていた。いままでは初夜の前後に男に裸を見せ、肌を許すのがあんなに恐ろしかったのは、気持ちの裏返しとは気づいているが、それが美奈の哀しみになりかかっていた。それは古代からの女と男の子孫を残すための営みに過ぎない交わりが、男女の憎悪や肉体を貪る争いになり、どちらかが支配者になる戦いをしてきている。表向きとは異なるこの争いは深木家にも訪れ、明らかに美奈の支配の元、事がなされている。圧倒的な性欲に溢れた美奈は、俊夫を凌駕し彼女のなせるままになっている。その驕りが美奈にあるのは正しく、美沙登は俊夫のその男としての強靭な性欲で美奈を圧倒出来ないのを歯痒く思っている。美奈は女の武器としては最高のものを備えている。彼女の美貌は年を経るにつれて、その巧みな現代の技術の施行により、より艶やかに華やかになり、艶を増すばかりであった。その繁栄の最中に美奈の陰りは不可解な面があった。美沙登はそれの起因を知り、唯一正してくれる友であった。美沙登は美奈以上に俊夫を知り尽くしている人だった。美沙登はこのところの俊夫の劇的変化に落胆していた。俊夫は背広族には適さない男だった。だから詩などが書けたのだ。その謎めいた俊夫に美沙登は惹かれたのだ。だから今の腑抜けの俊夫が情けない。メスを追いかけているオスみたいだ。俊夫の鋭い感覚が鈍くなり、社会の谷間にそのまま埋もれてしまうような気がする。別に平凡が悪いのではないが、俊夫にはその持ち分がある。彼が生を受けた役割がある。それも捨ててしまったような俊夫が、死を宣告された人間みたいだった。これは彼女とても無視できない。同じ戦士の俊夫の不名誉は何とか拭わなければならない。美沙登が言わんとすることはそういうことで、美奈も分かってはいるのだ。美奈の支配する蟻地獄にいる俊夫を救う手立てはない。もう芝居も半ばを過ぎ、突然の登場人物の変更はありえない。この二人は女としては通常敵同士になる関係にある仲なのに。これ程近密になる、それも俊夫という媒体が共通点だということも不可思議な関係でもある。

美奈は今日も着物を着ていたが、彼女はどうも粋に着すぎる傾向があって、どうもまともな主婦には見られない。大抵は何処かの料亭や旅館の女将や、クラブのママなんかに見られたりする。その日だってその際立った艶やかさは人目についた。三枝は女神の美しさをうっとり眺めていた。美奈は最近美しさも度を超して洒脱している。美奈はもう男の見世物であった。俊夫という媒体で美しく着飾る術を知った彼女だが、かつて彼女がそうだったように、既に社交での見せびらかしになっている。それが美沙登の癪の種なのだ。美奈は俊夫を大切にしないというのではない。ただ俊夫以外の男性にも自分を認めてもらいたい気持ちが強いだけだ。それが間違ってる、と美沙登は思っている。ところが美奈には目算があった。俊夫が会社の専務の位置にあり、そのためには彼だけではその地位を保つには優れた素材が必要だった。それが若衆会の男たちで、美奈に首を振るものがその資格を与えられるというわけだ。三枝もその一人だが、どうも美奈の目論みと違って、美奈に助平な考えを持つ人間しか集まらなかった。美沙登が問題とするのは正にそれだった。美奈はそれでなくても魅力がありすぎる。男にとっては垂涎の肉体である。美奈の性格は来る者を拒まずである。危ない橋渡りである。まして近ごろ美奈は俊夫の洗礼を受け、その美しさに磨きがかかってきたところである。美奈は美しく装うのが生まれつき好きなのを思い知らされ、俊夫がそれを望んでいるのを知って、増々俊夫の好みに合わせ優雅になってきている。俊夫は美奈の装いの求心的な存在であり、それに従って美奈は歩を進めている状況である。俊夫の男の感覚の鋭い美意識が、美奈という存在によって鮮やかに演出されていた。美奈の一挙一投足は俊夫の投影に齎《もたら》され、従って美奈の美意識は俊夫の影が纏わりついていた。

善光寺参道には土産物店が軒を連ねていた。美奈はある人から戴いたアンズの缶詰を探していた。それはシロップで漬けてなく、干したアンズを濃い砂糖か何かで漬けてあり、開けると紫色した汁と染まったアンズがでてくる。アンズ独特の甘酸っぱい味がして、結構酒の肴になるのである。それと蜂の子の缶詰も俊夫から買うよう言われていた。イナゴの佃煮もその買ってほしい中にあった。それに美奈は桜の木が木地の硯箱が欲しかった。美奈は習い事で、習字をしたいと考えていたからだった。俊夫は大筆の字を習っており、欧陽詢や智永を経て、王羲之を手本にしている。美奈は仮名文字の、特に変体仮名の美しさに魅せられ、俳画に似た物を作りたかった。美奈は絵が得意だった。一度俊夫の油絵を見たことがあるが、下手といってよかった。水彩画の花の絵が好きで彼女はよく描いた。

だが美奈は不幸なことに和歌に長じておらず、俊夫も不得手であった。良男の作った俳句を美沙登が集積しており、俊夫の短い詩もその対象になった。もっとも俊夫は近年詩を忘れており、美沙登と手探りで抛り出していた。美奈は俊夫が若いころ、雪ケ岳に上っていたころのメモに注目していた。その宝石のようなメモは彼の日記帳の中に挟まれてあった。紙が茶ばんでいて、読みにくい箇所も多々あったが、彼が美奈のことを述べてる場所は美奈が真っ赤になるほど、彼の真情が述べられていた。美奈はこんなに自分を思ってくれていた俊夫が、我が意の中にあるのが不思議だった。あれほど人を拒否し、自分の殻に入って出て来なかった俊夫が、もう美奈の肉体の虜になっている。彼女の言うが侭に家庭は作られている。美奈だって俊夫のいない世界はありえない、美奈は俊夫によって成長を遂げている、でも、美奈は俊夫と少し違う。たしかに美奈は俊夫に添って生き、心も体も俊夫のものだ。美沙登や多恵子、それに真砂子にもない女としての華は手に入れたかもしれないが、彼女の能力は女としてのものだけで、生活力もなければ、身についた技も生命力もなく、俊夫なしの生活がないというのもそういった意味であって、それが美奈の悲劇を呼ぶのである。美奈は女としてしか生きられない女、だからこそ女としての魅力に溢れている。だがそれだけに男に対する執念は凄く、男に好かれたい気持ちが、俊夫との性経験を重ねる度に強くなり、何万人にしかいないと言われるスタイルばかりでないセックスシンボルのような彼女の圧倒的な女性としての魅力が、男心を擽る要素として可愛らしさが漲っている。美奈の本当の素晴らしさは、その可愛らしさにある。男に接するに美奈は、女の最大の武器を総出させ男を魅了する。その男が自分にどんなに必要か、頼りにしているかを、彼女は体を触り、男に見せ触らせてその気にさせるのに長けていた。男がそのときどんな反応を示すのか知っていて楽しんでいた。それが触発する起爆剤なのも彼女は知っていた。だが彼女の男を欲する欲望は抑えが利かなかった。むしろこのところの妊娠を意識してのセックスの抑制は彼女を苦しませた。彼女は俊夫に触られるだけで、全神経の官能の呼び鈴が呼び起こされる程だから、始終彼女のプッシイちゃんは濡れてつねに準備ＯＫだった。だからそれを打ち消すように彼女はよくはしゃいだ。だが、はしゃげばはしゃぐ程男は寄ってくる。これの繰り返しの苦しみは彼女を苛んだ。またそのもの憂げな美奈は性的に満開であり、男が放って置かなかった。だから美奈には苦しい日々でもあったのだ。

彼女は絶対に成し遂げなければならないことがある。俊夫に命を捧げて思うは子供のことである。なんとしても俊夫との間に子供が欲しかった。俊夫のためなら美奈は厭うものはなかった。彼女は秦の助言をよく取り入れた。彼女の生理の周期をグラフにし、妊娠し易い時期には赤線が描かれていた。それが今日明日なのだ。俊夫にはそんなことは知らせていない。かえって緊張して思うようにならないと美奈は考えたのだ。それでも美奈には勝算があった。こんなとき女の武器を使わないでどうする。そのため我慢した日々ではなかったのか、美奈はその戦略を大分前から準備してきた。このお守りもその一部である。今日は家には誰も入れるつもりはなかった。俊夫と二人きりの時間を多くして楽しみたいのが本音だった。美奈は帰るとすぐ着物を脱ぎ捨て、入念に歯を磨き、体を洗い化粧も何時もより濃い目にした。着物も下着に注意して着替えた。美奈は洋服の下穿きははかなかった。何時もより美奈は紐も帯もきつめにした。それに美奈は派手な柄の物にした。如何にも男友だちと遊んだように、余計に半襟も派手で襟を大きく開けた。嫉妬心を煽り、俊夫を誘う手管だが、俊夫はその手にかかるような男ではなかった。それに彼は嫉妬深くない。だがそれでへこたれる美奈ではない。体を磨き毛の処理を集中して行い、香水も染み込ませて、戦線に備えた。食事はボリューム満点で、ニンニクなど香辛料の強いものはなしにした。酒も程々にするようにしたかった。久し振りの彼との約束の日である。胸は高鳴り落ち着かず、処女だったころのように体は震えた。こんな感触は経験がなかった。もう美奈は切ないほど俊夫の愛撫を待っていた。

「俊夫さん」わたし魅惑な声を出した？

「お帰りなさい」いけないわ、しっかりして美奈、ほら俊夫さんびっくりしている。わたしがいつもと様子が変わったのに気づいた？　わたしの体を全て覆い尽くしている着物。俊夫さんもご無沙汰だから飢えてるわ。わたしが欲しがってる態度を示したら、それに乗じてそれ見たことかというに決まってる。平静に焦らず、引き寄せなくてはね。でもこの勝負わたしの勝ち。わたしの体を知ってるもの。わたしの体が反応を示すのが分かるもの。わたしに手を出さなかったらどう復讐しよう。

「俊夫さん、お風呂に入る？　今良い湯加減よ」俊夫さんわたしばかり見てる。成功よ、やった！

「駄目、歯を磨いてから」ああ、言ってやったわ。キスを拒否されて怒ってる。おこれ、おこれ、うんと怒れ。もう今日は俊夫さんにいっぱいいっぱい可愛がってもらうんだから。それにそれに俊夫さんとの子供作るんだもん絶対、ぜったい。

「今日、善光寺さんにお参りにいってきたの」

反応ないな、ホント俊夫さんて鈍い。

「子宝祈願をしてきたの」

「護摩を焚いてきたのか」

「よく洗ってよ、大切な祈願の日なんだから」

「ビール冷えてるのか」

「はい、でも飲み過ぎは駄目」

「分かったよ、もう」

俊夫さんの着物はと……。角帯結べるのかしら。絞りの丸帯にしようっと。ちょっと香水強いかな。どうわたし、奇麗？　大丈夫よね、ああ、待ち遠しい、涎が出そう。はしたない。

「バスタオル」

「なんだ、拭いてくれるんじゃないのか」

「大事な着物を汚すから駄目」

「ううん、まだ、あう」わたしやっぱり駄目俊夫さんに攻められあえなく落城。キス許しちゃった。ずるいんだからいきなり。

「食事、しょくじ」

「美奈の体、ほらこんなに欲しがってる」

「うん、もう」

「着物、邪魔じゃないかな」

「いじわる」

わたしの感じるとこ俊夫さん知ってるからいけない人。

「どうする、美奈、ほら」俊夫さんわたしのおっぱい弄ってる。ああ、いいわー。

「だめ、だめいけないのよ。ちゃんとーううん、あん」わたし俊夫さんが欲しかったから堪らない。

「どうする、ほら」俊夫さんわたしの股に手を忍ばせる。ずんと快感が突き昇る。

「いや」

わたし怒り心頭、今日はいけないのよ。

「お食事して、お祈りするの、それから」

「なんか醒めちゃうな」

「着物きて」俊夫さんと相対する。わたしをこんなふうにした悪い人。顔を見ただけでわたしが抱いてほしくなる人。わたしを助平にした犯人は俊夫さん。もう欲しくて愛液がびしょびしょ。なんで俊夫さんだったんだろう。結婚の時わたし男と女が一緒になるってこうとは知らなかったわ。そりゃね、男と女のことは知ってはいたわ。でもこういう肉と肉を貪るなんて、まあーまあー、わたしの頭の中俊夫さんとのこれからの、愛し合うことばかり。なにも、もう、今日は俊夫さんわたしの着物脱がしにかからないわ。俊夫さんの作戦？　だったら受けて立つわ。俊夫さんの手太股触ってやる、えい。

「ビール美味しいわ」わたしもう酔ってる。ああ楽しみ。

「これか、蜂の子とアンズの缶詰どちらにするか」

俊夫さん蜂の子の缶詰を手にした。やる気ね。わたしは見ただけで寒気がする。

俊夫は父が土蜂の巣を見つけては蜂の子を捕まえて来たのを思い出した。

わたしはアンズ、イナゴも大丈夫。俊夫さんの着物姿いいわ、素敵。

「わたし今日絶対に子宝に恵まれたいわ、だからわたしの言うことを聞いて」

「だって、夜はいつも美奈の言う通りじゃないか」

「茶化さないで、真剣よ。俊夫さんわたしたちの子供欲しくないの」

「そんなことないよ」

「まあ、随分曖昧なのね。それだったら今日はお開き。わたし我慢して寝る」

「おいおい、それはないよ」

「いいえ。いい加減な気持ちだったらわたし嫌。わたしを愛していない証拠。わたしの体が欲しいだけそんなの最低」

「なんだよ、美奈だって僕が欲しいんだろうこんなに濡れてるぜ」

「馬鹿。わたしは証しが欲しいわ。愛してる証しが」

「そんなもの幻さ」

「それでも良いの。今そうならそれでいい」

美奈はなまめかしかった。俊夫を完全に誘い、餌食にしたいわたしの俊夫さん。俊夫さんの思うようにはさせないわ。

こうして最後に負けるのはいつも俊夫だった。美奈は決して折れなかったからだ。

わたしたちは儀式を行うために寝室の前に並んだ。仏壇もないし仏像もないからそうしたのだ。わたしたちは厳かな気分に包まれた。すくなくともわたしはね。わたしのお祈りは長かった。たくさんたくさん。丈夫な子、俊夫さんに似た可愛い男の子、そして必ずかならず今日、身籠りますように。両親の健康に美沙登の幸せ。恭一郎のこと。それよりもっともっと俊夫さんの長生きと二人の幸せ。ううんまだまだ。美奈欲張り。

期待と不安の喉がゴクッとなる一瞬。俊夫さんわたしのこと穴が開くほど見てる。わたしの装い気にいってるのよ。わたし動かない。俊夫さんわたしを抱いてくれてる。瞳と瞳合う。いつもあっても恥ずかしいようなこそばゆいような、それでいて嬉しくて宙を舞うよう。あ、口吸いにくる。俊夫さんのキス好き柔らかくって温かで、それで優しいのわたしの小さな唇呑まれちゃう。息苦しい。鼻で息しろって俊夫さんいうけど、わたし駄目なの。早く、早くわたしを裸にして激しく抱いて。心臓の音しか聞こえない。素敵、いいわ、大好き、俊夫さんのお好みにしていいのよ。われを忘れさせて。またわたしを見てる。もっと緩く紐結んだほうがよかったかなー、わたしだって俊夫さん脱がしたいけど動けない。ああこの首筋の愛撫に弱いの。

「キチンとよ、入れるのも射精するのも正常位じゃなくては駄目。そしてそのときはきっとわたしに伝えて。わたし俊夫さんに抱かれてわたしも抱き締め受け止めるんだから」でも声にならない。わたしの自慢のバストちゃん、今日も元気で硬く聳えてる。俊夫さんあん、もう駄目。気持ち良い、最高！　俊夫さんいつのまにわたしの上にいる。あ、くるわ。

俊夫と美奈は一つになっていた。俊夫のピストン運動が始まり、必死で耐える俊夫がいた。愛の儀式は男と女の激しい戦いだった。

わたし、腰を浮かし俊夫さんを受け入れてる。熱い、俊夫さん汗だく。わたしも俊夫さんもそうしながら見つめてる。あ、いい、いいの俊夫さんもっとわたしを苛めて、狂おしいほど深く挿入して。あ、くるのね、くるわ。

俊夫は美奈を抱き、美奈も最後の俊夫の爆発を深く受け入れ折れよと抱いた。全てが空だった。ドクドクっと俊夫の精液が射精され美奈の子宮に送り込まれる。美奈はそれを受け止めるべく、体を反らした。毒々しい劣情の生々しい現場だった。これ以上の濡れ場はあり得ない、凄惨な交わりだった。こんな卑猥な美奈はなかった。体中のフェロモンが美奈の体内から放出し、その感極まった表情は、どんな男も虜になる色っぽさに満ち溢れ、俊夫はそれで再度の挑戦が可能になった。

美奈は奥深く俊夫を迎え入れ、どんな体位も可能だったし、何回かの性交位を受け入れられた。美奈は勿論俊夫にもまだ大きな起点が芽生えているのに気づいていない。美奈も俊夫も深い愛情で結ばれており、気づく道理もなく捨て置かれてはいる。だがこれこそが二人の行方を阻む大きな障害となる重要な要素が隠されていた。

わたし、俊夫さんのものを受け取ったような気持ちがする。わたしにしか分からない女としての確信。美奈には自信のようなものが芽生えた。間違いない、きっと妊娠した。

※

秦産婦人科は混み合っていた。美奈は喜びが込み上げ笑いそうになった。俊夫には今日ここにくることは伝えてある。母の加奈がついてきてくれた。加奈は孫の誕生の可能性におろおろしていた。美奈を診察した秦は彼女に妊娠したことを告げた。小躍りして美奈は喜び、その場で俊夫に連絡した。今回美奈は慎重で誰にもこのことを喋っていなかった。俊夫は留守だったが、家に帰ったらすぐ電話があった。加奈は恭介にも連絡しようとしたが、あの事件で美奈は臆病になっており、岩田帯を巻くまでは静観を望んだ。

その日から深木家の家庭内の雰囲気は一新した。恭介も恭一郎も来る、真砂子や多恵子も、八代開発の連中も押し寄せて来る。なんのことはない。秘密がそうでなくなったのだ。美沙登は冷静に電話でお祝いを述べたに止まり、一家挙げてのお祭り騒ぎが続き、客の出入りが絶えなかった。

美奈は解放感に満ち、日々元気そのもので、秦の言いつけ通り接するのも適時に調節した。だから美奈は順調だった。もう彼女は俊夫の世話一本に生活も絞っていた。なにしろ俊夫の子供を宿しているのである。自慢したくて仕方がない。心浮き浮き気持ちはここにあらずといったところ。今日、美奈はお出かけである。呑気なものである。一日することも少なく、尻軽の美奈としてはじっとしていられない。書道の先生は歩いて来られるなら来なさいと言ってくれたので思い切って行くことにしたのだ。俊夫は重いものは持つなと注意されていたが、書道の道具くらいならいいだろうと、彼が了承してくれたのだ。美奈は個人指導を受けているその教室は、深木邸からすぐ歩いても行けた。

美奈は帰りには美沙登の家にも立ち寄る予定にしていた。

楚々とした様子に見える美奈は深窓の夫人という評価をされ、実像を知っている美沙登に大笑いされてむくれた。美奈は美沙登と喧嘩ばかりする。その癖美沙登がいないと淋しい。美沙登は字が奇麗である。美奈とは大違い。だから一緒に初めたかったが、美沙登の事情がそれを許さない。美奈は着物である。お腹の膨らみが隠れることもあるが、皆の希望でもある。まだ美奈が始めて数カ月だが、腕の上達は早く、先生も注目している。

美奈が行くと生徒の一人が机を拭いている。美奈の動きは上品で優雅である。そして軽快である。だがその生徒は美奈に何もさせなかった。

「美奈さん、知ってる、生徒中の噂、美奈さんが先生をもう実力でも超えたって」

「駄目よ、そんなこと言っちゃ」

美奈はここには自分の席がないのを知り悲しくなった。心を満たされることって、やはりわたし子供なのかな。それがわたしに残された唯一の道。

この日の授業に美奈は実が乗らなかった。憂鬱だった。ぼんやりして美沙登の家に向かった。美沙登の家に行くのには歩道橋を渡らなければならない。美奈の足は重かった。身重であることも美奈の足取りを危なっかし気であった。渡り切ろうという瞬間だった。そのときその事件は起きた。美奈が足を滑らして腰を強く打ったのだ。美奈は起き上がることが出来なかった。近くにいた人が救急車を呼んでくれた。妊娠していて秦病院にかかっていることを告げて、美奈はお腹を抱えた。急激な痛みが美奈を襲った。それから美奈は記憶を失い、気づいた時はベッドの中だった。傍には加奈と美沙登がいた。俊夫も追っ付けくるという。皆が無言なので、美奈は黙ったままでいた。美奈は勘の鋭い女である。いま自分がどういう状態か察せられたが、恐ろしくて声に出来なかった。重い雰囲気だった。加奈は美奈が目を覚ましたのに気づくとわっと泣き出し、シラケた空気が辺りを覆った。美沙登は美奈と約束したのに肝心の彼女が来ないので、この事件を知り病院に駆けつけたのだ。看護師は美奈が目を覚ましたのを見て、ベッドに近寄って来た。点滴液の交換と体温の検針である。美奈は不安がいっぱいで言葉にならない。聞きたくないという神経が働いているのだ。何だろうこの感触、美奈は恐れた。この嫌な感じ、聞きたいが聞きたくない、愛してる人は？俊夫さんは、ああ焦れったい。

秦医師はこの緊急病院にやってきていた。当番医から連絡を受けた時、即答で手術を承諾した彼だが、重い気持ちに囚われていた。美奈がここに運ばれて来た時、既に胎児は死んでいた。摘出手術を行った彼だが、表情は暗かった。この事実を深木夫妻に伝えなければならないからだ。これで二度の流産である。医師として次の妊娠の可能性はゼロとは言えないが、答えるには難しい問題だった。

暫くして俊夫がやって来て二人の話は長きに達した。

「もう美奈に妊娠は無理ですか」

「断言が出来ないので、その答えは難しいですね」

俊夫は藁をも掴む気持ちだった。美奈との関係が円やかになるには子供が必要なのは目に見えていた。

「妊娠は一年後まで我慢すること。奥様の子宮を休ませる事だ。避妊は男ならゴム、女ならピル、それは相談して決めなさい」

「ピル？」

「飲み薬で、毎日服用する。副作用があるかもしれない」

「それとどうしても欲しいなら、妊娠したら静養した方がいい。なんなら入院してもいい。帯を巻くまでは」

「それでいいのですか」

「安定期に入れば安心だからな。後は転んだり、腰を打ったりしないことだ。お手伝いでもあればいいが」

※

病院の一室は仄かな明るさしかなく、陰惨な感じがするのも話の内容のせいなのかもしれない。俊夫は淡々と話を進めることにした。それが美奈を最小限傷つけない方法だと思ったからだ。美奈は胎児が駄目だというのは理解した。だが悲しみは奥から奥から込み上げてくる。涙はなかった。深い悲しみは涙を奪った。その悲しみは心に突き刺さり美奈を苦しませた。だがその悲しみは俊夫にも移った。悲しみを引きずって暮らす日々になるのである。

第十四章　俊勝誕生

金沢旅行

深木家は沈泥の沼地に嵌まっていた。美奈に笑顔が消え沈痛な空気が漂い、俊夫の仕事にも影響を受けていた。出好きな美奈も今は家に閉じ籠もったまま人と接しようとしなかった。あの事件以来、美奈は寝たり起きたりの日々が何カ月も続き、家事は放置され荒れ果てた広野のようだった。来客も断り伏せがちな生活は陰湿で、惨めな雰囲気の中で健全な家庭が築ける筈もなく、美奈の拒否は続き家庭壊滅の危機も大袈裟ではなかった。加奈と美沙登は時折ここを訪れては美奈を見舞い、慰めにやってきた。美沙登は幾分ふっくらしたのは、経済的なゆとりのおかげだろう、体躯もしっかりしてきている。俊夫は稼業に専念して帰りも遅くなってきた。だから美奈には多恵子や真砂子より美沙登の訪問を望んだ。

国府田と多恵子は正式に夫婦になり、今では選挙事件以来の盟友友永と組んで仕事をしていた。多恵子は執筆活動よりインタビューの仕事が多く忙しそうだった。彼女は以前より妖艶さが増し、そのセクシーさでも評判をとっていた。彼女は仕事の方向を派手な面に進み、それで収入も倍増し優雅な生活を送っていた。大町でも高級住宅地に最近引っ越せたのも、大方この仕事が引き金になっている。だからというのではないが、国府田以外の男を傍に引き寄せペットみたいにしていた。国府田はそれを意にも介さず精力的だった。彼らには子供が欲しいとか、相手を愛しているというのは関係ないことだった。彼は顕示欲が強く、その脂ぎった肉体は金より名誉名声、女は欲望を処理する道具だった。多恵子も夫は飾り物に過ぎず、時折欲求を満たしてくれさえすれば文句はなかった。子供が欲しいと思ったことは一度もなかった。彼女は金より欲望を満たしさえすれば、どんなことでもよかった。陶器の本も出版しなくなった。そんな手のかかることをしなくても、幾らでも金は入って来るからだ。彼女は友との関連も最早必要なく、大分ご無沙汰だったが、昔の記憶に誘われ顔を出すといった風だった。それに国府田は恩義に感じるタイプの人間だった。俊夫の処理には感謝して、『兄貴格』として丁重に扱っていた。それに彼には思惑もあった。名誉として市議会議員を目指していた。俊夫の地位、名声は伊達ではなく、彼をかつぎ出して、協力してもらおうというのである。これはあくまで国府田の心つもりであり、多恵子にも内緒のことだった。

真砂子の妹捜しはまだ終わらなかった。情報がないのである。もっといい加減な関係だったのが、真砂子の男関係だった。妹の失踪後、つい桐原と関係を持ってしまい、植草には責められその両方からどっちにするのか結論を迫られていたが、彼女は答えを出さずにしてしまっていた。一番貞操観念が強い人間が曖昧な態度しかとれないのは、商売と妹のことしか頭にないからである。彼女は仲間外れにされていて孤独であった。唯一の頼みの綱の俊夫も、美奈しか頭になく交際は途絶えがちだった。そしてこの事件である。友情を取り戻すいい機会だった。それに真砂子は俊夫に妹の消息で事後報告をして置きたかった。

八代恭介はイライラしていた。娘の流産が二度も続けばどんな親でも心配する。加奈は家事も手につかない。二人とも手助けする術がないので余計焦っている。恭介も会社の隆盛は深木の子孫にかかっていると信じていた。恭一郎では荷が重い。俊夫の存続が彼の要望であった。だが彼は娘が親を裏切るかもしれないのも実感していた。美奈は夫俊夫のためなら父親をも敵にする。そんな激しさを持っている美奈は、外見は益々女らしくお色気もたっぷりで、それに可愛い顔をしているので、誰も美奈の本質を知らない。

俊夫は大町で知らない人はいないほどの有名人になっていたが、それは彼そのものの姿を示しているとは言えなかった。美沙登の弁を借りれば、彼の美意識の鋭い批判精神が消え、平凡な会社の経営者になっていた。彼が大学時代その名も知られた詩人『城匠一《じょうしょういち》』と知っているものは少ない。恭介にそんなことを言ったら驚くだろうし、木幡は腰を抜かすほどびっくりするだろう。だが経営者としての俊夫は優秀で、生活は裕福であった。美奈はその恵まれた財政状態の中、思いのままの生活をしている。美奈という女性は金には執着心がなく、貧乏でもいいわとよく言っていたが、その反面湯水のように金を服装に費やした。また彼女の性格を見抜いた業者は、度々彼女を訪れ着物や帯を売った。洋服も一度着た洋服をまた着る機会はなかった。だから彼女の洋服ダンスも着物のタンスも収まる余地はなかった。俊夫は現在の状態を打破したくて、二人で静養に行こうと思っていた。その候補地を絞っているうちに、真砂子が家にやってきた。

その日は美沙登も別に意味もなくふらりと様子を見に来ていた。俊夫は美奈を連れて行く場所を彼女に相談していた。美奈も参加して団欒が深木家に出来た。美沙登は大下の持って来たパンフレットを美奈と見合った。

「どうなの、俊夫、行きたい処あるの」

「静かな処かな」

「美奈はどうなのさ」

「わたし俊夫さんとならどこでもいい」

「全く、遠慮のない人ね。そうのろけられちゃ意地悪したくなるわ」でも全くそんな気のない美奈はキョトンとした。美奈は俊夫と二人きりで旅行するなんて新婚旅行以来である。

玄関のチャイムが鳴って来客を知らせた。真砂子である。真砂子は美沙登もいるのを確かめて居間に入って来た。話は彼女が優先だった。

その時の真砂子は大人の女という印象より、崩れた人間といった感じが強かった。彼女は妹という重い荷物を背負って、人生そのものが狂ってしまい、正しい軌道に戻れないでいた。瑠璃子の消息は足取りも曖昧で、情報も飛び飛びだった。その精神的な心労が彼女を蝕んで、彼女をおかしくくし、女性では一番質素で堅実ばかりでなく、良妻賢母になると思われていたのに、不倫ではないが婚前交渉で体を許し、ずるずるした関係を作ってしまったことは、彼女の日頃の身上とはかけ離れたことだった。その非を感じている真砂子は、友だちにも会うことを避けていたが、美奈の二度もの流産で非礼をしており、動かざるを得ない状況になったし、瑠璃子の行き先への微かな光明がある情報を得て、深木家へ訪ねてきたのだった。真砂子は美奈とはどうも相性がよくない。それは多分に真砂子の煮え切らない性格によるものだが、俊夫にだってその責任がないとは言えない。どうも真砂子には甘いのである。それが美奈には気に入らないのである。美奈だって大人になってはいる。真砂子は虫が好かない上、俊夫は美奈のものである。俊夫だって真砂子だってその辺は心得ている。俊夫が引き離せばいいのだと、美奈は思っているし美沙登もそれには同意している。

真砂子は妹の消息の事後報告をした。国府田に依頼した処、友永の警察時代の情報網によると、拉致された瑠璃子は闇から闇へと拉致した若者の輪姦にも飽き、売春を目的とした安い宿を転々としているのは確かだった。もう彼女の生死は定かでなかった。瑠璃子は最早地下に潜った廃人同様に、否下手をすると生存も危うかった。真砂子はなるべく冷静に話を進行させていたが、時折言葉を逸し体は震え涙が頬を伝わった。この事が真砂子の人生そのものを乱れさせ、醜悪なものを見せつける原因となっている。美奈は真砂子の不幸を悟った。これが俊夫と真砂子を密着させている要因なのも理解出来た。美沙登は真砂子に哀れさを覚えなかった。彼女はこのような難局を乗り切って来ている。否そういう事態を何回も経験している。苦労が足りないのよ、と彼女は思った。同情はむしろ真砂子を駄目にする、美沙登は冷酷でありたかった。生半可の優しさは人を不幸にすると信じていた。その禁を犯しているのは俊夫だ。だから美奈に余計な気を使わせる悪い男だ、そう美沙登は解釈していた。

「真砂子は今日泊まりね」

「ええ、ホテルに予約を取ってあるの」

「じゃあ、外で美味しいものでも食べましょ」

「わたし、良男がいるのよ、遠慮するわ」

「あら、つまんない、良男さんつき合わないかしら」

「シャイだからね、二人になりたいのよ」

「あら、ご馳走様」

「馬鹿ね、美奈、そんなんじゃないの」

美沙登は友だちつき合いも出来ないでいる境遇に前向きでありめげなかった。ただ俊夫にも美奈にも物足りないことだった。それを知っていての美奈の発言だった。

暫くは四人の団欒になり、パンフレットを見比べ二人の旅行先を選択する手伝いをした。美沙登が先に帰った後、真砂子の別の悩みが打ち明けられた。

「どうなんだい、身持ちのいい君が、二人の人間を手玉に取っているという話は耳に入ってるが」

「わたしがいい加減にしているわけじゃないけれど、結果としてそうなってるから困ってるわ。あれはもうわたしの中では終わってるのだけど、桐原はそう思ってないらしいわ」真砂子はまさか今でも彼が関係を求めてくるとは言い辛かった。

「結局真砂子はどうしたらいいと考えているんだい」

「桐原との関係をすっきりさせたいわ」

「腐れ縁を断ちたいのか」

真砂子は黙って頷いた。

「妹のことで頭がいっぱいで、そうしたくてもそこまで頭が回らなくて」

俊夫は即答した。

「俺が間に入ってなんとかしよう」

真砂子に安堵の表情が浮かんだ。

「ご免ね、美奈、いつも旦那様を使って。でもわたし、頼りになるの彼しかいないから」真砂子がじめじめした性格であり、さっぱりしていないのがいけないのを知らない。俊夫に未練があるのもその一つだ。それでもこうして美奈に言えるようになったのも、彼女の進歩かもしれない。

「妹さんのことを先に解決したいわね」

「それなんです、それしかないの」

美奈は真砂子が哀れだと思った。でもわたしならあんな間違いはしないと軽蔑な面を覗かせていた。

「国府田は僕が気合を入れておこう。僕のことなら聞くだろう」まさにその通りだった。

「店もテコ入れが欲しいわ。怠けてたんじゃないけれど、手を抜いていたみたいね、誰かいい人いないかしらね」

これも俊夫は了解して話は終わった。

俊夫と美奈はそれからすぐ新潟に向かった。そこからフェリーに乗り佐渡へ行く予定だった。俊夫は無名異《むみょうい》焼に魅かれ、九谷、大樋と瀬戸物を巡る旅、加賀友禅と金箔象眼、と贅沢なプランだった。佐渡へ行くには、フェリーかジェットフォイルだが、折角なので帰りがホバークラフトだったので、ジェットフォイルに乗ることにした。輪島もこの旅行の目的だったので、いきなり金沢へは足を向けなかった。美奈はこの旅行の時は比較的冷静さを取り戻し静かだった。精神的な支えは俊夫だったが、その絆はより深く綾をなして結ばれ、愛は一層深まっていった。思えばこうした流産という逼迫《ひっぱく》した悲劇が、二人の仲を一層深めたのは確かであった。相寄る魂はお互いの存在を意識し、肉体を求め合ってきたが、それより今が愛は深い。愛を確かめ合い、子供を求め二度もそれに敗れ、さらに二人の結びつきをさらに深め、共生する姿勢になっていた。

美奈は俊夫への信頼が揺るぎないものになっているのに不審を抱かなかったし、手の内に俊夫があるのを確信していた。常に俊夫が隣にいるのが自然だった。きつく堅苦しくないのかと疑問を持ちがちだが、それが二人の作った形なのだった。それだけに二人の関係は、愛を示すのに絞り出すような命の放出だった。ジェットフォイルはシートベルトをして運行されるが、高速故波も高くなり美奈は爽快な気分に浸り、解放感が体に満ち力が蘇ってくるようだった。前に座っているのでワイパーが煩わしかった。以前寺泊近辺に海水浴に来た際、小さな蛤が取れたので、大きなナベに火を起こして載せ、スープを作って飲んだことを思い出していた。そういえば新婚旅行もやはりフェリーだった。美奈は新婚旅行を思い出すとすぐ赤くなる。だって、命を削るような俊夫とのやり取りがある現在では、それこそ美奈はお笑いもいいところ、ほんにねんねだった。俊夫は隣に座っている、手を握りあって見つめている。

「なんでこんなに恋しいのかしら」自分でも不思議である。俊夫は美奈の全裸を見た興奮でいきり立ち、痛いほど硬直しそそり立ち、興奮で夢中で彼女に襲いかかっていった頃とは違い、溜まった精液を放出すると満足してしまうように変化している。ただ、美奈のあの手この手の作戦は俊夫を魅了し、美奈を奥底まで知り抜きたいと、気まぐれな美奈の虜になっていた。なにしろ美奈はセックスしている時が一番可愛いし、美しかった。美奈には謎が多くつまっているような気がする。女ってこんなにも分からないものなのか、俊夫は美奈に夢中だった。すべての女性が美奈のように謎めいているわけではないが、美奈はそれほど深く神秘に溢れていた。

今の二人なら恋人同士にも夫婦にも見えるだろうが、新婚の時はどこか他人のようでいたのも懐かしい気持ちで二人はいた。人目で愛してるのを晒すのも二人には平気だった。観光客にも新婚は多くいたが、二人の仲には及ばなかった。目立つのは当然、見つめ合う瞳が、仕草が相手にならないほど蠱惑的だった。愛だけでなく共有する悲しみが二人の愛を深めた。子供がまた出来るか崖っぷちに立たされ、沈痛な気持ちもより一層二人の行動がひたと同じになっている。美奈の悲しみは俊夫の悲しみであった。その分かち合えるものが悲劇であることが、完璧な結びつきになっている。俊夫は美奈がいとおしくて堪らない。美奈は俊夫に保護され精一杯自分をぶつけている。それらが融合して二人の仲は練られ、育まれて逞しくなろうとしていた。

無名異焼の店で父母や友人に土産を買った。それらは配送するよう依頼した。自分たちもそこに加えた。九谷でも磁器は買う予定だったが、お目当ては友禅だった。それに俊夫は象眼の装飾品も買い求める予定にしていた。それを考慮しての買い物だった。

金山を巡り、小木港でホバークラフトに乗り、和倉温泉へ辿り着いた。次の日ここから輪島、羽咋とドライブし金沢へ抜けるつもりだった。和倉温泉は落ち着いた古い温泉町であり、静養には適していた。

静かな夜であった。俊夫に癒やされ美奈は酔ったように一日を回想していた。金山を見学したこと、道がでこぼこしていてバスが揺れたこと、美奈は船が新婚以来苦手になったが、それでも今回は快適な体調だった。心配された尖った神経も俊夫の包容力で包まれ美奈は幸せだった。美奈は俊夫になら全てを捧げてもいいと思っている。彼女の俊夫に対する信頼感がそうさせていて、それが最高潮に達していて、美奈は前のような明るさを取り戻しつつあった。だが暗がりになると俊夫の手をしっかり握り恐怖を露にした。

「こういう暗いの苦手」ほんのりした明かりしかない部屋は、風呂も家族風呂で入るのを主張した。俊夫は大きな露天風呂や展望風呂にも足を延ばしたかったが、美奈第一に考えた旅行だったので断念した。従って食事も部屋でとった。北陸は酒の宝庫と言われている。俊夫はそれも楽しみの一つだったが、今日は諦める外なかった。幸い料理は美味しく、美奈は二人でいるのにご機嫌だった。いつもこうして俊夫とずっといられたらいいという美奈の率直な感想だったが、俊夫は些か異なっていた。俊夫は旅行気分がもっと欲しかった。何せ美奈がそれを許す筈もなく、甘い気分に浸りたい美奈の甘えを受け止めるしかなかった。

嬉しい、俊夫さんずっとわたしの隣。もっともっと、こうでいたいわ。

女って理屈つけているけど、逆境に強いのかな。すっかり立ち直ってる。自分がそういった環境にあったことを利用して俺に甘えている。でもこの美奈の可憐なこと。まいったな。

「ねえ、俊夫さんお風呂に入れて、わたしを抱っこして」

また始まった、まいった。

「だめ。だめ、お風呂の中でも抱いてて。怖いの」

なにが怖いんだ、怖いのは俺だ。

「俊夫さん、筋肉ついたみたい」

俊夫さん逞しくなったわ。素敵、力いっぱい抱いてほしい。

「美奈も体が丸くなったね」

太ったなんて言ったら大変だからな。いい香りがする。たまんない。

「操ったい、馬鹿そこ駄目、うんたら、いけすかないわ、わざとするんだから」

「あ、俊夫さん、髭剃ってない、駄目、近づかないで、痛いの嫌い」

「うん、もう嫌」美奈は俊夫にお湯を浴びせる。

「やったな」美奈逃げ場を失う。

「ずるい、ずるい、そんなのなし、わたしはか弱い女よ」

俊夫は美奈の唇を塞ぐ。美奈の顔は陶酔した表情を浮かべる。

「馬鹿、そんなのなし。でももう一度」再び二人のキッスだが、気持ちが違う。

「俊夫さん、好き。ねえ、俊夫さんも美奈のこと好き？」

「好きだよ」

「いつも言ってるでしょ。そんなおしきせ嫌だって」

俊夫は美奈の感じる場所を触る。

「もう、俊夫さんたら、そうして茶化しておしまいにするんだから」

「美奈の嬉しい表情、久し振りに見たよ」

「ね、俊夫さん、わたしたちに子供出来るわよね」

「先生の言いつけ守れば」

「そうよね、絶対よ、わたしどうしても欲しいもの。俊夫さんを除いた全てを失ってもいいわ」

「わたし、絶対俊夫さんの子供産むもの」

愛の確信は美奈を大きく成長させ、信念が支配し強い女に変身していた。美奈は強固な意志を俊夫に宣言した。底力のある子孫を反映させる女の力がそこにはあった。

金沢グランドホテルに二人は二泊する予定だった。美奈は気分が解れたのか、レストランに行くのを決めていた。美奈は前以てドレスを用意していた。美奈は陶器には興味なく、象眼や友禅をじっくり鑑賞したかった。兼六園は是非行きたい場所だった。

その日ホテルではフルートによる演奏が予定されていた。武家屋敷を見学して帰ると、丁度いい時間になった。美奈は俊夫を先に行かせて、ドレスに着替えた。美奈は俊夫に常日頃赤色がよく似合うと言われ、自分もそうだと思っている深紅のイヴニングドレスを用意してきた。美奈は自分の美を再認識させた。

美奈が装い自分の部屋からレストランに移動するとき、周囲の目は彼女に釘づけだった。そこはかなり大きな空間を持った大がかりな設備だった。まだ疎らな席は俊夫が座っていて一安心した。俊夫は手を振っていたが、美奈の華やかな出現にざわめきが起きた。あまりにも艶やかで華やかな美奈は称賛の嵐を呼び、照れ臭そうな俊夫の席に近づいた。これが女の華というのだろうか、それは女性誰もが持てるというものでもない。美奈は美を極めそれは白眉に達していた。でも美奈は何という美しさだろう。悲しみを背負って美奈は更に磨きがかかっていた。それにどうだろう、美奈に合う深紅のイヴニングドレスは、全てのものを圧倒した。目映いばかりの神々しさが辺りを覆い、稟とした空気が回りを包んだ。

俊夫は今日が『日栄』で、明日は『萬歳楽』それに、『天狗舞』は頼めば特別に出してくれることを調べていた。俊夫は食い意地が張っている。それにフルートの演奏は金沢音楽学校の生徒であるのも知った。

夕食は洋食で、フランス料理が主であった。酒は冷やで呑むことにした。日栄は口に甘く美味しく、また料理にも合った。暫くすると若い女性が姿を現した。やがてフルートの響きが部屋を覆った。美奈はナイフもフォークも苦手だった。俊夫は結城と食べ歩いていたので慣れていた。

「俊夫さん、とても楽しい夕食だわ。来て良かったわ」

「そうだね、美奈が元気になってよかった」

美奈は嫋やかでひ弱に見えた。完全な快復は後数カ月を必要とした。

「明日の兼六園は楽しみね」

「無理するなよ、だいぶ歩くぞ」

その夜美奈は俊夫に眠るまで抱かれて眠った。まだ性交渉はなかった。それでも美奈は至極幸せだった。

二日目は加賀友禅の工房の見学が美奈は興味津々だった。実際に手描きを見たかったのだ。俊夫はだが何ら参考にならないのを知っていた。あれは見世物だと俊夫は思っている。美奈と俊夫は着物を予約して来た。高い買い物であった。

兼六園は広く砂利が多くハイヒールには適していなかった。楽しみにしていたが美奈は休息して俊夫の見学が終わるのを待った。そうして簡単に金沢旅行は終わった。そこで得たものは、同じ空気を吸い、同じものを食するに値するものであるという確信であった。

俊夫や美奈にとって意義のある旅行だった。美奈が精神的に立ち直り、深木家は正常を取り戻し安全な航路に出た。美奈の健康が深木の家を左右していた。それが命の艫綱となって生涯に亙って続くのだ。

俊勝誕生

美奈の生活は一変した。生活に目的があり、三度の失敗は許されないが、美奈の子供が欲しいという信念はもはや神懸かりに近く、その目的に突進していた。そうして二人の長く失敗続きの子供作りもようやく出発点にまたきていた。

そのコウノトリは突然やってきた。

美奈は家の中心だった。俊夫は美奈の顔を見たくて飛んで帰ってくる。美奈は一日として平傭な時がない。日々変化する美奈の気まぐれな性格は、俊夫を翻弄し魅了し疲労させた。言葉使いから態度までよくもまあ変われると思うほど、彼女は俊夫を惑わせる。服装もそれによって急激に変化し、俊夫はめくるめく彩りに右往左往していてせわしなかった。だがそれは楽しい出来事に俊夫には思えた。美奈といると飽きないが疲れ東奔西走する。それが彼には楽しいと感じる麻薬の作用があった。その作用が俊夫の会社経営にも大きな影響を与えた。あんなに華やかなことが嫌いだった俊夫も、駆られたように光を求めていった。だがそれが会社の経営を刺激し好調な勢いをつけていた。まさに馬車馬だった。

俊夫に友だちができないのも美奈のせいと言って良かった。俊夫は美奈さえいれば後はどうでもよかった。美奈は若衆会に名を連ねていたが、出席はなるべく控えエネルギーを溜め、目的は一つに絞っていた。美奈の好きな寝室での俊夫との戯れが毎日催され、日を決めての行為をなされていた。それは行為というより儀式に近く、厳かな空気で営まれるものだった。美奈はお守りを常にベッドの枕の下に置き、丁重に祈願して収めそれから俊夫と相対するのである。淫らな戯れ言は許されなかった。時には俊夫は禁欲を強いられることも度々だった。そのほうが、妊娠率が高いと言われたからだ。そして行為は正常位でなければならなかった。俊夫が精液を放出するとき、美奈はそれをしっかり受け止めたかったからだ、俊夫にはそれは苦行に等しかった。美奈の裸体を見て制限するとは、苦痛そのものであり物足ない所業だった。家に人を呼ぶのも制限された。残業は勿論泊まりの出張も厳禁だった。全ては子作りのために時は費やされた。

俊夫は鎖に繋がれた、痩せ衰えたウサギだった。自由を求めて脱走したかったが、そうはいかなかった。如何に美奈に魅力があったとしても、こう拘束されては飽きたといえど、美奈は怒るだろうがそんな心境だった。だがクモの巣は張り巡らされ、俊夫の全てを見透かされ、美奈の変化に胡麻化され、美奈を追い求めてしまっていた。今日はその実施日だった。義務がセックスとは新婚時はいいかもしれないが、今では苦痛でもっと羽目を外す破天荒なことをしたかった。だが俊夫は美奈の肉体の素晴らしさに惚れていて、浮気は考えなかった。その気配を感じただけで美奈のアンテナは高周波を発し、嫉妬の嵐となって俊夫を襲う。狂気に似た美奈の行動は、体を張って形相も激しく、鬼夜叉のようだったので馬鹿馬鹿しくすぐに元に戻した。思えばそうなのだ、俊夫のペニスにマジックインクで『わたしのもの』と書いたころから、美奈の独占欲は強くなっていたのだ。それが途切れたと思ったのは、俊夫のうっかりした性格からで、美奈はさらに思いを深めていたのだ。

その日、俊夫は遠くに出張していた。俊夫は美奈のいない町に来るとほっとする。その隙間が空しい風になった。詩を書いていたころの純粋なころが懐かしかった。時折自分が誤った道に迷い込んだのかと疑いたくなる。俊夫がまだ純粋さを保っており、美奈に愛情があるのでそういった考えも浮かぶ。今日帰ると二人のすることは決まっている。厳かな儀式の後、美奈の寝間着を脱がし、俊夫は彼女に挿入する、まるで燃料補給みたいな行為は俊夫を殺伐とした気持ちにさせた。それが嫌で帰るのを粘って長引かせているが、それも限界である。早くこの時期を脱したい、そうすれば解決する可能性はあるかもしれない、そう思うしかなかった。

俊夫が真夜中に帰宅しても、美奈は着替えもせず身なりをきちんとしていた。俊夫はその美奈を見て一気に酔いが醒め、寒々した気持ちになった。

「お腹お空きになってる？　さっぱりお茶漬けなんかどう」

そういえば小腹が空いている。

「僕、風呂に入るから、用意してくれ」

馴れた夫婦の会話である。マンネリもそこにはあり、新鮮な胸をときめかすものはなかった。なおざりでいい加減で退屈な会話だった。美奈は工夫をしようと懸命だったが、冴えや切れがなくなっていた。美奈だって毎日が地獄だった。俊夫が妻に何を求めているのか知ったとき、美奈の悲劇は始まっていた。美奈は女として俊夫に最高のものを提供することを課せられ、美人でいることに努めるのに夢中だった。奇麗な洋服や着物は着られる、化粧もしなければならず、体も皺弛み贅肉は禁忌だった。美奈は女である。初めは女として輝くのを喜んでいた。だがそれも永久に続きそうな気配に、流石の美奈も疲労し怠けるようになり、ついには省略したり手を抜いたりした。だがつけは美奈の顔にすぐ支障をきたし、慌てて補修を行っていたが、怠けた月日の倍以上かかり、高い工賃を払う結果になっていた。目に隈ができる、肌に張りがなくなる、輝きがない美奈の叫びが聞こえるようだ。だがまだ美奈は自分が女王の地位に止まる意志があり、まだ若く再起も可能だった。美奈は女として生き愛に全てを懸ける女だった。自分は美しくあらねばならない精神だった。だが今日の美奈の肌は幾分くすんで見える。

お定まりのキスもそぞろ、二人は新鮮な切れのいい会話もでず、ひっそりと夕飯を食べていた。ウイットに富んだ話もなかった。

『ああ、駄目だわ』美奈は直感した。これではうまいこといくこともない、いい手も考えつかない、四面楚歌だった。

そんな日々がまるで走馬灯のように同じ事が行われ、怠惰のまま時間は過ぎていった。

俊夫は猶一層仕事が忙しくなっていた。最初守っていた時間も深夜に及ぶ事も珍しくなく、打開策をあがいて求める二人は笑い話みたいだった。セックスがお座なりになったとき、美奈は危機感を覚えた。美奈にはいい考えが浮かばないし、日は過ぎるばかり、まさか誰にも聞けない秘め事だった。

そうこうしているうちに月日は重なり、美奈は時の流れに委ね、気持ちを一新させ昔の雰囲気を取り戻そうとしていた。

ああ、何でなのよ歯車が合わないのよ。こんなに肌も荒れて、俊夫さんとご無沙汰だから、もう、なんとかならないのかしら。やっぱり無理なのかしら。

俊夫は家が暗く重いのを感じていた。何時爆発が起こっても不思議がない、そんな状態はもう困り果てていた。転機は子供しかない、俊夫も本当に感じた、そういったある日、美奈は予感のような霊感があった。

不穏な空気が漂う中コウノトリはやってきた。そのときの美奈の狂喜し乱舞したのは俊夫の目に焼きついた。それは満塁ホームランを打った打者のようだった。だが安心するのは早い、秦は美奈が診察に訪れるときは俊夫も来るようにいいつけていた。

俊夫は恭介にも報告し加奈の同行を求めた。秦は美奈を診察した後、三人を前に話し始めた。

「妊娠五週目です。わたしに助言を求めたいなら、以前申し上げたことを実行して戴きたい、それだけです」

「じゃ、このまま入院しろと」

「まあ、今日じゃなくても結構ですが、どうしても子供が欲しいならそうすべきです。最初が肝心ですからね、その後は自然に生まれますから、もしこれで駄目になったら、もう子供ができる可能性はありませんから」

誰もがそれを容認して彼に委ねることにした。

秦産婦人科医院は美奈の部屋を用意し、五カ月を過ぎるまで彼女を預かる事になった。所謂病人ではないので、安静は求められたが、案外自由な生活が維持できた。しかし最初の二カ月は厳重な監視があり、自由なのは食事だけだったが、つわりが酷く、叱られながらのものとなったが、美奈も子供を産みたいという意志から懸命になんでもよく食べた。嫌いな筈のピーマンやニンジン、ネギも我慢して喉を通した。俊夫は毎日顔をだしたが、美沙登も二日毎に、真砂子は週毎に、多恵子は不定期に訪れた。恭介は仕事が手につかないのか娘が心配で、それこそ毎日様子をうかがいにきた。

「美奈」美沙登はからかうのである。「あなた子供を産むと、スタイルに影響がでるわよ」

「お腹も萎むのに時間もかかるし、妊娠線は消えないし、ウエストも元に戻らないわよ。お肌も急激に衰えるわ」

「だから、美沙登、子供産まないんだ」

「うん」美沙登は瞬間寂しそうな悲しい顔を浮かべる。

美奈ははっとした。美沙登には禁句の言葉だった。俊夫に後でこの話をすると、俊夫は感慨深げにいったものだ。

「美沙登は、運命と戦っているんだ。あいつだって人並みに幸せを求めている。だが現実にはそうはいかない。子供だって欲しいだろうよ。女と生まれたからにはな。ま、それを知って美沙登と接しないと彼女が惨めな思いをするだけだ。な、そうだろう」

美奈は美沙登に甘え勝手放題の事を言ってきている。彼女の神経の細かさや悩みを無視してきた。彼女は決して援助を求めたり、助けを乞うことをしない。それが美沙登の性格だからだ。頭脳明晰な美沙登が黒沢と何故結婚したのか、美奈には未だ謎だった。俊夫と彼女の間に割り込んだ自分のせいと今でも思っているが、美沙登はそれをあっさり否定している。

「そんなに自分に驕らないの。いいこと、俊夫を譲ったのでもない、あなたが奪ったのでもないわ」

美奈は美沙登ともっと親密な関係でいたかったが、二人の立場がそうはさせない。時折必要なときに現れて会うだけだ。良男の妻だから彼に従って生活している。美奈だって俊夫に逆らうことはできないように、美沙登も同様だ。

ある日、八代開発の連中が見舞いにきた。木幡夫妻、片倉夫妻、谷村夫妻、それにまだ独身の辻、若衆会の面々、病室に入る余地はなかった。

「いやだ、皆でわたしの醜く大きくなったお腹を見に来たの」

「元気そうね」旬子はいう。

「順調ですの」友利絵もいう。

「これじゃ卓球は無理ですね」遅れて来た北村が顔を見せる。

「よかった、健康そうで」美沙登は来て見舞い客の多さにびっくりした。

美沙登は悪いけれど、客を整理することにした。せっかく来た客に失礼だが、美奈の健康を考えれば仕方がない。加奈にそれができないから美沙登はそうするしかなかった。そのうち俊夫がやってきて美沙登がやっているのを眺めていた。彼女は彼に笑いながらやりかけたことをしていた。

「全くね、呆れるわ」

俊夫は美沙登にこんなことをさせて申し訳なかった。美奈は疲れたのか眠ってしまっていた。

二人は美奈を中央にして座っていた。全員が帰り、加奈と三人になっていた。

「美沙登、助かったよ。それにしてもまさかのときの美沙登か、やっぱり。なんか申し訳ないな。旦那もいるのに」

「いいのよ、俊夫には言い知れぬ感謝があるもの。良男だって分かってる筈よ」

「俺たちって腐れ縁かな」

「恐らくね。文学なんか何も知らないわたしと、ファッションのことなんか知らない俊夫と出会ってもう十年近く、他に生徒がいっぱいいたのに、いまだに夫婦でもないし愛人でもないのにこうしている。まさに腐れ縁よ」

「美奈に子供ができるなんて、まだ俺は信じられないよ。実感が湧かないね」

「変なことというのね、俊夫は。じゃ誰の子だというの。できるようなことしたからできたのよ。それだけだわ」

「それは確かに種を植えつけたかな。でも男ってそういうもんだ」

「それが問題よ、美奈は愛にしか生きられない女よ、俊夫の、自分の愛を信じてるわ」

「でも、俺が親かよ、擽ったいなー」

「でも俊夫、これであなたの家は変わるわ。覚悟しなさい」

「そうだろうな、な、美沙登、お前のところはどうなんだ」

「子供っていうこと?」美沙登は一瞬口を閉じた。美沙登は曲がりくねった人生を送っている。だがそれでも出来るものなら子供はあってもいいと思っている。だが良男の性格や経済状態を考えると躊躇してしまう。答えに窮した美沙登は深木の家のように、子を据えての家庭の図を設計することは、難しいと感じ今もそうだと思っている。だが温かい家庭は美沙登の遠い遠い夢のまた夢だった。

「難しいんじゃない、わたしたちには。俊夫と美奈とは違うもの」

「でも美奈を見て羨ましくないかい」

「俊夫」美沙登は語気を強めた。「わたしも女よ、わたしの子供を何回夢見たことか。そこに微かな希望でもあればすぐさま子供を産むわ。でもわたしの何かがそれを躊躇させるの」

美沙登は不幸な少女時代を送り、学生時代も学費は彼女が稼がなければ過ごせなかった。生命力が雑草のように強靭で、負けん気が強い美沙登は、他人は全て敵であった。俊夫と通じあったのは正に奇跡だった。だがそれだけに美沙登は脆く担い手が必要なのだが、良男は反対に美沙登を頼っている。事実良男は社会での競争に適していなかった。それは美沙登に純朴さと映った処なのだ。

ほんに静かな宵だった。美奈はパッチリ目を覚ました。

「美沙登、来てたの、うふふ」

「なによ」

「わたし美沙登に勝ったんだもん」

「迫り出したお腹を自慢したいわけ」

「あとひと月我慢すれば家に帰っていいって」

「そうか、遂に美奈もお母さんか」

「でも果たしていい母親になるかは疑問だけどな」

「俊夫さん、そうやって人を茶化すのよ、聞いて、このところ俊夫さんたらわたしに悪口ばかり言うんだから」

「しかし、美奈が母親とはねー、こんなこと許していいのかな」

「もう、わたしってそんなに悪女?」

「悪女より魔女だな」

「まあ、俊夫さんまで、酷い」

美奈の退院は胎児の順調な成長とともに早くなり、加奈は家政婦をつけることを主張し恭介も強要した。俊夫も賛同したので渋々美奈も承知した。美沙登や他のものも概ね賛成だったし、美奈は子供のためとそれを呑んだのだ。四方から監視の目が行き届き、美奈は監獄だと文句たらたら、でも日ごとに発育してくる胎児と、その胎児が美奈の腹を蹴飛ばし彼女を喜ばせた。加奈は忙しかった、なにしろ初孫である。恭介は仕事にならない。俊夫は案外平気だった。彼はまだ父親になる実感がなかった。だが彼はこそばゆい感触があった。俊夫は家政婦のことは加奈に任せた。美奈の話し相手は美沙登がいいのだが、そんな我が儘は許されなかった。

師走がきても美奈は余計に動けなかった。彼女の出産予定は来春の三月である。なにもかもがお預けであったし、俊夫の帰宅だけが楽しみだった。加奈は産着やらおむつやら揃えたり、作ったりそれはもう頰が緩んだ。やっと自分の出番が回って来た感じだった。深木家は平々凡々として静かな正月を迎えた。

秦医院の先生はもう太鼓判を押し、来るべき出産の心構えを注意し、予定日の最後の検診も順調だった。

底冷えのする寒い夕方だった。俊夫は早めに仕事を切り上げ、美奈の顔を見たくて帰ってきた。美奈は落ち着き払えるようになっていた。まあそうでもしないとどうにもならない状態である。美奈は子供の出産後のことを俊夫に話しておきたかった。美奈の身なりの事である。俊夫は美奈が何か企んでいるのは、ここの美奈の様子で見当はつく。美奈は美沙登に都合の良い日に相談したいことがあるから会いたいと連絡したのは、遡って一週間前のことだった。そして俊夫抜き家政婦も加奈も締め出されて密談がされた。美奈にとってそれは美沙登とだけ話したかっただけで、密談だとは考えていなかったが、その態勢をみれば密談以外になかった。

美沙登の店の定休日にそれは行われた。美沙登は前以て美奈に相談を受けたことを調べていた。

「わたしこの際、子供が生まれたらこの長い髪邪魔でしょう。どんな髪形がいいか参考になるものがない？　それに着物は当分着ないし、ドレスも着ないわ。楽に動ける服いいものないかしら。あんまりダサくなく動きやすく、ズボンでもいいの」

「ふうーん、美奈少しは進歩したわ、いいわ、まかしておいて、美奈のお気に入りのデザインを探してみる。わたしの参考にもなるし」

「え、美沙登、子供作るの？　いいわよ、そうだったらわたし嬉しい」

「そうじゃないわ、あくまで商売」

「ううん、さっきの美沙登、そうじゃなかった」

美沙登は美奈の鋭い観察力に感心した。

「美沙登、本気でしょ？」美奈は粘っこく美沙登に迫った。

「まあね」美沙登は心なしかはにかんでいるように美奈には思えた。

「ね、ね、そうよ、だったらわたし心強いわ」

このところ美沙登の心の変化は微妙だった。彼女も思い切った改革を試みたい勇気をもち始めたのだ。

美奈は家政婦に命じて応接間を掃除してもらい、ビールを冷やしつまみを作らせた。美沙登は頃よくやって来た。俊夫には美沙登が来ると言ってある。話が終わればお喋りしたいからだ。美沙登と話すのは屈託がなく楽しい事だった。彼女なら何を言ってもよかった。

「わたし、俊夫さんがどう思うかが心配だな」

「俊夫をびっくりさせれば、新鮮になるわ」

「髪を切りたいんだけど、どんなのがいいの」

「でも美奈に考えがあるんでしょう」

「出来るだけ短く、洗髪が楽に一人で出来るような」

「美奈、思い切っていいのね」

「そう」美沙登は写真を見せた。

「どう」

「え」美奈はつまった、「こんなにも」

「これなら俊夫も驚くし、美奈のこと惚れ直すわ」

「さっき美奈思い切るといったでしょう」

美奈は深く息を吸った。美沙登を見詰めた。

「これだと洗うのも、整えるのも簡単よ、髪を染めれば別だけど」

「でもこれじゃ、まるでクリちゃんだわ」

「いいじゃない」

「こうなると、服は何を着たらいいの」

「美奈の体験したことのない、パンツルックよ」

「わたし、わたし」美奈は恐ろし気に言った。「パンツなんて駄目、はいたことないし、自信ない」

「そのうえ短パンがいいのよ」美沙登は追い打ちをかけた。

「靴はスニーカーがいい。ヒールのあるのはそそっかしい美奈には不適」

「わーん、美沙登わたしを苛めに来たの？」

「馬鹿ね、機能的なのを選んだのよ。覚悟が出来た？」

「でもこれ俊夫さんに話すの？」

「いいのよ、別に。あなたが承認すればそれで終わり」

「でもこんな重要なこと」

「あら、いつも美奈独占してたじゃない」

「もう嫌い」美奈は笑った。「わたし決行するわ」

「それでこそ美奈よ」

「少し時間があるわね。美沙登ビール飲む？」

「美奈、それは駄目」

「ううん、先生少しなら健康にもいいって」

「俊夫、怒るかな」

「あら、美沙登、今この家の神はわたしだっていったじゃない」

「まいった」美沙登の笑いは屈託がなかった。「俊夫の分残しとかなくていいの」

「わたし、美沙登と飲みたいんだもの。俊夫さんとは何時でも飲めるからいいの」

美奈は美沙登との宴が楽しかった。

「ねえ、美沙登、子供のこと考えてよ。若いときは二度ないわ」

「我が儘で、ねんねでどうしようもない美奈が、母親になれるんなら、わたしにも機会を与えてくれてもいいわ」

「羨ましいんでしょう、ほら、動いた。きっとこの子はわたしに似てお転婆な女の子か、活発な男の子よ」

「じゃ俊夫似じゃないというの」

二人は大笑いした。俊夫はその笑いを帰宅して聞いていた。

「おう、美沙登か、美奈、僕と飲む相手を交換だ」

「ずるい、ね、もう少しいいでしょう」

「いてもいいけど、酒はなし」

「ううん、いや」

「じゃ醒めてからだ」

「あら、随分強気ね」

「何言ってる、この家の主人は僕だぞ」

美奈と美沙登は大笑いした、俊夫はキョトンとしていた。

「いいな、いい」俊夫は満足していた。

「どうなのさ、未来のパパ」

「パパじゃない、お父さんさ」

「ふううん、俊夫も考えてるんだ」

「そろそろ名前も考えて」

「男かな、女かな」

「俊夫さんは女の子がいいのよね」

「ふうううん、美奈がそんなにいいんだ」

「なんだよ、美沙登、言いがかりつける気か」

「わたし、男の子だと思う」

「へえ、美奈もねえ」

間もなく新しい命がここに現れる。

「美沙登は良男とどうなんだ」

「さあ、どうなのかしら、わたしも良男に聞いてみたいわ」

「おいおい」

「それは」美奈と俊夫が同時に叫んだ。

「羨ましいとは思いたくないけど、良男は変わってるわ。これぱかりは一人ではどうにもならないわ」

美沙登は一切家庭の話を、俊夫にすら喋った事がない。彼女自体、結婚を不幸だとは感じていないが、良男との間には家庭というものが存在しない。良男に愛情がないのではない。浮浪癖が若いころあったのが影響したのか、美沙登と結婚しても理想ばかり追いかけて、現実を見ようとしていない。それが二人を破綻させ良男は精神を病んでいる。時々ぶつぶつ言い出したり、彼得意の理想論を朗々と述べたりする。一度良男が美沙登を侵入者だと叫び、首を締めたことがある。その現象は最近起きた。それは美沙登の秘密だった。

俊夫はこれではならないと話題を変更した。「そういえば、今日の話は何だったのかな」美沙登は美奈にウインクした。

「これはまだ旦那様には秘密の話、ねえ」

「全く」俊夫は男一人でのけ者になって彼はふて腐れた。

「いいのよ、美沙登、話したって、わたし後で話すわ」

「二人で結託か。まあいいさ、いずれ分かるさ」

「へえ、俊夫にしちゃ、泰然自若としてるわ」

「何言ってる。僕はだな」

「分かったわ、分かったわよ」美奈は嫣然として笑みを浮かべた。俊夫さんてこういうところ子供みたい。好き、好き。

それから何日もしないある夜のこと、美奈はいつものように俊夫の隣で寝ていた。だがどうも何時もとはお腹の様子が違うのである。寝つかれなくうとうと俊夫の背中を壁にしていると、突然破水が起きたのである。美奈は知識として破水が意味することを知っていたが、慌ててしまい俊夫を揺り動かした。寝ぼけ眼で跳び起き、八代に電話した、緊急時にはそうするよう示し合わせていた。

恭介は災害時のように準備万端整えて、運転も恭介が任せておけないと、自らハンドルを持った。俊夫は自分が若いのだからと主張したが、そんなことを恭介は歯牙にもかけなかった。八代の家から深木の家までは、車ならほんの数分だが、それが俊夫にも美奈にもどんなにも長かったことか。そして車に同乗した四人は、切羽つまった人間みたいに沈黙を決め込んでいた。それが美奈には堪らなかった。俊夫も緊張して言葉も少なめだった。いよいよ父親になるのだ。胸は高鳴り震え冷や汗が溢れていた。美奈は平然としていた。これからの新しい命との死闘が待っている。

秦は電話を受けて準備していた。四人が医院に入ると美奈だけ搬送台に乗せられ診療台に向かった。穴があいたように残された三人はポカンとして、どうしていいか分からず、立ち竦むだけだったが、三十分もすると看護師がやってきて、「どうなさったんですか、今日はお早くお帰り下さい」といい、全員を玄関から締め出した。その気になっていた気持ちが萎縮ししょんぼり帰るしかなかった。そして寝苦しい一夜が過ぎ、脱兎の如く駆けつけた三人は、美奈の病室に急いだ。

美奈の目はあいていた。その隣に小さいものが見える。恭介は満面に皺くちゃな表情を浮かべた。加奈も声を殺して小走りに近寄っていった。俊夫は気恥ずかしいのか、後から歩いて行った。そこには手を元気にバタバタさせている赤ん坊が見られた。俊夫には男か女か見分けがつかないし、誰に似ているかも見当がつかなかった。

美奈は三人の顔を見るとその方向に顔を向けた。覗いても俊夫には不思議な生き物を見るようにただ見つめていた。

「ね、そっくりでしょ、俊夫さんに」

「男の子か」

「そう」

「まあ、俊夫の子に間違いない、そっくり」

「でしょう」

俊夫はどうも納得がいかない。俊夫には美奈に似ているように見えたのだ。だが女としての大仕事をなし終えた美奈の顔は清々しかった。なにより神々しかった。

「どう、俊夫さん、あなたとわたしの子供よ」

「うん、分かってる」俊夫は言いたいことが言えなかった。ぶっきらぼうにしたくなくてもついそうなってしまった。

「割と小さかったのね」

「三千グラムですって。標準よ」

「赤ん坊も健康そうでよかったな」

恭介はベビーシッターの必要性を感じた。加奈は小声で話す夫の内容に賛同した。

「なんなの」

「いえね、赤ん坊の世話する人が必要だと言ってたの」

「そうね、取り敢えず、一人で頑張ってみる。皆そうして来たんでしょう、家政婦もいるし」

「大丈夫かしらん」

「美奈、俺が準備するから、そう思ったらすぐ言うんだぞ」

お膳立ては全てを八代夫妻が行ったが、俊夫は何も言えなかった。やがて秦が姿を現した。

「皆さんお揃いで、分娩が順調だったので、退院は一週間後でいいでしょう」

「俊夫、子供の名前は俺の知っている占い師に頼むからな」帰り際、恭介は俊夫にそう念を押し先に帰っていった。俊夫は美奈が元気なので安心していた。

「この小さいのが美奈のお腹に昨日まで入っていたなんて、不思議だな」

「でも可愛いでしょう、わたしたちの子」

「僕は美奈にそっくりに映るがなあ」

「そりゃ二人の子ですもの、わたし俊夫さんに言いたいことあるの、まだ後でいいけれど」俊夫は直感で以前美沙登と相談した事だなと察した。

「まあ今日はお休み、疲れているだろう」

次の日から訪問客が殺到した。美沙登を除いた殆ど全てが。やってきたのだ。美沙登は良男と東京の病院にいた。良男の様子に不審を持った美沙登の決断だった。大町に良男の病名を見極める医師はいなかったし、どこへ行けばそれが分かるのか藪の中だった。内科の先生に診断してもらっても不明、じゃあ何処へ行けばいいのかその先生にも答えがなかった。そのころ精神科は少なく、病気そのものも人々に知られていなかった。社会から遮断された中に病院があり、一般では知りようがなかったのだ。だから良男の具合が悪い原因を答えられる医師も少なかった。そうして右往左往しているうちに休暇は埋まり、仕事をしなければならなかった。良男は残された理性がまだあり、仕事に戻ったのだった。

そして俊夫と美奈の間に生まれた子供は俊勝《としかつ》と名づけられた。

俊治誕生

それは美しいなんてものではない、美奈が俊勝を抱きベッドに座っている姿は！　透き通るような肌、時折髪が顔に触れて揺れる。なびいた髪が透けて見え生き物のように動く。俊勝を産んでからの美奈はより一層蜉蝣のように儚く、嫋な中に凛としていて、生命の炎がその体に注ぎ込まれて、力強く地を踏み締めている。化粧はしていないが、それが美奈の美しさを際立たせた。唇は紅く半開きにしていて俊勝に語りかけている。その微笑みはどんな表情の美奈より新鮮で、純で無垢だった。遂に美奈は母親になったのだ、彼女はもう二十九になろうとしていた。待望の子供であった。美奈は俊勝を抱いてお乳を含ませ飲ませている。貪るような強い吸引力に痛みを味わったので、美奈は最初下手で彼もむずがったが、だんだん慣れてきた。隣には俊夫がその様子を眺めている。美奈は着物姿で乳房を片方広げている。二人は無心に乳首を吸っている俊勝を見ている。空気がひんやりしていたが窓は開けてあった。爽やかな朝の春風だった。時々美奈は謎めいてほほ笑み、俊夫を見つめる。美奈の見事で自慢の豊かな乳房が俊勝に占領され、なだらかな曲線を描いている。

「生意気だな、こいつ、美奈のオッパイを独占して」

「うふふ、俊夫さん焼いてるの」

「ばかいえ」

「羨ましいでしょう、ずっと俊夫さんのものだったのに、取られたんですもの」

「でも反対側が残ってるぞ」

「ほら、ね、お父さんは俊勝にオッパイを取られたから怒ってるのよ、ねえ、いけないお父さん」

そういいながら美奈は俊夫の手を握り締めた。その美奈は物凄く色っぽい表情をした。

「ほら、ほら、俊夫さん、ほら」美奈は俊夫に注意を促した。俊夫は俊勝の様子を見る。

「ね、ああして顔を上げて乳首を弄るの、俊夫さんに似てるでしょう」

「う、ううん」俊夫は納得がいかない。「どこ、どこがさ」

「ほらほら」俊夫は見分けがつかない。

「俊夫さんほんと鈍いんだから、ほら」美奈が指さす瞬間、俊勝が小さな手を乳首に添えたその時の顔を見た。

「親子揃って助平よ、きっと女泣かせだわ」

美奈の乳房は大きく揺れた。ピンと張ったそれは奇麗なラインをつくっていた。

「美奈のバストまだ形いい」

「そうよ、美奈自慢のバストよ、反対の方を触ってみて」

「ね、わかる」

「感じてるときみたいに硬い」

「馬鹿ね、お乳で張ってるの。後で搾らないと駄目だわ」

俊勝の授乳を終えたので美奈が体を子供から離し、ベッドに置くと力が胸にかかって勢いよく母乳が飛び出した。

「やー、驚いた、噴水だね。美奈は母乳で育てられるね」

「俊夫さん、こちらの胸吸ってくれる。俊勝が見てたら触りたくなったでしょ」

「ばかいえ、そんなんじゃないや」

「いいのよ、後で乳を搾ればいいんだからいいのよ無理しないで」

「どうするのさ」

「時間が経った乳は毒だから搾り出さないといけないの。それに胸も張ってくるし」

「吸えばいいのか」

「そうよ、美奈のおっぱいをいつものように吸えばいいのよ」

俊夫は手慣れた態度で美奈の乳首を吸った。

「俊夫さん、上手、やっぱり先輩、でもわたしのバストが崩れないよう、形を崩さないでね」

「面倒だな」美奈の拘りなんか関係ない俊夫の態度に、美奈は許容せざるをえなかった。

俊夫は生ぬるい乳を飲んだ。

「うふふ、俊夫さん、俊勝とそっくり」

「そんなことというと、吸ってやらないぞ」

「いいもん、俊夫さんが可哀想だからしてるだけだもの」

「ウソつけ、美奈も感じてるぞ」

「俊夫さん、もしかして俊勝に嫉妬してない」

「そんなこと知るもんか」

事実俊勝に授乳をしていると、恍惚とした快感が湧き上がって来て、下半身が濡れてくることも幾度もあった。もう二人は大分ご無沙汰で、美奈は体が疼いて仕方がない。その上もう俊夫が欲しくて愛液は溢れていた。ただ俊勝という子を授かったお陰で、歯車が狂って来ているのだ。

「俊夫さん、ほら、こんなにいきり立ってる」

「馬鹿、よせよ」俊夫は美奈の秘部に手を入れた。

「アーン、ずるい」美奈は俊夫に突進する。

「駄目だよ、起きちゃうぞ」

「だって、俊夫さんが、寝た子を起こすから悪いのよ」

「美奈だって」二人は若くエネルギーもあり、溜まった性欲を発散したかった。そうなると俊夫も美奈も、時も場所も関係なく、互いの肉体を貪りあった。充足が訪れ休息から空しさに変化していた。そのとき二人は必死に抱き合い、その穴埋めをしていた。

美奈はもう満ち足りて俊夫の腕の中にいた。目合いは深く尽くされ、以前の回数を重ねる交わりはないが、それだけ充足の度合いは強かった。俊夫も美奈も自分たちが夫婦であるという感覚はなかった。あくまで男と女の関係に拘った。子供も生まれたので、それを差し引かなければいけないのだが、それをどうするのかが課題なのだが、それとは無縁の激しい営みだった。けだるい物足りない感じのする一時、美奈は衣服を改め、全裸のままでいることをしなくなった。

「俊夫さん、わたしのおっぱいを触ってると、俊勝そっくり」

「残念だ、僕は女の子が欲しかったのに」

「だーめ、その子に俊夫さんを取られるもの」美奈は明快な答えをした。

「今日俊夫さん、わたしの髪を洗ってね。それに話もあるし」俊夫は来たなとさりげなく身構えた。美奈は美沙登とどんな取り決めを相談したんだろう。

今日の交わりはどうやら一回では済みそうにない。長い夜になりそうだ。

美奈の髪の毛は非常に長く、豊かであったから人の手を必要とした。長湯は夜人手がなく無用だった。俊勝はお腹が満腹なのかすやすや眠っている。夫婦の会話は端的で、手早かった。

「わたし、明日髪を切るわ、短くするの、いいわね」

「ほうら、嫌だって顔に描いてある。だって俊夫さん、長い髪が好きだものね」

「でも決めたの、動き易いようにね。パンツや短パンもはくし、スニーカーも履くわ。髪はパンチパーマにするわ」

「なんだい、そのパンチパーマって」

「いいわ、明日分かるから」

だがこれは大事業だった。何しろ俊勝の問題がある。だから美容師に出張してもらっている。美容師も美奈のふさふさとした長い黒髪に、再度念を押し始められた。加奈もスタンバイしてもらい、大かかりであった。俊夫は不安と期待が入り交じって、仕事を早々に切り上げて帰って来た。

美奈はそこに立っていた。始めは美奈とは思えない程変化したのに、俊夫は戸惑いがちだった。子供は小さいベッドに寝かされていた。俊夫が玄関を開けると美奈はすくっと立ち上がったのだ。美奈の髪は強いパーマがかけられ、色も黒茶に染められすっきりしていた。タイトな萌黄色のストレッチパンツは目に鮮やかだった。上はカッターシャツを着ていた。そこから零れる胸の谷間が深く曲線は奥まで見通せた。靴はスニーカーではなく、ヒールの低いパンプスを履いていた。美奈はとても若々しく見えた。美奈はどう？　というようにぐるっと俊夫に回って見せた。婉然とした微笑を浮かべて化粧もしていた、全てが新鮮で美奈とは見えなかった。新しい美奈の発見であり誕生だった。

外見は慎ましい妻の印象があったが、美奈の持つ天性の資質である、小悪魔な魅力が顔を出したのだ。こんな可愛い美奈があったろうか、俊夫は心臓が締めつけられ、興奮し感動してぽかんとしていた。

「どうしたのよ」美奈の言葉は軽やかだった。蓮っ葉な喋り方だった。押さえていたものが一気に噴き出し、妖麗な毒花が蝶や虫を誘っているのに似ていた。女の本来持っている子孫を残す種つけをするため、男を誘惑し命を吸い取ろうとしているようだった。俊夫は蟻地獄に嵌まった昆虫か、クモの巣にかかったそれだった。

西洋人形のセルの姿に似た姿は神々しく光り輝き、キュートで痺れるような感触を放っていた。俊夫はそこにいる美奈が別人に見えた。ニュールック美奈の誕生である。

「いやねえ、俊夫さん、ジロジロ眺めてばかりいて、何か言ったらどう」

最早深木国に君臨する支配者は美奈だった。コケティッシュな動作で美奈は俊夫を刺激する。美奈の体の曲線が官能的で淫らに見えた。上半身を揺すると巨大なバストが豊饒で撓《たわわ》な実りを示し、シャツの中で別の生き物のように大きく揺れて、肉体の豊満さを表し、腰はパンツのぴったりした洋服の生地にこんもりした、形のいい曲線をもってくねると、卑猥な肉感が溢れて生唾を飲みこんで、俊夫はその餌に誘われ美奈に近寄った。美奈は軽快な音楽に乗って足をスキップし、踊りながら口ずさんでいた。美奈は俊夫が抱き寄せようとすると、「駄目」と小さく囁き彼を払いのけた。

「こんな格好もいけるわ。知らなかった」美奈も改めて自分の知識の見直しをしていた。

そもそもこの日があるのは、お宮参りに遡らなくてはならない。

その前日から深木家は大騒動だった。赤ん坊の世話、俊夫の支度、何より美奈の着て行く着物、俊勝を包む晴れ着、お宮参りを終えた後のお祝い、行事は目白押しである。加奈は目一杯働きどうしでくたくた、美奈もあらゆる物事に采配を振るって勢力的に動いた。手伝いが大勢訪れたがそれでも足りないくらい用事は多かった。

俊夫は着物の着方が下手だった。手伝うのは美奈しかいない。疲れ切った美奈に課せられた難問。

「もういい加減にしてくれない、皆でこんなに騒いで仕事をしてるのに、のんびり構えて何もしない、少しは動いてよ」美奈は非常に不機嫌だった。俊夫にも遠慮なく当たり散らした。その日怒り心頭に達した美奈は結婚して初めて床を別にした。美奈は俊勝と布団を敷いて寝た。だがふて腐れたとはいえ、いとおしく愛していて、交わりを求め合っている仲だ。美奈は涙を流して一晩寝ずに過ごした。俊夫はただ事の起こりの重大な事態に、ほうけて呆然としているだけだった。

それが美奈の長髪での最後の公での姿になった。また髪を伸ばすまでは。

二人は仲直りをしたくても、双方が強情で承知しなかった。ベッドをともにしなかったのは一度だけだったが、求め合うことも意地があり、素直に謝ることがお互い嫌だった。

美奈は愛情が一時の感情の迸りに過ぎないし、男と女が愛し合うのも一時的な錯覚の感情の綾であり、だからこそそれを大切にしてきているのを知らないことはない。愛は全てではないし、儚いがその愛の形も様変わりし変化していく。俊夫も美奈も色々な苦難を乗り越え、愛の形を変え成長させこれまで切り抜けてきた。まして美奈はその愛を育むのが上手な女である。それだけに命を懸けた女でもある。賢い美奈は巧みに俊夫を翻弄し、操ってきたがそれも改革すべき時を迎えていた。

子供の誕生はいい機会を得たといっていい。だがそれだけでは済まなかった。美奈はいい。その主催者なのだから。俊夫は関係ない問題であり、美奈次第でどうにでもなる男だった。実際、美奈が外見も内面も現在あるのは俊夫の力が大きかった。美意識と批判精神旺盛な俊夫は、美奈にここまで鋭い美の感覚を身につけさせたし、それが彼女の美しさを助成し、俊夫の知識が美奈を知性豊かにした。そしてその溢れる魅力を持った美奈との夜の秘め事は壮絶を極め、頃よいお色気と肌の艶、魅力のある女性に成長してきた。俊夫は美奈が愛の巣を作っても、それに乗るのは俊夫であり、それで彼の居心地がよければいいのだが、濃厚過ぎる美奈の奉仕が俊夫にどう影響するかもあり、ことは流動的であり収まるかは不明な砂上の楼閣だった。

美奈の一変した変貌は彼の一物に刺激を与え、押さえ切れない強い勃起に理性が失せた。美奈の思うが侭に美奈に釣られてふらふらついていった。美奈は凛とした態度で俊夫に臨んだ。勝負処はここだという美奈の直感が、支配する側とされる側の境目を決めたかった。美奈には絶対的な勝利の武器がある。それに美奈の態度も問題だった。美奈は演劇をしたことがないが、無心になれるのが彼女の強みで、演技力も十分あった。

俊夫が美奈を抱こうとすると、美奈は制止し彼を自分の前に立たせ、俊夫が何か言い出すまで無言でいた。俊夫はテントの張りのように硬く勃っているものが、彼の下着で刺激を受け、よりそそり勃って、立ったままでいられなくなっていた。

「美奈」

「何か用なの、俊勝が起きないうちに早くして」

「早くって、僕たちずっとしてないんだぞ」

「だから？」

「分かってるだろう」

「駄目よ、いつもそうしてなし崩しにしていくんだもの。わたし俊夫さんがわたしを愛してるか、とても不安なの。

そんな状態でセックスだけはしたいって、虫がよすぎない？　わたしはいつまでもこんなの嫌い。外では俊夫さんが王様なら、うちではわたしが王妃よ、わたしの言う通りにしてくれなければお仕舞いよ。統制が取れないわ」

いたずらなガキ大将が母親に叱られている様子に似ていた。しょぼんとしている俊夫は正にそうだった。美奈はただ待った。俊勝がぐずりだしたので、慌てて美奈は赤ん坊に近寄った。おしめを取り替え、俊勝を抱き抱え泣くのを止めようとしたが、俊勝は興奮しているのか泣き止まなかった。俊夫は自分の方が泣きたいくらい、処理しようのない勃起した一物が、萎縮してしまったので、それまでの気力が急になくなり俊夫は座り込んでしまった。美奈はそれどころではなく、数時間は赤ん坊の世話に費やし、明け方近く美奈も解放されそのままベッドに倒れ込んでしまった。美奈は疲労が重なり、睡眠の深い狭間に入って行ったのだ。美奈は俊夫が最近、協力しないのに苛立ち、俊勝の世話で神経は集中して尖っていた。そこにセックスを要求する俊夫の態度に一気に美奈の怒りが爆発したのだ。それが激しいものならまだ俊夫は救われたろう。美奈は苛酷な作業に不慣れで気が立っていて、そのうえでの俊夫の馬鹿げた要求に、冷ややかになっていた。疲れが頂点に達して美奈も正常心がなかったのだ。

そうしてみ月経ち美奈も俊勝の世話にも大分慣れ、俊勝も体重は生まれた時の二倍になり、しっかりとした様子になってきた。

美奈の展開するメニューも様変わりし、俊夫はその変化に追いつけなかった。俊夫は長男の誕生でより一層勤務に励み、深木の経済や地位は盤石なものになっていた。美奈の変貌振りは町中の雀共の話題の結構な材料になっていた。反発しあいながら愛する故のものなので、苦しみは深く相手の肉体を欲しがっていた。だがきっかけもなく、俊勝が割り込んだ生活は、俊夫と美奈の性生活に多大なる影響を与え、焦燥が二人を襲い目と目を交わす度に、互いに思いの丈を図り、視線を絡ませその機会をうかがっていた。俊夫もおむつを取り替えたり、美奈の乳が途切れた際、哺乳瓶で俊勝にミルクを与えることもこなせるようになった。訪問客は多かったが加奈はせっせと訪れ美奈の手助けをした。多恵子や真砂子もただ様子をうかがうだけであり、八代の社員もその程度の訪問だった。美沙登はそうはしなかった。彼女の性格と拘りがそうさせないのだし、家にいれば憂鬱になる気分を晴らしたかった。美沙登は俊勝をとても愛してくれた。彼女はこの子に自分の救われない魂を注ぎ込んでいるようだった。美奈は思うのだった、美沙登にも少しでも幸いが分かち合えればと、そのたびに祈る気持ちになるのだった。

そして俊夫と美奈の関係も穏やかになった時、二人は男と女の関係を持ち始めた。男と女がいざこざを解決するにはセックスするのが手っ取り早いというが、彼らもそうだった。濃密な夫婦関係は思わぬ結果をもたらした。美奈は戸惑いを隠せなかった。このところ生理がないのだ、気のせいではない、また妊娠したのだと、美奈は思った。俊夫に報告したらそれこそ腰を抜かすだろう。年子は大変だと美奈は聞いたことがある。その年子である。

俊夫もそれを聞き、ただなす術もなく沈黙した。ただ秦は妊娠週が進むうちに、美奈が妊娠中毒症の可能性があるのを懸念し、それを彼女に示唆していった。

「もしそうなったら、次の子を産むのは控えるのが賢明です。遺伝的にも障害のある子供が生まれる率が高いからです」

こうして次男の俊治《としはる》は生まれたが、次の子は断念せざるを得なかった。

美奈は避妊を秦に相談した。ピルは一番確率が高いのでそれを服用したが、体重の異常な増加で中止した。美奈は俊夫にお帽子を被せてセックスをしたくなかった。俊夫に煩わしい思いをさせたくなかったのだ。結論として美奈はリングを膣内に挿入する手術をすることにした。何年かに一度は交換しないと、緩んでしまう欠点と美奈に負担がかかってくるが、そのくらいのことは覚悟した。俊夫は女の子ができなかったことが残念だったがいたしかたなかった。

第二部完

伊藤　耕耘（いとう　こううん）

東京都墨田区に生まれる。明治大学文学部文学科英米文学科卒業。

【今まで執筆した主な作品】
詩集『明日から明日へ』小品『浅草界隈』『妻への遺言状、妻からの遺言状』そして『部品交換所』は執筆中、『明日の人第一部』から第三部まで。詩集は２種類あったが、一部損失。

明日の人
第２部

2024年２月26日　初版第１刷発行

著　　者　伊藤耕耘
発 行 者　中田典昭
発 行 所　東京図書出版
発行発売　株式会社 リフレ出版
〒112-0001　東京都文京区白山 5-4-1-2F
電話 (03)6772-7906　FAX 0120-41-8080
印　　刷　株式会社 ブレイン

ISBN978-4-86641-689-2 C0093
Printed in Japan 2024